Bayrisches Hausbuch

BIBLIOTHEK ROMBACH

Bayrisches Hausbuch

Alte Bilder, Lieder und Geschichten aus Altbayern und Schwaben

Ein Hausbuch der
BIBLIOTHEK ROMBACH
Herausgegeben von Diethard H. Klein

Konzeption und Produktion: Bücher-GmbH, Bayreuth
Redaktion: Dr. Teresa Müller, Eva Diefenbacher, Miriam Haidle
Schutzumschlag: HF Ottmann
Herstellung im Druckhaus Rombach + Co GmbH, Freiburg im Breisgau

ISBN 3-7930-0717-0

Vorwort

„Weder hochgestochene literarische Blütenlese noch lederhosige Schmankerlnsammlung allein“ solle dieser Band sein – so wurde auf dem Umschlag versprochen. Das Bestreben von Herausgeber und Redaktion war es vielmehr, in zugleich vielfältig unterhaltender und ohne jede Lehrhaftigkeit nebenbei informierender Form ein Bild zu geben von Leben und Kultur Altbayerns und Schwabens in vergangener Zeit, vor allem im 19. Jahrhundert.

Dabei wurde bewußt an einen früher sehr beliebten Buchtyp angeknüpft, das „Hausbuch“ oder den „Hauskalender“ (hier freilich wesentlich umfangreicher), die eine unterhaltsam bunte Mischung boten aus Geschichten und Liedern, Gedichten und Bildern, Informationen über Zeitläufte und Denkwürdigkeiten, Heiterem und Besinnlichem, Sagen und praktischen Tips wie etwa Rezepten. Wichtig und richtig schien es dabei, neben einheimischen Autoren auch jene zu Wort kommen zu lassen, die von den kulturellen Zentren des Landes von außerhalb angezogen wurden oder einem Rufe seiner Monarchen (die übrigens auch selbst mit Gedichten und Briefen vertreten sind) folgten – oder berühmte Reisende, die zu allen Zeiten Bayerns Schönheiten priesen.

Die eingestreuten Stadtgeschichten stehen immer auch stellvertretend für Ereignisse und Entwicklungen, die sich gleich oder ähnlich auch andernorts im Königreich oder Kurfürstentum abspielten, und die zeitgenössischen Schilderungen bestimmter Landgerichtsbezirke oder Ämter sind immer zugleich auch allgemeine Dokumente über die Epoche, in der sie entstanden. Bei den Sagen schließlich ist (was ja dem Kenner geläufig ist) zu berücksichtigen, daß sie oft in sehr ähnlicher oder gar gleicher Form von ganz verschiedenen Orten erzählt werden, so wie auch später Balladen, die sich z.B. mit einer bestimmten Burg verbinden, manchmal einer ganz anderen, aber gleichnamigen Burg zugeordnet werden.

Besonders bemüht waren Redaktion und Herausgeber – eine wahrlich nicht leichte Aufgabe! – um eine möglichst gleichmäßige Berücksichtigung der verschiedenen Landschaften bzw. Regierungsbezirke, durch welche dieser Band in Form einer Rundreise führt: von München ausgehend durch Ober- und Niederbayern in die Oberpfalz und nach Schwaben, wobei zur Auflockerung allgemeingültige Texte, literarische Beiträge des Münchner Dichterkreises oder Gedichte der bayerischen Könige allenthalben eingestreut sind. Auf Einwände gegen die Auswahl sind Redaktion und Herausgeber gefaßt – es ist völlig natürlich, daß berechtigter Heimatstolz gerne den einen oder anderen Schriftsteller noch berücksichtigt gesehen hätte oder sich eine stärkere Vertretung des eigenen engeren Lebensraumes wünscht. Aber obwohl trotz des ja nicht unbeträchtlichen Umfangs von 640 Seiten eben doch auf manches verzichtet werden mußte – wobei sich ja ohnehin eine etwas persönliche Färbung der Auswahl nie ganz vermeiden läßt –, sind doch aus allen Landesteilen literarische Beiträge vertreten. Freilich kann man es Dichtern und Schriftstellern nicht gut vorschreiben, daß sie sich völlig gleichmäßig auf die verschiedenen Landstriche Bayerns verteilen; auch hier gibt es nun einmal bestimmte „Ballungsräume".

Auch bei der reichen Auswahl der Illustrationen galt der Grundsatz, einerseits auf Arbeiten bayerischer Künstler (Schwind, Spitzweg, Kobell u.a.) zurückzugreifen, andererseits bestimmte typische Gegenden, Volkstrachten, Städte, Ereignisse auch im Bild darzustellen. – Ein Wort schließlich muß zur Textwiedergabe gesagt werden: Obwohl im allgemeinen eine behutsame Anpassung an heutige Schreibweise vorgenommen wurde, sollte dies weder zu Lasten des Zeitkolorits noch der persönlichen Eigenart der Verfasser gehen, weswegen es unangemessen wäre, den Maßstab peinlicher Dudentreue anzulegen. Besonders bei mundartlichen Texten ist zu berücksichtigen, daß sie aus unterschiedlichen Zeiträumen stammen, daß die Wiedergabemöglichkeiten ohne Lautschrift zwangsläufig begrenzt sind und auch bestimmte Laute vom einen so, vom anderen dagegen eben anders geschrieben werden – von Abweichungen auf oft sehr engem Raum einmal völlig abgesehen.

Auf ein an den Anfang gestelltes Inhaltsverzeichnis wurde aus gutem Grund verzichtet – am Ende des Bandes finden sich jedoch (neben einer Liste der feststellbaren Illustratoren) Stichworte zu den Autoren, denen dann jeweils die Seitenzahlen zugeordnet sind, auf denen Beiträge aus ihrer Feder stehen. Und am Schluß dieser Autorenhinweise sind wiederum Beiträge aufgeführt, die sich nicht mit bestimmten Verfassern verbinden – Rezepte, Marterlsprüche, Schnaderhüpferln usw.

Die im „Bayrischen Hausbuch" erwähnten Orte sind in einem Register auf den letzten Seiten aufgeführt, ebenso auch die für diesen Band benutzten Quellen. Zur Abrundung findet sich dort außerdem eine Übersicht über wichtige historische Daten aus Bayerns Geschichte und eine Karte mit den vielerlei Einzelgebieten, aus denen im Verlauf der Jahrhunderte der hier vorgestellte Raum zusammenwuchs.

Dieser nützliche Apparat aber soll nur eine Ergänzung sein zu einem Buch, das vor allem unterhalten will und vielen Freude und Vergnügen bringen soll. Dies wünschen (verbunden mit dem Dank an all jene, die zum Gelingen dieses „Bayrischen Hausbuchs" beigetragen haben).

Redaktion, Herausgeber und Verlag.

Das alte München

Ich habe es stets als eine besondere Gunst meines Geschicks betrachtet, daß mein Leben in jungen Jahren aus dem heimatlichen Berlin nach München verpflanzt wurde.

Nicht allein wegen der frühen Sicherung meiner äußeren Lage und der Verpflichtung, die mir damit auferlegt wurde, meine volle Kraft an meine dichterische Lebensaufgabe zu setzen. Wichtiger noch war, daß ich nun auf mich selbst gestellt wurde und an innerer Reife zunahm durch die Trennung von den literarischen Kreisen Berlins, in denen mir bis dahin wohl, nur allzu wohl geworden war. Was sie dem Anfänger gegeben, bewahrte ich in dankbarem Gedächtnis, wie ich auch im Süden nie verleugnete, daß ich ein Berliner Kind war und ein Heimweh in mir fortlebte nach allem, was ich an den Menschen im Norden lieben gelernt; feste Freundestreue, Klarheit und Klugheit und redlicher Wille, dem Strebenden die Wege zu weisen, und bei größter geistiger Regsamkeit der zähe, beharrliche Fleiß, auch in künstlerischen Dingen seinem Gewissen genugzutun.

Ich war aber auf einem Punkt angelangt, wo ich Gefahr lief, über den Horizont der dortigen Gesellschaft nicht hinauszublicken, ihrem Richterspruch mich zwar nicht blindlings zu unterwerfen, ihn aber doch für wichtiger zu halten, als er im Grunde war. Vor allem wäre mir, wie so viel anderen poetischen Talenten, die dünne, austrocknende kritische Luft der großen Stadt auf die Länge verhängnisvoll geworden, das Überwiegen des scharfen, zersetzenden Verstandes über die sinnliche Dumpfheit, aus der jede künstlerische Schöpfung ihre beste Kraft, ihr eigentliches Lebensblut saugt. Wer schaffen will, soll nicht zu klug aus sich selber werden. Er hüte sich, so sehr er der Selbstkritik bedarf, sich dem Naturboden zu entfremden und durch voreiliges Dreinreden der „alten Schwiegermutter Weisheit das zarte Seelchen Phantasie zu beleidigen“.

Nun fand ich in München gerade das, was mir bisher gefehlt hatte: eine sehr unliterarische Gesellschaft, die sich um mein Tun und Treiben wenig oder gar nicht bekümmerte, am wenigsten mich durch Urteilen verwirren konnte. Man sprach damals selbst in den gebildeteren Münchner Kreisen niemals von Literatur, höchstens vom Theater. Dafür empfing mich eine unfreundlich, wo nicht feindselig gesinnte Schar einheimischer Kollegen, deren Verhalten gegen den Fremdling seinen Charakter stählte und ihn dazu trieb, stets sein Bestes zu geben. Wichtiger noch war, daß der Großstädter, der bisher nur in den Häusern guter Freunde heimisch gewesen war, sich hier zum ersten Mal auf einen breiten, derben Volksboden gestellt fand, auf dem sich ein eigenwüchsiger, nicht immer löblicher, aber kraftvoller und vielfach poetischer Menschenschlag bewegte, nicht von fern mit dem zu vergleichen, den man in Berlin „Pöbel“ nannte. Von diesem sich fernzuhalten, war wohlgetan gewesen, zumal man von der Literaturfähigkeit des Berliner Jargons, die heutzutage so eifrig angestrebt wird, damals noch keine Ahnung hatte. Eine Berührung aber mit dem altbayerischen Stamm, der seine eigenen Volkslieder und volkstümlichen Poeten besaß, konnte dem Norddeutschen nur heilsam sein und seine dichterischen Nerven erfrischen. Zudem galt es hier für mich, da gesellschaftliche Lorbeeren nicht zu erringen waren, über die nächsten Grenzen hinaus vor dem deutschen Volke zu beweisen, daß ich nicht von Königsgnaden allein zu den „Berufenen“ zählte.

München war im Jahr 1854 eine Stadt von wenig über 150 000 Einwohnern. Schon im Sommer 1842 auf der Reise mit meinem Vater und dem Petersburger Onkel über Dresden, Prag, Wien, Graz und Ischl war ich auch nach München gekommen, wo wir König Ludwigs große künstlerische Unternehmungen zum Teil noch im Werden fanden.

Noch hatten wir nur erst das Modell der Bavaria in der hohen Bretterhütte auf der Theresienwiese bestaunt, waren in der Basilika auf den Gerüsten herumgeklettert, auf denen Heß und Schraudolph ihre Fresken malten, und in der Ludwigskirche legte Meister Cornelius die letzte Hand an sein großes jüngstes Gericht. Jetzt, zwölf Jahre später, fand ich die schöne Kunststadt an der Isar in vollem Glanz, freilich noch räumlich weit beschränkter als heutzutage. Das Siegestor und die noch unvollendeten Propyläen begrenzten damals im Norden und im Westen, das Hoftheater im Süden die Stadt, die erst durch König Max bis an den schönen, starken Strom fortgeführt wurde, während nach Osten hin die Straßen sich ohne Abschluß bald ins freie Feld verliefen, und die Vorstädte Au, Giesing, Haidhausen und Schwabing sich's noch nicht träumen ließen, daß sie dermaleinst in den Ring der Stadt einbezogen werden sollten. Es lag damals auch noch eine Menge großer Gärten zwischen den Häusermassen verstreut, wenn auch der jetzt so lustig grünende Dultplatz noch eine dürre Wüste war, da man zu gewissen Zeiten dort die Budenstadt hinpflanzte. Den Berliner aber, der diese in fröhlichem Aufschwung begriffene lachende Stadt betrat, heimelte sie im Vergleich zu den endlosen Straßenzügen und schwerfälligen Palästen seiner Vaterstadt fast mit ländlichem Reize an, während doch wieder die vielen neuen und alten Kirchen und die drei großen Museen dem Ganzen ein vornehmes Gepräge gaben und die malerischen, altertümlichen Stadtteile daran erinnerten, eine wie lange, merkwürdige Geschichte dies Isar-Athen zu erzählen hatte.

Nicht minder fand sich der Norddeutsche, zumal wenn ihm das muntere Blut des „fahrenden Schülers“ noch in den Adern floß, durch die unge-

bundenen Sitten und den farbigen volkstümlichen Zuschnitt des Lebens angezogen, wenn er auch manches Liebgewohnte vermißte.

So gab es zum Beispiel keine eigentliche Geselligkeit, kein uneingeladenes Eintreten bei Freunden, sehr selten eine Hausfreundschaft, wie ich sie von meinem Elternhause, der Kuglerschen und anderen Berliner Familien gewöhnt war.

Die Männer gingen allabendlich in ihr gewohntes Bierhaus, die Frauen saßen in sehr zwangloser Toilette zu Hause und empfingen höchstens eine Freundin – gelegentlich wohl auch einen „Freund“, den das Négligé nicht abschreckte. Wenn ein Gast von fern zugereist kam, bestellte ihn sein Münchner Gastfreund auf den Abend ins Wirtshaus, oder, wenn er ihn zu seinem Tische einlud, kam die Magd herein, zu fragen, was der Herr zu Nacht zu speisen wünsche. Das wurde dann nebst dem trefflichen Abendtrunk aus dem nächsten Wirtshaus „über die Gasse“ geholt. Ich erinnere mich sogar, daß Kobell uns einmal ausnahmsweise zum Abend einlud, ein Drama mit anzuhören, das ein ihm empfohlener junger Poet der Familie vorlesen wolle. Als wir alle versammelt waren, trat der Hausherr herein, begrüßte uns freundlich und sagte: „Nun, unterhalten Sie sich gut! Ich muß in meine Gesellschaft.“

Wir konnten, als die Lektüre begann, freilich begreifen, daß er es vorgezogen hatte, in sein „Alt-England“ zu gehen. Aber von den ortsüblichen Bräuchen der Gastlichkeit hatten wir doch einen seltsamen Begriff bekommen.

Desto liebenswürdiger erschien uns hier im Süden gegenüber der strengen Sonderung der Stände, die in der Heimat herrschte, der freiere Verkehr der verschiedenen Gesellschaftsklassen untereinander an öffentlichen Orten, der schon an Italien erinnerte. Zwar konnte es in München nicht vorkommen, wie ich es in Rom erlebt hatte, daß ein Bettler im Café von Tisch zu Tisch ging und, nachdem er soviel gesammelt, um seinen Kaffee zu bezahlen, sich ohne Verlegenheit unter die Gäste setzte, um vom Kellner wie jeder andere bedient zu werden. Aber die demokratisierende Macht des Bieres hatte doch eine Annäherung bewirkt. Der geringste Arbeiter war sich bewußt, daß der hochgeborene Fürst und Graf keinen besseren Trunk sich verschaffen konnte als er; die Gleichheit vor dem Nationalgetränk milderte den Druck der sozialen Gegensätze. Und wenn im Frühling noch der Bock dazu kam, konnte man in manchem Wirtsgarten eine so gemischte Gesellschaft zwanglos beisammen finden, wie sie in Berlin nirgends anzutreffen war.

Sei mir gegrüßt, du Held im Schaumgelock,
Streitbarer Männer Sieger, edler Bock!

Nicht graues Zwielicht dampfdurchwölkter Schenken,
Den Mittag liebst du und der Gärten Frische.
Hier finden sich auf brüderlichen Bänken
Hoch und Gering in traulichem Gemische:
Den Knechten nah, die seine Pferde lenken,
Der Staatenlenker vom Ministertische;
Pedell, Professor, Famulus, Student –
Du spülst hinweg die Schranke, die sie trennt.

Es wird von jenem Trevi-Quell berichtet,
Daraus man ew'ges Heimweh trinkt nach Rom
Sehnsucht, die unermüdlich denkt und dichtet,
Nur einmal noch zu schau'n Sankt Peters Dom.
So hat auf München nie ein Herz verzichtet,
Das je hinabgetaucht in deinen Strom.
So rasche Wurzeln hier geschlagen hätt' ich
Nie ohne dich und deinen Freund, den Rettich.

Ein wenig Übertreibung muß man diesem dithyrambischen Erguß zugute halten. Pflegen sich doch alle „Neubekehrten" eines gewissen Fanatismus schuldig zu machen. Zwar war ich nie ein sonderlicher Trinker gewesen und wurde es auch nicht in meiner neuen Heimat, wie denn auch wohl an meiner Begeisterung für den Rettich der Reim den größeren Anteil hatte. Das aber gewann mich sofort für meine neuen Landsleute, daß sie, so sehr sie Rang und Stand zu schätzen wußten, sich durch die Nähe

eines Höherstehenden nicht einschüchtern oder im behaglichen Lebensgenuß stören ließen. Freilich hatte das alte München auch noch keine breite Arbeiterbevölkerung. Noch herrschte unter einem strengen Zunftzwang die Handwerksarbeit im Kleinen vor; es fehlte fast gänzlich an Fabriken und jeder Art von Großindustrie, wie denn auch hier vor fünfzig Jahren diejenigen gezählt werden konnten, die nach heutigen Begriffen für reich gegolten hätten. Dafür gab es auch durchaus keine Massenarmut, die in großen Städten dem Menschenfreunde das Herz beklemmt. Bettler waren genug vorhanden, an den Kirchenpforten wie in den Häusern. Aber sie waren sämtlich mit ihrem Lose zufrieden, da in wohltätigen Vereinen und durch das obligate Almosenspenden frommer Seelen dafür gesorgt wurde, daß sie sich in ihrem Stande wie in einer auskömmlichen Sinekure wohl fühlen konnten. Der gewerbtreibende Bürgerstand vollends genoß eines so reichlichen Lebens- und Nahrungszuschnitts, wie in dem sparsamen und nüchternen Norden unerhört war. Zweimal, auch wohl dreimal am Tage Fleisch zu essen, erschien nur als etwas, das der gute Bürger als sein Recht in Anspruch nehmen konnte. Dafür arbeitete er nicht mehr als nötig war, um das nahrhafte, vergnügliche Leben fortzusetzen, und wurde durch strenge Zunftgesetze gegen betriebsamere Konkurrenten geschützt. Aufs Genaueste – für den Uneingeweihten oft unverständlich – war vorgeschrieben, was jeder Handwerker oder Händler anfertigen oder verkaufen durfte. War dann ein ehrsamer Meister, der selbst nicht höher hinausgewollt hatte, zu einigem Wohlstande gediehen, so ließ er den Sohn, wenn er ihn nicht der Kirche widmete, wohl auch studieren, obwohl er, wie ein bekannter Großbrauer, der Meinung war: „Studieren hält auf.“ Es war eben noch die gute alte patriarchalische Zeit, deren Sitten und Unsitten im Gegensatz gegen die stark sich aufschwingende norddeutsche Industrie einen „gemütlich“ anheimelnden Charakter trug, ohne daß darum das eigentliche Gemütsleben wärmer und nachhaltiger gewesen wäre als in dem für kaltherzig verschrieenen Berlin.

Als wir einmal die Sommermonate in Starnberg zugebracht hatten, wo unsere vier Kinder auf weiten Spaziergängen viel Schuhwerk verschlissen, schickte ich am Vorabend der Abreise unsere älteste Tochter zum Schuhmacher, unsere Rechnung zu bezahlen. Morgen würden wir in die Stadt zurückkehren, erzählte sie dem Meister. „Da bin ich aber froh, Fräulein, daß Sie endlich fortgehen“, versetzte der Biedermann ganz ernsthaft. „Denn so viel wie für Ihnen hab' ich noch für keine Herrschaft zu arbeiten gehabt.“

Man mag vom volkswirtschaftlichen Standpunkt aus von dieser Antwort weniger günstig denken. Doch wird man nicht bestreiten können, daß in dem Grundsatz, sich ja nicht zu überarbeiten, bloß um Geld zu erwerben, um dann im späteren Alter die Früchte seines Fleißes vielleicht nicht mehr genießen zu können, ein freierer und vornehmerer Sinn sich offenbart als in dem atemlosen Jagen nach Erwerb, wobei über der Hast, immer reichere Mittel zum Lebensgenuß zu gewinnen, der Zweck oft nicht mehr erreicht wird.

Bestärkt wurde das Volk in dieser leichtherzigen Lebenskunst überdies durch die vielen Feiertage, zu denen im Karneval noch andere Gelegenheiten, sich gute Tage und Nächte zu machen, hinzukamen. Das alles aber sah sich bunt und lustig an und hing mit so manchen phantasievollen Überlieferungen zusammen, daß es auch auf den protestantisch gewöhnten Sohn der Mark einen anziehenden Eindruck machen mußte.

Freilich konnte er sich nicht verhehlen, daß die warmblütigere, sinnlichere Natur dieser Bevölkerung in sittlicher Hinsicht manches Bedenkliche hatte. Nicht nur im Gebirge galt das Sprüchlein: „Auf der Alm da gibt's ka Sünd." Auch in Stadt und Land herrschte eine Sittenfreiheit, die uns anfangs höchlich befremdete. Als wir für unseren Erstgeborenen ein Kindsmädchen mieteten, das noch sehr jugendlich erschien, fragte sie meine Frau, ob sie auch mit einem so kleinen Kinde umzugehen wisse. „No natürlich", sagte das Mädchen, „ich hab' ja selbst schon ein Kind gehabt."

Und durch die etwas betroffene Miene ihrer Herrin sichtbar gekränkt, fügte sie rasch hinzu: „Was meinen S' denn, gnä' Frau? So wüst bin ich doch nicht, daß mich keiner möcht'!"

Diese naive Offenheit entwaffnete uns. Wir sagten uns, daß die sittlichen Zustände in unserer Heimat schwerlich löblicher seien als hier und nur weniger unbefangen zutage träten. Und wenn auch Heuchelei ein Kompliment ist, das das Laster der Tugend macht, im Grunde war die Sache damit nicht gebessert und das freimütige Bekenntnis, der Erbsünde verfallen zu sein, immer noch einem engherzigen Tugenddünkel vorzuziehen, der oft nur die Maske feiger Sündhaftigkeit ist.

Dazu kam als ein weiterer mildernder Umstand die Erleichterung, die hier im katholischen Lande durch die Absolution der Kirche gewährt wird, während ein protestantisches Gewissen in schweren Kämpfen mit sich selbst zu ringen hat. Nicht minder auch mußte man die erhöhte Versuchung durch das gesamte sinnenfrohe Leben in Betracht ziehen und die stärkere Anlage des oberbayerischen Stammes zu allem Künstlerischen, in der sich auch der Sinn für leibliche Schönheit leidenschaftlicher entwickelt.

Paul Heyse

Dult = Jahrmarkt / dithyrambisch = begeistert, überschwenglich / Sinekure = müheloses, aber einträgliches Amt.

Ein braver Kaufherr

Ein armer Tagelöhner arbeitete bei einem reichen Kaufherrn in München; und der Kaufherr lebt noch. Zu dem trat er eines Tages ins Schreibzimmer und sagte: „Herr, ich habe ein großes Anliegen. Mein Weib ist volle acht Wochen krank gewesen, und Doktor und Apotheker kosten Geld. Und das brauche ich jetzt nun. Geschenkt will ich's nicht, sondern geliehen – so'n vier bis sechs Kronentaler."

– – Der Kaufherr sah ihn eine Weile an und sagte dann ganz ernst: „Hansel, wer von mir Geld leihen will, der ist mein Feind oder will es werden." Das verstand zwar Hans nicht, aber so viel merkte er, daß der Kaufherr ihm kein Geld geben wollte. Also ging er, hinter den Ohren sich kratzend, wieder zur Tür hinaus. Als der Mann fort war, ließ der Kaufherr den Hausknecht kommen und sagte zu ihm: „Weißt du, wo der Hansel wohnt?" Der Hausknecht sagte: „Ja Herr, hinter den Sauställen, nicht weit von der Reiterkaserne." „Da", sagte der Kaufherr und gab ihm acht Kronentaler – „trag's ihm ins Haus, und gib's seinem Weib, und du brauchst eben nicht zu sagen, von wem es komme. Hast's verstanden?" Der Hausknecht brachte richtig das Geld an seinen Ort und sagte nicht, von wem es komme, sondern bloß, er sei der und der und diene bei dem und dem. Und also wußte der Tagelöhner, als ihm's die Frau erzählte, wie er dran war. Und des andern Tags an einem Sonntag kam er mitsamt dem Weibe zum Kaufherrn und sagte: „Herr, wir kommen soeben aus der Kirche, und – – Gott vergelt's Euch zu hunderttausend Malen!" Mehr sagte er nicht. Der Kaufherr nahm den Wechsel auf unsern Herrgott in Empfang, und dieser zahlt's ihm auch reichlich an Gut und Ehre und an seinen vielen lieben Enkeln. –

Ludwig Aurbacher

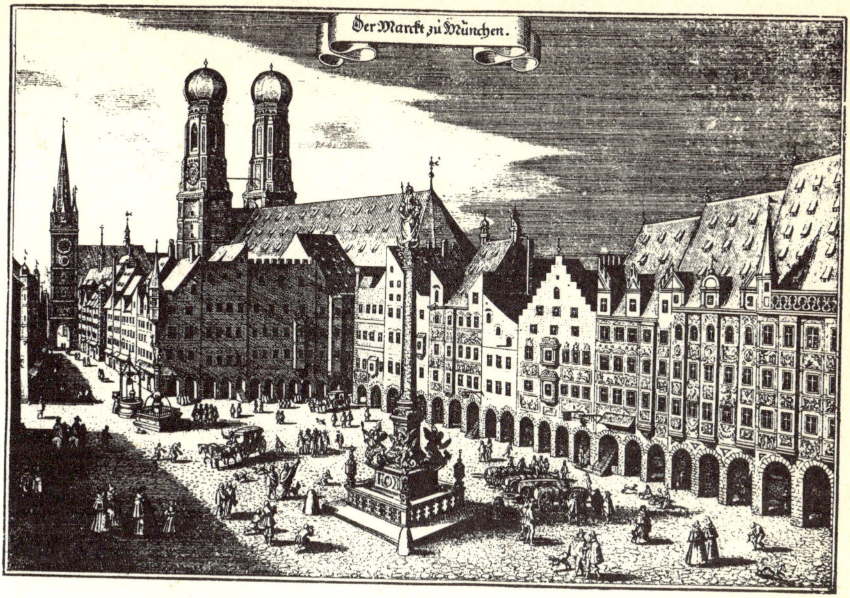

Bayerische Volkshymne

Bayern, o Heimatland, du unsrer Lieben Land,
Voll aus des Herzens Drang schalle dein Sang!
Kräftig und wahr und echt blühe dein Kerngeschlecht,
Prangend im Ehrenpreis blühe dein Reis!

Heil Maximilian, der auf der Herrscher Bahn,
Lenket mit hellem Blick Bayerns Geschick!
Heil auch Maria dir, du aller Frauen Zier,
Anmut und Huld dich schmückt, lebe beglückt!

Stets um den Thron geschart sind wir nach Väter Art,
Fest wie der Alpengrund steht unser Bund!
Schwinget das Banner hoch; wach ist der Löwe noch.
Gott, deine Segenshand schirme das Land!

(Text: Fr. Beck, Melodie: Franz Lachner)

Tannhäuser

Frau Venus, Frau Venus,
O laß mich gehn geschwinde!
Du bist so schön, so fein und schön,
Ich muß zum Jagen auf die Höh'n,
O laß mich gehn geschwinde,
Frau Venus, Frau Venus,
Du allerschönste Sünde.

Tannhäuser, Tannhäuser,
Wer wird so früh schon jagen?
Komm, setze dich zu mir ins Grün,
Die Veilchen und Reseden blühn,
Ich will dir etwas sagen,
Tannhäuser, Tannhäuser,
Wer wird so früh schon jagen?

Frau Venus, Frau Venus,
Ich darf nicht mit dir kosen,
Ich muß nach meinen schlanken Reh'n,
Nach meinen schnellen Hunden seh'n,
Ich darf nicht mit dir kosen,
Frau Venus, Frau Venus,
Wer bricht dir denn die Rosen?

Tannhäuser, Tannhäuser,
Es hat so sehr nicht Eile,
Du schießest heute noch genug,
Laß doch dem Vogel seinen Flug
Noch eine kleine Weile,
Tannhäuser, Tannhäuser,
Wer macht denn dir die Pfeile?

Frau Venus, Frau Venus,
O laß dein süßes Locken,
Du bist so schön, so zart und weiß,
Es pocht mein Herz so laut und heiß,
Ich bin so sehr erschrocken –
Frau Venus, Frau Venus,
Wer flicht denn deine Locken?

Tannhäuser, Tannhäuser,
Wie glühn dir doch die Wangen! –
Die Locken flecht' ich selbst mir ein,
Und löse sie und fange drein,
Die von mir heimverlangen;
Tannhäuser, Tannhäuser,
Und du bist auch gefangen.

Hermann Lingg

Wappen Sr. Majestät des Königs von Bayern

An die Bayern

Biedres Volk, in angestammter Treue
Hältst du an dein altes Fürstenhaus.
Dich verlocket nicht das falsche Neue,
Nicht der Liebe Flamme löscht dir's aus.

Ja! an alter Treue, altem Glauben
Hältst du immer unerschütterlich,

Lässest sie nicht von der Zeit dir rauben,
Treue niemals von den Bayern wich.

Unerschüttert, wenn's von oben stürmet,
Unerschüttert, wenn die Erde bebt,
Wenn sich's feindlich gegen dich auch türmet;
Nichts dich stürzet, nichts dich untergräbt.

Eine tausendjähr'ge kräft'ge Eiche
Stehest du, die niemals wird gefällt;
In sie dringen können keine Streiche
Und die Axt zurück vom Stamme prellt.

Siegend alle Proben schon bestanden,
Bleibt ihr immerdar bei eurer Pflicht,
Selbst die früh'sten Zeiten so euch kannten,
Bayern, zu verderben seid ihr nicht!

Ludwig I., König von Bayern

Vom Ursprung der Stadt

München liegt in der Breite von 48°, 10', in der Länge 29°, 11'

Die Untersuchung, was auf dem Platz, wo jetzt München steht, vor Erbauung derselben vorhanden war, gehört unter diejenigen, deren Entscheidung und Aufklärung, wenn sie auch ganz möglich wäre, uns nicht besser noch glücklicher machen würde. Dies ist längst hinab in die Vergangenheit gerückt, und hat auf uns Gegenwärtige nicht die geringste Beziehung. – Das Kloster Schäftlarn, von welchem man immer sagt, daß es da, wo jetzt München steht, einen Meierhof besessen haben soll, besaß hier nichts; wohl aber gehörte nach Schäftlarn schon damals der sogenannte Conradshof, dessen Gründe und Felder, welche gleich auf der Anhöhe um die Dachauerstraße zum Teil noch innerhalb dem Burgfried anfangen, das Kloster noch bis diese Stunde besitzet. Wahrscheinlichst war die ganze Gegend vom Gasteigberg bis zum Neuhauserberg eine Wildnis, dem wechselnden und ungewissen Rinnsal des damals noch ganz uneingeschränkten Isarstromes überlassen (wie man denn von dem Lauf desselben noch überall Spuren sieht), und wenn die Stadt ihren Namen und Wappen von Mönchen hergeleitet hat, so geschah es weit vermutlicher darum, weil dieser Ort eine Zufluchtsstatt für die unglücklichen Mönche gewesen war, welche um diese Zeit von den Ungarn grausam mißhandelt worden waren. – Schon standen aber damals Sendling und Mosach, Schwabing, Neuching und ganz gewiß ein paar einsiedlerische, ärmliche Kapellen auf der wilden Stromebene, wo dermal München steht.

Daß Herzog Heinrich, genannt der Löwe, der letzte von den Welfen, welche in Bayern herrschten (ein großer Fürst in allen seinen Taten und in seinen überaus rührenden Unglücksfällen standhaft und groß, der, wenn er einmal statt matten Chronikschreibern einen Homer von Geschichtsschreiber fände, uns ein bißchen mehr sein würde, als was Achill den Griechen war) – daß, sag ich, Heinrich der Löwe, im Jahr 1158 die Brücke bei dem großen Dorf oder Mark Vöhring, wo damals eine Niederlage des bayrischen Salzes, welches von Reichenhall über Wasserburg geführt worden, dann ein Salzzoll und eine freisingische Münzstatt geblüht hat, niedergerissen, und dafür eine Brücke, über welche das Salz geführt werden sollte in seinem Gebiet, erbaut; daß er auch eine Salzniederlage und Münzstatt auf dem Platz, wo München steht, aufgerichtet und selbe behauptet habe, ist bekannt. Um diese Zeit hatte München wahrscheinlich schon etwas einem Dorf ähnliches. Nun zogen, wie auf einmal, eine Menge Menschen, Zöllner, Münzmeister, Münzknechte und, was notwendig folgt, verschiedne unentbehrliche Handwerksleute, Obrigkeiten zusammen, und München wurde bald zu einem förmlichen Markt erhoben. Vermutlich hat Herzog Heinrich der Löwe für mehr als gut befunden, diese neue Kolonie auf alle Fälle in einen Verteidigungsstand zu setzen, und er hat die Mauern vom Rats- bis zum schönen Turm, und vom Blauenten- bis zum Nudel- oder Wilbrechtsturm errichtet, auch den noch heutigen Wassergraben herumgezogen. Dies wird um so wahrscheinlicher, da die drei ersten regierenden Herzöge von der scheyrischen oder wittelsbachischen Linie, nämlich Otto V., Ludwig und Otto der Erlauchte, welche unmittelbar auf Heinrich den Löwen folgten, nicht zu München, sondern der erste teils zu Kelheim, teils und (zumal die zwei letztern) meistens zu Landshut wohnten. Ob aber München darum, weil es Mauern hatte, auch weil es um diese Zeit bereits Oppidum genannt wurde, eine Stadt, oder nur noch ein Markt, und dies wohl gar bis auf Kaiser Ludwig geblieben war, liegt mir wenig am Herzen.

Heinrich der Löwe versah seinen Markt mit einigen Verordnungen und Freiheiten. Ein Denkmal seiner Zeit soll der Löwe an dem Stadtoberrichterhaus sein, welches dortmals ein Zoll- oder auch ein Absteighaus war.

Unter den drei erst genannten Herzögen hat sich München, wie leicht

1 Sacellum Coemeterii. 2. Porta Sendlingensis. 3. S. Jacobus in prato. 4. Omnium Sanctorum in Cruce. 5. A
neum. 6. Servitæ, Claustrum Monialium. 7. Immissorium s. Porta nocturna. 8. Ducale Hospitale. 9. S. Seba
Templu. 10. Porta anatis cœrulei. 11. Porta Neuhauseriana. 12. PP. Jesuitæ. 13. Turris pulchra. 14. Templ. Augu
norum. 15. Templ. Parochiale S. Petri. 16. Templ. Cathedrale B. V. Mariæ. 17. Hospitale ad Spiritu S. 18. Tur. is
cum Fornice. 19. Moniales Carmelitinæ. 20. Moniales Anglicæ, 21. Aula Vetus. 22. Porta Isarana. 23. Templ. S. Lau
in aula veteri. 24. Coemeterium ad B. V. Mariam. 25. Templ. Franciscanorum. 26. Templum Cajetanorum. 27. Elect
Residentia. 28. Templum Hieronymitanoru. 29. Paulani in nemore. 30. B. V. Mariæ Auxilium. 31. Habitac
militum. 32. Fabricæ. 33. Coenobium Lilienberg vulgo mons Caprarum dictum. 34. Leprosorium.

F. B. Werner delin. Cum Priv. Sac. Cæs. Ma

otts Acker-Kirchel. 2. Sendlinger-thor. 3. S. Jacob auf dem Anger. 4. Aller-Heil aufm Creutz. 5. Kost-Haus. 6.
ittin Jungfr. Closter. 7. Der Einlaß. 8. Hertzogs Spittal. 9. S. Sebastian. 10. Blaue Antre thurn. 11. Neuhauser thor.
P. Jesuitter. 13. Der Schöne thurn. 14. Augustiner-Kirch. 15. S. Peters Pfarr-Kirch. 16. Stifft zu U. Lieben Frauen. 17.
ital zum Heil. Geist. 18. Rathhaus thurn u: Schwiebogen. 19. Carmelitterin. 20. Englische Closter-Frauen. 21. Der
Hoff. 22. Das Iser-thor. 23. S. Laurentz im alten Hoff. 24. Gotts Acker zu U. L. Frau. 25. Franciscaner Kirch.
ajetaner Kirch. 27. Churfürstl. Residentz Schloss. 28. Hieronymitaner-Kirch. 29 Paulaner in der Au. 30. U. Lieb.
auen Hilff. 31. Casarmes. 32. Die Fabriquen. 33. Closter Lilienberg, vulgo Geisberg genent. 34. Das Siechen haus.

J. G. Ringle sculps. *Mart. Engelbrecht excud. A. V.*

zu erachten, sehr erweitert. Unter Otto dem Erlauchten wurde im Jahr 1234 bereits ein Landtag und 1259 die fürstliche Hochzeit der Elisabeth, Tochter dieses Otto, mit Meinhard, dem dritten Grafen zu Görz und Tirol, gehalten.

Der vierte Herzog, welchem das neuentstandne München angehörte, war Ludwig der Strenge; und da er, vermöge der mit seinem Bruder Heinrich vorgenommenen Landesteilung, die Stadt Landshut in Niederbayern und mithin auch seine Residenz verlor, erbaute er sich eine neue in München, so daß also Ludwig der Strenge der erste Herzog war, welcher in München seine Residenz hatte. Dies war der sogenannte Alte Hof.

Dieser Ludwig der Strenge hinterließ zwei Söhne, genannt Rudolph und Ludwig. Ihr Vater wollte, daß diese Brüder die Länder teilen und daß Rudolph der Ältere die rheinische Pfalz mit einem Teil von Oberbayern (denn in Niederbayern regierte des obigen Heinrichs Geschlecht), Ludwig aber das übrige von Oberbayern, welches der größere Teil war, behalten sollte. Dieser Ludwig (der sechste dieses Namens unter den Bayern) ist nachmals Kaiser, und zwar der vierte dieses Namens unter den Kaisern, geworden.

Mit diesen Brüdern entstanden die zwei Hauslinien, die Pfälzische oder Rudolphische und die Bayerische oder Ludwigische. Diese letztere, die hiesige, wurde unter und von dem Herzog Wilhelm V. angefangen, auch die Wilhelminische genannt, vielleicht um ihn und seine Linie von der Linie seines Bruders Ferdinand, welcher die Pettenbeckin geheiratet, und dadurch den Stamme der Grafen von Wartenberg gestiftet hat, zu unterscheiden.

Die Ludwigische oder Wilhelminische Linie erlosch mit dem höchstseligen Kurfürsten Maximilian III.; sohin wurde Pfalz und Bayern unter dem jetzt regierenden Durchlauchtigsten Kurfürsten Carl Theodor, welcher von der Linie des Rudolphs abstammt, nach vielen, vielen Schicksalen so mancher Jahrhunderte, wieder glücklich vereinigt. Und daß immer bleibe, was schon das uralte, schon damalige gute Reimlein gewünscht:

Bayern und Pfalz,
Gott erhalt's!

Ich komme wieder zur Vermehrung der Stadt München zurück. Wir hörten bisher von den Herzögen 1) Heinrich der Löwe; 2) Otto V. von Scheyern oder Wittelsbach; 3) Ludwig IV.; 4) Otto der Erlauchte; 5) Ludwig V. der Strenge, welcher als erster zu München residierte, 6) Ludwig dem Kaiser, dem IV. Dieser Ludwig war noch sehr jung, als sein Vater, Ludwig der Strenge, starb, und daher stand er anfangs unter der Vormundschaft seines Bruders Rudolph und seiner Mutter Mechtildis.

Wenn München schon unter Otto dem Erlauchten sehr bevölkert war, so muß es dies natürlicherweise noch mehr unter Ludwig V. dem Strengen, nachdem er selbst in München residierte, geworden sein.

Die Peterspfarre war wahrscheinlich schon unter Heinrich dem Löwen vorhanden, und das damalige Pfarrkirchlein soll die noch vorhandene Wiß- oder sogenannte Herrgottskapelle gewesen sein; diese und eine ihr sehr nahgelegene St. Niklaskirche, weiter die kleine Frauenkirche und die Kapelle der heiligen Katharina, aus welcher die heutige Heiliggeistpfarre geworden, waren ungefähr schon die damaligen Kirchen. Im Jahr 1204 soll schon Ludwig ein Pilgrim- und Armenhaus erbaut haben. Otto der Erlauchte legte um das Jahr 1251 bereits den Grund zum Heiliggeistspital, indem er selbes zu erbauen anfing, ihm auch einige Einkünfte von dem Isartorzoll zum Behuf der armen Kranken beilegte. Bald nachher geschah auch die Abteilung in die Frauen- und Peterspfarre. Es wurden auch Klöster außer der Stadt erbaut, z.B. das Kloster der Minoriten erst auf dem Anger bei der St. Jakobkirche; dann nahe an die Residenz Ludwigs des Strengen; das Kloster der Bittrichen und Ridler; das Kloster der Clarissinnen aus dem verlassenen Minoritenkonvent; das Kloster der Augustiner auf dem Haberfeld; ferner das Leprosenhaus auf dem Gasteig und viele andere ähnliche Gebäude. Auch ließen sich einige Klöster eigene Häuser außer der Stadt bauen, und, mit einem Wort, da die Brüder Rudolph und Ludwig kamen, waren die jetzigen Hauptgassen außer der alten Stadt bereits angelegt und zu München gehörig. Rudolph, der vieles zur Aufnahme und Verschönerung der Stadt getan, hat derselben, als worin bis dahin nur Fürstenrichter waren, im Jahr 1204 das Recht gegeben, eigne Richter zu setzen, und hat zugleich die heutige Grundverfassung der Stadt und des Stadtrats bestimmt. Um diese Zeit hat man die außer der Stadt liegenden Gebäude und Gassen mit einer neuen, der gegenwärtigen Stadtmauer umgeben und mithin die Größe und den Umfang der heutigen Stadt festgesetzt. Ludwig erteilte im Jahr 1315 die Erlaubnis, alles, was den Stadtmauern, in und außer denselben zu nahe wäre, niederzureißen, damit, wie er in der Urkunde sagt, der Stadt wohl gepflegt, auch, wo sie Festungen bedürfte, selbige wohl bewahrt werde. Er erbaute auch die Residenz, welche im Jahr 1327 mit dem dritten Teil der Stadt abgebrannt, auf das neue, bestätigte und vermehrte der Bürgerschaft ihre Freiheiten und Gerechtsamen und nannte und erklärte sich als den Beschützer der Stadt München durch das ganze römische Reich.

Lorenz von Westenrieder

König Maximilian an Schelling

München, den 17. Mai 1848

Mein lieber Geheimerrat!

Endlich gelingt es mir, einen lang gewünschten ruhigen Augenblick zu finden, um Ihnen für die beiden mich in der Seele erfreut habenden Briefe zu danken. Tröstlich, erhebend war es mir, von meinem alten, verehrten Meister und Freunde die ungeheuren Erscheinungen der neuesten Zeit wie meine damit zusammenhängende Aufgabe von dem Höhpunkte philosophischer Weltanschauung betrachtet und beurteilt zu sehen. Beruhigend für den denkenden Geist ist es, die ungeahnten, wenigstens in dieser Ausdehnung gewiß nicht voraussehbaren Umgestaltungen aller Verhältnisse nicht bloß menschlichen Fehlern und Unterlassungen zuschreiben zu sollen, ohne darin nicht das Walten einer höheren Macht zu erblicken! Sie verzweifeln, aus diesem Chaos von widerstreitenden Bestrebungen unserer Völker und Fürsten ein glückliches Ganzes hervorgehen zu sehen; ich begreife dieses. – Um von meinem Standpunkte wenigstens das Meinige redlich zu einer günstigen Lösung der obschwebenden Lebensfragen unseres Gesamtvaterlandes beizutragen, so habe ich beiliegenden Entwurf zu

Schelling, Friedrich Wilhelm = deutscher Philosoph (1775 - 1854)

einer künftigen Gestaltung desselben unter meinen Augen und nicht ohne wiederholte Revidierung desselben von meiner Seite und mit Beiziehung unserer ausgezeichnetsten Männer fertigen lassen; meine Minister sind auch diesem Entwurfe beigetreten. Die Doppelaufgabe suchte ich zu lösen, einmal Deutschland die erforderliche einheitliche Kraft nach Innen und Außen zu sichern, dabei aber zweitens, den Einzelstaaten die ihnen gebührende, nötige Selbständigkeit zu wahren. Lieb wird es mir sein, auch Ihre Ansicht darüber zu hören, Ich glaube somit redlich und rechtzeitig das Meinige beigetragen zu haben zur Lösung der Aufgabe der Zeit. – Die Geburt meines zweiten Sohnes, zu der Sie mir so herzlich Glück wünschten, wofür die Königin und ich Ihnen vielmals danken, war die erste Freude, die mir, seit ich auf dem Throne bin, zuteil wurde; möge dieses frohe Ereignis uns ein gutes Omen sein! –

Wie wohl muß es Ihnen tun, aus den Wirren der Gegenwart sich in die höhere Reihe des Denkens, der Wissenschaft zu flüchten, wie vielen Trost muß die Vollendung Ihres großen Werkes gewähren, wie freue Ich mich auf dasselbe! – Eine so schöne als geistreiche Verehrerin von Ihnen bat mich, beiliegende Schrift nebst Brief zu übersenden. –

Aus Ihren Lehren und Gesprächen schöpft Mut und Freudigkeit in dieser schweren Zeit, verehrter und geliebter Freund

Ihr treuer Max

Von dem Charakter der Eingeborenen

Der wahre eingeborene Münchner und Bayer ist sehr leicht von einem anderen zu unterscheiden. Er ist männlich höflich und schämt sich, jemand eine Schmeichelei zu sagen, welche der andere nicht verdient oder woran sein Herz nicht denkt. Er spricht über seine Angelegenheiten ohne jeden Umweg und setzt durch seine Kühnheit den höfischen Fremden in Erstaunen; denn der Eingeborene heuchelt nicht, und wo ihm etwas mißfällt und Unrecht deucht, sagt er's geradezu und beurteilt öffentlich den Vornehmen wie den Niedern. Er sagt es laut, und ins Gesicht sagt er's ihm. Diese ihm gleichsam angeborene Gewohnheit, den geraden Weg zu gehen, begleitet ihn allenthalben, und er bleibt nicht selten der Gefahr ausgesetzt, dadurch, daß er jemand, der ihn betrügen will, für ehrlich hält, übervorteilt zu werden. Ein ähnlicher Mangel an Welttugenden ist die hergebrachte Bescheidenheit, seines Verdienstes nicht zu achten. Es haben hier ununterbrochen berühmte Künstler und Gelehrte aller Arten gelebt, und sie bemühten sich nicht im geringsten, wie sie bekannt werden möchten, und sind es bei dem Ausland immer mehr als zu Hause gewesen. Auch ist bei keinem öffentlichen Schriftenbehältnis ein ordentliches Verzeichnis ihrer Namen und Arbeiten vorhanden; und der Künstler verbeugt sich tiefer als er sollte. So wird ebenfalls in mechanischen Künsten mit der möglichsten Vollkommenheit gearbeitet, und z.B. die hiesigen Kutschen, Lackierarbeiten, auch wohl Stahlarbeiten etc. werden so geschmackvoll und trefflich wie in Paris und London verfertigt.

Was die Wissenschaften betrifft, so zirkulieren hier alle Kenntnisse, die der Mensch sich erklärt oder erfunden hat – ob nur bei Privatpersonen, ob nur in Büchern oder auch bei Regierungskollegien, ist hier der Ort nicht zu entscheiden, ist auch schon entschieden für den, der aus einer Reihe und dem gewöhnlichen Geist statistischer Handlungen zu schließen weiß. Die Gelehrsamkeit und das, was man Aufklärung des Verstandes, Verbesserung des Geschmacks und Erhebung des Charakters nennt, befindet sich, im Ganzen genommen, bei dem Mittelstand. Von diesem wird geschrieben, von diesem wird auch das meiste gelesen und gearbeitet und der Unterricht in Künsten und Wissenschaften den übrigen Ständen erteilt. Die Kühnheit, derer sich die Schriftsteller bedienen, hat stets die Bewunderung des Auslands verdient und wechselweise die inländischen Köpfe ermuntert. Man hat hier lange, wie man sagt, vergessen, was eben gegenwärtig nicht weit von uns als eine große Seltenheit und als die Erscheinung einer mächtigen Aufklärung bewundert wird.

Die Musik gehört zu den Lieblingsfreuden der Einwohner, und in wohlgeordneten Häusern wird sie ohne Ausnahme als ein wichtiges Stück einer guten Erziehung betrachtet. Überhaupt sind sie sehr empfindsam und weinen herzliche Tränen bei einer tragischen Vorstellung, wozu sie mehr als zu lachenden Scherzen geneigt sind; daher versteht eine geistreiche Anstalt nie ihren Zweck, und sie hängen mit Wärme und edler Unbeugsamkeit an jeder Einrichtung oder altem Herkommen, wovon sie überzeugt zu sein glauben, daß selbe sie alle betrifft. Sie sprechen bei gemeinschaftlichen Dingen, als gehörten sie alle zu einer Familie, und der Name Vaterland ist ihnen heilig, und jeder Flecken, der dazu gehört, ist ihnen wichtig. Sie lieben sehr die öffentlichen Feierlichkeiten, wo sie Gelegenheit finden, sich versammelt zu sehen und fröhlichen Herzens zu werden. Bei ihren Lustbarkeiten ist aller Zwang und alle Verstellung entfernt, und die Lebhaftigkeit und das gesellige Wesen zieht jeden in den Kreis ihrer Freuden. Der wahre Eingeborene wird nicht erst hier gegen Fremde offen und vertraut, er ist dies zu allen Zeiten, und man darf mit ihm nicht jahrelang umgehen, um zu wissen, woran man ist. Das Häßliche der Verstellung und andere sittliche Krankheiten, welche teils der Umgang mit angesteckten

Fremden, teils die Lektüre mißverstandener oder wirklich schlechter Schriften verbreitet, sind indessen nicht unbekannt; und machen den Reingebliebenen schon kennbarer. Das Blut der Altbayern wird nie versiegen; es ist hier gut sein, und wer nur eine kleine Zeit zugegen ist, will hier seine Wohnung sich bauen.

Lorenz von Westenrieder

Der Knabe im Walde

Der Knabe ritt hinaus in's Feld:
„Ade, Herzliebste mein!
Wenn wiederum das Frührot glänzt,
Dann will ich bei dir sein.“
Er ritt und sang aus voller Brust
Wohl in den frischen Morgen
Ein Lied von Lieb' und Lust.

Und als er kam zum grünen Wald,
Wo rot die Röslein stehn,
Da stellt sich grüßend vor sein Roß
Die Waldfrau wunderschön;
Wie Mondlicht war ihr Aug' so hold,
Ihre Wangen wie zwei Rosen,
Ihr Haar wie Morgengold.

„Halt an, halt an! du schöner Knab',
Wo reitst denn du hinaus?
Zäum' ab dein schlankes Roß, und bleib
Im grünen Blätterhaus.
Im Lindenwipfel rauscht die Luft,
Da läßt sich's kosen und küssen,
Waldblümlein geben Duft."

Der Knabe sprach: „Laß ab von mir,
Mir ziemt nicht Rast noch Ruh,
Ich hab' daheim ein süßes Lieb,
So hold und schön wie du.
Da woll'n wir tanzen und springen,
Und Hochzeit soll es sein."

„Und hast du daheim ein süßes Lieb
So hold und schön wie ich,
So soll es nimmer dich umfahn
Soll weinen bitterlich."
Die Waldfrau sprach's und schwang das Band,
Das sie im Haar getragen,
Mit ihrer schneeweißen Hand.

Da bäumte des Knaben weißes Roß
Und warf ihn auf den Grund,
In hellen Bächen floß sein Blut,
Er wurde bleich zur Stund.
Waldvöglein mit dem Ringlein rot
Sang: Leide, Leide, Leide
Wohl um des Knaben Tod.

Und als des Morgens der Buhle nicht kam
Zu seines Liebchen's Haus,
Da ward dem Mädchen gar so bang,
Es ging zum Wald hinaus.
Die Blümlein blickten traurig all',
Die Vöglein auf den Zweigen
Sangen mit leisem Schall.

Und als sie kam zum Lindenbaum,
Wo rot die Röslein stehn
Da fand sie unter den Röslein rot
Den Knaben bleich und schön;
Sie beugte wohl zum Buhlen sich
Und küßt' ihn auf die Lippen
Und weinte bitterlich.

Emanuel Geibel

Gries-Knödl

„Mehlspeise à la Munic"

In die gewöhnliche Masse der Knödl kommt noch etwas gekochtes und gehacktes Hühnerfleisch, mehr Käse, mehr Eier, und zwar diese in Dottern und das Weiße als Schnee. Man backt die Masse auf einem bestrichenen flachen Geschirr, sticht sie mit einem Ausstecher in runden Stücken aus oder schneidet sie beliebig, um die vielen Abfälle zu vermeiden. Wenn die gekochten Griesknödl in die Suppe getan werden, so gibt man diese gesondert dazu.

Carl Spitzweg

Pithekanthropos

Am Strande des Meeres wohnte eine Affenmenschenfamilie. Rau hieß das Männchen, Leia das Weibchen. Die hatten einige Junge, hausten friedsam in einer Höhle und nährten sich von allem, was Meer und Urwald boten.

Pithekanthropos = Affenmensch; Frühmensch, von dem man auf Java Knochenreste gefunden hat, und der im Pleistozän (Eiszeit) lebte.

Und sie waren glücklich, bis einmal Rau sagte: „Leia, das Meer kommt herauf."

„Das Meer kommt jeden Tag herauf und geht wieder zurück!" antwortete Leia.

„Es kommt aber immer weiter herauf und geht weniger weit zurück!" murrte Rau.

Leia gab keine Antwort; aber nach einigen Tagen sprach sie: „Das Meer kommt herauf. Wir müssen uns höher droben eine Höhle suchen!"

Und sie nahmen ihre Keulen; das war ihre ganze Habe. Mit ihren Jungen stiegen sie im Urwalde hinauf und fanden ein paar große Bäume, die so aneinander hingewachsen waren, daß sie ein Schutzdach bildeten. Hier schlug die Familie der Affenmenschen ihren Wohnsitz auf.

Aber kaum hatte sich der Mond einmal gerundet, so rauschte abermals das Meer heran. Die Affenmenschen mußten weiter hinauf wandern gegen das Gebirge zu. Und so ging es mit jedem Mondwechsel. Rau senkte die zottigen Brauen jedesmal tiefer. Allmählich sahen sie, wie alles Getier des Waldes mit ihnen aufwärts wanderte durch den Wald. Einzelne rascher, andere langsamer. Auch Schwärme anderer Affenmenschen sahen sie von weitem bergan ziehen. Dann knirschte Rau mit den Zähnen und wich ihnen aus. Denn er ahnte, daß es bald einen Kampf geben würde. Einen furchtbaren Kampf zwischen allem Lebendigen um des Bodens Breite.

Immer hörten sie das Meer hinter sich rauschen.

Eines Morgens, nach dem Aufbruch aus ihrem Lager, kam die Affenmenschenfamilie an eine offenere Stelle im Urwalde. Es war an einem Talhang. Unter sich, wo ein Bergstrom talabwärts schoß, sahen sie Schwärme von Tieren und von Affenmenschen stromaufwärts wandern.

Rau dachte einen Augenblick nach, ob er sich ihnen anschließen sollte. Aber er war klüger als sie, hielt sich an der unwegsameren Talwand und trieb die Seinigen vorwärts.

So ging es wieder einige Tage. Dünner ward der Wald. Die Affenmenschenfamilie mußte häufiger und häufiger durch Trümmerfelder klettern und steile Geröllhalden kreuzen. Sie waren weit abgekommen vom Strome der anderen und stiegen mit wenigen Tieren des Waldes bergan.

Und sie sahen, daß das Gebirge zu einer Kette von Inseln geworden war, um die das Meer seine Wogen trieb.

An einem der nächsten Tage kamen sie an eine unersteigbare Felsmauer. Am Fuße derselben saß ein einsamer steinalter Affenmensch, und schaute rückwärts, ins Meer hinaus. Der sah die Wandrer, lachte und sagte: „Es ist nichts mehr; wir müssen alle sterben! Geht dort hinüber und ihr werdet sehen, wie viele schon tot sind!"

Rau sah, daß er mit den Seinigen die Felswand umgehen müsse. Er wandte sich dorthin, wo der Alte mit dem zottigen Arme hingewiesen hatte.

Und er kam an das Ende eines Hochtals, auf einen grünen Wiesenplan. Da lagen Hunderte und Aberhunderte von Affenmenschen und von Tieren tot oder sterbend, zerrissen und mit den Zähnen zerfleischt. Es war ein Stöhnen und Jammern auf diesem Schlachtfelde. Und Rau und Leia sahen, warum diese Schlacht gekämpft war. Ein einziger schluchtartiger Ausgang führte aus diesem felsumgürteten Hochtal noch höher hinauf ins Gebirge. Um diesen Ausgang hatten sie gekämpft, wer ihn zuerst gewänne. Nun war der Kampf entschieden. Die Sieger waren hinaufgewandert durch die Schlucht; die Besiegten lagen im Tale, tot oder stöhnend in Todesnot.

Rau und Leia und ihre Jungen schlichen um das Schlachtfeld und gewannen die Schlucht. Auch hier waren noch Sterbende genug. Es war ein blutiger Pfad, der aufwärts führte. Als sie die Schlucht hinter sich hatten, fanden sie sich am Fuß eines zerklüfteten Bergkegels, durch dessen Furchen wilde Bäche niederstürzten. Rings umher aber und zu ihren Füßen rauschte das Meer. Eine Reihe von Bergen ragte in der Entfernung daraus hervor.

Der Wald war hier zu Ende. Nur einzelne große Bäume standen noch zwischen Felstrümmern. Im Weiterwandern fand Rau einen mächtigen Baum, der durch einen Felssturz über der Wurzel abgebrochen war. Unter dem Geäst dieses Baumes blieb er mit den Seinigen zwei Tage lang.

Dann kam das Meer auch hier herauf gerauscht.

Rau sagte: „Wir werden nicht weiter wandern; wir werden schwimmen."

Und er setzte sein Weib und seine Jungen zwischen die Äste des Baumes, und sich selber dazu. An demselben Tag, als das Meer noch weiter stieg, hob es den Baum empor. Rau aber und Leia und die Jungen ruderten mit abgebrochenen Ästen. Es gelang ihnen, sich in der Nähe des Berges zu halten.

Und dann vergingen noch sieben Tage, während der Berg immer tiefer in das Meer versank.

Und jeden Tag hörten sie vom Berge herüber das Geheul derer, die noch am Leben waren und um den letzten Rest von festem Boden kämpften und sich zerfleischten. Um den Baum her schwammen Tote; Haifische öffneten ihre hundertzähnigen Rachen und holten sich die Toten.

Am dritten jener sieben Tage war Leia mit einem ihrer Jungen verschwunden. Sie waren während der Nacht von den Ästen geglitten und im Meere versunken.

Am vierten Tage ward das zweite Junge von einem schwimmenden Ungeheuer ergriffen und in die Tiefe gerissen.

Nun hatte Rau noch eines seiner Jungen bei sich. Als er am fünften Morgen erwachte, fehlte auch dieses.

Er stieß einen heulenden Klageruf aus. Und vom Berge herüber antwortete tausendstimmiges Heulen.

Am sechsten Tage ruderte Rau näher an den Berg heran, von dem nur noch der oberste Gipfel, eine wilde Klippe, aus den Wassern ragte. Er sah auf ihm ein Gewimmel von Tieren und von Affenmenschen, eines am anderen hängend. Die schon von den Wellen halb überfluteten, welche zuunterst waren, bissen sich mit den Zähnen in die Glieder derjenigen, die höher droben waren; so lang, bis sie dieselben entweder mit hinabrissen in die Tiefe, oder von ihnen hinabgestoßen wurden. Auf einer Felsplatte, die schon von den Wellen überspült ward, hing ein Weibchen, halb ersäuft. Es war jung und schön. Rau ergriff es und zog es zu sich auf den Baum. Drei Affenmenschen sahen es, warfen sich ins Meer und schwammen auf den Baum zu.

„Einer will leben!" schrien sie.

„Auf ihn!"

Rau stand auf seinem Baume. Mit dem mächtigen Aste, der ihm als Ruder gedient hatte, schlug er zwei der Schwimmer über die Schädel, daß sie versanken. Der dritte wandte sich und floh nach den Felsen zurück.

Am Abend des siebenten Tages war die Klippe fast leer. Nur ein gehörnter Elefant stand noch auf ihr. Über seine Füße wuschen schon die Wellen hin; ein Schwarm von Vögeln saß auf seinem Rücken. In der Nacht hörte Rau den klagenden Ruf des Elefanten, während das Rauschen der Wellen verstummte.

Und am kommenden Morgen war von dem Berge nichts mehr zu sehen.

Das ganze Land war versunken.

Der Baum aber, der die letzten überlebenden zwei Affenmenschen trug, ward von einer gewaltigen Meeresströmung ergriffen und mit rasender Schnelligkeit fortgeführt.

Weit, weit!

Max Haushofer

Aus: „Münchener Stadtbüchlein"

Nun hätt' ich einen Sinn, vom Markt- oder wie wir ihn heutzutage nennen, dem Marienplatz mit euch zu plaudern.

Wollte nun da einer berichten, was sich auf demselben alles zugetragen und ob er auch nur den hundersten Teil hernähme, würde er gar nimmer fertig werden. Denn das ist weiters eine Zeit von Heinrich dem Löwen an

bis zu uns herauf. Das sind siebenhundert Jahre (bis 1858 gerechnet). Es ist also nur, daß man davon spricht, und da weiß mancher auch schon Bericht.

Zuvörderst also, daß der Kaiser Ludwig der Bayer dem kleinen und großen Platz Gestalt und bleibende Grenzen setzte. Nächst, daß da auf dem kleinen, oder dem Eiermarkt, die Bart, die Ridler, die Leupold, die Schrenk und andere ihre Häuser hatten – auf dem großen die Drächsel, die Ligsalz, die Tichtl, ganz früh schon die Gollier und wieder andere. Auch daß die letzteren, deren Häuser zur Linken gegen die Rosengasse zu befindlich, ein Kirchlein auf dem Platz stehen hatten. Das hieß „Zu Allerheiligen".

Wieder weiß jeder, daß die Bögen auf der St.-Peters-Seite die finsteren heißen, die drüben aber die hellen; dann, daß hinterm Fischbrunnen die Burgertrinkstube war und unterhalb an der Weinstraße das Lindwurm-Eck ist.

Was die Mariensäule anbetrifft, weiß eben wieder jeder, weshalb und wann und von wem sie errichtet ward. Nämlich vom Kurfürst Maximilian anno domini 1638, weil die Stadt München von Einäscherung und sonstigem zu großem Mißgeschick im Dreißigjährigen Krieg bis dahin befreit geblieben war, desgleichen, daß von des Maximilians Zeiten bis weit zu uns herauf an dieser Säule alljährlich das Andenken der Schlacht am Weißen Berg bei Prag gefeiert ward, und wie da gar viele Menschen, hoch und nieder, auch zu anderer Frist eifrig beteten.

All das ist wohlbekannt – und minder nicht, daß das eine Eck der Dienergasse die alte Landschaft, das andere der Weinstadel war. Vom gefährlichen Gantstuhl vor der Trinkstube und daß drauf die Häuser derer verrufen werden, so die ewig Geldgilt nicht entrichten können, will keiner Kunde haben, vom Strafesel auf dem Platz drüben, darauf leichtsinnige Gesellen reiten mußten, auch nicht.

Nur noch von einem zu reden – vom Rathaus: Daß da in alten Zeiten manche Landesangelegenheiten, desgleichen solche der Stadt ausgefochten wurden, das Volk zusammenkam und hinwieder manches Bankett gehalten wurde. Die Brautleute, zumal mit viel Glanz die Reicheren und Vornehmeren, taten im großen Saal ihren Ehrentanz, wie denn der Saal auch das Stadt-Tanzhaus genannt ward, wenn sich's um etwas Frohes der Art handelte, und da gab's dann zu Zeiten auch allerlei lustigen Mummenschanz, wie etwas zu Zeiten des Herzogs Christoph. Zu dessen Erinnerung ließ man ihrer eine Zahl Schalksnarren schnitzen, die da viel Kurzweil bereitet hatten, und stellte sie oben zu zwei Seiten an die Wand. Da stehen sie noch.

Franz Trautmann (1857)

An Schelling bei Betrachtung der Scuola d'Atene von Raffael im Vatikan

Verloren stand ich vor dem Meisterbilde,
Uns Plato in der Schüler Mitte zeigend,
Sich vor des großen Lehrers Worte neigend,
Vor seines Geistes Riesenkraft und Milde.

Schelling, Friedrich Wilhelm = deutscher Philosoph (1775 – 1854) / Scuola d'Atene = Schule der Athene; Gemälde des italienischen Malers Raffael (1483 – 1520).

Da war's als wenn auf mich sein Auge zielte,
Dem Platos nicht, dem Deinen, Teurer, gleichend,
Ruht grüßend, liebend es auf mir und schweigend;
Dein Geistesfeuer war's, das in ihm spielte.

Die Männer, die den Meister rings umstanden,
Die großen Denker waren's aller Zeiten,
Die in Dir, Hoher, ihren Herrn erkannten.

Du wagst die Klüfte kühn zu überschreiten,
Zu den'n die Weisen keine Brücke fanden,
Die Gläubige und Denker stets entzweiten.

Ischia, 5. Mai 1853.

König Maximilian II. von Bayern

Reue des jungen Ehemannes

I woaß a kloans Häuserl am Roan,
Das Häuserl is groß und nit kloan;
Und all' meine Zimma
Die gfalln ma halt nimma,
Denn i bin im Häuserl alloan,
Ja, denn i bin im Häuserl alloan.

Viel Vögerl, bald groß und bald kloan,
Die singen vorm Häuserl am Roan.

Ihr Gsangerl tut schallen
Ab'r 's will mir nit gfallen
Denn i hör dös Gsangerl alloan,
Ja, denn i hör dös Gsangerl alloan.

Am Berg vor'm Häuserl is a Stoan,
Drauf sitz i, schneid alliweil Spoan
Die Aussicht is prächti,
Do sieht ma weit mächti,
Doch freut mi des Schaun nit alloan.

Mei Betterl is woach und nit kloan,
J aber lieg hart wie auf' Stoan,
Da woalz' i mi umma,
Als hätt i an Kumma,
Denn i lieg im Betterl alloan.

A Diarn hat der Wirt von der Gmoan,
Die war für mi recht, hab i gmoant;
Zum Weib hab i s' gnumma
Den vorigen Summa,
Seitdem bin i nimmer alloan.

Jetzt will's sie aber nimma recht toan,
Dös Häuserl dös werd' ma scho z'kloan;
Die Ruah is ausgflogen:
Sie hat mi betrogen.
O i wollt, i wär wieder alloan
Ja, i wollt, i wär wieder alloan!

Freikorps-Wachtstubenfliegen

Herr Feldwebel Wachtlhuber: „Aber, aber, aber Herr Schüßmayer, gar nie sich sehen lassen! Gestern war doch Generalmarsch und beim Verlesen hat's halt wieder g'heißen: Schüßmayer! – nicht da."

Herr Schüßmayer: „Lieber Herr Wachtlhuber! Bei Bierkrawallen – nein – da hab ich mir fest vorgenommen, nie auszurücken, das geht die Gendarmerie an, da soll man niemand andern plagen."

W.: „Aber vorigen Dienstag sind Sie auch nicht gekommen und da – "

Sch.: „Ja, da war's ebenso eine mutwillige Geschichte – so ganz bei den Haaren herbeigezogen. So Katzenmusiken, das sind reine Bubenstreiche, da soll nur die Polizei einschreiten, und das streng."

W.: „Aber früher sind Sie halt auch nie gekommen – Sie waren eben noch gar nie da, seitdem Sie das Gewehr gefaßt."

Sch.: „Es hat auch anfangs geheißen, daß wir nur Gewehre fassen sollen – dann muß man auch bedenken, es ist ein Freikorps – überhaupt, Herr Wachtlhuber, Ihnen nehm' ich's nicht übel, Sie sind ein lediger Mann, Sie finden halt mehr Geschmack an diesem militärischen Wesen – 's liegt auch nahe, ja es ist eigentlich sogar Pflicht und in der Natur begründet, daß der Unverheiratete den Verheirateten schütze, selbst bei Tieren – "

W.: „Aber, aber! Soll also der arme Teufel, der nicht heiraten kann oder gar darf, sich erst auch noch totschießen lassen – pfui –; und die Bürger selbst, die auch zum größten Teil verheiratet sind, kommen doch auch in Waffen – alle Wetter, jetzt fällt mir erst ein – Sie sind ja gar nicht einmal verheiratet!"

Sch.: „Das nicht – nein – noch nicht; aber nahe dran, die Eingabe kommt nächste Woche schon zur Regierung – aufrichtig gesagt, man versäumt jetzt ohnedies genug Zeit; ich war die vorige Woche zweimal auf dem Rathause beim Unterschreiben –"

W.: „Zweimal? Also haben Sie die Gegenadresse auch unterschrieben? – Nun das nimmt grade nicht soviel Zeit weg!"

Sch.: „Ja, wissen Sie, wenn man einmal ausgeht untertags, nimmt man auch halt ein Schöpperl mit, und da ist ein halber Tag 'rum, man weiß nicht wie. Übrigens wird mich keine Zeit reuen –"

W.: „Wenns Vaterland ruft – wenn's gilt – nicht wahr?"

Sch.: „Ja! Wenn's gilt, wenn's wirklich gilt, dann komm ich auch –

W.: „Aber da wird's dann gut gehen – Sie waren ja nicht ein einzigsmal beim Exerzieren!"

Sch.: „Soviel als man daher braucht, kann jeder. Ja ich wär auch schon gekommen, aber nach dem, was ich so hör', unter uns gesagt – mir g'fällt der Geist nicht recht, der bei unserer Kompagnie herrscht, die Leutchen scheinen ein bißchen zu liberal –"

W.: „So gehens zu einer anderen Kompagnie –"

Sch.: „Das will ich eben auch nicht, da gibt's dann gleich Anfeindungen und das will ich nicht, positiv nicht – da bleib' ich lieber, wo ich bin – und dann hauptsächlich das Uniformwesen – das kostet auch Geld, Sie!"

W.: „O, Sie sind ein wohlhabender Mann, Herr Schüßmayer – niemand wird übrigens gezwungen, sich zu uniformieren –"

Sch.: „Weiß wohl; aber's fällt doch auf, wenn man nicht zu den andern

sieht; von allem abgesehen, ich muß mich auch wegen meiner Gesundheit ungeheuer in acht nehmen – dies Herumlaufen bei der Nacht – ich bin so nicht recht fest –“

W.: „Aber Sie sehen recht gut aus, was fehlt Ihnen denn eigentlich? Sie sind doch nicht gar bettliegerig?“

Sch.: „Das gerade nicht; aber ich habe keinen rechten Appetit schon seit einiger Zeit, und oft eine belegte Zunge – ich weiß nicht – – und dann, wie gesagt, besonders wenn man ein wenig entlegen wohnt –“

W.: „Aber Sie wohnen ja gleich am schönen Turm, nahe an der Hauptwache –“

Sch.: „Ja, jetzt schon noch; aber künftiges Frühjahr zieh ich bis in die Frühlingsstraße hinab.“

W.: „Nun, Sie kommen gewiß auch nicht mehr viel in den grünen Baum hinunter?“

Sch.: „Ich? Alle Tag, da halt mich nichts ab, Schlag fünf Uhr könnens mich schon drunten treffen. Grad gehen wir 'nunter. Heut gibt's Schnecken."

W.: „So, nun guten Appetit – das ist ein Herr Bruder von Ihnen, nicht wahr? Wenigstens sieht der Herr ganz in die Familie Schüßmayer –"

Sch.: „Nein, der ist ein Vetter von mir."

W.: „Der Herr, glaub' ich, ist bei der 9. Kompagnie, nicht wahr?"

Sch.: „War da, ja; jetzt ist er weg. Er hat sich ganz ruiniert mit dem vielen Gewehr hoch tragen, schauens nur an –"

W.: „O Gott! Nun lassen Sie sich nicht aufhalten."

Sch.: „Adieu, Herr Wachtlhuber –"

W.: „Adieu, Herr Schüßmayer – grüßen Sie mir Ihre Familie – alle Ihre Verwandten – Bekannten – die ganze Freundschaft – alle! –"

Carl Spitzweg

Dieweil du mich verlassen hast

Dieweil du mich verlassen hast,
Verließ mich auch der Schlummer,
Unrast ward mein beständiger Gast,
Mein Bettgenoß der Kummer.

Ich glaub', auch du hast viel geweint,
Dein Auge sah ich glänzen;
Nun bist du ruhig, wie es scheint,
Und fährst zu Spiel und Tänzen.

Da stellt' ich mich ans Treppenhaus
Ins gaffende Gedränge:
Ein Wagen hielt, du stiegst heraus,
Und Lob ging durch die Menge.

Wie schien dein Putz zum Hohn mir gar!
Anstatt der Myrtenkrone,
Die einst ich träumt', umfing dein Haar
Ein Kranz von rotem Mohne.

Die Blumen der Vergessenheit
Trugst du mit Lachen und Scherzen,
Da dacht' ich der vergangnen Zeit
Und sprach zum klopfenden Herzen:

Heut macht sie Glück, denn leicht und bunt
Trägt sie im Haargeflechte
Als Schmuck für eine lustige Stund
Den Schlummer meiner Nächte.

Hans Hopfen

Lied

Auf einem Eiland möcht ich wohnen
Im fernsten, stillsten Ozean,
Auf einer Insel milder Zonen,
Fern von Europas Not und Wahn.

Die ersten Bäume wollt' ich ziehen,
Der Reben und der Ähren Saat,
Und mit den ersten Kolonien
Begründen einen freien Staat.

O nichts mehr von den Lorbeerzweigen
Italiens und Griechenlands,
Die über Trümmer nur sich neigen,
Nur Grüften weihen ihren Kranz.

O nichts mehr von den Aschenschichten
Geborstner Reiche, Streit auf Streit!
Wir haben schon zu viel Geschichten,
Zu viel, zu viel Vergangenheit.

Dort aber an den holden Küsten
Blickt lächelnd in den Lichtazur
Die Zeit, ein Kind noch an den Brüsten
Der unentweihten Gottnatur.

Hermann Lingg

Brief an Ludwig II.

„Teurer, huldvoller König! Diese Tränen himmlischer Rührung sende ich Ihnen, um Ihnen zu sagen, daß nun das Wunder der Poesie wie eine göttliche Wirklichkeit in mein armes, liebebedürftiges Leben getreten ist! – Und dieses Leben, sein letztes Dichten und Tönen gehört nun Ihnen, mein gnadenreicher junger König: Verfügen Sie darüber als über Ihr Eigentum! Im höchsten Entzücken treu und wahr Ihr Untertan Richard Wagner. Stuttgart, den 3. Mai 1864“

Richard Wagner

Das Bahrrecht

„Nun geht, Graf Otto! Zum drittenmal
Erduldetet Ihr die Folterqual
Und habt sie, wie keiner, bestanden.
Wohlan dann! Reinigt Euch ganz vom Verdacht,
Als hättet den Ohm Ihr umgebracht
Aus Gier nach Schätzen und Landen!
Drei Stunden harret mit festem Mut
Allein an der Bahre, darauf er ruht;
Entquillt den Wunden alsdann kein Blut,
So lösen wir Euch aus den Banden.“

Drauf Otto: „Ich scheue die Probe nicht:
Kommt, daß ich allen wie Sonnenlicht
So klar meine Unschuld mache!“
Er spricht's; ihn führen die Schöffen den Gang
Zur Totenkammer schweigend entlang,
Durch die Tür einläßt ihn die Wache.
Davor wird wieder gewälzt der Stein
Und der Graf bei flimmerndem Lampenschein
Bleibt mit des Herzogs Leiche allein
Im schwarzbehängten Gemache.

Da liegt der Greis, der einst ihn erzog
Und mild des verwaisten Knappen pflog,

Da liegt er vor ihm auf der Bahre,
Sein Antlitz, drauf einst Liebe wie Haß
So mächtig geflammt, nun welk und blaß,
Umflossen von weißem Haare.
Graf Otto steht in Sinnen versenkt;
Nicht mehr, wie schwer ihn der Tote gekränkt,
Als er sein Kind ihm versagt, nun denkt
Er nur an die glücklichen Jahre;

Denkt, wie er zuerst mit Schwert und Schild
Zur Seite des Ohms auf Schlachtgefild
Gesprengt durch das Waffengeblitze;
Und wie, als er selber im Kampfe verzagt,
Sein eigenes Leben der Herzog gewagt,
Damit der den Knappen beschütze.
Er denkt es; ihm deckt die Augen ein Flor,
Blut, glaubt er, quill' aus den Wunden hervor
Das, Gottes Rache heischend, empor
Zur Wölbung der Kammer spritze.

Noch steht in stummem Starren der Graf,
Da ist ihm, als säh er vom Todesschlaf
Den Greis sich langsam erheben,
Als schlag er die Augenlider zurück
Und schau ihn an mit dem alten Blick,
Nur finsterer als im Leben.
Graf Otto taumelt zurück mit Graun,
Er wankt, doch kann er hinweg nicht schaun,
Kalt auf die Stirne fühlt er es taun
Und den Boden unter sich beben.

An der Bahre liegt er dahingestreckt,
Als Stimmenruf aus dem Starren ihn weckt;
Schon sind verronnen die Stunden.
Die Richter treten in das Gemach
Und forschen nach Sitte des Bahrechts nach,
Ob Blut entquollen den Wunden.
Sie rufen: „Glückauf! Kein Tropfen floß!
Glückauf, Graf Otto, besteigt Euer Roß,
In Frieden kehrt heim nach Windeckschloß!
Unschuldig seid Ihr befunden."

Wohl hört der Verklagte der Richter Wort,
Stumm aber liegt er fort und fort
Zu des schweigenden Klägers Füßen;
Glückwünschend strömen die Diener herbei:
„Was zögert Ihr, Herr? Ihr seid nun frei!"
Doch achtet er nicht ihr Grüßen.
Auf springt er und ruft, aus dem Brüten erwacht:
„Ich habe den Oheim umgebracht
Und heische das eine, noch diese Nacht
Die Strafe des Mordes zu büßen!"

Adolf Friedrich von Schack

Peppi

Das erste, was der Luegecker Peppi in diesem Dasein mit erwachenden Sinnen bemerkte, war ein Holzbrett und zwei Wassereimer. Das Brett mochte so etwa zwanzig Fuß hoch sein und befand sich eingerammt in die Mauer eines engen, düsteren Hofes. Glatt gefegt, wie es war, spiegelte es in das Halbdunkel hinein, gleich dem Holz einer Kegelbahn, auf dem man aufwerfen muß, will man nicht wegen eines Sandhasen zur Ordnung gerufen werden. Die Eimer aber bestanden aus Kupfer, aus solidem, rotem Kupfer, wie es zu jenen Zeiten in der Küche der Hausfrau prangte und den Stolz der Familie bildete. Diese Wirklichkeiten vermochte der kleine Peppi natürlich nicht zu unterscheiden, denn er war damals erst so etwa drei Jahre alt. Was ihm in die Augen sprang und ihn durch die immer wiederkehrende, gleichmäßige Bewegung fesselte, war einzig das abwechselnde Auf- und Niedergehen der beiden Eimer an diesem Brett. Das kam immer zu gewissen Stunden des Tages, des Morgens, des Mittags, des Abends. An einem derben Seile wurden sie hochgezogen und wanderten dann, am offenen Fenster angekommen, von starken, bloßen Armen gepackt, direkt in die Küche. Dort war in einer Ecke dicht neben dem Ausguß die Kurbel angebracht, die die Kübel zur Höhe beförderte. Wenn nun der Junge auch deren Zweck nicht erfassen konnte, dann sollte ihm der auf besondere Art frühzeitig erklärt werden. Eines Tages nämlich, während er mit allen Kräften den Handgriff des Rades zurückzustemmen suchte, bekam er einen fürchterlichen Schlag auf den Schädel. Später erzählte man ihm, indem man auf eine Narbe seiner Stirne wies, mit gerungenen Händen, daß damals gerade ein gefüllter Eimer am Stricke hing, so daß also nur Gottes unendliche Gnade ein furchtbares Unglück verhinderte. Und weil dabei immer gefragt wurde, ob sich der Missetäter das wohl eingeprägt habe, mußte er jedesmal mit dem Kopfe nicken. Nötig wäre das nicht gewesen, denn der Schlag war eigentlich ein genügender Denkzettel. Der Peppi besann sich noch sehr wohl der blitzartigen Betäubung, er hörte noch deutlich das gellende Geschrei, das ringsum von Verwandten und dienstbaren Geistern angestimmt wurde. Ferner besann er sich, daß er von der Stirne herunter den Mund voll warmer Flüssigkeit bekam, die ihn fast zu ersticken drohte. Das sei Blut gewesen, erklärte man ihm später und schlug wieder die Hände zusammen. Die das aber tat, war eine junge, stattliche Frau mit sanften, schönen Augen, an die sich der Peppi immer gern anschmiegte, und die sich im Laufe der Jahre als seine Mutter vorstellte. Oder, wie man damals sagen mußte, als seine Mama.

An Schrecken, Plötzlichkeiten und Ekstasen sollte sich der junge Erdenbürger in diesem Hause überhaupt zu gewöhnen haben. Die Eimer und der Aufzug taten ihm nichts mehr, denn man sperrte die Küche seit jenem Tage sorgfältig ab und schrie Zeter und Mordio, wenn der Peppi eines unbeobachteten Augenblicks daran vorbeiging. Auch holte man ihn regelmäßig vom Fenster weg, wenn er gar zu eifrig auf die gefüllten Kübel guckte, die man nun mal zum Hauswesen brauchte, da es noch keine Steigleitungen gab. Dagegen sah sich der Junge eines Tages ganz deutlich in einer Landschaft, auf einer grünen Wiese, die rings von hohen Bäumen umsäumt war. Ein Pferd, ein weißes Pferd trabte darauf mit tänzelnden Bewegungen herum. Und auf dessen Sattel wurde er plötzlich am Kragen von einem Manne gehoben, der ihn dann hübsch zurechtsetzte und anmutige Bogen beschrieb. Das gefiel dem Buben so sehr, daß er in die Hände klatschte und fortwährend holdrio schrie. Plötzlich aber geriet alles in sausende Bewegung, der Schimmel, die Bäume, die Wiese, der Reiter. So ging es dahin eine gute Weile. Der Peppi gewahrte den Himmel unter sich, die Wiese über sich, er sah die Bäume herumhopfen wie den Hampelmann, den er zu Hause gelassen hatte. Endlich merkte er, daß er schnell auf die Erde gesetzt wurde, aber ganz sanft und geschickt, so daß er sich gar nicht überschlug, sondern mit zappelnden Beinen das Weitere abwartete. Von der Ferne her aber tönte wieder dasselbe Geschrei wie damals, als die Kurbel auf ihn herniedersauste. Der Peppi begriff auch diesmal nicht, was eigentlich los war, und bekam erst später die gewünschte Erklärung.

Die ganze Familie mit Vettern und Basen hatte zu Wagen und zu Pferd einen jener Ausflüge gemacht, die in Massen erfolgen und so das häusliche Glück zu mehren bestimmt sind. Da kam einer von ihnen, der sich vor den Damen auf seinem Schimmel in stolzer Haltung und enganschließenden

Strupfenhosen präsentierte, auf den artigen Einfall, den Buben zu sich in den Sattel zu heben. Aber die zierliche Kavalkade konnte nicht durchgeführt werden, weil das Tier scheute. Wie der Reiter es endlich einfing, darüber vermochte der Peppi keine Auskunft zu geben, wohl aber merkte er so nach und nach an verschiedenen Zeichen, daß der verwegene Mann, der an jenem Sonntagnachmittag seine Künste in Freiheit vorführte, kein anderer war, als derselbe stramme Herr mit dem französischen Knebelbart, mit der goldenen Brille, der sich im Laufe der Jahre dem Buben mit nicht mißzuverstehender Gebärde immer deutlicher als seinen Vater vorstellte. Oder, wie man damals sagte, als seinen Papa.

Waren die Eltern nun so langsam in den Gesichtskreis getreten, dann sollten die Großeltern an die Reihe kommen. Die prägten sich streng getrennt ein, denn sie kamen niemals zusammen. Das heißt: die Ehepaare, wie sie angetraut waren, erschienen, wie es damals Sitte war, nur als unzerreißbares Ganzes, nur zu zweien, niemals aber kamen die Eltern des Vaters und die der Mutter gemeinsam ins Haus. Als der Peppi einmal fragte, warum sie das so hielten, wurde ihm sehr heftig bedeutet, daß ihn das gar nichts anginge. So ein fünfjähriger Bub brauche überhaupt nichts zu fragen, sondern habe geduldig zu warten, bis er angeredet werde. Die verschiedenen Großpapas und Großmamas erschienen ganz wie sie wollten, ohne sich von so einem Fratzen die mindesten Vorschriften machen zu lassen. Das taten sie denn auch, und zwar der Großpapa Luegecker jedesmal im langen, dunklen Gehrock, mit seinem vollen, silberweißen Haare und dem grauschwarzen Schnurrbärtchen, seine nicht viel größere Frau mit den klugen, durchbohrenden Augen in grauseidener Mantille. Zur Großmama hatte der Enkel kein rechtes Zutrauen, denn sie war wortkarg und fuhr einmal seine Mutter an, was er sich gut merkte. Doch galt ihm der Großpapa Luegecker nicht weniger als alles. Viele Reden brachte er zwar auch nicht heraus, aber er fuhr mit seinem glattrasierten Kinn unter brummigem Lachen gar oft die Backen des Kindes auf und nieder, indem er seinen Namen rief. Außerdem setzte er sich eines Tages durch eine besondere Tat in die Gunst des Enkels. Er schlug nämlich nach kurzem Wortwechsel seinem Sohne vor dem Peppi eine herunter, eine regelrechte, feste Maulschelle, so wie sie der Peppi noch eine Stunde zuvor von seinem Vater erhalten hatte. Freilich, der so Behandelte geriet darüber ganz außer sich, so daß der Peppi meinte, jetzt ginge es dem Großvater ganz sicher an den Kragen. Doch da irrte er sich, denn Wut und Schicksal wandten sich lediglich gegen den ungebetenen, kleinen Zeugen, der gleich wieder eine abbekam. Jetzt schrie der gerade so wie der Vater, und da der Großvater, durch diese Handlungsweise aufs neue gereizt, auch seinen Senf dazu gab, gab es ein erschütterndes Trio. Das machte dem Buben einen starken Eindruck, denn er merkte von heute an, daß es noch höhere Gewalten gab als die alltäglichen, die tyrannisch im Hause regierten.

Da war der Vater der Mutter, Herr Sebastian Gaigl, aus anderem Holze geschnitzt, redselig und weich. Wenn ihn der Peppi zu Gesicht bekam, stellt sich zugleich das Bild eines großen Bierfasses ein. Nicht etwa, weil der schwere, behäbige Mann beinahe den Umfang eines solchen aufwies; diesen frechen Vergleich hätte der Junge wohl schwerlich erfaßt oder gar gewagt, wohl aber, weil solche Fässer gar viele im Hofe des Hauses herumstanden, wo der Großvater wohnte. Dorthin wurde der Enkel einmal geführt und durfte von der Galerie des oberen Stockwerkes aus zusehen, wie ein baumlanger Mensch durch ein großes Loch in so ein Ungeheuer hineinschlüpfte. Das machte dem Buben einen so schrecklichen Eindruck, daß er zum allgemeinen Erstaunen laut zu toben begann, bis der Mann seinen

Kopf wieder eilig herausstreckte. Der ganzen Verwandtschaft aber bereitete das soviel Vergnügen, daß man bei späteren Besuchen das lustige Spiel jedesmal wiederholte. Der Brauknecht mußte aufs neue im Fasse verschwinden, und je stärker der Junge schrie, um so lauter lachten die Anwesenden. Die Folge war, daß der Enkel nicht mehr in das Haus wollte, schon deshalb nicht, weil ihm dort die Großmutter noch weniger zusagte wie die Mutter des Vaters. Die machte nämlich, wenn sie ihn sah, immer das Zeichen des Kreuzes über seine Stirne, den Mund wie die Brust, indem sie ihn dabei mit Wasser bespritzte. Dasselbe tat die Mama, wenn der Bub erwachte oder zu Bette ging. Aber sie machte es ganz anders, viel langsamer, viel freundlicher, vor allem nicht mit so spitzen Nägeln und unheimlichen Augen. Auch führte sie ihn dabei gern in ein schönes, hohes Haus mit ragendem Turme, das nur ein paar Schritte vom eigenen entfernt lag, in ein Haus, wo es glitzerte und flimmerte von Gold und von Silber. Dort wohnte der Himmelvater, so sagte die Mutter, mit all seinen Engeln und Heiligen. Dabei zwang sie den Buben sanft auf die Knie, indem sie sich neben ihn postierte.

Wie gebannt weilte der Peppi vor dem Unbegreiflichen. Die Unterweisungen wurden in flüsterndem Ton gegeben; es schrie überhaupt niemand in dem Gotteshause, sondern alles schlich auf Zehen, bald nach rückwärts, bald nach vorne, wo vor dem großen Aufbau, der ein mächtiges Bild barg, prachtvoll gekleidete Männer unter sanften Musikklängen feierliche Bewegungen beschrieben. Daneben gingen Buben einher, die gar nicht viel größer waren wie der Peppi selber. Die knieten nieder, dann standen sie wieder auf, dann trugen sie ein großes, dickes Buch abwechselnd von der einen Seite zur anderen, oder sie schwangen eine Glocke. Mit verhaltenem Atem verfolgte das der Kleine. Am meisten fielen ihm die Rauchwolken auf, die aus einem hin und her geschwungenen, silbernen Gefäße zur Höhe stiegen. Plötzlich aber fuhr er mit jähem Rufe, der halb aus Staunen, halb aus Lachen hervorkam, empor und wies die Mutter gegen den Altar. Der Priester hatte sich, mit dem Rücken gegen den Zuschauer, tief herniedergebeugt und blieb so einige Augenblicke in dieser Stellung. Der Bub aber, der ihn bediente, hob zum Entsetzen des Peppi ohne jedes Schamgefühl das Meßgewand so hoch, daß Gefahr bestand, man könnte das Hinterteil sehen. Ob denn das sein dürfe? Man kann sich denken, mit welchem Entsetzen die Mutter die Wirkung der heiligen Handlung auf den Buben entgegennahm. Sie wurde rot, als ob sie die Masern hätte, und legte in aller Eile die Hände des Kindes zum Beten zusammen. Der Peppi aber kam nicht darüber weg, schon deshalb, weil der Priester so halb als Mann, halb als Frau gekleidet, den Gefahren einer Entblößung erst recht ausgesetzt schien. Er fragte immer weiter, bis ihn die Mutter ganz entrüstet aus der Kirche zog. Dort, vor der Türe, hielt sie ihm dann eine tüchtige Strafpredigt. Was ihm denn einfiele? Ob er sich kein bissel schäme? Und wie er, den man so ängstlich vor allem Bösen behüte, auf so verworfene Gedanken geriete?

Der Peppi, so in die Enge getrieben, wußte erst nicht recht, was er antworten sollte. Nach und nach aber legte er, soweit er das vermochte, seine Gedanken zusammen und stammelte heraus, was er wußte. Gerade gegenüber dem Hause der Eltern wohnte der Herr Apotheker, der einen Mohren in goldenem Schilde führte und ein Töchterchen sein eigen nannte. Diese Leute kamer öfter herüber, ja, die Kleine, die etwa zwei Jahre älter war als der Peppi, durfte manchmal an Sonntagnachmittagen mit ihm spielen. Sie war ein wildes, übermütiges Ding, das allerlei Tollheiten ausführte und den jungen Kameraden dreimal in die Tasche steckte, bevor er sich einmal dagegen zur Wehr setzen konnte. So warf sie ihn denn, als sie an einem hohen Kirchenfeste besonders gut aufgelegt war, gegen einen Spiegelschrank im Schlafzimmer ihrer Eltern. Dieses Glas war so leicht, der Schädel des Peppi aber so dick, daß bei dem gewagten Unternehmen ein Sprung herauskam, der die große Scheibe in zwei wohlgemessene Hälften teilte. Erst wollte die Attentäterin alles wegleugnen, als aber der Peppi unter lautem Heulen auf eine kleine Schramme zu weisen vermochte, die am Hinterkopfe blutete, erschien sie genügend überführt. So begann denn ein regelrechtes Strafgericht. Das vollzog der Mohrenapotheker in eigener Person so kräftig, daß der Peppi an die hohe Genugtuung erinnert wurde, die ihm die Maulschelle des Großvaters bereitete. Die Tini, so hieß das Mädel, wurde nähmlich über das Knie gelegt, die Röcke wurden hochgehoben und durch Vermittlung des spanischen Röhrls sausten zehn wohlgezählte Hiebe auf die weißen Höschen herunter.

Daß es dem geistlichen Herrn gerade so gehen könnte, habe er gefürchtet, als der Ministrant das Meßgewand hob. Die Mutter sah den Schluchzenden an und schien ihm Glauben zu schenken. Sie flüsterte zwar, daß der Mohrenapotheker in Gegenwart eines unwissenden Kindes auch etwas Gescheiteres hätte tun können, dann aber wischte sie die Tränen des Buben ab un meinte, er dürfe in der Kirche nie und nimmer seine Gedanken auf so abscheuliche Dinge lenken, da ihm sonst nicht erlaubt würde, zum lieben Gott zu gehen, oder – sie besann sich hastig, weil sie das doch nicht recht mit ihrem Gewissen in Einklang zu bringen vermochte – der Himmelvater käme wenigstens nie mehr zu ihm.

Diese Drohung nahm sich der Peppi gar sehr zu Herzen, denn er hatte eine gar hohe Meinung vom lieben Gott. Nur sah er in ihm mehr einen famosen, alten Herrn wie den Großvater Luegecker, als den Richter über Gut und Böse. So ließ er die Augen denn weiter in der Kirche spazierengehen, ja, es kam ihm nicht darauf an, sie auch draußen in der Welt auf Dinge zu heften, die ihn doch gar nichts angingen.

Vom Schlafzimmer der Eltern führte eine finstere Wendeltreppe in einen unheimlichen Raum hinab. Dort wohnte der Teufel, der Höllenfürst, der Pech und Schwefel verbreite. So meinte wenigstens in Stunden, wo sie ihn erheitern sollte, die alte Kinderfrau, die Karoline oder Kalini, wie sie ausgesprochen wurde. Und sie fügte, um das Bild noch etwas eindrucksvoller zu gestalten, mit weit aufgerissenen Augen ein schauerliches Huhuhu bei, als hätte sie ihn schon einmal persönlich gesehen. Der Peppi mied daher in seinen ersten Jahren die verrufene Treppe gar ängstlich. Als er aber nach und nach entdeckte, daß von da unten, wie vom Hofe herauf, aus Petroleumbehältern, Kaffeesäcken und Anguillottifäßchen immer lockendere Düfte stiegen, besonders wenn frische Ladungen kamen, da meinte er, der Gottseibeiuns stehe eigentlich in keinem so üblen Geruch, als daß man's nicht mal ruhig riskieren könnte, vom ersten Stockwerk in den geheimen Abgrund hinabzuklettern. Stieg doch auch der Vater jeden Morgen und Abend gleich ein paarmal hinunter, ohne daß ihm deshalb die Augen mit dem höllischen Schürhakl ausgestoßen oder die Beine mit einer glühenden Säge abgetrennt wurden. Deshalb hob er eines Tages recht vorsichtig den Deckel hoch, der die Treppe zudeckte, und kletterte hinab.

Dort bot sich ihm ein viel traulicheres Bild als in der von der Kalini geschilderten Hölle. Zur linken Hand sah man durch eine Glastüre in das Büro, einen grün gestrichenen Raum mit bücherüberdeckten Pulten, zur rechten öffnete sich das Reich, dem des Buben Sehnsucht seit jenen Tagen galt, da er zum erstenmal auf der Straße daran vorbeigeführt wurde. Ein mächtiger Verkaufstisch, in den zwischen kühn gewundenen Girlanden ein Merkur mit beflügeltem Stab und ebensolchem Hütchen geschnitzt war. Darüber in gleicher Länge eine geringelte Schlange, von deren Mitte dicht unter der mit starkem Glase überdeckten Uhr eine breite Petroleumlampe sich herabsenkte. Doch diese Herrlichkeiten hätten den Buben nicht zu fesseln vermocht. Was ihn mit dem geweckten Geruchssinn an die richtige Stelle führte, das waren die zahllosen Fächer an den Wänden des Ladens mit gedörrten Trauben, Pflaumen und Feigen. Da griff er, während er zwischen den Angestellten und Kunden herumwanderte, ohne Zaudern recht tief hinein, je öfter er seinen Besuch abstattete. Ja, einmal nahm er sogar eine Handvoll neuer, silberner Kreuzer aus einer Holzschüssel mit. Er merkte wohl, daß das nichts zum Essen war, aber die Dinge funkelten so wunderschön, und das gefiel ihm.

Zu seinem grenzenlosen Erstaunen ging desselben Abends, als er zu Bette gebracht wurde und die klirrenden Silberlinge samt noch ungenossenen Naturprodukten aus der Tasche fielen, wieder jenes Geschrei im Hause los, das dem Buben seit dem Schlag auf den Schädel recht wohl bekannt war. Nur tönte es diesmal noch wilder und aufgeregter, ja, es hagelte förmlich auf den Schwerverbrecher hernieder. Ihm wurde noch in derselben Stunde nachdrücklich klargemacht, daß es auf dieser Erde einen ausgesprochenen Unterschied zwischen Mein und Dein gebe, der kein blindes Draufgehen gestatte. Als dieses Kapitel zu Ende gelesen war, kam ein Privatissimum über das Geld durch den Papa. Das sei das ABC des Lebens, das bedeute Besitz; deshalb müßte man erst lernen, es zu verdienen, ehe man so liederlich damit umspringe, ja, ehe man es stehle. Er wolle nicht schwarz malen, weil das nicht seine Art sei, aber wenn es so weitergehe, dann wären Zuchthaus und Schafott das Ende. Was das für Dinge seien, wisse der Bub natürlich noch nicht, würde es aber bei solchem Lebenswandel bald erkennen: beim Ersten käme man in schimpflicher Weise um die Freiheit, beim Zweiten in noch fatalerer um den Kopf. Ob der Peppi zum Beispiel noch nie was gehört habe von dem bekannten Raubmörder, der vor ein paar Jahren in der Oberpfalz geköpft wurde? Der sei auch der Sohn anständiger Leute gewesen, schließlich aber so tief gefallen, daß man ihn hingerichten mußte. Denn Naschen sei der Anfang, dann käme das Lügen, dann das Stehlen und dann ... Der Peppi wußte die Reihenfolge, in der es so fortging, nicht länger mehr einzuhalten, denn er fiel schließlich vor lauter Heulen und Abspannung um und schlief ganz erschöpft ein.

In viel milderem Sinne äußerte sich der Lehrer, als der ganz verschüchterte Sträfling kurze Zeit darauf zum erstenmal die Schule besuchte. Man hatte den guten Herrn im strengsten Vertrauen auf die Veranlagung des Buben aufmerksam gemacht, damit er ihr peinlich nachgehe und neue Katastrophen verhindere. Mit lotrechtem Senkblei tat das der schon etwas bejahrte Bakelschwinger nun freilich nicht. Er ließ vielmehr den lieben Gott einen guten Mann sein, der gar nichts besitze, ja, von Zibeben, gedörrten Zwetschgen und silbernen Kreuzern nicht die leiseste Ahnung habe. Dabei sang er viel und schnupfte noch mehr, indem er nach genommener Prise fest auf den Deckel einer hölzernen Dose schlug. Dann stellte er sich lange Zeit ans Fenster und trommelte pfeifend mit den Fingern gegen die Scheiben. Sehnsüchtig sah ihm der Peppi nach. Denn dort stieg über niedere, ziegelrote Dächer pfeilgerade der Turm des Gotteshauses empor, in das ihn die Mutter regelmäßig führte. Ein unförmiges Zifferblatt mit funkelnden Zeigern glotzte auf die Schulbänke herein. Und diese unaufhaltsamen Schrittmesser, die gleichmäßig auf und nieder gingen wie die Eimer in dem väterlichen Hofe, verfolgte der Peppi mit eifrigem Studieren. Ja, es stellte das so ziemlich die einzige Tätigkeit dar, die er in der Schule entfaltete. Dabei stopfte er abwechselnd den rechten wie den linken Zeigefinger in das entsprechende Nasenloch, indem er gleichzeitig aus alter, lieber Gewohnheit ein bißchen am Daumen lutschte. Steuerte dann der große Zeiger mit dem Kopfe nach oben auf die Mitte los, dann wußte er, daß bald wieder eine Stunde vorbei oder Schluß sein werde, was der alte Hausmeister der Schule durch ein gellendes Zeichen gleichfalls verkündete. Läutete es aber vom Turme des Gotteshauses, das die Peterskirche genannt wurde, dann horchte er gespannt auf, denn diese Glocken tönten des Nachts in sein Bett herein, wenn in der Stadt Feuer gemeldet wurde. Das trieb ihn jedesmal ins Schlafzimmer der Eltern, ja, er soll dabei oft ganz in Schweiß gebadet gewesen sein und entsetzlich geschrien haben. Manchmal, wenn er zum Schlafen gebracht wurde, sagte er es sogar im voraus, daß sie heute nacht da droben wieder anschlagen würden. Und trotzdem ihn die Mutter zu beschwichtigen suchte, wollte er dann gar keine Ruhe finden. Am friedlichen Morgen aber, wenn er dann wieder in seiner Schule saß, hatte er nur den einen Gedanken, da drüben auch einmal ziehen zu dürfen an den Stricken, um Alarm zu schlagen oder Gebet zu läuten.

Daß die Ergebnisse des Schulbesuches dieser höchst phantasievollen Unaufmerksamkeit entsprechen mußten, ist klar. Trotzdem erhielt der Peppi von dem gutmütigen Lehrer ein Fleißbillett über das andere. Auch schöne Nullen wurden ihm in die Zensuren geschrieben, die damals die beste Note bedeuteten. So blieb auch in der Familie die Anerkennung nicht aus. Freilich, die kam nur einmal im Jahre und beschränkte sich in der Hauptsache auf das Christkindl. Das Christkindl hingegen beschränkte sich gewöhnlich auf ein Paar neue Handschuhe, ein kleines Spielzeug oder eine Schiefertafel mit Griffeln, so daß den Höhepunkt des ganzen Jahres eigentlich die Apfelsine bildete, die die Tante Therese regelmäßig zum 19. März, also am Josephitag, unter großer Feierlichkeit überbrachte. Die würdige Dame war die Schwester der Großmutter des Peppi, ein Familienmöbel aus der guten alten Zeit, von der der Großvater Luegecker einmal in des Peppi Gegenwart höchst bissig behauptete, sie hebe sich mit ihrem aristokratischen Gebaren vorteilhaft ab von den Bierbrauerphysiognomien der anderen Familie. Allerdings gravitierte sie nach höheren Regionen als in das Braugewerbe; sie hatte in hohe Beamtenkreise geheiratet und wurde durchweg die Frau Geheimsekretär genannt. Als solche begrüßte man sie auch jedesmal mit gebührendem Respekt. Man dankte es ihr, daß sie ihre Vergangenheit nicht völlig verleugnete, man wies ihr auf dem Biedermeiersofa den gebührenden Ehrenplatz an, dem Peppi aber wurde eingeschärft, er solle ihr beileibe nur die Hand küssen, den Mund aber erst dann, wenn sich die hohe Frau selbst zu so außerordentlicher Gunstbezeugung herabließe. Wollte er sich gar unterstehen, nach der Apfelsine zu greifen, die doch eigentlich sein Eigentum war, dann bekam er sofort eins auf die Hand. Denn diese duftende Frucht des Südens, die zu jenen Zeiten eine Gabe von hohem Werte bedeutete, durfte erst dann verzehrt werden, wenn sie völlig verhutzelt und ungenießbar erschien, gewöhnlich zu Ostern oder zu Pfingsten. Zunächst wanderte sie unter Beobachtung gebührender Vorsichtsmaßregeln sowie unter Segenswünschen für die gütige Spenderin in die Glasetagere des roten Salons, dicht neben den Brautkranz der Mutter des Peppi, dicht neben ein mit Kieselsteinen gefülltes, silbernes Skandalinstrument mit elfenbeinernem Griff, das der Säugling von derselben Tante in der Wiege erhalten hatte, das er aber ebensowenig berühren durfte wie die anderen Kostbarkeiten, die der Schrank noch barg.

Und deren gab es wahrlich eine Menge. Schön geschliffene Gläser, Messer und Gabeln, Teller und Schüsseln, Kaffeetassen und Salzbehälter, Busennadeln und Krawattenhalter. Am hellsten leuchtete ein großer Opal, von dem geheimnisvolle Kunde ging. Die Mutter verriet nämlich dem Peppi, der gehöre zu einer goldenen Dose. Wo diese augenblicklich sich aufhalte, wisse man nicht; sie sei eben verschwunden. Für heute genüge es, daß dieser

Familienstolz ihrem Großvater, der gleichfalls Sebastian Gaigl hieß, von keinem Geringeren geschenkt wurde als vom König in eigener Person. Der kam nämlich mit seiner hohen Gemahlin, den Prinzessinnen und dem ganzen Gefolge bei einem großen, landwirtschaftlichen Feste alljährlich auf den Bierkeller draußen bei der Theresienwiese und nahm dort das Mittagsmahl ein. Die Mutter erzählte das nicht ohne eine gewisse Gehobenheit, mit jenen Absätzen und Pausen, die so einen Bericht noch viel feierlicher machen. Auch fügte sie manches bei von der unnahbaren Würde solch hoher Herrschaften, ihrer huldvollen Herablassung und Gnade, so daß der Peppi zum erstenmal einen Begriff bekam vom Dasein jener Majestät, die die Menschen regiert. Freilich steckte er den König nicht in jene beengenden Uniformen, in denen sich der gewaltige Mann bei der Parade bewegte, sondern er zog ihm in Gedanken Purpur und Hermelin an und setzte ihm die Krone aufs Haupt, wie er's in Märchenbüchern gesehen hatte. Den Wunderstein aber beschloß er, bei Gelegenheit an sich zu nehmen, um ihn den Kameraden in der Schule zu zeigen. Wie er darauf verfiel, das wußte er, als er später einmal gefragt wurde, selbst nicht recht anzugeben. Erst merkte er wohl, daß er Gewissensbisse empfand, und überlegte noch. Die Kreuzer hatte er gestohlen, ohne zu ahnen, was er tat: Diesmal sagte er sich im voraus, daß es ein Unrecht war, was er vorhatte, eine jener Schandtaten, für die man wieder viele Stunden in der Peterskirche zu knien hatte oder entsprechende Prügel bekam. Aber die Sucht, einen Gegenstand zu berühren, den der Monarch in der Hand gehalten hatte, gewann die Oberhand. So umschlich er den Schrank, er suchte einen passenden Augenblick, wo die Türe offenstand. Da dies aber nie glückte, verstieg sich seine, durch die Erzählung gesteigerte Erfindungskraft zur ersten Lüge des Lebens.

Die nahm er auf sich, so ruhig und sicher, als ob er das Vaterunser heruntersagte, ja, er brauchte gar keine lange Überlegung dazu. Er behauptete nämlich, während der Lehrer mit dem Stabe an der Wandkarte die Grenzen des Vaterlandes abmaß, der König dieses unermeßlichen Reiches habe ihm eine goldene Dose mit einem märchenhaften Stein eigenhändig auf der Straße geschenkt. Die Dose zeige er nicht her, nein, die verwahre er irgendwo ganz im geheimen. Den Stein aber könne jeder bei ihm zu Hause sehen, der ihn sehen wolle. Freilich fiel er damit bös herein, denn der Lehrer fragte, was da geflüstert werde, und als die Mitschüler alles verrieten, lachte er dem dummen Aufschneider so laut ins Gesicht, daß die ganze Schule ein grölendes Geheul anstimmte. Doch der an den Pranger Gestellte zog keine Witzigung aus dieser Niederlage, im Gegenteil, er verbiß sich förmlich in das Recht zu sagen, was ihm einfiel, mochte es nun wahr sein oder nicht. Mit dem König drang er nicht durch, nun gut, dann mußte es etwas anderes sein, womit er aufdrehen konnte.

Und da verfiel er auf etwas, womit wohl noch keiner sich gebrüstet hatte, weil bei dieser Lüge nicht das mindeste herausschaute. Seit er in die Schule ging, drang er beständig in seine Mutter, warum er denn gar keine Geschwister habe, wo die Kameraden doch gleich so und so viele aufzählen könnten. Natürlich vermochte die junge Frau keine Antwort zu geben, die den Peppi irgendwie befriedigte. Sie meinte, der Storch sei eben ein Tier, das man nicht so bestellen könne wie den braven Hund, der täglich die Milch vor das Haus fahre. Eines Tages aber erklärte sie plötzlich sehr aufgeregt, der Peppi werde nie einen Bruder erhalten, das solle er sich merken. Ganz verdutzt fuhr der Kleine zusammen. Er hatte die sanfte Mutter noch nie so gesehen, am letzten zu dieser Stunde, wo sie das herausstieß, unter dem angezündeten Christbaum. Dort war es nämlich kurz vorher zu einer schweren Szene zwischen den Eltern gekommen, zu einem Auftritt, der losbrach wie ein Gewitter im Sommer. Was sie redeten, verstand der Bub nicht; es waren nur abgerissene Sätze und Andeutungen. Auch nahm der Vater gleich darauf seinen Hut, um von dannen zu rennen, die Mutter aber löschte die Lichter des Baumes aus. Da taumelte der Junge zu Bett wie damals, wo er den Schlag von dem Eimer empfing. Er wußte nicht, um was es ihm mehr leid war, um die elend verregnete Bescherung oder um den endgültig verweigerten Bruder, er tappte nur die Wand entlang, als hätte er alle Sehkraft verloren. Da er aber am andern Tage bei Tische zu seinem Erstaunen die Eltern plötzlich wieder ganz vergnügt fand, ja, scherzend und lachend wie sonst, legte er sich gleich zwei Brüder bei, deren Vorhandensein er zwischen Rechtschreiben und Religionsunterricht verfocht. Da der Bruder eines bürgerlichen Schuljungen nie eine so hervorstechende Persönlichkeit sein kann wie ein König, durfte diese Lüge eine Zeitlang ungestraft ihre Runde machen, ja, es glückte dem Peppi sogar, einen Kameraden, der ihn besuchte und teilnahmsvoll nach den Angehörigen fragte, mit der Angabe zu täuschen, die beiden seien augenblicklich so krank, daß sie zu Bette lägen.

Trotzdem ging er bei Leuten, von denen er glaubte, sie könnten nicht so leicht auf die Spur kommen, daneben ganz im geheimen noch manchesmal mit der Dose hausieren. Er brachte sie zwar auch da nicht an den Mann, aber er gefiel sich selbst in dieser Welt des Scheins und fühlte sich wohler darin, als vor seinen Augen ganz unvermutet der Vorhang über eine neue gelüftet wurde. Unter den Klängen eines verstimmten Klaviers, in einer mäßig geheizten Bretterbude ging die buntbemalte Leinwand zur Höhe. Dann aber kamen Zauberer, Hexen, Krokodile herbei, zu denen sich bald zwei neue Gestalten, an fast unsichtbaren Drähten gezogen und in köstliche Gewänder gekleidet, gesellten. Sie trugen die gleichen Farben wie der seltenen Leckerbissen, den man nur an ganz besonderen Festtagen aus der nahen Konditorei holte, wie Erdbeer- und Zitronengefrorenes, und hießen gleich dem Titel des Stückes Prinz Rosenrot und Prinzessin Lilienweiß. Nur daß sie außer den so getönten Kleidern goldene und silberne Spangen trugen, samt Barett und Diadem.

Wie sich die beiden durch alle Gefahren, durch Wasser und Feuer, durch brüllende Bestien schlugen, wie sie schließlich dann selige Hochzeit hielten, umgeben von nickenden Schranzen, bekränzt von Blumen, sowie gesegnet von einer gütigen Fee, das machte dem Peppi gewaltigen Eindruck. Den unvergeßlichsten aber bot ihm auf einmal ein dickes Männlein mit kupferroter Nase, gelben Hosen, grüner Weste und roter Jacke. „Der Kasperl!" schrien die Zuschauer ganz beseligt; Väter, Mütter, Kinder und Tanten wiesen auf den beweglichen Kerl. Und den Peppi riß es auf und nieder, als der Bursche mit dem grünen Hütel und der hochstehenden Feder nun plötzlich den Fabelwesen da oben sowie Fürsten und Professoren mit größter Respektlosigkeit einen Bauchtritt nach dem andern gab. Er lachte darüber in einem fort, er lachte zu Hause, in der Schule, auf der Straße, bis diese fortgesetzte Heiterkeit mit einem Schlage vor einem Ereignis verstummte, das ihn grausam ernüchtern sollte.

Es starb die Großmutter seines Vaters, das Urahnl der ganzen Familie, eine steinalte Frau von mehr als neunzig Jahren, die in einem Spital am Fuße der Frauenkirche ein Zimmer bewohnte. Zu ihr war der Peppi regelmäßig dreimal im Jahre von seinem Vater persönlich gebracht worden, am Vorabend ihres Namenstages, am Vorabend des seinen und zu Silvester. Diese umständliche Gratulationsmaschine wäre auch ganz sicher am Geburtstage der alten Dame in Bewegung gesetzt worden, aber die Kirchenbücher ihrer Heimatgemeinde konnten infolge der unregelmäßigen Führung um die Mitte des achtzehnten Jahrhunderts kein präzises Datum ausweisen. Bei diesen Besuchen hatte sich der Bub jedesmal vor den eiskalten Küssen der alten Dame, die ihn immer einen Schnurrbart fühlen ließen, ein bißchen gefürchtet. Auch verstand er sie kaum, wenn sie ihn mit ihrer fadenscheinigen Stimme etwas fragte. Sollte sie ihn aber verstehen, dann mußte er jedesmal schreien wie der Großvater Luegecker, der seine Mutter nur mit „Hütehoh!" oder ähnlichen ermunternden Zurufen anzubrüllen pflegte. So etwa, als ob er die Pferde in Bewegung setzte.

Heute freilich brauchte sich keiner mehr anzustrengen. Sie lag stumm in dem einfachen Sarge, mit einem ganz verschwindenen Vogelgesichtchen, das eine weiße Haube umrahmte, mit Kinderhändchen, in die ein wächsernes Kruzifix gepreßt war, in langem, schwarzseidenem Gewand. Rechts und links davon standen zwischen einfachen Blumen zwei brennende Wachskerzen in Messingleuchtern sowie zwei alte Frauenzimmer, von denen das eine in leierndem Tone betete, während das andere so ein bißchen das Taschentuch vor den Augen in Bewegung setzte. Der Vater machte in strammer, aufrechter Haltung, die er stets wahrte, zuerst das Zeichen des Kreuzes. Dann neigte er sich zu dem Peppi herab und meinte, der brauche gar nicht so gleichgültig dazustehen, sondern solle entweder beten oder wenigstens eine gewisse Ergriffenheit zeigen. Hilflos sah sich der Kleine um, und da er in diesem Augenblick kein Vaterunser über die Lippen brachte, auch keinerlei Rührung empfand, sondern nur lähmende Furcht vor diesem ungewohnten Anblick, vor dieser Leiche und ihrer seltsamen Umgebung, zog er sein Taschentuch, hielt es vor das Gesicht und markierte trockenen Auges gehorsam so lautes Schluchzen, daß der Vater wieder meinte, derartig brauche man sich erst recht nicht aufzuführen.

Dem Peppi aber war's gar nicht zum Heulen. Er empfand es wohl, daß man in solcher Stunde nur der Dahingegangenen zu gedenken hatte, und schämte sich bitterlich, daß ihm im selben Augenblick nichts anderes durch das Gehirn zog als der Kasperl samt dem Marionettentheater. Lachen konnte er freilich nicht, aber ebensowenig vermochte er diese unpassende Erscheinung energisch zu scheuchen. So mußte er sich ihr denn widerwillig hingeben, indem ihm bald darauf die goldene Dose, der König und die beiden Brüder in den Sinn kamen. Die närrische Gesellschaft umgaukelte ihn auch, als er die alte Frau zur offenen Grube geleitete, sie folgte ihm, als er dem Gottesdienst in der Peterskirche beiwohnte, und sie stürmte erst recht auf ihn ein, als ihm der Vater etwa sechs Wochen später eröffnete, er dürfe nächste Woche mit ihm, der Mutter und den Großeltern Luegecker weit, weit über Land fahren, so weit wie er noch nie in seinem Leben gekommen sei, um draußen in einem Dorfe im Dachauer Moos der Hochzeit vom Vetter Alois und der Base Kathi beizuwohnen.

Von diesen Verwandten hatte der Peppi noch niemals gehört. Sie waren ihm auch heute sehr gleichgültig, doch freute ihn die Aussicht, schon wieder das Fest der Hochzeit, bestrahlt vom magischem Lichte des Marionettentheaters, sehen zu dürfen. Deshalb schlief er fast die ganze Nacht nicht und war froh, als man ihn an dem finsteren Wintermorgen endlich aus dem Bette holte, um ihn dann, von oben bis unten in einen großen Schal gehüllt, einer eiskalten Kutsche zu überliefern, in der die Großeltern bereits Platz genommen hatten.

Freilich bedeutete das einen Anfang, der ein bißchen ernüchtern konnte, aber der Peppi tröstete sich im stillen damit, daß das große Ende noch kommen werde. Deshalb hielt er, eingeklemmt zwischen den vier Sitzen, tapfer aus, als das Fuhrwerk in der tiefen Dunkelheit gemessenen Trabes endlos dahinrollte. Die Spannung trieb ihn hoch, sie verscheuchte die Müdigkeit und ließ ihn aller Erwartung fortwährend durch die kleinen Fenster schauen. Lange, lange kam nichts; es blieb so stockdunkel im Freien wie in der Kutsche. Nur das eine merkte der kleine Reisende, daß es schon längst keine Häuser mehr in der Runde gab. Dann fuhr man wieder an einigen entlang, und der Vater nannte den Namen der Ortschaft. Er war der einzige, der sprach, nur war es fast immer ein Schimpfen auf die scheußliche Kutschiererei, was er hervorbrachte. Der Großvater hatte sich tief zurückgelehnt und schnarchte, daß es klang wie die Winden, die die Eimer in die Küche zogen, wenn sie schlecht geschmiert waren. Endlich richtete er sich im ersten Morgengrauen empor und gähnte, als wollte er alle im Wagen auffressen. Dann wies er auf ein großes Haus auf einer Anhöhe, das aus schneelosem Dunkel mit breiten Quadern herauswuchs. „Dachau!" brummte er; dann lehnte er sich wieder zurück. Denn man war noch immer nicht am Ziele. Eine gute Weile ging es so fort, während der Morgen stärker heraufkam. Verregnete Wiesen, kahle Bäume traten hervor, worüber ein immer stärker wachsendes Licht flammte. „Siehst du den Petersturm?" fragte plötzlich die Großmutter. Der Peppi riß die geröteten Augen auf,

so weit er nur konnte. Doch entdeckte er nichts. Er sah ein weitgestrecktes, ungeheueres Land, er sah darüber die Sonne emporsteigen, er sah die Quadern des Dachauer Schlosses rötlich beleuchtet und starrte wortlos vor sich hin, als die glühende Kugel, die er noch niemals so frei, so uneingeschränkt beobachtet hatte, jetzt höher und höher wuchs.

Der Verwandtschaft genügte das aber noch nicht. Man meinte, er müsse tiefer gehen, viel tiefer. Dabei hob man ihn an das Fenster und wies ungeduldig mit den Fingern nach einer Richtung. Jetzt sah der Peppi ganz fern am Horizont eine lange schwarze Linie auftauchen von Dächern, Türmen und Giebeln. Ganz unscheinbar, gang niedrig wuchs sie aus dem Erdboden hervor. Das sei München, meinte der Vater, aber er war auch damit nicht zufrieden. Der Peppi sollte nun einmal den Petersturm herausfinden, zu dessen Füßen er geboren war. Als das nicht glückte, ärgerte er sich über so viel Schwerfälligkeit und meinte, er könnte nur wiederholen, was er schon oft gesagt habe, der Bub sei halt dumm. Da geriet der Großvater in Harnisch, auch die Frauen sprachen dagegen, so daß die Schimpferei im Wagen begann, bis der Peppi, der bis jetzt immer aus reiner Lust am Phantasieren gelogen, plötzlich merkte, daß diese lobenswerte Tätigkeit auch eine praktische Seite haben konnte. Von diesem Gesichtspunkte aus sagte er plötzlich, er sehe jetzt den Turm ganz deutlich. „Da . . . da . . . da . . . da . . .!“ Er rief das sehr lebhaft, indem er nach einer beliebigen

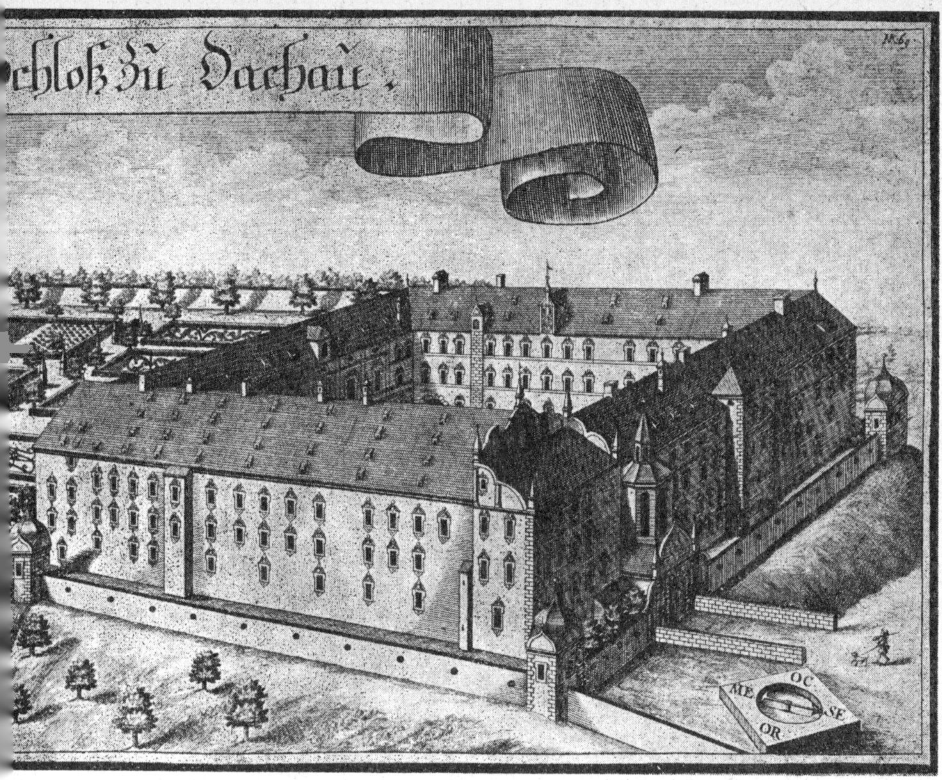

Richtung wies. Seine Reisegefährten aber führten sich auf, als würden sie plötzlich von einem Alp erlöst, der Jahre auf ihnen gelastet hatte. Sie begrüßten die wiedererwachende Klugheit des Buben mit einem lauten Freudengeschrei, sie küßten ihn, als ob er ein großes Examen bestanden hätte, sie klopften ihn ab, bis kurze Zeit darauf die Türe des Wagens geöffnet wurde und die Insassen sich bocksteif ins Freie wanden.

War somit die ganze Fahrt schon höchst sonderbar gewesen, der Eintritt in die jetzt sich darbietende neue Welt sollte den Buben noch mehr verblüffen. Gleich beim Aussteigen fuhr ihm der ungewohnte Geruch von Kühen, Ochsen und Pferden in die Nase, wie er ihn nur einmal bei dem verwegenen Ritte des Papas auf freiem Felde empfunden hatte. Und wie die Tiere, die Häuser, so rochen die sonderbaren, die plump gekleideten Menschen, die in derbledernen Kanonenstiefeln einhertappten, silberne Knöpfe an den Westen trugen und ihm jetzt der Reihe nach kreuzweise die Hand gaben. Ein langer, seltsamer Zug! Erst wälzte er sich zur Kirche, einem kleinen, elenden Gebäude, in dem es nach Tabak und Stiefelwichse roch, dann ging er ins Wirtshaus, in einen großen, mit Papierblumen geschmückten Saal. Dort spielte eine Musikbande auf einem Podium eine abgehackte Melodie nach der andern, dann hielt ein närrisch gekleideter Kerl, der fast dem Kasperl ein bißchen ähnlich sah, unter allgemeinem Gelächter eine Rede, wobei er einen buntbebänderten Stab schwang.

Und zu alledem wurde gegessen, immer wieder gegessen.

Ein übler Dunst von gebratenem und gesottenem Fleisch machte sich geltend. Der wuchs im Bunde mit dem stärker zunehmenden, blauen Zigarrettenrauch zu einer solchen Wolke, daß dem Peppi fast übel wurde. Es tanzten nicht nur die Paare vor seinen Augen, sondern die Decke und der Lüster mit den Talglichtern, ja, er vermochte kaum mehr von einem Ende des Saales zum andern zu blinzeln. Sein Befremden, seine Ernüchterung waren grenzenlos, aber er hoffte, während er so eingekeilt zwischen Landleuten, Kellnerinnen und Verwandten saß, immer noch auf den Prinzen Rosenrot und die Prinzessin Lilienweiß. Wo sie nur blieben, fragte er die Mutter. Die drehte sich erstaunt zu ihm. Nun ja, das Brautpaar, forschte er weiter. Ein schallendes Gelächter belohnte diese neue, unfaßbare Dummheit. Da war also wirklich einer, der schon fünf Stunden mitfeierte, ohne zu wissen, wo Hochzeiter und Hochzeiterin saßen! Eilig führte man ihn zu einem untersetzten Bauern in braunem Rock mit dem Rosmarinzweig. Das sei der Ehemann, und die neben ihm in dem schwarzseidenen Gewand und dem Kranz auf dem Kopfe, das sei die junge Frau. Übrigens müsse der Peppi das doch wissen, denn der Vetter Alois sei doch der gewesen, der den Wagenschlag aufgerissen und ihm zuerst die Hand gegeben habe.

Der so Zurechtgewiesene hörte auf nichts mehr. Er sah mit offenem Munde bald auf den einen des häßlichen Paares, bald auf die andere. Plötzlich aber fing er fürchterlich zu heulen an, ja, er mußte sich obendrein regelrecht übergeben. Mitten in den Saal hinein, mitten unter die Tanzenden, daß es nur so niederpatschte auf den glattgefegten Boden. Die Mutter schrie auf, die ganze Verwandtschaft stürzte herbei, und die Großmutter meinte, sie kenne das schon, das komme von dem vielen Schweinernen. Überhaupt sei es ein Blödsinn gewesen, den Buben mitzunehmen. Der Peppi erwiderte nichts mehr, sondern fiel sofort in einen tiefen Schlaf. Als er auf einen Augenblick erwachte, glaubte er sich wieder bei schwarzer Nacht im eiskalten Wagen zu finden. Doch das ging schnell vorbei. Am nächsten Tag, als er, vom Schulbesuch befreit, noch zu Mittag still im Bette lag, kam er langsam wieder zu sich. Und nun bedachte er, während er auf das gemalte Medaillon der Decke starrte, während er ab und zu die dargebotene Medizin schluckte oder vorsichtig ins Nebenzimmer schielte, wo der Stein der geheimnisvollen Dose hinter Spiegelglas prangte, den grellen Unterschied zwischen Märchen und krachledernen Hosen, dessen betrübende Wirkung sein ganzes Leben ausfüllen sollte.

Josef Ruederer

Sandhase = Fehlwurf beim Kegeln / Strupfe = Stiefelstrippe, Schuhlasche / Kavalkade = Reiterzug / Mantille = Schultertuch / Anguillotifäßchen = Fäßchen mit kleinen gesalzenen Aalen / Privatissimum = persönliche Belehrung, Ermahnung / Bakel = Schulmeisterstock / Zibeben = Rosinen / Physiognomie = Gesicht des Menschen [als Spiegel seines Wesens] / gravitieren = zu etwas hinstreben / Skandalinstrument = Lärminstrument, Kinderklapper / Barett = Kopfbedeckung mit steifem Rand und weichem Mittelteil / Schranze = Höfling.

Sei mir gegrüßt du stille Schreiberzelle

Sei mir gegrüßt du stille Schreiberzelle,
Bestaubtes Pult, vertrocknet Lämpchen du!
Es rausche fern von des Enttäuschten Schwelle
Der Strom der Welt den bunten Ufern zu.
Ich kehre gleich dem lebenslang Verbannten
Aus Glück und Hoffnung zu der ernsten Pflicht:
Ihr wißt so viel, ihr grauen Folianten,
Wißt ihr denn dieses auch: sie liebt mich nicht?

’s war wohl nicht gut, daß ich zum andern Male
Von euch gegangen in das bunte Land,
Wo ich dereinst in lichtem Kerzenstrahle
Die tolle Freude wilder Jugend fand.

Diesmal in jenem Kreis nach flücht'gen Scherzen
Nur sucht' ich, die der nächste Tag zerbricht,
Und fand den Wahn, als könnten sich zwei Herzen
Auf ewig binden. Doch sie liebt mich nicht.

Nun sinn' ich träumend, seit wie langen Zeiten
Die schwarze Flut im Tintenfaß versiegt;
Mein Finger schreibt im Staub auf jener Seiten,
Die noch von damals aufgeschlagen liegt,
Schreibt – ihren Namen. Wie das Blatt ich wende,
Ein Spinnlein flieht das ungewohnte Licht;
Ich nehm' ein Buch, vom Anfang bis zum Ende
Les' ich das eine nur: sie liebt mich nicht!

Laßt denn in stillen Nächten euch erzählen
Von dieser Irrfahrt, die ich jüngst getan,
Von Fackeln, Geigen, Blumen und Juwelen,
Von raschen Blicken und von zähem Wahn!
Laßt euch erzählen von der einzig einen,
Wie wunderschön sie war, wie klug und schlicht;
Und seid ihr Tröster, wie die Weisen meinen,
Schenkt euren Trost mir, denn sie liebt mich nicht!

Hans Hopfen

Morgensegen

Bewahre mich, o Lenker der Geschicke,
Daß kein Verleumder bösen Schall posaune,
Kein Flüst'rer Gift mir in die Ohren raune,
Kein Laurer meinen Fuß geheim verstricke!

Verhüte, daß kein falscher Gruß mir nicke,
Gib mich nicht hin dem Spiele fremder Laune,
Laß mich nicht sehn das Lachen wilder Faune
Und nicht des bösen Aug's Medusenblicke!

Medusa = weibliches Ungeheuer der griechischen Sage, der Anblick ihres Hauptes verwandelte den Betrachter in Stein

Doch, was verlang ich, Vater! Daß ich fester
Als Erz mich fühle, gib, o gib dem Schwachen
Schuldlose Kindereinfalt nur zur Schwester!

So die mich schirmt, was will des Tigers Rachen?
Mit bloßer Hand ergreif' ich Schlangennester
Und unbeschädigt wandl' ich über Drachen.

Johannes Schrott

Die Doppelart des deutschen Volkstums

Wer aus dem westlichen Mitteldeutschland kommt, wo überall auf engstem Raum so große Mannigfaltigkeit des Volks und Bodens zusammengedrängt ist, wo man bei jeder Meile Wegs gleichsam um eine Ecke tritt, daß sich der Anblick eines neuen Landes, anders gearteter Menschen eröffnet, für den fällt auf den langgestreckten bayerischen Hochflächen zwischen der Donau und den Alpen vor allem das Weitschichtige, Auseinandergezogene der Landschaft wie der Volksgruppen auf, der Mangel der feineren Durchbildung auf kleinem Raum. In den erstgenannten Gauen liegt der Stoff zur Landes- und Volkskunde in zahlreichen Duodezbändchen angehäuft, hier in zwei bis drei großen Folianten. Wo dort manchmal ein Nachmittagsspaziergang genügt, um Gegensätze von Land und Leuten nebeneinander im Original zu vergleichen, da fordert dies hier Tagemärsche. Nicht als ob es dem Flach- und Hügellande zwischen Iller und Inn an scharf geprägtem Charakter fehle: derselbe ist nur in breiten Zügen angelegt, und eben darum wußte er sich so ungebrochen derb zu bewahren.

Den bis ins kleinste individualisierten Landstrichen gehört die Vergangenheit, namentlich die mittelalterige. Gehört vielleicht den ins Breite und Massenhafte angelegten Ländergruppen die Zukunft? Der Hauptstock der am individuellsten durchgebildeten Gegenden Deutschlands: Thüringen, Hessen, die Uferlande des Ober- und Mittelrheins usw. ist in der Kleinstaaterei steckengeblieben; die Ländergebiete der drei mächtigsten deutschen Staaten: Österreich, Preußen, Bayern gliederten sich seit alter Zeit nach massenhafteren Gruppen. Auf den weiten Hochflächen an der Isar, in den weiten Sandniederungen an der Spree zogen sich die zwei bedeutendsten Mittelpunkte deutschen Kunstlebens zusammen; nie und nimmer hätte das Mittelalter an solchen Punkten Kunsthauptstädte zu gründen vermocht.

Die große Fabrikindustrie und der Weltverkehr der Eisenbahnen sucht jetzt mit Vorliebe die weiten gleichförmigen Ebenen auf, und die endlosen Steppen des russischen Reiches sind es, aus welchen die beklommene Phantasie des vielgliedrigen Abendlandes die dunklen Schattenbilder einer neuen Völkerwanderung von ferne heranziehen sieht.

Es gibt wohl einen Dualismus deutschen Volkstumes, aber er fällt durchaus nicht mit den Gegensätzen von Nord- und Süddeutschland zusammen. Er gründet sich auf die Doppelart gleichheitlich geeinigten und vielgestaltig gesonderten Landes und Volkes. Die beiden bewegenden Kräfte des Einigungstriebes und des Sondergeistes in der bürgerlichen Gesellschaft entwickeln sich hier auch geographisch und ethnographisch. Der Norden und Süden unseres Vaterlandes zeigt entschieden wahlverwandte Gruppen von Volkscharakteren: Mitteldeutschland ist es, was den Gegensatz hierzu bildet. Sieht man von den Zufälligkeiten, von der Dekoration, dem äußeren Gewand des Volkstumes ab, dann stehen die Ostfriesen, Schleswig-Holsteiner, Niedersachsen, Mecklenburger, Pommern den Altbayern, Tirolern, Steiermärkern unendlich näher als beide den Obersachsen, Thüringern, Rheinfranken usw. Im Norden und Süden sitzen noch Volksstämme in großen und ganzen Gebilden, im Binnenland sind die Trümmer ursprünglicher Stämme aufgelöst und bunt durcheinandergeworfen. Im Norden und Süden findet sich noch reines Bauernvolk, reine Dörfer, dazwischen aber auch reine Städte. In der Mitte ist bäuerliches und städtisches Wesen vielfach verwischt und ineinandergetrieben, die Bauern sind städtisch, die Kleinstädter bäuerisch, bei Hunderten von kleinen Städten und großen Dörfern läßt es sich gar nicht genau bestimmen, ob sie mehr das eine oder das andere sind. Rein bäuerlich Bezirke sind da nur noch im kleinen eingesprengt, Ausnahmen, welche die Regel bestätigen. Weltstädte, wie Hamburg, Berlin, Wien, hat Mitteldeutschland nicht aufzuweisen, ebensowenig so reine Bauerndörfer gleich jenen am Fuß der Alpen und an der Meeresküste. Im Norden und Süden weiß man noch ungefähr, was Stände sind, in der Mitte ist das Verständnis für die organische Gliederung der Gesellschaft fast ganz erloschen. In Ober- und Niederdeutschland herrschen noch reine Volksmundarten vor; die aufgelöste und verwitterte Volkssprache zeichnet Mitteldeutschland. Im Süden und Norden wurzelt vorzugsweise noch ein strenges Kirchentum im Volke, und der Pommer sieht noch ebensogut im Papste den wirklichen Antichrist, wie ihn der Tiroler im Doktor Luther sieht. Im Binnenland mischen sich die Bekenntnisse, und Duldung und Gleichgültigkeit hat selbst im niederen Volke fast nur noch gebrochene und gedämpfte Tinten des kirchlichen Lebens übriggelassen.

Im Norden und Süden wohnen noch einsame Menschen, der Kultur entrückte Volksgruppen, in der Mitte sind alle Pfade aufgeschlossen und jedes einzelne Haus steht an der großen Heerstraße. Dort kann man noch Entdeckungsreisen machen, hier stolpert je alle zehn Schritt ein Tourist über den anderen. Wie die Bewohner des einsamen Oberlechtales und vieler anderen Alpenländer in jungen Jahren in die weite Welt ziehen, um draußen ihr Brot zu suchen und erst am späten Lebensabend als gemachte Männer in die stille Heimat zurückkehren, so ziehen Tausende von Küstenbewohnern in gleicher Absicht nach allen Meeren. Von den alten Normannen geht die Sage, daß sie durch das Los ein Prozent des jüngeren Volkes zu ihren Seezügen ausgewählt hätten, und wunderbar genug wird ganz das gleiche auch in den alten schweizerischen Wandersagen erzählt.

Norddeutsches und süddeutsches Volkstum unterscheidet sich in vielen Äußerlichkeiten; im Kern und Wesen steht sich beides erstaunlich nahe. Schon in der Landesart ist diese Verwandtschaft im Gegensatze zu Mitteldeutschland aufs schärfste herausgekehrt. Im Norden und Süden herrschen die massenhaften geographischen Gebilde vor, große Ebenen, das Meer, große Ströme, große Gebirge; in Mitteldeutschland der bunteste Wechsel kleiner Hügel- und Flachlandpartien, Mittelgebirge der mannigfaltigsten geognostischen Zusammensetzung, eine Überfülle kleiner Gewässer. Dem entspricht massenhaft geeintes Volkstum auf der einen Seite, zersplittertes auf der anderen. Wenn ein Forscher auf den schlagenden Zusammenhang zwischen dem revolutionären Volksgeiste und den örtlichen geologischen Bodengebilden in Deutschland hingewiesen hat, so liegt in solcher Vergleichung in der Tat mehr als ein bloßes Spiel des Witzes. Wo die urweltlichen Revolutionen augenfällig am tollsten gewirtschaftet und die mannigfaltigsten Gesteinschichten neben- und untereinandergeworfen haben, da konnte naturgemäß auf dem zerrissenen Boden auch das Volksleben am frühesten zerrissen und zersplittert werden, und in diese Risse setzte sich die moderne Bildung und mit ihr die Empfänglichkeit auch für die revolutionären Produkte derselben, während ein auf massenhaft gruppiertem Lande heimisches, massenhaft abgeschlossenes Volkstum ungleich spröder und zäher in seiner Eigenart verharren wird. Den mitteldeutschen Stämmen fehlt jene ausschließende Einseitigkeit, aus welcher sich große Volksgruppen als ein einheitliches, zäh beharrendes Originalgenie entwikkelten, wie diese Einseitigkeit den geognostischen und geographischen Bildungen seines Bodens fehlt.

Wilhelm Heinrich Riehl

Duodezbändchen = Buchformat, bei dem der Bogen in 12 Blätter geteilt ist / Foliant = Buch im Folio-Format, dem größten Buchformat, bei dem die Seite einen halben Bogen groß ist / Dualismus = Widerstreit zweier Mächte / ethnographisch = völkerkundlich / geognostisch = veraltet für geologisch

Dein Ich

Du hörst, wie um die Mitte
Der tiefverschwiegnen Nacht
Der Schall der eignen Tritte
Dein Ohr umdröhnt mit Macht.

Der eignen Schritte keinen
Hörst du, vom Volk umlärmt,
Das mit des Tags Erscheinen
Aus seinen Häusern schwärmt.

So hörst du auch umschreiten
Dein geistig Ich den Kreis
Der Seelenheimlichkeiten,
Wenn es sich einsam weiß.

Doch wenn ins Weltgedränge
Du achtlos stürmst, wie bald
Ist dir im Lärm der Menge
Sein leiser Schritt verhallt!

S. Lichtenstein

Der Bockkeller

Die Natur hat die Medizin neben das Gift gelegt; das kranke freie Wild weiß in der Nähe seiner kräuterreichen Lagerung schnell ein Heilmittel zu finden. So liegt, wenn Du, mein Leser, die vormaligen Klosterhallen in der Oktave des Heiligen Franziskus de Paula besuchst, für Deine etwaige Gemütsverstimmung das Mittel gleich daneben. Es heißt Gottvater- oder Salvatorbier oder nach dem jetzigen Bräuer Zacheröl. Jährlich am 3. April tritt dieses mehrtägige Fest für die Münchner ein. Ist das Wetter schön, dann strömen Massen Volkes über die Isarbrücke wie zu einem Jahrmarkt, um das malzreiche Getränk zu kosten. In den Höfen des Bräuhauses, bis auf die Landstraße heraus, an Tischen und auf Bierfässern (hier Banzen genannt) wird sich gelagert; Musik ebbet und flutet den ganzen Tag entlang. Es ist ein unbeschreibliches Getümmel. – Mit mehr Mäßigung, schon darum, weil es andauernder, wird, den ersten Tag ausgenommen, „beim Bock“ verfahren. Es sollte mich wundern, wenn dieser süße Biername noch nicht in ganz Deutschland das Bürgerrecht erhalten hat.

Eine Herzogin von Bayern lag krank und ließ auf Anraten einer guten Hausmutter einen Bräumeister aus Einbeck kommen, der den im Munde Münchens so gepriesenen Göttertrank braute. Die Herzogin genas daran.

Noch jetzt gibt es viele Leute hier, die vom 1. Mai an den „Bock“ mit Rettichen als Medizin statt des Frühstücks zu sich nehmen. Er macht kein so dickes Blut wie das Zacheröl. Der „Bock“, mäßig gekostet, beseligt.

Es ist die Frühlingssaison von München. Neue Lieder werden geschaffen, die alten Räume mitten unter Ruinen und neugefällten frischen Tannenbäumen (die man hier „Taxen" heißt) vereinigen wieder die alten Bekannten. Um die Mittagsstunde bei freundlichem Wetter trifft man stets, solange die Zeit dauert, drei bis vier Wochen lang gute Gesellschaft an . . . Einst hatte die Urquelle, der Keller zunächst an dem „Altenhofe", gegen Osten eine wahre Höhle zum Aufenthalt. Kaum konnte sie die Sonne bescheinen. Da war Leben, das, seitdem diese zerstört und auf ihrem Fundamente das moderne Steuerkatasterbüro erbaut worden, die echten Bocktrinker, die sich eigene Gläser „stiften", immer noch mit Schmerzen vermissen. Es ist überhaupt eine Eigenheit der hiesigen Bewohner, daß sie zu Schenken keine hellen, weiten Säle lieben; der vorige Bockkeller war finster und wildromantisch.

Sebastian Daxenberger (1840)

Die Ecke

(Geschrieben im Herbste 1874)

Vor zwanzig Jahren wohnte ich am Nordwest-Ende von München; schräg gegenüber wohnte Emanuel Geibel und in einer der nächsten Straßen Paul Heyse. Da unsere übrigen literarischen Freunde allesamt tiefer in der Stadt sich niedergelassen hatten, so erschienen wir drei uns wie ein vorgeschobener Posten und nannten uns die Ecke. Wir hielten gute Nachbarschaft, und unter Geibels leitender Hand gewann die Ecke bald einen festen Kristallisationskern. Je am andern Sonntage kamen wir mit unsern Frauen in dem Salon einer befreundeten alten Dame zusammen, welche an der Spitze der Ecke wohnte. Da besprachen wir dann in heiterer Geselligkeit unsere neuesten Arbeiten und Entwürfe, lasen vor, was wir ganz oder halb vollendet hatten, und tauschten uns aus über die literarischen und künstlerischen Erscheinungen des Tages. Ein solcher Abend hieß ein „Ecken-Abend". Und als mir damals ein Sohn geboren wurde, standen die andern beiden Väter der Ecke zu Gevatter und er erhielt den Namen „Eckbert".

Dergleichen Ecken-Abende gab und gibt es wohl viele in Deutschland, aber selten werden sich dabei drei so grundverschiedene Naturen dennoch so harmonisch zusammenfügen. Kein geringes Verdienst um diese Harmonie hatte ohne Zweifel – neben unsern Frauen – die vorgedachte alte Dame, die treffliche Wirtin der Ecke. Frau Staatsrätin Elisabeth von Ledebour, die Witwe des berühmten Dorpater Botanikers, war eine der würdigsten und liebenswürdigsten Matronen. In kinderloser Ehe hatte sie ihr Leben der Mitarbeit an ihres Mannes Schaffen gewidmet und ihn auf seinen Forscherreisen durch die asiatischen Steppen, den Altai und die Krim begleitet, war aber in den Hallen westeuropäischer Kultur nicht minder heimisch als im Tartaren- und Mongolenzelt. Bei einer Dame aus einem vornehmen kurländischen Hause versteht sich feine und vielseitige Bildung fast von selbst; allein was sich wohl auch in Kurland nicht von selbst versteht, das war die Geistesfrische, welche unsere Freundin bis in's höchste Alter bewahrte. Mit achtzig Jahren war sie geistig noch immer nicht alt geworden. Wohlerhaltene alte Leute sind sonst in der Regel nur jugendlich, wenn sie sich in ihre eigene Jugend zurückversetzen und dieselbe zum zweitenmale in der Erinnerung durchleben. Frau von Ledebour besaß dagegen die Kunst, fortdauernd der Gegenwart anzugehören, und nur an ihrer beschaulichen Auffassung, an ihrem mild abwägenden Urteile merkte man, daß sie bei aller warmen Teilnahme doch mit dem objektiven Blick einer anderen Generation diese Gegenwart maß. Allein sie war und blieb jung mit uns jungen Leuten, sie verfolgte die Politik und Literatur der Zeit gespannten Auges und fand für die längst heimgegangenen Gefährten ihrer früheren Jahre einen Ersatz in unseren Familienkreisen, obgleich sie doch die Großmutter jedes einzelnen von uns hätte sein können. Bei diesem freundlichen Walten wurde sie aufs beste unterstützt durch ihre Pflegetochter, Fräulein Julie Dreuttel, ein allezeit fröhliches Heidelberger Kind, welche an den Ecken-Abenden die Honneurs machte und als Patenkind Hebels schon in der Wiege zu dem schwierigen Verkehr mit Dichtern vorbestimmt worden war.

Der Maler stellt „die Sage“ als eine Matrone dar, welche der zu ihren Füßen gelagerten Jugend erzählt. Als Gegenbild erscheint mir jetzt unsere verklärte Freundin, wie sie den Erzählungen eines jüngeren Geschlechts in behaglicher Teilnahme lauscht. Denn nicht nur die Kunst zu erzählen, auch die Kunst geduldig erzählen zu hören, wird dem friedvoll mit sich und der Welt abschließenden Alter verliehen.

Wir drei Männer glühten damals in vollster Schaffenslust: kein Wunder, daß sich unsere Gaben für die Ecken-Abende drängten. Da entwickelte Geibel den Plan seiner „Brunhild“ und las einzelne eben vollendete Szenen des Dramas, oder er brachte uns eines seiner gedankenreichen erzählenden Gedichte, den „Tod des Tiberius“, den „Bildhauer des Hadrian“, wie er sie eben frisch geschrieben hatte. Heyse beschenkte uns mit der „Braut von Zypern“ und den Novellen seines ersten und zweiten Bandes und ließ sich durch die Ecke zu seinem ersten Bühnen-Versuche ermuti-

gen. Später trat auch noch Adolf von Schack als der Vierte in unsern Kreis und las uns neue Poesien vor, während er, durch Heyse auf Genellis große und verkannte Künstlernatur aufmerksam gemacht, den ersten Grund zu seiner jetzt so berühmt gewordenen Bildergalerie legte.

Ich selber las die ersten Abschnitte meiner „Familie" in der Ecke, und wir machten Hausmusik. Ich las – und zwar las ich zum erstenmale vor; denn obgleich ich schon genug geschrieben, hatte – außer meiner Frau – bis dahin doch noch niemand begehrt, daß ich's ihm vorlesen möge. Und ich selbst konnte, wie die meisten Männer, nicht vorlesen hören. Nun aber empfand ich den vollen Reiz, mit einem noch nassen Manuskript lesend vor einen bedeutenden Kreis von Männern und Frauen zu treten. Und hiermit übte die Ecke einen unvermerkt folgereichen Einfluß auf mein Denken, Dichten und Schreiben. Die Ecke erschien mir wie das beste Publikum im Auszug, und ich hatte persönliche Fühlung mit demselben gewonnen.

Allein abhandelnde Prosa liest und hört sich doch niemals so gut wie schildernde und erzählende. Die poetische Luft, welche damals, im München Maximilians II., überall mich anwehte, wirkte treibend, erregend: Ich schrieb Novellen, zuerst für die Ecke, dann aus der Ecke.

Nicht als ob das meine ersten Novellen gewesen wären! Seit meinem achtzehnten Lebensjahre, wo ich meine erste, gottlob längst vergessene, Novelle in einem belletristischen Blatte hatte drucken lassen, war ich unter der Hand stets verschämter Novellist geblieben. Allein die meisten jener Novellen vor der Ecken-Zeit taugten nicht sonderlich viel. Und dennoch dachte ich immer mit Sehnsucht an das kindliche Glück zurück, welches mir die Abfassung meiner ersten Novelle bereitet hatte. Und sie war gedruckt, ja sie war sogar honoriert worden! Ich erhielt einen halben Kreuzer für die große Druckzeile, in Summa zehn Gulden, und für dieses Honorar machte ich eine Taunus-, Rhein- und Lahnreise von vierzehn Tagen, hatte in Frankfurt die Freude, meine liebste Oper, die „Zauberflöte", zum erstenmale zu hören, und kaufte mir für den heimgebrachten Rest des Geldes noch Molières sämtliche Werke antiquarisch. Die Kunst, so billig zu reisen, habe ich in den „glücklichen Freunden" auf Grund vieljähriger Erprobung dargestellt.

Ein jeder Mensch reitet seine Steckenpferde; ich habe deren drei: Musik machen, Novellen schreiben und große Fußmärsche unternehmen. Mit diesen drei Dingen hatte ich aber lange Zeit sehr wenig Anklang gefunden: Meine Musik wollte niemand hören, auf meinen Gewaltmärschen niemand Schritt mit mir halten, und meine Novellen schrieb ich nur so verstohlen, als ob's eine Sünde wäre. Denn Studium und Beruf drängten mich zu andern Arbeiten. Jene Steckenpferde bieten aber dennoch den Schlüssel zu meinem ganzen literarischen Wirken.

Schickte ich nun – in der Zeit vor der Ecke – eine Novelle an ein Feuilleton, so nahm sie die Redaktion zwar immer willig auf, wünschte aber hinterdrein jedesmal „etwas anderes" aus meiner Feder, – einen Leitartikel, einen Essay, eine Kritik, kurz alles mögliche; nur keine weitere Novelle. Und das war nicht sehr begeisternd!

In München stand aber die Sache ganz anders. Ich war Professor an der staatswirtschaftlichen Fakultät geworden: sollte ich da nicht endlich ein Recht haben, Novellen zu schreiben? Aber auch meine innere Befugnis zur Novelle war gewachsen. Vorher hatte ich zwar Novellen geschrieben, aber kaum jemals eine echte Novelle gelesen; ich hatte vielfach anregend verkehrt mit allerlei Künstlern, mit bedeutenden Malern, Musikern und Schauspielern, aber kaum mit einem namhaften Dichter. Jetzt war ich unter die Poeten geraten. Ich hatte Novellen geschrieben und wußte gar nicht, was eigentlich eine Novelle ist – wobei ich übrigens manchen gefeierten Novellisten zum Schicksalsgenossen hatte. Ich war im Schildern von Situationen und im Ausmalen von Charakteren steckengeblieben und hatte ganz vergessen, daß der Novellist erzählen soll. Die Kritik der Ecke öffnete mir hier zuerst die Augen, und ich danke es insbesondere meinem Freunde Heyse, daß er mir, wenn auch nur in flüchtigen Worten, zuerst ein Licht aufsteckte über Wesen und Kunstgeheimnis der Novelle. Das Beste, was wir können, haben wir ja nicht aus Büchern gelernt; es fliegt uns an im Umgang mit Natur und Menschen, und es fragt sich dabei nur, ob wir das Angeflogene auch uns anzueignen, festzuhalten und zu vertiefen wissen.

So wurden die ersten Novellen, welche ich des Aufbewahrens einigermaßen wert erachtete, für die Ecke geschrieben, und geprobt und geläutert im kritischen Feuer der Ecke.

Doch ein Band wäre wohl noch lange nicht zum Abschluß gediehen, wenn ich nicht im Januar 1856 den landesüblichen Typhus bekommen hätte. Der Anfall war heftig, allein er verlief rasch, die Genesung dagegen desto langsamer. Wochenlang blieb ich gar matt und elend, schlich wie ein alter Mann von einem Stuhle zum andern und blieb am liebsten ganz sitzen. Der Geist hingegen ward weit rascher wieder frisch als der Körper. Trotzdem verbot mir der Arzt das Arbeiten. Wie man aber nach wohlbestandenem Typhus überhaupt sehr hungrig zu sein pflegt, so fühlte ich insbesondere einen wahren Heißhunger nach Arbeit. Nun dachte ich, Novellenschreiben ist keine Arbeit – im medizinischen Sinne. Und so begann ich zuerst schüchtern, einige meiner verpfuschten älteren Novellen umzubilden, ging aber dann kräftiger ins Zeug, erfand neue und saß den ganzen Tag in meinem Sessel und schrieb Novellen. Sie kamen wiederum so recht aus der Ecke, die aber hier wie überall keine Schmoll- und Trotzecke sein sollte, sondern der trauliche Poetenwinkel weltvergessener Zurückgezogenheit. Ich schrieb mich rasch wieder ganz gesund, und als mich der Doktor endlich freisprach und nur noch zu einer kleinen Erholungsreise gen Süden schickte, wanderte zugleich das fertige Manuskript meiner „Kulturgeschichtlichen Novellen" nordwestwärts in die Druckerei. Das erste Exemplar sandte ich nachher dem Arzte als Beichte meiner Sünden. Das dankbare Frohgefühl der Befreiung, der Genesung, der Lust an einem neuen Leben hatte meine damals geschriebenen Novellen durchdrungen, und ich hoffe, es ist auch allen späteren von jenem Grundzuge der Gesundheit und Lebensfreude etwas übrig geblieben.

Das Publikum nahm mein erstes Novellenbuch freundlich auf. Aber viele mener treuesten Leser hatten etwas ganz anderes erwartet: einen weiteren Band Sozialpolitik oder Kulturgeschichte, eine gelehrte oder agitatorische Schrift, allenfalls auch eine musikalische. Und nun kamen Novellen.

Meine bisherigen Gönner waren viel zu ernsthafte Leute, um überhaupt

Novellen zu lesen; die novellistische Lesewelt hatte sich dagegen nicht um meine bisherigen Bücher gekümmert. Ich mußte von vorn anfangen und mir ein neues Publikum werben. Mein Ehrgeiz stand aber gerade dahin, Leute, die für gewöhnlich keine Novelle lesen, dennoch zur Lektüre meiner Novellen zu bekehren. Ob mir's gelungen ist? Mein kleines Novellenpublikum in der Ecke war ja das feinste, erlesenste, ernsthafteste gewesen: Ich hoffte, im großen Publikum ähnliche Elemente zu finden und mit der Zeit eine große Ecke um meine Novellen zu versammeln.

Zunächst mußte ich viel drollige Dinge hören. Ein Gelehrter meinte, ich habe mir etwas vergeben, indem ich zur Novelle hinabgestiegen sei; ein Poet dagegen, es sei eine Anmaßung, daß ich mich zu den Novellisten hinaufdrängen wolle.

Ich prüfte in meiner Ecke diese widersprechenden Urteile und hatte den Gewinn, hierdurch auf eine ganze Kette kulturgeschichtlicher Beobachtungen zu stoßen. Aus diesen aber wurde dann nach vielen Jahren ein Vortrag, welchem ich in Darmstadt improvisiert und zuletzt für die erste Sammlung meiner „Freien Vorträge" niedergeschrieben habe. Er führt den Titel: „Der Kampf des Schriftstellers und des Gelehrten".

Man fragte mich auch nach dem Grunde, warum ich denn eigentlich Novellen schreibe? Ob als Stilübung? Oder um gute Sitten in anmutiger Form zu predigen? Und ich eckiger Mann gehörte noch zu der alten Schule, welche lehrte, daß man das Schöne um seiner selbst willen suchen, und daß die Kunst sich selber Zweck sein müsse in ihren höchsten wie in ihren anspruchslosesten Werken!

Die schlimmste Absicht legten mir aber nicht selten meine besten Freunde unter. Sie glaubten, in Erzählungsform beabsichtige ich – Kulturgeschichte zu geben, sie wollten den Professor retten und behaupteten, ich schreibe Novellen, um Zeiten und Sitten zu schildern! Dieser wohlgemeinte Aberglaube hat mich wahrhaft verfolgt, er hat auf meinen Novellen gelastet, allein er hat mir auch manche heitere Stunde bereitet, besonders wenn ich um die „Quellen" meiner Stoffe befragt wurde.

So bat micht ein gelehrter Freund um Angabe jener (vielleicht bloß handschriftlichen?) Wetzlarer Chronik, woraus die Novelle vom „stummen Ratsherrn" geschöpft sei, die Geschichte jenes Hundes, der seinen Herrn erzogen hat. Ich mußte ihm antworten, daß jener Hund kein anderer gewesen als mein eigener ungezogener Rattenfänger, mit dessen Dressur ich mich entsetzlich geplagt habe. Ich fand aber zuletzt, daß der Hund mich viel mehr bändigte als ich den Hund. Und hiermit hatte ich einen Novellenstoff, nur ließ sich derselbe phantastischer und psychologisch reicher in der phantastischen Welt des vierzehnten Jahrhunderts ausführen als in der Gegenwart, wo wir so gute Schulen haben, daß wir einer Erziehung durch unsere

Hunde kaum mehr bedürfen. Die Kämpfe reichsstädtischer Zünftler und Patrizier boten mir allerlei unerwartete Fäden der novellistischen Verwicklung; also griff ich in diese Sphäre, schlug aber wiederum nicht erst Chroniken nach, denn wer die Chronik nicht im Kopfe trägt, wer nicht lebt in den fernen Räumen der Geschichte, der kann nur hölzerne historische Novellen schreiben. Der Hund aber, welcher in keiner Chronik steht, lebt gleichfalls heute noch und liegt neben meinem Schreibtisch; er hat die Freude, sich bereits in verschiedenen Auflagen gedruckt zu sehen, aber trotzdem, daß er sozusagen ein literarischer Hund geworden, war es doch nur das Alter, was ihn zuletzt gebändigt hat.

So könnte ich fast Novellen über meine Novellenstoffe schreiben, und wenn ich dann eine richtig zur andern reihte, so gäbe es ein Fragment novellistischer Selbstbiographie. Wäre ich freilich kein Professor der Kunstgeschichte, durchlebte ich nicht jahraus jahrein unsere deutsche Geschichte und zwar im Kreise der akademischen Jugend, so würden meine Novellen schwerlich das mannigfache historische Kolorit bekommen haben, welches sie jetzt, gut oder schlimm, auszeichnet.

Der Redakteur eines geschätzten belletristischen Blattes bat mich um eine Novelle unter dem charakteristischen Beifügen: „Im buchhändlerischen Interesse wäre es uns erwünscht, wenn dieselbe in der neueren Zeit spielte." Also fürchtet man sich vor der Geschichte? Die große Masse unserer Feuilleton-Novellistik sucht allerdings die moralische Krankenstube der vornehmen modernen Salons. Allein da ist mir die Luft zu dick. Meine Antwort lautete: „Ich bin ein geborener Rheinländer und am Rhein gilt uns eine Gegend für gar keine rechte Landschaft, wenn nicht hinten wenigstens eine alte Burg zu sehen ist. Im Vordergrunde genießen wir dann doch die Gegenwart so fröhlich, wie irgend andere Deutsche. Ich erzähle Geschichten am liebsten aus einer Zeit, die selbst bereits Geschichte geworden. Denn die Geschichte breitet Frieden und Versöhnung über den Kampf und ich möchte nicht im Byronschen Sinne aufregen, sondern im Goetheschen anregen, wenn ich erzähle. Doch billigen Wünschen verschließe ich mich nicht. Ich habe soeben eine Novelle aus dem elften Jahrhundert in der Feder; ich will sie beiseite legen. Geben sie mir von heute ab fünfthalbhundert Jahre zu, dann komme ich Ihnen aus dem elften Jahrhundert gleichfalls um fünfthalbhundert Jahre entgegen, und wir treffen in der Mitte zusammen: ich will Ihnen eine Novelle aus der Zeit des Kaisers Sigismund schreiben. Höher kann ich für diesmal nicht herab." So geschah es. Aber ich merkte doch wieder, wie tief ich in der Ecke saß.

Von dieser figürlichen Ecke kehre ich wieder zu unserer wirklichen Münchner Ecke zurück. Sie besteht längst nicht mehr. Zuerst begruben wir die zwei jüngsten Frauen der Ecke, dann unsere gute alte Staatsrätin. Es kamen neue Zeiten, neue bedeutende Persönlichkeiten, welche uns nach dieser und jener Seite auseinanderzogen; Geibel ging nach Lübeck.

Die Ecke ist eine verklungene Sage geworden. Die guten Lehren, die lebendigen Anregungen der Ecke habe ich aber niemals vergessen; ja ich glaube novellistisch sogar fortgeschritten zu sein im Geiste der Ecke. Je mehr ich innerlich erlebte Novellen schrieb, um so klarer erkannte ich, daß die Novelle nichts anderes darstellen kann als die Konflikte eines psychologischen Problems, durch eine Geschichte gelöst, in der sparsamen, knappen Kunstform des erzählenden Vortrags. Je mehr und je wahrhaftiger einer zu erzählen hat, um so weniger wird er schildern und reflektieren, um so weniger Worte wird er machen.

Wilhelm Heinrich Riehl

Bogenhausen

Das Pfarrdorf Bogenhausen, ein in unsern Tagen sehr beliebter Belustigungsort der Münchner, ist hohen Alters. Schon um das Jahr 776 hatte es sein Dasein und kommt unter den Namen Bubenhusen, Pontuhusen, Bobenhusa, Bochenhusa usw. vor.

Als Grenzort des Stadt Münchner und bischöflich Freisinger Gebietes scheint Bogenhausen früher nicht ohne Bedeutung gewesen zu sein. Gegenwärtig ist dasselbe nur ein kleines Pfarrdorf mit besuchten Gasthöfen. Die alten, teilweise noch bestehenden Häuser zeigen einen armseligen Anblick. Doch ist es nicht zu verkennen, daß Bogenhausen seit einigen Jahren sehr seine Wohnungen verändert habe, so daß bereits viele Häuser das Bild schöner Landgebäude darbieten. Die Häuser sind in der Mehrzahl an den durch Bogenhausen führenden Straßen, von denen die eine von München, die andere von Haidhausen her sich gegen Föhring zieht, in geraden Richtungen angelegt. Bogenhausen hat gegenwärtig gegen 60 Hausnummern.

Besonders bemerkenswerte Besitzungen sind: der Garten des Herrn Grafen von Montgelas, in früheren Zeiten eine Gemeindeweide. Er ist mit herrlichen Treibhäusern versehen und zieht sich unter anmutigen Wald- und Feldpartien längs der Berglehne fast bis auf halbem Wege gegen Oberföhring hin. Das ehemalige Schloß des Ministers Hompesch, Neuberghausen genannt, jetzt einer der bedeutendsten und beliebtesten Belustigungsorte der Münchner. Die königliche Sternwarte, auf einem mäßigen Hügel unweit Bogenhausen erbaut. Ihre innere, sehr treffliche Einrichtung ist bekannt. Der Plan des Ganzen rührt von Reichenbach, dem Steuerrat Soldner und von dem königlichen Hofarchitekten Thurn her, welch letzterer auch den Bau leitete.

Das Bad Brunnthal. Der Ort Brunnthal ist hohen Alters. Schon im zwölften Jahrhundert kommt er unter den Namen Brunetal, Brunntale, Brunntall vor und ist in den bayerischen Annalen als ein Landgut (predium) aufgezeichnet. Lipowsky sagt in seiner Urgeschichte von München, daß dieser Ort vielleicht in älteren Zeiten nur Brunnen hieß von den Wasserquellen, die daselbst sich befinden und in der Folge zu einer Wasserleitung für München benützt wurden. Er glaubt, daß derselbe wahrscheinlich jener Ort ist, dessen die Urkunden des Klosters Wessobrunn schon im Jahre 760 erwähnen.

Anselm Martin (1837)

Au, Vorstadt von München

Au, Vorstadt von München, gelegen am rechten Ufer der Isar, Sitz der königlichen Landgerichte Au und München, eines Magistrats, besitzt eine schöne Kirche, ein Rathaus, ein Waisenhaus und zwei Kleinkinderbewahranstalten, eine Möbelfabrik, Buchdruckerei und ein Volkstheater. Sie besitzt 2259 Familien, 10.378 Seelen und 914 Häuser. Die Vorstadt ist durch zwei steinerne und eine hölzerne Brücke mit der Stadt München verbunden und hat seit 1796 das Recht, zwei Jahrmärkte zu halten. Das Terrain dieser Stadt war früher eine zwischen der Isar und dem Hügelzug

von Harlaching abwärts gelegene angenehme Heide, die den Namen Isarrain führte, und mit einzelnen Fischer- und Jägerhäusern besetzt war. Nach und nach siedelten sich in dieser Gegend wegen der Nähe der größeren Stadt, teils des Schutzes teils der leichten Nahrung willen, immer mehr Gewerbe an, so daß endlich ein ansehnlicher Ort schon in der Mitte des 15. Jahrhunderts bestand, in welchem die Münchner Patrizier Lust- und Erholungshäuser hatten. Herzog Wilhelm V. erbaute ein Lustschlößchen und einen Hofgarten, Neudeck genannt, dann die Falknerei dazu, nun Falkenau, überdies für die Edelknaben ein Wohnhaus, leitete einen Kanal von der Isar ab und stellte die Hoffischerei her. In ein hierher von Herzog Albrecht V. gebautes Kloster berief Max I. die Paulaner. Das im Liliental zur selben Zeit erbaute Kloster für Paulanerinnen wurde im Jahr 1803 niedergerissen und das Pfarrhaus nebst der Mädchenschule auf dem Mariahilfplatz dafür hingebaut.

Pleickhard Stumpf (1853)

Melancholie

Es liebt der Schwan die stille Wasserfläche,
Wo über sternentiefem Äther leise
Und anmutsvoll er zieht die flüss'gen Kreise,
Vermeidend das Geräusch der lauten Bäche.

So fliehn der Menschen lärmende Gespräche
Das Musenkind, der Dulder und der Weise,
Und suchen dich, die ich als Tugend preise,
Ob dich ein rauh Gemüt verwirft als Schwäche;

Melancholie, du Genius stiller Räume,
Ein Geist sanftwebend wandelst du hienieden,
Wie Flüstergruß der Quellen und der Bäume.

Was lautem Streite nimmer ist beschieden
Bringst du im Schweigen wesenhafter Träume,
Der Weisheit Aufgang und der Seele Frieden.

Johannes Schrott

Schleißheim

Dieses herrliche königliche Lustschloß liegt in nordwestlicher Richtung, ungefähr drei Poststunden von der Hauptstadt entfernt, in einer anmutigen, waldigen Gegend und wurde von Maximilian Emanuel nach einigen schon ums Jahr 1684 zu bauen angefangen, nach andern aber von 1701 bis 1703 durch Heinrich Zuccali aufgeführt.
Noch heutigen Tages wird in einem der Gemächer des Schlosses das sehr interessante ursprüngliche Modell aufbewahrt, welches beweist, daß von dem ersten ungemein großartigen Plane abgegangen und dieser nicht zur Hälfte ausgeführt wurde, da nach demselben das heutige prächtige neue Schloß mit dem alten Wilhelms V. durch zwei Flügel hätte sollen verbunden werden, wodurch sämtliche Schloßgebäude drei aneinanderstoßende ungeheure Vierecke würden gebildet haben.

In diesem Augenblicke werden im Schlosse zu Schleißheim in 48 Zimmern 1649 Gemälde gezeigt, hinsichtlich welchen wir auf den neuesten Katalog des Herrn Direktor von Dillis verweisen. In den Zimmern 22 und 23 ist seit dem Jahre 1828 ein großer Teil der Boisseréeschen Sammlung, jetzt königliches Eigentum, aufgestellt. Es kann nicht in unserer Tendenz liegen, weitläufig über diese denkwürdige und in ihrer Art einzige Sammlung hier zu sprechen; der weniger Gebildete würde uns nicht verstehen, und der Gebildete kennt die trefflichen Urteile des unsterblichen Goethe, unseres trefflichen Schorn, Prof. Schwabs, der Johanna Schopenhauer u. a. – Diese Genien haben Worte des Impulses gesprochen, welche wir ohnehin von gehaltlosen Nachtretern nur zu oft müssen nachbeten hören.

Die Boisseréesche Sammlung wird in der Folge eine Zierde der Pinakothek bilden, wohin auch einige andere der ausgezeichneten Bilder aus Schleißheim versetzt werden sollen.

Hinter dem Schlosse befindet sich eine weitläufige Gartenanlage, großenteils noch in altfranzösischem Stile angelegt, mit Parterren, Gruppen, Vasen und dergleichen, an dessen Ende ein kleines Schloß, „Lustheim" genannt, steht, wohin aber jetzt Fremde nicht geführt werden, da es als Reservelokal für Bilder dient, welche vorerst nicht zur öffentlichen Anschauung bestimmt sind.

In anderer Beziehung ist Schleißheim für den Freund und Kenner der Landwirtschaft ein höchst interessanter Ort. Hier wird nämlich auf Kosten des Staates, jetzt unter der Direktion des sehr einsichtsvollen und tätigen Herrn Freiherrn von Ruffini, eine bedeutsame sogenannte Musterwirtschaft betrieben. Es werden bei denselben Versuche ins Große gemacht und viele junge Männer, welchen von eigenen Lehrern auch theoretischer Unterricht erteilt wird, zu tüchtigen praktischen Ökonomen herangebildet. Die Schleißheimer Musterwirtschaft besteht aus zwei Vorwerken und 6000 Tagwerken Feld-, Wiesen-, Wald- und Garten- sowie noch 2000 Moosgründen.

Sehenswert sind bei der Schleißheimer Musterwirtschaft ferner noch das wohleingerichtete Bräuhaus, dann die großen, schönen und reinlichen Küh- und Ochsenstallungen, Zuchtstuten, Fohlen und junge Pferde von arabischer Abkunft.

Berühmt sind die Schleißheimer Schweizer- und Käsereien, und interessant ist die Notiz, daß hier bereits im Jahre 1610 – denn bis zu diesem Jahre reichen die Verwaltungsakten – angorische Ziegen gehalten und Parmesankäse bereitet wurden.

Adolph von Schaden (1833)

Aus einem Brief Ludwigs II. an Richard Wagner

Ich bleib' Dir treu, o Edler, in Gefahren,
Durch Deine Tat ward mir Dein Adel kund,
O könnt', wie ich es möcht', ich Dich bewahren,
Vor Lügen, die entstammt dem Lästermund.

Ein Tag, Geliebter, wird es offenbaren,
Daß rein und heilig, ewig unser Bund! –
Und die von Zweifels Schuld so arg beschweret,
Ja, die Armsel'gen ohne Lieb' und Treu',
Die stets „vergeblich“ unsrem Tun gewehret,
Es fasse einst sie namenlose Reu'! –
Sie sollen staunend einst die Wunder schauen,
Die wir vereint der bessern Zeit geweiht,
Drum Mut! Wir wollen uns vertrauen,
Der Liebe Werk ist für die Ewigkeit! –

26. Febr. 1865 *Ludwig*

Johannisfeuer bei Freising

In früheren Zeiten war es in der Gegend von Freising gebräuchlich, daß alljährlich am Johannistage außerhalb der Ortschaften das Zimetfuir, auch Johannisfeuer und Siwendfeuer genannt, gebrannt wurde, wozu das Holz durch junge Burschen und Mädchen in dem Dorfe Haus für Haus gesammelt worden ist. Wer die Gabe verweigerte, dem haben sie das Holz genommen, denn es war einmal der Brauch, daß jeder Bewohner etwas zum Zimetfeuer geben mußte. War nun das Holz gesammelt, so wurde der Holzstoß in Brand gesteckt und sodann um das Feuer paarweise getanzt und gejubelt und paarweise über das Feuer gesprungen.

Friedrich Panzer

Freising

Die Bischöfliche Stadt Freising ist nicht ganz klein, auch nicht ganz unansehnlich; aber doch schlechter gebaut als Straubing und Landshut. Die Stadt liegt in einem Tal zwischen verschiedenen Hügeln, auf deren einem das fürstliche Schloß steht, von dem man die herrliche große Aussicht hat. Man überschaut eine noch größere Ebene als auf dem Bogenberg. Die Stadt München präsentiert sich sehr deutlich, und der ganze ausgebreitete Horizont wird bloß durch die fernen blauen Gebirge von Tirol und Salzburg begrenzt. Auf eben diesem Hügel liegen noch die Domkirche, die Stiftskirche St. Andreä, die fürstliche Bierbrauerei, nebst vielen Höfen der Domherren und der Kanoniker von St. Andreä. Das Schloß oder die Residenz des Fürstbischofs ist ziemlich schlecht und unbequem gebaut. In der Stadt ist auch kein denkwürdiges Gebäude als das Gymnasium, oder, wie man es in Freising nennt, das Lyzeum für die Studierenden.

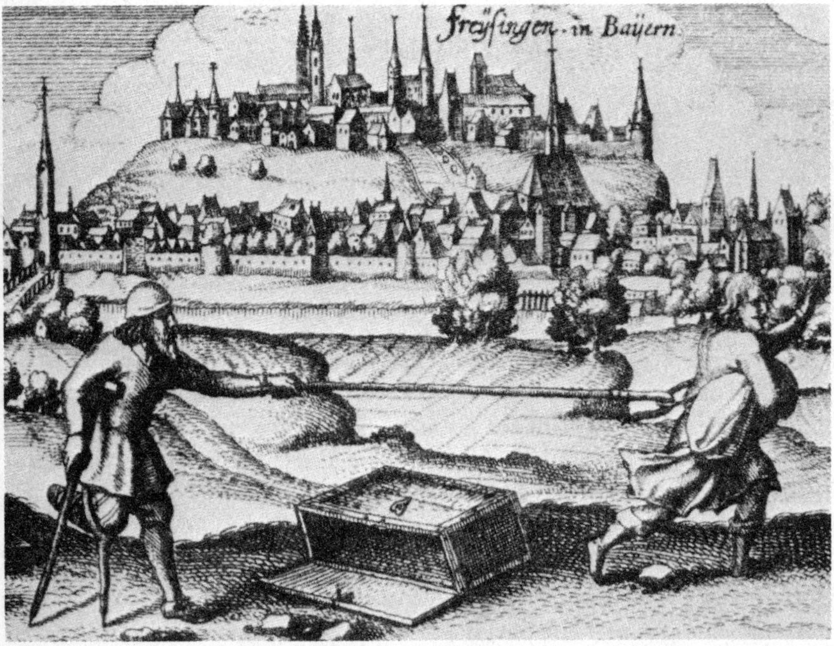

Der Fürst ist ein liebenswürdiger Herr. Er liebt die Pracht und die Gesellschaft, vielleicht etwas mehr, als es seine Einkünfte zulassen. Doch beklagen sich seine Freisinger nicht sehr über ihn, denn er läßt sie an vielen seiner Vergnügungen teilnehmen. Er gibt ihnen Bälle, Schauspiele, Musiken, Pferderennen, Freischießen, überhaupt alle Arten öffentlicher Divertissements. Sein zwar nicht prächtiger, aber wegen seines vielen Schattens sehr angenehmer Hofgarten steht die ganze schöne Jahreszeit jedermann offen, und der Fürst scheint desto vergnügter, je häufiger er besucht wird.

Johann Pezzl (1781)

Divertissement = Zerstreuung

Das Landgericht Pfaffenhofen

Auf 8,75 Quadratmeilen finden sich hier – auch das frühere Gericht Wolnzach ist bei der Organisation zu Anfang unseres Jahrhunderts dazugekommen – 65 Gemeinden, nach Aichach die höchste Zahl in sämtlichen oberbayerischen Landgerichten, nämlich die Stadt Pfaffenhofen selbst, die beiden Märkte Geisenfeld und Wolnzach, 98 Dörfer, 79 Weiler, 111 Einöden und Mühlen, mit 22888 Seelen in 5389 Familien, nach Landsberg und Aichach der höchsten Bevölkerung, welcher 94 öffentliche und 7877 Privatgebäude Unterkunft gewähren, wovon 3932 Wohnhäuser.

Ganz abgesehen von der alten Stadt Pfaffenhofen und dem der fruchtbaren Hallertau oder Hollertau angehörigen Märkte und früheren Amts- und Gerichtssitze Wolntsa oder Wolnzach verdient der Markt Geisenfeld eine Anführung, in dessen Verschanzungen schon Aventin römische Sommerlager erkannte, in dessen im Jahre 1037 gestiftetem Benediktinernonnenkloster die Gründer aus dem gräflichen Hause von Semt und Ebersberg sich ihre Ruhestätte erkoren, und welcher 1336 bereits Marktsprivilegien hatte, die öfter bestätigt wurden. Nicht minder auch Ilmmünster, dessen altes Benediktinerkloster sich im elften Jahrhunderte als Chorherrenstift neu erhob und sodann 1495 jenem in der Frauenkirche zu München einverleibt wurde.

Ludwig Rockinger

Aventin = Johannes Aventinus (eigentlich Turmair), bayerischer Gerichtsschreiber, 1477 - 1534.

Ingolstadt

Im übrigen hat diese Stadt so ziemlich dauerhafte und bequem erbaute Häuser, die mehrenteils weiß angestrichen und auswendig bemalt sind, die Gassen breit, gerade und sauber, auch das Pflaster gut, so daß alles wohl in das Auge fällt; sie unterhält eine starke Garnison und hat fünf Bollwerke, nämlich die Eselsbastei, die Haderbastei, die Kuchelbastei, die Frauenbastei und die Münzbergsbastei.

Im Wappen führt Ingolstadt einen auf den hintern Füßen stehenden, zum Streit gerüsteten blauen Greif mit aufgeschlagenem Schweif, so eine rote Feuerflamme aus dem Mund bläst, im silbernen Feld. In den vorigen Zeiten ist Ingolstadt von feindlichen Händen nie eingenommen worden. In dem sogenannten Schmalkaldischen Krieg, als Kaiser Karl V. von Kurfürst Johann Friedrich aus Sachsen und seinen Alliierten in große Enge getrieben und sehr beängstigt worden, hatte er, um sich aus der Not zu retten, bei dieser Stadt sein Lager gehabt, in welches von den Alliierten über neunzehnhundert Kugeln geschossen worden; und im Jahr 1632 ist der große siegende König in Schweden, Gustaf Adolf, davor gerückt, hat sie belagert und an der äußersten Schanz vor der Donaubrücke zweimal Sturm laufen lassen.

Johann H. Dielhelm (1785)

Herzog Ludwig von Landshut eröffnet die Universität Ingolstadt 1472

Es waren noch kaum vierhundert Jahre verflossen seit der Zeit, da Cäsar, Cicero und andere klassische Werke schrieben, als man im Okzident beinahe alle Kenntnis zum bloßen Schreiben verloren hatte. Die Hilfsmittel zu fernern Anleitungen, die Bibliotheken, waren meist zerstört, und es wurde wieder, wie ehemals, derjenige am meisten geschätzt und hervorgesucht, der zum Raufen und Zuschlagen der stärkste und behendeste war. So dauerte es bis zu Ende des achten Jahrhunderts, wo Karl der Große regierte. Dieser erleuchtete Fürst sah, wie tief der menschliche Verstand in allen Arten von Kenntnissen heruntergesunken war, und tat alles, was ein Wesen mit endlichen Kräften tun kann, das Ebenbild Gottes zu verherrlichen. Er gründete zu Paris, zu Pavia, zu Bonnonien und in seinem geliebten Aachen eigne Lehrstühle und gründete bei allen Domkirchen und in den vornehmsten Abteien wohlgeordnete Schulen, um die entsetzliche Barbarei nur recht bald zu vertreiben. Seine Lebenszeit war aber nicht hinreichend, ein solches Werk, dessen Früchte stets das folgende Menschenalter erntet, zu vollenden. Nach seinem Hintritt fingen wieder neue zerstörende Kriege und mit diesen die Fortsetzung der alten und die Entstehung einer neuen Barbarei an. Die Schulen hatten nämlich in den meisten Orten, wo sie ziemlich gute Stiftungen hatten, nicht aufgehört, aber wenig gelehrt, was dem Bürger in der Tat nützlich und wissenswürdig war. Die alten Bücher, durch deren Verlust der Faden der menschlichen Einsichten abgerissen wurde, lagen noch größtenteils unbekannt, und wie man im elften Jahrhundert von den Griechen, mit welchen man durch die Kreuzzüge bekannt geworden ist, einige Werke des Aristoteles erhielt, wußte man nicht, was man mit

diesen Büchern eigentlich machen sollte. Man verstand sie nicht zur Hälfte; man bewunderte sie aber desto mehr und beredete sich zuletzt, daß das Wahre und Schätzbare der Wissenschaften in Dunkelheiten, oder vielmehr in Spitzfindigkeiten, wodurch alles dunkel und äußerst schwer zu begreifen, bestehe. Diese abgeschmackte Weise zu studieren wurde im zwölften Jahrhundert vorzüglich zu Paris betrieben, und die ersten Köpfe von Europa wanderten dahin, um die ihrigen ebenfalls zerrütten zu lassen. Man glaubte so wenig, daß man auf dem unrechten Wege sei, daß man vielmehr von Zeit zu Zeit neue Pflanzschulen anlegte, wie dann im dreizehnten Jahrhundert von König Friedrich II. zu Neapel, zu Padua, zu Ferrara, im vierzehnten Jahrhundert aber zu Wien, zu Prag, zu Heidelberg Universitäten angelegt worden sind.

Im morgenländischen oder griechischen Reich und Kaisertum, welches 394 vom abendländischen oder römischen getrennt worden ist, sind die Wissenschaften nie so wie in Europa versunken, und die alten griechischen Schriftsteller blieben größtenteils bekannt. Ein griechischer Gesandter, der in der letzten Hälfte des vierzehnten Jahrhunderts nach Italien kam und eine Menge der besten griechischen Schriften mit sich führte, schaffte in Italien überaus große Früchte und hinterließ eine große Anzahl gebildeter Männer, als nach dem Jahr 1453, in welchem sich die Türken der Stadt

Konstantinopel bemächtigt hatten, vollends viele gelehrte Griechen und Künstler nach Italien kamen, um dort ihren gelehrten Beschäftigungen ungestört nachzuhängen. Die herzogliche mediceische Familie in Florenz, so wie nicht minder die Päpste Nikolaus V. und Leo X. trugen das Ihrige ebenfalls bei, so daß daselbst bald alles ein anderes Ansehen bekam.

In Deutschland dagegen waren die Strahlen, welche durch die Finsternis brechen konnten, nur einsam und unbemerkt. Man kannte noch immer nichts als die ekelhafte Sucht, über die Wissenschaften zu zanken, welche aber gleichwohl durch einen merkwürdigen Vorfall geteilt und geschwächt ward. Die Unversität zu Prag war für vier Nationen, nähmlich für die deutsche überhaupt, für die bayerische, polnische und böhmische gestiftet, und den Lehrern dieser Nationen standen die Universitätsstellen wechselweise offen. Nun kam aber der berüchtigte Professor Huß, ein Böhme, der ganz allein alles sein und gelten wollte. Er brachte es auch bei dem Kaiser Wenzel wirklich dahin, daß die Deutschen, die Bayern und Polen bei Verteilung der Ehrenämter zurückgesetzt und allein die Böhmen vorgezogen wurden. Da hierauf viele tausend Studenten mit ihren Lehrern die Stadt Prag verließen, so wurden viele deutsche Fürsten veranlaßt, in ihren Ländern eigne Universitäten zu stiften, wie dann dergleichen in Würzburg, zu Löwen, zu Leipzig, zu Rostock, zu Greifswald, zu Basel, zu Freiburg, etc. errichtet worden sind.

In Bayern hatte Herzog Ludwig der Reiche von Landshut an den nämlichen Vorhaben schon lange gearbeitet. Er benutzte einige Stiftungen, welche von Herzog Ludwig dem Gebarteten zu Ingolstadt gemacht worden, aber von ungleich geringerem Nutzen waren, und eröffnete 1472 zu Ingolstadt eine Universität, welche bald in ganz Deutschland berühmt und die Bildungsschule der ansehnlichsten Fürsten geworden ist.

Lorenz von Westenrieder

Okzident = Abendland.

Das Landgericht Schrobenhausen

Auf 7,06 Quadratmeilen zählt man hier 39 Gemeinden, nämlich die Stadt Schrobenhausen selbst, den Markt Hohenwart, 74 Dörfer, 29 Weiler, 99 Einöden und Mühlen, mit 17276 Seelen in 3924 Familien mit einer Zahl von 205 öffentlichen und 6518 Privatgebäuden, worunter 3299 Wohnhäuser. Der ganze Bezirk gehörte in der Zeit der Grafschaften zu Scheyern.

Besonders zu erwähnen sind in diesem Bezirke Aresing als die Geburtsstätte des verdienten Bischofs Johann Michael Sailer, und der Markt Hohenwart und das daselbst seit der zweiten Hälfte des elften Jahrhunderts bis zum Beginne des unseren bestandene Benediktinernonnenkloster. Hier sei lediglich bemerkt, daß ein Geistlicher von Hohenwart in den frühesten Zeiten der Buchdruckerkunst zu Rom tätig war. In der ersten daselbst im Jahre 1474 gedruckten Ausgabe des Ammian Marcellin nämlich erscheint mit dem Geistlichen Georg Sachsel von Reichenhall auch Bartholomeus Golsch von Hohenbart als Drucker.

Ludwig Rockinger

Komitat = Verwaltungsbezirk

Aichach

Auf der inneren Seite des oberen Tores zu Aichach ist eine achtzig Pfund schwere eiserne Kugel aufgehangen, oberhalb welcher nachstehende Aufschrift über die Schrecknisse und Leiden im dreißigjährigen Kriege Auskunft gibt. Anno 1632 wurde Aichach durch den schwedischen Feldmarschall Gustaf Horn, Anführer der weimarschen Truppen, erobert, Anno 1633 durch den kaiserlichen General Altringer aber ihnen wieder entrissen. Am 11. April nämlichen Jahres wieder von den Schweden erobert, geplündert und zum Teil niedergebrannt. Anno 1634 den 14. Juni ergab sich die Besatzung und Bürgerschaft mit Akkord an den zum Entsatze der Stadt herbeigeeilten bayerischen General Johann von Werth. Anno 1634 den 24. Juni wurde Aichach von dem schwedischen Feldmarschall Gustaf Horn neuerdings belagert, mit solchen Kugeln meist in einen Schutt- und Aschenhaufen verwandelt, und dieser Turm – da auch die Vorstadt ganz in den Grund geschleift war – bis auf das unterste Stockwerk zusammengeschossen, welcher sich aber bald wieder erhob. Die Verwirrung war nach und nach zu solcher Höhe gestiegen, daß laut der städtischen Ratsprotokolle erst am 18. Januar 1638 wieder eine Ratssitzung gehalten werden konnte. Häuser mit Nebengebäuden und Hofraum, besonders Brandstätten, wurden um zwanzig oder vierzig und aufs Höchste um fünfzig Gulden verkauft, und dann noch die Zahlungsfristen auf viele Jahre hinaus bedingt. Weiter wirkte noch während des spanischen Erbfolgekrieges das Brandungluck vom 10. August 1704 empfindlich, indem mit sehr vielen Wohnungen auch das herzogliche Schloß und die ganze Registratur ein Raub der Flammen wurde. Daß fortan sich an den österreichischen Erbfolgekrieg und die wilden Ereignisse der französischen Feldzüge am Schlusse des vorigen und am Anfange dieses Jahrhunderts für Aichach keine Rosen knüpften, bedarf keines Nachweises.

Ludwig Rockinger

Dachau

Dachau war eines der Hauptschlösser der scheyerischen und wittelsbachischen Familie um 1119 geworden, da das Stammschloß Scheyern in ein Kloster verwandelt und den Mönchen von Eisenhofen überlassen worden war. Sitz einer eigenen Linie dieses Hauses, hatte es aber sogleich in den ersten Jahren des Grafen Konrad II. in Folge eines verderblichen Krieges Ungemach zu erleiden. Wurde auch die Burg nicht mit stürmender Hand genommen, so mußte doch bald der Graf bei der Verwüstung der Umgegend und ohne Hoffnung auf einen Entsatz sie übergeben, und sie wurde nun mit dem Orte selbst den Flammen preisgegeben. Des letzten Gliedes aus der dachauischen Linie, Konrads III., Vormund – Graf Arnold oder Arnolf II. oder (nach Huschbergs Stammtafel) V. von Dachau – überlebte ihn um mehrere Jahre bis 1187 und hatte die Freude, seinen Stammesvetter Pfalzgrafen Otto von Wittelsbach in der herzoglichen Würde zu erblicken. Dieser baute auch das Schloß wieder auf, welches bald der Lieblingsaufenthalt der bayerischen Herzöge wurde, wie gleich Ludwigs des Strengen.

Es konnte nicht fehlen, daß Dachau nun besondere Freiheiten erlangte. Obenan steht jedenfalls das Rechtsbuch Ludwigs des Bayern. Die Herzöge Stephan und Johann eigneten 1391 den Dachauern zur gleichheitlichen Verteilung und Kultur „einen freien Gemein“(degrund) bei der Steinmühle. Außerdem erhielten sie da bereits drei Jahrmärkte. Im Jahre 1394 aber wurde die Ortschaft oder bisherige herzogliche Hofmark zum gefreiten herzoglichen Markte erhoben, welcher dann 1431 eine eigene Eich nach dem Maße der Münchner Eimer unter dem Bedinge erhielt, daß jährlich ein geschworener Richter daselbst sie beschaue und selbst gieße. Wichtig aber war insbesondere, daß 1443 wider die Einrichtung getroffen wurde, daß die Straße von München nach Augsburg über Dachau und Friedberg wie vor alters gehen sollte.

Fort und fort verschönerten auch die Fürsten ihren Lieblingsaufenthalt. Von den Herzögen Wilhelm IV. und Albrecht V. wurden 1546 und 1558 Anbauten und Neubauten am Schlosse gemacht. Wilhelm V. sodann legte

1596 ein Brunnhaus und Wasserwerk an. Überhaupt darf man nur den nunmehr freilich äußerst dürftigen Rest des Schlosses – es bildete seinerzeit ein regelmäßiges Quadrat, das mit seinen vier Flügeln einen großen Hof einschloß – mit den herrlichen Gartenanlagen und der wundervollen Rundschau über das zu Füßen liegende bekannte Dachauer Moos hinweg auf 75 Ortschaften bis zum Abschlusse durch die gesamte Alpenkette sich besehen und dazu einen Blick auf den nach dem Lustschlosse Schleißheim in schnurgerader Linie angelegten Kanal werfen, so kann man die fürstliche Vorliebe für Dachau nicht leugnen. Was gerade das Schloß anlangt, faßte es 108 wohnbare Zimmer, und noch entzückt der prächtige Saal von 126 Fuß Länge, 47 Schuh Breite, 29 Fuß Höhe und mit einer wundervollen geraden Decke von geschnitzter und gegossener Künstlerarbeit geziert, welche auf 6000 Reichstaler geschätzt wurde, ob der gewaltigen Verhältnisse des Saales und ihrer eigenen Schwere in eisernen Stangen hängend.

Ludwig Rockinger

Puch bei Fürstenfeldbruck

Vor vielen Jahren, geht die Sage in Puch, sei die heilige Edigna, eine Prinzessin aus fremdem Lande, durch Puch gezogen, angetan mit schlechter Kleidung. Sie fuhr auf einem mit zwei Ochsen bespannten Wagen und führte auf demselben einen Hahn und eine Glocke mit sich.

Mit der Glocke und dem Hahn habe es aber die Bewandtnis gehabt, daß, wo der Hahn krähe und die Glocke läute, dies der Ort sei, wo die Prinzessin fernerhin ihren Wohnsitz nehmen wolle.

Als die Prinzessin durch Puch gezogen, habe sie geschlafen, sei aber bald hierauf aufgewacht und habe ihren Fuhrmann gefragt, ob er nicht die Glokke läuten und den Hahn krähen gehört habe? Der Fuhrmann habe die Frage bejaht und als Stelle, wo dieses geschehen, eine rückwärts liegende Linde bezeichnet. Hierauf habe die Prinzessin umkehren lassen, sei bei der Linde abgestiegen, habe fortan in einer Höhlung derselben fünfunddreißig Jahre ein frommes bußfertiges Leben geführt und sei nach ihrem Tode in der Kirche in Puch, wo ihre Gebeine noch aufbewahrt werden, begraben worden. Soweit die Sage. Nach einer Abbildung sitzt hinten auf dem Wagen die heilige Edigna; über den vorderen Rädern ist ein Bogen angebracht, in welchem die Glocke hängt; auf dem Bogen über der Glocke sitzt der Hahn. Die Glocke wird jetzt noch in der Kirche zu Puch gezeigt.

Auf dem Platze steht noch ein starker, in zwei Hauptäste sich verzweigender Stamm, im größten Umfange 35 1/2 Fuß messend und etwa 50 bis 60 Fuß hoch. Ein Hauptast des Stammes ist ganz hohl, so daß man sich in demselben verbergen kann.

Miller

Der Tanz

Wann i' a' Musi' hör'
kenn' i' koa' Trauer mehr
zum Tanzl treibts mi' hi',
weil i' gern lusti bi'.

S' Diendl die draaht si' gern,
Müd kunnt s' halt gar nit wer'n,
Is ihr um's Herz so guat,
Wann s' mit mir tanzn tuat.

'S Schuhplattl'n ko' nit glei'
Oana in' ganzn Gei
So guat, wie i' bei'm Tanz,
Kimm g'wiß nit aus'n Kranz.

'S Schnackln und 's Juchheschrei'n
Bei'n an' Spitz guatn Wei',
Macht van' 'n Kopf so leicht,
Daß ma' die Plag nit scheucht.

D'rum halt' i 'n Tanz in Ehrn,
Werd ma's wohl niema'd wehr'n,
Macht ma' mei' Freud erst voll
Und im Herz kitzerlwohl.

Herausgegeben von Franz von Kobell

Marterlspruch aus Pullach bei München

Wandrer, den Mo schau a,
Der rennt si an dem Baum do a,
Dö ganze Nos'n is vahunzt –
Wandrer, schau, daß d' weiter kummst.

Sandau bei Landsberg

Eine halbe Stunde von Landsberg abwärts am rechtseitigen Hochgestade des Lechs liegt ein mit tiefem Graben umschlossener Hügel: Sandau genannt. Hier wurde ehemals oft nach Schätzen gegraben. In dem Schlosse wohnte ein Ritter mit Frau und zwei Töchtern. Als einst der Herr abwesend war, wollte die Frau mit ihren beiden Töchtern in der Kutsche ausfahren, wie man oben in Landsberg zur Wandlung läutete. Der Kutscher sprang vom Bock, zog den Hut ab, machte das Kreuz und warf sich auf die Knie. Die vermessene Frau sagte: „Fahre zu in Teufels Namen!“ Da versanken Mutter und Töchter mit Wagen und Pferd; nur der Kutscher, an dem Rande

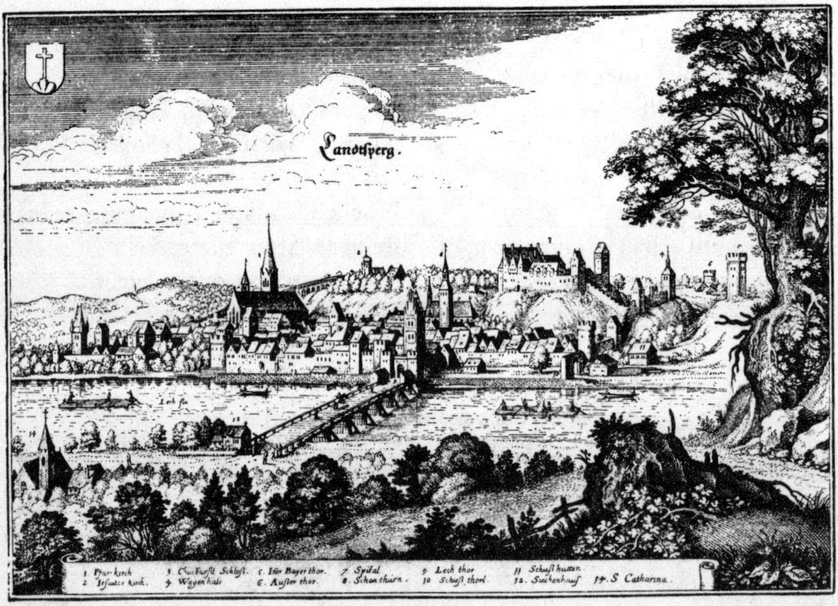

des Abgrundes kniend, blieb unversehrt. Mit ihnen versank das Schloß. Im Keller sitzt eine weiße Frau, welche sich zu heiligen Zeiten auf dem Platze, wo das Schloß versunken ist, sehen läßt. Die Leute sagen, in dem versunkenen Schloß liege ein goldener Pflug.

Friedrich Panzer

Marterlspruch für einen Bierbrauer

Christ, steh' still und bet' a bißl',
Hier liegt der Bräuer Johann Nißl,
Zu schwer fast mußt' er büßen hier,
Er starb am selbstgebrauten Bier.

Richard Wagner an Ludwig II.

An meinen König

O König! Holder Schirmherr meines Lebens!
Du höchster Güte wonnereicher Hort!
Wie ring' ich nun, am Ziele meines Strebens,
nach jenem Deiner Huld gerechten Wort!
In Sprach und Schrift wie such' ich es vergebens,
und doch zu forschen treibt mich's fort und fort,
das Wort zu finden, das den Sinn Dir sage
des Dankes, den ich Dir im Herzen trage!

Was Du mir bist, kann staunend ich nur fassen,
wenn mir sich zeigt, was ohne Dich ich war.
Mir schien kein Stern, den ich nicht sah erblassen,
kein letztes Hoffen, dessen ich nicht bar:
auf gutes Glück der Weltgunst überlassen,
dem wüsten Spiel auf Vorteil und Gefahr,
was in mir rang nach freien Künstlertaten,
sah der Gemeinheit Lose sich verraten.

Der einst mit frischem Grün sich hieß belauben
den dürren Stab in seines Priesters Hand,
ließ er mich jeden Heiles Hoffnung rauben,
da auch des letzten Trostes Täuschung schwand,
im Innren stärkt' er mir den einen Glauben,
den an mich selbst ich in mir selber fand:
und wahrt' ich diesem Glauben meine Treue,
nun schmückt' er mir den dürren Stab aufs Neue.

Was einsam schweigend ich im Innren hegte,
das lebte noch in eines andren Brust:
was schmerzlich tief des Mannes Geist erregte,
erfüllt' ein Jünglingsherz mit heil'ger Lust;
was dies mit Lenzes-Sehnsucht hin bewegte
zum gleichen Ziel bewußtvoll unbewußt,
wie Frühlingswonne mußt' es sich ergießen,
dem Doppelglauben frisches Grün entsprießen.

Du bist der holde Lenz, der neu mich schmückte,
der mir verjüngt der Zweig' und Äste Saft:
es war Dein Ruf, der mich der Nacht entrückte,
die winterlich erstarrt hielt meine Kraft.
Wie mich Dein hehrer Segensgruß entzückte,
der wonnestürmisch mich dem Leid entrafft,
so wandl' ich stolz beglückt nun neue Pfade
im sommerlichen Königreich der Gnade.

Wie könnte nun ein Wort den Sinn Dir zeigen,
der das, was Du mir bist, wohl in sich faßt?
Nenn' ich kaum, was ich bin, mein dürftig Eigen,
bist, König, Du noch alles, was Du hast:
so meiner Werke, meiner Taten Reigen,
er ruht in Dir zu hold beglückter Rast;
und hast Du mir die Sorge ganz entnommen,
bin hold ich um mein Hoffen auch gekommen.

So bin ich arm und nähre nur das Eine,
den Glauben, dem der Deine sich vermählt:
er ist die Macht, durch die ich stolz erscheine,
er ist's, der heilig meine Liebe stählt:
doch nun geteilt, nur halb noch ist er meine,
und ganz verloren mir, wenn Dir er fehlt.
So gibst nur Du die Kraft mir, Dir zu danken,
durch königlichen Glauben ohne Wanken!

Starnberg, 16. September 1864

Richard Wagner

Marterlspruch aus Unterhausen bei Weilheim

Auch ich ging fort und zwar zur Stadt,
Ein Blutschlag mich getroffen hat,
Man führt mich tot nach Hause ein,
Dies könnt der Fall bei dir auch sein.

Der Gögeleberg bei Weilheim in Oberbayern

Ein vorgedrängter, an dem Weidenbach bei Weilheim liegender Berg heißt der Gögeleberg oder Gögerlberg. Von diesem Berg geht folgende Sage. Der Herr von Hunnen hatte da ein Schloß und zog mit seinen drei Söhnen in den Krieg, wo sie ihren Tod fanden. Die zwei zurückgebliebenen Schwestern teilten die Verlassenschaft mit Metzen. Die sehende täuschte die blinde Schwester, indem sie den umgekehrten Metzen bis an den Rand mit Geld füllte und die blinde mit der Hand darüber fahren ließ, damit sie sich überzeuge, daß der Metzen voll sei. So gelangte die böse Schwester zu Reichtum, wurde aber von der blinden wegen dieses Betruges verflucht und geht nun als Geist, der Erlösung harrend. Sie erscheint mit langen, blonden Haaren, in weißem Kleide, mit schwarzem Bande um den Leib und trägt gelbe Schuhe. Ihr Hund ist ein Fuchs. Viele haben schon versucht, sie zu erlösen; sie kann aber nur bis an eine gewisse Stelle, und nicht über diese hinaus, getragen werden; dann setzt sie sich nieder und weint. Groß ist ihr Schatz, der im Gögerlberg verborgen liegt; aber es gelingt nur selten, sie zu sehen. Von dem Gögerlberg bis in die Stadt Weilheim, berichtet die Sage, zieht ein unterirdischer Gang nach ehemaligen Patrizierhäusern, in deren Kellern er ausmünden soll.

Friedrich Panzer

Metzen = altes Getreidemaß

Die drei Welfen bei Schongau in Oberbayern

Auf dem Schneckenbüchl wohnte in alten Zeiten ein Graf, der sehr entrüstet war, daß die Frau eines seiner Untertanen drei Kinder auf einmal gebar. Unter Schelten und Verwünschungen sagte er, eine solche Frau verdiene den Tod. Als er aber im Kriege abwesend war, gebar ihm die Gräfin auch drei Kinder auf einmal. Des Grafen Zorn fürchtend, befahl sie der Amme, die Kinder in den Wald zu tragen und den Wölfen vorzuwerfen. Der Graf kehrte aber zur selben Zeit vom Kampfe zurück, begegnete der Amme, welche ihm den Auftrag der Gräfin mitteilte, rettete die Knaben und gab ihnen den Namen die drei Welfen.

Friedrich Panzer

Marterlspruch aus Schongau am Lech

Ein braver Soldat ist er gewesen,
Bei siebthalb Schuach hat er gemessen,
Er zog für König und Vaterland
Hinein mit ins Franzosenland.

Da haben die feindlichen Granaten
Zerrissen ihm Schienbein und Waden.
Einen Fuß, den mußt er in Frankreich lassen
Und hier dann ganz zu Tod erblassen.

O heiligste Dreifaltigkeit
Mach ihm den Himmelsweg nicht weit,
Mit einem Fuß, dem linken,
Kann er die Straß' nur langsam hinken.

Die drei Personen

Im Herbst geht s' wieder an, die Schul.
Da steht der Lehrer auf vom Stuhl
Und sagt: „Jetzt sag mir amal glei',

Hansirgel, wel(ch)e von die drei
Personen Gottes g'storben is?"
„Ja", sagt der Bua, „i woaß nit g'wiß;
Denn in dem letzten Jahr, dem halb'n,
Da war i allweil auf der Alm,
Da hört ma' gar nix. Wegen mein
Da kunnten s' all drei g'storben sein.
Is g'wiß wahr", sagt er, hat er g'sagt,
„I hätt's wahrhafti nit derfragt."

Karl Stieler

Jager und Senndrinn

Jager-Bua, sag mer, wo bischt so lang g'wes'n,
Ho' di' meinoad ja zwoa Wocha nit g'seg'n?
„Sennderinn, schau auf die Gambs bin i' 'ganga,
Bin auf der Schneid umanand g'leg'n.
Denn Gambsei'n die schieß' i' gern,
Die san mei' Freud'
Und da bin i' am liebst'n,
Wo's Gambsei'n gnua geit."

Jager woaßt wohl und i' will d'r was sag'n
San dir die Gambs so viel lieber als i',
Oft kanscht mer aa' von der Hütt'n weg bleib'n,
Woaß mer an' andern als di',
Denn Buabna san' gar nit raar
Buabna geit's gnua (und)
Wann d' ebber nit kemma willscht,
Geh' mer no' zua.

Senndrinn, daß Buabna geit will i' nit sag'n
Aber die frischern san d'Jager, san mir,
Willscht du an' Drescher hab'n, mag dir's nit wihr'n,
Oft kimm i nimmer zu dir,
    Da kannscht nacher red'n
    Von Haber und von Troad' (und)
    Er tuat aa leicht gras'n
    Bei dir auf der Woad.

Jager du derfscht di' nit gar a so prahl'n,
Derfscht di nit macha so führnehm und stolz,
Gehscht wohl zun Jag'n, als woltscht alles freß'n,
Kimmscht aber laar aus'n Holz,
    Da hoaßt's ja der Wind
    Hat die Kug'l verschlag'n, (und)
    Natürli' der Wind gelt
    Den ko' mer nit frag'n.

Senndrinn, jetz' hör'mer auf du mit dein Tratz'n
Heunt bin i' da und was willscht nacher mehr
Und i' versprich's und i' kimm morgen wieder
Waar es aa' no' so weit her,
    Denn di' laß i' nit,
    Und i' kunnt ja nit leb'n (und)
    Hättscht du aus Verdruß
    No' an' andern d'rneb'n.

Herausgegeben von Franz von Kobell

Oberammergau

Das so freundliche Oberammergau nährt so viele Familien, und dies bloß durch ein geschicktes Messer und einen unternehmenden Kopf. Alles schnitzt und malt hier, und die Hauptentrepreneurs von hier und der ganzen Gegend sind die Gebrüder Lang. So wuchsen sie denn zu zwei ansehnlichen Handelshäusern mit ungeheuren Warenlagern heran. Der Hauptverkehr ist nach Cádiz, wo diese Artikel in ganzen Schiffsladungen nach Afrika übergesegelt werden; auch nach England und Frankreich gehen

viele solche Artikel. Im Wirtshaus zu Oberammergau, wo gesellschaftlicher Ton und freies Benehmen herrscht, unterhält man sich sehr gut. Mehrere Handelsleute, sogenannte Verleger, befinden sich zu Oberammergau, so wie einige in anderen Ländern, wie Spanien, Amerika, Holland etc. Handlungen etabliert haben; ihre Anhänglichkeit an Oberammergau ist aber so groß, daß sie in ihrem Alter alle zurückkommen und die Kinder die Geschäfte dort fortführen lassen; sie verleben dann in Oberammergau in ihren artigen Häusern und Anwesen vergnügt ihre letzten Tage.

Joseph Hazzi

Entrepreneurs = Unternehmer

Einsiedler

In den Partenkirchener Wäldern gibt es zwei absonderliche Einsiedler – der eine ist ein Hirsch und heißt Molli, der andere ein Taglöhner, Veitl genannt. Reden wir zunächst von dem ersteren.

Seit etwa sieben Jahren kommt alljährlich, gegen Ende Oktober, ein gewaltiger Edelhirsch in den Marktflecken herein und tut, als ob er da zu Hause wäre. Der Hirsch trägt ein Geweihe, mit dem sich an Höhe und Stärke nur wenige vergleichen lassen, obgleich er nicht unter die Sechzehn-, sondern nur unter die Zehnender gehört, und von seiner Stattlichkeit mag man sich einen Begriff machen, wenn man annimmt, daß er von allen, die ihn gesehen haben, auf drei Zentner Gewicht geschätzt wird. Niemals hat man ihn während der Schußzeit gesehen. Auch im Walde ist er nicht aufzufinden und in Gesellschaft anderer Hirsche wurde er noch niemals angetroffen. Er scheint die Menschen lieber zu haben als seinesgleichen. Wenn einmal der Schnee so tief liegt, daß er nicht mehr zum Boden gelangen kann, so legt man ihm Heu auf einen Reiserhaufen, der sich in einer Entfernung von etwa dreißig Schritten vom Forstamtsgebäude befindet. Von diesem Heu holt er sich seine Nahrung, meist während der Nacht, mitunter aber auch am Tage. Spürt er jedoch, daß andere Hirsche oder Tiere, was bei sehr arger Kälte mitunter geschieht, den nämlichen Futterplatz aufsuchen, so kommt er nicht und erscheint erst dann wieder, wenn sich die Tiere in den Wald zurück begeben haben. Nachdem er etwas verzehrt hat, legt er sich auf das Heu, das übrig geblieben ist, und rastet darauf stundenlang.

Von Mitte Mai ab verschwindet er aller Augen. Ich weiß nicht, ob er geschont werden würde, wenn ihm ein Jäger begegnete. Er steht zwar unter dem besonderen Schutze des Forstmeisters, aber mancher seiner Untergebenen scheint weniger gut auf den wunderlichen Patron zu sprechen zu sein, und es könnte sich wohl einmal ereignen, daß ihm aus Mißverständnis etwas Schlimmes zustöße. Indessen, wie gesagt, während der Zeit, in welcher die Jagd erlaubt ist, scheint er verschwunden.

Bei der Zahmheit, die er zur Schau trägt, könnte man vielleicht auf die Vermutung kommen, daß er einmal eingefangen gewesen und von irgendeinem Liebhaber in Umfriedung gehalten worden sei. Allein für eine solche Annahme fehlen sämtliche Anhaltspunkte. Niemand in der Gegend weiß davon. Wenn er aus seiner Einsamkeit hervorkommt, so sucht er sofort die Gärten auf, die um jene Jahreszeit allerdings schon ziemlich abgewirtschaftet und verödet ausschauen, in denen sich aber immerhin noch Kohlstengel, Krautköpfe und auch Obst vorfinden, wie ich denn selbst noch

Ende November mehrmals die roten Äpfel an entlaubten Bäumen dort habe hängen sehen. Um in die Gärten zu kommen, was er sehr häufig am hellen Tage tut, springt er über die höchsten Zäune. Auch die Zierpflanzen, die man in Töpfen am Fenster hält, sind vor ihm nicht sicher, mehr als einmal hat er zum großen Zorn der Beschädigten junge Rosenstöcke weggefressen, und manchmal schaut er durch die Fenster in die Stuben hinein, wobei es schon einigemal geschah, daß er mit seinem Geweih die Scheiben

eindrückte. Am Allerheiligentage oder in der darauf folgenden Zeit begibt er sich auf den Friedhof und frißt die Blumen, Beeren und Kränze, mit welchen in jenen Tagen die Gräber geziert sind. Dieses Gartenfutter behagt ihm so, daß solange er solches erreichen kann, von ihm kein Heu angerührt wird. Dieses sucht er, wie erwähnt, erst auf, wenn Schneefall die Gärten zudeckt.

Bei solchem Betragen eines Tieres, das meist überaus scheu ist, kann es nicht fehlen, daß die Leute in verschiedener Weise sich dasselbe zurecht legen. Am meisten Freude daran hat natürlich die Jugend, die ihn oft staunend im Kreise umsteht, ohne daß er sich von deren Geschrei beirren läßt. Abergläubische meinen, es stecke in dem Tiere der Geist eines Verstorbenen und die Spaßvögel unter ihnen vermuten, der Molli sei am Ende gar der frühere Forstmeister, weil er den Garten und die Schwelle des Forsthauses mit besonderer Vorliebe aufsucht. Weder vor diesem Hause noch vor einem anderen scheut er das laute Sprechen der Inwohner oder das Bellen der Hunde. Vor diesen hat er überhaupt nicht die geringste Furcht. Kam ihm ja einmal einer zu nahe, so schleuderte er ihn mit seinem Geweih in die entsprechende Entfernung.

Bei der Scheu, die manche vor dem seltsamen Vagabunden haben, ist es schon zu drolligen Auftritten gekommen. So stieg einmal ein Mann von Partenkirchen auf den Berg, auf dem sich der Kreuzweg und die Kapelle des heiligen Antonius befinden, um Schafe zu suchen, die sich dort in Wald und Gestrüpp verloren haben könnten. Eben wollte er eine steile Felsplatte hinaufklettern und tastete, um nicht abzurutschen, im dichten Busch nach irgendeinem Zweig, an dem er sich festhalten konnte. Als er sich nun über die Platte mit Hilfe dieser Handhabe empor geschwungen hatte, stand er dicht vor dem hier ruhenden Hirsche und sah nun, daß das, was er für einen Ast gehalten hatte, in der Tat der Fuß des Molli gewesen war. Dieser aber richtete sich ruhig auf und betrachtete neugierig mit unverwandten Augen seinen Mann. Solche Kaltblütigkeit des Hirsches erschreckte den Schafsucher, er rannte geraden Weges den Berg hinab, wobei er sich öfter überschlug und stürzte, so daß er mit zerrissenen Kleidern und blaß vor Angst im nächsten Hause ankam, dessen Insassen er zurief, der Molli verfolge ihn.

Auch dem Nachtwächter begegnete einmal der Molli mitten in der Hauptgasse des Marktes. Der Hirsch blieb stehen und machte keine Miene auszuweichen. Das kam ihm bedenklich vor und er suchte sein Heil in der Flucht. Nichts Seltenes ist es auch, daß der Hirsch des Morgens in irgendeinem Holzschuppen gefunden wird, in welchem er furchtlos mitten unter Häusern während der Nacht geschlafen hat.

Der Veitl, ein anderer nicht viel weniger seltsamer Einsiedler, haust in der Nähe einer Bauernwohnung in Hintergraseck in der Höhlung, welche am steilen Abhang das Wurzelwerk einer großen Buche gebildet hat. Diese Höhlung hat er sich durch Bretter, Latten und Baumstämme so gut als möglich gegen Sturm und Wetter gesichert. Drinnen aber, in einem schier völlig finsteren Raume, der sein geringes Licht nur durch ein winziges Fensterscheibchen erhält, das vom Rauch nach und nach rotgelb gefärbt worden ist, wohnt der siebzigjährige Mann, seines Zeichens ein Taglöhner, der bald vom Holzfällen, bald vom Wegmachen oder anderer Hantierung seinen Unterhalt verdient. In dem Kämmerlein ist es so finster, daß der Veitl, um irgendeinen Gegenstand darin dem Besucher zu zeigen, einen Spahn anzünden muß. Das Bett neben dem Fensterchen besteht aus Lumpen, die Wände und die Decke sind dicht mit Ruß bedeckt. Zwei Menschen vermögen sich nur dann zu rühren, wenn sich der eine davon auf's Bett legt. In den Holzscheiten, die außen das Kämmerlein als innere Wand umgeben – denn zwischen den Brettern und Latten und der Kammer zieht sich ein winziger Vorhof mit allerlei Gerümpel, mit Wilddecken, Tüchern, Lodenfetzen usw. behangen, hin – stecken namenlose Werkzeuge. Aus den Lederhosen ist der Greis seit vielen Jahren nicht mehr gekommen. Doch fehlt ihm nichts zu seiner Glückseligkeit – er freut sich seiner Wohnung, seiner Aussicht auf den tiefen Waldgrund des Raintales, auf die Ahorn-Auen und auf die hohen Berge, und stellt uns ein Zeugnis aus, wie wundersam verschieden die Ansprüche sind, welche der Mensch an die Fortuna stellt.

Heinrich Noë

Vo' da Wahl

„He Hias! Was hast denn Du o'gfangt
Erst z'nachst'n bei da Wahl?
Du hast ja aar an Glasa g'wählt,
Du bist do' liberal?"
„Ja, ja, dees scho'," so brummt da Hias,
„Do fei't si' nix, woaßt scho'!"
„Wia konnst denn na' an Glasa wähl'n?"
„Weil i 'n net leid'n ko'!"
„Weil D' 'n net leid'n konnst, hast'n g'wählt?
Dees werd ja allwei' dümma!"
„No ja, iatz muaß a auf Berlin,
Na siag i 'n a Zeit nimma!"

Peter Auzinger

Das erste Kreuz auf der Zugspitze

(11., 12. und 13. August 1851)

Unter den bayerisch-tirolischen Grenzbergen behauptet die riesige Zugspitze den ersten Rang, indem sie, weithin sichtbar, ihr Felsenhaupt bis 10087 bayerische Fuß über das Meer erhebt. Seit der Urzeit bildete diese merkwürdige Gebirgsspitze gleichsam die „bayerische Jungfrau", bis es erst in den Jahren 1835, 1838 und 1843 einige kühne Forstmänner und Ingenieure wagten, ihr mit ewigem Schnee umstarrtes Haupt zu betreten und auf ihrer Krone sichtbare Denkmale zurückzulassen.

Wie nun aber nach schöner Sitte so manche Bergkuppe der bayerischen Alpen von der Riesenspitze des Watzmanns bis zu dem mächtigen Säuling und anderen allgäuischen Spitzen ein einfaches Kreuz schmückt, so unternahm es auch ein für die Sache begeisterter Mann, Christ. Ott, Pfarrer und Observator von Ober-Peißenberg, die Errichtung eines solchen ehrwürdigen und sinnvollen Denkmals auch auf dem höchsten Punkt Bayerns in Anregung zu bringen, und fand dafür allenthalben, selbst in den höchsten Kreisen, die bereitwilligste Unterstützung.

Das Kreuz wurde in Zylinderform aus Eisen gearbeitet mit einiger Vergoldung, und zwar des Transportes wegen in 28 Teile zerlegbar. Zusammengesetzt ist es 14 Fuß hoch und wiegt über 300 Pfund. Als es auf diese Weise vollendet war, machte sich eine Gesellschaft von 29 geübten Bergsteigern zusammen, um die gefährliche und mühevolle Aufrichtung desselben auszuführen. An der Spitze standen als Führer der ganzen Expedition als am meisten lokalkundig der Forstwart von Graseck, *Kiendl,* und Ludwig *Kiesel,* Schlossersohn aus Schongau, der zur sinnreichen und geschickten Verfertigung des Kreuzes am meisten beigetragen hatte.

Am Morgen des 11. August sollte von Partenkirchen aus mit der Expedition begonnen werden. Mit banger Sehnsucht sah man wegen der Witterungsverhältnisse, die sich nicht sehr günstig zeigen wollten, diesem Tag entgegen, selbst an seinem Morgen wurde im Entschlusse des Aufbruchs noch etwas geschwankt; da klärte sich der Himmel jedoch allmählich auf, die Barometer standen gut, und so ertönte auch der Ruf: „Auf die Zugspitze zu".

Mit freudiger Geschäftigkeit machten sich nun die Träger über die an sie verteilten Traglasten her. Das Kreuz wurde nämlich, nachdem es in Peißenberg ausgestellt und feierlich eingeweiht war, wieder zerlegt, die Bruchteile davon nebst Werkzeugen und anderen Requisiten gehörig verpackt und unter 19 Männer verteilt, deren jeder 20 Pfund zu tragen hatte. Auch wurden für drei Tage Lebensmittel mitgenommen. Leider konnte der Anreger des ganzen Unternehmens, der Pfarrer Ott, wegen Krankheit nicht daran teilnehmen. Um 9 Uhr morgens wurde aufgebrochen. Der Weg ging anfangs über die schaurige Partnachklamm ins Reintal, die einzige Richtung, von wo aus bisher ein Auf- oder Abstieg der trotzigen Zugspitze möglich war. Nach 11 Uhr langte die Gesellschaft beim Reintaler Bauern an, dem letzten wirtlichen Hofe in jenem sehr beschränkten Tale, das links von den mächtigen Felsenwänden des Wettersteingebirgs und rechts von

den Schroffen der Zugspitze des Höllentals umstarrt ist. Tief unten in anfänglich schauriger Schlucht durchbraust es die Partnach. Entlang dieses Flüßchens gelangte man dann an die Blaue Gumpe, die bereits um 1433 Fuß höher als Partenkirchen liegt, und endlich um die Abenddämmerungszeit zur sog. Angerhütte, dem letzten kümmerlichen Aufenthaltsort eines Hirten, dem dort in jener Einsamkeit einige Ziegen, die zahmen Nebenbuhler der Gemsen, anvertraut sind.

Hier angekommen, bemerkten die emsigen Bergfahrer erst, daß ihnen noch ein teures Haupt fehle, daß nämlich der rüstigste und verwegenste Bergsteiger, Michael Bauer, Forstgehilfe von Farchant, noch nicht dabei war. Dieser 25jährige Jäger (von Ettal gebürtig) hatte mit großer Freude zugesagt, an der Kreuzfahrt teilzunehmen. Da aber die Witterung dafür sich morgens ungünstig zeigte, so glaubte er, daß für heute die Expedition nicht abgehen werde, und ging daher wieder in sein Bergrevier, wo er glücklich jagte und, mit einem Rehbock beladen, abends 6 Uhr wieder in Farchant, seinem Aufenthaltsorte (eine Stunde von Partenkirchen entfernt), ankam. Dort erfuhr er zu seinem anfänglichen Leidwesen, daß die Zugspitz-Gesellschaft doch abgegangen sei. Um sein Wort zu halten, machte sich der kühne Jägersmann nun rasch entschlossen gegen 8 Uhr abends noch auf den Weg, diese einzuholen. Trotzdem er schon den ganzen Tag über in den Bergen herumgestiegen war, erreichte er nach fünfstündigem Marsche in der Dunkelheit der Nacht doch schon die bezeichnete Angerhütte, wo er von seinen Kameraden, die größtenteils im Freien lagerten, herzlich bewillkommt wurde.

Nach kurzer Ruhe waren um 1 Uhr morgens schon alle auf den Beinen; jener sorgte nur für ein kräftiges warmes Frühstück, ordnete sein Gepäck und rüstete sich zum Aufbruche, der gegen $^1/_2$ 3 Uhr, noch in nächtlicher Dunkelheit, unter Jauchzen und fröhlichen Alpenliedern erfolgte und beim Schein der Kienfackeln einen höchst malerischen Anblick gewährte.

Nun wurde die Bergfahrt aber schon beschwerlicher, denn der längs einer wild aufstarrenden Felswand sich hinaufziehende, mit Geröll und Steintrümmern bedeckte Steig wurde immer steiler, was besonders den Trägern ihre Last erschwerte. Als es zu tagen anfing, erstieg man das sog. „Platt“, ein von grauen Kalkmassen und Gebröckel überschüttetes Bergrevier, das sich, nur wenig bewachsen, in mächtiger Steigung zum Plattacher Ferner hinaufzieht und schon fast mühsam zu erklimmen ist. Dort ist der Ursprung der Partnach, und das „letzte Wasser“ erfrischte die ermüdeten Körper, wie auch hier der Anblick des Zieles – die Zugspitze –, die bei immer mehr verblassendem Monde wie ein heller Stern zauberhaft beleuchtet sich zeigte, die Gemüter aufrichtete. Über eine Reihe täuschend ineinander gehäufter Hügel, kam man dann eben auf dem Schneeferner an, als die ersten Strahlen der Sonne die gigantisch darüber aufragenden Felsenwände beleuchtete und ihre grauweißen Formen im scharfen Kontrast von dem nun glücklich sich zeigenden tiefblauen Himmel abgingen.

Auf diesem schon über 8000 Fuß liegenden weit ausgedehnten Schneefelde hörte nun alle Vegetation auf, die Luft wurde immer leichter, und der Zustand einer ewigen Erstarrung trat auf dieser trostlosen Fläche überall hervor; selbst einige zu hoch geschwärmte Schmetterlinge und Hummeln mußten hier erstarren, und, bemerkenswert genug, fand man, auch selbst auf dem höchsten Grat, noch als Zeichen der Urwelt viele Stücke Muschelkalk mit unzählig eingewachsenen Schnecken und Muscheltieren. Nachdem dieses wellenförmige, in schiefer Ebene sich hinaufziehende, nur wenig von einzelnen herabgestürzten Felsstücken und Geröll unterbrochene Schneefeld weniger beschwerlich überschritten war, kam man erst an die am steilsten aufragenden Felsenwände, an den sogenannten Grat, über welch schauerliches Felsengeschroff sich das ersehnte Wanderziel auftürmte. Hier gab es nun erst die Hauptbeschwerden, und nur mit großer Anstrengung konnten die steilen Sandristen, das Geglätt und die aus losem Gestein bestehenden Hänge erklommen werden. Besonders den ersten Steigern wurde hier von den klugen Zugführern achtsames Gehen empfohlen, damit nicht die nachfolgenden durch das unter den Füßen der ersteren sich überrollende Gestein verletzt oder erschlagen würden. Noch war ein sehr steiler, von einigen Felsen überragter Schneehang zu passieren; und endlich gelangte man auf die Schneid oder das Joch, unter dessen vielgezacktem Kamm nördlich tief unten das schauerliche Höllental in noch dunkler Nacht heraufgähnte.

Jetzt auf 10000 Fuß hoher Region war man dem ersehnten Ziele nahe, die endliche Erreichung desselben und die scharfe, aber stärkende Luft beflügelten die Schritte, und, sonderbar genug, der schon 24 Stunden in den Bergen herumgestiegene Jäger *Bauer* war der *erste*, der, seinen Doppelstutzen auf dem Rücken und seinen treuen Hund an der Seite, über den Grat vorauseilend, den frostigen Zugspitzgipfel erstieg. Rasch folgten diesem Beispiele auch die anderen mit ihren Traglasten, und nach 9 Uhr morgens war der ganze Zug unter freudigem Gejauchz oben auf dem kegelförmigen Kopfe des Gipfels.

Leider hatten sich während des letzten Aufsteigens wieder die im Frühherbst des Jahres 1851 beinahe unvertreibbaren Wolken und Nebel gesammelt und in eigensinniger Verhüllung, während oben der Himmel rein war, unter sich die herrliche unvergleichliche Fernsicht gehemmt. Nur hier und da lüftete sich der Schleier und ließ einige Aussicht zu.

Nach kurzer Rast auf der frostigen Höhe ging es an die Arbeit der Kreuzaufrichtung. Während nun, festen Grund zu fassen, das verwitterte Gestein, welches den Gipfel in $1^1/_2$ Fuß tiefer Schicht bedeckte, aufgeräumt wurde und für das 29 Pfund schwere und 2 Zoll Dicke enthaltende unterste Kreuzstangenteil mit großer Mühe ein 15 Zoll tiefes Loch in den harten Stein gebohrt wurde, beschäftigten sich die zwei geschickten Zugführer mit der Zusammensetzung des Kreuzes. Die Aufstellung kostete aber erst ungeheure Mühe, Vorsicht, Geduld und Kraft der zwölf gewandten Männer, die damit beschäftigt waren. Man zog es mit Seilen in die Höhe, während rückwärts die Last mit den vom Kreuzzentrum auslaufenden Stützstangen nachgeschoben wurde und ein Schlosser so ruhig, als wäre er in seiner Werkstatt, den Fuß des Kreuzes in das gebohrte Loch leitete.

Ein andächtiges, tiefempfundenes Dankgebet: „Ehre sei Gott“ beschloß die höchst gelungene Aufstellung, worauf gegen 4 Uhr nachmittags der Rückzug angetreten wurde. Um die Abenddämmerung erreichte die Gesellschaft wieder die Angerhütte, wo auch wieder die Nacht zugebracht wurde, da der wenigstens sechs Stunden lange Weg nach Partenkirchen nicht mehr zurückgelegt werden konnte. Der kühne Jäger Bauer nahm sich jedoch vor, eine kürzere Richtung zu seiner Rückfahrt einzuschlagen, auf der entgegengesetzten Seite viel früher das Tal zu erreichen und bei dieser Gelegenheit auch das tirolische Dorf Ehrwald zu besuchen. Bauer verließ schon nach 12 Uhr die Gefährten auf der Zugspitze, um auf der Westseite des von dort sich verzweigenden Grates ins Loisachtal hinabzusteigen. Sein Begleiter dabei war sein treuer Hund – ein Gebirgsdachs –, der schon die ganze 28stündige Gebirgstour mitgemacht hatte, durch das scharfe Gestein aber bereits wunde Füße hatte, so daß ihn sein Herr deswegen in seinem Rucksack tragen mußte. Geraume Zeit kletterte Bauer das steile Felsengeklüft hinab, was dem mutigen Gebirgssohn anfangs nicht so gar beschwerlich schien; bald war es aber schon schwerer, auf dem schlüpfrig bedeckten Steingeröll zwischen den stark senkenden Felsen und einzelnen trügerischen Schneelagen immer festen Fuß zu fassen. Auf einmal befand er sich auf einer schiefen glatten Steinplatte, die ringsum ein fürchterlicher Abgrund umgab und selbst dem tollkühnen Jäger einiges Entsetzen und Grauen einflößte. Um nun bei dem Durchschreiten dieser schlüpfrigen Steinplatte mit dem Hunde nicht zugleich zugrunde zu gehen, ließ er diesen wieder frei laufen, der nun bei jedem Tritte jämmerlich winselte und seinem verwegenen Herrn Vorwürfe über sein übermütiges Wagstück zu machen schien. Nur mit außerordentlicher Vorsicht konnte die Platte überschritten werden, kaum war aber das Ende derselben erreicht, so schien auch jeder Ausweg versperrt. Über ihm stiegen schon mehrere tausend Fuß hohe Wände mit furchtbarem erschütterndem Ernste empor, unter und neben ihm lagerte sich in grauenvoller Schlucht ein Schneekar.

Nichts blieb nun übrig, als die steilen wilden Felsenwände wieder hinaufzuklimmen, um vielleicht doch die Gefährten zu erreichen, oder einen Sprung über die Wand in die trügerische Tiefe des Schneekars auf Leben und Tod zu wagen. – Eingetretene Müdigkeit nach dreißigstündigem Marsche – denn die Natur hat ihre Grenzen – und vielleicht auch falsche Scham hielt ihn von ersterem ab. So schwebte er nun – ein zweiter Maximilian auf der Martinswand – nur in noch größerer, jetzt sich selbst nicht verbergender Todesgefahr; denn die unten nahe liegende Gegend ist menschenleer, nur das kalte Echo brachte in dieser Wüste den Hilferuf zurück! Der Verlassene verlor indes keinen Augenblick die Geistesgegenwart und Besinnung; sein Entschluß war daher bald zu einem Sprung in die Tiefe des Kars hinab gefaßt, jedoch sein Hund mußte zuerst die Probe bestehen. Die Rettung des eigenen Lebens beeinträchtigte das Mitleid gegen das treue Tier – seinen liebsten Gefährten; im Falle, daß dem Hunde bei dem

Fall das Leben gefährdet würde, war ja der Doppelstutzen noch zur Hand, und den letzten Qualen des armen Tieres ein Ende zu machen. Der treue „Di“ – so hieß der Hund – flog also hinab in die schauerliche Tiefe, und, welche Ermunterung, der liebe treue Gefährte kroch wieder unverletzt aus dem Schnee heraus und schaute mit verzeihender Sehnsucht nach seinem Herrn empor! Kurz besonnen, flog nun auch der Stutzen, das zweite so teure Jägerkleinod, in die Tiefe nach. Auch dieser blieb unversehrt im Schnee stecken. Leib und Seele Gott vertrauend, wagte nun auch der Bauer den gewaltigen Todessprung über die 20 Fuß tiefe Kluft hinab. Und der Sprung war wunderbar gelungen, denn der Jäger, sein Hund und das Gewehr waren wohlbehalten im gefallenen Schnee beisammen, der glücklich und um jene Jahreszeit in sehr seltener Weise sich tüchtig angehäuft hatte. Wo nun ein fernerer Ausweg bei der jetzigen Unmöglichkeit eines Rückwärts, welches Bewußtsein ihn jetzt um so mehr überwältigend anschauerte? Überall, wo der Blick hinforschte, nichts als überragende Wände, oft turmhoch, in phantastisch schauerlichen Gestalten aufgeschichtet. Noch immer kein Strauch oder sonstiger Grund zum Anhalt, viel weniger ein Steig der aus diesem Felsenlabyrinth – aus diesem Todesgerippe der Natur – hinausführte. Um nun hier durch Hunger und Kälte langsam umzukommen, mußte doch noch ein Ausweg – und sei es auch zu einem schnellen Tode – gesucht werden. Er raffte sich daher wieder auf und durchforschte mit seinem Hunde den ganzen Rand des Schneefeldes, um eine zum Absteig sich bietende Kluft zu finden, allein immer noch ragten unübersteigliche Felsenwände schweigend und schauerlich entgegen. Noch einmal kehrte er zu dem Platze des Sprunges zurück, von wo er tief unten zwischen Wolken den Eibsee als leuchtenden Anhaltsstern liegen sah; in dieser Richtung fand er endlich mit seinem Hunde eine Stelle, wo ein Hinabsteigen über das Gewänd durch eine sich darbietende Risse freilich nur noch mit Einsetzen des Lebens möglich war; bald erreichte er nun glücklich den ersten Pflanzenwuchs, und mit dem Leben in der Natur kehrte auch bei dem zwei Stunden in Todesgefahr Geschwebten neues Leben und Kraft ein; so erreichte er endlich die sogenannte „Thörlen“, ein gleichsam als Fußgestell der Zugspitze an der Tiroler Grenze sich gegen den Eibsee hinabziehendes Vorgeborge, worüber ein gewöhnlicher Übergang und Schwärzersteig von Bayern nach Tirol führt; dort traf Bauer die ersten Menschen – rückkehrende Ehrwalder, die es kaum glauben wollten, daß er von jenem „Teufelsgewänd“ herunter gekommen sei, wo es, wie sie sagten, so lange der Zugspitz steht noch kein Mensch gewagt, hinauf-, viel weniger herabzukommen.

Aus „Das Bayerland“, 1891

Die armen Seelen

Oft siecht ma' liegen
In Bergnan drob'n
So g'fallene Baam
Mit drei Kreuzl ob'n.

Die schlagen die Holzknecht
Dieweil in an Stamm.
Dös is an uralter
Brauch, den s' ham.

An uralter Brauch
Und an uralte Sag,
Mir hat's oaner g'weist
Am Sankt Thomastag.

Der sagt: „Es geht um
In an jeden Wald;
Die armen Seelen,
Die moan i halt.

Und die könnent nur rasten,
Wenn s' so an Baam
Drin finden im Wald,
Wo drei Kreuz drauf san.

Drum machma die Kreuzl",
So tuat er verzählen.
„Daß s' rasten könna,
Die armen Seelen."

Karl Stieler

Aus „Das bayerische Hochland"

Darum möchte ich fast sagen, freudiger und lustbarlicher ist unser Osterland, die Landschaften, die gegen Aufgang, über den Inn hinaus gegen die Salzach, nach dem schönen Oberösterreich ziehen. Hier blaut zur Rechten der Wendelstein, der Hort des bayerischen Almensangs; hier leuchtet allenthalben durch die Scharten des Vorgebirges der geisterhaft weiße Venediger; hier blitzen mannigfache Seen, auch „das bayerische Meer"; hier locken stattliche Städtchen und allerlei Bäder, zu Aibling, Rosenheim, Traunstein, Reichenhall usw. Der Bauer ist in dieser Gegend groß gewachsen, reich und stolz, redlich und derb; baut sich, statt in Kreditaktien zu spekulieren, lange, große zweistöckige Häuser mit blendenden Fensterscheiben, nimmt auch die Kunst schon in Anspruch, läßt sich schöne Grabmäler setzen und über den Pforten seiner neuerbauten Heimat einen breiten Denkstein, welcher seinen und seiner Ehegemahlin Namen selbst den kommenden Geschlechtern aufbewahren soll. Auch die Städte, wenn schon klein, haben etwas getragenes, gediegenes in sich. Aichach, Schrobenhausen, Pfaffenhofen, Dachau, die Städtchen der Westerseite, obwohl reinlich

und sauber, zeigen doch eine gewisse Zerfahrenheit. Die Häuser, bald hoch, bald nieder, stehen krumm und gerad, bald weit, bald nahe aneinander, lassen noch immer merken, daß man sie einmal vor fünf- oder sechshundert Jahren, als sie noch große Dörfer waren, plötzlich hergenommen, mit Ringmauern umgeben und dann zur Stadt erhoben hat. In Stellung und Aussehen ihrer bürgerlichen Anwesen glaubt man den ehemaligen Bauernhof noch halbverschleiert zu erkennen. Dagegen hat der Inn, der uns seit alten Zeiten mit Welschland verbindet, auch die Regel und das Gepräge romanischen Stadtbauwesens herausgeflötzt.

In diesen Landstrichen wird man selbst die edlen Genüsse feinerer Gastwirtschaft nicht vergebens suchen. Wer möchte nicht z.B. das ehrenwerte Schuhbräuhaus zu Aibling loben, oder die Post zu Steinhöring, Herrn Schlüsseleder zu Wasserburg, die Post zu Frabertsheim (man lebt da wie in Hamburg und zahlt wie in London), das stille Klösterlein zu Seeon, Herrn Wiespauers großes Gasthaus zu Traunstein und so manche andere gemütliche Herberge, die dort im Verborgenen blüht.

Dieses Land ist auch reich gesättigt mit Industrie. Im ganzen alten Herzogtum Bayern ist keine Gegend, in der so viel gezimmert, geschürt, ge-

pocht und gehämmert wird wie hier. Wer diesen vulkanischen Eindrücken entgehen und sich ganz und gar dem Hirtenleben ergeben will, dem öffnet sich dagegen das herrliche Bergland, das die Isar und der Inn bespülen. Dort liegen die wunderschönen Täler, in denen der Tegernsee und der Schliersee blitzen und glänzen, umgeben von blühenden Dörfern, von grünen Bergen, umwohnt von guten, fröhlichen Leuten – eines der herrlichsten Gebiete in den deutschen Alpen!

Ludwig Steub

Welschland = Italien

Marterlspruch

Hier in dieses Gletschers Eis
Liegen sechs Menschen und ein Preiß.

Wenn's bald Jakobi werd

Wenn's bald Jakobi werd,
Is wohl a Freud, a Freud,
Wia si da d'Sendrin rührt,
Grad voller Schneid,
Auf da Alm Kirta werd'n
Tuats net all Tag, all Tag
Drum eßt's und trinkt's no gern,
Was jeder mag!

Vor da Tür steht scho
Voll Freudn da Bua, da Bua,
Möcht d'Senndrin holn zum Tanz,
Laßt ihr koa Ruah.
Hüatabua, schwegl no,
Lusti dazua, dazua,
Schwegl, i zahl di scho
Morgn in da Fruah.

Schnaderhüpfl

Buabma, gehts Tanzn,
Sinst fressn enk die Wanzn,
Sinst fressn enk die Flöh,
Os seids net weit he.

Sommeridylle

Berge und Täler sind jetzt voll von Menschen,
Welche sich Urlaub genommen haben
Und an der reinen Luft der Kurorte
Sowohl sich als ihre Angehörigen laben.

Viele hört man mit Neugierde fragen,
Ob hier noch echte Wilderer wachsen,
Welche die wirklichen Gemsen töten.
Meistens sind diese Leute aus Sachsen.

Manche baden in dem klaren Gewässer,
Wobei erwachsene Töchter nicht geizen
Mit ihren Formen, von denen man füglich
Glaubt, daß sie den Junggesellen anreizen.

Ihre Mütter stricken indes im Garten,
Wo sie Kaffee mit Honig genießen
Und sich über die Dienstboten äußern,
Welche sie in der Stadt darin ließen.

Abgesondert sitzen die Ehemänner,
Welche sich gründlich dadurch erfrischen,
Daß sie nichts von den Frauen hören,
Sondern beim Skat ihre Karten mischen.

Auf den Ruhebänken am Seeufer
Sitzen zwei Richter, welche verdauen
Und anderen Leuten durch Fachsimpeln
Ihren Sommeraufenthalt versauen.

Ludwig Thoma

Einladung zur Kirchweihe

All enk Nachbarsleuten
Hab i anzudeuten,
Daß am Sonnta bei uns Kirtag is!
Tuts enk schö benehme,
Wenn ma z'sammekeme,
Daß nit ebba so wie sonst'n is!

Ös kommts wohl danebn
A schö lustigs Lebn,
Daß ma do a Freud a haben kann;
Drum tuats zsamma richtn
Enk'ra Kirte-Geschichtn
Und machts geschwind di Kirta-Nudeln an.

Und Gott wolln ma bitt'n,
Daß er unsre Hütt'n
A b'hüt vor da Feuersgfahr,
Daß a uns den Summa
Vor so manchen Kumma
Und vor Hagln-Wetta ja bewahr;

Daß a Gras laßt wachs'n
Und a guten Flachs'n,
Und die Fisch erhalt in unserm Teich;
Und vor andern allen,
Daß koa Vieh möcht fall'n:
Nacha san ma warli all stoareich.

enk = euch / Kirtag, Kirte, Kirta = Kirchweih / stoareich = steinreich

Die schö' Zenzi vo' Mitte'wald

1.

Auf Mitte'wald is a zeitlang, just voneh der Tirolerkrieg von anno neuni a'ganga is, a junger Tiroler-Obsthandler kemma und hat da Äpfi und Birn und Traub'n und Pfersi verkaaft, aa Limoni, Pomerantsch'n Edlweiß und was die Handler a so hab'n. Der Tiroler, Florian hat er g'hoaßn, hat sei' Tischl zu'n Verkaafa an an kloan Haus aufg'stellt, wo niemd d'rinn g'wohnt hat als z'ebner Erd' der G'richtsdiener Peter, und der Peter hat a Tochter g'habt, die Zenzi, a Madl von an achtzehn Jahr und biildschö', hat nit anders g'hoaß'n in Mitte'wald als die schö' flachshaaret Zenzi. Die Zenzi hat für d'Leut' g'strickt und is allewei' am Fenster g'seß'n und hat oft abig'schaugt auf die Äpfi und Birn und Traub'n und halt aa auf den junga Tiroler. Dees is a frischer Bua gwest mit schwarzi Aug'n und a kloa's Ratschnbartl hat ihm gar guat g'standn. Natürli' hat er vor dera schön'n Zenzi d' Aug'n aa nit zuag'macht und so hat si' zwischn die zwoa a kloani Liebschaft a'bandlt und hat er ihr allbot ebbas g'schenkt vo' seiner Waar', bald an Edlweiß, bald a Traub'n, aar a Pomerantschn, und amal hat er ihr gar a silbers Krampfringl verehrt. „Verstehscht wohl, Zenzi", hat er g'sagt, „i' moa', dees Ringl soll d'erweil an Eh'ring bideut'n bis mer amal heuretn."

„O mei', Flori", hat sie g'sagt, „wie kinna denn mir ans heuretn denka, du hast nix und i' hab' aa nix, da is's glei' gar mi'n heuret'n."

„Aber ko' ja ebbes wer'n; mei' Göd, der Branntwei'brenner, hat an schön'n Weinberg bei Meran und hat g'sagt, den vermacht er mir amal; er is schon a eisgraaber alter Kampl und werd ja in Gottsnam' nit ewi' leb'n."

Da hat d' Zenzi g'lacht und hat g'sagt: „No ja, und mir Madln habn d'anachst an Zwölfer in d' Lotterie g'setzt, san unser drei, und da g'winna ma dreiß'gtaused Guldn und i krieg' zehni davo', gel na tuats es."

„Und i'", sagt er, „krieg bei'n nachstn Koaserschießn z' Innsbruch den erstn Preis auf'n Haupt, san aa 50 Dukatn, und a reich's Basl hon i z' Leutasch, die möcht' allewei' daß i heurat' und schenkt ma na d' Hausei'richtung, hat s' g'sagt."

Und so hamm s' oft g'schwaatzt und hat er ihr vo' Meran verzählt, wie's da schö' is, und er wußt' aar a Häusl zun kaaffa für ihna Wirtschaft und a so furt. –

Der Vater Peter hat weiter auf dees G'schpiel nit extra aufpaßt.

Jetz' hat der Flori a Briefei 'kriegt, daß er hoam muaß wegn sein' G'schäft, hat seini Sachen zammpackt und a Fuhrmo' hat s' furt. Bei'n

Abschied hat ihm d' Zenzi trauri' d' Hand gebn: „Pfüt di' Gott, Flori", hat s' g'sagt, „und gel vergißt mi' fei' nit und kimmst bald wieder." Und er hat's aa versprocha. – –

Um Mitte'wald is a guati Jagd und in die viel'n Kar gegn'n Karwendl hi geits brav Gambs. Natürli' feits aa nit an Wildschützn, und just wie der Flori furt is, hat's gehoaßn, es hättn wieder amal oa auf an Jaaga g'schoßn, auf 'n Korbinian, hättn 'n aber nit 'troffa. Dees is aa richti gwest, und der Korbinian und der Probst und der Urberl, lauter schneidigi Jaager, san von Forstamt kuma'dirt worn, daß s' schaugn, ob s' nit a so an Loda fanga kinna.

Sie san auf den a'gsagtn Tag auf der Rechberg-Alm z'ammakemma und hamm da hoamli ausg'macht, daß's d' Sennderinn nit g'hört hat, wie s' es a'geh' wolln.

Sagt der Korbinian: „Bei den obern Soyern-See steht an alti Hüttn, wo sunst niem'd hi'kimmt, und da hon i gestert, wier i umanandbirscht bi' und is scho' dunkl worn, gmoa't, es brinnt a Feuer auf'n Herd in dera Hüttn. Ob ebba die Spitzbuabn da übernachtn?"

„Dees ko' leicht sei'", sagt der Urberl, „da müß' ma bei der Nacht auffi und passn, wann s' in der Frua ausziegn wolln." „Dees täa' ma", sagt der Probst, „is dort schon amal so a Fuchs g'fangt worn." Sie hamm no' allerhand abg'redt, hamm na' etli' Stund g'schlafa und um a zwölfi in der Nacht san s' auf'brocha. An diewei'n hat der Mond g'scheint, an diewei'n is's hübsch finster gwest und nit guat geh. Wie s' auffi kemma san und d' Hütt g'segn hamm, hamm se si' ganz staad zuawi birscht und g'luust. Drinn hat oana g'schnarcht, und oana hat amal g'huast, und sie habn gmirkt, daß ihna ebba drei oder vieri san. Sie san na z'ruck, und hat der Korbinian bischpert: „I moa', dees g'scheiter is, mir wartn da bis's a bißl Tag werd und der Probst luust bei der Hüttn. Wann er mirkt, daß oana d'rinn' aufwacht, nacha winkt er uns, und na renna ma d' Hüttntür ei', denn dees is an alt's Glump und bricht scho' z'amm bal' ma recht hi'-pumpsn."

Und hamm's aa so gmacht. Es is no' nit Tag wor'n, so hat der Probst gwunka, und jetz' san s' auf d' Tür hi'rumpit mit aller Gwalt, und mit die Schultern und die kurz gfaßtn Bixnkolbn' hamm se s' ei'grennt, daß s' mit Kracha einigafalln is und d' Trümmer umanandgflogn san. Und d' Jaaga glei' über d' Wildschützn her, und der Korbinian hat oan' no' a'm Bodn bei der Gurgl d'erwischt und hat 'n nit auflassn, die andern zwoa san aber z' raaffa kemma; wie aber der Probst mit sein' Büchsnlauf den oan' niederg'schlagn hat, is der ander' mit an Riß, daß die halbet Joppn z'ruckbliebn is, bei der Tür 'naus und hat 'n der Urberl nimmer derwischt. Dees Ding is g'schwind g'ganga und der Gschpaß glei' vorbei g'west.

Die G'fangtn san Tiroler gwest und hamm jetz' freili' 'bitt', ma soll s' auslassn und hamm's g'laugnt, daß sie auf den Korbinian g'schoßn hättn, dees müßtn anderni gwest sei', und sie gaanga gwiß nimmer zu'n Jagn. D' Jaager hamm aber von Auslassn nix wissn wolln, und der Korbinian hat g'sagt: „Selli Raubvögel g'hörn in an eiser'n Käfi, da stehlns' nix mehr." Wie's Tag 'worn is, hamm se s' aba und auf Mitte'wald einitransportiert. Da is der oa', weil er bös d'erschlagn g'west is, glei' in's Spital kemma, und den andern hat der Peter in d' Arrestkammer führ'n müssn, die in denselbn Haus gwest is, wo er gwohnt hat, gegn 'n Hof 'naus. Wie s' da a so genga schaugt der Peter den Bursch recht a. „Ja taused Sakra! Is's mögli', du bist ja der Flori! A' sellener bist du? Moa'st Edlweiß und Gambswildprat ganga guat mitanander in Handl. No' brav!" – Und bei'n Haus hat 'n d' Zenzi g'segn und hat d' Händ' z'ammg'schlagn: „Gotts-Nam', der Flori 'baandlt, was is dees!"

Und der Peter hat den Flori, der ganz bloach g'west is und nit hat redn kinna, in d' Arrestkammer ei'gspirrt.

„Tause'd", sagt er na' zu der Zenzi, „der Flori a' Wildschütz, wer hätt' jetz' dees gemoant!"

„O mei' Gott, o mei' Gott", hat d' Zenzi g'jammert, „er is halt verführt worn; i ko' ma's nit anders denka; is 'nachst oana herkemma, a recht a

wilder Kerl, und da hon g'segn wier er allewei in' Flori einigredt hat und auffi g'schaugt in' Karwendl. Dees is gwiß oana vo' die Spitzbuab'n gwest."

„Jetz' is's aus mi'n Limonihandl und mi'n Rumschlenzn, morgn frua muaß i'n um neuni auf's Landg'richt bringa."

„Und was werd ihm denn g'schegn?" hat's Diendl ganz ängstli' g'fragt.

„Was ihm gschicht? In's Zuchthaus kimmt er." – Und na is der Alt' naus auf d' Gassn und hat mit die Nachbarn vo' den Fang g'redt und verzählt, und die arm' Zenzi hat bitterli' g'woant. Aufamal aber schaugts' stirr in an Eck eini: „I muaß ihm helfa, i muaß 'n frei macha, o' mei', es ko' ja geh', wann i no' d' Schlüssl d'erwisch, o du liebi Muatta Gottes, hilf und steh' ma bei!" – So is's in ihrn Kopf umanandganga und z'letzt hat s' es ausgstudiert, wie s' zu die Schlüssl kemma kunnt, die die zwoa Schlösser vo' der Arrestkammer g'spirrt hamm. Der Vater, der Peter, hat die Schlüssl allewei' in sein' Rock in 'ere Seitentaschn bein ihm 'tragn, aber dahoam in der Stubn is er nit anders als in Hemadirmi'n 'rumg'anga, und na hat er den Rock an an Nagl an d' Wand hi'g'hängt. Bal' er 'n bei'n Ausgeh' wieder a'zogn hat, hat er grad auswendi' um d' Schlüssl 'griffa und 'n Rock a wen'g g'schüttlt, daß ers' hat klappern hörn. Dees hat die Zenzi oft gnua biobacht', und wie der Vater wieder 'reikemma is und hat sein' Rock aufg'hängt und is na in d' Nebenkammer und hat mit sein' Kanarivogl g'redt und 'pfiffa, nimmt's Diendl d' Hausschlüssl und vertauschts' mit die in Rock, denn d' Hausschlüssl hat der Peter nie mitgnumma bal' er auf d' Nacht ausg'anga is, und hat d' Zenzi allzeit aufbleibn müssn, bis er wieder hoamkemma is.

Der Alt hat na sei' Tabakspfeifa z'ammgricht', hat den Rock a'zogn und d' Schlüss'l klappern laßn wie allewei', und na sagt er: „I' geh' jetz' auf d' Post zu'n Bier, wer erst um a neuni wieder kemma; gib ma no' d' Hausschlüssl mit, na ko'st schlafa geh, wann d' magst."

Da is d' Zenzi in' Tod d'erschrocka, hat a bißl umanand g'suacht in der Stubn, als wann se s' verlegt hätt' und sagt: „Brauchts es nit mitz'nehma, Vater, 'kimmt nacha d' Lene mit der Zither 'rüber, und da bleib' ma scho' beinand hocka bis auf halbi zehni und i mach enk nacher auf."

„Is aa recht", sagt der Alt, und geht. – Es is scho' dahi' a wen'g dunkl 'worn, da schleicht dees Diendl mit Angst und Herzklopfa an die Arrestkammer, und g'schickt und staad probiert 's die Schlüssl und spirrt d' Tür auf.

„Jesses, d' Zenzi!" will der Flori schreia, aber sie hebt ihm d' Hand fürs G'sicht und sagt: „Staad, staad um Gotteswilln und mach', daß d' furtkimmst, Flori, mei' Flori, no staad und g'schwind!"

Da hat 's der Bua g'halst und 'kußt und is 'naus und glückli' furt, hat niem'd bigegnt. D' Zenzi hat wieder zuag'spirrt, hat unsern Herrgott dankt, daß 's so guat ganga is und na fleißi' paßt, bis s' 'n Vater hat kemma segn und hat ihm glei' aufto'. Der hat sein Rock wieder an Nagl g'hängt, wier er's gwohnt gwest is. Da sagt die schlau Zenzi (a g'scheits Madl is s' gwest): „I woaß nit Vater, was der Kanarivogl heunt hat, sunst schlaft er fest, heunt flutschert er allewei' umanand, daß ebber a Katz in der Kammer is."

„Was?! Mei' Kanarivogl und a Katz, waar ma nit lieb", und nimmt 's Licht und geht in d' Kammer, und d' Zenzi machts g'schwind wieder richti' mit die Schlüssl in den altn Rock, und hat dabei denkt: „Gottlob, daß so a Rock nit redn ko'."

Und der Kanarivogl hat wieder g'schlafa, und koa' Katz is nit dagwest, und d' Zenzi hat gsagt: „Guat Nacht", und is in ihra Kammer und der Alt' hat si' aa niederg'legt. –

2.

Den andern Tag hats natürli' über dees Durchbrenna von 'n Flori an großn Spetakl gebn. Wie der Peter in der Frua nach ihm hat schaugn wolln und hat d' Tür aufgespirrt und find't 's Nest laar, is er dagstandn wie verstoanert, na hat er der Zenzi g'schrie'n, ob s' nix g'segn hätt', und mit an Dietrich müßt aufg'macht worn sei', und über d' Hofmauer muaß er sei', hat er g'fragt und g'schrie'n und g'scholt'n, daß d' Leut' rei'gloffa san, schaugn, was 's denn geit. Na hat er an jedn seini Schlüssl zoagt und an

jedn dees nämli' g'sagt von Dietrich und von an Hauptspitzbuabn, der da g'wiß g'holfa hat, und dees müßt' a' Schlosser sei', und wer dees sei' kunnt und a so furt. – Ja no', der Flori is halt dahi' gwest, und ma hat nix mehr von ihm g'spürt und koan' Schlosser aa nit d'erfragt und gar nix. 's End vom Lied is gwest, daß der Landrichter a'gschafft hat, daß 's Schloß abg'ändert wern muaß.

In Mitte'wald, wo ma schier nix anders redn hört als von Geignmacha und Geignhandl, hats natürli' über die Florig'schicht viel z'schwaatzn gebn und hamm si' vieli Diendln, die den Flori 'kennt hamm, g'freut, daß er auskemma is, denn mit an schön'n Buabn hamm d' Diendln allewei' Mitleidn in so an Fall und wann's aar a rechter Spitzbua is.

Es hat aber bald ebbas anders z'redn gebn und dees alli Leut d'erschreckt hat, dees san die Nachrichtn gwesn, die von alli Seitn kemma san, daß si' in Tirol alls z'ammricht zun an Aufstand gegn die Boarn und daß 's in Fruajahr a'geh' soll. Und is aa richti' a'ganga. – O mei'! Was hat si' die guat' Zenzi g'sorgt und 'kümmert: „Gwiß muaß der Flori aa mit ausziegn und na werd er ebba d'erschossn, du lieber Gott!" A so hat s' denkt und halt 'bet't, daß ihrn Flori nix g'schicht.

Der Handl mit die Tiroler is aar allwei' ernsthafter worn, boarisch' Militär is auf Mitte'wald kemma, der Graf Arco is bis in d' Scharnitz vorg'ruckt und hat da Verschanzunga a'glegt. Bald hat all's bei der Arbet mithelfa müssn und 'n Petern hamm s' unter d' Soldatn g'numma und san allewei' schlechteri Nachrichtn kemma, daß die Bauern Innsbruck ei'-g'numma hamm und 'n General Dirwa z'rucktriebn und daß s' koan' Pardon gebn, grausi', grausi'.

So is oa' Wocha um die ander' in Angst und Schricka verganga, da hat mar aufamal vo' der Scharnitz her mit Kanonen schießn hörn, und san bald d'rauf Reiter 'reigsprengt, es gaang' schlecht und ma' soll von Land-g'richt und Rentamt 's Geld und d' Kassn flüchtn und d' Leut solln ihna Sach verstecka und ma' soll's auf Müncha meldn, daß si' der Arco nit haltn ko' und daß Hilfstruppn g'schickt wer'n. Und was furtkinna hat is furt, alli Biamti und alli vermöglinga Leut, all's hat si' gflücht'. Na san Waagn dahergraßlt und Verwund'ti auf Stroh drobn g'legn und aa der alt' Peter, der an Stroafschuß in Arm 'kriegt hat, daß er'n nimmer hat braucha kinna. Dees is a Jammer gwest und an Elend, nit zu'n sagn. Und den andern Tag in der Frau san Soldatn flüchti' daherkemma, ganzi Schaarn und alle-wei' mehra, und Reiter und Kanona und alls durch Mitte'wald durchi auf Murnau zua und auf Kochel, ins Land außi.

Die Tiroler hamm überall gwunna und san die Boarn auf 'n Fuaß nach und san die schier no' nit aus'n Markt d'raußt gwest, so san die tirolischn Scharfschützn schon eina mit Schießn und Schreia und Juchezn und san glei' in d' Häuser g'stürmt zum Plündern und Mord'n.

Der Peter und d' Zenzi hamm ihna letzts Stündl vor Augn g'segn, wier a so a Schütz d' Tür aufgstößn hat und mit'n blanka Seitngwihr vor ihna gstandn is. Da hat aber d' Zenzi aufamal an Schroa 'to: „Jesses der Flori", und is z'ammag'sunka. Der Flori, denn er is 's gwest, is glei' hi'gsprunga und hat ihr aufg'holfa und zuagredt: „Täats enk nit ferchtn, so Gott will, soll enk nix g'schegn", und wie glei' d'rauf mit Lärma und Fluacha a' Rudl Bauern hat eine wolln, hat er s' a'g'schrien: „Z'ruck da, dees is mei' Quartier, suachts enk an anders", und hat s' mit sein Saabi außi kumma-diert. Da hat ihm der Peter d' Hand gebn: „O mei' Flori, ohni di' waarn ma' verlorn gwest", und d' Zenzi is ihm um 'n Hals g'falln und hat gwoant und bitt': „O Flori, bleib' bei uns, verlaß uns nit in dera schreckbarn Zeit!" Und der Flori hat s' 'tröst't wier er kinna hat, und wie's draußt do' endli' ruhiger 'worn is, hat er viel z' verzähln g'habt wie's ihm d'erwei' 'ganga hat.

„I hätt' heunt gar nit daher komma solln„, hat er g'sagt, „hätt' in d' Leutasch solln und vo' da an Steig ausspekaliern über'n Wetterstoa', i hab' mer aber 'denkt, ees kunnts mi braucha, d'rum bin i her und geh' morgn auf Leutasch, dort muaß i no' auf a Botschaft wartn für meini Gäng', und der'wei halt' i mi' bei mei'n Basl auf. Und ees", sagt er, „täats aar am g'scheitestn, bal's mit mir geht's, denn was ebber in Mitte'wald no' all's passiert, dees woaß unser Herrgott, und mei' Basl möcht' mei' liebi Zenzi gar gern segn und möcht' ihr danka dafür, daß s' mi' frei gmacht hat und d'errett't vo' der schimpflinga Zuchthausstraf."

Jetz hat der Peter erst die G'schicht vo' der Flucht erfahrn. „Schau, schau", sagt er, „da sicht ma, wie mar oft froh sei' muß, daß nit alls g'schicht wie ma's fürhat. I ho' ja selm g'fluacht wier a Türk, daß d' mer auskemma bis, und heunt dank i' Gott tausedmal dafür."

„No'", sagt der Flori, „d'rum werst aa nix dagegn habn, Peter, wann i d' Zenzi heuret, mei' Göd is g'storbn und hon an Erbschaft g'macht, daß i jetz' a g'standener Mo' bi', und der Krieg werd aar an End nehma."

„Wanns Gotts Willn is", hat der Peter g'sagt, „und mein' Segn gib' i enk gern zu der Heuret." Da is der Zenzi aar amal wieder a Freud durch's Herz 'zuckt und is ausg'macht worn, sie genga in aller Frua mitanand in d' Leutasch zun Basl. –

Ma' kon ihm denka, wie s' dees Basl, a guati alti Schachtl, freundli' empfanga hat und hat s' aufgnumma in ihra Haus, und san da guat aufg'hebt gwest. 's Basl hat a großi Wirtschaft g'habt, und da hat d' Zenzi glei' mitg'arbet und der Peter aa, soviel 's sei' Arm d'erlittn hat, der Flori is aber bald ungeduldi worn, daß koa' Botschaft kemma is und daß er nit woaß, was er toa' soll. Aber 's Basl hat an Rat gwist: „I' will dir sagn, was d' tuast, Flori", hat's gsagt, „heuretn tuast dei' Zenzi, da hast jetz die schö'st Zeit dazua, und werd wohl gleich sei', obs d' dei' langweiligi Botschaft als lediger oder als verheureter kriegst."

„Taused", hat der Flori glacht, „meinaod Basl, bist g'scheiter als i", und hat ihm nimmer b'sunna und d' Hochzet is gwest und die Botschaft, die z'letzt kemma is, is a' freudigi gwest, denn sie hat g'laut't, daß der Krieg aus is und wieder Fried im Land. –

Franz von Kobell

Göd = Pate / g'luust = gelauscht, gehorcht / enk = euch / staad = ruhig.

Erster Mai

Ja, das war ein erster Mai!
Dreckig waren alle Straßen,
Auch der Wind hat kalt geblasen,
So, als wenn es Winter sei.

Unsre junge Mädchenschar
Trug verstärkte Unterhosen,
Und es konnte wohl erbosen,
Wem es etwa lästig war.

Alle haben sich geschont,
Die sonst gerne unterliegen,
Um nicht den Katarrh zu kriegen.
Und das heißt man Wonnemond!

Nichts von Spitzen oder Mull!
Und von den Naturgenüssen
Hat man sich enthalten müssen,
Denn es war fast unter Null.

Ludwig Thoma

Abschied

Und b'hüt di' Gott tausedmal,
Heunt is des letztemal,
Daß mer uns g'segn hamm
Da in den Tal.

Wie oft san ma' ganga
Durch Wiesn und Wald
Und hamm g'sunga, hamm g'jodelt,
Hamm' d' Baam davo' g'hallt.

Wie oft a' schö's Sträußl
Hast g'steckt auf mein' Huat
Und hast tausedmal g'sagt
Schau i' bi' dir so guat.

Zu dir bin i' ganga
In' Winter a'm Schnee
Und zu dir bin i' naufgrennt
In' Summer auf d' Höh'.

Koa' Zau' war ma' z'spitzi'
Koa' Weg war ma' z'weit
Und koa' Sunnschei' nit z'hitzi
Koa' Müh' hat mi' g'reut.

Und jetz' muaß i' furt
Und es will halt so sei'
A' Soldat muaß i' wer'n
Und in' Krieg muaß i' 'nei'.

So b'hüt di' halt Gott
Und derfst derntwegn nit woan'
Und es reißt oan' nit glei',
Kimm scho' wiedr amol hoam.

Herausgegeben von Franz von Kobell

Schnaderhüpfl

Da Almsee is triab,
Mein Schatz war ma liab,
Nia kema ma zsamm,
Weil ma gar so weit habm.

Durch die Jachenau nach Lenggries

Von Sachenbach aus am Walchensee führt der Weg in die Jachenau. – Es ist ein langes waldiges Tal, das eintönig wäre, wenn ihm nicht der vollendete Gebirgscharakter und der echte uralte Schlag seiner Bewohner Reiz verliehe. Durch die letzteren ist es fast zum Prototyp des bayerischen Hochlands geworden; wo man von alter Bergessitte spricht, denkt man zuerst an diese Stätte, und wenn Peter Heß oder Bürkel bayerische Bauern malten, dann waren sie fast immer in der Jachenau daheim. Auch die Tracht hat sich dort besonders gestaltet, sie ist komplizierter, man möchte fast sagen altmodischer als in den übrigen Teilen des Gebirges. In den früheren Zeiten trug man lange Röcke von grünem Stoff mit gelber Naht, die Hüte hatten breite Krempen mit breitem Band, und wenn auch jetzt die Mode leichtfertiger ward, so finden sich doch noch reichliche Überreste der Vorzeit. Das ganze Tal hatte etwas partikularistisches; fast niemand zog aus demselben weg, weil es allen dort wohl erging und fast niemand ließ sich neu dort nieder, weil ihm eine festgeschlossene Koterie der alten Ansiedler gegenüberstand. Wer ein Weib begehrte, fand es daheim, und so lebte die ganze Bewohnerschaft wie eine einzige große Familie. Trotz dieser Umstände degenerierte die Bevölkerung keineswegs, sondern erhielt ihren Schlag vielmehr in ungetrübter Echtheit und Frische; denn man sah hier strenger auf Mäßigkeit und gute Sitte als irgendwo anders.

Wenn man das Tal entlang geht, das von der Jachen durchströmt wird, so kommt man vielleicht nach einer Stunde an die ersten Wohnstätten. Ein Dorf kann man es nicht nennen, denn neben dem Wirtshaus und der Kirche stehen höchstens drei bis vier Häuser, die mit geschnitzter Altane (Laube) umgeben und mit einem frommen Reime geziert sind. Hier ist der Mittelpunkt für die geistlichen und leiblichen Freuden dieses Erdentals; wenn eine Hochzeit gefeiert wird, wenn man eine Leiche zu Grabe trägt, versammelt sich hier die Gemeinde. Auf der ganzen Strecke von fünf bis sechs Stunden liegen nicht mehr als etwa sechsunddreißig Häuser. Wo die Menschen so sehr aufeinander verwiesen sind, da müssen sie auch innerlich sich enger aneinander schließen, und deshalb ist es kein Wunder, wenn ihre Sitte einfach und ihr Herz getreu bleibt. Niemals aber geht diese Einfachheit in Roheit oder Unbildung über, denn die paar Rekruten, die etwa nach München müssen, können allzeit vortrefflich lesen und schreiben und auch jene, die daheim bleiben, wissen mancherlei von der Welt, ohne daß sie dieselbe gesehen haben.

Das zweite Wirtshaus, das auf der anderen Seite des Tales steht, heißt „Zum Bäcken"! Hat man hier die letzte Rast gemacht, so ist nicht mehr weit

nach Lenggries, das am Fuße der Benediktenwand und am Ufer der Isar liegt. Diese bestimmt den Charakter der Gegend; man wandelt in einem grünen blühenden Talgrund, über dem sich ein mäßiger Hügel erhebt, mit Lärchen bewaldet und mit den Stationen des Kreuzwegs andächtig illustriert. Breit und behäbig stehen die beiden Wirtshäuser im Dorfe, schmuck und traulich reihen sich die Wohnungen der übrigen Menschenkinder an dieselben. Eine Viertelstunde davon liegt das Schloß Hohenburg, mit fürstlichen Räumen und zahllosen Fensterreihen, und rings umher zieht sich ein prächtiger Park, eine liebliche Wildnis mit hohen Buchenstämmen und verschlungenen Gehegen. Wir kommen an tiefe Weiher, auf denen sich schlanke Schwäne wiegen, wir kommen zu einer einsamen Gittertüre, über die der Hagedorn uns eine Hand voll Rosen entgegenreicht. Durch das glitzernde Laub fällt die Abendsonne, ein verborgener Vogel singt, und wo die Zweige eine Lücke lassen, schauen die Berge herein mit ihrer leuchtenden Stirne.

Draußen im Dorf weht eine derbere Luft. Früher war Lenggries die Hauptstätte für jenes Schützenleben, das dem Hochländer ins Herz gewachsen ist, und das in Tagen der Freude wie in Stunden der Not sich hervorgetan. Man trug bis in die letzte Zeit die alten urväterlichen Kleider; Trommler und Schwegelpfeife gingen voran, und der Hauptmann der Kompanie warf sich in die Brust wie ein General. All das wurde abgetan, weil es polizeiwidrig erschien; aber je mehr man gegen die legitime

Büchse auftrat, um so eifriger ward der unrechtmäßige Gebrauch derselben betrieben; aus den Schützen sind Wildschützen geworden, die die Gegend weit und breit durchstreifen. Der wesentlichste Betrieb der Einwohner ist die Flößerei. Mit Hacke und Seil bewehrt, bis an die Knie im Wasser stehend, treiben diese baumhohen Gestalten ihr Floß auf der Isar dahin; manche halten in München an, andere fahren die Donau hinab bis Wien oder Ungarn.

Lenggries ist weder so idyllisch noch so tugendhaft wie die Jachenau. Schon nach außen genommen sind die Bewohner herkulischer gewachsen, sie sind minder elastisch und weit eher massiv als in den übrigen Teilen des Gebirges. Auch die Schlagringe sind doppelt so dick denn anderwärts; und wenn irgendwo ein Haberfeldtreiben ausbricht, dann gehören die Lenggrieser Burschen gewiß nicht zu den letzten.

Karl Stieler

partikularistisch = nach Kleinstaaterei strebend / Koterie = Kaste, Klüngel / Schwegelpfeife = Querpfeife.

Der Fastnachtschimmel

„Vor Zeiten ist der Fastnachtschimmel überall der Brauch gewesen, von Lenggries weiß ich's bis Murnau, da habe ich ihn selber gemacht." So erzählte mir 1850 ein 74jähriger Wetzsteinhändler von Ohlstadt, der mit mir von Murnau über den Berg von Schwaiganger nach Schlehdorf ging. Es stehen dabei zwei Mann rücklings aneinander, mit einer Plane überhangen, und stellen einen Schimmel vor. Der dritte sitzt oben auf, liest den Spruch ab, auch wenn er ihn auswendig kann, und macht allerhand Jux dazu. Es bedeutet, daß es in dem Jahre gut wächst und die Leute, die zuhörten, glauben, daß es wieder bessere Zeiten gäbe, wenn der Umzug noch vor sich ginge.

Der Fastnachtschimmel ward in Benediktbeuern in der Weise aufgeführt, daß die paar Burschen unter der Decke fort und fort nach beiden Seiten gnappten, während ein oder zwei andere sich auf sie schwangen, daß die Schaukler und Gaukler Schweiß tropften. Man meinte, es sei ein großes Tier, das vorn und rückwärts einen Kopf hatte. Dies geschah am Fastnachterchtag im Beisein zahlreichen Volkes, und die Reiter teilten Birnen oder auch Schneeballen an die Zuschauer aus. Dann wurde am Bachfleck, einem Platze in der Mitte des Dorfes Laingrub, und zuletzt noch vor dem

Wirtshause getanzt und auch eine Bauernhochzeit aufgeführt und zu dem Zwecke eine Stange voll Bretzen und ein Banzen Bier mitgenommen.

Um Parsberg bei Miesbach ritten die Buben als Fastnachtblaßel. Blaßel heißt der Schimmel, hier mit einer breiten, strohgeflochtenen Ziehe, einen Roßschweif am Hinterteil, am Kopfende klingende Schellen und rote Bänder. Sie sangen oder schrien:

I' reit' daher also fest,
Grüß' den Bauern und seine Gäst,
Wenn i' den ein grüß' und den andern nicht,
Gäb's für mich Reiterlein ein saures G'sicht.
Bauer und Gäst' gar hoch geborn'!
In unserem Land wächst Wein und Korn.
Bäuerin laß' Dir a was sagen,
I soll' Di zur Hochzeit laden,
Gibt's n Stück'l von der Henna,
Könnt' ich und der Schimmel recht renna,
Gibt's a Stück'l von der Sau,
Tät's mich freuen, liebe Frau.
Krieg ich auch noch Bier und Wein,
Dann, Schimmel, kannst du Juchhe schrei'n.

Beim Aufzug in Tölz lautete vor Zeiten der Spruch:

Wir kommen von Schlampampen,
Haben 33 000 Nudel in der Wampen,

Ich komm daher von Wangen,
Weiß nicht ist's geritten oder gangen,
Grüß mir der Herr all' meine Gäst.
Unser Apotheker ist hochgebor'n,
In unserm Land wächst Wein und Korn,
Fleisch essen wir alle Tag,
Und die Haut geit Hosen ab.
Bald ich zu morgist früh aufsteh,
Heb' i' den Schimmel beim Schweif in d' Höh':
Schimmel wistahe!

In Tölz bedeutet der Spruch: einen Fastnachtschimmel machen oder abgeben so viel, als verkehrt aufgestutzt und aufgeputzt sein, oder sich hänseln lassen. Wer dächte, daß hier eine Vorstellung aus der deutschen Heidenzeit sich forterhalten hat! Der ursprüngliche Sinn war längst nicht mehr begriffen, wie schon die später eingemengten rohen Späße verraten. Eigentümlich ist, daß wie in der Religion Jehovas von der Haltung der Gebote der Segen von oben abhängig gemacht wird, bei unseren Vorfahren die Jahresfruchtbarkeit mit der Begehung der Festbräuche im Einklang stehen sollte.

Wüete ist Wodan, Bartel Doll (?) sein Beiname Bartold. Die Reiter kommen aus dem Schlaraffenland, wo alles im Überfluß gedeiht. Der Blaßel ist Sleipnir, Wodans Grauschimmel, welcher mit beginnendem Frühjahr umreitet und allenthalben Segen verbreitet. Wer ihn hat, kommt zu seinem Glück, wie schon der Spruch sagt: Wer weiß, wem Gott Vater (oder der Kaiser) seinen Schimmel schenkt. Unter dem Kaiser ist Wodans Stellvertreter, Karl der Große, gemeint. Dies „schleifende" Roß Gottes hat acht Füße, eine Gestalt, „als wenn zwei Gäule aneinander gewachsen wären", wie die Erzählung von Wildg'fahr (wüetige Jagd) bei Naturns sich erhält. Die Religion der alten Bayern trug überall Lebenslust und Fröhlichkeit zur Schau, und sie führten in mannigfachen Aufzügen den Naturgott ein mit all den Beigaben, welche der Bauernglaube mit sich brachte.

Johann Sepp

Marterlspruch aus Tölz

Verunglückt ist auf solche Art,
Der Holzer Sepp hier ohne Bart,
A Stoanschlag bracht ihn um sein Leben,
Jetzt tut's koan Holzer Sepp mehr geben.

Der Tegernsee

Und von Bergen rings umgeben, da liegt der See,
Und ein freies frohes Leben herrschet dort.
Singt der Landmann frohe Lieder,

Seine schönen Alpenlieder;
Auf des Berges Spitze wann ich steh,
Seh ich hinunter auf den Tegernsee.

Majestätisch steht das Schloß da, und o wie schön,
Wenn wir an dem Seegestade spazieren gehn!
Und das Schifflein auf und nieder,
Froh ertönen unsre Lieder.
Und das Schifflein schwingt sich in die Höh',
Wenn wir fahren auf den Tegernsee.

B'hüt euch Gott, ihr Lieben alle, und denkt an mich!
Hier in diesem kleinen Tale bleibt ihr zurück;
Wollt ihr mir noch etwas schenken,
Schenkt mir euer Angedenken.
O das Herz im Leib, es tut mir weh,
Wenn ich denke an den Tegernsee!

Die Kranke

Auf dem Wechsel der schönen Hochalpe in Brandenberg stehen die Sennhütten der Grenzleute so friedlich und freudig beisammen, wie ihre Bewohnerinnen nachbarlich verkehren. Die Schwaigerinnen von Tegernsee denken so wenig daran, wie die von Pinegg und Aschau, daß etwa das Ab-Wässerlein ihres Brunnentroges, oder ein ungefüges Felsenstück mitten in der fetten Alme die Landmark bedeute, und wie ihre Herden sich diesseits und jenseits das Futter suchen, so sind sie hüben und drüben daheim; absonderlich fragt ihr Herz nicht danach, ob der Werber auf blau und weißem, oder gelb und schwarzem Landkartenboden geboren sei.

Die tannenhohen Brandenberger Buben verstehen sich gerad so gut darauf, einem saubern Dirnl die Wangen heiß und das Goller eng zu machen, wie die schlanken Gesellen von Schliers und Egern, und die Sennerinnen wissen es besser, daß da herum alles ein Volk und ein Blut ist, als die Herren hinter den Steuerrodeln und Grenztraktaten.

So hatte auch ein bayerisches Mädel aus Egern einen Buben von Hachau in Brandenberg zum Schatz. Auf der Alm hatten sie sich kennengelernt und die Liebschaft ging ihre geweisten Wege; am Veitstage fuhr das Miedei auf den Berg und am nächsten Abend jauchzte schon der Seppel aus dem

Holze herauf, daß es hülderte; er kam alle Wochen zweimal, wie sich's gebürt, hie und da sogar des Sonnabends in der Muttergottesnacht – weil er's halt nicht ausgehalten hätte bis zum Erchtag.

Brennt aber ein Feuer allzu grell, so verlischt es auch desto bälder, und jähe Hitze wird leidige Kälte. Das erfuhren die beiden Liebesleute auch. – Der Seppel hatte sich im zweiten Sommer satt geliebt an der Miedei und nach einer anderen umgesehen, einer Dirne aus seiner Nachbarschaft. Miedei mußte es sich gefallen lassen, fand auch im Dorfe daheim bald einen Ersatz für den unbeständigen Brandenberger in einem Jägerknecht vom Tegernsee, aber neben der neuen Liebe behielt in ihrem Herzen dennoch ein unauslöschlicher Haß und Ingrimm Platz über des Seppels Falschheit und Untreue. Der Seppel war eben der erste gewesen, dem sie das Kasertürlein aufgetan, zugleich mit der Herzenspforte in den stillen Nächten auf der „Wechsel-Alm“, und die armen Dirnlein am Berg haben für dergleichen kein schlechteres Gedächtnis als die Stadtfräulein, wenn sie demselben auch mit keinem Tagebuche und keiner Tanzkartensammlung nachhelfen. Gerade wenn ihr neuer Liebhaber recht von Herzen mit ihr fein tat und die aufrichtigste Neigung zu erkennen gab, dachte das Miedei an den Seppel und seinen Verrat und sagte zu sich selbst: „Das bleibt ihm nicht geschenkt!“ während sie zu dem Jäger sprach: „Schau, bei Dir, wenn ich bin, denk ich gar nimmer dran, daß mich mein alter Bue betrogen hat, – 's ist auch g'scheiter, ich hab' ihn vergessen."

Um diese Zeit – es war im Kriegsjahre 1809 – wurden, da man die Grenze nicht mehr sicher wußte von den sieghaften Tirolerbauern, Freischaren geworben auf bayrischem Boden – zu denen vor allem als Kern die königlichen Forstleute gebraucht wurden, an welche sich dann Wildschützen und sonst rauflustige Brüder anschlossen und mit etlichen maroden Soldaten das berühmte Arcosche Corps hießen. Miedeis Liebster, der Jagdgehilfe, mußte auch ein Freiwilliger werden, und da es den Jägern alsbald gleich gilt, ob sie Wild oder Menschen schießen, wenn's nur getroffen heißt, so war der Jäger Franz, von je ein guter Schütz, bald bekannt als der Tapferste bei dem Streifen und Plänkeln mit den Tirolern, und wurde zuletzt als Oberjäger an die Spitze der meisten Auszüge gestellt. Nach dem Brauche der Gebirgler begleiteten häufig mehrere Weiber die Schützen, teils um zu kochen oder Verwundete zu verbinden, wohl auch um fleißig die Büchsen zu laden, und im Notfall selber mitzuschießen.

Einmal war ein Ausfall gegen die kecken Brandenberger von Achental aus durch die Wildnis des Steinbergerhochtales abgesendet, und der Franz führte die bayrischen Jäger. An eine Nachbarin, die ihren Mann begleitete, hatte sich Miedei angeschlossen, die auch einmal mit ihrem Schatz „ausziehen" wollte. Sie trug ihm einen zweiten Stutzen nach und meinte, sie wolle schon schleunig laden, wenn er es mal krachen lassen würde auf die falschen Tiroler. Diese standen aber achtsam auf ihrem Posten, und so erhob sich hart an der Grenze ein Gefecht, weit hitziger, als man es erwartet hatte. Lange wurden ohne Erfolg Kugeln gewechselt; da ersah sich der Jäger Franz einen Vorteil, umging mit einem Teil seiner Leute einen waldigen Kegel und nun schlugen die bayerischen Schüsse hageldicht in die Flanken der Tiroler. Sie mußten weichen; aber sie taten es ungern und wehrten sich um jede Handbreit Boden. Hart an den Fersen der Rückzügler hing der Franz mit ein paar wütenden Rottacherbuben. Bei ihm hielt das Miedei unverzagt aus, trotz der pfeifenden Bleibohnen; sie lud ihm die Büchse und anstatt in Furcht zu erblassen, brannten ihre Wangen kampflustig, und ihre Augen blitzten wie die einer Wildkatze, wenn sie auf ein Rehkalb lauert. Schon deckte verstreutes Buschwerk die abziehenden Tiroler, da sahen, über die Schneide eines Hügels anklimmend, der Jäger und seine Gefährtin einen der feindlichen Schützen am Fuße verwundet niedersinken. Zugleich kehrte von den Flüchtigen ein Mädchen rasch zurück und warf sich auf den Gefallenen, aus allen Kräften sich mühend, ihn fortzubringen.

Miedei erblickte kaum den getroffenen Brandenbergerschützen, als sie laut aufrief: „Der Seppl' – Er ist's, schieß ihn tot! – Sieh da, nimm, 's ist grad' frisch geladen!" Sie reichte bei den Worten ihrem Liebhaber das Gewehr hin, und blind gehorsam schlug dieser an. Hinwieder aber schrie, auf die Knie fallend, das Tirolermädchen: „Halt – um Gotteswillen – halt!“ und streckte die Hände abwehrend dem Jäger entgegen.

„'s ist sein Dirnl, die mir ihn abspenstig g'macht hat“, kreischte Miedei – „Schieß zu, Franz, wenn du kein Lügner bist wie der eine!“

„Jesus Maria, laßt ihn leben!“

„Schieß, sag ich, oder wir zwei sind geschiedene Leute!“

Darauf hallte es aus dem Walde wieder von des Jägers Schuß, und zum Tode getroffen lag der Seppel vor den Füßen seiner Liebsten.

Ich weiß nicht, warum, aber der Franz und das Miedei konnten nach der Tat nicht von der Stelle und mußten stieren Blickes den Toten und das bewußtlose Mädchen ansehen. Das fuhr jetzt wie rasend von der Erde auf, raufte sich das Haar und ballte die Fäuste und mit einer Stimme, die den anderen alle Kraft erlahmte, fluchte sie gegen die rachgierige Dirne: „O, Du Teufel! – Du unbarmherzig blutiger Teufel; weil Du nicht gehört hast auf meinen Jammer, so soll sich kein Mensch und kein Gott Deiner erbarmen, und so lange Jahre, als mein Bube noch hätte leben können, sollst Du keine gesunde Stunde mehr haben und elendig zugrunde gehen und doch nicht sterben können!“

Den Jäger schreckten die Worte der Wahnsinnigen jählings von dannen; ihm folgte in höchster Verwirrung sein Mädchen.

Auf dem Heimweg wechselten die beiden kein Wort; es war, als wäre das Miedei ganz sprachlos geworden. Ein paar Mal wollte Franz zu ihr sagen: „Vergiß das – bilde Dir nichts ein!“ – doch wie er ihr Auge suchte, das sie nicht mehr aufzuschlagen wagte, überkam ihn ein Grauen, und er schwieg.

Nach einigen Monaten ging das Mädchen wie eine Sinnlose umher; manchmal war sie von einer Lustigkeit befallen, die den Liebsten wie ihre Kameradinnen jederzeit eher erschreckte, als erfreute; dann blieb sie tagelang stumm für jedermann. Endlich erkrankte sie, ward bettlägerig – erholte sich wieder, – verfiel abermals in das frühere Siechtum. Niemand wußte, was ihr fehlte, kein Doktor und keine Medizin, kein alter Weiberrat und kein Hausmittel verschlugen etwas. Sie lag oftmals zum Auslöschen da, stand aber immer wieder auf, um ein neues Leiden zu gewärtigen.

Im Jahre 1843 erzählte mir ein Geistlicher aus Egern, der die Dirne gut kannte, ihre Geschichte; damals lebte sie noch. – Sie heißt im Dorfe nur die Kranke. – Der Brandenberger Seppel wäre gewiß ein alter Mann geworden.

Joseph Friedrich Lentner

Steuerrodeln = Steuerlisten / Grenztraktate = Grenzverträge / marode = erschöpft; leicht krank; bei Soldaten: marschunfähig.

Nach Miesbach

Wenn man vom Leizachtale gegen Norden geht, so verliert die Gegend rasch ihren rauhen Gebirgscharakter; sie wird flach und manierlich und schaut mit Behaglichkeit hinüber nach den blauen Spitzen, die ihr nunmehr nur zur Zier und nicht mehr zur Mühsal gereichen. Das Land, in welchem wir stehen, nennt man bereits das Vorland.

Ehe wir eine der berühmtesten Stätten dieses Reviers, den Markt Miesbach betreten, sei uns ein kurzer Blick auf die Umgebung gestattet. Durch das Tal, das weit vor unsern Augen liegt, schickt die Mangfall ihre grünen Wogen, breiten Laubwald zu beiden Seiten; auf den Höhen aber ragt hier und dort ein Schloß mit langen unbewohnten Fensterreihen. So liegt Weyarn da und die Altenburg und vor allem das prächtige Schloß Valley.

Das Geschlecht, welches einst hier hauste, gehört zu den ältesten in Bayern, denn die Grafen von Valley spürt man bereits in der frühesten Wittelsbachischen Geschichte. Jedenfalls aber muß man sehr alten Ursprungs sein, wenn man bereits im Jahre 1238 ausgestorben ist.

Die aristokratische Bedeutung, der historische Beruf, den solche Schlösser hatten, ist natürlich im Laufe der Zeiten abhanden gekommen. Da die Besitzer derselben nicht auf all ihren Schlössern zugleich sein können, so fällt der persönliche Nimbus fast ganz hinweg, und nur die ökonomische Seite derselben bleibt noch übrig. Sie bilden jetzt nur mehr den Mittelpunkt großer landwirtschaftlicher Güterkomplexe und haben nichts mehr zu tun als – sich gut zu rentieren. Ein einsilbiger Verwalter wohnt in dem weiten Erdgeschoß; durch den Hof rollt der beladene Erntewagen, und die Pfannen des Bräuhauses zischen vernehmlich, wenn das Winterbier für die Wirte der Umgebung gesotten wird. Von den alten Herren aber, die einst hier regiert und deren Ahnenbilder noch droben in den einsamen Gängen stehen, spürt man nirgends ein Lebenszeichen, wenn nicht bisweilen die Bauern mit Achselzucken bemerken: „Droben im G'schloß – geht's um!" – Treten wir nun in Miesbach selber ein, so empfängt uns eine schmucklose aber gediegene Behaglichkeit; diese waltet in der altberühmten Wirtschaft „Beim Waizinger" vor, in den offiziellen und halboffiziellen Personen, die dort ihre Mahlzeit halten, ja sogar in dem Habitus der Sommerfrischler, deren alljährlich mehr erscheinen. Will man das Ganze zusammenfassen, so besteht ein ausgeprägter Sinn für gute Naturalverpflegung in Miesbach, den man als Fremdling nicht unterschätzen darf.

Durch die großen Steinkohlenlager, welche hier und bei Schliersee entdeckt worden sind, ist in die Physiognomie des Marktes ein neuer interessanter Zug gekommen. Denn wenn man an Sonntagen des Weges schlen-

dert, so begegnet man allerwärts den schlanken Bergknappen in ihrer malerischen Tracht, Belgiern und Franzosen, Schlesiern und Polen. Dem Kohlentransport verdankt die Miesbacher Eisenbahn (die jetzt auch Schliersee überrumpelt hat) vor allem ihre Entstehung; im Sommer sind es lange Wagenreihen, im Winter aber kann man gar leicht den Stolz erleben, der einzige Passagier zu sein. Man hat dann für eine Mark beinahe das souveräne Gefühl eines Extrazugs!

Die Eingeborenen von Miesbach gehören natürlich ganz zum echten, alten Gebirgsschlag; doch haben sich die Eigentümlichkeiten desselben nirgends mehr als dort nivelliert. Durch den regen Verkehr wird das bürgerliche Element dem bäuerlichen allmählich überlegen und absorbiert das Kostüm, den Dialekt, die Rauheit des letzteren. Wer in Miesbach Kniehosen trägt, ist gewiß von Schliersee oder Fischbachau herübergekommen, wenn es nicht gar ein „Stadtfrack“ aus München ist; auch im Laden des Hutmachers sieht man bereits mehr schwarze als grüne Hüte hängen.

Trotz alledem gilt Miesbach noch immer für den Vorort oberbayerischer Sitte und Art; ja, es hat allem, was dahin gehört, sogar den Namen gegeben. Noch heute nennt man den grünen Hut mit Spielhahnfedern ein „Miesbäckerhütl“ und das gesamte Gebirgskostüm die „Miesbäckertracht“. Daß sich beides allgemach verflüchtigt, ist nicht die Schuld der Bewohner, es liegt in der natürlichen Entwicklung der Dinge, die kein Vernünftiger kurzweg ignorieren kann. Wenn nur der alte, echte Sinn, wenn nur „die Schneid" nicht ausgeht, dann hat es mit den Miesbäckern noch immer gute Wege.

Karl Stieler

Physiognomie = äußeres Erscheinungsbild / nivellieren = gleichmachen / absorbieren = aufsaugen, gänzlich beanspruchen.

Schnaderhüpfl

Mein Vata hat Antn
Und mein Muatta hat Gäns
Und hiazt muaß i mi gwantn,
Sunst kriag i koan Mensch.

Schnaderhüpfl

Zwoa Fischln in Teicht
Schwimmen tiaf, schwimmen seicht,
Schwimmen auf und nieda.
Bua, wann kimmst wieda?

Weiß und Blau

Gedanken eines Gebirgsbewohners beim Jahreswechsel

Wieder ist ein Jahr entschwunden
Mit der Zeiten raschem Flug!
Ach, ein Jahr, das tausend Wunden,
Tausend Schmerzen, tief empfunden,
Unsern treuen Herzen schlug.

Festes Hoffen ward betrogen,
Anders kam's, als wir geahnt,
Liebe hat man uns gelogen,
Liebe ist wie Spreu verflogen
Und der wilde Haß entbrannt.

Doch, wenn treulos auch der Norden
Sich gefällt im Unbestand: –
Wir in uns'rer Alpen Pforten
Sind nicht falsch, nicht untreu worden,
Felsen stehen nicht auf Sand.

Diese Treue, dieses Lieben
Gab uns Gottes heil'ge Macht,
Er, der ewig treu geblieben,
Hat sie uns in's Herz geschrieben,
Liebesglut drinn' angefacht.

Denn wenn wir in's Leben schreiten,
Grüßt uns schon die Felsentreu',
Um uns immer zu geleiten,
Bis wir uns zum Tod bereiten,
Und auch dann stärkt sie uns neu.

Schaut nur unsrer Alpen Zierde,
Unsrer Berge blendend Weiß,
Leuchtend ragen sie voll Würde
Mit der wundervollen Bürde
Auf zur Sonne, glühend heiß.

Und auf diesen Blütenschimmer,
Auf den stolzen Alpenbau
Lacht der Himmel zärtlich immer,
Denn es bricht die Treue nimmer
Alpenweiß und Himmelsblau.

Weiß und Blau heißt unser Lieben,
Hat es doch der mächt'ge Gott,
Daß wir ewig treu verblieben,
Uns vor's Auge hingeschrieben,
Uns zur Freud' in Glück und Not.

An der stolzen Berge Fuße,
Wo in bunte Au'n sich flicht
Klar ein Bächlein, beut zum Gruße
Still des Wand'rers inn'gem Kusse
Sich mach' zart Vergißmeinnicht.

Weiß und blau, du holde Blume,
Wie mich doch dein Gruß entzückt!
Bist ein Blümchen nur und stumme,
Dennoch sprichst du laut vom Ruhme,
Der mein liebes Bayern schmückt.

Weiß und blau, wer kann wohl nehmen
Bayern dies „Vergißmeinnicht?"
Laßt die Arme euch nicht lähmen,
Klopft die Feigen, die sich schämen
Unsrer Farben, schont sie nicht!

Ruhmbedeckte Bayernfahne,
Höre, was der Bergsohn spricht:
„Fest, als wie der Fels die Tanne,
Mit der Treue Zauberbanne
Halt' ich dich, Vergißmeinnicht!"

„So lang noch ein Gott regieret,
Der den kühnen Alpenbau
Mit dem ew'gen Eise zieret
Und den Himmel d'rüber führet,
Blühst du sicher, Weiß und Blau!"

„Doch, wenn heute oder morgen
Auf dich stürmen Wetter ein; –
Bayernfahne, sei ohn' Sorgen,
Meine Faust hält dich geborgen,
Weiß und Blau magst ruhig sein!"

„Und sobald die Glocken schallen:
Auf zum Sturm für's Vaterland!
Wenn die treuen Büchsen knallen:
Sollst du, heil'ge Fahne, wallen
In des Bergsohns starker Hand."

„Kämpfen will ich wie mein Ahne,
Der bei Sendling fand den Tod.
Lieg' ich sterbend auf dem Planc,
Will ich dich, o Bayernfahne,
Zieren mit dem Herzblut rot."

„Wenn die Augen matter strahlen,
Und die Lippe bleich verdorrt,
Wird die Zunge scheidend lallen
Einen Sterbespruch vor allen,
Meines edlen Königs Wort:
‚Man ehrt mich nur in meinen Farben'."

Schliersee im bayer. Oberland, 30. Dezember 1873.
Otto von Schaching

Was ein Altbayer für eine Stärke hat

(Aus „Taten der Isarwinkler")

Der Präsident der anthropologischen Gesellschaft in Paris, Dr. Pruner-Bey, welcher sich am meisten mit Schädelmessungen abgab, behauptet: die Schädel der Altbayern seien in Europa die größten und gewiß auch die dicksten. Was Größe und Stärke betrifft, so stellt das Tölzergebiet verhältnismäßig in Bayern weitaus die meisten Leute mit sechs Fuß und darüber zum Kriegsheer, Tittmoning ein Fünftel, Tegernsee, Traunstein und

Berchtesgaden mit der Ramsau ein Viertel, weniger dagegen das Landgericht Friedberg, und Schrobenhausen auf hundert nur drei bis vier Mann zu sechs Fuß.

Mancher Bauernschädel mit seinen Narben predigt noch hie und da in einem Totenkerker von den Schlachten, die der Mann im Frieden und im Kriege geschlagen, oder von den Heldentaten, die an ihm ausgeübt wurden. Wenn auf einem Fotz- oder Schlagring das Bildnis des heiligen Antonius ausgeprägt ist, so schadet der Schlag nicht.

Der Griesmann von Wezel beim „abbrennten Kreuz" hatte 1850 einen Sohn Seppel bei den Kürasieren in München, dem kein Panzer groß genug war, so gewaltig war sein Brustkasten. Der Mann hatte seinesgleichen an den Helden von Morgarten, deren Waffenrüstungen keiner von dem lebenden Geschlechte ausfüllt oder zu tragen vermag. Es gibt in der Lenggrieser Pfarrei Bauern, deren Ahnen nachweisbar seit achthundert Jahren auf dem Hofe sitzen, so der Klaffenbacher, und in ihren Adern fließt das bajuwarische Blut am reinsten, sie sind der echte Geburtsadel seit der Einwanderung und sie behalten auch die alte Kraft.

Im Schlierseerwinkel, wie der Vater oft erzählte, hat damals ein Mann gelebt von einer gewaltigen Stärke. Einen Rücken hat er gehabt, du meinst wie ein Elefant, und Hände von einer Breite, daß es zum Verstummen gewesen ist, wie der Wirt von Marbach, den ich selber noch gekannt habe. In seinen Soldatenjahren hat der einmal draußen bei Memmingen Wache stehen müssen, wie die Leute gerade alle in die Kirche gegangen sind. Da kamen die Franzosen herangeschlichen in der Meinung, es brauche nichts, als den Posten aufzuheben.

Es waren ihrer sieben Mann, und wie sie ihm näher rücken, geben sie Feuer, gleich drei nacheinander.

Der Bayer aber ist auf den ersten Schuß hinter eine Eiche gesprungen, da hat er hervorgezielt, und seinen Mann nicht gefehlt. Nachher ladet er erst noch einmal und schießt. Die Franzosen – im Gedanken wahrscheinlich, es möchten die Leute in der Kirche von dem Schießen aufmährig worden sein – wollen sich aus dem Staube machen; unser Landsmann aber kehrt seinen Stutzen um und springt mit gewaltigen Sätzen ihnen nach und erschlägt sie auch richtig einen nach dem andern, weil sie gerade durch ein Moos über einen Steg retirierten, wo nur einer vorankommen konnte. Und von den sieben ist, bis die Leute aus der Kirche kamen, keiner mehr am Leben gewesen. – Wie der König Max davon gehört hat, hat er ihm erlaubt, sich eine Gnade auszubitten.

Der bittet, daß er vom Militär frei werden möchte. Da hat aber der König gesagt: „Ich bin selber Soldat. Solche Leute, wie du, könnt' ich mehr brauchen. Ich darf dich nicht freigeben, dies wäre gefehlt."

Später einmal hat derselbe in Miesbach beim Kutscherwirt eine ganze Stube voll Raufer ausgetrieben, indem er einfach ein Tischel von der Wand riß, einen Strohriegel und eine Platte auf den Kopf, dann das Tischbein in der Linken von einem andern Tisch um sich geschlagen hat, während die Schläge, die es auf ihn hagelte, ihn nicht trafen. Freilich ist ein Mann bei dieser Gelegenheit tot geblieben.

In der Kaiserklause ist es von jeher üblich gewesen, daß die Bayern und Tiroler einander zulieb gereist sind, sich in der Kraft zu messen, wer der Stärkste sei. „Zuerst gehen die Burschen in die Messe, und nachher geht's Raufen an", das war so herkömmlich. Der Brigadier, der es hindern wollte, mußte selber zuvorderst zum Opfer gehen; einem andern, der zu hitzig über die Buben her war, brachen sie den Säbel entzwei, und er mußte ihnen kniefällig Abbitte leisten.

Beim Häckeln hat sich mancher schon den Finger verstaucht; bei jenem Raufen ging es aber zu, als wollten die Ringer einander die Rippen brechen. Geordneter sind vielleicht die schweizerischen Schwingfeste. Bei uns ist die Auswahl unter den Söhnen zum Ringkampf mit dem Riesenstarken geschichtlich, in der Urschweiz taucht sie bereits als Sage auf. Berserkerwut oder der dem Römern sprichwörtliche *furor teutonicus* scheint wenigstens noch den Oberländern einzuwohnen, soweit der Heldenspruch geht, wie besonders in der bayerischen Zell: „Heut' ist's lustig, heut muß noch einer hin wer'n."

So weit kommt es doch nicht, aber das ganze Kraftgefühl sprudelt der Bursche in dem Schnaderhüpfel aus:

Wennst amal raffa magst,
därfst es nur sagn:
ziahg ih mein Janker aus,
nimm dih beim Kragn.

A frischer Bua bin ih,
hon d' Federn aufgsteckt,
jetz mach mih nit wini,
sunst bist scho derschreckt.

Im Raufen hat sich besonders der Kammerloher von Kammerloh von der Kaiserklausen her einen Namen gemacht. Als nach dem ersten Tirolerkrieg König Max sich gerne in Tegernsee aufgehalten, ist ihm auch in den Sinn gekommen, ein Wettringen zu geben, und er hat eine Einladung nach Tirol erlassen, sie sollten ihren stärksten Mann herausschicken. Aber in Gegenwart der hohen Herrschaften ist der langbeinige Tiroler auf den Boden hingelegen, als wenn er gar nie gerad gestanden wäre. Nicht umsonst ist in der Gegend der Schlagring daheim, womit man fast einen Ochsen niederschlagen könnte. Bei meinem Heranwachsen hat man's gar nicht anders gewußt, als daß alle Sonn- und Feiertage gerauft wurde, und die steinernen Maßkrüge hätten an den Hirnschädeln entzwei gehen mögen.

Namentlich haben sich die drei Kammerloher Buben hervorgetan und sind wie die Alten ordentlich aufs Raufen gereist.

Der Alte hat einmal gehört, daß in München drinnen ein überaus starker Wirt sei, der sich wenigstens mit seiner Stärke "progle"; reiste er also hinein und stellt ihm vor: „Ich hab' drei Söhn', der eine ist so viel, der andere so, der dritte so alt, da kannst du dir jetzt einen herauswählen." Wie sich aber der Wirt lang bedenkt, sagt der sechzigjährige Kammerloher: „Wenn du dich lang besinnst, so mein' ich, probier es gleich lieber ich noch", und hat ihn auch richtig geworfen.

Der Landrichter von Miesbach hat mit den Raufern einen harten Stand, aber auch seine stille Freude gehabt. Sein Aktuar verliest einmal vom Fenster aus das Urteil auf Schläge. Da ruft der alte Vater: „Buben, wollt's kammerloherisch sei, schlagen lassen wir uns nit." „Na! schlagen lassen wir uns nit", schreien die drei aus Leibeskräften. „Will aber doch sehen, ob's im Protokoll so drinnen steht," spricht der Jüngere und springt die Stiegen hinauf, daß der Aktuar sich kaum noch einschließen konnte.

Der Gerichtsvorstand hielt selber auf Land und Leute und mußte, um mit dem Volk sich nicht zu überwerfen, zu den Kraftproben oft ein Auge zudrücken. Als aber Anfang der Dreißigerjahre die Verfolgung gegen die Haberfeldtreiber losging, ist auch der letzte Kammerloher zugekommen. In München hat man jeden starken Burschen auf der Straße angehalten in der Meinung, er wäre es, und viele Leute trauten sich gar nicht mehr aus dem Hause. Wie man so auf ihn fahndete, kehrte er abseits der Straße am Reutberg zu, aber der Wirt von Piesenkam, der unter den Gästen saß, sticht es dem Gendarmen, welcher ihm sogleich den Weg abgeht und durch einen heimtückischen Hieb über's Knie ihn zum Krüppel machte. Für den Todesfall gab der alte Kammerloher seinen Söhnen eine gute Lehre: „Wenn ihr halt in's Fegfeuer kommt, so leidet auch gutwillig, was andere leiden, damit es nachher nit heißt: Die Kammerloher sind so wehleidig und können nichts aushalten." Im Allgäu beschränkt sich das Raufen auf Ringen und Hosenlupfen. „Geh in's Bayern zum Stechen!" heißt es, wenn ein Fremder das Messer ziehen will.

Im Isarwinkel ist noch vom starken Lambrechtbua von Hohenwies die Rede, wie er Eisenstangen brach und ihm nichts widerstand. Ein Probestück seiner Riesenkraft lieferte er, als einmal ein Mittenwalderfloß auffuhr und die sechs Löder es nicht von der Stelle brachten. Sie schickten also zum

Lambrecht um Rosse, der Alte aber meinte: „Ich laß gleich meinen Buben gehen.“ Und richtig, hob und schob er allein das ganze Floß mit seiner Ladung ins Wasser.

Ich kannte den Müller Vogl von St. Georgen bei Dießen, der drei Scheffel Weizen zu tragen stark genug ist, eines auf der Schulter, eines je unter dem rechten und linken Arm. Sein Bruder ist noch stärker und hat einmal mit einem Stier gerungen, und da keiner nachgab, mußte man den Stier erschießen.

Die Tochter vom Loderer in der Ramsau, dabei ein sauberes Mädel, war so stark, daß sie einen drei Zentner schweren Scheffelsack Getreide im festen Schritt vom Wagen auf die Tenne getragen hat. Im Hexenlandel sind als Hauptrobler berühmt die Raggen von Scharnitz (der Fuchs und der Franzl), die Kathler von Gerold, von Krün und Walgau der Beckle und Scheckenwastel; riesenstämmig zum Ringkampf und dabei bildschön. Vor Zeiten ließ man förmliche Ladschreiben zum Roblertag beim Dachsen in Mittenwald ausgehen nach Tirol hinein. Als 1866 der unglückliche deutsche Krieg ausbrach, protestierten die wackeren Rekruten des Gerichtes Rosenheim gegen die körperliche Untersuchung und erklärten, sie alle seien kriegstüchtig und wollten sich ins Feld stellen. Lustiger ist es schon, daß die Altbayern in Zukunft an den Franzosen ihre Kraft probieren können. So hat in der Schlacht bei Weißenburg (August 1870) ein Altbauer aus den französischen Reihen mit germanischer Kraft einen afrikanischen Wildling herausgeholt und seinem Hauptmann gebracht mit dem Rufe: „Herr Hauptmann, hab'n S' schon an Turko g'sehn?“ Nicht minder spricht sich dies Kraftbewußtsein in Worten aus, wenn ein bayerischer Soldat nach der Schlacht bei Wörth zum Kronprinzen von Preußen sagte: „Aber Sie wenn unser Anführer gewesen wären Anno 1866, nachher hätten wir Bayern denen Preußen weiter nit heimg'leucht.“

Als der französische Minister Thiers 1840 die Deutschen mit Krieg überziehen wollte, kam ihr stärkster Ringer gleichsam zur Probe ihrer Überlegenheit über den Rhein, ein Mann von herkulischer Gestalt, um sich in Kassel, Berlin, Dresden und anderen Hauptstädten mit den stärksten Deutschen zu messen, und er überwand allenthalben: Der Schrecken wandelte vor ihm her. So gelangte er schließlich nach München, schrieb sich Jean Dupuis aus und setzte einen Preis von nahe tausend Gulden aus, wenn ein Stärkerer auftrete als er. Der Schimpf brachte alle stämmigen Burschen auf, der Fechtmeister Gruber gab einigen Unterricht, und so sollte auf der ersten Schaubühne des Landes das Ringen vor sich gehen. Kopf stand an Kopf, es galt eine Ehrensache für das ganze Volk.

Der Vorhang rollt auf, der Sieger in so vielen Kämpfen steht da: für einen antiken Heros gebaut, den Oberkörper weit vorgestreckt, einen Gürtel um die Hüfte, und nur an den Armen zu fassen. Der erste, der angesichts all der Tausende zum ungewohnten Wettkampf ihm entgegentritt, ist ein junger Metzgerbursche, Johann Ebner, nicht groß von Statur, aber untersetzt. Solch eine Pause muß im römischen Amphitheater bei Gladiatorenkämpfen oder Tierhetzen eingetreten sein, wo die Gegener sich erst mit den Augen maßen, Löwen und Tiger umeinander herumgingen, um eine schwache Seite ausfindig zu machen und dann zu Sprung oder Angriff überzugehen. Alles blickte stumm in die Szene, den Zuschauern pochte das Herz: Da begannen sich beide, der Bayer und der Franzos, an den Händen zu fassen, hin und her zu schieben, ein Stoß, ein Ansturm, ungeheure Muskelkraft wurde von beiden Seiten aufgeboten. Der verwöhnte Sieger hatte sich den Kampf wohl leichter vorgestellt. Das Volk atmete hoffnungsvoll auf, Zornwut schien den jungen Menschen zu erfassen, dem sein Widersacher am kolossalen Körper überlegen war – auf einmal stürzte der Franzose aufs Knie. Beifallsklatschen begann, aber ohne Übung übersah der sehnige Junge den Vorteil, den Franzmann zu drehen, und wurde nun, seinerseits überrascht, zu Boden gelegt. In diesem Augenblick fühlte jeder sich an seiner nationalen Ehre gepackt. Wie! Eine Niederlage? Unmöglich.

Schon stand der Rächer dem triumphierenden Welschen gegenüber: Simon Maisinger, Bierfahrer des Faberbräu, und das will etwas sagen, die englischen und amerikanischen Boxer pflegen auch ihr Quantum zu trinken, und der Pschorrbräu erwartete, daß jeder Mann, den er zum Geschäfte brauche, seine fünfzehn, wo nicht dreißig Maß täglich schlucke. So einer ist imstande, die Eimerfässer ohne Leiter durch alleinige Kraft der Arme vom Wagen zu heben. Der Mann, der sich alsbald mit Riesenkraft auf den Franzosen warf, war um einen halben Fuß größer als sein Vorgänger, knochenstark, eine robuste Statur. Er hatte während des Ringens der beiden die Stärke, aber auch die Schwäche dem welschen Feinde abgelauscht, welche im Unterkörper und Fußgestell bestand. Ihm galt es, diesen Antäus zu entwurzeln, und kaum gehoben, mußte er fallen. Man muß es gesehen haben, mit welcher Berserkerwut dieser Altbayer sich an den übermütigen Welschen machte, treu seinem im letzten Augenblick gegebenen Worte: „Fallen muß er um jeden Preis!“ Wie ein Bär schlug er seine Pranken ihm an die Ellenbogen, die Aufregung der Zuschauer war furchtbar, alle hoben sich von ihren Sitzen, als ob es Ehre und Leben jedes einzelnen gelte. Auf dem Schlachtfelde könnte die Spannung nicht höher steigen. Sollten beide sich erwürgen? Mann an Mann waren sie festgeklammert, nur stahlfeste Knochen ertrugen solchen Druck. Unversehens faßte der Bayer seinen Gegner, und nun war es um diesen geschehen: Augenblicklich war er zu Boden geschmettert, und der Sieger stemmte sein Knie ihm auf den Leib. „Hab ich dich jetzt, du Lauser!“ soll er dabei gerufen haben; aber das

Haus erbebte vor Sturm, als hätten die Deutschen eine Schlacht über die Franzosen gewonnen, so war die Entscheidung. Kaum aus dem Theater, so hörte man schon trillern:

Mag einer rebellen, wie er will,
Doch kommt er nach Bayern, so sei er still!

Des anderen Tages war die halbe Stadt in Bewegung, den Sieger zu ehren; der beschämte Franzose wollte der Pflicht, den Wettpreis zu zahlen, sich entziehen, wurde aber gerichtlich dazu verurteilt. Man verstieg sich soweit, den Bramarbas für einen Sendling Thiers' zu halten. Maisinger ging darauf selber als Athlet auf Reisen, und einen seiner Kameraden sah man im Frohsinntheater in München zehn Zentner Eisen tragen. Die Kraftprobe wiederholte 1852 der Metzger Waizenböck im Zirkus der Jakobidult ebenfalls mit einem Franzosen, dem fortan die Lust verging, auf seine Stärke zu pochen.

Unsere Zeit steht wahrhaftig an Mannestüchtigkeit hinter früheren nicht zurück. Wettringen, Wettfahrten, alle Proben von Tatkraft wiederholen sich. So spielte das Stück, welches Alexander der Große einst mit dem Buzentaur aufgeführt hatte, jüngst in Landshut. Der Stadtbürger Ganselmaier hatte einen jungen, prachtvollen Hengst, welcher keinen Reiter auf seinen Rücken ließ. Es galt zum guten Maianfang 1873 eine Wette. Das Tier im Werte von dreiundfünfzig Louisdor sollte der geschenkt bekommen, welcher sich hinaufschwinge und oben behaupte, aber wehe ihm, wenn er von dem unbändigen Wildling abgeworfen wurde. Da trat Bürgermeister Rieder von Ergoldsbach auf, bot siebenhundert Gulden als Gegenwette, schwang sich in den Sattel, und mit ungeheurem Kraftaufwand und Aufgebot aller Reitkünste wurde er des Hengstes Meister und ritt ihn als gewonnenen Preis nach Hause.

In Ottering bei Dingolfing hat der Dorfwirt gegenwärtig einen vierthalbjährigen Buben, welcher, wie das Straubinger Tageblatt 3. Mai 1873 schreibt, seit ungefähr einem Jahr ins Unförmige sich entwickelt. Dies Kind wiegt genau 103 Pfund, ißt dabei wie ein Drescher, trinkt jeden Tag ein paar Maß Bier, der dicke Mordkerl raucht, und in seinem Gesicht fängt ein Bart zu sprossen an, daß der Arzt neulich erklärte, wenn das so fortgehe, werde der Junge in sieben Jahren vollständig entwickelt sein. Den Vorschlag, das außerordentliche Kind zur Wiener Weltausstellung zu schicken, wiesen die Eltern entrüstet zurück. Der verdient schon den Namen: ein bayerischer Bub, und somit schien für starken Nachwuchs gesorgt, wenn der Junge nicht am eigenen Fette erstickt wäre.

Um aber auch anderen Deutschen die Ehre zu lassen, erzählen wir gerne, wie am 12. Februar 1874 sich die fünf stärksten Männer aus Frankreich zum

Ringen im Zirkus Salamonski zu Berlin einstellten, aber ihre Meister fanden; der erste Athlet wurde von einem ungewöhnlich sehnigen Manne namens Loys, der zweite von einem Steinträger und zwar nach fünfmaligem herkulischem Ringkampfe zu Boden gestreckt.

Johann Nepomuk Sepp

anthropologisch = die Menschenkunde, die Geschichte der menschlichen Rassen betreffend / Fotzring = Maulring / Kürassiere = schwere Reiter / Morgarten = Bergrücken in der Schweiz, wo 1315 Uri, Schwyz und Unterwalden das österreichische Heer besiegten / retirieren = sich zurückziehen / furor teutonicus = teutonisches (deutsches) Ungestüm / Aktuar = Schriftführer, Gerichtsangestellter / Haberfeldtreiben = volkstümliches Rügegericht in Bayern und Tirol / Welscher = Franzose / Antäus = Riese der griechischen Sage / Bramarbas = Prahler / Dult = Jahrmarkt / Buzentaur = Ungeheuer der griechischen Sage / Louisdor = alte französische Goldmünze.

An extrige Birn

Vor'n Liesei sein Fensta steht
Ausdürrt und mahr
A Birnbaam und tragt nimma
Leicht schoh zwanzg Jahr.

Heunt Nacht aber is dir a
Birn gwachsn droh,
Hat an Schnauzbart und lederne
Kniahösln oh!

Und 's Liesei glangt außer und
Brockt sih die Birn –
So hat 's eahm nia gschmeckt, wia von
Birnbaam, den dürrn!

Karl von Gumppenberg

Boarisch-Zell

Z'Boarisch-Zell da is' a' Freud',
San die Gambs leicht zum dafragn.
San die Diendln bei der Schneid,
D'rum geit's allweil ebbas z'jag'n.

'Birsch' in Miesing spat und frua
Und in' Troadn seini Graabn,
Und hat 's Gambs amal an' Rua,
Jag' i' 's Diendl auf der Laab'n.

Herausgegeben von Franz von Kobell

Die Trompete in Es

Der Bauernmaler Johannes Duldenhofer zu Grünau schreibt an den Herrn Lorenz Rehböckel, Forstwart zu Markwartstein. Im Juli 1849:

Mein liebster Freund, Laurentius! Der bist Du auf dieser schnöden Welt, und darum erzähle ich Dir jetzt brieflich eine Geschichte. In einem Dorfe sind wir geboren, ein Pfarrer hat uns getauft, und miteinander sind wir jung gewesen. Ich wollte freilich, wir hätten's ums Verkennen weiter gebracht – wer weiß, ob wir einander nicht hätten helfen können? Ja, lieber Freund, wäre mir zur rechten Zeit nur auch so ein Wohltäter aufgestanden, wie man öfter in den Geschichtenbüchern liest und hätte mir etliche hundert Gulden anvertraut! Dann wäre ich nach München und hätte die Malerei ordentlich gelernt, und dann dürfte ich vielleicht jetzt auch die berühmten Gemälde in die Kirche malen in der Stadt und wäre ein anderes Mannsbild! So aber schaut kein Mensch auf mich und muß zufrieden sein, wenn es genug Hochzeitskästen anzustreichen gibt und Totenkreuze zu malen. Hat mir's doch der alte Forstmeister versprochen, wenn sein Sohn einmal ausstudiert hätte, und der Pfarrer von Wildenau, wenn er eine bessere Pfarrei bekommt, und der untere Wirt selig, wenn der Weizen fünfzig Gulden kostet – aber, mein Gott, die sind alle lieber gestorben, als daß sie mir geholfen hätten.

Übrigens wäre ich beinahe eingesperrt worden, wenn nicht die Regierung dazugekommen und mein Schutzengel gewesen wäre. Ja, lieber Freund, ich wäre fast ins Unglück gestürzt, aber unschuldigerweise; der Vikar dagegen, der hat's mit Fleiß getan, und der hätte eigentlich die Verantwortung, wenn ich nach Amerika gegangen wäre.

Des ganzen Unfriedens Ursache und Wurzel ist aber eine Trompete, die alte Trompete in Es, die mir der Hofinstrumentenmacher Michael Süßlein schon vor Jahren als Ehrengeschenk und Andenken übergeben hat. Nicht wahr, lieber Lorenz, Du erinnerst Dich noch an dieses ausbündige Instrument, und was für ein wundersamer Ton herausging, wenn es an hohen Feiertagen beim Gloria erklang! Der Lenzenhiesel sagt noch heutzutage, erst wie ich diese Trompete in Es vom Chore herab so andächtig geblasen habe, ist's ihm bei seiner Kopulation ganz deutlich geworden und gleichsam innerlich aufgegangen, was der Ehestand für ein heiliges Sakrament ist. Und bei den Tanzmusiken will ich gar nicht sagen, wie gern man sie da gehört hat.

Indessen muß ich Dir, damit Du besser weißt, woran du bist, gleichwohl auch schreiben, daß wir allhier schon vor etlichen Jahren eine musikalische Gesellschaft gestiftet haben, und der Schulmeister hat's in die Statuten gar fein hineingesetzt, daß dieselbe mit redlichem Fleiße bestrebt ist, sich in der schönen Kunst der Töne zu üben und gegenseitig zu fördern, sowohl zu würdiger Belebung des Gottesdienstes als auch zu veredelnder Erholung in den freien Stunden der Woche. Die Gesellschaft kommt alle Monate drei- oder viermal zusammen, und man nennt sie gewöhnlich den Cäcilienverein. So kam es denn, daß die alte Trompete in Es bald an weltlichen Orten zu hören war, bald auch wieder vom Chore herab in der Kirche. In den letzten Zeiten aber war sie fast ausschließlich dem Dienste der Kirche geweiht und ruhte, wenn nicht geblasen wurde, ganz unbenutzt in einem Schranke des Chors.

Nun, lieber Freund, bis jetzt kannst Du freilich noch nicht merken, wo das Unglück herkommen soll, aber wie gesagt, ich schreib Dir's schon, und zwar gleich.

Ich hoffe, Du denkst ihn noch, den sogenannten Lehrernazi, den Sohn des vorigen Schulmeisters, der zu seiner Zeit auf den Grünauer Wiesen mit uns herumgelaufen und ein einfacher Knabe gewesen ist, wie wir auch, ein Waisenkind, das bei dem alten Wirte Unterschlupf und Erziehung gefunden hat. Später kam er zum Studi, wie man zu sagen pflegt, und es soll ihm dabei nicht übel gegangen sein. Wir haben ihn ja nachher noch öfter hier gesehen, bis er zuletzt nicht mehr erschien, weil er Kooperator im Unterland geworden war. Ja, richtig, einmal war er doch wieder da, als er schon die Tonsur überstanden hatte, und da wurden wir erst die besten Freunde und hatten manche scherzhafte Geschichten mit den Mädchen, unsern ehemaligen Schulkameradinnen, die mittlerweile auch groß geworden waren. Nun, dieselbigen Geschichten haben nicht viel bedeutet, aber um des Heubauern Lisi war unser Trachten gleichwohl etwas ernsthafter, und ehe der halbgeweihte Lehrernazi wieder heimgekommen, hat sie eigentlich für meine Herzallerliebste gegolten. Auch stand ich eines Tages oder vielmehr Abends, genau genommen war es jedoch gegen Mitternacht – da stand ich draußen einen Büchsenschuß vom Dorf an ihrem Hofe – der Mond schien so hell, und die Apfelbäume blühten, und der Bach rauschte daneben – innerhalb schlief das Liserl, und durch das offene Fenster hörte man ganz leise den Zug ihres Atems – ach, wenn sich's für unsereinen schickte, ich würde sagen, daß ich ganz poetisch gestimmt war, bis auf einmal um das Haus der Lehrernazi kommt und, wie er mich sieht, ganz weinerlich und schmerzhaft sagt: „Ach Gott! Und hier muß ich dich wieder finden, lieber Hansi, wo du doch weißt, daß ich mich zum geistlichen Stande bestimmt habe, und daß mir die Freuden dieses Lebens bald alle versagt sein werden, und heute abend, wo ich von dem Liserl habe einen unschuldigen Abschied nehmen wollen auf ewig, da bist du da! Ach, wie weh mir das tut, das kann ich dir gar nicht sagen." „Nun", sagte ich, „hätte ich gewußt, daß dies dein Gang ist um diese Zeit, so wäre ich etwa auch gar nicht hergekommen". „Ach", sagte der Nazi, „du mußt nichts Übles denken, aber wenn du's heute über dich bringen könntest, mein geliebter Jugendfreund, so würde ich dir's meiner Lebtag nicht vergessen!" Dabei nahm er mich bei der Hand, und ich bin ganz irre geworden, und so sag ich: „Ja, wenn du meinst, du bist dem Liserl so viel lieber als ich, so gehe ich heim und laß dich hier in Gottesnamen."

Derweil aber hat das Liserl das Gespräch gehört und wispert: „Wenn ihr meint, auf euch allein kommts an –" und schlägt das Fenster zu und heiratet bald darauf aus Verdruß den Tannenbauernsohn von Hirschenberg, was ich ihr nicht habe verwehren können, aber lange Zeit sehr bedauert habe. So habe ich ihm damals mein ganzes Lebensglück geopfert, aber nicht für immer, da ich dasselbe, wie ich nicht anders sagen kann, bei meiner gegenwärtigen Frau und Gattin, welche sich dir als unbekannt empfehlen läßt, doch noch richtig gefunden habe.

Jetzt fällt's mir aber auf einmal ein, wie lange ich Dir schon nicht mehr geschrieben haben muß, denn von meiner Hochzeit weißt Du aber gar nichts, und da fang ich also jetzt gleich an. Das weißt Du aber schon, daß ich früher immer ledig war bis ins siebenundzwanzigste Jahr meines Lebens, und an einem schönen Sonntag gerad vor Pfingsten nach der Kirche, wie ich da so sitz und ausruh, schaut auf einmal zu meinem Fenster ein fremdes Mädel herein – schier als wenn eine junge Rose aus dem Garten in meine Stube wachsen wollte, so schlank und frisch, so weiß und rot.

„Ich bin die Bauerntochter von Lindenberg", sagte sie, „und vor vier Wochen ist der Vater gestorben, Thaddäus Brandner, und der Bruder laßt dir sagen, du sollst eine schöne Tafel malen auf sein Grab, so groß wie die für den Wirt von Wildenau, die du voriges Jahr gemalt hast, und kosten darf sie auch so viel." „Und wie soll sie denn aussehen?" frag ich. „So?" sagte sie, „das wirst du wohl selber wissen, wenn du ein Maler bist, und wie du's machst, so ist's recht." „Eine Weisung muß ich aber doch haben", sag ich, „und wenn sie noch so gering ist." „Ich wüßte schon", sagt das Mädel und wird ein bissel rot, „ich wüßte schon, wie ich mein'; ich hab mir's selber ein wenig ausdenkt, wie ich daher gegangen bin, aber lachen darfst du nicht!" Und dabei schlägt sie die Augen nieder und fängt zu zeichnen an mit dem Finger auf dem Fenstersims und sagt: „Oben hinauf in den Himmel malst den heiligen Thaddäus – der muß aber gut getroffen sein! –, und den Vater sieht man, wie er in den Himmel kommt, halber noch in den Wolken und gibt dem heiligen Thaddäus die Hand. Der Vater aber muß ganz freudig aussehen und unverzagt, nicht als wenn er aus Gnade in den Himmel käme, sondern weil er's verdient hat. Und der Vater hat lange weiße Haare und ein rotfarbiges Gesicht und bissel eine bucklige Nase. Und drunter malst die Wolken hin, goldfarbig und weiß durcheinander, recht licht, und den Himmel ganz blau. Und unter den Himmel malst das Gebirg, daß man recht weit hineinschaut in die Täler, und daß man die Almhütten sieht von fern, und obenauf den Schnee und unterhalb den Wald. Und die Berg gehen rechter Hand und linker Hand weit voran, und auf der einen Seite, auf der Höhe, malst unsern Hof zu Lindenberg mit den drei Linden und auf der andern die heilige Eich, die Wallfahrt. Und zwischen das Gebirg malst eine Gegend, wo der Bach rinnt, und die Erlenbäum und die Buchen und die Haselstauden und etliche Bauernhäuser, und im Land drin sieht man die Kirchentürm, den runden, das ist der von Wildenau. Und ganz vorn malst ein Feldkreuz hin, ein großes, wie eines steht, wo man von Lindenberg geht nach Wildenau, und einen blühenden Busch von Rosen, den haben wir selbst gesetzt. Und vor dem Feldkreuz malst eine Betbank, wo wir oft knien, der Bruder und ich, wenn ein schöner Abend ist, und miteinander beten und ins Land herunter schauen. Und auf die Betbank malst uns alle zwei, im Feiertagsgewand, und dann ist's fertig."

Auf diese Manier hat mir das Mädel die Beschreibung angegeben, und wer's nicht gesehen hat, der glaubt's sein Leben nicht, wie lieb das gewesen ist. Und sie ist ganz warm worden vor lauter Eifer und hat nicht aufgeschaut; zuletzt aber, wie sie fertig ist und mich ansieht, schrickt sie zusammen und wird überrot, wie wenn sie nicht mehr wüßte, daß ihr jemand zuhört. Mir ist aber auch ganz anders worden bei der Geschichte, und wenn ich jetzt daran denke, denk ich mir oft, wenn ich sie doch noch einmal erleben könnte, die kurze Zeit, wo das Mädel mit dem Zeigfinger auf dem Simsen ihren Gedanken so nachgegangen ist und so für sich gesprochen hat, so sittsam und so zierlich.

So schauen wir einander an, bissel verwirrt, bis ich zuletzt sag: „So gute

Weisung hab ich nicht leicht noch gehabt, und ich sag wahrhaftig Dank dafür. Aber gehst denn nicht ein wenig herein und tust ausrasten?“ „Ach“, sagte sie, „es könnte dem Bruder nicht recht sein. Jetzt mal du nur fleißig, und ich komme schon wieder.“ So läuft sie fort über die Wiese in den Wald hinein und den Berg hinauf. Bin doch öfter am Hof zu Lindenberg vorbeigegangen, hab nie gedacht, daß ein solches Mädel drinnen ist. Aber freilich hübsch weit ist's schon, und die Leute von den Berghöfen gehören nach Erlbach in die Pfarrei, kommen auch selten herab in unser Wirtshaus.

Ich fang also zu malen an und hat mich nie etwas so gefreut und ist mir auch alle Tage vorgekommen, als ging's noch besser als vorher. Und wie es fertig war, Du hättest gewiß den größten Gefallen daran gehabt, lieber Lenzel, schon an dem heiligen Thaddäus und an dem alten Lindenberger, aber noch viel mehr, wie ich den Bruder und die Schwester hingemalt, insbesondere aber das Mädel mit ihrem grünen Spitzhut und mit dem schwarzen Mieder und dem weißen Schürzel. Und selbst das Gesicht habe ich ganz gut getroffen; es hat ausgesehen wie eine Apfelblüte.

Und eines Tages nicht lang danach kommen der Bruder und die Schwester das Bild anzuschauen, und waren voller Freude, weil es ihnen überaus gefallen hat. Der Bruder hat auch alles nacheinander rechtschaffen hergelobt und hat die Kirchentürme und die ganze Gegend und die Bauernhäuser und die Almhütten nennen können, das Mädel aber hat wenig gesprochen, außer mit den Augen, die waren aber voll Lob und Preis; denn wirklich war jedes Wort und jedes Wörtl von ihr hineingemalt in das Bild. „Nur die Burgel, mein ich", sagt der Bruder, „ist zu schön ausgefallen." „Da kann ich nicht helfen", sag ich, „sie ist mir halt so vorgekommen." Da hat er gelacht, und sie ist ganz rot geworden.

Item, der Schmied von Erlbach macht das Kreuz zu der Tafel, und alles miteinander wird auf den Kirchhof gestellt und auf das Grab. Und dort steht's noch, und wenn Du einmal hinkommst, so wirst du's finden. Wer aber noch eine rechte Freude empfunden hat, das waren die Bauern von Erlbach, die den alten Lindenberger alle gern gehabt haben, und noch jetzt, wenn mir einer begegnet aus der Gemeinde, so lobt er die Grabtafel.

Aber bald darauf kommt der Bruder wieder und sagt: „Wer weiß, was aus der Tafel wird auf dem Kirchhof im Regen und im Schnee. Ich ließe mir das Bild gern auf eine Leinwand malen, drei-, viermal größer, und hinge es auf im Hof zu Lindenberg. Meinst, du kannst das machen?" „Ich will's probieren", sag ich, „ich mein, das könnte recht schön werden, und freut mich, daß ich's machen darf! Aber nachher müßte man die Gesichter nicht mehr so von ungefähr malen, sondern ein ordentliches Konterfei." „Schau", sagt der Bauer, „das wär fein, und sobald du Zeit hast, kommst hinauf und bleibst bei uns. Und nebenbei streichst die Türen an und die Fenster, und zu den Bauern sagst überhaupt, es ist nichts anderes, denn wenn mir uns abmalen lassen, so junge Leut, das könnten sie uns leicht übelnehmen."

Item, am andern Tage schon habe ich Zeit gehabt und bin hinauf nach Lindenberg und habe angestrichen, die Türen und die Fenster, und nebenbei Porträt gemalt. Und bald habe ich den Bruder porträtiert und bald die Schwester, und jetzt weißt alles – denn meines Lebens schönste Zeit war auf dem Hof zu Lindenberg. Das Bild aber ist fast noch schöner worden als das andere, und wenn weniger Rede davon ist, so kommt das daher, weil nicht so viele davon wissen. Und den Bruder habe ich schon dergestalt getroffen, daß er sich im Anfang nicht genug hat anschauen können, und von der Burgel will ich gar nichts sagen, wie die so freundlich dakniet mit ihren blauen Augen und dem blonden Haar.

Das Gemälde hängt jetzt noch auf dem Hofe zu Lindenberg, in derselben Stube, wo man die schöne Aussicht hat, und wenn du einmal hinkommst, so wird dir's der Bruder schon zeigen. Und ehe das Bild noch fertig gewesen, haben wir uns schon aufrichtig gesagt, die Burgel und ich, daß wir uns herzlich gern haben und beisammenbleiben und heiraten wollen, und dem Bruder war das ganz recht, und bald darauf war die Hochzeit, und die Burgel zieht von ihrem Berghof herunter nach Grünau in mein friedliches Häuslein. Den Bauern in der Nachbarschaft war's freilich nicht ganz recht, daß die Bauerntochter einen Dorfmaler heiratet, aber der Bruder sagte, wenn sie ihn gern hat, so kommt's ihm auf den Stand nicht an. Und auch sonst war er recht ordentlich und hat ihr alles getan, was er hat tun können. Und seit der Zeit denk ich auch nicht mehr an die Heubauernlisi, wenigstens nicht so, als wenn's mir leid täte, daß es damals nichts geworden ist. Lebhafter vielleicht um's Kennen und kecker und lustbarlicher wäre die Lisi gewesen, aber die Burgel ist viel freundschaftlicher und heimlicher. Und was sie gar schön kann, das ist das Zitherspielen. Freilich muß ich aufrichtig sagen, sie hat noch viel gelernt von der Lehrer-Rosi, seit sie herunten ist von dem Berg, und das Singen hat ihr die Rosi eigentlich erst recht gezeigt. Aber jetzt geht's schon wunderschön, und wenn die Burgel und die andere oft des Abends miteinander aufspielen und singen – ja Du meinst schon, Du bist im Himmel oben und hörst die lieben Engelein.

Aber siehe da, eines Tages kommt der Nazi wieder aus dem Unterland und wird Vikar bei uns, geht feierlich im Talar herum und hat eine Häuserin, die recht hübsch ist. Freundlich ist er im Anfang schon gewesen, das muß man sagen, und wir sind oft im Herrenstübel beim untern Wirt beisammengesessen und haben von der Veredelung des Menschengeschlechtes gesprochen, auch von der Obstbaumzucht und von der Weltgeschichte. Aber weil nichts einen Bestand hat in diesem irdischen Jammertal, so ist auch dies bald anders worden, und zwar deswegen, weil so scharfe Schriften und Bücher aus der Stadt gekommen sind, und immer schärfer sind sie worden und immer schärfer, und der Vikar hat sich daran ganz schwindlig gelesen. Am Anfang freilich hat er mir so die schönsten Stücklein erzählt und hat gelacht dazu, aber auf einmal kommt er daher und sagt:

„Jetzt hab ich's erst gemerkt, daß wirklich was dahinter ist, und zwar was Rechtes. Ja, von jetzt an wird der Priesterstand auch in diesem Dorfe in die Höhe wachsen, wie das Senfkorn im Evangelium."

Und bald darauf reist er nach München und kommt wieder zurück, und da treffe ich ihn beim untern Wirt, und er sagt ganz vornehm:

„Jetzt weiß ich erst, wie man sich benehmen muß! Da haben sie mich in München bei den berühmten Männern herumgeführt, und die muß man hören, wenn man wissen will, was der Priesterstand bedeutet. Für was haben wir denn die großen Päpste, Gregori", sagte er, glaub ich, „und noch ein paar andere, als um ihr erhabenes Beispiel nachzuahmen! Woher kommt so vieles Übel in der Welt, als weil das Volk seinen Priesterstand nicht mehr so hoch achtet, wie es ihn achten sollte. Es geht jetzt ein neues Reich an und eine neue Zeit. Auch wir dürfen nicht mehr Du zueinander sagen, sondern höchstens ich zu Dir, aber Du nicht mehr zu mir. So ist's!"

Wie ich das höre, ist mir innerlich ganz anders worden. „Für so vornehme Gesellschaft", hab ich aber gesagt, „bin ich nicht erzogen!" und hab ausgetrunken und bin heimgegangen und hab's meiner Frau erzählt, welche darüber bloß gelacht hat, mit der Behauptung: „Bisher habich sogar unsern lieben Herrgott geduzt, lieber Hansel, wenn ich was mit ihm zu reden gehabt, und jetzt will's gar der Vikar nimmer leiden! Da werd ich mich noch oft verfehlen!" Ich glaub auch wirklich, lieber Lorenz, daß ihr das eine harte Arbeit werden möchte, denn da oben auf den Berghöfen sind sie noch gar altdeutsch und auf das Siezen gar nicht eingeschossen.

Und der Vikar, nicht faul, fangt Dir an zu predigen, aus der Kirchengeschichte, von dem Papst Gregori und seinesgleichen, denen die römischen Kaiser die Steigbügel gehalten haben, und daß gar keine Achtung groß genug sei vor dem Priesterstande; daß überall Zeichen und Wunder sich begeben; daß die Muttergottes in Frankreich leibhaftig erschienen sei und Hunger und Mißwuchs vorausgesagt habe, wenn sich das Volk nicht bessere, und die beste Besserung sei der Respekt und allweil höherer und tieferer Respekt vor denen, die das Wort Gottes verkünden, und hätten wir den gehörigen Respekt schon voriges Jahr gehabt, so wäre der große Hagelschlag gar nicht gekommen. Nun, das wäre alles recht, aber der Hochmut ist auch immer gewachsen beim Vikar, und niemand hat sich mehr tief genug bücken können, und aller Respekt war immer noch zu wenig, und alles hat er übelgenommen, und in alles hat er hineingeredet, und im Beichtstuhl hat er die Leute erschrecklich heruntergemacht, und die heimlichsten Sachen hat er wissen wollen. Und Kundschafter waren auch bald da, die ihm wieder hinterbracht haben, was die andern über ihn gesagt, und von der Kanzel herab hat er dann wieder mit den Fingern auf die Leute gedeutet, die lasterhaften, die verworfenen – sagt er –, die in ihrer teuflischen Verstocktheit sich über seine Hoffart ärgerten. Und ehe Du umschaust, lieber Lenzel, war im ganzen Dorf alles wie umgekehrt, keiner hat dem andern mehr getraut; unter vier Augen haben alle über den Vikar geschimpft, und ins Gesicht haben sie ihm geschmeichelt und demütig hofiert; ich weiß nicht, lieber Freund, ob Du schon in dem Fall gewesen bist, es ist aber etwas Hartes, wenn man sonntags in der Kirche auf einmal ganz unverhofft so von oben herunter angesprochen und vor allen Leuten abgemalt wird, gleich als hätte man sich dem Teufel verschrieben und wäre zu nichts mehr gut als zum abschreckenden Beispiel für andere.

Item, unsere Geschichte muß auch ein Ende haben, und der Vikar nimmt immer zu in seiner Herrlichkeit, bis mir der junge Wirt von Zell die Botschaft tut, sie hätten eine Hochzeit, aber keinen Trompeter dazu; ich möchte doch kommen und blasen. Und so lauf ich hinunter in aller Eile zum Schullehrer und bitt ihn, er soll mir den Schlüssel geben zum Instrumentenkasten, welchen er aber nicht hatte, weil ihn der Vikar zu sich genommen. „Und wenn ich ihn auch hätte", sagte er, „so dürfte ich dir die Trompete nicht geben, weil der Vikar jetzt die Instrumente vom Chor zur Tanzmusik nicht mehr herläßt." „Ja", sag ich, „wenn er das nur verwehren kann?" „Nun", meinte der Lehrer, „er hat gestern gesagt, deine Trompete sei für die Kirche gekauft. Da wirst du dich schwer tun."

Nun habe ich von weitem nicht gemeint, daß da eine Bosheit dahintersteckt, sondern nur ein Irrtum, und denk mir also, daß man mit dem Vikar reden muß. Ich such ihn auch gleich auf und treff ihn in der Stube beim Seilermeister, welcher mit seinem ganzen Hauswesen beim Essen war. So wünsche ich guten Tag und sage:

„Hab nur bitten wollen, Hochwürden Herr Vikar, daß Sie mir meine alte Trompete herausgeben, weil in Zell eine Hochzeit ist, wo ich blasen soll."

„Die Trompete wird nicht herausgegeben."

„Ja, warum denn nicht?"

„Weil sie gekauft ist."

„Gekauft?" frag ich, „Ja, wer hat sie denn gekauft?"

„Die Kirche hat sie gekauft", sagt der Vikar. „Zum Chor ist sie gekauft."

„Wie können Sie so reden", sag ich, „Herr Vikar, von meiner alten Trompete in Es, da ich gar nichts davon weiß und auch nie einen Heller dafür bekommen habe!"

Auf dies macht der Vikar ein hochmütiges Gesicht, zieht den Kopf in die Höhe und sagt:

„Sie ist gekauft! – Wir haben übrigens schon ausgeredet, denn ich gebe mich nicht länger ab mit so einem niedrigen Menschen, so einem gemeinen Laien, wie du einer bist."

Wie er das gesagt, reißt der Seilermeister und seine ganze Familie die Augen auf und war alles totenstill vor Schrecken.

Aber, lieber Laurentius, jetzt frag ich Dich, hättest Du vielleicht eine solche Ansprache ruhig ausgehalten? Du schon gar nicht, aber auch mir ist ganz elend worden vor lauter Ärger und Beleidigung, denn wenn ich schon nur ein Dorfmaler bin, so setze ich doch eine Ehre darein, daß ich auch ein Stadtmaler hätte werden können, wenn die Armut nicht gewesen wäre, und Familienvater werd ich auch bald sein, weil's mir meine liebe Frau, die sich Dir noch einmal empfehlen läßt, auf Mariä Geburt bestimmt versprochen hat, und ein ehrlicher Mensch bin ich obendrein. Deswegen meine ich im Dorfe eine bescheidene aber würdige Stellung einzunehmen, und wenn der Herr Vikar mich an die christliche Demut erinnern will, so hat er dazu den Beichtstuhl, allwo er hoffentlich auch zu derselben Tugend vermahnt wird. Und wenn's des Schicksal so gewollt hat, daß ich ein Laie worden bin, so bin ich doch soweit studiert, um zu wissen, daß die Kirche deswegen die Priester höher hinaufstellt, damit sie uns in Gerechtigkeit und Heiligkeit vorangehen, nicht aber die Laien beschimpfen und beleidigen sollen, am wenigsten solche, die, wie ich, viele Jahre lang auf dem Chore zu Lob und Preis der heiligen Dreifaltigkeit und der gebenedeiten Jungfrau Maria die Trompete geblasen haben.

Aber der Zorn war damals zu groß, und gar lange habe ich mich nicht besinnen können, und so fahre ich heraus und sage:

„O du grimmiger Vikar, wenn du an unsere frühere Freundschaft denken möchtest und an des Heubauern Lisi, so tätest du dich vielleicht schämen, daß du deinen guten alten Kameraden jetzt so hinunterdrücken willst. Wenn du sagst, die alte Trompete in Es ist gekauft, bist du ein Lügner."

Und auf dies bin ich zur Türe hinausgegangen.

Jetzt frag ich wieder, wer hat recht? Daß ich den Vikar geduzt habe, kann so weit nicht gefehlt sein, denn früher, wie wir noch Schulbuben waren, hat sich das ja von selbst verstanden, und ehe er so hoffärtig worden ist, hat er's ja auch als geistlicher Herr nicht anders verlangt. Und in derselbigen Zeit, wo unser Heiland seine Kirche gestiftet hat, haben die Leute, wie das Evangelium aufweist, alle einander geduzt, und wenn ich mich länger besinnen wollte, fielen mir noch ganz andere Sachen ein.

Item, es gehen etliche Tage herum, und bald hat es mich gefreut, daß ich ihm so scherzhaft hinausgegeben, und bald habe ich ein Bedauern gehabt, daß die Menschen einander so beleidigen mögen, ohne zu wissen warum, aber auf einmal vor vier Wochen kommt ein Einspänner ins Dorf herein, und sitzt der Assessor drinnen und der Praktikant, welche beide beim Vikar absteigen. Ich schau da von meinem Hause (man dürfte fast sagen: Häuschen) öfter hinüber, und so nach etlichen Stunden kommen alle drei wieder heraus, ganz feuerrot im Gesicht und so lustig, als wenn sie von einer Kirchweih kämen. Und die Häuserin kommt auch hinterdrein und schaut ganz liebreich auf die Herren. Und alle drei haben Zigarren geraucht, und die Häuserin hat auch eine gehabt, aber halb versteckt in der Hand. Aha, denk ich mir, da hat der Ruppertsberger und derselbige Grimmeldinger, den die Häuserin so lobt, die haben da auch mitgetan. Und zuerst heben sie den Assessor auf seinen Sitz, und der Praktikant springt nach wie ein Eichkatzel, und der Vikar sagt:

„Liebe Landsleut, noch einmal sag ich's euch! Jetzt laßt mich nicht sitzen, sonst ist aller Respekt verloren, wie dem Juden seine Seel'."

„Ja wahrhaftig", sagt der Praktikant darauf ganz überlaut und gibt ihm die Hand, „dir soll geholfen werden, innigst geliebter Bruder in Christo! Zuerst um deines Glaubens willen, und nachher weil du einen so guten Tropfen im Keller und eine so schöne Magd im Bett hast. Bist du zufrieden mit dreimal vierundzwanzig Stunden?"

„Ach", sagt der Vikar und schlägt die Augen demütig nieder, „wenn es Rutenhiebe wären, die hätt' ich schon lieber."

„Ei, damit kann ich jetzt nicht aufwarten", erwidert der Praktikant. „'s wär freilich keine Strafe groß genug für den gottlosen Pfuscher, der ein so aufrichtiges Kirchenlicht einen Lügner schimpft."

Wie ich dies höre, geht mir ein ellenlanger Stich durchs Herz, und meine arme Frau fällt mir um den Hals und zugleich in die größte Trübsal, und ich weiß mir auch nicht zu helfen, bis zum guten Glück der Steffelbauer von Osterberg seinen Buben herüberschickt, er ließe jetzt sein Haus abweißen, und ich möchte ihm auf die vordere Wand ein paar Heilige malen. Das war eine Schickung Gottes; denn zuhaus hätt' ich's doch nicht ausgehalten, und wenn wir beisammen geblieben wären und allweil darüber geredet hätten, Stund für Stund, so wär es uns alle Tage nur bitterlicher geworden. Also packe ich schnell mein Zeug zusammen und wandere übers Gebirg hinüber nach Osterberg. Dort male ich ein paar Tage die Heiligen auf das Haus, den heiligen Isidor und die heilige Notburga, und hab gar oft beim Malen mein Gebet verrichtet: „O ihr lieben Heiligen, nehmt euch um mich an – nur diese Schande laßt mich nicht ausstehen; lieber zieht mir den Arrest siebenfach von meinem Leben ab!" Insbesondere die heilige Notburga habe ich darum angesprochen, weil sie doch die Namenspatronin ist von meiner Frau.

Und in der andern Woche gehe ich wieder übers Gebirg nach Haus, und da kommt mir die Burgel ganz freundlich und gefaßt entgegen und gibt mir einen Zettel, der mich ins Landgericht ladet, und sagt: „Ich hab mich jetzt genug zergrämt über diese Geschichte – sie standhaft, lieber Hansi, wer weiß, wie's geht."

Und am anderen Morgen mach ich mich auf zum Landgericht, und daselbst stell ich mich im Gang auf, und wie es meine Stunde schlägt, geh ich hinein, in die große Stube, die voller Bauern war. Wie aber der Praktikant mich sieht, so fahrt er auf und sagt ganz spöttisch: „Aha, der ganzen Figur nach ist er der Bauernmaler von Grünau?" Und wie ich darauf mit dem Kopf bescheiden nicke, so lacht er wie närrisch und sagt zu den andern Schreibern in der Stube:

„He, Leut, aufgepaßt! Das ist der weltberühmte Bauernmaler von Grünau, der den Vikar duzt und die geistlichen Herren so beschimpft! 's ist gewiß der Mühe wert, daß man sich den Kameraden anschaut! Der gehört auf den Jahrmarkt, wo man die Affen um einen Groschen zeigt."

Und auf dies fangen alle, der Oberschreiber, der große Lump, und die fünf andern Schreiber und im Nebenzimmer der Assessor und die zwei Gerichtsdiener und der Gendarm am Ofen, die fangen alle hell aufzulachen an. O mein, da hast nicht irr werden können, daß schon alles verabredet war, und daß sie sich schon gefreut haben auf den armen Bauernmaler, der ihnen doch seiner Lebtage nichts zuleide getan hat. Der Praktikant aber nimmt einen Bogen Papier her und sagt ganz kurz und voller Eile:

„Nun, so viel ist ausgemacht, daß er den Vikar einen Lügner geschimpft hat, oder will er's etwa leugnen?"

„Nein", sag ich, „das leugn' ich nicht, aber" – und da hätte ich ihm gern die ganze Sache erzählt, wie sie sich zugetragen und begeben hat. Da war aber nicht zu helfen, denn der Praktikant hat gleich überlaut geschrien: „Was aber! Glaubt er, daß man seine Zeit mit ihm verliert, wenn so viele ordentliche Untertanen auf Abfertigung warten? Da, das Protokoll hab ich schon schreiben lassen, 's braucht nur die Unterschrift."

Ich nehm also die Feder in die Hand und schau in das Protokoll hinein, hab aber vor lauter Zorn und Ärger nicht lesen können, was drinnen gestanden ist. Und wie ich's unterschrieben habe, so denk ich mir, es muß halt doch heraus, und fang wieder an und hab mich abermals verteidigen wollen. Der Praktikant aber schreit ganz wütig:

„Er Simpel, wenn Er was weiß zu seiner Entschuldigung, so hätt' Er's vorher sagen sollen. Jetzt ist das Erkenntnis schon gemacht. Drei Tage geschärften Arrest, und die Kosten hat Er selbst zu tragen. Das kann Er auch gleich unterschreiben."

Wie nun das auch vorbei war, da kommt mir zum drittenmal die Hitz und die Rechtschaffenheit, und ich sage: „Jetzt, Herr Praktikant, denken Sie an Ihr letztes Ende und an die Hölle und an das Himmelreich und geben Sie mir Auskunft, ob mir niemand helfen kann auf dieser Welt, daß ich die Schande nicht ausstehen muß."

„Da kann niemand helfen", gibt er mir zur Antwort, „die Strafe ist einmal zu gerecht. Geht Er zur Regierung, so bekommt Er Rutenhiebe, denn wenn man jetzt einem geistlichen Herrn etwas tut, so ist's der Regierung jedesmal, als wenn man's ihr selbst getan hätte. In vierzehn Tagen stellt Er sich und laßt sich einsperren. Jetzt rechtsum kehrt Euch, G'schwindschritt, marsch, hinaus." – Und da lachen wieder alle die Schreiber so erbärmlich, daß es eine Schande war.

Ja, G'schwindschritt, marsch, hinaus, denk ich mir, etwa ins Wasser, in die bessere Welt, bis mir auf der Stiege der Schlickertoni von Feldwies begegnet, derselbe brave Bursch, weißt Du, der uns vor fünf Jahren einmal geholfen hat auf dem Miesbacher Markt, wie wir mit den Schlierseern gerauft haben, und sagt: „Du bist ja ganz käsweiß, Hansel, hat dich gewiß was geärgert!" Auf dies erzähl' ich ihm die Geschichte.

„Nu!" sagt er, „so sollen doch gleich alle Schreiber verrecken, wenn da nicht zu helfen ist. Ich bin einmal in der nämlichen Patsch gewesen, und in München drunten ist mir doch noch geholfen worden. Jetzt besorg ich dir oben die Abschrift, und dann fährst du mit mir auf Feldwies und bleibst über Nacht, und da geb ich dir schon die rechten Einschläge. Und morgen machst, daß du hinein kommst. – Wer weiß, wie's geht."

Das war mir alles recht, und dem Vordermaier Seppel, unserm Nachbar, der war auch bei Gericht, dem haben wir aufgegeben, daß er der Burgel sagt, wo ich hingekommen bin, und so fahren wir nach Feldwies, und ich bleibe über Nacht, und da hab ich mich gefreut, wie der ordentliche Mensch seinen Hof so schön eingerichtet hat, mit seiner jungen Frau, und wie sie so gut miteinander hausen. Und am andern Tage lauf ich in die Stadt, wie ein Wiesel, und richtig, wie mir's der Schlickertoni gesagt hat, so finde ich das Tor beim Fischbrunnen und den Gang und das Zimmer und die Nummer und geh hinein und sag: „Ich habe eine untertänige Beschwerde."

Steht einer da, ein langer, dürrer, weiß Gott, wer's gewesen ist, hat rote Haare und grüne Augengläser gehabt und eine Nase voller Schnupftabak, und der schaut mich so an, wie man in der Stadt einen Bauern anschaut. „Nu, wo fehlt's?" sagt er, „du dummer Kerl! Raus mit der Stimm!" Da bin ich wieder herzhaft worden, weil er gar so gemütlich gesprochen hat, und hab ihm die Abschrift gegeben. Und wie er's gelesen hat, wird er ganz zornig und sagt:

„Himmel Herrgottsaperlott! Daß die Pfuscher da draußen aus ihrem Holzweg nie herausfinden! Jetzt bringens da gar eine Polizeisach zwegen! Das Zeug gehört ja in einen ganz andern Mühlgang."

„O du lieber Gott im Himmel", sag ich, „also ist doch noch zu helfen?"

„Das weiß ich nicht", sagt der andere – „aber daß das keine Polizeisach ist, das sieht ein Blinder. Das müssen wir jetzt als null und nichtig aufheben und haben die Schererei umsonst, dürfen die Akten hereinkommen lassen und wieder nausschicken und ist alles für nichts. Und so geht's einen Tag um den andern, weil die damischen Herrn nicht aufpassen und haben doch ganze Fuder voll Verordnungen draußen. Es fehlt halt an der Bildung. Freilich heißt es, geringe Schimpfereien gehören zur Polizei, aber dann müssens an öffentlichen Orten vorfallen, verstanden! Das weiß man jetzt schon bald seit vierzig Jahren, aber bis es die da draußen merken, da dürft ich noch fünfhundert Jahr so fortmachen im Schweiß des Angesichts. – Aha, ja, ja, beim Seilermeister in der Stuben! Ist denn das ein öffentlicher Ort? frag ich. Das wollt ich daheim meinem kleinen Linerl schon beibringen, ist doch erst fünf Jahr alt und geht noch gar nicht in die Schul, hat aber freilich mehr Verstand. Und was nicht zu der Polizei gehört, das gehört zu der" – – aber das Wort fallt mir nicht mehr ein, das er da gesagt hat. „Wenn's da aber nicht bald einen Frieden gibt mit denen Trompeten da", sagt er nachher wieder, „so will ich mit dem Referenten schon reden, daß er eine Verordnung drüber hinausgehen läßt, eine recht gesalzene."

Und so hat er ganz eifrig fortgescholten und dabei immer geschrieben, und zuletzt ist das Protokoll fertig gewesen, und das hab ich unterschreiben müssen.

„So!" sagt er, „jetzt bist schon abgefertigt."

„Aber, lieber gnädiger Herr!" sag ich, „wie ist's denn jetzt? Ist mir geholfen oder nicht?"

„Wie's ist?" sagt er, „die ganze Geschicht' ist halt in den unrechten Hals gekommen, und da muß man sie erst wieder herausziehen. Und weiß Gott, was da noch für Patschereien dazwischen kommen können. Vor vierzehn Tagen ist gar nichts zu sagen, aber so, wie's ist, kann's nicht bleiben; das wär zum Lachen. Das Landgericht wird dir aber das Weitere schon zu wissen tun."

Jetzt habe ich mich herzlich bedankt für den gnädigen Bescheid, und voller Freuden habe ich mir denkt, wenn es nur die Burgel auch gleich wüßte und muß der arme Narr jetzt noch einen ganzen Tag lang warten.

O du grundgütige Regierung von Oberbayern! Wenn du nicht geholfen hättest am Fischbrunnen, so wär das Unglück ohne Ende gewesen, und meine Kinder hätten's noch hören müssen, daß ihr Vater einmal ist eingesperrt gewesen, wie ein Dieb oder Räuber! Wie nützlich ist es doch, lieber Lenzel, daß es mehrere Obrigkeiten übereinander gibt, und daß die obern wieder umwerfen können, was die untern aufgestellt haben, wenn wir sie nur nicht alle selber zahlen müßten!

Item, ich trinke schnell am Fischbrunnen, und dann wieder fort und hinaus und in einem Zuge bis Feldwies zum Schlickertoni, der sich rechtschaffen gefreut hat, daß alles so gut gegangen ist. Und am andern Tag, das war ein Sonntag, da bin ich freilich übermäßig müd gewesen von dem weiten Weg, und am Mittag im Brennberger Wald, da sink ich hin in der Hitze und will etwas ausrasten – derweilen aber schlaf ich ein und muß etliche Stunden verschlafen haben. Mir sind sie freilich nicht lang vorgekommen, hat mir aber auch von nichts geträumt als von daheim.

Und wie ich abends nach Hause komme, so war die Burgel im Garten draußen und sitzt unter dem großen Nußbaum, hat auch die Zither auf dem Knie, spielt aber nicht. Ja ganz versunken war sie in Gedanken, und mit den Händen hat sie sich die Augen zugehalten, als wenn sie nichts mehr sehen wollte von der Welt.

Wie ich ihr aber zurief: „Burgel, es ist schon geholfen!" – so springt sie auf und jauchzt und halst mich und ist in voller Glückseligkeit und ganz wie auseinander. Aber das hab ich gleich gemerkt, daß sie nebenbei auch ganz schwermütig ist. Nun hab ich gehofft, sie wird schon selber reden, sie hat aber nichts gesagt. Und so sitzen wir zusammen unter dem Nußbaum, und sie hält mich immer im Arm ganz trübselig und ganz heiß. Und wie ich ihr die Geschicht erzählt habe, wie es in der Stadt gegangen, so sag ich zuletzt: „Aber Burgel, du bist heut nicht wie sonst; dir muß etwas geschehen sein, was dir nicht recht ist!"

Auf dieses aber fangt sie zu weinen an, daß die Zähren herunterschießen wie ein Mühlbach und man meinte, es müsse ihr das Herz abstoßen.

Item, es hat aber alles seine Zeit, und die Burgel ist zuletzt doch wieder etwas gefaßt geworden und hat mir nacheinander erzählt, daß sie sich recht gefreut hat, wie der Nachbar die Botschaft gebracht hat, daß noch nicht alles verloren sei. Und in der Früh, das heißt an dem Sonntag, wo ich heimgekommen bin, da geht sie in die Kirche. „Bin schon ganz früh gegangen", sagt sie, „leicht eine Stund vor dem Amt und hab alleweil gebetet, daß es dir recht gut gehen möchte, und ist mir alleweil leichter worden. Und nachher habe ich mich mit Fleiß besser an die Kanzel hingesetzt und hab gemeint, heut ist Jubiläumsablaß; da hat er gewiß recht fromme Gedanken, und wenn er mich sieht, möcht ihm vielleicht einfallen, daß du nicht allein in die Schande kommst, sondern ich mit, und wenn's dir vielleicht in der Stadt doch nicht geraten sollte, so könnt er's selber noch gut machen. Und so fangt denn die Predigt an, und der Vikar liest das Evangelium: ‚Mir ist alle Gewalt gegeben' – und sagt, das muß auch wieder werden, daß der Priesterstand alle Gewalt habe auf Erden, weil er die Schlüssel hat zur Hölle und zum Himmelreich. Und auf einmal schaut er auf mich herunter und fangt an: ‚Und sogar die weltliche Obrigkeit, die so lange verblendet war, ihr hat jetzt der liebe Gott in seiner Barmherzigkeit die Augen aufgetan, und sie ist zur Erkenntnis gekommen, daß Ehrfurcht vor dem Priesterstand und Gehorsam in allen Stücken der Welt allein vor den schrecklichsten Leiden und vor ewiger Verdammnis helfen können. Deswegen', sagt er, ‚wird auch mit nächstem ein Frevler, leider, leider aus unserer Gemeinde, der sich an dem geweihten Diener des Herrn vergangen hat, der Strafe anheimfallen, der gerechten, aber schimpflichen Strafe, so daß die Schande nicht allein an ihm ausgeht, sondern auch an seinem jungen und tugendhaften Weib!' Und wie nun der Vikar dies sagt und mit dem Zeigefinger herunterdeutet, so schauen alle auf mich – die mehreren, ich darf's wohl sagen, recht mitleidig, gerad so, wie wenn es ihnen selbst zu Herzen ginge. Und da wird's mir auf einmal, wie wenn's einem übel wird, und so stehe ich auf, und wie ich so ganz schwindlig hinausgehe, steht die alte Rappenbäurin auch auf, gibt mir die Hand, führt mich hinaus und sagt: ‚Hast recht, Burgel, daß du gehst – es wird mir jetzt auch zu arg!' – – und draußen auf dem Kirchhof kniet sie sich auf das Grab, wo ihr Mann seliger liegt und sagt: ‚Der Rappenbauer, wenn noch lebte, der schlüg den Vikar herunter von der Kanzel, *ein* Ding, ob er's Genick bräche oder nicht. Aber die braven Leute sind jetzt alle tot!'"

Jesus! Jesus! Da fangen die Zähren wieder zu schießen an, und die Burgel fällt mir wieder um den Hals, und ich hätte fast auch mitgeweint, wenn nicht auf einmal der Bruder von Lindenberg dahergekommen wäre. Das ist ein Bursch, daß man ihn vergolden soll, und überall kommt er zur rechten Zeit. „Ich weiß schon, wie es gegangen ist, liebe Burgel", sagt er und gibt ihr die Hand, „du brauchst mir nichts zu erzählen. 's sind etliche Burschen und gute Freund zu mir hinaufgekommen und haben mir alles gesagt. Die wären gleich dabei gewesen, in der Nacht Haberfeld treiben beim geistlichen Herrn, wenn ich hätte mitgehen wollen. Das tut aber nichts, wenn dich der Vikar von der Kanzel verschreit, wenn du dich nur nicht selber in Unehr bringst." – Und so hat er ihr zugesprochen, so daß die Burgel bald wieder ganz recht worden ist. Nachher sind wir auch zu reden gekom-

men, wie es mir in der Stadt gegangen ist, das hat ihm aber nicht recht gefallen wollen. „Mein", sagt er, „die Herren sind oft gar falsch, und wer weiß, ob du ihn recht verstanden hast." Das hat der Burgel auch wieder weh getan, daß der Bruder so zweifelhaft worden ist. Aber zuletzt hat er ihr doch wieder einen guten Trost gegeben und hat öfter gesagt, es sei noch nichts verloren, und es könnte ja doch noch alles recht werden. Und jetzt einmal soll sie hinauf nach Lindenberg, daß sie nichts mehr von der Geschichte hören müßte, und daß die Grünauer Leut ihr nicht mehr im Weg umgehen, bis das Ende vom Landgericht kommt, und ich sollte auch mit.

Das wär mir schon recht gewesen, aber die Leute hätten meinen können, ich täte es des Faulenzens wegen, und das hätte mich nur verdrossen.

So sind denn also die andern zwei miteinander fort, und ich habe sie noch bis halbwegs begleitet und hab herzlich Abschied genommen, und am andern Tag in aller Früh hab ich mein Zeug zusammengerichtet und bin zum Schlickertoni nach Feldwies, weil mir der schon damals gesagt hat, ich soll ihn abporträtieren, sobald ich Zeit hätte. Nachher sind aus dem einzigen Schlickertoni drei Bauern und zwei Bäuerinnen worden, und ich hab vierzehn Tage zu tun gehabt, bis die Bilder alle fertig waren.

Und so ist die Woche ruhig herumgegangen, und am Samstag bin ich von Feldwies nach Grünau, ganz spät, und daheim über Nacht geblieben, und am andern Tag in aller Früh bin ich hinauf zum Hof. Der Bruder und die Burgel sind mir auch entgegengekommen und haben die größte Freud gehabt, aber die Burgel auch verweinte Augen. Nachher sind wir in die Kirche von Erlbach gegangen, und da habe ich die Grabtafel wieder gesehen, die noch ganz schön ist, wie neu. Und der Pfarrer von Erlbach, das ist einer von den alten Herren, die sich nicht mehr in den neuen Hochmut hineinreißen lassen, der hat uns in den Pfarrhof gerufen, wie wir auf dem Heimweg vorübergekommen sind, und gesagt, daß die Burgel allzeit so brav gewesen ist in der Schule und in der Kirche, und daß er gar nicht einsehen könnte, zu was der Grünauer Vikar sie so angelassen hätte. Und einen ganz schönen Zuspruch hat er ihr gehalten; das hat sie aufgerichtet.

Und daheim, nämlich auf dem Hof, setzen wir uns in die große Stube, wo man die schöne Aussicht hat, und wo das schöne Bild hängt, von dem ich dir schon oft geschrieben habe. Und der Tag war so klar und so hell und so warmes, liebliches Sommerwetter, und die Felder und die Wälder, die Dörfer und die Schlösser sind so freundlich dagelegen, daß es eine Pracht war! Da macht die Burgel das große Fenster auf und sagt: „Ach, wär doch das Land so schön, wenn die Menschen nicht so feindselig wären!“

Und so sind wir miteinander auf die Laube hinaus und haben uns fast verwundert über die Herrlichkeit, und die Burgel nimmt sich einen Stuhl und will gar nicht mehr weg. Der Bruder aber gibt mit ein Zeichen, und wir gehen miteinander wieder in die große Stube.

„So, jetzt können wir noch ein Wort miteinander reden“, sagt er, „und du darfst zufrieden sein, Hansel, was dich das Madel lieb hat, aber die Geschichte geht ihr entsetzlich zu Herzen, und die verweinten Augen bringst ihr nicht mehr aus dem Gesicht. Das ist sie freilich daheroben nicht gewohnt, daß sie so mit Schand und Spott aus der Kirch' soll gehen, und das wurmt mich selber und kommt mir immer wieder frisch, daß man so ein unschuldiges Madel soll so verschimpfen lassen müssen. Und dein Sach gefällt mir auch nicht ganz, und ich fürcht, es könnt leicht was Schlimmers kommen, als du meinst. Und neulich bin ich auch darinnen gewesen wegen der Vormundschaft über die Schwester. Da sind sie wieder so grob gewesen, bis ich noch gröber worden bin, denn so runterhudeln lasse ich mich nicht vom Assessor. Aber wenn die Hetzerei einmal angeht mit dem Gericht, dann geht's dein Lebtag nicht mehr aus. Da hast nichts als Gänge und Zeitversäumnis, Plagerei und Kosten. Da kannst heut hineingehen fünf, sechs Stunden weit, und sie schicken dich wieder heim und schauen zum Fenster hinaus, als wenn sie keine Zeit hätten. Und geben tut man ihnen oft nicht so viel, daß sie leben könnten, und so muß halt der Bauer selber seine milde Hand auftun. Sonst kannst gar nichts ausrichten und, du weißt, warum es oft den braven Leuten so schlecht gegangen ist, und warum jetzt der Metzgerwastel von Audorf die ganze Gemeinde regiert, und warum keiner mehr angehört wird, der sich über ihn beklagen will. Und wenn die Spitzbuben die Gewalt haben, nachher weißt schon, wie es den ehrlichen Leuten geht. Und dann, wo du hinkommst, vor Gericht oder in die Stadt, heißt's halt die dummen Bauern, aber daß wir gescheiter werden, um das kümmert sich kein Mensch. Und die geistlichen Herren werden auch nicht mehr besser; die alten sterben weg und die jungen sind oft nicht zu erleiden vor lauter Übermut und Schärfe. Und jetzt ziehen sie die ausländischen Bußprediger ins Land, daß die Leut noch ganz närrisch werden. So hetzen sie dich jahraus jahrein mit lauter Beten und Beichten und Büßen wegen deiner schrecklichen Verworfenheit, aber eine ehrliche Rekreation lassen sie dir nicht zu. Da sollst keine Zither mehr spielen und kein Lied mehr singen, da haben sie in Erlbach gar die Komödie verboten, und am Kirchtag darfst bald auf keine Musik mehr gehen. Und so setzt dich halt ins Wirtshaus und saufst und raufst, und wenn du einen an den unrechten Ort stichst, so kommst auf dein Leben lang ins Zuchthaus." –

„Recht hast", sag ich, „aber das wird schon so sein müssen."

„Nein, das muß nicht so sein", sagt der Bruder ganz laut, „da geht man nach Amerika."

Nach Amerika! Wie das die Burgel hört, kommt sie von der Laube herein, und wir schauen den Bruder mit großen Augen an. Der sagt aber ganz fest: „Ja, nach Amerika. Ich habe noch nie davon geredet, aber die drei Erlbacher Burschen, die vor zwei Jahren fortgegangen sind, die haben jetzt geschrieben, daß es ihnen ganz besonders gut geht. Weit hinten sind sie freilich in Amerika, aber einen prächtigen Boden haben sie fast geschenkt bekommen und den schönsten Wald, und das Wildbret schießt man vom Fenster aus. Und Steuern gibt es auch nicht viele, und es hat dir kein Mensch was einzureden und kann dich kein Vikar plagen. Und da gibt's so eigene Büchlein über Amerika, und die hab ich jetzt zum Lesen, und da find ich, daß es wahr ist, was die Burschen schreiben, und wenn ich meinen Hof ordentlich verkaufen könnte, so ginge ich je eher je lieber. Hei sakra", sagt der Bruder und fahrt auf und schlagt in den Tisch hinein, daß die Fenster zittern, „wenn so fünfzehn, zwanzig tüchtige Burschen beisammen wären, wie du und ich, und so fünfzehn, zwanzig junge frische Weiber, und wir wirtschaften da hinten im amerikanischen Wald – wer kann uns denn an? Hab beim letzten Schießen dreimal nacheinander den Punkt hinausgeschossen, da werd ich wohl auch die Büffelochsen treffen und die gefährlichen Viecher, und wenn's an's Raufen geht, so hat mir auch noch keiner die Feder vom Hut getan!"

Nun kannst Dir denken, lieber Lenzel, was wir da dreing'schaut haben, die Burgel und ich, daß wir aus unserm lieben Vaterland so fortwandern sollen, aber der Bruder hat uns noch gar viel erzählt aus seinen Bücheln, und zuletzt ist's uns bei weitem so arg nicht mehr vorgekommen.

Item, an demselbigen Sonntag gehe ich wieder herunter und am Montag wieder nach Feldwies zu denselben Leuten, die sich haben malen lassen, wie es oben schon steht. Da hat's der Zufall gewollt, daß ich sie so schön getroffen habe, wie es die Maler in der Stadt nicht besser könnten. Und abermals am Sonntag komm ich in der Früh nach Lindenberg, und wir gehen wieder in die Kirche nach Erlbach und wieder heim und essen.

Arbeit hab ich auswärts keine mehr gehabt, und jetzt ist's darauf angekommen, ob ich mein Hauswesen in Grünau allein fortführen soll, oder wie es ist mit der Burgel. Und da sagt sie ganz frisch: „Jetzt habe ich mich lang genug erholt auf dem Berg, und jetzt will ich gleichwohl mit dem Hansel auch wieder hinab ins Dorf." Und der Bruder hat auch nichts dagegen gesagt, und so sind wir halt wieder herab und haben uns herzlich bedankt bei ihm. Er hat uns auch noch ein gutes Stück weit das Geleit gegeben, und zuletzt, wie wir einmal im Diskurs waren, ist er gleich ganz herab mit uns. Am Dorfe aber sind wir außen herumgegangen bis an die hintere Gartentüre, und hat fast niemand bemerkt, daß wir wieder gekommen waren.

Und also haben wir die Läden wieder aufgetan und im Haus ein wenig umgeschaut, und dann sind wir in den Garten hinaus gegangen und haben uns unter denselben großen Nußbaum gesetzt, halb traurig und halb vergnügt. Uns zweien war's doch recht lieb, daß wir wieder zusammenkommen, und auf einmal steht die Lehrerrosi an dem Gartenzaun und gibt uns ein Schreiben vom Landgericht, das der Gerichtsbot in aller Früh gebracht hatte.

„Der Vikar", sagt sie, „hat verlangt, ich soll's ihm sagen, wenn ich's übergeben will, und so hab ich's ihm jetzt gesagt, und er weiß schon alles." O du lieber Gott, wie mir da worden ist vor lauter Bangigkeit und vor lauter Angst! Denn man hat halt doch nicht wissen können, was da kommen wird. Da macht aber die Burgel ein Kreuz über den Brief und reißt ihn auf und fangt zu lesen an, buchstabiert die schweren Wörter, reibt sich die Stirn und sagt: „Da müßt Ihr mir schon helfen, – es geht mir nicht ganz zusammen.“ So fangen wir also auch an, und da heißt es wirklich, wie derselbe bei der Regierung gesagt hat: als null und nichtig aufgehoben. Damit es keine Irrung gibt, möcht ich Dir wohl gleich das ganze schreiben, aber es ist zu lang, und wenn Du herüberkommst, so laß ich Dich's schon lesen. Das aber haben wir bald gemerkt, daß die ganze Sach nichts ist, wie sie das Landgericht gemacht hat. Und so lesen wir immer fort, immer wieder von vorn und hat uns doch immer besser gefallen, und der Bruder hat's zuletzt selber geglaubt, daß es überstanden ist, und auf einmal höre ich hinter dem großen Haselbusche meine alte Trompete in Es erschallen, ganz fürnehm und hell, und spielt ein lustiges Lied. Auf das renn ich zum Gartentürl und tu es auf, und da steigt der Vikar herein und blast immer munter fort und nickt dabei rechts und links zum Gruß. Auf einmal aber setzt er ab und sagt: „Mein Gott, was sich doch die besten Jugendfreunde oft so weh tun können! Und jetzt besonders wegen der dummen Trompete da, 's ist wahrhaftig nicht der Mühe wert. Ich meinte, wir richten wieder die alte Freundschaft auf, lieber Hansel, und der Burgel wird's gewiß auch recht sein.“

Ich bin still gesessen und hab auf den Boden geschaut, der Bruder dagegen hat sich seine Fäuste zusammengerichtet, gerade als wenn er ihn packen wollte, aber die Burgel zeigt dem Vikar das Schreiben und spricht: „Was sagst denn nachher zu dem Brief da, Vikar?“

Der wird aber ganz bleich und sagt: „O mein Gott, wenn Ihr's schon wißt, so denkt halt an das Leiden unsers lieben Heilands, der am Kreuze für uns gestorben ist, und verzeiht Euern Widersachern, wie sie auch Euch verzeihen. Und nur die Liebe erweist mir und sagt nichts davon im Dorf. Gelt, Burgel, den Gefallen tust du mir schon um der fünf Wunden Christi willen?“

Aber die Burgel steht auf, ganz stolz, wie ich's gar nie weiß, und wirft ihm die blauen Augen ins Gesicht, daß er die seinigen gerne niedergeschlagen hat, und sagt:

„Jetzt, Vikar, laß deine Sprüch! Ich bin eine Bauerntochter von Lindenberg, und mein Vater hat mich rechtschaffen auferzogen, und wenn ich gewußt hätte, was es da herunten für Leute gibt, so wäre ich nie herab vom Berg. Und zuerst bist mit uns umgegangen wie mit den ärgsten Missetätern und hast uns fast untertaucht in Schand und Spott, und jetzt sollen wir still sein dazu, als wenn uns recht geschehen wäre? Nein, ich habe in der ganzen Geschichte nichts als geweint, jetzt will ich einmal etwas anderes tun!“

Und mit diesen Worten nimmt sie den Brief vom Landgericht und einen Hammer aus dem Gartenhaus und einen Nagel und geht davon und schaut nimmer um, dieweil sich der Vikar ganz betrübt hinausschleicht und die alte Trompete im Garten liegen läßt. Die Burgel aber geht über die Gasse an die Kirchentür und nagelt da ganz keck den Brief an, daß die Schläge durchs ganze Dorf hallen, und die Bauern, die aus dem Rosenkranz kommen, und die Bauernweiber, die lesen's alle, und der Schullehrer verdeutscht's. Die Bauernleute haben wirklich die größte Freude gehabt, daß es der Maler gewonnen hat, und die Burschen haben ausgemacht, daß niemand Hand anlegen soll an den Brief, bis ihn der Wind selber herunterreißt. Und der Bruder war ganz zufrieden mit dem Ausgang und sagt: „Das Madel ist halt gut geschaffen und weiß sich redlich zu helfen!“ Und da hat er recht.

Das ist die Geschichte, lieber Lorenz, von der alten Trompete in Es – und an dieser Geschichte schreibe ich Dir jetzt schon den fünften Sonntag, weil ich in der Woche nicht Zeit habe. Aber seit den fünf Wochen kann ich Dir gar nicht sagen, was sich da alles verändert hat, – erstens die alte Trompete in Es liegt jetzt in dem tiefen Dümpfel an der Mühl, wo sie die Burgel hingeworfen hat, und zweitens ist der Vikar weggekommen mit seinem Gregori, ganz still und unversehens und, wie die Häuserin sagt, voller Reu und Leid, daß er sich damals in der Stadt hat so anlernen lassen, und drittens bemerk ich deswegen eine große Freud im ganzen Dorf, weil uns ein sichtbares Heil widerfahren ist, denn er hat recht viel Feindseligkeit und Hetzerei mit sich fortgenommen. Und überhaupt, sagt der untere Wirt, der öfter in die Stadt fährt, es geht jetzt ein anderer Wind und die geistlichen Herren auf der ganzen Straß, nämlich die hoffärtigen, sind viel handsamer worden und recht einlenkig – wenn sie es nur auch bleiben. Und es sollen jetzt bald allerhand neue Sachen herauskommen, eine bessere Gerechtigkeit, und der Untertan soll wieder seine Ehre kriegen und seinen Respekt, und allerhand Lasten sollen weggenommen und die gemeinen Leute nicht mehr so gehudelt werden. Das ist so was für den Bruder; wenn der hört, daß es besser wird, so ist er voller Freuden. Und von Amerika ist gar keine Rede mehr. Jetzt heißt's dableiben, sagt er, und wenn nicht alles erlogen ist, so wird's bei uns im lieben Vaterland schon noch recht werden. Und die Burgel ist auch ganz zufrieden, weil alles wieder so friedfertig ist. Ferner ist seit der letzten Woche die Botschaft gekommen, daß der Pfarrer von Erlbach herunter will und unser Seelsorger werden, weil ihm bei seinen hohen Jahren das Bergsteigen nicht mehr taugt, und so leid es den Erlbachern tut, für uns ist das ein großes Glück, denn er hält gar viel auf die Burgel und ist ein ganz freundlicher alter Herr. Der braucht auch keinen solchen Deuter wie der vorige und drum werden wir den bewußten Brief schon wieder abreißen, vor er kommt. Und in vierzehn Tagen hält er seinen Einstand und ich mal jetzt schon die Inschriften, und die andern richten die Triumphbögen her, und die Schulkinder lernen ihren Gesang. Das wird aber gar ein schöner Festtag werden, und darum möchte ich die Bitte an Dich tun, lieber Laurentius, daß Du bis dahin herüberkämst und Dich mit uns ergötzen tätest, denn daß es mich doppelt freut, wenn Du dabei bist, das weißt Du ohnedem.

Und so schließe ich denn und bleibe Dein ewig getreuer

Freund und Bruder
Johannes Duldenhofer,
Maler zu Grünau

Ludwig Steub

Kopulation = Trauung / Kooperator = Hilfsgeistlicher / item = ferner, also / Eichkatzel = Eichhörnchen / damisch = dumm / Rekreation = Erholung / Diskurs = Erörterung / Dümpfel = Tümpel / handsam = handlich, umgänglich.

Schö' tanzn, kluag tanzn,
Dees hat scho' sei' Sach,
Freili' tanzt der Bär aa',
Aber 's is halt danach.

Franz von Kobell

„I' ko' birschn und jagn
Und d' Zithern aa schlagn,
Gei'st ma' Bussein dafür,
Ko'st es lerna vo' mir."

„I' ko' melcha und maah'n,
Und 's Spinnradl draah'n
Und dees langt scho a Weil
'S hat mi'n Lerna koan' Eil."

Franz von Kobell

Heilige Nacht

So ward der Herr Jesus geboren
Im Stall bei der kalten Nacht.
Die Armen, die haben gefroren,
Den Reichen war's warm gemacht.

Sein Vater ist Schreiner gewesen,
Die Mutter war eine Magd.
Sie haben kein Geld nicht besessen,
Sie haben sich wohl geplagt.

Kein Wirt hat ins Haus sie genommen;
Sie waren von Herzen froh,
Daß sie noch in Stall sind gekommen.
Sie legten das Kind auf Stroh.

Die Engel, die haben gesungen,
Daß wohl ein Wunder geschehn.
Da kamen die Hirten gesprungen
Und haben es angesehn.

Die Hirten, die will es erbarmen,
Wie elend das Kindlein sei.
Es ist eine G'schicht für die Armen,
Kein Reicher war nicht dabei.

Ludwig Thoma

Reisebilder

Lose Blätter aus einem Skizzenbuch

Brunnecken, am 3. Februar 1847.

Wie sich mein Reisegefährte von Zell aus, der königl. preußische Gardeleutnant Baron von Lebewitz, die Senner-Lisi auf der Kartenalm, von deren Schönheit er schon seit Jahren bei sich zu Haus erzählen gehört, vorstellte –

– und wie die langbesprochene heißersehnte Senner-Lisi ausgesehen hat.

Carl Spitzweg

Über den Volkscharakter im bayerischen Hochland

Ein Vortrag

Der Bauer unserer bayerischen Berge ist eine so typische und populäre Gestalt, daß man wohl selbst im fernsten Norden eine ungefähre Vorstellung davon besitzt.

Allein gleichwohl hat es mit dieser Bekanntschaft eine eigene Bewandtnis: Bis zu einem gewissen Maße kennt ihn fast jeder, und über dies Maß hinaus fast niemand.

Der Grund hierfür liegt klar am Tage, denn der Bauer *will* eben nicht gekannt sein. Sowie er sich beobachtet fühlt, zieht er sich scheu zurück; jeder offenen Teilnahme an seinen Kulturzuständen stellt er ein heimliches Mißtrauen entgegen, und wenn man ihn vollends für interessant erklärt, dann wird er gar zum vollendeten Grobian. In seinem Fassungsvermögen sind eben die Begriffe „interessant“ und „interessiert“ noch nicht getrennt, er kann es nicht begreifen, daß man sich mit ihm vertraulich mache, ohne etwas von ihm zu wollen und ihn schließlich zu überlisten.

Den Schwerpunkt dieser Darstellung aber möchte ich in erster Reihe auf den Charakter legen und nicht bloß darauf, wie uns derselbe heute im alltäglichen Leben entgegentritt, sondern wie er sich historisch und innerlich allmählich gestaltet hat.

Ich möchte Ihnen zeigen, warum sich die eigenartigen Merkmale des oberbayrischen Volkscharakters gerade so entwickelt haben, wie sie gegenwärtig sind; auf welcher kulturgeschichtlichen Basis seine Fehler ruhen, aus welcher Wurzel seine Vorzüge herauswuchsen.

Und so mögen Sie mir denn zuerst einen kurzen Rückblick in vergangene Zeit gestatten, ehe ich zur heutigen, hellen Wirklichkeit gelange.

Bis zum Beginn unseres 19. Jahrhunderts war, wie Sie dies alle wissen, die menschliche Gesellschaft wie der Staat nach ständischen Prinzipien gegliedert, d.h. es gab privilegierte Klassen, die im Besitz aller wirtschaftlichen und politischen Rechte standen, und daneben eine andere Klasse, welche diente, duldete und entbehrte. Das war der letzte Stand, das „arm mühselig Volk der Bauern“, wie man es schon zu den Zeiten Karls V. nannte.

Die ganze kulturgeschichtliche Entwicklung des Mittelalters bis ins neunzehnte Jahrhundert herein folgte diesem ständischen System, sie verteilte ihre Segnungen nicht nach dem Gesichtspunkt des Bedarfs, sondern auch sie privilegierte zwei Stände, die schon in jedem Sinne privilegiert waren; sie förderte den Adel, den Klerus und das Bürgertum der Städte auf Kosten des Bauernstandes. Dieser war für die Kulturgeschichte kein Zweck, sondern nichts als Mittel und Material, durch dessen rücksichtslose Vergeudung den andern um so reichere Lebensfülle erschlossen ward.

Betrachten wir die äußere Gliederung des schönen Landes, das zwischen Zugspitze und Watzmann liegt, so wie sie noch etwa vor achtzig Jahren war, dann haben wir eine feudale Fortifikationslinie, die kaum stärker gedacht werden kann.

Über die ganze Breite jenes Gebietes hin dehnte sich ein Gürtel der mächtigsten Klöster, die wie Etappen nebeneinander standen. Da war Steingaden, Ettal, Benediktbeuren, dann ging es ostwärts über Tegernsee nach Chiemsee und so weiter. Jedes von diesen Stiften besaß viele Meilen Land mit Tausenden von Untertanen.

Die zweite feste Linie, die das bayrische Hochland in feudalem Geist beherrschte, war jene geschlossene Reihe von Ritterburgen und adeligen Schlössern, die sich vom Allgäu bis gegen Salzburg hin erstreckten; die Namen Schwangau, Werdenfels, Hohenburg, Waldeck, Falkenstein, Hohenaschau und Maxelrain sind dafür Zeugen. Und dazu kam als ein dritter Fak-

tor, der die feudalen Interessen vertrat, die Bürokratie, wenn wir dies moderne Wort für vergangene Verhältnisse gebrauchen dürfen. Die ganze Kette von sogenannten Pflegeämtern, die teils im Namen des Landesherrn, teils im Namen der Gutsherrschaft Justiz und Verwaltung übten, war von der Rechtsanschauung getragen, daß der Bauer nur ein Zubehör von Grund und Boden sei, und wenn man von dieser Anschauung ausging, wurde es leicht, ihn zu mißhandeln.

Was die Klöster betraf, so waren die meisten derselben Benediktinerabteien. Es wäre töricht, die immensen Verdienste, welche sie sich um Landeskultur, um Wissenschaft und Humanität erwarben, zu bestreiten, weil auch dieser Beruf, wie alles in der Welt, sein Ende fand; soviel aber steht unzweifelhaft fest, daß mit dem Beginn der Reformationszeit ein tiefer Umschwung in der Wirksamkeit jener großen Abteien eintrat. Auch sie mobilisierten, und wenn sie bisher eine Heimstätte stiller, beschaulicher Forschungen waren, so wurden sie jetzt die großen Arsenale für den erbitterten konfessionellen Kampf. Und dazu gab es allerdings reiche Gelegenheit, denn nur wenige Forscher denken wohl heute daran, mit welcher Energie die Reformation vorzeiten in unsere stillen Gebirgstäler eindrang, besonders in der Gegend zwischen Isar und Inn, deren Bevölkerung durch Intelligenz hervorragt. Zu Miesbach, in dem großen Markte, waren im Jahre 1583 nur mehr 30 Zuhörer in der katholischen Predigt, scharenweise verließen die Klosteruntertanen von Weyarn, Dietramszell und Tegernsee die Heimat, und alle erdenklichen Mittel wurden angewandt, um die Verbleibenden zu unterwerfen. So zwang man auf der Paßstraße nach Achental jeden Fuhrmann zur Umkehr, der sich nicht als solider Katholik bekannte; den Bewohnern anderer Orte ward jahrelang jegliche Festlichkeit versagt; in Holzkirchen, dem Vorort des bayrischen Hochlandes, ward ein Prälatenkonzil gehalten, und zuletzt hatten natürlich jene recht, welche die Macht hatten. Mit einem Wort, die Entwicklungsgeschichte der oberbayrischen Klöster ist auf den Charakter des oberbayrischen Stammes von entscheidendstem Einfluß gewesen, der Hang zu phantastischem Wunderglauben, die gewisse Geheimtuerei, die der dortige Bauer noch heute hat, ward durch geistliche Einwirkung genährt; nicht minder eine gewisse Unselbständigkeit und Passivität, die lieber auf die Hilfe des Herrgotts wartet, statt sich selber zu helfen; denn wer den Charakter der bayrischen Bergbewohner auch nur einigermaßen kennt, wird finden, daß alle diese Eigenschaften mit der kühnen, kräftigen Grundlage desselben im vollsten Widerspruche stehen, d.h. daß sie eben nicht in der normalen, selbstverständlichen Entwicklung seines Charakters lagen, sondern durch äußere Einwirkung in denselben hineingetragen wurden. Und diesen Einfluß übte niemand so sehr wie die oberbayrischen Klöster. Das ist der eine Faktor.

Was die weltlichen Gutsherrn betraf, so sahen diese allerdings weniger auf das Herz, sondern nur auf das Säckel, sie okkupierten den Bauer vor allem von der finanziellen Seite. Aber dieser Druck war in seiner demoralisierenden Wirkung auf den Charakter kaum minder stark. Denn niemand wird das ideale, sittliche Element verkennen, das im Gefühl des freien Besitzes liegt; ihn zu erringen, braucht es Fleiß und Tatkraft, ihn zu erhalten, fordert nicht nur physische, sondern ebenso oft moralische Kraft; ihn seinen Kindern zu vererben, ist Segen und Trost für den Scheidenden. All das fällt weg, wenn der Besitz nicht mehr ist als „Herrengunst“, wie der technische Ausdruck lautet; denn nur die freie Arbeit veredelt. Daß dem Bauer, der so schwer mit dem Fluche der Arbeit beladen war, der ideale Inhalt dieses Begriffs so völlig genommen wurde, indem er als Höriger dem Herren diente, das ist wohl die härteste von all den Ungerechtigkeiten, die die Feudalzeit ihm auferlegte. Und das ist auch von all den Mißverhältnissen, in denen er heranwuchs, dasjenige, was am tiefsten in die Gestaltung seines Charakters einschnitt; es ist die Wunde, deren Narbe er am wenigsten verschmerzt. Denn heute noch denkt der Bauer niedrig über die Arbeit, und während der Bürger mit einem gewissen Stolz auf seine Tätigkeit blickt, sieht der Bauer die Vornehmheit und das Wohlergehen im Nichtstun. Die pfiffige Hinterlist, die unsere Oberländer bisweilen zeigen, die Habgier, die aus ihrer Unbeholfenheit manchmal hervorlugt, ist die Folge davon, daß sie so übermäßig ausgebeutet wurden und auf geradem Weg so schwer zu ihrem Rechte kamen.

Und nun noch das, was wir die Bürokratie genannt; die Vielregiererei von Polizei und Verwaltung; sie nahm den letzten Rest von Freiheit, den der Bauer noch besaß, hinweg, indem sie selbst über die Schwelle seines Hauses drang; sie kontrollierte den Küchenzettel und schnitt ihm die Kleider auf den Leib zurecht; auch sie verfolgte das Prinzip, daß man die Leute um so gründlicher bevormunden müsse, je niedriger ihr Stand sei. Wenn Sie die Kleiderordnung betrachten, die Max I. im Jahre 1604 erließ, so ist den Bauern darin nicht nur der Stoff für ihre Gewänder, sondern sogar das Leder, das sie zu ihren Schuhen gebrauchen müssen, vorgeschrieben; wer andere Kleider trägt, dem werden sie konfisziert, und der Schneider wird um den Macherlohn oder gar mit „Verlierung seines Handwerks" bestraft. Man dekretierte, wieviel die Mahlzeit bei Familienfestlichkeiten kosten solle, und wieviel ein Untertan beim Kegelschieben verlieren dürfe. Noch viel härter waren die Bestimmungen über die Verwertung der ländlichen Produkte, kein Malter Korn durfte ohne Genehmigung nach „auswärts" verkauft werden, um, wie es in den Verordnungen heißt, „die Aufschnellerei" der Preise zu verhüten.

Sie sehen, man gebot und verbot, ohne sich um die innern Gründe der Dinge zu kümmern; es war die Blütezeit des beschränkten Untertanenverstandes, und so lag denn die Originalität des Volkes gewissermaßen im ständigen Kampfe gegen die Obrigkeit. Der Inhalt solcher Verordnungen, wie ich sie Ihnen hier mitgeteilt, ward durch ihre Handhabung nicht gemildert, denn die Beamten suchten nicht selten das, was ihnen an Autorität gebrach, durch Brutalität zu ersetzen, wie wir ja noch heute in Bayern vereinzelte Ausläufer dieser Spielart besitzen. In welchem Maße der Bauer solchen Druck empfand, das zeigt am besten der alte Spruch, den uns Schmeller erhalten hat, und worin einer, dem man mit dem Teufel droht, erwidert: „Hat der Bauer nit Teufels genug / An Amptleutten und am Pflug?"

So können Sie sich leicht erklären, wie destruktiv diese allwissende Vormundschaft im Lauf der Jahrhunderte auf den Volkscharakter wirkte; jedes Kind verlangt ja, daß wir es nach seiner Eigenart erziehen, und ein Volksstamm soll nicht bloß mit bürokratischem, sondern mit kulturgeschichtlichem Verstande erzogen werden. Der Mangel des letzteren, die prinzipielle Opposition gegen alles, was echt und originell war, mußte ihre Früchte tragen, und ich darf es hier wiederholen: nicht wenige Fehler, die wir jetzt im Charakter des bayrischen Bergvolkes wahrnehmen, haben in diesem Regime allein ihre Quelle. Ihm fällt vor allem die Scheu zur Last, die der Bauer noch immer gegen alle öffentlichen Zwecke und Pflichten hat; es wird ihm ja jetzt noch förmlich gruselig, wenn es sich um Geschäfte handelt, bei denen das Gericht oder die Verwaltungsbehörde beteiligt ist. Der geringe Gemeinsinn, der unserm Gebirgsvolke unleugbar zukommt und

der gewöhnlich kaum über die Grenzen der engsten Nachbarschaft hinausreicht, hat darin seine Wurzel, daß die Behörden, die eben das Gemeinwesen verkörpern, den Bauer allzeit mehr von ihrer Herrschsucht als ihrem Wohlwollen überzeugt haben. Nur deshalb ist er so schwer zu haben, wo es sich um Leistungen für das Ganze handelt, ja der Begriff des Ganzen ist ihm geradezu verschlossen geblieben.

Betrachten wir den Bauern jetzt in der vollen, helleren Wirklichkeit, wie er unter diesen Einflüssen oder besser trotz derselben geworden ist. Man könnte sich da vor allem wundern, daß ihm überhaupt noch heitere und helle Seiten blieben, daß nicht alles Anziehende in seinem Wesen erdrückt worden sei. Bei dem Flachlandbauer von Altbayern ist dies auch mannigfach der Fall; der Bauer im Hochland aber hatte eine Quelle, die sein Wesen trotz aller Peinigung immer frisch und gesund erhielt, und das war die großartige Natur. Sie war es, die den Charakter unseres Gebirgsvolkes gerettet hat; sie war es, die ihm immer wieder den Gedanken der Freiheit zurückgab, den man ihm mit tausend Händen raubte, sie war sein stiller Bundesgenosse gegen die Übermacht der Herren. Der Fels, über den er hinschritt, ließ etwas von seiner eigenen Unbeugsamkeit zurück, der Bergquell, aus dem er trank, etwas von seiner Frische, die Tanne, unter der er schlief, etwas von ihrem unverwüstlichen Grün. Und so blickte er, wenn er nur durchs Fenster sah, ins Große; seine Arbeit wies ihn von selbst ins Freie; wo er Hand anlegte, war es eine Betätigung der vollen Kraft, und alles rund um ihn war schön. Darin besaß er das stille, geheime Gegengewicht für die lauten, zerstörenden Einflüsse, die seinen Charakter bedrängten: Die Natur war gleichsam die milde Mutter, die das wieder heimlich gut machte, was der Geist der Zeit (der eiserne Vater) an seiner Erziehung sündigte.

Treten wir nun in das Haus des heutigen Bauers ein, etwa in Tegernsee, in Schliers oder in Fischbachau. Es ist Feierabend, und der Alte sitzt vor dem mächtigen Tisch und schmaucht das geschnitzte Pfeifchen, während die letzten Lichter durchs niedere Fenster fallen. Draußen im Stalle hört man es noch rumoren, bis die Dirne den Kälbern das frischgemähte, duftige Futter gereicht hat.

„Ja, was ist dös, du kimmst daher?“ ruft der Alte erstaunt, wenn ich nun plötzlich durch die Türe trete – aber er erhebt sich nicht; er streckt mir die derbe Hand entgegen und wartet, bis ich vor ihm stehe, um sie zu ergreifen.

In dieser Szene spiegelt sich der ganze Wandel der Zeit. Der Mann ist noch heute Bauer, wie es seine Väter hier vor hundert Jahren waren, aber dies Wort ist eben ein anderes geworden; er hat noch heute ein ganz spezifisches, fast exklusives Standesbewußtsein, aber dieser bewußte Gegensatz tut ihm nicht mehr wehe, er scheidet nicht mehr Dienen und Herrschen; das Niedrige, das Schmerzliche ist ausgetilgt. Nach innen in seinem Haushalt und seinem Wirkungskreise ist der Name „Bauer“ geradezu ein Ehrenname, er wird, wenn ich so sagen soll, als Titel gebraucht, ganz ähnlich wie der Gewerbsmann in seinem Hause „Meister“ genannt word. Nie sagt die Frau „mein Mann“, sondern nur „mein Bauer“, wenn sie mit dritten von ihm spricht; und obwohl er selber ebenso Hand anlegt wie der letzte Knecht, so ist doch ein himmelweiter Unterschied zwischen diesem und jenem. Er selber ist ein kleiner Souverän geworden in seinem Eigentum, der aristokratische Zug, der ursprünglich in seinem Wesen steckt, ist wieder freigegeben, er hat seine Almen in den Bergen, wo er unumschränkt gebietet. Wälder und Felsen sind sein, und wenn es ihn nach Ehren gelüstet, dann stehen ihm auch diese in Fülle bereit. Er kann Bürgermeister, Geschworener und Deputierter werden, ja sogar im Reichstag dem Fürsten Bismarck widersprechen, falls dieser sein Oberbayrisch versteht.

So findet denn der Bauer jetzt in seinem häuslichen Wirkungskreise eine Befriedigung, ja einen Stolz, der ihm früher fehlen mußte, und nur nach

Ein Bairisches Bauren Mädel.
Une fille päisanne Bavaroise.

außen tritt noch bisweilen ein Nachklang an seine einstige mißachtete Stellung hervor, in dem Mißtrauen, das er dem Fremden entgegenbringt in dem Verdachte, daß er von diesem verspottet oder mißbraucht wird. Aber die Fremden fassen es eben auch nicht immer richtig an, gewöhnlich entspricht dann ein Übermut dem andern, und da der Bauer sich hier auf seinem eige-

Ein Bairischer Baur.
Un päisan Bavarois

nen Boden fühlt, zieht der Fremde selbstverständlich den kürzeren. Für solche Figuren hat der Bauer das pikierte Wort „die Herrischen", „die Stadtfrack", und mit ihnen steht er noch heutzutage auf Kriegsfuß. Dies Selbstgefühl, dies starke Bewußtsein seiner Persönlichkeit, wie's jetzt als ein Charakterzug unseres Gebirgsbauern feststeht, erscheint aber nicht bloß als die Folge seiner befreiten sozialen Stellung, sondern es liegt tiefer, es ruht in der ganzen geistigen und körperlichen Begabung des Stammes.

Ich habe schon vorher darauf hingewiesen, daß der Bauer diesen Zug vor allem der gewaltigen Bergesnatur und seiner Beschäftigung im Freien dankt. Wenn in der Kaiserklause z.B. die Trift beginnt und tausend Klafter vor dem Wehr des aufgestauten Baches toben, und wenn dann der keckste unter den Holzknechten hinabsteigt, um die Schleusen zu öffnen, daß die Stämme wie rasend herunterjagen, das ist ein Wagestück, vor dem mir graut, so oft ich es auch gesehen. Und doch ist es der tägliche Beruf; das selbstverständliche Handwerk ist es, wenn der Jäger auf dem schmalen Grat über den Abgrund klettert, wenn der Holzknecht zum letzten Streiche die Axt erhebt. Da wird das Gewerk zum Kampfe. Wer jemals einen mächtigen Bergwaldstamm hat fällen sehen, wer es weiß, wie die grüne Fichte sich zornig zurückbeugt, wie ihr goldenes Blut aus klaffender Wunde träufelt, dem wird es zumute sein, als ob der angegriffene Baum lebendig würde in seiner letzten Stunde, als ob er sich zur Wehre setzte und fühlte, was ihm begegnet. Seine grünen Arme sind ohnmächtig vor dem bewaffneten Arm des Menschen, stöhnend bricht er nieder, doch seine Kraft gibt er dem zum Erbe, der ihn erschlagen hat. So kommt jener baumstarke Wuchs und jener kühne Sinn in diese Gestalten, die mit offener Brust und schallender Axt durch die Berge gehen. Wäre der Bauer im bayrischen Hochland auf seine häusliche Arbeit beschränkt, so würde jene Kühnheit gar bald sich abschwächen, besonders seit er auch äußerlich in leidlichem Wohlstande lebt; aber gerade dieser Bestandteil seines Schaffens: die Almen, die Jägerei, die Holzarbeit vermitteln den Zusammenhang der Bewohner mit dem rauhen ursprünglichen Element des Waldes, in ihnen liegt die verjüngende, fast möchte ich sagen, die verwildernde Kraft, die das Volk der Berge zum Bergvolk macht.

Der Bauer nennt das, war wir hier so eingehend auseinandersetzen, mit einem kurzen Wort „die Schneid". „Schneid haben" ist das erste und letzte Erfordernis, wenn man im Hochgebirge etwas gelten will: „wenn d' kein Schneid nit hast, na bist nit g'schatzt", kann man dort auf allen Wegen hören. Sie wird höher als Geld und Gut geachtet, wie dies aus manchen Volksliedern durchklingt.

Und's Dirndl hat g'sagt:
Was bist für einer,
Balst kei schneidiger bist,
Is mir lieber keiner.

Der kecke Bursch aber erwidert:

Und der Teufel hat Hörndl,
Und i hab' mei Deandl
Und dös Deandl mag mi'
Weil i a Hauptspitzbua bi'.

Der ganze jubilierende Sangeston, der durch dies Volksleben hinzieht, wird von diesem Frohgefühl der Kraft und der Kühnheit getragen. Aus ihm quellen jene Jodler, die durch den einsamen Wald schallen, und die übermütigen Trutzgesänge beim Gelag.

Dieser Zug des Mutes ist aber nicht nur den Männern eigen, sondern auch den Kindern und den Alten, ja selbst den Weibern; denn andernfalls stünde es schlimm um die Sennerinnen auf mancher einsamen Alm.

Da ging aus der Valepp einmal der Forstgehilfe, der besonders scharf nach den Wilddieben sah, für einige Tage in die Stadt und sagte scherzend zu dem kleinen siebenjährigen Försterssohn: „Jetzt mußt halt du außigehen, Seppei, auf die Wildschützen, bis ich wieder heimkomm." Schon am Abend fehlte der kleine Bursch, und nur mit höchster Mühe fand man ihn nach vierundzwanzig Stunden hoch in den Bergen auf einer Stelle, die als Fährte der Wilddiebe allgemein bekannt war. Die kleine Flinte lag neben ihm, er selber war vor Hunger und Müdigkeit eingeschlafen, aber als man ihn mit Vorwürfen weckte, erwiderte er trotzig: „Is ja der G'hilf nit da, wer sollt' dann die Wilddieb, die Lumpen, derschießen, wenn i nit außigeh?"

Daß bei dieser Kühnheit auch Exzesse sehr nahe liegen, ist wohl begreiflich. Wir alle haben ja die Fehler unserer Tugenden, und der Naturmensch, der „Ungebildete", muß sie in doppeltem Maße haben, weil es ja erst die Aufgabe der Bildung ist, diese rauhe Kehrseite von uns abzulösen, ohne daß uns die andere Seite, die Tugend, darüber verloren geht.

So finden wir, daß diese Kühnheit nicht selten in helle Rauflust auflodert; das Sprichwort aus Bayrisch-Zell klingt schlimm genug „Heut is lustig, heut muß noch einer hin werden". Ebenso erwächst daraus ein gewisser Hang zur Widersetzlichkeit, den die Behörden oft mehr steigern als mildern, und eine Rachsucht, die sich mit und ohne Waffen Luft macht. Denn ein Mensch, der so viel Kraft und Mut besitzt, verzeiht eben schwerer als jener, dem beides fehlt.

Eine der fürchterlichsten Raufereien, die ich jemals gesehen, führte ein sechsundachtzigjähriger Mann in Egern gegen seine dreiundachtzigjährige Ehehälfte, weil er meinte, daß diese den neunundsiebzigjährigen Knecht lieber habe als ihn.

Ebenso scheint es begreiflich, daß bei solchen Anlagen der Bauer im bayrischen Gebirge eigentlich mehr zu freiem Schweifen als zu häuslichem

Schaffen geartet sei, und dennoch hängt er an seinem Hause mit einer Pietät, die etwas Rührendes an sich hat. Er nennt es seine „Heimat", das einzelne Gehöft, nicht die Gegend wird so genannt, und „seine Heimat verkaufen" galt, bis in die allerletzte Zeit, für wenig ehrenvoll.

Schon der Bau des Hauses, die schmucken Altanen, die Blumen vor dem Fenster verraten, daß es dem Besitzer lieb ist, und wenn ich Zeit hätte, Sie nun in den einzelnen Gelassen herumzuführen, so könnten wir aus Stil und Einrichtung so manchen charakteristischen Zug gewinnen. Die meisten Häuser im bayrischen Gebirg sind Einödhöfe, es entspricht das dem stark individuellen Geiste der Bewohner, während sie z.B. in Franken, wo der Korporationsgeist die Oberhand hat, zu Gassen gereiht aneinander stehn. „Vor an Einöd' soll man den Hut abtun", lautet ein uraltes Sprichwort, das gewissermaßen den geweihten Frieden dieser einsamen Stätte ausdrückt. Der Hausname geht auch auf den Bewohner über, und wenn Sie sich z.B. nach dem Eigentümer des Westerhofs erkundigen, so werden Sie hören: „Hansei" heißt er, „Widmann" schreibt er sich und der „Westerhofer" ist er. – In der Skala dieser Begriffe können Sie die Bedeutung des bäuerlichen Hauses am besten herausfühlen; der Besitzer identifiziert sich geradezu mit demselben. Nach seinem Hause wird er bei Freund und Feind genannt, der Schreibname hat wenig Belang, da der Bauer sich eben sehr selten „schreibt", er ist nur die offizielle Marke, womit der Alte im Steuerbuch und der Junge in den Kompagnielisten steht. Wie hoch das Haus gehalten wird, ist ferner daraus erkennbar, daß es für unschicklich gilt, einen Fremden *vor* demselben zu empfangen; „gehts eini, gehts eini" ist das erste Wort, das der Bauer spricht, wenn wir ihn unter der Türe begrüßt haben, und wir Luftschnapper sind oft in Verzweiflung, daß man uns an den schönsten Nachmittagen so etwas zumutet. Auch er selber bringt den Sonntag in der Stube zu, sofern er daheim ist. Obwohl das Haus nur an den ältesten Sohn kommt, um die Zersplitterung des Besitzes zu vermeiden, so betrachten es doch auch die übrigen Geschwister, die sich in der Nachbarschaft ansiedeln oder verdingen, noch immer als ihren Mittelpunkt und behalten dort zeitlebens ein Unterstandsrecht, das bei jeder Gutsübergabe ausdrücklich verbrieft wird.

Das Familienleben und die Arbeit des Bauern, auf die wir hier von selber kommen, weil sie gewissermaßen die Seele und den lebendigen Inhalt des Hauses bildet, das sind wohl jene zwei Gebiete, auf denen der Druck der feudalen Vergangenheit noch am meisten fühlbar wird, allein trotz aller Mißstände, die wir hier nicht leugnen wollen, ist doch das Familienleben im bayrischen Hochlande immer noch viel glücklicher und humaner, als wir Städter es in der Regel glauben, es regiert doch viel mehr die Güte als die Strenge, und ebenso müssen wir bedenken, wenn uns einzelne Maßregeln herzlos oder kaltsinnig erscheinen, daß der Naturmensch eben die Dinge doch weit mehr aus dem natürlichen Gesichtspunkt als mit jener sensitiven Pietät betrachtet, die wir erst unserer Erziehung verdanken. Der Bauer ist sich dessen selbst bewußt, es sagte mir ein alter Mann in Tegernsee nach dem Tode meines Vaters die schönen und denkwürdigen Worte: „O mein Gott, tuts unsereinem so weh, wie muß man erst bei euch ein solches Unglück spüren, wo die Leut' so viel ein feiners Gemüt haben. Ein Bauer hat ja überall nur den halben Schmerz." Das heißt, er hat mehr Stoizismus, mehr Resignation als wir; er steht mit seiner Lebensweise dem natürlichen Werden und Vergehen so unmittelbar gegenüber, daß ihm die Grausamkeit, die darin liegt, minder hart und Notwendigkeit weit versöhnlicher erscheint. Ihm sterben die Eltern oder alte Freunde weg, wie er alljährlich die welken Blätter im Herbste fallen sieht, er empört sich nicht gegen das Verhängnis; denn er ist aufgewachsen im Bannkreis dieser Gesetze. Trotz alledem tritt bei unseren Oberländern das Empfindungsleben in seltener Weise hervor, freilich nicht für jeden und vor jedermann, aber doch für den, der es zu finden weiß. Ich will Sie nur an die wunderschöne Zeile im Volkslied erinnern, die da lautet:

Und wenn i amal stirb,
Brauch i Weihbrunn kein(en),
Denn mein Grab, dös wird naß
Von mein' Dirndl sein Wein(en).

Wo eine stille Menschenträne soviel gilt, daß sie höher steht als aller feierliche Segen, da muß doch das Herz eines tiefen und schönen Empfindens fähig sein, und diese Fähigkeit habe ich immer für einen der besten Züge im Charakter unseres bayrischen Hochlands gehalten.

Sie ist verstümmelt worden durch unbarmherzige Zeiten, sie verbirgt sich scheu vor fremden Blicken, aber sie ist da, das kann ich Ihnen verbürgen. In hundert kleinen Zügen des alltäglichen Lebens gibt sich diese Gemütskraft, wie ich es nennen möchte, kund, in der leidenschaftlichen Liebe zur Heimat, in der innigen, fast märchenhaften Beziehung der Bergbewohner zur Tierwelt, in Brauch und Sitte, in Wort und Lied. Wie geschäftig spricht so eine Sennerin mit ihren Kälbern, wie ist sie bekümmert, wenn ihnen ein Leid widerfährt, wie genau kennt der Hirt jedes Stück seiner Herde; nicht bloß dem Äußern nach, sondern in seinem Charakter, in seinen Vorzügen und Fehlern. Jener urtiefe deutsche Zug, der die Tierseele gleichsam persönlich faßt und seine menschlichen Eigenschaften auf dieselbe überträgt, ist vielleicht nirgends so sehr ausgebildet wie beim oberbayrischen Bauer.

Ich erinnere mich wohl, wie ich einmal vor einem Pfluge stehen blieb, und wie der Bauer, der hinter demselben herging, ganz untröstlich war, weil er versicherte: „Dös Roß hat halt koa G'müt. Es hat koan Verdruß, wenn i ihm mit der Goasel kimm, und koa Freud, wenn's in der Fruah sein Habern sieht, es tut sei Sach schön staad dahin, aber 's halt koa G'müt."

Ich mache dies Beispiel ausdrücklich namhaft, weil man gerade aus dem Vermissen einer Eigenschaft am sichersten auf ihr gewöhnliches Vorhandensein, auf das Bedürfnis nach derselben schließen kann.

Ebenso bedeutend aber als die Kraft des Gemütes ist bei unserem oberländischen Volke der scharfe Verstand entwickelt. Wer hier genauer betrachtet, wird eine doppelte Richtung in seiner Denkart wahrnehmen, zwei Züge, die sich scheinbar widersprechen, und die doch dadurch allein schon, daß sie in ein und demselben Stamme vereinigt sind, den geistigen Reichtum desselben dartun. Denn unbestreitbar hat der Bauer in unseren bayrischen Bergen zunächst eine tief beschauliche Natur, er liebt es, die Gedanken, die ihn beschäftigen, nachdenklich auszuspinnen, man könnte sagen zu philosophieren. Aber so sehr ihn sein Hang zu dieser Art von Betrachtung führt, wo er sich gehen lassen kann, ebenso epigrammatisch spitz, so schlagfertig rasch ist sein Gedanke, sobald ihm ein anderer Gedanke gegenübertritt, sobald seine Rede zur Gegenrede wird.

„Jetzt ham s' ja g'sagt, daß d'heiratst, Hansei", (ruft einer dem andern zu) „was is denn für eine, is die Große von Schliers oder die Kleine von Tegernsee?" – „O Jessas na, a ganz a kloane is", (erwidert der andere), „weißt von zwei Übel" –

„No", sag i, „Sepp, jetzt heiratst ja,
Was nimmst denn na für oane?
Du, da wirst schaugn, Saperadi –
A große oder a kloane?"

„A kloane", sagt er, hat er g'sagt,
„Von Schliers is s' umikemma,
Denn von zwoa Übel muaß ma' do'
Allweil dös – kloaner' nehma."

In Schliersee sollte ich auch einmal einem Mädchen raten, um das ein reicher Bauer geworben hatte, „a recht a warmer", wie der Volksausdruck lautet. Haus und Hof war glänzend bestellt, aber der Mann selber war alt und unbeliebt, und bedenklich schüttelte das schöne Lisei den Kopf. „Ja", sprach sie nach langem Bedenken, „ja, die Kapellen wär scho recht, aber der Heilige taugt mir nit." Und richtig, noch am selben Tag erhielt der „Heilige“ einen Korb.

Ein anderer bat um einen Kuß, und als das Mädchen Einwände erhob, erwiderte er lachend: „Sei nur staad, ich mach schon die Augen zu, damit's niemand sieht.“

Nach alledem läßt sich denn wohl behaupten, daß von den vielen ungerechten Vorwürfen, die man dem Bauer macht, keiner wertloser ist, als wenn man etwa in unserem bayrischen Hochland vom „dummen Bauer“ sprechen wollte. Im Gegenteil, er ist hervorragend geistig begabt, und nicht sein Verstand, sondern nur das Gebiet, in welchem derselbe tätig wird, ist beschränkt; dieselbe Abgeschlossenheit, die seinem Denken die originelle Frische gegeben hat, gab ihm naturnotwendig auch eine stoffliche Enge. Andere Grenzen seines Verstandes aber liegen dann im Charakter, in dem Eigensinn, von dem seine zähe trotzige Natur nicht freizusprechen ist; denn oft genug handelt es sich im Leben ja überhaupt nicht darum, ob man etwas begreifen *kann*, sondern ob man es begreifen *will*. So äußerte sich auf dem Bahnhofe in Holzkirchen ein Bauer, der den Zug versäumt hatte, sehr ergrimmt über das Institut der Eisenbahnen und sprach etwa folgendermaßen:

> „Oho, pressiert's heunt gar a so,
> Ist heunt dös Fahr'n so raar?
> Heunt treibt s' schon bald, die Eisenbahn,
> Als ob s' an Eilwag'n waar.“

So geben Sie mir wohl ohne Zweifel recht, wenn ich den Intellekt unserer oberbayrischen Bauern auf eine hohe Stufe stelle, aber freilich, nicht jeder versteht diesen Verstand, denn glauben Sie mir, auch er ist individuell, und der Scharfsinn, der zwischen felsigem Gestein emporwächst, ist etwas Grundverschiedenes von jenem Verstande, der sich zwischen den steinernen Mauern großer Städte entwickelt. Aber gerade dieser Gegensatz bildet ja den Reiz. Das aber, was den eigentlichen Vorzug und die kulturgeschichtliche Überlegenheit, wenn ich es so nennen darf, unseres oberbayrischen Volksstammes ausmacht, das ist nicht das eine und das andere allein, sondern es ist das beneidenswerte Gleichgewicht, in dem seine inneren Kräfte stehen, – seine geistige Begabung und sein Gemüt. Dies gibt seinem Wesen jene geschlossene Einheit und Sicherheit und seinem kulturgeschichtlichen Typus jenes Ebenmaß, das vielleicht der innerste und unbewußte Grund für die Popularität ist, die er gefunden.

Und so steht denn dies Volk der Berge vor uns und vor der neuen Zeit mit ihrer großartigen Gestaltung, die von allen Seiten auf dasselbe eindringt. Wie wandelt sich nun dies Bild! Denn wenn bis ins vorige Jahrhundert alles Streben darauf gerichtet schien, den Bauer aus dem Bereiche der Kultur hinauszudrängen, zu erdrücken, so fühlen wir jetzt überall das Streben, ihn emporzubringen, ihn hereinzuziehen in den Kreis der heutigen Entwicklung.

Damals war sein Leben ein Kampf gegen den negativen Geist der Zeit, die ihm alles nahm und alles versagte, und gegen den er seine Eigenart (wenn auch nur mit passivem Widerstand) verteidigte, jetzt ist es ein Kampf mit der Fülle positiver Errungenschaften, womit die Gegenwart ihn überschüttet, und denen er geteilten Herzens gegenübersteht, halb wieder seine Eigenart verteidigend gegen das Neue, halb dennoch mit dem Drange erfüllt, nachzukommen und sich der Gegenwart zu assimilieren.

Und das ist schwer, wenn jemand plötzlich Rechte üben soll, der beinahe rechtlos heranwuchs, wenn jemand Pflichten erfüllen soll, der nie zu freiem Pflichtgefühl, sondern nur zum Ertragen des Zwanges erzogen wurde. Das ist der einfache und natürliche Grund, warum es keinem anderen Stande so schwer wird, sich in den Geist der neuen Zeit hineinzufinden, als eben dem Bauer; er ist nicht mehr die alte, in sich geschlossene Gestalt, sondern wie sein äußeres Dasein, so ist sein inneres Wesen in der Entwicklung, in einem tiefen Umschwung begriffen.

Unter den großen Faktoren, die in dieser Richtung zur Geltung kommen, im Dienste der neuen Zeit, steht die Schule obenan, und vielleicht mit keiner von den vielen Neuerungen sind die Leute selber so sehr einverstanden. Sie kennen das Schlagwort nicht, aber sie haben ein unbewußtes Gefühl dafür, daß Bildung Macht ist, daß hier die schlimmste Kluft liegt, die sie von den übrigen Lebensständen trennt. Gestatten Sie mir, daß ich auch hier Ihnen ein weniges von meinen eigenen Erlebnissen erzähle.

Ich kenne eine alte Bauersfrau, von der ich viel gelernt habe, ohne daß sie es weiß, und mit der ich oft genug vom Lernen sprach. Sie ist nahe an den Siebzigen, aber noch heute ist sie untröstlich, daß sie dazumal nur das Lesen und nicht auch Schreiben lernen durfte, weil das zu teuer war. „Zwoa Kreuzer hätt's im Monat mehra kost" – sprach sie mit treuherziger Miene – „aber mei Vada hat allwei g'sagt, woar schon schad um dös Heidengeld wegen der bissel Schreiberei! D'heili Schrift kann's lesen und zum Schreiben kimmt bei so an jungen Dirndl so nix für." „Ja, mein Gott" – fügte die Alte seufzend bei – „wenn ma sei Lebtag lang bloß a jungs Dirndl bleibet."

An einem Sonntagmorgen (im vorigen Herbste) ging ich den Söllbach entlang, und immer tiefer kam ich ins kühle Dickicht, in die lautlose Einsamkeit des Waldes. Da tat sich eine Lichtung auf. Unter Tannenzweigen versteckt, aus rohem Gebälk gezimmert, lag eine Hütte dort, wie sie die Holzknechte wohl die Woche über bewohnen, aber heute war ja Sonntag, man sah keine Spur eines menschlichen Wesens. Da hörte ich mit einem

Male eine mächtige Stimme rufen: „Post Kaltenberg! Herrgott, jetzt hab' i's K vergessen“ und eine andere Stimme rief: „So, na' geht's guat, denn i woaß auch nimmer, wie ma's macht.“ Verdutzt sah ich um mich und sah nun auf der anderen Seite der Hütte zwei Holzknechte sitzen, die sich mühten, gemeinsam einen Brief zuwege zu bringen. Er sollte in die Heimat des einen gehen, nach Post Kaltenberg, Tirol. Es war ein unendlich ergötzliches Bild; auf der roh gezimmerten Bank stand die Ruine eines zerbrochenen Maßkruges als Tintenfaß, an einem brennenden Holzscheit hatten sie mit einem Groschenstück den Brief gesiegelt, seit 8 Uhr morgens dauerte bereits die Arbeit. Aber nun kam erst noch das Schlimmste, nun kam die Adresse und das fatale K des Dorfes Kaltenberg. Ich war natürlich der Retter in der Not, und als ich das gefürchtete Hindernis so mühelos nahm, da waren die beiden ganz verblüfft, „was man nit all's lernen kann“.

Dieser vielsagende Spruch ward nun das Thema unserer weiteren Unterhaltung, an die ich mit Vergnügen denke; der eine der beiden Gelehrten stammte aus Bayrisch-Zell, der andere, wie sich erraten läßt, aus Kaltenberg in Tirol. „Ha, gel dös sehest mir auch nit an“, sprach derselbe lachend, „daß i amal auf und auf der erst g'wen bin in meiner Schul, aber mein Gott, was is dös für a Schulzeit g'wen! In der Fruh is der Pfarrer kemma und in Nachmittag is er kemma, wir hab'n ihn all recht gern g'habt, aber schaugts, vom Katakismus allein kann ma heutzutag nit leben.“

Offenbar ist die Wißbegier, der Trieb zu lernen, oder wie man es nun nennen mag, auch in den untersten Schichten des oberbayrischen Volkes stark gewachsen, seit die Zeit einen rascheren Pulsschlag gewann, seit unsere Geschichte so tatenreich und die Reibung der Gegensätze so brennend ward.

Ein zweites Moment, das auf die Umgestaltung der Verhältnisse im bayrischen Hochlande tiefen Einfluß übt, wenn auch oft in recht zweischneidigem Sinne, ist der wachsende Handel und Verkehr. Die Energie, womit sich dieser verbreitet, ist kaum zu beschreiben; wenn früher der Bauer zu Markte zog und seine Erzeugnisse feilbot, so kommen jetzt die Händler zu ihm ins Haus und kaufen auf Stunden weit alle Vorräte auf. Das wäre ja an sich nicht so schlimm, aber schlimmer ist es, daß die Tendenz immer sichtbarer wird, auch den ganzen Grundbesitz in den Bereich der Spekulation hineinzuziehen und zu mobilisieren. Leider kommt dieser Rührigkeit der Gutszertrümmerer auch ein gewisser geschäftiger Sinn des Bauers entgegen; er, der jahrhundertelang von allen übrigen Ständen ausgebeutet und übervorteilt wurde, hat nun seine doppelte Freude daran, wenn er mitunter hoch im Preise steht, daß nun auch an ihn die Reihe kommt, gelegentlich Gewinn zu machen. Wär' der Gewinn nur nicht so häufig Schein!

Die dritte große Macht der Zeit, die ähnlich wie das Lernen und das Gewinnen in die ruhige Stabilität des bäuerlichen Lebens eingreift und umgestaltend auf dasselbe wirkt, ist die politische Bewegung unserer Tage. Welche Fülle von Ideen, von Rechten und Pflichten drängt sich da in den stillen Gang ländlicher Arbeit ein, mit denen der Bauer sich nun auf einmal abfinden soll; hier wird es ihm offenbar am schwersten, sich in die Neuzeit einzuleben.

Es ist dies auch ganz natürlich, denn in keiner andern Beziehung war die Entwicklung der Zeit so rasch, kein anderes Gebiet steht begrifflich so hoch wie dieses, wo es sich nur um große gemeinsame Fragen statt um individuelle Bedürfnisse handelt, in keinem andern fehlt es dem Volke so sehr an richtiger Belehrung. Wie es hier mit der Klarheit und dem Verständnis beschaffen ist, das zeigt sich an hundert Vorkommnissen, die wir während der bayrischen Wahltage erleben. Vielleicht mag Ihnen auch hier das eine oder andere Beispiel aus dem täglichen Leben gefallen, gestatten Sie mir, daß ich es in den mildernden Humor der Reime kleide.

Bei uns da wählen s' auf der Post,
Wie's gar war, hamma 's Bier verkost,
Denn dort is guat, koa so a G'schmier,
Da hab'n s' a Tegernseer Bier.
No ja, und wie's beim Bier halt geht,
Jetzt wird halt von der Wahlsach g'redt.

Mei Nachbar schaugt ganz damisch drein:
„Oho!" sag' i, – „schlaf nur nit ein,
Sonst geh' i glei und hol dei Geld,
Jetzt sag's, was hast na für oan g'wählt?"
„Ja was für oan, dös woaß i net,
Den sell'n halt, der am Zettel steht."

„Du Lapp, dös hab'n mir aa scho' tan,
Nur eh ma 'n hergibt, schaugt ma 'n an."
„Na," sagt er, „ang'schaugt hab i 'n net,
Mir hab'n sie's ganz g'nau g'sagt, wie's geht.
Zu mir is der Herr Pfarrer kemma
Und sagt, i soll den Zettel nehma
Und sagt zu mir (und dem daneben):
Ist un–er–öffnet ab–zu–geben!
Denn so steht's drin im G'setz amal
Und drum ist dös a g'heime Wahl.
I hätt' scho' so gern einig'schaugt,

Aber jetzt hab' i mi' nit traut,
Wer drob'n steht – i woaß 's nit. No mein,
I denk', es wird scho' oaner sein."

Allein, soviel auch dem Bauer noch fehlt zum Verständnis innerer Fragen, so verworren sonst seine politischen Begriffe sind, in einem Punkte ist doch schon heute ein unermeßlicher Umschwung zur Tat geworden. Und das ist das nationale Bewußtsein. Hier handelt es sich eben nicht um Begriffe, sondern um ein Gefühl, und dieses Gefühl sagt ihm mit instinktiver Entschiedenheit, was die Einheit eines Volkes wert sei.

Wer auch nur eines jener Kriegerfeste sah, wie sie alljährlich im bayrischen Gebirge gehalten werden, wer es sieht, wie stolz am Sonntag auf der grauen Joppe das Denkzeichen prangt, wer die Soldaten hat reden hören, die nun in ihren häuslichen Kreis zurückgekehrt sind, der ist in dieser Beziehung aller Sorge ledig.

Eine der schönsten Szenen, die ich vielleicht je im bayrischen Hochland erlebt, war von diesem Geiste getragen. Es war im Jahre 1873 am sogenannten „Dintzeltag" bei einem Feste, das die Holzknechte alljährlich im Dorfe Kreuth meist in der Winterzeit begehen. Da erhob sich plötzlich, nachdem man dem Forstpersonal die offiziellen Ehren erwiesen hatte, ein Bauer aus ihrer Mitte und erklärte mit lauter, fast erregter Stimme, daß er noch etwas auf dem Herzen habe, und begann zu sprechen von dem großen geeinigten Vaterland, dessen man auch im letzten Winkel der Berge gedenken, dem auch der letzte Mann dahier mit vollem Herzen gehören solle. Und dann erhob er den schweren steinernen Krug und brachte ein Hoch aus auf das deutsche Vaterland! Mitten in dieser Wildnis, in diesem meilenweiten Grab von Schnee, unter diesen rauhen riesigen Gestalten taucht so derselbe *eine* große Gedanke empor, der aus den Wogen der Nordsee rauscht, in dem sich einstmals in der Stunde der Gefahr die vierzig Millionen zusammenfanden.

Die Musik begann zu spielen; aber kein Jodler war es diesmal, es war „die Wacht am Rhein", und die wilden Burschen von Kreuth im grünen Hut und in den groben Nagelschuhen, die damals über den Rhein gezogen, sangen mit, daß die Fenster bebten. Draußen über dem Schnee glitzern die Sterne, silbern glimmt der Mond über den Bergen; „Hoch, hoch!" und wieder „hoch!" klang es hinaus in die Winternacht.

Und nun noch ein anderes Bild, das mehr den heiteren Zug an sich trägt. Es war in der schwarzen Tenne, wo ich vor acht Jahren einen alten Köhler traf, tief in den Siebzigen stehend und herkulisch gebaut, wie eine knorrige Tanne. Der sprach, indes er seinen Meiler schürte: „Herrgott, dös is halt doch a Freud, daß jetzt dös Deutschland auch zu Bayern g'hört", und als ich ihn lachend berichtigte, daß es wohl umgekehrt richtiger sei, da fuhr er mir ungeduldig dazwischen: „Ach mei', dös bleibt sich allweil gleich und dös verschlagt net viel, d'Hauptsach is doch, daß wir beiander san."

Ja, in der Tat, es ist ein hohes Gefühl für alle, die der Seele des Volkes nachgehen, zu wissen, daß hinter jeder originellen Einzelheit, die wir betrachten, der große, mächtige Hintergrund eines einigen Volkes steht. Kein anderes Reich der Welt ist ja so mannigfaltig an kulturgeschichtlichen Gegensätzen, kein anderes bedarf es so sehr, daß die einzelnen Stämme sich nahe kommen und kennenlernen, dann werden die Gegensätze ihre fesselnde, nicht ihre trennende Kraft erweisen.

Wir Bayern aber, glaub' ich, dürfen mit Stolz darauf blicken, welch gesundes Element, welche Fülle originaler Kraft wir dem geeinigten, dem deutschen Vaterlande zur Mitgift brachten in dem Kernvolk unserer Berge.

Karl Stieler

okkupieren = mit Beschlag belegen / assimilieren = angleichen, anpassen.

Schnadahüpfl

A' Gambs möcht' i' sei',
Ja dees waar wohl a' Freud',
Allewei' bei der Höch,
Allewei' bei der Schneid!

„No' du wann d' a' Gambs waarst,
Dessell' waar nit aus,
Du kaamst all' Täg' um's Fuada
Zu der Gredl in's Haus."

Franz von Kobell

Der Wendlstoa

Glaubts mir's, daß i' oft moa'
über mein' Wendelstoa
geht mir koa' andrer Platz,
Er is mei' größter Schatz.

Drobn da tuats mi' freu'n,
Singa und Juchhe schrei'n,
Drobn wo's kloa' Kirchl steht
Und 's Wölkerl umigeht.

Wann i' erst außi schau',
Wo's Lüfterl is schö' blau;
Sich i' die Stadt die' schö'
Mit die zwoa Kirchturm steh!

Dort is der Kini z'Haus,
'Schaugt wohl in d' Berg oft 'naus,
'Sollt' amal kemma 'rei',
Wur' ihm nit zwider sei'.

Herausgegeben von Franz von Kobell

Der Hansei streikt

Bei Kiefersfelden, einem bayrischen Dorf und Bahnhalteplatz dicht an der Tirolergrenze, biegt von der Heerstraße ein Weg ab, der zwischen bewaldeten Höhen einem eilfertigen Gebirgswasser aufwärts zur Zementfabrik des Herrn Lange führt. In dieser Fabrik war seit vielen Jahren Hans Niedermeier als Zimmermann beschäftigt, ein kräftiges Landeskind, tüchtig in seinem Beruf und von unbescholtenen Sitten. Bis ins reife Mannesalter hinein hatte er mit Gott und der Welt zufrieden gelebt, da – im trüben Winter geschah's – ging er, wahrscheinlich durch böses Beispiel verführt, plötzlich zur Fahne der Mißvergnügten über. Glücklicherweise war ihm Beredsamkeit versagt, er trat daher nicht als Apostel seiner Ideen von einer gerechteren Verteilung der Mühen und der Belohnung auf, sondern gab seinen Gesinnungswechsel nur durch mürrisches Wesen und zuweilen durch

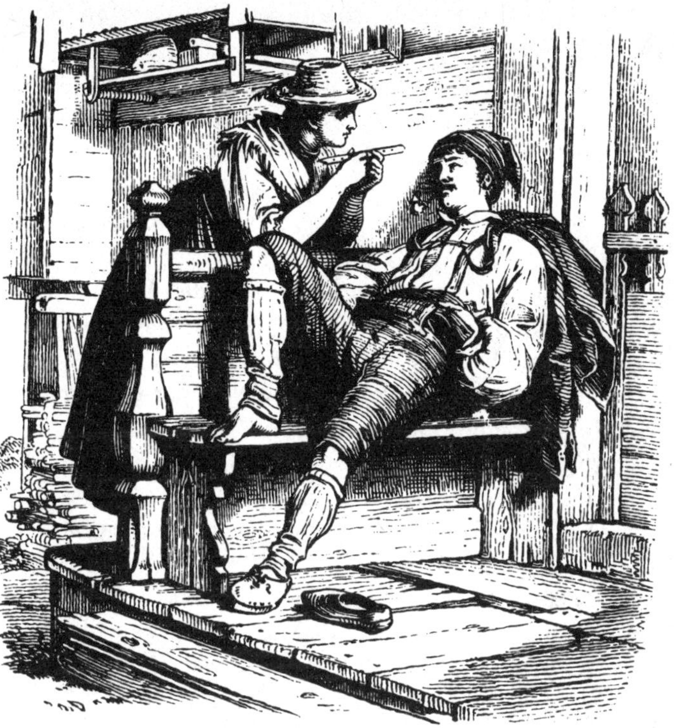

ein Kraftwort über die Welteinrichtung im allgemeinen und das Los des Zimmermanns in besondern kund.

Hans Niedermeier bewohnte mit seiner Frau Nanni zwei Stuben in einem bäuerlichen Häuschen, das bis unters Dach mit wilden Reben verkleidet auf luftiger Höhe stand. Hausherr war Peter Margreiter, Holzknecht in der weit und breit bekannten Tiroler Zementfabrik der Gebrüder Kraft. Auch Margreiter war verheiratet – natürlich bestand zwischen der Hausfrau und Nanni immerwährende Fehde. Nur wenn es von einer guten Bekannten Böses zu sagen gab, kamen sie einträchtig wie Schwestern zusammen.

Wie denn kein Mann dem Einfluß seiner Ehehälfte völlig sich entziehen kann, waren auch Hans und Peter durch das Beispiel aus Freunden Feinde geworden. Abends rauchte Margreiter seine Pfeife auf der Bank vorm Hause, wo er die Aussicht ins Inntal hatte, auf das Kaisergebirge und auf Stadt und Festung Kufstein. Hans aber dampfte hinterm Hause, den Blick auf den höher klimmenden Fichtenwald gerichtet, und niemals stellte er dort sozialpolitische Betrachtungen an, ohne daß seines Hausherrn Bild vor ihm aufstieg: Das war der Besitzende, der Kapitalist, der Tyrann!

Der Hader konnte nicht anders enden: An einem schönen Sommerabend mischten sich auch die Mannsleute ins Gezänk der Weiber; ein Wort gab das andre; Margreiter behielt das letzte, er kündigte unserm Zimmermann die Wohnung.

Als am folgenden Morgen Nanni mit dem Suppentopf in die Stube trat, traf sie ihren Mann im Sonntagsgewand vor dem kleinen Wandspiegel.

„Ja, was fällt dir denn ein?" rief sie, „am Wochentag dein bestes Gewand!"

Er kehrte sich bedächtig nach ihr um. „Ich streik." Nanni schaute ihn sprachlos an.

„Das will heißen", fuhr er fort, „ich stell' die Arbeit ein. Wenn die Arbeiter in England oder Frankreich oder Preußen höheren Lohn erlangen wollen, tun sie einfach nichts mehr. Dann verdienen beide kein Geld, der Fabrikherr nicht und der Arbeiter nicht. Es kommt nur darauf an, wer's länger aushält. Einer muß zuletzt nachgeben."

Die Frau schüttelte bedenklich den Kopf. Gehört habe sie davon, doch hätten in solchen Fällen alle für einen und einer für alle gestanden.

Hierauf erwiderte Hans: „Freilich streike ich auf eigene Faust, aber Herr Lange weiß, daß ich so gut wie zehn Zimmerleute bin. Schau, Nanni, da ist unser Hausherr, der Margreiter. Was ist er? Holzknecht. Dazu braucht man nichts, als starke Arm' und daß man nasse Füß' nicht scheut – und doch verdient er Tag für Tag doppelt so viel wie ich. Das ertrag' ich nicht länger, das geht mir wider meine Standesehr'!"

Ein Ausfall gegen den Hausherrn war Nanni gegenüber das beste Beweismittel. „Recht hast du", sprach sie, „ei, freilich, ganz recht."

Als Hans über die Hausschwelle trat, ließ er einen Jodler erschallen. Merkt auf, Nachbarn, Freunde und Widersacher: der Hansei streikt!

Dann wanderte er den Hang hinab, im Erdreich die Abdrücke seiner gewaltigen Sohlen hinterlassend.

Bald verbarg ihn der Wald der nachschauenden Gattin; er aber schnitt sich von einer Haselstaude einen tüchtigen Stecken ab und schlenderte zunächst planlos die Pfade, die bergauf und bergab durch das waldige Gebiet gezogen sind.

Es war klar, daß ihn der Ort seiner gewohnten Tätigkeit noch im Banne hielt. Zuweilen blieb er stehen, um mit kundigem Ohr auf das Wasserrauschen und die mannigfachen Lebenszeichen im Tobel zu lauschen. Wenn er durch eine Waldlichtung den Rauch der Zementöfen sah, zwinkerte er mit den Augen.

Nach einstündigem Wandern ließ er sich auf einer Bank nieder, die auf einem vielbesuchten Aussichtsplatze stand. Nahebei war ein Brunnen mit gutem Wasser. Für Hansei war nicht die Aussicht, sondern die Bank das Anziehende. Sie war das Werk seiner Sonntagsmuße, fest und doch von gefälliger Form.

Während Hansei eine neue Pfeife stopfte, kam in einem Rollwagen, den ein herrschaftlicher Bedienter sachte vor sich herschob, eine alte Dame des Weges gefahren. In der einen Hand hielt sie einen buntgestrickten Sonnenschirm, in der andern eine Lorgnette. Wahrscheinlich litt sie an Gicht, jedenfalls war sie sehr reich. Der Bediente holte in einem Becher Wasser vom Brunnen und bot ihr denselben dar; Sie nippte davon, sah durch das Augenglas den bäurisch gekleideten Raucher auf der Bank an, hüstelte und schüttelte ungeduldig den Schirm, was für den Diener ein Zeichen zur Abfahrt war.

Anstatt nun seiner gesunden Glieder sich zu freuen, knüpfte Hansei an die Erscheinung der armen Reichen allerlei unlustige Betrachtungen. Seine Nanni hat auch oft Gliederreißen, doch sie muß dabei kochen und waschen und scheuern. Und gut, daß sie's noch immer kann! Den Reichen erwartet ein sanftrollender Wagen mit Seidenkissen, den Armen ein hartes Bett im Spital . . . Er sprang empor, als ob er dem droben etwas sagen wolle, dann aber verschluckte er's und sagte gleichsam begütigend: „Nix, nix, nix!"

Um dem Grübeln und unentschlossenen Umherirren ein Ende zu machen, schlug er den Weg zum nächsten Wirtshaus ein. Dort traf er mit einem Bekannten, dem Schneidermeister Gockel zusammen. Jeder war überrascht, den andern inmitten der Woche und so früh auf solchen Wegen zu finden, doch behielten sie ihr Staunen für sich – bis zur zweiten „Maß". Dann kam es zu Erklärungen. Der Schneider war durch die Ungunst der Zeiten in Schulden geraten, die Gläubiger hatten seinen kleinen Hof gepfändet, er war „fertig". „Nichts bleibt mir", schloß er seinen trübseligen Bericht, „als lumpige tausend Gulden, die meiner Frau verschrieben sind. Mein Geschäft steht schon lange still, mein Kredit ist hin, meine Wirtschaft kommt unter den Hammer, ich bin ein ruinierter Mann. Siehst jetzt ein, Hansei, daß es andern noch schlechter geht als dir? Wir kleinen Handwerker werden vom Kapital erdrückt! Jeder schindet und plackt sich und versinkt und ersauft für sich – es ist kein Zusammenhalt. Ich tu' nicht mehr mit. Sobald ich mit meiner Sache im reinen bin, wandre ich mit Frau und Kindern nach Amerika!"

„Geh' weiter!"

„In Kansas, das ungefähr dreimal so groß wie das ganze deutsche Reich sein soll, ist Grund und Boden für ein Spottgeld zu haben. Und was für ein Boden! Der Weizen so hoch, das Korn nicht geringer. – Jeder Mann ist Bauer und jeder Bauer ist sein eigner Fürst."

„Merkwürdig!"

„Freilich englisch muß man sprechen können. Aber das ist leichter als hochdeutsch."

„Glaubst?"

„Wenn du gescheit bist, Hansei, kommst du mit. Kinderlos sein ist fast so viel oder so wenig wie ledig sein. Als richtiger Bauerssohn wirst du nicht schlecht kaufen, und als Zimmermann baust du dir dein Blockhaus selbst. Schlag ein: Auf nach Kansas!"

„Kann schon sein."

Nach einer Weile begann Gockel aufs neue von den Herrlichkeiten in Kansas zu reden. Und das alles habe er gedruckt, also gleichsam verbrieft daheim. Er lud Hans ein, ihn vor Torschluß noch einmal zu besuchen. Nur nicht heut', heute müsse er zum Advokaten.

Hansei trennte sich von dem Europamüden nicht ungern; derselbe hatte ihn mit einer neuen Sorge beschwert. Gockel besaß eine zahlreiche Familie und wollte dennoch übers Meer, um das Glück zu finden. Viele Tausende gingen drüben elend zugrunde, aber andre Tausende wurden drüben reich. Er warf sich unwirsch ins Gras. Sein Blick wanderte den Inn entlang, über die Dörfer, Fruchtgärten und Felder im Tal, über die mächtige Felsenwand, hinter der das Gezack des Wilden Kaisers emporragt; wanderte auf und ab von den grünen Höhen im Norden bis zur fernen Gletscherkette im Süden. Zum erstenmal in seinem Leben empfand er die Schönheit seiner Heimat.

Ob es in Kansas auch Berge gibt? –

Und englisch muß man sprechen können. Seinethalben war ihm nicht bange, allein seine Nanni werd' es nun und nimmer erlernen. Dann würde sie nicht mehr „ratschen" können – und das würde ihr Tod sein.

Froh, die Kansasfrage damit ein für allemal erledigt zu haben, sah er auf die Uhr. Erst zehn! In der Talmulde unter ihm waren Bauer und Bäuerin, Knechte und Mägde mit der Heuernte beschäftigt. Wie überall; die Luft roch nach Heu und das Geräusch des Dengelns drang bis in den Wald.

Hansei gesellte sich zu den Fleißigsten. Nachdem er eine Weile zugesehen, griff er zu einer Sense, die dalag, und begann zu mähen. Er hatte guten Strich und Kraft und Eifer, so daß der Bauer vergnüglich schmunzelte. Und Hansei mähte und mähte im Schweiße seines Antlitzes, bis die Glocke vom nahen Bauernhaus zum Essen rief. Aber die Einladung des Bauern, für seine Müh' den „Kirschkoch" mit zu essen, lehnte Hansei ab. Dann würde ja die Arbeit wirklich Arbeit gewesen sein. Er aber hatte das nur aus Liebhaberei getan – der Hansei streikt!

Mittags saß Hansei im Auracher Garten zu Kufstein. Obwohl an einem heißen Sommertag ein behaglicherer Platz schwerlich zu finden ist, als dort unter den Kastanien am rauschenden Inn, war Hansei feierlich zumute, da sein Sonntagsgericht, Kalbsbraten, vor ihm stand. Dieser Braten am Mittwoch war in seinem Leben epochemachend – feierliche und behagliche Stimmung aber sind zweierlei.

„Ja, wo kommst denn du jetzt her? Das laß ich mir gefallen", redete ein

Mann in verschlissener Joppe den Hansei an. Derselbe war hochgewachsen wie Hansei, hatte aber ein aufgedunsenes mißfarbiges Gesicht und den Flackerblick des Gewohnheitstrinkers. Das war eine unangenehme Begegnung, denn der Entacher Jürg war unter den Arbeitern verrufen wie ein schlechter Groschen. „Hast einen Terno gewonnen oder eine Erbschaft gemacht?“ fragte er, „oder“, er sah forschend in das ehrliche Gesicht des Zimmermanns, „geht’s dir unten auch so wie mir? Bist entlassen?“

„Ein Arbeiter, der seine Pflicht tut, wird denn doch so mir nichts dir nichts nicht entlassen. Vorläufig bin ich’s, der nimmer mag.“

„Ist’s wahr?“ rief der andre und schwang sich über die Bank und saß Hansei gegenüber.

„Ich hab’ nicht nötig zu lügen.“

„Also bist endlich auch einmal g’scheit worden?“ rief Jürg und schlug mit der Faust auf den Tisch.

„Weißt“, sagte er mit einem Rest von Treuherzigkeit, „ich bin ein Lumpazi, das heißt, ich bin’s erst nach und nach durch zu viel Denken worden – aber wenn du, der Niedermeier Hansei, den alle Weiberleut’ als Muster hinstellen“ – Hansei schob ihm nun doch sein Glas hin, damit er ihm „Bescheid tue“ – „wenn auch du giftig wirst und streikst, dann – dann – – Himmelherrgottsapperment, ich hab’ heut nüchtern bleiben wollen, aber jetzt muß ich mir einen Rausch antrinken vor lauter Freud’!“

„Haben sie dich wieder einmal davongejagt?“

„Zwischen mir und den Brüdern Kraft ist’s für alle Ewigkeit aus. Weil meine Alte gar so schön ’bittet hat, verwandten sie mich seit Montag bei der Trift. Du kennst den Gaißbach. Das Wasser ist jetzt wie der lebendige Teufel! Und zehntausend Klafter Holz schwimmen drin! Und wir waren unser nur vierzig. Da soll ich nun nicht genug aufgepaßt haben.“

„Was ich nicht kann, fang’ ich nicht an.“

„Ja, Hansei, was hat denn unsereins als sein bissel Leben? Und das soll ich wohl hundertmal am Tag riskieren, damit einem andern kein Gewinn entgeht? Da wär’ ich ein Narr; lieber schwemmt’s die zehntausend Klaftern in den Inn, als daß ich mir auch nur einen Finger verstauch’!“

Hansei schüttelte den Kopf. „Da stimmen wir zwei nicht zusammen.“

„Ich denk’“, schrie Jürg, „hol der Teufel das Holz und die Brüder dazu!“

„Soviel ich weiß, sind sie gute Herren und von früh bis spät beim Werk.“

„Wenn ich soviel verdien’ wie sie, arbeit’ ich auch.“

„Was sie sind, sind sie nicht über Nacht geworden. Nein, Jürg, deine Sach’ und meine liegen jede auf einem andern Brett. Mit Faulenzen und Schimpfen allein richtet man nichts aus. Ich weiß, daß es irgendwo fehlt; wenn ich ein Preuß’ oder Sachs’ wär’, könnt’ ich sagen, wo!“

Damit stand Hansei auf. Es ist nicht meine Schuld, sagte er sich, nicht meine Schuld, daß ich heut von einem Wirtshaus ins andre muß. Bei dem Stänkerer mag ich nicht bleiben.

Ja, geh nur!" spottete Jürg, „der Margreiter hat recht, dir fehlt's an Schneid."

Hansei wurde dunkelrot im Gesicht.

„Was sagt der Margreiter?"

„Ja, der sagt gar viel über dich und dein Weib."

„Jetzt werd' ich bleiben, und du wirst erzählen! Kellnerin, einen Liter!"

Unfrieden stiften und umsonst trinken – eins war dem Jürg so lieb wie das andre. Er war heute schon in der Morgendämmerung unterwegs gewesen, hatte Margreiter, der zur Trift ging, getroffen und eine Strecke weit begleitet. Da war auch auf Hansei die Rede gekommen.

„Er kann mir nichts Schlechtes nachsagen", meinte Hansei.

„Ich sag' halt, lieber ein Lumpazi, als ein Lapp; und als solchen stellt er dich hin!"

„Kreuz –!" Das Glas ging in der breiten Hand Hanseis in Scherben.

„Und du sei'st ein Notleider, sagt der Margreiter, und deine Frau sei eine der größten Ratschen."

„Meine Nanni, was?!"

„Die größte Ratschen in Bayern und Tirol."

„Jetzt gibt's ein Unglück!"

. . . Den bösen Genius der Germanen hat schon Luther genannt: Es ist der Saufteufel. Nachdem sie die Flasche gemeinsam und bald geleert, war Hanseis Widerwille gegen den Taugenichts nur noch schwach; er wanderte mit ihm nach einer Winkelschenke, wo sie von keinem „Herrischen" beobachtet und belästigt waren. Freilich hatten sie anstatt der Berge, des blauen Himmels, des Vogelsanges kahle, schmutzige Mauern, Tabaksqualm und Fliegen, aber der Wein war so rot wie anderswo. Wein her und nochmals Wein! Der Hansei bezahlt alles, und wenn er kein Geld mehr hat, verpfändet er seine silberne Uhr.

Je mehr Hansei trank, desto ähnlicher wurde er seinem Zechgenossen an Gesinnung und äußerlich. Seine Nase glühte, der blonde Schnauzbart war vom Wein nicht nur feucht, sondern auch gefärbt, die Kleider wurden schmutzig und lotterig. Das Schlimmste indes war, daß er für die Brandreden Jürgs ein offenes Ohr hatte und allmählich in den gleichen Ton verfiel. Er – der Niedermeier Hansei – keinen Schneid'? O, daß der Tag der Abrechnung kommen möchte – Hansei würde zeigen, daß sein Groll stärker ist, als die Liebe zum Leben! Indes – so gut wird es ihm nicht werden; er muß sich mit der Züchtigung des einen begnügen, und der ist ja auch sein schlimmster Feind. „Margreiter Peter, heut' wird g'rauft!"

. . . Es wurde düster in der Stube; denn Gewitterwolken waren mittlerweile von dort und da über die Berge gezogen und verfinsterten die Sonne.

Endlich hatte Hansei genug des Weins, er stand auf, aber er taumelte. „Wohin willst?“ fragte Jürg.

„Zur Gaißbachklause. Da find' ich ja wohl den Peter?“

„Freilich triffst du ihn, und wenn du Glück hast, allein.“

„Und wenn hundert um ihn sind“, rief Hans, die Hand zur Faust ballend, „ich stell' ihn und rauf' mit ihm!“

„Tu's! Du bist weidlich so stark wie er. Und“ – Jürg legte vertraulich den Arm um seinen Gönner – „du brauchst dich meinethalben nicht zu genieren – wenn's vor Gericht kommt, ich weiß von nichts."

Hansei nahm sich zusammen; er schritt fest und aufrecht durch die Stube, über den Flur ins Freie. Meiner Seel', redete er sich ein, ich bin noch ganz nüchtern ... Draußen wehte ein starker Wind – der tat ihm wohl. Zwar nahm er ihm den Hut, doch Hansei kümmerte sich um den Hut so wenig wie um den Kameraden. Erst außerhalb der Stadt, auf der freien Landstraße, bemerkte er, daß er ohne Begleitung war. Er wunderte sich nicht. Der Jürg ist ja nicht imstande nachzukommen, Jürg hat einen Rausch, der Lump kann nichts vertragen.

Der Wind zauste ihn wie die Bäume am Wege, doch je kräftiger es um ihn blies, desto steter wurde sein Schritt. Weit hinter Kufstein, an einem einsamen Gehöft, trank er am Brunnen, dessen Wasserstrahl der Wind schief drückte, lang und viel. Auf der Bank vorm Hause saß ein dürres Mütterchen. Sie hatte beide Arme aufgestützt und hielt sich den Kopf. Hatte sie Kopfweh oder wollte sie den Wind nicht hören oder war sie welt- und lebensmüde? Obwohl Hansei gern erfahren hätte, wieviel Uhr es sei, ging er doch mit einem scheuen Seitenblick auf die Alte ohne Ansprache vorüber.

Die Wolken drohten nur, der Wind jagte sie über das Kaiser-Gebirg. Nun rauschten Wind und Wasser; Hans war am Gaisbach angelangt, der über Wehre und durch Sperren tobte. Das Triftholz schoß mit den Wellen dahin, doch wenn sich ein Stamm quer vor die Sperre legte, stauten sich die Balken. Doch da waren die Holzknechte zur Hand, bärtige Männer von kräftigem Wuchse. Die einen standen bis an die Hüfte im krausen Wasser, die andern sprangen katzenbehend von Balken zu Balken; so hielten sie mit Haken und Hacken Ordnung. Unwillkürlich blieb Hansei stehen und sah ihnen zu, mit dem Auge des Arbeiters für Arbeitsvorgänge. Dann kehrte der Gedanke an Peter Margreiter wieder und zog ihn fort. Spähend ging er längs der Klause hin, bis er an einer der zahlreichen Sperren den Gesuchten, den Gehaßten traf. Derselbe war allein und achtete nur auf seine Arbeit.

Hans ließ sich auf dem Damme nieder und schaute grimmig auf seinen Widersacher hinab, der jetzt im Wasser stand, jetzt sich auf die lose, schlüpfrige, schwimmende Brücke der angesammelten Balken schwang, um sie zu trennen.

Hans rief sich alle Kränkungen, die er von dem Manne erfahren, alle Hohnreden, die ihm Jürg berichtet hatte, ins Gedächtnis. Haß und Mut kribbelten ihm in allen Adern. Am liebsten würde er hinab und dem Mann an die Kehle gesprungen sein, doch die Überlegung, daß er im Wasser wie auf den Balken im Nachteil sei, hielt ihn zurück. Geduld! sprach er zu sich, und wenn ich bis morgen hier warten muß, bis er geht, ich harr' aus. Und nun malte er sich den bevorstehenden Kampf in seinem erhitzten Gehirn aus. Sobald Peter das Ufer betritt, stellt er ihn, beschimpft ihn, schlägt ihn ins Gesicht – sie fassen einander und ringen – es wird ein Kampf ums Leben – Peter ist stark, aber Hansei stärker. Und endlich hat er den Mann unter sich – da – auf dem Boden – so – unter sich – und holt mit dem Arm zu einem schweren, zum letzten Schlag auf den Schädel aus – –

Ein Hilferuf schreckte Hansei aus seinen häßlichen Träumen, er richtete den Blick wieder aufs Wasser – Peter schwebte in Lebensgefahr; er war ausgeglitscht und steckte inmitten der Balken.

Hansei übersah die Lage mit einem Blick, und mit der Geistesgegenwart, Schnelligkeit und Geschicklichkeit, die das edelste Gefühl, die Nächstenliebe immer verleiht, war er jetzt im Wasser, jetzt auf den Balken, jetzt bei Peter. Und er zog den großen Mann mit fast übermenschlicher Kraft und mit eigener Lebensgefahr zwischen den Balken hervor.

„Hansei", sagte Margreiter, als er in seinem Retter seinen Mietsmann erkannte, „Hansei, das vergeß' ich dir im Leben nicht, von heut' an bin ich dein Freund, ob du magst oder nicht." Und Hans schlug ein.

Am andern Morgen wollte Hansei wieder an die gewohnte Arbeit gehen. Nanni vertrat ihm verlegen den Weg. Sie beichtete, daß sie gestern dieser und jener Nachbarin erzählt habe, daß ihr Hansei „streikt", und da hätten ihr selbige Nachbarinnen abends pflichtschuldigst die andre Neuigkeit mitgeteilt, daß der Fabrikherr den Hansei von der Arbeiterliste gestrichen habe.

Hansei starrte sie eine Weile lang mit großen Augen an, dann sprach er seufzend: „Daran ist nur dein Ratschen schuld. Jetzt sind wir ohne Brot und meine silberne Uhr ist auch dahin."

Aber es kam besser, als er dachte. Sein Hausherr betätigte seine dankbare und freundschaftliche Gesinnung durch ein Fürwort bei seinen Arbeitgebern. Hansei steht jetzt bei den Gebrüdern Kraft in Arbeit und Lohn, und wir glauben, daß Nanni niemals wieder erzählen wird: „Mein Hansei streikt!"

Karl von Heigel

Tobel = enge Waldschlucht / Lorgnette = Stielbrille / dengeln = Sense oder Sichel schärfen / Terno = Zusammenstellung von drei Nummern im Lotto / Trift = das Flößen von losem Holz

Neujahr bei Pastors

Mama schöpft aus dem Punschgefäße,
Der Vater lüftet das Gesäße
Und spricht: „Jetzt sind es vier Minuten
Nur mehr bis zwölfe, meine Guten.

Ich weiß, daß ihr mit mir empfindet,
Wie dieses alte Jahr verschwindet,
Und daß ihr Gott in seinen Werken
– Mama, den Punsch noch was verstärken! –

Und daß ihr Gott von Herzen danket,
Auch in der Liebe nimmer wanket,
Weil alles, was uns widerfahren
– Mama, nicht mit dem Arrak sparen! –

Weil, was geschah, und was geschehen,
Ob wir es freilich nicht verstehen,
Doch weise war, durch seine Gnade
– Mama, er schmeckt noch immer fade! –

In diesem Sinne meine Guten,
Es sind jetzt bloß mehr zwei Minuten,
In diesem gläubig frommen Sinne
– Gieß noch mal Rum in die Terrine! –

Wir bitten Gott, das er uns helfe
Auch ferner – Wie? Es schlägt schon zwölfe?
Dann prosit! Prost an allen Tischen!
– Ich will den Punsch mal selber mischen."

Ludwig Thoma

Die roasedn Schnepfa
Mi'n nasnweisn Gsicht
Bringa d' Vögl die Zeitung,
Was auf der Welt g'schicht.

Und wann s' na verzähln
Auf d' Nacht, in der Frua,
Da is alls mäuslstaad
Und alls luust ihna zua.

Viel Neu's aber moan' i',
Werd just nit bericht't,
Und es dunkt mir halt allwei'
Die nämlichi G'schicht.

Franz von Kobell

Aus Aiblings uralter Geschichte

Aibling weist in seiner unmittelbaren Umgebung Hochäcker und Grabhügel auf, welche neben der Befestigung, die es auf seinem romantisch gelegenen Bergrücken trug, auf die Zeit der Römerherrschaft zurückführen, da bekanntlich die große Heerstraße, – fast die ganze Breite des Gerichtsbezirkes hindurch – hier vorüberzog.

Am 13. Januar 804 wurde hier eine Streitigkeit des Bischofs Atto von Freising gegen den Abt Leutfried von Chiemsee auf Rückgabe verschiedener Kirchen in der Nähe von Aibling, nämlich Bergwilling, Hegilingas, Mordriking oder Mietraching, Perch oder Marienberg, Totinhusir, Willing, in der Weise entschieden, daß Hegling und Marienberg zurückkamen. Einer der letzten Karolinger, Arnulf, feierte hier auf seinem wiederholten Zuge nach Italien 898 das Weihnachtsfest. Im weiteren Verlaufe der Jahrhunderte finden wir Aibling als den Hauptsitz der Vogtei, welche die am Inn so reich begüterten Grafen von Falkenstein hier übten, aus welchen Siboto I. im Jahre 1150 ein eigenes Salbuch ihrer Besitzungen anfertigen ließ, in welchem Aibling seine Rolle spielt. Nach dem unglücklichen Ausgange der Fehde, welche Siboto III., der dann 1248 im Kerker zu Burghausen starb, in Verbindung mit dem Grafen Konrad von Wasserburg gegen das bayerische Herzogshaus unternommen hatte, fiel die Vogtei an dieses.

Ludwig Rockinger

Rosenheim und Oberaudorf

In der zweiten Hälfte des dreizehnten Jahrhunders findet sich als Gericht auch Rosenheim im oberen Viztumamte von Niederbayern und weiter im Rentamte München. Es ist dieser „erste Markt des Königreiches“ durch seine mit den Pfannstätten von Traunstein wie mit den Salzquellen von Reichenhall und den Salzlagern von Berchtesgaden in Verbindung gesetzte Saline von hoher Bedeutung. Das daselbst befindliche Heilbad erfreut sich eines zahlreichen Besuches. Als des berühmten Adlzreiter Geburtsort aber steht den Freunden der bayerischen Geschichte Rosenheim gleichfalls in gutem Andenken.

Daneben tritt uns das Amt Awerdorf im oberen Viztumamte von Oberbayern und weiter das Gericht Aurburg im Rentamte München, entgegen, dessen Sitz ehedem die mächtige auf dem Schloßberge oder Burgberge oberhalb des alten bereits genannten Oberaudorf gelegene Feste war, welche 1745 im österreichischen Erbfolgekrieg den Panduren zum Opfer fallen mußte. Aus einer früheren Aufzeichnung sei hier bezüglich desselben nur bemerkt:

„Man hat hie zw Awrburg pan vnd acht, stock vnd galgen.

Vnd habet hie die niderlegung die man zw Munchen in der rechten hawbst, das ayn gast den andern hie wol niderlegen mag von ainen mittemtag zw dem andern, so sol man in recht tun.

So ist auch recht, das man ainem hiengen man oder ausman gelten soll. Ain ander gast, wo er den in dem gerich begreift, mag er den ambtman nicht gehan, so sol er den ambtman treistwut ruffen mit lauter stim. Käm der ambtman nicht, so sol er sein gelter nemen, vnd sol in selbs füren in dem gericht Aurburg in ein offnew taferen. Vnd dem ambtman sol ers chunt tun, vnd dem seinen lon geben."

Ludwig Rockinger

Viztumamt = Sitz eines Statthalters / Pandur = ungarischer Soldat.

Kloster Ebersberg

Bereits zwischen 928 und 934 finden wir zum Behufe eines Klosters eine Kirche in Kreuzform von 80 Fuß Länge und 50 Schuh Breite, an welche gegen Süden die Klostergebäulichkeiten angebracht wurden, welche bis 990 der Orden des heiligen Augustin unter vier Pröbsten bewohnte, deren letzter, Gunzo, eine in jeder Beziehung und insbesondere auch in wissenschaftlicher Hinsicht ausgezeichnete Persönlichkeit war.

Um so leichter konnten denn auf Einladung des wirklich großen Grafen Ulrich, der selbst in St. Gallen nicht nur dem Studium des Rechtes obgelegen, sondern auch die Liebe für Wissenschaft und allgemeine Bildung mit nach Hause genommen und jetzt sein Ebersberg als eine Pflanzschule hierfür sehen wollte, die Benediktiner unter Reginpold – der freilich schon nach elfjährigem Wirken nach dem schönen Lorsch zog und später auf den bischöflichen Stuhl von Speyer gelangte – ihren Einzug halten. Auch hier war ihre erste Sorge die Errichtung einer Schule, welche bald zu großem Glanze sich erhob, wie nicht minder das Kloster selbst, dessen fünfter im Jahre 1048 gewählter Abt Williram zu den gelehrtesten Männern seiner Zeit zählt, und – abgesehen von seiner lateinischen in leoninischen Versen geschriebenen – durch seine in deutscher Prosa abgefaßte Paraphrase des hohen Liedes Salomons in der Geschichte der deutschen Sprache und Literatur sich eine bleibende Stelle errungen hat. Auch war bereits zu seiner Zeit die Anfertigung und künstlerische Ausstattung von Handschriften soweit im Kloster gediehen, daß Bischof Heinrich von Trient ihm für ein derartiges Meß- und Lektionenbuch mehrere Weinberge gab. Überhaupt leuchtete in dieser Hinsicht fort und fort ein wahrer Glückstern über Ebersberg. Hatte ja auch bereits Graf Adalbert III. unter dem Abte Altmann seine festungsartige Burg dem Konvente zur Abtragung überlassen, damit hieraus Kloster und Kirche von Grund aus neu und dauerhaft erstehe. Zwar wurden sie mit noch anderen Gebäuden 1305 in wenigen Stunden in einen Aschenhaufen verwandelt. Nach drei Jahren aber waren sie unter dem bis 1343 regierenden Abte Otto schöner als je erstanden. Neue Bauten hoben sich unter den beiden Äbten Eckhart von 1446–1472 und Sebastian Häfele von 1472–1500. Gerade unter ihnen aber gelangte auch die Gelehrsamkeit und Wissenschaft in diesem Kloster auf den Höhepunkt. Der letztere insbesondere sendete von seinen talentvollen Klerikern welche auf die Hochschulen von Ingolstadt und Wien, während er selbst für die Bereicherung der Bibliothek aus allen Kräften Sorge trug. Aller Wahrscheinlichkeit nach war auch bereits unter ihm der nachherige Prior und sodann von 1509 bis 1512 Abt – es ist wohl eine und dieselbe Persönlichkeit – Vitus Stopffer im Kloster, bekannt durch eine lateinische Chronik der Bayern vom Ursprunge des Volkes bis zum Jahre 1504 in vier Büchern.

Daß nicht minder der Kunst auch eine Pflege angedieh, läßt sich allein schon aus den für ein Stift wie Ebersberg erforderlichen Bedürfnissen höherer Art schließen. Man vergegenwärtige sich aus den Grabdenkmälern in der Kirche, welche prächtige gemalte Glasfenster schmückten, nur jenes weit berühmte noch unter dem Abte Sebastian von dem Meister Leb in München begonnene Monument, wohl das bedeutsamste unter den derartigen Werken. Von anderen Kunstwerken der Schatzkammer des Klosters kann man sich einen Begriff machen, wenn man die illuminierten Abbildungen von goldenen und silbernen Kruzifixen, Monstranzen, Reliquienkästen, Heiligenstatuen in des historischen Vereines schöner – wahrscheinlich vom Abte Sebastian selbst gefertigten – Pergamenthandschrift besieht.

War ja doch auch der Besitzstand ein gewaltiger, indessen auch durch musterhafte Pflege des Viehstandes, des Ackerbaues, der Forstwirtschaft, der Fischzucht lange Zeit hindurch hoch gehalten.

Doch begann allmählich die innere Kraft zu schwinden. Nur noch fünf Mönche fanden sich, welche zu keiner wesentlichen Hoffnung für geistiges Wiederaufleben berechtigten, als auf Andringen des Herzogs Wilhelm durch päpstliche Bulle vom 19. Mai 1595 das Kloster in seinem ganzen Bestande – die jährlichen Einkünfte waren noch auf siebentausend Gulden angeschlagen – dem Kollegium der Gesellschaft Jesu zu München überwiesen und von diesem trotz aller Anfeindungen namentlich von Seite der Geistlichkeit Freisings auch am 29. September 1596 übernommen wurde. Auf die Glanzperiode unter den Benediktsjüngern hinauf können wir die Zeit nur übergehen, welche Ebersberg unter den Jesuiten stand, deren Aufhebung hier am 31. August beziehungsweise 14. September 1773 in einer Weise erfolgte, welche dem kurfürstlichen Beamtentum keine sonderliche Ehre zu machen geeignet war.

Nicht lange darauf, vom 20. Mai 1781 an drei Tage ununterbrochen, brannten sämtliche Klostergebäude bis auf den Grund zusammen. Doch konnte sie der Malteserorden noch immer brauchen, und nahm deshalb am 22. September desselben Jahres davon samt allem Zubehör Besitz. Nach den über diesen Orden in Bayern getroffenen Verfügungen fiel die „Herrschaft" Ebersberg unter königliche Administration, bis das Kameralamt Ebersberg mit dem Rentamte Schwaben konsolidiert und am 22. März 1811 auch der Sitz des Landgerichtes Schwaben unter Beseitigung dieser Bezeichnung nach Ebersberg verlegt wurde.

Ludwig Rockinger

leoninisch = Vers, bei dem sich Mitte und Ende reimen.

Wasserburg am Inn

Die Stadt Wasserburg selbst ist nicht etwa bloß für den Naturfreund von hohem Reize, auch nicht allein als Residenz des mächtigen Grafengeschlechtes dieses Namens nach der Verlegung ihres Sitzes von Lintburg daher von Bedeutung, sondern auch später ausgezeichnet durch das in besonderen Exemplaren dieser Stadt verliehene Rechtsbuch Ludwigs des Bayern vom Jahre 1347, weiter interessant durch die verschiedenen Wechselfälle von Glück und Unglück im Frieden und in Kriegen, natürlich auf den bayerischen Landtagen nicht an letzter Stelle vertreten, sodann durch nicht weniger als sieben in seinem kleineren Rathaussaale in den letzten zwei Jahrhunderten – nämlich 1648 und 1649, 1681 und 1682, 1688, 1701, 1727, 1746, 1793 – abgehaltene bayerische Kreistage wichtig, endlich aus der Masse des Volkes den Schnupfern durch die zierlich eingelegten „Wasserburger Dosen" wohl bekannt.

Ludwig Rockinger

St. Georg

Den 24. April – an dem Fest des heiligen Georg – finden in manchen Gegenden zu Ehren des ritterlichen Heiligen große Prozessionen zu Pferd mit großem Prunk in althergebrachten Formen statt; so namentlich im Chiemgau, wo viel Pferdezucht getrieben wird. Besonders feierlich wird dieser Georgiritt gehalten am nördlichen Ufer des Chiemsees im alten Gericht Stain, Pfarrei St. Georgen. Im Jahre 1804 wie alle ähnlichen Feste abgestellt, wurde diese Feier 1833 durch königliches Reskript wieder erneuert. Um 6 Uhr morgens versammeln sich nach dem Frühgottesdienst die Reiter aus allen umliegenden Dörfern, mehr als hundert an der Zahl, im Schloßhof zu Stein, jeder mit zwei Rossen; um 7 Uhr bricht der Zug auf, geführt von zwei berittenen Postillonen, 6 blasenden Trompetern und ebenso vielen Engeln, d.h. kleinen Bauernbuben in weißen Jacken mit fleischfarbenen Strümpfen und roten Schuhen, auf schneeweißen Rossen, in ihrer Mitte der heilige Ritter Georg selbst in Gestalt eines Burschen aus St. Georg, der sich zu diesem Zweck besonders den Schnurrbart hat wachsen lassen; sein Schimmel trägt das Sattelzeug des 17. Jahrhunderts, er selbst den Blechharnisch, den Helm mit wallenden Federn, einen roten Mantel, hohe Reiterstiefel mit Sporen, in der linken hält er die rot und weiß bekreuzte Fahne, in der rechten das Schwert. An diesen Vortrab schloß sich früher die Gutsherrschaft von Stein samt dem Burgkaplan in Chorrock und Stola hoch zu Roß, jetzt ersetzt durch ein Mitglied des Landgerichts; darauf folgen zwei Zechpröpste, d.h. Vorsteher der Georgibruderschaft mit großen kranzgeschmückten Kerzen, und nun endlich die Reiter, paarweise, nach Pfarreien geordnet, vor jeder Schar ein Fähnrich. Der Zug geht auf der alten Salzburger Straße über Weisham nach der St. Georgenkirche zu Weisbrunn, deren Pfarrer samt Klerisei den Pilgern mit dem Sanktissimum entgegengeht, begleitet von den Männern der Georgibruderschaft, von denen jeder im weißen Talar mit rotem Kragen einen Stab mit dem Bild des Patrones trägt. Darauf wendet dieser Zug von Fußgehern und macht Halt vor einer uralten Linde in der Nähe der Kirche, wo selbst der Pfarrer zuerst allen Versammelten den Segen gibt und dann die Reiter, welche einer nach dem andern im Galopp an ihm vorüberjagen, mit Weihwasser besprengt. Nach einer Predigt und einem Hochamt in der Kirche des Heiligen zecht man oder treibt Roßhandel, da alles auf den schönsten Pferden erschienen ist, und endlich geht man zu Fuß nach Haus. Die Pferde werden von anderen nach Stein zurückgebracht. Anderwärts werden die Feste anderer Heiligen mit solchen Ritten gefeiert, namentlich der Tag des heiligen Leonhard. – Am Georgsabend wird in manchen Gegenden, so im Traungau, junges Gras, mit blanker Sichel geschnitten und mit geweihtem Salz bestreut, dem Vieh gegeben. Übrigens gehört die Georginacht – nebst der des ersten Mai und des weißen Sonntag – als Freinacht den ledigen Burschen; sie dürfen allerhand Mutwillen und Übermut ungeahndet begehen, und diese Freiheit wird dann gehörig ausgebeutet. So schleppen sie das Ackergerät weit hinaus ins Feld und türmen es dort hoch auf, häufig am Stamm eines wilden Birnbaumes, ja, wenn es das niedere Dach eines Hauses irgend gestattet, wird wohl gar ein Leiterwagen auf den First gesetzt. Am Palmsonntag wird die Palmweihe gehalten; die Palmbüschel werden an diesem Tag gebunden und geweiht; das Heft derselben bildet der Stab der heiligen Haselstaude – in welche niemals mehr der Blitz schlägt, seit sie der Mutter Gottes auf der Flucht nach Ägypten Schutz gegen Gewitter verlieh –, daran werden gebunden die Blütenkätzchen der Palmweide, die altheilige Mistel und der Wacholder (juniperus sabina), dessen Geruch alle Hexen vertreibt; doch muß der Haselstiel wohl geschält sein, denn Hexenspuk vermag sogar zwischen Holz und Rinde zu nisten. Für jedes Gemach des Hauses wird ein Palmbusch geweiht und das Jahr über wohl verwahrt; zieht ein Wetter herauf, so verbrennt man einen Teil davon im frisch entzündeten Herdfeuer, dann nehmen die Blitze ihren Weg an dem Haus vorbei.

Felix Dahn

Reskript = feierliche Rechtsentscheidung / Klerisei = veraltet für Klerus, Priesterschaft.

Mondnacht am Chiemsee

Gespensterhaft die Berge ragen.
Weit über sie mit bleichem Schein,
Von raschen Wolken tief umzogen,
Schaut silberhell der Mond herein.

Der See erglänzt von seinen Strahlen,
Die spielen glänzend drüber her,
Als tanzten Nixen ihren Reigen
Auf leichtbewegtem Wellenmeer.

Am Ufer durch die hohe Buche
Mit leisem Hauch der Nachtwind zieht,
Und in den Zweigen tönt ein Flüstern
Geheimnisvoll, fast wie ein Lied.

Ich bin allein. Und wonnetrunken
Ergeb ich mich der stillen Pracht
Und meine Brust durchbebt der Zauber
Der feierlichen Sommernacht.

Ludwig Thoma

Das Grabmal auf Frauenwörth in Chiemsee

Berthold aus ritterlichem Geschlecht, ein junger Mönch des Klosters Herrenwörth im Chiemsee, fuhr öfter im Nachen nach der kleinen Insel Frauenwörth zu priesterlichen Verrichtungen. Dort gewann er die Liebe einer schönen jungen Nonne, Mathilde. Sie war die Tochter des Ritters Kunz von Helfenau, der in der Schlacht bei Ampfing blieb. Ihr Oheim riß das väterliche Erbe an sich und zwang die Widerstrebende, den Schleier anzunehmen. Begünstigt vom Dunkel der Nacht schiffte Berthold oft nach Frauenwörth zur Geliebten; sein Leitstern war das Licht in Mathildens Zelle. So verfloß den Glücklichen ein halbes Jahr. Mathilde hatte mit Beten und Fasten die gewöhnlichen Bußübungen acht Tage hindurch in des Klosters innerem Raume zugebracht. Am neunten Tage kehrte sie in die einsame Zelle zurück, in Sehnsucht der Nacht harrend. Schwere Wolken, leuchtende Blitze verkünden den nahenden Sturm. Berthold, vermeinend, das ersehnte Licht in Mathildens Zelle zu sehen, wagt den Kampf mit den aufgeregten Elementen; aber immer heftiger braust der Sturm, immer schneller und höher drängen die Wogen; nichts vermag der kräftige Arm des Jünglings. Mathilde hatte kein Licht in der Zelle; aber eine dunkle Ahnung trieb sie auf die Mauern des Klosters; Blitze erhellten die Fluten und ließen sie das grausame Spiel erkennen. Der Nachen stürzte um, und der letzte Ruf „Mathilde“ raubte der Jungfrau die Besinnung. Als sie erwachte, eilte sie zum Strand des Sees; da lag Bertholds Leiche, umflossen vom bleichen Scheine des Mondes. Sie umschloß den Geliebten, ihr Geist entwich.

Als der Tag anbrach und die Mär ruchbar ward, eilten die frommen Frauen, das entseelte Paar zu sehen. Der Abt erhielt Kunde und verweigerte geweihten Boden. Aber ein ergrauter Klausner aus ritterlichem Geschlecht, welchem ein hartes Geschick die Braut raubte, grub den Liebenden in des Klosters geweihte Erde ein Grab und senke sie in der Dämmerung hinab.

Nach einer Ballade von Koch-Sternfeld in seinen ‚Rhapsodien aus den Norischen Alpen', 1843.

Marterlspruch vom Chiemsee

Scherzweis hüpfte dieser Greise
Allhier auf dem Eise,
Als der See einbrach, da war
Es mit seinem Leben gar.

Frauenchiemsee

Die Wälder ruhn, die Berge blauen,
Es spielt der Wind auf weiter Flut,
Da sitzt im Söller unserer Frauen
Frau Irmintrud.

Sie spricht: „Mein Herz ist jung an Jahren,
Noch ist mein Mund der Minne hold –
Mein Vater ist mit dem Kaiser gefahren
Um Ehr' und Sold.

Meine Mutter rastet im kühlen Sande,
Und meines Liebsten Treu und Stet',
Die hat schon lang im fremden Lande
Der Wind verweht."

Es rauschen die Linden in leisem Schauer,
Es wirft der Wind die Blüten herein,
Die Schwalbe schwirrt um die hohe Mauer –
„Ich bin allein!"

Frau Irmintrud mit den goldnen Haaren,
Frau Irmintrud mit dem süßen Blick!
Sie spricht: „So schau' ich hinaus seit Jahren ...
Und wart' auf Glück!"

Karl Stieler

Das Landgericht Traunstein

Unter den Gerichten des Rentamtes München aufgezählt, erhielt es bei der Organisation zu Anfang unseres Jahrhunderts noch das alte Gericht Marquartstein mit Einschluß des später an das gleich folgende Trostberg übergegangenen Seegerichts von Chiemsee und umfaßt jetzt den nach Werdenfels größten Flächenraum von 14,13 Quadratmeilen mit 42 Gemeinden, nämlich der Stadt Traunstein selbst, 74 Dörfern, 281 Weilern, nicht weniger als 417 Einöden und Mühlen, mit 21110 Seelen in 5298 Familien, welche unter nicht weniger als 201 öffentlichen und 8016 Privatgebäuden 3680 Wohnhäuser einehmen.

Der Römer bekannte augsburgisch-salzburgische Heerstraße durchzog den Bezirk Traunstein im Nordosten nach Seebruck von der Nordspitze des Chiemsees über Erlstätt und Traunstein selbst. Auch an der Südspitze desselben ist bei Grabenstätt wenigstens ein Segment einer Römerstraße bekannt geworden. Was Überreste von Gebäuden aus jener Zeit anlangt, braucht nur an Erlstätt oder Truchtlaching erinnert zu werden. Eine zu Geiselbrechting aufgefundene tabula honestae missionis aus dem Jahre 64 nach Christus ist Gegenstand eingehender Untersuchung geworden.

Von einzelnen Orten aus diesem Bezirke treten uns aus dem Chiemgaue am Chiemsee Usinga und Ising, dann Grabanstat unterm 8. Juni 959, das wir als Hauptort einer gleichnamigen Grafschaft kennen, an der Traun Trunwalha oder Traunwalchen entgegen.

Ludwig Rockinger

'Gaab 's Lebn gar wohlfi
Und taat nimmer mit,
Bal's koan' Berg nimmer gaab
Und koa' Senderin nit.

Franz von Kobell

Die Ramsau

Bei der Kunterkapelle, einer Wallfahrtskirche, geht der Pfad wieder zu Tale und führt in die Ramsau. Dieses reizende Talland mit seinen uralten Ahornbäumen, umgeben von den höchsten Berghäuptern, ist durch die Münchner Landschafter zu besonderen Ehren gebracht worden. Karl Rottmann weilte hier in stillem Frieden manche Sommerszeit. Noch jetzt kommt jährlich ein kleines Häuflein da zusammen, das sich trotz der baufälligen, wenig schönen Stuben des Wirtshauses und der wenig schönen Menschen im Genuß der Landschaft äußerst glücklich fühlt. Im Sommerhaus der Herberge betrachtet man gern die heitern Skizzen, die ein kühner Griffel auf der Wand zurückgelassen. Von hier aus muß man auch dem Hintersee einen Ausflug widmen. Er liegt ohnedem nicht ferne und ist ein kleines Gewässer, an dessen Ufer eine Kapelle steht und ein Wirtshaus, dessen Salmlinge einen Namen haben. Der Weg von der Ramsau nach Berchtesgaden ist aller Reize voll.

Ludwig Steub (1850)

Salmling = eine Fischart

Schiffleut' – Hamur!

Eine Episode aus dem Berchtesgadener Aufenthalt Seiner Königlichen Hoheit des Prinzregenten

„Himmelkreuzseiten! Buama juchitzt's, der Prinzregent kimmt z'nachst!"

„Wann?"

„D'nächst Wochen!"

„Juih! Er soll scho' leben a bereits, hoch! hoch! hoch!"

Jessas, ist das ein Jubel unter den Schiffleuten des Königssees auf diese Freudenbotschaft hin. 's Wetter war die längste Zeit schon so verdächtig, daß der Oberförster allweil bedenklicher zum Peterl 'naufg'schaut hat und der Schiffmeister vom Königssee hat dagegen den Kopf recht weit herabhängen lassen bei dem Malifizwetter. Ganz natürlich, denn ist's Wetter nicht jaagerisch gut, dann hast 'n Prinzregenten g'seh'n für dös Jahr. Er bleibt dann schön sauber in der warmen Residenzstuben drinnen z'München bei seine Leut' und Bertlsgaden und der Königssee kann si' hoamgeig'n lassen. Die Freud' des Wiedersehens ist na' pfutsch und für die Schiffleut' und Treiber der Verdeanst aa, ober dös waar no' 's wenigst, dös lassat si' verschmerzen, aber die armen Leut' droben in die Berg' mit eahnan Harm und Unglück, die warten mit Sehnsucht und Schmerzen, bis der liebe guate Landesvater 'rein kommt zur Gamsjagd ins Bertlsgadner Landl. Da ist dem oan' a Kuh derfallen und er brauchet a neue, hat aber 's Geld zum Kaufen neet, sonst verhungern die arma Leut' droben in dem oa'schichtigen Häuserl; ein anderer ist abbrennt und kann neet ganz aufbau'n, weil ihm die Sechser ausg'angen sind; wieder einer ist d'Steuer und d'Brandversicherung schuldig und die Pfändung steht bevor, der Mann hat auf dem einzigen Kornfeld Mißernte gehabt, jetzt geht er z'grund, wenn der Vater der Barmherzigkeit, Luitpold der Guate, nicht bald hereinkommt und hilft in höchster Not. A arme Nahterin braucht notwendig a Nähmaschin', wer wird ihr s' kaufen, niemand auf der Welt als der Prinzregent. Im Marmorbruch droben am Untersberg ist der Stoa(n)brecher-Michl verunglückt, die G'schicht kam vorzeitig ins Rutschen und hat dem armen Teufel d'Haxen abdruckt. Jetzt liegt er im Spital mit abg'sägte Füß, daheim hungert ein brotloses Weib und fünf arme Kinderln. Wer wird diesen Brot geben? Vom Armenpflegschaftsrat werden s' nicht fett, der hat andere Arme grad' gnua zu unterstützen. Bleibt nur der Landesherr zum Helfen übrig. Und so geht's fort und fort, weil halt überall, in jedem Häusel schier 'was den Himmel aufhalt', und in die Berg' herin' 's Unglück gar so viel leicht kommt. Allen diesen Armen mit ihrem Binkerl-Elend

kann nur einer helfen, der vielgeliebte Landesvater, und zu ihm blicken sie gläubig und hoffend auf und ihre Hoffnung wird nie zuschanden. Mit offener Hand gibt der hohe Herr und selber steigt er oft 'nauf in die Hütten des Elends und tröstet die Armen und bringt den Sonnenschein des Glükkes mit für seine Landeskinder. Ist er selber herin' im Landl, dann, ja dann ist's gut, da hört er und siecht er selber, wo d'Hilf' not tut, draußen in der großmächtigen Stadt München, dort kann er nicht immer wissen, wo's fehlt, mein', dort hat er noch mehr zu denken und zu tun. Drum guckt alles, wie's Wetter wird im November, und die armen Leut' zählen schier die Schneeflocken, ob nicht zu viel 'runter fallen und dem Prinzregenten die Jagd verderben. Da steigt gar manches Gebetlein zum heiligen Peterl hinauf, er möcht' nicht z'viel schneien lassen und dem Hilfewerk des Landesherrn nicht dreinpfuschen.

Wird's aber im Schloß lebendig und wenn gar die Königsflaggen aufzogen wird, dann juchhe! Er kommt, der Prinzregent kimmt, alle Not hat a End'! Wie Flugfeuer eilt die Jubelnachricht von Hof zu Hof, von Hütte zu Hütte, höher schlagen die Herzen, alles rüstet sich, den lieben Landesvater zu begrüßen, überall kriechen die blauweißen Fähnlein zum Dachfensterl 'raus und die Burschen schleppen 's Holz 'nauf auf die Berg' zum Freudenfeuer anzünden für den ersten Ankunftsabend.

Ganz rebellisch werden die Schiffleut' herunten am See, denn jetzt wird's bestimmt, wer den Regenten zur Jagd fahren darf über die Flut des Königs aller Seen. Das gibt eine höllische Aufregung unter den Leuten. Die besten und sichersten Fahrer müssen ausgesucht werden, und für die Ehr', den Landesvater fahren z'dürfen, will jeder der best' sein. Der Schiffmeister hat da keine kleine Arbeit; tüchtig und verlässig, erprobt in Sturm und Gefahr, vertraut mit den Tücken des düstern Wassers sind sie alle, die braven Schiffleut' des Königssees, aber eine Auswahl muß getroffen werden, alle können sie die Hofgesellschaft nicht 'nüberbringen.

Wen das Los trifft, der ist glückselig, Ehre und guter Verdienst ist dem Glücklichen gesichert. Den Hansl hat's diesmal 'troffen fürs erste Schiff, er darf den Regenten 'nüberfahren, wenn er am Gotzen jagen wird. Jessas, dös Glück!

„Halt' di' fein ordentli, bis der Prinzregent kimmt!" ruft der Schiffermeister dem vor Glückseligkeit ganz rabiat gewordenen Hansl nach, der davonstürmt, als brenne der Boden unter seinen Füßen.

„G'wiß aa no'!", ruft der Hansl zurück und ist nimmer zu halten. Er will der erste sein, der z'Bertlsgaden die Jubelnachricht weiterverbreiten kann. Weggeweht ist die Ermahnung des Schiffmeisters, 's Menschenherz will auch sein' Freud', drum g'schwind 'nein zum Posthalter, nachher zum Bierdamerl usw.

Die Gotzenjagd ist angesagt, 's Prinzregentenschiff liegt am See unten festlich geschmückt und schaukelt sich stolz, als fühlte es, wen es über die Fluten tragen darf. Alles ist bereit, der Regent kann plötzlich kommen. Wo, zum Kuckuck ist denn der Hansl?

Der Hansl? Ja, der Hansl sitzt im Neuhaus stolz wie ein Pfau und trinkt Wein zu Ehren des heutigen Tages. „Der Prinzregent soll leben, hoch!" Und dreimal hoch rufen die Burschen begeistert.

„No a Viertel zu Ehren des Prinzregenten!" ruft glückselig der Hansl, der einen Plan sich ausdenkt hat. Er will flott fahren bis zur Bentenwand, dann aber bei der Echostelle halten und aus treuer Bayernbrust sein „Hoch!" dem Landesvater ausbringen, daß es zehnfach widerklingt von den Wänden herab.

Der Hansl ist ganz begeistert über diesen geheimen Plan und in seiner Begeisterung vergißt er ganz, daß er bereits unten im Schiff sein sollte. Der Wirt vom Neuhaus macht ihn darauf aufmerksam, und erschrocken zieht der Hansl die Uhr heraus: Sternhagel! Hiazt spukt's! Zu Fuß kommt der Hansl 'nimmer nunter zum See, fliegen kann er nicht, und Fuhrwerk ist auch keines zur Stelle.

„Macht nix!", schreit der Hansl, greift nach sein Hütel und springt 'nüber zum Schloß.

Die Hofequipage steht zur Abfahrt bereit, ungeduldig scharren die Hengste mit den Hufen. Der Flügeladjutant kommt eben die Treppe herab, der Regent muß jeden Augenblick erscheinen. Der Hansl macht einen sakrischen Kratzfuß, dreht sein Hütel wie ein Kreisel und bittet den Adjutanten, er möge ihn mitfahren lassen in der „Hofeklibasch".

„Er ist wohl verrückt?"

„Neet ganz, Gnaden Herr Adjutant!"

„Ach was, weg da, Platz gemacht!"

„I muaß mit, sonsten kann der Prinzregent neet über'n See, i bin ja der Führer vom Regentenschiff!"

„Geht nicht, wird eben ein anderer fahren!"

„Waar neet übel!"

In diesem Moment kommt der Regent heran und fragt, was denn der

Disput des Adjutanten mit dem Bauernburschen bedeute. Just will der Adjutant den Mund aufmachen zur Explikation, da schiebt der Hansl den Adjutanten mit einem Ruck zur Seite und sagt: „Herr Prinzregent, aufhuck'n (aufsitzen) möcht' i!"

Belustigt über diese drollige Bitte, forscht der Regent nach den näheren Umständen derselben, und gütig wie immer, kann er das so treuherzig vorgebrachte Anliegen seines Schiffsführers nicht abschlagen. Der Bursch wär' am End' für sein Leben lang unglücklich, meinte der gnädige Landesherr.

„No und ob!" erwiderte schlagfertig der Hansl.

Die Frage, wie der Schiffsführer aber im Königswagen mitkommen könne, die löste der Hansl sehr einfach mit der Zwischenbemerkung: „Na' fahrt halt der Büchsenspanner im zwoaten Wagen!"

Lachend ward dies genehmigt, und flink wie eine Katze war Hansl oben am Bock neben dem stolzen Leibkutscher, der sich grün ärgerte über solche Nachbarschaft. Mit einem kernigen Juhschrei des Hansl fuhr die Hofequipage durch Berchtesgaden hinab in sausendem Tempo zum Königssee. Die Leute guckten nicht wenig, wie der Hansl am Bock des Königswagens sitzen kann.

Wie der Hansl dann mit dem allergnädigsten Herrn wieder zurück kam über den See, da wollten die Leute es erfahren, wie man es anfangen muß, um im Königswagen fahren zu dürfen. Die einen rieten auf die hohe Gönnerschaft, auf Empfehlung, andere vermuteten einen Kniefall des Hansl wegen der Strafe vom Schiffmeister für die Verspätung. „Nix da!", ruft der überglückliche Hansl, „an richtigen Schiffleut'-Hamur muß ma hab'n, na' derf ma' mit'n Prinzregenten fahren. Er lebe hoch! hoch! hoch!"

Arthur Achleitner

Der Staufen bei Reichenhall

In dem Staufen, dem Falkenstein gegenüber, ist eine teils von Natur, teils durch Kunst gebildete Felsenhöhle, welche man das Frauenloch heißt. Am Fuße des Staufen, nahe bei dem Frauenloch, fließt der Lettenbach, welcher in dem Nagelloch entspringt, sich mit der Schwarzach bei dem Nagel vereinigt und dann Weißbach heißt. In dem Frauenloch wohnten in frühesten Zeiten drei Frauen, wilde Frauen genannt. Die Leute in dem Tale sahen öfter die aufgehängte schöne Wäsche am Frauenloch und sagten dann: „Jetzt wird es schönes Wetter, die wilden Frauen haben ihre Wäsche aufgehängt!" – Eine der wilden Frauen war halb schwarz und halb weiß; die beiden andern waren weiß. Vor der Höhle saß ein schwarzer Hund mit glühenden Augen. In derselben ist ein großer Schatz verborgen. Auch wurde früher das Krähen des Hahns aus dem Frauenloch gehört. Wurde in den nächstgelegenen Dörfern ein Kind geboren, so kamen die wilden Frauen in das Haus und sangen; solchen Kindern prophezeite man Glück. Bei Hochzeiten, wenn die Braut aus dem Hause der Eltern ging, wurde der Gesang der wilden Frauen gehört; dieses geschah aber nur bei Leuten, welche sie auszeichnen wollten. Als vor Zeiten der Bäcker von Hausmainig eine Frau von ausgezeichneter Schönheit heiratete, kamen die weißen Frauen zur Hochzeit. – Der Falkensee liegt unter dem Frauenloch. In frühesten Zeiten sahen die Leute öfter nachts ein schwarzes Roß von dem Falkensee bis zur gemauerten Brücke über den Lettenbach langsam gehend, aber auf dem Rückweg von dieser Brücke nach dem Falkensee immer im schnellen Lauf.

Mitgeteilt von Herrn Revierförster Wex

Laufen und Umgebung

Erst im Jahre 1810 gelangte das bis dahin fürstlich salzburgische Amt Laufen mit den umliegenden Ämtern Teisendorf und Waging wie Tittmonning an die Krone Bayern, also der ganze Bezirk zwischen der Südgrenze von Burghausen bis etwas unter die jetzige Nordgrenze von Reichenhall, welchen östlich die Salzach schließt, und westlich die Ostgrenze von Traunstein und Trostberg, bis wo diese am Inn an das Gebiet von Burghausen stößt.

Die ganze Breite seines Bezirkes durchzogen in der Zeit der Herrschaft der Römer die beiden von Augsburg nach Salzburg führenden Straßen, nämlich die große Heerstraße kurz nach Traunstein über Teisendorf, Straß, Adelstätten, und die Verbindungsstraße über Waging und Saldorf, während die von Salzburg über Laufen selbst an den Inn ziehende Straße den äußersten Osten streifte. Daß es hierbei an Überresten aus jenen Zeiten nicht mangelt, dafür bürgen unter anderen die Orte Biburg, Freilassing, Holzhausen, Kimhausen, Kulbing mit römischen Ruinen, darunter ein vollständig ausgegrabenes Gebäude von 29 Fuß Länge und 12 Fuß Breite, dessen aus Nagelsteinbrocken bestehende und mit Flußkieseln wie Ziegeln durch Mörtel verbundene Mauer eine Dicke von zwei Fuß haben und ganz genau die unterirdischen Heizungen zur Erwärmung der Wohnung erkennen lassen, Langersöd, Laufen, Mairhofen, Molstätten, Niederhaiming, das durch einen Fund von zweihundert dicht aneinander gereihten Ringen oder Spangen von Bronze interessante Reit, Salzburghofen, Sching, Straß.

Ludwig Rockinger

Und 's Katherl is fei',
Wie's mei' Herz grad bigehrt,
Wie werds aber sei
Bal' a' Kathl d'raus werd.

Franz von Kobell

Die Gegend um Burghausen

Die Gegend um Burghausen ist für den Naturforscher nichts weniger als unbedeutend. Die Salzach fließt in einem tiefen, aber schmalen Tale, das ihr Bett ausmacht, vorbei; das östliche Ufer ist hier und da, besonders gerade der Stadt gegenüber, vorzüglich steil und wird etwas weiter unten beinahe lotrecht. Auf der westlichen Seite liegt ein schmaler Strich Landes, nicht sehr über die Fläche des Stromes erhoben, indem hier die Berge etwas weiter zurücktreten; an den nördlichsten Teil dieses niedrigen Ufers haben die ersten Anbauer die Stadt hingesetzt, die sich an einem Felsen schließt, der bis in den Strom reicht, und hinter welchem das Ufer auch hier auf einmal hoch und beinahe lotrecht wird. Das Wasser untergräbt hier sein Ufer allmählich, indem der an dem östlichen Ufer beständig abrollende Schutt daselbst einen Damm bildet, der den Wassermassen eine Richtung nach der entgegengesetzten Seite gibt. Eine weite Strecke unter der Stadt, in der Gegend von Piesing, werden beide Ufer so flach, daß sie fast dem Wasser gleich sind, weil beiderseits die Berge weiter ins Land zurücktreten, die aber nach der Vereinigung von Inn und Salzach immer wieder hier und da Vorsprünge machen.

Franz Schrank (1786)

Herbstblätter

Nur Blätter sind es, die, im Herbst gefunden,
Ich hier zu einem Kranz hab' gewunden;
Denn gold'ne, reiche Früchte euch zu reichen
Sei anderen gewährt – nicht meinesgleichen.
Nicht meinesgleichen, der sich wohl bewußt,
Daß nicht des eig'nen Schaffens Drang und Lust
Genüge dem berechtigten Begehren,
In Mannes Herbst zu schau'n der Weisheit Lehren.
Ich gab ja nur die eigenen Gedanken,
Wie sie in mir sich regen oder ranken:
Herbstblätter bot ich in bescheid'ner Hülle,
Mögt selbst Ihr pflücken Euch der Früchte Fülle.

Franz von Pocci

Volkskrankheiten und Volksmedizin

Wenn es im allgemeinen richtig ist, daß ein Boden, auf dem der Pflanzenwuchs zu besonderer Üppigkeit sich entwickelt, dem Gedeihen des Menschen nicht günstig erscheint, so ist das doch nicht auf Niederbayern anzuwenden. Der Boden dieses Kreises ist großenteils fettes, üppiges Getreideland, es wird aber von körperlich großen, kräftigen Menschen bearbeitet.

Die niederbayrische Bevölkerung wird an Körpergröße nur von den Oberbayern wesentlich übertroffen, ist den Bewohnern Schwabens fast gleich, und größer als die Bewohner aller übrigen Kreise des Königreiches. Wie in Niederbayern die Höhenunterschiede zwischen Berg- und Flachland viel unbedeutender sind als in Oberbayern, so ist auch der Unterschied in der Körpergröße nicht so groß, doch erlangen auch hier die Bewohner der Bergbezirke ein höheres Körpermaß.

Der Kropf ist auch in Niederbayern im gebirgigen Teile häufiger als im Flachlande; dort sind 2,9 % wegen Kropf und Satthals zum Militär untauglich, hier 1,7 %. In ähnlichen Zahlenverhältnissen kommen im bayrischen Walde Epilepsie und Blödsinn häufiger vor, indem diese Zustände 1,0 % der Konskribierten untauglich machen, in den ländlichen Distrikten südlich der Donau aber nur 0,6 %. In Beziehung auf das Vorkommen von Leibschäden und Plattfüßen sind die Konskribierten des nördlichen und südlichen Teiles des Regierungsbezirkes fast ganz gleichmäßig ausgestattet, sie entfernen sich nur um einige Dezimalen von der Mittelzahl des Kreises, welche für Leibschäden die Prozentzahl 2,2 und für die Plattfüße 1/2 der Untauglichen ausweist.

Endemische, nur an bestimmten Fundorten vorkommende, von örtlichen Verhältnissen abhängige Krankheiten gibt es in Niederbayern nur zwei: das Wechselfieber und den Kretinismus mit seinem treuen Begleiter, dem Kropf. Um in ihre Heimatorte zu kommen, folgt man am besten dem Laufe der Donau. Im Landgerichte Abensberg ist am Ufer dieses Flusses und seiner Altwasser das Wechselfieber sehr häufig und hört auf, wo sich der Strom bei Weltenburg durch die Felsen zwängt, tritt dann wieder in geringerem Maße auf bei Kelheim, wo sich das rechte Ufer verflacht. Zwischen Abbach und Regensburg verläßt die Donau das niederbayerische Gebiet und erreicht es erst wieder zwischen Pfater und Straubing. Hier windet sie sich träge in vielen großen Krümmungen zwischen meist niederen Ufern fort bis unter Osterhofen, überflutet nach langem Regen oder wenn im Frühjahre der Schnee schmilzt, fast alljährlich einmal die Ufer, und so kommen denn auch zwischen Pfater und Osterhofen die Wechselfieber am häufigsten vor. Unterhalb Osterhofen rücken von beiden Seiten Hügel, die abwärts immer schroffer werden, hart an die Ufer des Stromes heran, er kommt in raschere Bewegung, es hören die Wechselfieber auf und an ihre Stelle tritt allmählich das andere endemische Übel Niederbayerns, der Kropf und Kretinismus. In Vilshofen gibt es nach den Physikatsberichten Kretins; in Passau, wo der reißende Strom von felsigen Höhen eingeengt ist, gibt es keine autochthonen Wechselfieber, der Kropf aber ist sehr häufig, Kretinismus nicht selten. So verhält es sich mit Oberzell, und einige Stunden weiter abwärts ist der österreichische Grenzort Engelhartszell ein allgemein bekannter Kretinenort.

In den elf Landgerichtsbezirken links der Donau, welche den bayrischen Wald ausmachen, kommt das Wechselfieber mit Ausnahme der kleinen Strecken, welche noch der Donauebene angehören, gar nicht oder höchstens an kleinen Stellen um versumpfte Weiher vor. Aber durch den ganzen Wald findet man an verschiedenen Stellen Kropf mit Kretinismus, der in dem südlichen Teile des Kreises rechts der Donau nirgends endemisch auftritt. Dagegen sind die Ufer der Donau, der Isar, der Vils und des Inn von jährlich wiederkehrenden Wechselfiebern auf großen Strecken heimgesucht. Vor zehn Jahren fingen die Wechselfieber an häufiger zu werden, erreichten im Jahre 1854 eine Zahl, wie man sie vorher nicht erlebt hatte, breiteten sich weit über die Strecken hinaus, in welche sie sonst eingeengt blie-

ben. Die Physikatsberichte des Jahres 1854 beurkunden fast einstimmig diese auffallende Vermehrung der Wechselfieber, welche sogar in einigen Stellen des bayrischen Waldes auftraten, wo man sie vorher nie beobachtet hatte, bis zu einer Höhe von 2000 Fuß über dem Meere (Deggendorf). In Regen mußten die eingeschleppten Fieber mit Fiebermitteln behandelt werden, während sie in früheren Jahren durch den bloßen Aufenthalt daselbst und den Genuß des vortrefflichen Trinkwassers heilten. In den Donauniederungen bei Bogen sollen von 14.000 Menschen 5000 an Fieber erkrankt sein. Im darauffolgenden Jahre nahmen diese Fieber wieder rasch ab und kehrten in den Jahren 1856 und 1857 wieder auf ihre frühere Zahl und in die gewohnten örtlichen Schranken zurück.

In den ärztlichen Berichten aus dem nördlichen Teile und aus dem Donautale von Vilshofen an abwärts des Kreises ist nur von Kropf und Kretinismus als Endemie die Rede. Im Landgericht Deggendorf, Hengersberg, Kötzting, Regen, Viechtach, Vilshofen, Wegscheid, Wolfstein und Stadt Passau wird das Vorkommen dieser Gebrechen konstatiert.

Am ausgesprochensten ist wohl der Charakter des Kretinismus unter der Bevölkerung am Fuße des Arber in und um Bodenmais. Die Schulkinder dieses Ortes tragen in nicht geringer Zahl das eigentliche Merkmal der Bewohner von Kretinengegenden, die Zeichen einer gewissen Traurigkeit, von geistiger und körperlicher Erschlaffung; ein namhafter Teil derselben hat mehr oder weniger auffallende Anschwellung der Schilddrüse. In Mais, eine gute halbe Stunde von Bodenmais, lebt eine Bauersfamilie in günstigen materiellen Verhältnissen, in der Vater und Mutter mit enormen Kröpfen ausgestattet sind; von den vier Kindern sind zwei, ein Sohn und eine Tochter, vollständig Kretins, ein zweiter Sohn Halbkretin und der jüngste Sohn, ungefähr 15 Jahre alt, wetteifert wenigstens mit seinen Eltern und Geschwistern in Beziehung auf die Größe der Kröpfe.

Die Frage um die Ursache des endemischen Kropfes und der widerlichsten Verkümmerung des Menschen, des Kretinismus, ist noch nicht gelöst. Man hat nach und nach den Grund dieser Erscheinung in den verschiedensten Verhältnissen zu finden geglaubt, und jedesmal hat die fortgesetzte Forschung bewiesen, daß der vermeintliche Fund eine Täuschung war. Man beschuldigte die geologische Beschaffenheit des Bodens von Kretinengegenden, die Konfiguration des Landes, die zu große Feuchtigkeit der Luft, feuchte Wärme, Stagnieren der Luft in eingeschlossenen Tälern, Temperaturkontraste, Armut, soziale Abgeschiedenheit der Bewohner mancher Gebirgstäler, die Beschaffenheit des Trinkwassers etc. Als jede dieser Hypothesen durch ausgedehntere Untersuchungen umgestoßen wurde, suchte man den Grund dieser Endemie in einem Zusammentreffen der aufgezählten und anderer vermeintlicher Ursachen. Da aber auch dieses keinen überall ausreichenden Erklärungsgrund gibt, so vereinigen sich die neuesten Forscher in der Hypothese: Der endemische Kropf und Kretinismus werde durch ein Miasma erzeugt auf analoge Weise wie das Wechselfieber, ein Miasma, das nur in gewissen Gegenden sich bildet, und vermittelt durch die Luft oder durch Speise und Getränk in den menschlichen Körper kommt. In Altbayern mögen Bodenmais, Passau und Berchtesgaden die Orte sein, in denen der Kropf am üppigsten gedeiht. Es wäre aber schwer, Eigentümlichkeiten oder abnorme Zustände nachzuweisen, die diesen drei Orten gemeinsam wären. Bodenmais steht auf Urgebirge, Berchtesgaden auf jüngerer Erdformation; Berchtesgaden und Passau liegen in tiefen feuchten Tälern, Bodenmais aber nicht. Die Luft mag in Berchtesgaden abnorm wenig bewegt werden, in Bodenmais aber gewiß hinlänglich und in Passau eher zu viel. In Passau mag feuchte Wärme belästigen, schwerlich aber in Bodenmais. Die Bewohner in der Gegend von Berchtesgaden und Bodenmais sind arm, die Bevölkerung ist dünn, der Verkehr ist den größeren Teil des Jahres hindurch gering; in Passau hingegen ist gerade das Gegenteil der Fall, diese Stadt ist wohlhabend, eng zusammengebaut, für den Flächenraum, den sie bedeckt, sehr bevölkert und hat regen Verkehr durch Wasser- und Landstraßen und durch die Lage an der Landesgrenze. Unter dem Volke wird nichts so häufig und so allgemein der Erzeugung des Kropfes beschuldigt wie das Trinkwasser. Paracelsus, von dessen Lehren und Irrlehren überhaupt mehr auf das Volk übergegangen zu sein scheint als von irgendeinem andern großen Arzte aus früheren Zeiten, sagt schon: „Die Kröpfe kommen aus erzischen und mineralischen Wassern." In Bodenmais ist auf der Mitte einer kleinen Anhöhe, an und auf welcher der Ort erbaut ist, eine Brunnquelle, welche der Kropfbrunnen heißt; die Leute glauben, daß der unfehlbar einen Kropf bekommt, der daraus trinkt. Nun ist aber das Wasser in Passau und Berchtesgaden hart, kalkhaltig, während das von Bodenmais im geraden Gegensatze ein weiches, ganz reines, kalkloses ist. Gemeinsam ist den genannten drei Orten, daß sie in Bergen liegen. Kropf und Kretinismus ist auch fast überall, wo er endemisch vorkommt, eine Endemie des Hochlandes, wie das Wechselfieber Endemie der Niederungen.

Während der endemische Kropf in die Berge, das Wechselfieber an die Sümpfe und Flußniederungen gebannt bleibt, verbreiten sich die heimischen Epidemien ohne eine Schranke überall hin, wo Menschen miteinander verkehren. Der Mumps oder die Tölpelkrankheit, der 1856–1858 in verschiedenen Teilen des Kreises herrschte, und die Grippe, die im Jahre 1857/8 den ganzen Regierungsbezirk heimsuchte, sind seltenere Erscheinungen; aber Blattern, Masern, Keuchhusten, Scharlach und Typhus sind Gäste, die jedes Jahr unter einer Bevölkerung, wie sie Niederbayern hat, so sicher erscheinen wie Gewitter im Sommer. Eine Zusammenstellung der verschiedenen Epidemien aus fünf Jahrgängen der Physikatsberichte zeigt, daß die Blattern jährlich in fünf Bezirken die Masern in sieben, der Keuchhusten in neun, der Scharlach in zehn und der Typhus in sechzehn Bezirken auftreten. Das häufige Vorkommen der zuletzt genannten Epidemien möchte bei oberflächlicher Betrachtung der Zahlen eine üble Meinung von den Gesundheitsverhältnissen Niederbayerns veranlassen; es hat aber seinen Grund in der eigentümlichen Verteilung der Bevölkerung des Kreises. Niederbayern hat nur 12 Städte und 61 Flecken, aber 2648 Dörfer, 3177 Weiler und 5691 Einöden und Mühlen. Kommt nun eine Epidemie in einem Landgerichtsbezirk von etwa acht Quadratmeilen vor, dessen Bevölkerung größtenteils in Weilern und Einöden lebt, so geschieht es in der Regel, daß sie einige Jahre in demselben Bezirke und in den Jahresberichten bleibt. Besonders der träge Typhus verbreitet sich hier höchst langsam, so daß er in kleinen Hausepidemien sich fortschleppend vier bis fünf Jahre im nämlichen Landgerichtsbezirke sitzt, während er kaum so viele Monate dauern würde, wenn die ganze Bevölkerung von etwa 20000 Einwohnern in einer Stadt enge beisammen wohnte. Im allgemeinen steht die Dauer einer Epidemie im geraden Verhältnisse zur Dauer der einzelnen Erkrankung in derselben. Der Typhus kommt in Niederbayern nicht häufiger vor als in andern Gegenden. Straubing wurde noch wenig von dieser Krankheit heimgesucht; in Landshut war zwanzig Jahre hindurch nur eine Typhusepidemie, nämlich im Jahre 1848; Deggendorf verschonte der Typhus 21 Jahre lang bis 1857.

Das Prädikat „ungesund" verdient in Niederbayern nur ein größerer Ort, nämlich das schöne Passau. Dort sind Skrofeln und Tuberkeln häufig; daß die mannbare Jungfrau bleichsüchtig wird, ist dort die Regel; Kröpfe sind dort so viele, wie sonst nirgends in Niederbayern. Wenn zehn Prozent der Konskribierten wegen Kropf zum Militärdienst untauglich sind, wenn man dazu bedenkt, daß nur größere Kröpfe, welche das Tragen von Kravatten und knappen Militärmonturen beschwerlich machen, Militäruntauglichkeit bedingen, daß der Kropf sich häufig erst nach dem einundzwanzigsten Lebensjahre entwickelt, daß die Frauen viel häufiger mit Kropf behaftet sind als die Männer, so wird man kaum Unrecht tun, wenn man annimmt, daß nahezu ein Drittel der Passauer Bevölkerung eine vergrößerte Schilddrüse hat. Passau hatte seit zwanzig Jahren vier Typhusepidemien und von da aus wurden die Samenkörner zu neuen Epidemien in andere Ortschaften Niederbayerns, wie nach Vilshofen, Wolfstein etc. verschleppt. Nach der letzten Typhusepidemie 1855 haben Magistrat und Bürger von Passau es unternommen, mit bedeutenden Opfern nach einem großartigen Plane ihre Stadt zu kanalisieren, mit neuen Wasserleitungen zu versehen und frisch zu pflastern. So groß auch die Opfer dafür sein mögen, sie werden an der Gesundheit der Bevölkerung sich gewiß hoch rentieren, wenn es auch wegen der Lage der Stadt unmöglich ist, daß Passau je so gesund wird, wie es schön ist.

Sterblichkeit

In den Todesursachen unterscheidet sich Niederbayern nicht auffallend von den übrigen Kreisen des Königreiches; nur der Selbstmord ist in Niederbayern sehr selten; im ganzen Kreise kommen jährlich durchschnittlich nur 15 Selbstmorde vor. In dreizehn Jahren, von 1844–1856, entleibten sich 157 männliche und 41 weibliche Individuen.

Vergleicht man die Absterbeordnung der niederbayerischen Bevölkerung mit den allgemeinen Mortalitätsberechnungen von v. Süßmilch-Baumann und Duparieux-Flourencourt, welche für die genauesten und zuverlässigsten gelten, so ist diesen gegenüber die Mortalität Niederbayerns nur in den ersten Kinderjahren entschieden ungünstig; besser als jene allgemeine Berechnung ist sie vom zwanzigsten bis siebzigsten Lebensjahre und wird wieder etwas schlimmer im höheren Greisenalter.

Die Ursachen, warum die Sterblichkeit nicht günstiger ist, liegen nicht in Schädlichkeiten, die dem Lande oder Klima als solchem eigen sind. Die erwähnten endemischen Krankheiten, welche mit der Beschaffenheit der Terrainverhältnisse zusammenhängen, bedingen wohl hie und da Siechtum und früheren Tod, aber nicht in der Ausdehnung, daß sie die Mortalitätsziffer wesentlich ändern könnten. Diese Ursachen liegen mehr in den sozialen Verhältnissen.

Obenan stehen Mängel in der Pflege der kleinen Kinder, besonders im ersten Lebensjahre. Wohl muß es zur Ehre der niederbayrischen Mütter gesagt werden, daß sie in der großen Mehrzahl ihren Säuglingen die Brust reichen. Vorzüglich verdienen dieses gute Zeugnis die Mütter auf dem Lande und besonders im bayrischen Walde und dem östlichen Teile des Kreises; die Mütter im westlichen Teile des Kreises und in den Städten und Märkten kommen ihrer Mutterpflicht in dieser Beziehung weniger nach. Vielleicht sterben eben deswegen, weil die Mehrzahl der Säuglinge Niederbayerns die Muttermilch genießen, dort um 3,1 % weniger Kinder im ersten Lebensjahre als in Oberbayern. Neben der Muttermilch aber erhalten die Säuglinge einen kleisterähnlichen Mehlbrei und den selten reinlich gehaltenen Schnuller. Sind sie unruhig, so werden sie in der Wiege geschaukelt, bis sie betäubt einschlafen, und will der Schlaf nicht kommen, so wird nicht selten die Wirkung des Schaukelns noch durch Mohntee unterstützt. Erkrankt ein Säugling, so wird auf dem Lande nur in seltnen Fällen ein Arzt gerufen; Kindern, glaubt man, könne man keine Arznei geben, sie können ja nicht sagen, wo sie Schmerzen fühlen. Stirbt ein Kind, so tröstet man sich leicht mit dem Gedanken, daß nur ein Engel mehr im Himmel ist.

Es kommt vor, daß das ganze Jahr hindurch in einem Landgerichtsbezirke nicht ein unmündiges Kind ärztlich behandelt wird, obgleich jährlich 40,6 % der Gebornen wieder sterben. Es kam vor, daß bei Epidemien in wenigen Wochen zwei oder drei Kinder aus wohlhabenden Familien starben, ohne daß man einen Arzt befragte. –

Auch Erwachsene versäumen sehr häufig ärztliche Hilfe, ergeben sich in ihr Schicksal oder trösten sich mit dem fatalistischen Spruche: Wenn die Zeit aus ist, muß man sterben, wenn auch der Doktor kommt. Dabei ist der Bauer Spezifiker, er glaubt, für jede Krankheit existierte auch das bestimmte und sichere Heilmittel; hat er nun ein Glas voll Medizin geschluckt und spürt keine Wirkung, so schließt er daraus, der Arzt habe sein Leiden nicht richtig erkannt, oder wie er sich ausdrückt: nicht „erraten", „getroffen", überläßt sich nun der Schickung Gottes oder sucht woanders Hilfe. Die

meiste Sorge machen ihnen gewöhnlich noch Halsentzündungen, wenn sie auch ganz leicht sind, denn das scheint bedenklich, wenn der Weg zum Magen versperrt zu werden droht. Dagegen werden sehr gewöhnlich die gefährlichsten Unterleibsentzündungen versäumt, denn wegen Bauchweh geht man noch nicht zum Arzt! Statt dessen wird während der für die Behandlung günstigsten Zeit ein Volksmittel angewendet. Es ist eine durch das ganze ländliche Niederbayern gehende Ansicht, daß sehr heftig schmerzende Unterleibsleiden vom „Nabelausparzen" herrühren. Man ist nun angelegentlichst besorgt, den Nabel wieder zurückzubringen. Es wird, mit verschiedenen lokalen Eigentümlichkeiten des Verfahrens, zu diesem Zwecke in einem Glase durch Erwärmung die Luft verdünnt und das Glas wie ein Schröpfkopf am Nabel angesetzt. Um Straubing ist noch eine andere Behandlungsweise üblich: Der Behandelnde drückt ein Knie zwischen die Schulterblätter des sitzenden Kranken, faßt dessen beide Hände und zieht sie mit allmählich verstärktem Zuge nach rückwärts. Knackt ein Gelenk, so ist der Nabel eingerichtet.

Viele Menschenleben kosten wohl auf dem Lande die ungenügenden Wohnräume. Die Bauern (die bäuerliche Bevölkerung gibt bei Sterblichkeitsberechnungen in Niederbayern ganz den Ausschlag, denn sie macht über drei Viertel der Kreisbevölkerung aus) haben für sich und ihre Familie in der Regel nur eine heizbare niedere Stube. Sogar in den wohlhabendsten Gegenden ist dieses noch der Fall. Der reiche Rottaler Bauer baut sich für seine Lieblingstiere, die Pferde, prächtige gewölbte Stallungen, während er mit seiner Familie in einer engen Stube zusammengedrängt bleibt. Besonders ungünstig sind die Wohnungen im bayrischen Walde: Die kleinen Fenster der Wohnstube, die wenig Luft und Licht eindringen lassen, gestatten zunächst die Aussicht auf einen Berg von Dünger, der den größeren Teil des Jahres gesammelt bleibt. Die kleine Stube teilt die Familie nicht bloß mit der Hauskatze und dem Hunde, sondern gewöhnlich mit den Hühnern, manchmal sogar mit jungen Schweinchen oder Lämmern, die sich einer besonders rücksichtsvollen Behandlung erfreuen. In einer Ecke steht im Winter häufig ein Faß voll Sauerkraut. In dieser Stube wird nun Sommer und Winter für Tiere und Menschen gekocht; es entwickeln sich dadurch natürlich Wasserdämpfe in einer Masse, daß sie, tropfbar geworden, von den Wänden rinnen. Nun denke man sich in einer solchen Stube drei oder vier scharlachkranke Kinder oder einige Typhuskranke! Es muß unter solchen Umständen die Sterblichkeit bei Epidemien enorm groß sein, und sie ist es auch wirklich. –

Während in den gebildeteren Ständen Mangel an Muskeltätigkeit und zu seltener Genuß der freien Luft eine Quelle mannigfachen Siechtums bilden, nagen an der Kraft der ackerbautreibenden Bevölkerung übermäßige körperliche Anstrengungen und Unbilden der Witterung, denen der Landmann den größeren Teil des Jahres viel trotzen muß. Schulkinder werden schon zu schweren Arbeiten angehalten, so viel nur ihre dünnen Knochen aushalten; schwangere Frauen unterziehen sich den ermüdendsten Geschäften bis zu ihrem Wochenbette. Deswegen altert die Gestalt des Landmannes früh; namentlich sehen die Weiber, wenn sie einmal die zwanziger Jahre zurückgelegt haben, in der Regel um ein Jahrzehnt älter aus als ihre Altersgenossinnen aus den höheren Ständen. Der seltene Fleischgenuß und der Kaffee, der immer mehr Eingang findet, mögen dazu beitragen.

Ein Luxusgenußmittel, das wohl nirgends in der Welt in solchem Ansehen steht und so eigentümlich bereitet wird als im bayrischen Walde, ist der Bresiltabak. Die Wirkungen dieses Tabakes verändern wohl die Sterblichkeit nicht nachweisbar, sie sind aber gewiß schädlich.

Der Bresil soll die schlechteste in Brasilien gebaute Sorte Tabak sein. Er wird mit Pflanzensäften gebeizt, gerollt und in Tierhäute eingenäht nach Europa ausgeführt. Bayern soll unter allen europäischen Ländern verhältnismäßig den meisten Bresil verbrauchen, und die Waldler sind es, die unserem Vaterlande diese Auszeichnung verschafft haben. Im gebeizten und gerollten Zustande wird der Tabak im Walde eingeführt und dort mit Zusatz von Schmalz und etwas Kalk oder Pottasche zu einem feinen Pulver verrieben. Dieser Tabak heißt im Walde Schmalzler und wird in großen Massen verbraucht. Physikatsberichte sagen, daß von 100 erwachsenen Waldlern 99 Schmalzler schnupfen. Der Waldler kann das Fleisch entbehren und das Bier, er begnügt sich mit Kartoffeln und schlechten Mehlspeisen, den Schmalzler aber kann er nicht missen. Die meisten bereiten sich ihr Tabakpulver selbst, doch gibt es auch unter ihnen Berühmtheiten, die ihm eine besonders feine Blume zu geben wissen, ein Vorzug, den nur die ausgebildete Nase eines Waldlers herausfinden kann.

Der Tabak ist ein scharf-narkotisches Gift, das sehr lange oder übermäßig genossen einen schädlichen Einfluß auf das Nervensystem üben muß. Ökonomen im Walde behaupten auch, man beobachte nicht selten, daß Knechte, die „starke Schnupfer" sind, auf dem Felde hinfällig werden, nicht mehr arbeiten können, wenn ihnen der Schmalzler, ihr gewohntes Reizmittel, plötzlich mangelt. Diese Erfahrung läßt vermuten, daß das Schnupfen, übermäßig getrieben, in analoger Weise auf das Nervensystem wirkt wie Opium und Branntwein. Der Waldler folgt in eigentümlicher Weise einem Verlangen der Natur des Menschen nach Reizmitteln, dem alle Völker auf die mannigfaltigste Weise zu genügen suchen. Der Verbrauch von Schmalzler nimmt überhand, auch die Weiber sollen sich mehr und mehr an diesem Genusse beteiligen; im Walde wird aber sehr wenig geraucht.

Wenn oben erwähnt wurde, daß bisher die meisten Niederbayern sterben, ohne daß sie an ihrem Sterbebette einen Arzt sehen, so soll damit nicht gesagt sein, daß sie länger krank sind, ohne daß sie Mittel brauchen. Es sterben vielleicht sogar wenige Säuglinge auf dem Lande, ohne daß man ihnen eine Fraishaube aufgelegt oder sonst ein Sympathie- oder anderes Hausmittel gebraucht hat. Mit den 118 promovierten Zivilärzten Niederbayerns konkurrieren nicht bloß Chirurgen und Bader, sondern auch viele Quacksalber, Abdecker, weise Frauen etc. Die Mittel, welche in Gebrauch kommen, sind kaum zu zählen, sie scheinen noch mannigfaltiger zu sein als in Oberbayern.

Nur eine Kurart möge hier Erwähnung finden, weil sie in Niederbayern besonders häufig und mit vielen örtlichen Verschiedenheiten in Anwendung kommt, nämlich das heilkräftige „Messen" oder „Abmessen", auch „Wenden" und „Abwenden" genannt. Grimm verfolgt diesen Gebrauch als sehr alt zurück in die ältesten Zeiten und in den fernsten Orient, findet Spuren davon in der Heligen Schrift und bemerkt, daß im Liegnitzschen heutzutage noch fast in jedem Dorfe eine des Messens zu Heilzwecken kundige Frau sei.

Um Abendsberg wird bei Kopfleiden der Kopf mit einem Faden gemessen und dieser unter unbekannten Sprüchen vergraben. Sehr schmerzhafte Kopfbeschwerden heißen „Hauptschein". Um Bogen wird folgende Prozedur dagegen angewendet: Die kundige Druide mißt den Kopf des Patienten mit einem roten Bande kreuz und quer und bringt heraus, daß der Kopf das rechte Maß nicht habe und der Kranke an Hauptschein leide. Darauf zündet sie drei Wachskerzen von weißer, roter und grüner Farbe von der Länge an, um welche das Maß unrichtig war, und verbrennt sie unter Gebeten. Dieses wird in Zwischenräumen so oft wiederholt, bis der Kopf „das rechte Maß wieder hat" oder der Schmerz vorüber ist.

Um Passau wird von dem Messenden der Kopf des Kranken mit den Fingern umspannt, zuerst von hinten nach vorn, dann von einer Schläfe zur andern unter Hersagung eines kurzen Gebetes.

„Abwenden" heißt die geheime Kunst zweier sehr beschäftigter alter Weiber in Untergriesbach und Obernzell. Sie erhalten das Körpermaß und die Angabe der Krankheitsdauer vieler Kranker von weit und breit und bringen durch Messen mit der ausgespannten Hand auf unbekannte Weise heraus, ob der fragliche Kranke an der Auszehrung leidet oder nicht, mit andern Worten, ob er der Krankheit erliegen wird oder nicht.

Vieles, was körperliches Gedeihen und Gesundheitspflege anbelangt, ist in der letzten Zeit besser geworden und ist auf dem Wege, noch besser zu werden. Erweiterter Verkehr, besserer Unterricht, sorgfältigere Kultur des Bodens, wachsender Wohlstand, intelligente Ärzte werden beitragen, die Fortschritte zu beschleunigen.

Wesentlich werden dieses Ziel die Krankenanstalten fördern. Kaum ein Städtchen, wenige Märkte sind im Kreise, in denen nicht wenigstens einige Zimmer zur Pflege kranker Armer und Dienstboten eingerichtet wären. In den 46 Krankenanstalten wurden jährlich über 6000 Kranke behandelt. In diesen Anstalten sehen nicht nur die Kranken, sondern auch diejenigen, von denen sie besucht werden, mit eigenen Augen den Segen einer guten ärztlichen Pflege und den Nutzen einer vernünftigen Hygiene.

Joseph Wolfsteiner

Konskribierte = die, die in den Militärlisten stehen / endemisch = (bei Krankheiten) in einem begrenzten Gebiet ständig vorkommend / Kretinismus = Schwachsinn / Physikat = Amt des Kreis- oder Bezirksarztes / autochthon = eingesessen; an Ort und Stelle entstanden / Konfiguration = räumliche Anordnung / Miasma = giftige Ausdünstung des Bodens / Skrofel = Hautkrankheit / Mortalität = Sterblichkeitsziffer / Druide = eigentlich: keltischer Priester; hier: „weise" Frau.

Sterz oder Zwirl

750 g Kartoffeln am Vortag mit der Schale kochen.

Am nächsten Tag schälen und auf grober Raffel reiben. 1 1/2 Teelöffel Salz und 250 g griffiges Mehl (Dunst) zugeben. Zusammenmischen und abbröseln. 3 Eßlöffel flüssiges Fett in einer Pfanne erhitzen. Eine große Handvoll Kartoffelmasse zugeben und anbraten lassen. Mit dem Holzschaber zerhacken und einen Eßlöffel Fett überträufeln. Goldbraun braten, der Sterz darf nicht zu weich sein.

Man kann auch den angebratenen Sterz in einer gefetteten Reine in das auf 230 Grad vorgeheizte Backrohr geben, auch mit Fett beträufeln und goldbraun backen. Dazu reicht man Dick- oder Buttermilch.

Sterz eignet sich auch als Beilage, z. B. zu Gemüse; dann entsprechend weniger Kartoffeln nehmen.

Aus dem Landgericht Eggenfelden

Hauptort dieses Gerichtsbezirkes ist Eggenfelden an der Rot, das neben Pfarrkirchen und Rosenheim als der schönste Marktflecken in Altbayern genannt wird. Schon der brave Wening wollte nicht gerne glauben, daß Kaiser Otto den Ort erbauet und dieser hiernach Ottenfelden genannt worden sei; in älteren Urkunden kommt er als Etinfelden vor. Das Spital wurde durch Magdalena Lengfelderin von Taufkirchen 1492 errichtet, das Klösterlein der Franziskaner aber 1649, nachdem zum Andenken an das Aufhören der Pest 1634 und 1638 die Frauenkirche und Mariahilfkirche erstanden waren. Dem Freunde vaterländischer Geschichte wird nicht entgangen sein, daß der Turnierreimer und Ehrenhold Johann Holannd „ein Knab der Wappen, deß Adels Kind, eines trewen Fürsten Hofgesind" unserem Markte entstammte; auch der hiesige Landrichter Ritter Oswald Geltinger, mit den Herzögen Christoph und Wolfgang befreundet, muß ein lustiger Kauz gewesen sein, da er, wie Hund meldet, Geschichten ersann, die dem Eulenspiegel nicht zur Schande gereicht hätten. In der Einöde Axöd war der verdienstvolle Begründer der Handwerksfeiertagsschule zu München, Fr. X. Kefer, geboren.

Nahe bei Eggenfelden über der Rot, welche hier die Bistümer Regensburg und Passau scheidet, liegt Schloß und Hofmark Gern, seit dem 14. Jahrhundert im Besitze des alten Edelgeschlechtes der Closen oder Clausen, die aus dem Zürchergau gen Bayern kamen und zu den reichsten und häufigst mit hohen Staatswürden bekleideten Adelsfamilien unseres Landes gehörten. Zu ihren Besitztümern zählten die Closen früher auch Arnstorf, welches durch Herzog Heinrich 1319 zum Markte erhoben wurde und dabei die vier bisher im Dorfe Hainberg abgehaltenen Jahrmärkte erhielt. Die Begründung des Georgi-Jahrmarktes in Gern beruht auf dem herzoglichen Lehensbriefe für Albrecht den Closener von 1348; „er und seine Erben können hiernach handeln und legen wie es ihnen fugt; rückwärts und über der Rot sollen sie ohne herzogliche Einmengung den Markt schirmen." Kaufleute aus Nürnberg und Augsburg bezogen einst den Markt mit Waren, und im Jahre 1501 trieb ein Bauer aus dem Schärdinger Gericht über 200 Kühe und 2000 Schweine zum Verkaufe hierher. Der letzte Closen, welcher sich als tätiger Landwirt einen ehrenvollen Namen machte, starb unvermählt 1856; sein Vater kämpfte an der Seite Washingtons für die Freiheit Nordamerikas und war wohl der einzige Bayer, welcher den Cincinnatusorden trug.

Alois Schels

König Max Joseph I. und das Studentlein

Ein Kind im Alter von anderthalb Monaten wurde dem Waisenhause übergeben. Von diesem Institute übergab man es gegen das Erziehungsstipendium von jährlichen 48 Gulden auf das Land. Dort an dem Gebirge in einem Dorf übernahmen den verlassenen Säugling arme, gute Eheleute, welche, nachdem sie vorgeschrittenen Alters halber unfähig wurden, durch Taglohn ihre Nahrung ferner zu verdienen, ihrer Rechtschaffenheit und Ehrlichkeit wegen von der ganzen Gemeinde gerne unterhalten wurden. In dieser Hütte wuchs das Kind besonders unter liebevoller Pflege des Weibes heran. Zum Schulunterricht reif, wurde der Knabe nun in die Schule geschickt, und die Pflegeeltern bezahlten mit Freuden das Schulgeld, da der Knabe an Talent, Willen und Fleiß sich auszeichnete. Endlich bekam der Waise immer mehr Begierde zu lernen. Nicht ferne vom Dorfe wohnte ein Schullehrer, welcher besonders gerne die Ausbildung talentvoller und fleißiger Zöglinge übernahm; deshalb überließen auch die Pflegeeltern ihren Sohn dem Vertrauen des Lehrers. Mit wahrhaft christlichem und edlem Sinne, den man oft mehr in Hütten als anderswo findet, bestimmten die armen, alten Leute das Ernährungsgeld für den Waisen zu Büchern und zum Unterricht, während sie alle drei kümmerlich lebten. Der Knabe ge-

dieh an Bildung, Sitte und Kenntnis bis in jenes Jahr, in welchem der Waisenbeitrag erlosch. Nun schmerzte es besonders die alte Pflegemutter, daß ihr Sohn bei solchen Anlagen und Fähigkeiten sich dem Pfluge und dem Hirtenleben hingeben sollte. Da dachte sie an den König Max. Mit dem Stocke in der Hand wanderte nun das alte Mütterlein mit dem Knaben, der sein bestes, aber abgetragenes Bauernröcklein angezogen hatte, nach Tegernsee, wo sich der König befand. Auf ihr Bitten ließ dieser beide vor und hörte gütig, was die Alte sprach, die, dem milden Monarchen die guten Zeugnisse ihres Pfleglings vorzeigend, das Schicksal des Waisen mit wehmutsvollen und mütterlichen Worten schilderte. Der König betrachtete den schönen Knaben und frug ihn: „Mein Kind, zu was hast Du Lust in der Welt?“ Der Knabe antwortete, aufgemuntert durch des Königs liebevolle Worte, frisch und unerschrocken: „Ich möchte Geistlicher werden und studieren.“ Dieses gefiel dem König, und er wandte sich zu dem Schreibtische und gab der Alten Geld mit den Worten: „Brave Alte, hier nehme und kleide damit Deinen armen Sohn; dann gehe in acht Tagen zu dem Herrn, der Dir das weitere mitteilen wird“, und zu dem Knaben sagte er: „Und Du, Bube, vergesse nie, was diese ehrliche Alte an Dir getan.“ –

Die überglückliche alte Frau ging nun weinend aus dem Schlosse, nahm einen Zwölfer von dem Gelde, das ihr der König geschenkt, und gönnte sich mit dem Knaben, was sie seit vielen Jahren entbehren mußte, einige Schoppen Bier und weißes Brot, dabei des so menschenfreundlichen Landesvaters im Herzen gedenkend. – Bald darauf erfuhr sie von dem bezeichneten Herrn, daß der König ein Kabinettsstipendium von monatlich zwanzig Gulden für den Jungen ausgesprochen habe, um auf einer öffentlichen Schulanstalt die Studien zu beginnen.

Aus „Das Bayerland", 1897

Eine Geschichte aus Wurmannsquick

Die Jugend ist immer zur Nachahmung geneigt; wollte Gott, man ließe lauter gute Exempel vor ihren Augen vorgehen, damit sie nur diese und nicht so oft böse nachahmen könnten, zu denen sie ohnehin leichter als zu guten geneigt ist. – Wenigstens sollten ihnen böse Exempel immer als Warnungen dafür vorgestellt werden.

Im Junius 1780 wurde in dem bayerischen Marktflecken Wurmannsquick, im Pfleggericht Eggenfelden, ein Mörder durch das Rad hingerichtet. Einige leichtsinnige Knaben, welche die ganze Exekution mit angesehen hatten, gerieten auf den traurigen Einfall, dieselbe nachzumachen. Sie wählten daher unter ihnen einen Scharfrichter, einen Geistlichen, und einen sechsjährigen Knaben zum Delinquenten. – Die Exekution ging vor sich, und der unschuldige kleine Knabe bekam von dem vermeintlichen Scharfrichter, der sich eines kleinen Pflugrades statt des Mordinstruments bediente, einen empfindlichen Stoß auf den Magen und noch einen heftigern auf den Hals, so daß das Blut zur Nase, Mund und Ohren herausdrang. Zwar hatte er sich vorher ausbedungen, daß sie ihm nicht weh tun sollten, und wenn er genug hätte, sollten sie aufhören, allein die Unvorsichtigkeit des Scharfrichters benahm ihm bald die Sprache. – Sobald aber die jungen Bösewichter Blut sahen, liefen sie davon; der gemarterte Knabe lebte noch wenige Tage und starb darauf zum untröstlichen Schmerze seiner Eltern.

Exempel = Beispiel / durchs Rad hinrichten = Hinrichtungsart, bei welcher der Verurteilte mit Armen und Beinen an Pflöcken festgebunden wird. Unter die Glieder werden Holzpflöcke geschoben. Mit einem schweren, mit einem Sporn versehenen Wagenrad werden dem Verurteilten die Gliedmaßen gebrochen / Exekution = Hinrichtung / Delinquent = Übeltäter, Angeklagter.

As Pfaffaschnitzl

Da Hansei fahrt mit'n Hias in d' Stodt,
auf d' Schranna eine müassn s' grod,
und wia s' do eana Gschäft habn gricht,
aft sollt ma, wia's aa gwöhnli gschicht,
im Wirtshaus drinna wos vazehrn;
des freut die Wirt, des habn s' fein gern.
Da Hansei is koa sölla Stock
und führt an Hiasei zum Blaun Bock,
und weil sie's holt schon sakrisch dürscht,
drum trinken s' holt und essen Würscht.
A Masse Leut, die essen drinn,
grod nöti hot's die Kellnerin:
„Oanmol an Bratn, a Supp mit Ei,
zwoa Tellafleisch – i bring's iatz glei!"
„A achtl Gans, Sie, bringas mir!"
„Mir aa oans und a holbe Bier!"
Die Kellnerin, die lafft und rennt,
bold sicht ma s' drentn, bold herent,
und d' Kuchl, woaßt, die muaß ma lobn!
As Gutzerl wird iatz aufigschobn
und Tella kema rein vollauf,
do san die Sachn allzam drauf.
Die Kellnerin vateilt die Woor
und nennt dazua die Nama gor:
„A achtel Gans!" – Iatz schreit der: „Hier!
As Pfaffschnitzl, Sie, gebn S' mir!"
„As Pfaffaschnitzl von da Gans",
so fragt da Hias, „woas is des, Hans?"
Da Hiasei, woaßt, a junga Lapp,
und mit'n Vastand steht's a nu knapp,
do woaßt na schon wia's diamoln geht,
der kennt holt sölli Sachen net.
Da Hans, der woaß die Gschichtn schon
und fangt aa glei's vazähln on:
„Ja woaßt", sagt a, „die geistlen Herrn,
die habn die besten Bröckerln gern,
und wos s' am allermeistn glust,
des is holt von da Gans die Brust;

vom Ochsn, woaßt, do is 's Filee,
da Ziema is 's von Hoos und Reh,
und alls, wos holt des Beste is
und 's Schönste, des ghört eana gwiß;
des hoaßt: sie hättn's holt recht gern –
jaja, so san die geistlen Herrn!"
„Aha!" sagt iatz da Hias, „schau, schau!
Ja, wohr is's, siegst, die Herrn san schlau –
du Hans: as Müllamiadei drunt,
de is so kerni, frisch und gsund –
da Pfarra möcht's als Köchin fein –
werd wohl a Pfaffaschnitzl sein!"

Peter Auzinger

Schranna = Schranne, Getreidemarkt, Fruchtmarkt / Ziema = Ziemer, Rücken

Pfarrkirchen

Am Fuße des Reichenberges liegt der freundliche Markt Pfarrkirchen, der zwar erst in den Zeiten der Landeshoheit urkundlich vorkommt, aber sich schon 1311 als einer der vornehmsten Bürgerorte Altbayerns die Privilegien der Ottonischen Handveste erkaufte und 1317 von den drei niederbayerischen Herzögen Privilegien erhielt.

Im Juni 1504 war Pfarrkirchen während des niederbayerischen Erbfolgekrieges von durchziehenden Truppen heimgesucht, 1705 aber der Sammelpunkt der aufständischen Bauern des Unterlandes, welche die herben Bestimmungen des Ilbersheimer Vertrages nicht anerkennen und „lieber bayerisch sterben als in des Kaisers Unfug verderben" wollten. Georg Sebastian Plinganser aus Pfarrkirchen, der sich am Pfleggerichte Reichenberg der Gerichtspraxis widmete, wurde am 9. November 1705 von den Bauern gezwungen, an ihre Spitze zu treten und war als bayerischer Landesdefensions-Kommissarius unter dem Namen Wormbs die Seele des Aufstandes, den er, soweit es ungeordnete und wilderregte Landleute ohne hinreichende Bewaffnung und Munition zuließen, als nicht ungeschickter Führer der Patrioten leitete, bis die unglückliche Schlacht bei Aidenbach dem kühnen Unternehmen ein Ende machte. Plinganser starb am 7. Mai 1738 als erster Rat und Kanzler des Reichsstiftes St. Ulrich und Afra in Augsburg.

Pfarrkirchen hatte außerdem die Leiden des dreißigjährigen Krieges zu empfinden, erholte sich jedoch wieder in einer Weise, daß das Rottal auf seinen historischen Vorort auch jetzt noch stolz sein darf.

Alois Schels

Landesdefension = Landesverteidigung

Aus „Baierische Chronik", 1533

Das bayerische Volk ist kirchlich, schlecht und recht, geht und läuft gerne wallfahrten, hat auch viele kirchliche Aufzüge; legt sich mehr auf den Ackerbau und die Viehzucht als auf den Krieg, dem es nicht sehr nachläuft;

bleibt gerne daheim und zieht nicht viel zu Feld in fremde Länder; trinkt sehr, macht viele Kinder; ist etwas unfreundlicher und eigensinniger, wie es geht bei Leuten, die nicht viel hinauskommen, gern daheim alt werden, wenig Handel treiben und fremde Länder und Gegenden heimsuchen.

Der gemeine Mann, der auf dem Lande sitzt, gibt sich mit Ackerbau und Viehzucht ab, liegt dem allein ob, darf sich nichts ohne Geheiß der Obrigkeit unterstehen, wird auch in keinen Rat genommen oder in die Landschaft berufen. Doch ist er sonst frei, mag auch freies, lediges, eigenes Gut haben, dient seinem Herren, der sonst keine Gewalt über ihn hat, mit jährlicher Gült, Zins und Scharwerk, tut sonst, was er will, sitzt Tag und Nacht bei dem Wein, schreit, singt, tanzt, kartet, spielt, mag Wehr tragen, Schweinsspieß und lange Messer. Große und überflüssige Hochzeiten, Totenmahle und Kirchweihen zu haben ist ehrenhaft und unsträflich, gereicht keinem zum Nachteil, bekommt keinem übel. In Niederbayern, wo man das Rechtsbuch nicht gebraucht, sitzen sie an der Landschrannen und müssen Urteil schöpfen, auch über das Blut richten. Die von den Ständen sind Prälaten, Adel, Bürger. Prälaten haben große, mächtige, reiche Gotteshäuser, sollten Tag und Nacht zu bestimmter Zeit des Gottesdienst mitsamt ihren geistlichen Brüdern warten, Gott und seine Heiligen loben und ihnen danken und für die Fürsten, die solche Klöster, Pfründen und Stifter gestiftet haben, bitten. Man will wissen, sie seien reicher und vermöchten mehr denn die andern zwei Stände mitsamt den Fürsten und hält sie für mächtiger. Der Adel wohnt auf dem Land außerhalb der Städte, vertreibt seine Zeit mit Hatzen und Jagen; sie reiten nicht zu Hof, außer wer Dienst und Sold hat. Die Bürger regieren ihre Städte und Märkte selbst, sind Handwerksleute, Wirte, Bauern, etliche Krämer, Pfragner oder Fürkäufler, die armen Tagwerker und Taglöhner. Ganz wenige haben ein Auskommen von ihren Gülten und Zinsen und jährlichem Einkommen oder Ertrag und werden „die von dem Geschlecht“ genannt. Es sind auch wenige Kaufleute, die großen Handel führen. Die Fürsten haben volle Gewalt, in allen Dingen, so Land und Leute betreffen, zu handeln, es sei denn, daß man Krieg führen muß oder Steuer und dergleichen anlegen soll oder Zwietracht und Uneinigkeit zwischen den Herrn erwachsen und erstanden ist. Wenn dergleichen große, seltsame, ungewöhnliche Sachen vorfallen, werden die Stände alle drei an einen bestimmten Ort auf einen ausgeschriebenen Tag in eine Landschaft zusammengefordert; ein jeglicher von den Prälaten und dem Adel erscheint für sich selber, die Bürger und Städte schikken einen oder zwei aus ihnen.

Johannes Aventinus

Gült = Grundstücksertrag / Scharwerk = Fronarbeit / Schranne = Getreidemarkt / Prälat = geistlicher Würdenträger

Ein Bairischer Bauren Junge.
Un garcon païsan Bavarois.

Um Griesbach

Der Markt Griesbach gehörte früher zu den in Bayern gelegenen Besitzungen der Grafen von Ortenburg, war aber schon bei der ersten Landesteilung Sitz eines herzoglichen Pfleggerichtes. Von der Geschichte des Marktes, der von manchem Topographen mit dem gleichnamigen Orte im

Landgerichte Wegscheid verwechselt wurde, ist außer der um 1670 hier stattgefundenen Geburt des gelehrten Kanonisten Franz Schmalgruber wenig Bemerkenswertes aufgezeichnet, während das Pfarrdorf Karpfham aus älterer Zeit durch zwei von Herzog Heinrich dem Löwen 1161 und 1175 hier gehaltene Landtage bekannt ist; in unserer Zeit finden auf der nahen Königswiese, wo nach der mündlichen Überlieferung einst Gaudinge gehalten wurden, im September jeden Jahres Pferdemusterung und Preiseverteilung statt, welche durch Pferderennen und andere Lustbarkeiten (wohl auch mit manchen Mißbräuchen) das lebensfrohe Treiben der Rottalerbauern genugsam erkennen lassen.

Daß auch die Römer diesen Bezirk einst bewohnten, davon geben uns die 1765 von Vormbacher Mönchen in Rotthof (Pfarrei Ruhsdorf) aufgefundenen Grabdenkmale des Ursus und der Trebonia sichere Nachricht.

Wandern wir von dem nahe gelegenen Edelsitze Kleeberg, in welchem General Graf Leopold von Tauffkirchen noch in unseren Tagen als mustergültiger Ökonom wirkte, über Tettenweis, wo einst Staatskanzler Adelzreiter seine Ruhestunden genoß und seit 1733 die aus dem Elsaß entstammenden Grafen Jonner ihr schönes Besitztum innehaben, – durch den bis 1848 reich mit Hochwild versehenen Steinkartwald, so gelangen wir zum Prämonstratenser-Kloster St. Salvator.

Alois Schels

Kanonist = Lehrer des kanonischen Rechts / Gauding = Gaugerichtsversammlung.

Otto, Herzog in Bayern, Pfalzgraf bei Rhein und König in Ungarn, rettet den Bürgern zu Neuburg am Inn das Leben, 1309

Heinrich der Löwe zerfiel nach und nach so weit mit Kaiser Friedrich dem Rotbart, daß dieser endlich auf seine Entsetzung gedrungen und 1179 selbe bewirkt hat. In Bayern setzte der Kaiser seinen Ausspruch hauptsächlich damit durch, daß er den bayerischen Pfalzgrafen Otto, genannt der Größere, von Wittelsbach zur herzoglichen Würde, von welcher das Geschlecht dieses Otto im Jahr 948 gewalttätig verdrängt worden war, nicht bloß lebenslänglich, sondern mit allen damals gewöhnlichen Feierlichkeiten für ihn und seine ganze Nachkommenschaft erblich eingesetzt hat, 1180.

Dem Herzog und Kurfürsten Otto, der 1183 starb, folgte dessen Sohn Ludwig I.; diesem, der 1231 mit Tod abging, folgte ebenfalls sein Sohn Otto, genannt der Erlauchte, und nach dessen 1253 erfolgtem Hintritt traten seine zwei Söhne Ludwig II. oder der Strenge und Heinrich auf. Diese zwei Brüder trafen 1255 eine nutznießerische Teilung ihrer Ländereien, bei welcher Ludwig, der Strenge, Oberbayern, Heinrich aber Niederbayern erhielt. Heinrich starb 1290 und hinterließ zwei Söhne, Otto und Stephan. Damals meldete sich bereits zwischen Österreich und Bayern eine heftige Gärung feindlichen Unruhen. Der 1156 eingesetzte herzogliche Stamm in

Österreich ging schon 1246 mit Friedrich dem Streitbaren wieder zu Ende, und der Kaiser Rudolph von Habsburg, da er mit Bewilligung des Reichs 1282 auf einem Reichtag zu Augsburg das erledigte Herzogtum von neuem besetzte, umging die bayrischen Prinzen, welche ihm ihre begründeten Ansprüche vorlegten, und belehnte dafür lieber seine eignen Söhne Albert und Rudolph. Albert, welcher später Kaiser geworden ist, war unmäßig eroberungssüchtig, und seine Eifersucht auf fremde Macht verleitete ihn zuweilen zu Maßregeln, die in einem hohen Grad unedel waren. Die Prinzen von Bayern, die nicht vergaßen, daß sie von dem urältesten und königlichen Fürstengeschlecht abstammten und über eine ebenso alte Stammnation herrschten, ertrugen die Neckereien der jungen österreichischen Herzöge, wie leicht zu erachten, nicht gleichgültig, und 1309 ersahen die damals in Niederbayern regierenden zwei Brüder, Otto und Stephan, die Gelegenheit, die Feste Neuburg am Inn, von welcher aus die Österreicher häufige Streifereien nach Bayern vorgenommen hatten, zu überfallen. Die bayerischen Prinzen führten ihre Truppen persönlich an, und zwar (in der Hoffnung, daß die Eroberung dieses Orts sie gar keine

Mühe kosten würde) mitten im Winter. Bei ihrer Ankunft fanden sie die Innbrücke zerstört und am gegenseitigen Ufer eine Schanze, welche mit Österreichern besetzt war. Sie taten diesen den Antrag, entweder selbst eine Brücke zu bauen und herüber zu kommen, wo sie dann ihre Sache mit dem Schwert ausmachen wollten, oder die Herstellung derselben den Bayern zu überlassen; aber die Österreicher schlugen beides ab und verließen sich darauf, daß ihre Feinde des unleidlichen Ungemachs, welchem sie durch die strenge Jahreszeit ausgesetzt wären, bald selbst überdrüssig würden und die Belagerung aufgäben. Die Bayern hielten auf ihrer Stelle neunzehn Wochen aus und hatten in der Tat unsäglich gelitten, als sie den Entschluß faßten, im Angesicht der Neuburger eine Brücke zu bauen. Der Widerstand, welchen ihnen diese entgegensetzten, munterte sie nur mehr auf. Sie brachten die Brücke zustand, verjagten die Vorposten aus ihren Verschanzungen und erstiegen die Feste, welche sie abbrannten und zerstörten. Wie die Neuburger sahen, daß alles verloren sei, flüchteten sie sich mit ihren Familien dem Innstrom zu. Schon hatten sie sich in Schiffe gerettet und wollten eben abstoßen, als sie von bayerischen Soldaten überfallen wurden, welche mit einer grimmigen Hitze herangerannt waren, um sich an denjenigen zu rächen, von deren hartnäckigem Widerstand sie so vielem Ungemach ausgesetzt wurden. In diesem entsetzlichen Augenblick wurden die Neuburger eines Kriegers zu Pferd gewahr, aus dessen Rüstung sie schlossen, daß es einer der Herzöge sei. Sie streckten ihre Hände gegen ihn aus und baten um ihr Leben. Es war Otto, und seine Großmut bewies sogleich, daß er's war. Otto drängte sich durch die dicken Haufen und befahl den erhitzten Soldaten, von denen einige die Schiffe schon ergriffen hatten, Ruhe und Schonung. Er betrachtete die ihren Fürsten treuen Einwohner mit einem besonderen Wohlgefallen, und, indem er sie frei und unbeschädigt entließ, sagt er zu den Seinigen: „Ich ehre auch an meinen Feinden die Tapferkeit."

Eben dieser Otto war es, der 1305 zum König in Ungarn gekrönt, aber zwei Jahre darauf in Siebenbürgen durch Verräter gefangen genommen und erst 1308, nachdem er aus seinem Gefängnis entwischt und lange in einem unbekannten Aufzug herumgeirrt war, wieder nach Niederbayern zurückgekommen ist. Da er seine Rechte auf die ungarische Krone mit dem Schwert in der Hand suchen sollte, verkaufte er einigen Geschlechtern und Städten die niedere Gerichtsbarkeit und stellte darüber 1311 einen Brief aus, welchen man die Handveste des Otto oder den ersten Freiheitsbrief nennt.

Lorenz von Westenrieder

Nur noch einen Walzer!

Laß doch meine Jugend, meine Jugend florieren!
Laß doch der Jugend ihren Lauf,
Junge Mädel blühen bald wieder auf.
Laß doch meine Jugend, meine Jugend florieren.

Mancher liebet oft, liebet oft ein schön Gesicht.
So wie's im Tempo steht,

So wie die Zeit vergeht.
Mancher liebet oft, liebet oft ein schön Gesicht.

Ach, wie ist doch die Liebe, die Liebe so süß!
In meines Mädchens Arm
Schläft sich mein Herz so warm.
Ach, wie ist doch die Liebe, die Liebe so heiß!

Brüderchen, ach Brüderchen, noch einmal trink mir's zu!
Dein Wohlsein! Du sollst leb'n,
Dein Mädchen auch daneben!
Brüderchen, ach Brüderchen, noch einmal trink mir zu!

Brüderchen, ach Brüderchen, wann gehn wir nach Haus?
Früh wenn der Hahne kräht,
Der Tau auf dem Felde steht:
Brüderchen, ach Brüderchen, dann gehn wir nach Haus.

Nur noch einen Walzer, einen Walzer zuletzt!
Seht mal wie hübsch und nett
Mein Mädchen sein Füßchen setzt!
Nur noch einen Walzer, einen Walzer zuletzt.

Dann gehts, wie der Vogel, wie der Vogel in der Luft!
Dann geht es um und um,
Dann gehts ticketacke pum pum!
Dann gehts wie der Vogel, wie der Vogel in der Luft.

Gehn wir spazieren im Garten wohl hin!
Beim Würfel und Kartenspiel
Sieht man der Jungfern viel:
Gehn wir spazieren im Garten wohl hin!

Gute Nacht, mein Schätzchen! Mein Schätzchen, lebewohl!
Geh ich über Berg und Tal
Ist mir kein Weg zu schmal:
Nach meinem lieben Schätzchen muß ich alle Wochen siebenmal.

Volkssitte in Niederbayern

Die Heiraten, die auch hier meist Geschäftssachen sind, werden vom Heiratmacher eingeleitet, darauf folgt der „Antrag", das auf die „Beschau gehen", das „Richtig machen", der „Jaschmarren" im Hause der Braut. Hierauf macht der Prokurator, geschmückt mit Bändern und Rosmarin, zu Fuß oder zu Roß die Runde bei allen Verwandten und Freunden, die zur Hochzeit zu laden sind, oft begleitet vom Bräutigam oder einem Vetter der Braut; in manchen Orten fordert die Etikette, daß man sich versteckt und lange suchen läßt, ehe man dem zierlichen Ladspruch stille hält; hie und da zeichnet der Lader, um das Gedächtnis der Geladenen zu unterstützen, mit Kreide an die Stubentür eine Zitrone nebst Rosmarin und Blumenstrauß im monumentalen strengen Typus und daneben das Datum des Hochzeittags und den Betrag des Mahlgeldes. Dabei wird er bewirtet, von der Ehrenmutter insbesonders mit einem Eierschmalz. Die „Ladsuppe" oder das „Andingen", eine Vorfeier mit Schmaus und Tanz, die „Schenk", eine besondere Einkehr im Gasthause nach den Sponsalien, wobei der Bräutigam der Braut ein bis zwei Karolinen Darangeld gibt, hat sich meist

erhalten. Einige Tage vor der Hochzeit fährt der Kammerwagen, mit welchen in reichen Gegenden großer Prunk getrieben wird: Hoch oben macht sich das breite Ehebett, mit hohen Polstern gefüllt, mit Skapulieren und Amuletten behängt, bestens sichtbar. Die Spitze bildet das Spinnrad mit dem geputzten Rocken. Vor der Aufpackung des Wagens segnet der Geistliche alle Hochzeitsgabe der Braut, die Kuh wird jeder reichen Bauerstochter von der Dirne nachgetrieben („nachgewiesen"), indes die Braut häufig im Einspänner nachfährt. Dem Wagen wird von klein und groß „der Weg verzogen", und die Braut muß sich von diesen „Wurarern" (Wehrern, Aufhaltern) mit Geschenken an Geld und Kücheln loskaufen („lösen"). Der Bräutigam geht dem Zug entgegen und hat die „Eintragler", d. h. die Nachbaren, die bei dem Einräumen des Mitgebrachten behiflich waren, mit einem Abendschmaus zu traktieren; für ihn, die Ehrenmutter und den Prokurator bringt die Braut Geschenke an Hemden und Schuhen mit, ebenso für die Nachbarn „Einstandsgeschenke". Im Isargau besonders halten an diesem Abend die Spielleute gegen ein annehmbares Trinkgeld ein „Hofrecht", d. h. eine Serenade für das Brautpaar, Kranzjungfern und den Brautführern.

Am Ehrentage selbst wird nicht selten von lustigen Freunden die Hochzeit angeschossen trotz allem polizeilichen Verbot. Frühtrunk und Morgenspruch, oft nur ein schlichter Branntwein und eine lange rührende Rede, oft aber auch ein weidlicher Imbiß; „der hochzeitliche Ausgang" muß im Hause der Braut gegeben werden. Im Wirtshaus schmückt die Näherin die ganze Hochzeitsgesellschaft mit Rosmarin, Favor und Bändern.

Der Hochzeitszug zur Kirche, voran die Spielleute, wird örtlich in verschiedener Reihenfolge gehalten. Jeder Teilnehmer hat hier das spezielle Festesabzeichen, den Rosmarin, zu tragen. Jubeln und Jauchzen, das übermütige Burschen in früheren Zeiten hierbei hören ließen, wurde meistens polizeilich abgestellt.

Beim Hochzeitamt sind die Männer mit dem Bräutigam in abgesonderten Stühlen von der Braut und den weiblichen Gästen entfernt. Nach dem Evangelium wird von einem Kirchendiener der Braut und Ehrenmutter das Meßbuch vorgelegt, worauf beide die Bildnisse Christi am Kreuze und der Mutter Gottes küssen und ins Buch selbst von der Ehrenmutter ein Geschenk gelegt wird.

Dann zieht man in verschiedener Ordnung, Männer und Weiber gesondert, zum „Opfern"; dem das Hochzeitamt haltenden Priester wird außer dem Opfer von einer Kranzeljungfer auch ein Rosmarinstrauch, oft über einem schönen Tüchlein liegend, auf den Altar gelegt. In der Kirche hat der Brautführer jeden Schritt der Hochzeiterin zu begleiten und ihr insbesondere den schönen Wachsstock angezündet auf den Kirchenstuhl zu

stellen; wer an diesem Lichte seine Kerze anzünden wollte, würde schweren Unglimpf begehen. Auf dem Rückwege ins Wirtshaus muß in den meisten Gegenden die Ehrenmutter sich von allen, die sie aufhalten, „lösen" und zwar mit den schmackhaften feinen Hochzeitsküchen, welche zwei Mägde in Körben vor ihr hertragen; ebenso muß sich das Brautpaar auch von den Ministranten mit Geld „lösen", wenn sie mit dem Zingulum den Rückweg aus der Kirche „verziehen". Beim Betreten des Wirtshauses salzt die Braut das Kraut.

Darauf folgt der Hungertanz der jungen Leute und der Hochzeitsschmaus, der meist in „drei Essen" einen Überfluß von bäuerischen Festgerichten, namentlich Fleischspeisen bietet, dabei ist die Sitzordnung genau vorgeschrieben und örtlich verschieden. Man tafelt nach Tischen zu zwölf Personen.

Wir wollen die Bestandteile eines Rottalischen Hochzeitsschmauses aufzählen, damit man sieht, welche Maße Höflichkeit und Lebsucht einem bäuerischen Magen zumuten oder doch zur Verfügung stellen.

Erstes Essen: Schnittelsuppe mit Brat- und Leberwurst, Lungenvoressen mit Butterkrapfen, Rindfleisch pro Mann zwei Pfund mit Sauerkraut, Kalbsbraten à 3/4 Pfd. mit Salat, Bögen aus Butterteig. Während des Voressens wird jedem Gast unter Musik auch noch ein großer Lebzelten oder lange Kücheln als Geschenk der Ehrenmutter auf den Teller gelegt, zugleich wird über den Tisch geblasen und von den Musikern gesammelt. Zweites Essen: Fleischsuppe mit Lebernockerln oder Bratknödeln, saueres Einmachfleisch, Milchbrei mit Zibeben, Schweinsbraten mit Salat, Roll-Butterkrapfen. Drittes Essen: Gerstensuppe, Sulz (Fippern genannt, von fippern, beben, zittern), Kalbsbraten mit süßem Salat, Torten. Es versteht sich, daß bei einem solchen Quantum auch der tapferste Esser den größten Teil in einem Tuch als Bescheidessen heimträgt, trotzdem, daß ihm nach jedem Gang fast eine Stunde Zeit vergönnt ist, sich wieder Hunger zu ertanzen. Nach jedem Essen wird getanzt, und nach dem ersten und zweiten entfernen sich die Mädchen, um einen neuen Putz anzulegen, hier und da führen sie auch ihre Tänzer zum Kramer. Während des zweiten Essens blasen die Musiker über den Tisch und lassen auflegen. Bei reichen Hochzeiten muß sich der Bräutigam auch das Brautstehlen und das Einlösen durch Bezahlung der Weinzeche gefallen lassen. Nachmittags um drei Uhr stellen sich bereits die sogenannten „Draufgeher" ein, ungeladene Gäste, die sich für eigne Rechnung ihren Teil an den Hochzeitsfreuden holen wollen. Der Regel nach sollen sie nicht mittanzen, wenn ihnen der Brautführer nicht die Erlaubnis dadurch gibt, daß er es ihnen aus seinem Kruge zubringt. Indessen mischen sich manche ohne diese Zeremonie unter die Gäste, mit welchen sie selbst das Freibier vertrinken, von dem nach dem Abdanken noch zwei bis vier Maß auf dem Tisch erscheinen. Oft erhalten auch die Gäste vom Hochzeiter das Recht, Aftergäste einzuladen; solche „Kunten und Kuntinen" halten sich dann im Tanz und Schmaus meist an ihre Einlader. Ehe die eigentlichen Freitänze beginnen, halten die Jungherren, die Ehrenmutter mit dem Hochzeiter, der Wirt mit der Braut ihre Ehrentänze. Köchin und Kellnerin führen nicht selten mit einzelnen Gästen den Küchentanz auf. Alle diese geben ihr Trinkgeld an die Musik, und danach zahlen auch die Draufgeher ihren Anteil.

Bei dem Abdankspruch um sechs Uhr wird jeder Gast namentlich aufgerufen und mit einem Tusch beehrt, während welcher Zeremonie er das Mahlgeld erlegt und nebenbei seine Ehrung reicht. Dabei bringt es ihm der Brautführer in Wein oder Bier und das Brautpaar schüttelt ihm dankend die Hände.

Ein wohlberedter Hochzeitlader veranlaßt manche rührende Szene beim Abdanken, besonders wenn er in warmen Worten der Ehrenhaftigkeit verstorbener Eltern oder Wohltätet der Brautleute gedenkt. Auch die Anwesenheit eines freundlich gesinnten Pfarrers oder Hilfspriesters wird als ehrende Auszeichnung des Festes anerkannt.

Das Überreichen besonderer Geschenke heißt Nachehren. Hierauf folgen noch weitere Tänze bis gegen elf Uhr nachts. Beim Brauttanz hinkt die Hochzeiterin, darauf tauschen Bräutigam und Braut ihre Partner, und der Jungferntanz, der Fletztanz und das Heimgeigen ausgezeichneter Gäste machen den Schluß. Nachhochzeit und Abrait wurden häufig polizeilich, seltener von der Sparsamkeit der Leute abgestellt. Am Sonntag nach der Hochzeit aber gibt noch immer die Ehrenmutter dem Brautpaar die altübliche „Glückssuppe". Natürlich werden diese Hochzeitsgebräuche nicht in allen Gegenden mit gleicher Pracht und Fülle gefeiert, zum Teil tut ihnen die Armut der Leute Abbruch, zum Teil das nicht unbegründete Eifern der Geistlichkeit gegen grobe Völlerei und Verschwendung. So unterbleiben im Passauer Wald die festlichen Hochzeiten beinahe ganz. Man gibt den nächsten Verwandten und Nachbarn ein Essen im Hause ohne Sang und Klang. Wieviel für die Sittlichkeit dabei gewonnen ist, bleibt freilich dahingestellt, denn die Genußsucht der Wohlstehenderen hat auch in dieser Beschränkung sich dennoch Raum gemacht, da mitunter Haushochzeiten vorkommen, bei welchen zehn bis zwölf Eimer Bier verbraucht werden, und ebenso leicht findet sich ein Zitherschläger oder Fidler zu einem Winkeltanz in der Scheune. Nach dem Reichtum der einzelnen Gegend richtet sich auch die Zahl der Gäste:

So zählt man im Abenstal zu einer großen Hochzeit 60 Gäste, zu einer mittlern 40, zu einer kleinen 20; im Vilstal 40, bzw. 20 und 12; im Rottal 120, bzw. 72 und 36; im Isargau 84, bzw. 60 und 30; im Donaugau 100, bzw. 60 und 36; im Land an der mittleren Isar 150, bzw. 100 und 80; im Bayerwald 74, bzw. 60 und 30, und die Größe des Geldgeschenkes derselben an das Brautpaar. Das Geschenk, das meist zwei Gulden, für Verwandte vier Kreuzer beträgt, sinkt im ärmeren Wald auf 18 und 24 Kreuzer.

Auch bei den Sterbefällen wiederholen sich die in Oberbayern üblichen Gebräuche; der Hochzeitlader hat am 7. und 30. Tag am Grabe einen eigenen Abdankspruch, der mit einem Vaterunser für den Verstorbenen und einem zweiten für alle auf dem Gottesacker liegenden schließt, feierlich abzuhalten. Nach dem Gottesdienste, bei welchem im Opfergang durch die drei nächst verwandten Frauen Kerzen, ein zinnener Krug mit Geld zum Weine und um vier Kreuzer Semmel am Altar niedergelegt werden, trägt die sogenannte Einmacherin, auch „Totenweib" genannt, zwei Lichter aufs Grab, und die ganze Verwandtschaft versammelt sich sofort zur Trauerrede

des Hochzeitladers. Zum Schlusse wird im engsten Kreise im Wirtshaus ein Totentrunk gehalten. Vermögende lassen beim Opfer Spenden reichen in Brot oder Geld, für Erwachsene sechs Kreuzer, für Kinder drei Kreuzer. Die schöne Sitte, daß Nachbarmädchen jungfräuliche Leichen, die sie selbst zum Kirchhof tragen, mit selbstgeflochtenen Kränzen zieren, ist verdrängt worden durch das Ausleihen eines Flitterkranzes von Seiten der Kirche gegen eine kleine Vergütung. Vielfach müssen drei Posaunisten die Leiche in den Kirchhof einblasen. Bei „Kindsleichen" ist es in manchen Orten des bayerischen Waldes, wo die Kirchenmusik sich nicht bloß auf Orgel und Gesang erstreckt, gebräuchlich, daß dem Begräbnisse von Kindern wohlhabender Leute ein musikalisches Amt mit Hornbegleitung folgt; die Meinung der Eltern ist dabei, das Hochzeitsamt des verstorbenen Kindes zu feiern. Den drei Trauerämtern beim Tode besonders vermögender Personen folgt oft noch ein „Lobamt" mit rauschender Musik.

Früher wurden auch häufig die Toten ausgeläutet, indem man eine ganze halbe Stunde lang von 11 1/2 bis 12 Uhr mit allen Glocken läutete. Besonders im Rottale haben sich merkwürdige Totengebräuche erhalten. Bei

Todesfällen erscheint am Begräbnistage der Prokurator bei der Leiche, um sie feierlich mit Litanei und fünf Rosenkränzen aus dem Hause zu beten. Unter dem Türstock des Wohnhauses wird die Bahre dreimal niedergesetzt und dazu jedesmal ein Vaterunser für alle im Hause Gestorbenen gebetet. Sobald die Leiche das Hoftor hinter sich hat, werden alle Bienenstöcke, das Bier im Faß, der Essig im Krug, das Mehl in der Truhe etc. gerüttelt und geschüttelt, damit sie nicht „absterben", d. h. verderben. Der nächste Nachbar führt den Toten mit zwei Pferden, worauf der Knecht reitet, auf den Kirchhof, daselbst tragen ihn die Patenkinder oder Nachbarn. Nach dem Gottesdienste betet der Prokurator in der Kirche den Kreuzweg und andere Gebete ab, hält auch eine Art Leichenrede und lädt zum Schluß die Leute zu Trost und Erquickung ins Wirtshaus zum Totentrunk. Daselbst wird jedem Gast ein Sechserwecken übergeben, und ein bis zwei Stunden lang mag jeder Bier trinken, solange er kann und es ihm schmeckt. Es sitzen dabei je zwölf Personen an einem Tisch und lassen zwei Krüge ununterbrochen die Runde machen. Dabei erscheint auch der Meßner, der Fahnenträger, der Organist, der Totengräber und die Einsagerin, welche beim Leichenzug vor dem Wagen her die Laterne bis an die Kirchhoftüre zu tragen hat. Auch hier erbaut der Prokurator die Trauernden mit der Armenseelenlitanei und einem Rosenkranz und überdem mit einem Vaterunser anticipando für den zunächst Sterbenden und spricht seinen feierlichen und altherkömmlichen Totendank. Desgleichen wird beim Hauptopfergang durch die Einsagerin in einer Kanne Weingeld, ein Brotwecken und eine rote Kerze geopfert. Wohlhabende geben dabei ihre Spenden; besonders bei Kinderleichen erhält jedes nach dem Kreuzwegbeten eine Semmel.

Wie zum Teil im bayerischen Oberlande besteht im Wald die Sitte „die Totenbretter", worauf die Leichen vor dem Begräbnis im Hause zu liegen pflegen, als Denkzeichen aufzustellen. Sie werden an den sogenannten „Kirchenwegen", aber auch sonst an den Straßen, Feldpfaden, Zäunen, neben den Feldkreuzen und Kapellen oder unter Bäumen angebracht. Früher legte man sie auch über die kleinen Gräben an den Fußwegen. Von ihrer ältern, schlichten Form, die das wirkliche Totenbrett mit eingeschnittenen und schwarzgemalten Namenszügen, Jahreszahl und drei Kreuzen darstellte, ist man seit längerem abgekommen und gibt ihnen eine monumentale Gestalt, wozu selten das wirkliche Brett benützt wird, als Säule, Pyramide oder dgl., die zierlich bemalt und mit Bildern, Kreuzen, Inschriften versehen sind. Letztere bezeichnen die alten „Totenbretter" jetzt gewöhnlich als „Denkmal für den N. N., als welcher auf diesem Wege zur christlichen Ruhestätte gebracht wurde etc.", häufig von einem Verse begleitet, der an die irdische Hinfälligkeit erinnert und zum Gebete für die Verstorbenen mahnet. Schon auf dem ältern und auch auf den neueren Totenbrettern ist folgender Spruch einer der üblichsten und ergreifend in seiner Einfachheit:

„Das ist eine harte Reis'
Wenn man den rechten Weg nicht weiß;
Frag die drei heiligen Leut,
(Jesus, Maria und Joseph)
Die zeigen Dir den Weg in d'Ewigkeit."

An einem Draht sind unter den Bildern häufig Rosenkranz-Korallen (Paternoster) angebracht, die zum Gebet für die auf diesen Brettern Gelegenen einladen und, wenn sie vorwärts geschoben werden, im Gewissen zu einer gleichen Anzahl „Vaterunser" verpflichten. Dasselbe ist auch bei den Feldkreuzen der Fall. Überhaupt sind die Denkmale bestimmt, die Andacht der Vorübergehenden den „armen Seelen" zuzuwenden; mit grosser Pietät wird in der Regel der ernsten Aufforderung entsprochen, und die Totenbretter werden nicht minder wie die Kreuze als geweihte Gegenstände betrachtet; die Sage geht, daß einstmals ein Jäger, der sein Gewehr gegen ein solches Brett entlud, mit Entsetzen den Kopf des Verstorbenen von hinten drohend hervornicken sah.

Von anderen niederbayerischen Sitten wollen wir noch diejenigen hervorheben, welche wesentlich von den oberbayerischen abweichen. Als ein ursprünglich kirchliches, jetzt aber fast ganz verweltlichtes Fest erscheint vor allem die Kirchweih. Besonders in dem reichen Rottal wird sie mit viel Prunk, Lärm und Verschwendung gefeiert; jede Kirchweihe dauert drei Tage, und auch die beiden nachfolgenden werden oft „blau gemacht". Der Sonntag ist mehr dem häuslichen Jubel, dem Besuch von Gästen und einer tüchtigen Mahlzeit gewidmet, obwohl man nachmittags den Wirtshaustanz besucht. Der Montag gehört bei allen jungen Leuten vollständig dem Tanze und Wirtshausleben. Am dritten Tag muß beim Wirt alles Volk einsprechen, was irgend mit ihm in Verbindung steht, alle Geschäftsleute der Umgebung, die Brauer, Weinhändler, Krämer, Handwerker, Händler, mit denen er Geschäft und Kundschaft hat, müssen bei ihm nach Standesgebühr und nach Belang ihrer gegenseitigen Rechnungen eine ergiebige Zeche veranlassen; zu diesem Zweck bedient man sich eigener Gehilfen, meist lustiger Müßiggeher, welche durch ihre Talente im Essen und Trinken die erforderliche Summe zustande bringen helfen. In jedem Markt der Umgegend gibt es ein paar solcher renommierter „Kirchtaghelfer", und so versammelt sich an diesem Tage immer ein anständiges Häuflein von Gästen aller Art, die Keller und Küche in Bewegung setzen. Herd und Backofen strotzen von Würsten, Braten, Gänsen, Enten, Hühnern, und alle Pfannen prasseln unausgesetzt voll fetter Küchel; an diesem Tage backt man auch aus dem Teig der Fastenbrezen eigene Ringe, „Baugen" genannt, ein uraltes Gebäck mit uraltem Namen, besonders im Österreichischen zu Hause. Diese Tafeleien in allen Räumen des Wirtshauses (wobei Bier und Wein in Bächen fließt und der Kaffee in Riesenportionen erscheint) werden von Vergnügungen aller Art begleitet. Vor dem Hause stehen mehrere Glücksspieltische, der „Türkenkopf" mit den Lottonummern – eine Art Roulette – oder ein Würfelspiel, dessen Nummern nach Karten, die mit entsprechenden Zahlen und Figuren, z. B. „Bauer und Bäuerin", versehen sind, Gewinne aller Art den Glücklichen zuweisen. Niemals fehlen auch Buden mit Lebkuchen jeglicher Größe, womit die Tänzer ihren Schönen aufwarten und die Daheimgebliebenen bei der Heimkehr erfreuen. Dabei reiht sich Tanz an Tanz; wenn auf einem Platz die Geigen schweigen, schmettern schon wieder am andern die Trompeten; in dem Haus und um das Haus drängt, wühlt und lagert alles lustige Volk mit lautem Jubel, da und dort durch lebhaftes Gespräch etlicher Erhitzten bald in Streit und Rauferei verwandelt – keine echte Kirchweih ohne Rauferei, – bald im allgemeinen Gejauchze und Gejohle wieder zu friedlichem Vergnügen beigelegt. Und die Lebenslust dieser Leute hat bei weitem nicht genug an den Kirchweihfesten der Pfarrämter; bei jeder Filiale, bei jedem Kirchlein einer Einöde wird der „Kirchtag" (Zukirchtag) ebenso laut und schwelgerisch begangen; an manchen Einzelhöfen haben Wirte das Schenkrecht zum Kirchtag förmlich gekauft; sie ziehen dann am Festtag mit Geschirr und Gesinde hin, der Bauer räumt das ganze Haus, das Wohngemach wird Zechstube, auf der Tenne oder in der Scheune und Oberstube wird getanzt, und gleichfalls drei Tage dauert der Zuspruch und das Wohlleben der Gäste. (Bei Landshut wird auch an einigen Einöden und Kapellen der sog. „Wasenkirchtag" gefeiert, wo neben einem kleinen Jahrmarkte das Volk unter freiem Himmel zecht, tanzt und jubelt.)

Es muß hier leider eine der größten Schattenseiten des niederbayerischen Landvolkes (mit Ausnahme der Wäldler) berührt werden, das Raufen, welches sich in der ersten Hälfte dieses Jahrhunderts wirklich zu einem organisierten Raufwesen gestaltete. Es genügte den übermütigen Burschen nicht mehr, im offenen Wirtshausstreite mit den Waffen der Krüge, Schlagringe und Stuhlfüße einander zu Boden zu schlagen – das heimtückische Messer oder der ins Schnupftuch gewickelte Stein mußte beim Nachhausegehen in dunkler Nacht den noch treffen, der durch die Autorität des Wirtes und seiner Knechte im Wirtshaus verschont blieb. – Nicht immer gibt Eifersucht zu solchem Treiben Anlaß – ererbter Familienhaß, alte Beleidigungen befreundeter Personen, das Bewußtsein der Überlegenheit an Vermögen und Körperkraft, ja sogar die Aufmunterung übermütiger Väter – „Buben rauft's, ich zahl', was es kostet" – führen vom anfänglichen Spottliede bis zum Totschlag. Nicht selten stehen ganze Dorfschaften ihren Nachbargemeinden im Kampfe gegenüber, man organisiert sich förmlich zum Raufen; im Rottale bestanden vor drei Jahrzehnten die „Waizenen" und die „Schweinenen" – erbitterte Raufgesellschaften, die durch einen energischen Beamten mit Mühe unterdrückt wurden; nach geraumer Zeit kam dasselbe Unwesen unter dessen milderem Nachfolger wieder zutage. Klerus und Verwaltung blieben bei den vielfach geteilten Ansichten, wie dem Übelstande zu steuern sei, in ihren Bestrebungen ziemlich unwirksam, da wohlmeinende Belehrung wie polizeiliche Strenge selten gute Früchte trug; doch haben die jüngsten Zeiten den aufmerksamen Beobachter belehrt, daß das „Schwurgericht" den Übermut der rauflustigen Landleute zu beugen imstande ist, vielleicht aus der stolzen Befürchtung, als gemeine Verbrecher auf derselben Bank, wo Diebe sitzen, der öffentlichen Schande preisgegeben zu werden. Die Öffentlichkeit und Mündlichkeit unseres Strafverfahrens hat hierin in neuester Zeit entschieden günstige Erfolge errungen und angebahnt, daß der „Naturwüchsigkeit" die allzu wilden Auswüchse allmählich abgeschnitten werden.

Getanzt wird von den tanzlustigen Niederbayern bei allen Hochzeiten, Markttagen, Jahrtagen der Handwerker, an vielen Festtagen, namentlich am Kathrinentag, dann in der Fastnachtszeit, und selbst außerdem bringt in Märkten und Dörfern mancher Sonntag einen Freitanz. Besonders tanzlustig sind die Leute im Rottal und in dem Land zwischen Inn und Isar, wo bereits die Heimat der echten bayerisch-österreichischen Ländler beginnt, jene heiter gemütlichen Weisen, wie sie die berühmten Hochzeitgeiger aus Oberösterreich und Steiermark zu Hunderten stets neu erfinden und fortpflanzen. Die Ländler werden meist von vier Musikern vorgetragen, welche in den einzelnen Teilen mit Solo und Tutti, zweistimmig und vierstimmig wechseln. – Außerdem tanzt man den modernen Walzer, „Deutscher" genannt; die neuere Zeit hat der Polka und dem Schottischen

Eingang verschafft; ältere Tänze, die namentlich auf Hochzeiten noch von den Ehepaaren hier und da gefordert werden, sind der Langaus, der Auf- und -Ab, oder Sechser und Achter, sowie der Huttanz; bei demselben wird ein schöner Hut in die Mitte gelegt, der Rand mit Pulver und glimmendem Zunder bestreut, nun tanzt ein Paar nach dem andern darum im Kreise, und derjenige Bursche gewinnt den Hut, bei dessen Rundtanz das Pulver auffliegt. Der alte „Bockshammer", der sonst auch im Unterlande gern getanzt wurde, ist fast ganz verschwunden. – Gewöhnlich wird nach Touren, „Stellern, Gestellen" getanzt, wobei nach zweien vom Tanzhalter ein Ruf ertönt, zum Zeichen, daß die Hälfte des Tanzes, der je aus vier Stellern besteht, zu Ende und sofort mit einem Groschen von jedem Paar zu bezahlen ist. Anderwärts tanzt alles auf einmal in hellen Haufen, wobei freilich Takt und Ordnung nicht eben gewinnen. Die Mädchen stehen und sitzen auf eigne Rechnung am Tanzplatz umher und harren auf Erlösung, d. h. „sie halten Schranne", und der Akt der Barmherzigkeit, solch eine Harrende zum Tanze zu holen, wird ziemlich ungalant das „Hundablassen" genannt. Die Liebespaare, welche diese Tänze zumeist besuchen, erscheinen nämlich in den meisten Gegenden nicht zusammen, sondern es läßt jeder Bursche sein Mädchen oder „Mensch" durch einen Kameraden ins Gasthaus „einweisen". Nach der Nachmittagskirche trifft man zusammen, der Bursche geht nach ein paar Worten auf zehn Schritte voraus, nimmt sich einen Freund zur Seite, und hinter ihm her läuft entweder allein oder ebenfalls mit ein paar Gesellinnen das Mädchen. Vor der Wirtshaustür tritt der Einweiser zu ihr und bringt sie auf den Tanzplatz, wo sich der Liebhaber Mühe gibt, sie recht gleichgültig zu behandeln; es ist ein Zeichen unverkennbarer Zärtlichkeit, wenn er die Erwählte zu sich an den Tisch sitzen läßt, ihr eigenhändig das Brot anbricht und die Stücke heimlich auf den Schoß legt; auch bei dem Nachhauseweg, den man gewöhnlich ohne Begleitung antritt, entfernt sich jeder einzeln und geht so vor dem andern her, mindestens ein paar hundert Schritte zum Ort hinaus, und erst in der Stille der Natur wagt man es, zutraulicher zusammen zu wandeln, besonders auf den schmalen Seitenpfaden, die durch Wiesen und Kornfelder nach den abgelegenen Heimaten führen. –

Ein Hauptanlaß zu großen Zusammenkünften des Volks sind die in ganz Niederbayern hochbeliebten Pferderennen, welche bald regelmäßig stattfinden, bald von reichen Wirten etwa an Kirchweihen oder anderen Festen ausgeschrieben und besonders im Rottal, im Donaugau, dann in der Gegend von Passau, Griesbach und Vilshofen oft mit großem Glanz abgehalten werden. Die Großbauern jener Gegend treiben mit ihren Renngäulen einen oft englischen Luxus, halten sich mehrere gute Renner und eigne Rennbuben und schicken sie umher auf alle Wettrennen in Niederbayern, im Inntal und im Salzburgerland, reisen selbst hin, wagen dort hohe Wetten und bringen die Gewinnfahnen stolz mit heim, sie in ihren Prunkstuben zu bewahren. Auch Ochsenrennen werden oft mit hohen Preisen veranstaltet. Junge Burschen von zwölf bis fünfzehn Jahren reiten auf den Ochsen eine Bahn von 4 - 500 Schritten, wozu die Tiere von nachlaufenden Buben angetrieben werden. – Beim Gänsereiten wird der Preis von demjenigen gewonnen, der im Vorbeisprengen eine Gans bei dem glattgeölten Kopfe fassen und aus der Schleife eines Schwungseils reißen kann, ein grausames Vergnügen, dem die Tierschutzvereine mit gutem Recht und gutem Erfolg entgegentreten.

Eine schöne und ritterliche Belustigung des Volks dagegen ist das besonders im Donaugaugebiet bräuchliche Ringelstechen. Am Ende einer Bahn von 40 Schritten stehen zwei Säulen von 15 Fuß Höhe, an einem schlaffen Seil zwischen beiden hängt 10 - 12 Fuß vom Boden an einem sogenannten Schlüssel ein Eisenring von 10 - 12 Zoll im Durchmesser, der in sich wieder mehrere Kreise, den innersten von nur zwei Zoll Öffnung, enthält; nun sprengen die Reiter im Galopp unter dem Seile durch und trachten mit schlanken, 15 Fuß langen Lanzen mit schmalen Eisenspitzen den Ring zu treffen und mit dem Schlüssel zu entführen. Jeder Mitkämpfende tut drei Ritte, und nach der Zahl der getroffenen Kreise, wobei die innersten höher zählen, werden die Preise verteilt; viele entfalten dabei eine hohe Fertigkeit im Tummeln der Rosse und Führen der Lanzen, und diese Gegenden stellen die trefflichsten Rekruten für unsere Reiterregimenter.

Auch bei den oft nach der Höhe der Preise und der Zahl der Schützen sehr großartigen Scheibenschießen, Kegelschieben und Eisschießen zeigt sich der Reichtum, die Lebenslust und körperliche Rüstigkeit des niederbayerischen Volkes. Dabei wird oft statt Geld und Fahnen ein lebendiger Ziegenbock als Preis gegeben, was in uralte Zeiten zurückweist.

Bei den religiösen Volkssitten verleiht das innige Hangen am Katholizismus allen gottesdienstlichen Handlungen, die sich auf die Verehrung Gottes, Mariens und der Heiligen beziehen, den Charakter tiefster Überzeugung. Das Gepränge des kirchlichen Kultus liebt das unterländische Landvolk mehr als jeder andere Volksstamm Bayerns, und neben strengem Festhalten an althergebrachten Gewohnheiten – wir erinnern uns an die vergeblichen Versuche, die „abgeschafften Feiertage" auf dem Lande zu wirklichen Arbeitstagen zu machen – treten seit neuerer Zeit vermehrte religiöse Kundgebungen zutage; neben den zahlreichen „Bruderschaften" und Rosenkranz-Vereinen hat die Verbreitung des „dritten (weltlichen) Ordens vom heiligen Franziskus" unter Männern und Weibern, Burschen und Mädchen eine große Ausdehnung erlangt, und zu Aiterhofen bei Straubing ein Konvikt beschaulicher Weibspersonen ins Leben gerufen. Die Jünglings- und Jungfrauenbünde, welche die Verehrung der Herzen Jesu und Mariä sich zur besonderen Aufgabe machen, finden großen Anklang, auch das Einsiedlerwesen hat sich unter Vorstandschaft eines Altvaters und Novizenmeisters neu organisiert und zählt gegenwärtig im niederbayerischen Anteile des Regensburger Sprengels um 40 Mitglieder, darunter zwei Einsiedler zu Bogen. Es wird nur zu wünschen sein, daß bei den häufigen Klagen über die Abnahme landwirtschaftlicher Arbeiter neben den Äußerungen religiösen Sinnes der weltbürgerliche Beruf nicht in den Hintergrund trete. Fast jede Gegend hat ihre hervorragenden Wallfahrtsorte; im oberen Vilstal wird der Mariahilfsberg zu Vilsbiburg stark besucht, das Rottal verehrt Muttergottesbilder auf dem Gartlberg bei Pfarrkirchen und auf dem Kronberg bei Griesbach, zu Sammarei und Marialangwinkel; an der Isar besteht die Wallfahrt zu unserer lieben Frau im Steinfelsen bei Landau, für das Abenstal und die Hollertau der Kastulusberg im Ilmtal. Der bayerische Wald, dessen Bewohner auch auf den heiligen Berg in Böhmen wallfahrten, hat in Neukirchen beim heiligen Blut, in Weißenregen und in der Frauenau bei Regen besuchte Andachtsstätten. Die Passauer und Bistümler halten die „Achazifahrt" bei Hals, die Mutter Gottes auf dem Mariahilfberg bei Passau und zu Büchelberg, dann die heiligen Hostien in der Salvatorkirche zu Ilz hoch in Ehren. Alle Wallfahrten aber überragen der Bogenberg am linken Donauufer und die „Gnade" in Deggendorf. Einundsechzig Pfarrgemeinden Niederbayerns gehen mit dem Kreuze auf den Bogenberg und legen vor dem steinernen Bildnisse der Gottesmutter – welches vor achthalbhundert Jahren die Donau stromaufwärts schwamm und bei Bogen an einem Felsen hängen blieb – vertrauensvoll ihre Gebete und Geschenke nieder. Unter letzteren ragt eine über 50 Fuß hohe Stange, mit rotem Wachs umwunden, hervor, welche die Gemeinde Holzkirchen bei Ortenburg jährlich zu Pfingsten opfert; wer sie den hohen Berg aufrecht hinanträgt, gilt als ein durch Körperkraft ausgezeichneter Mann. Das Muttergottesbild auf dem Bogenberge trägt lange goldgelbe Haare, ist mit einem roten, mit Weizenähren durchwirkten Mantel bekleidet und läßt unter dem Herzen eine strahlenumgebene Öffnung sehen, in welcher das aufrechtstehende Jesukind mit der Bezeichnung des Namens in elf Sprachen sich befindet, die Vorstellung des gesegneten Leibes ist jedoch schon längere Zeit mit einem Seidentuch verhüllt.

Die Entstehung der Wallfahrt zu den heiligen Hostien in Deggendorf wird in der Ortsgeschichte ihre Erörterung finden; um sechzigtausend Menschen aus allen Gauen Bayerns, auch aus Österreich und Böhmen, gehen jährlich in die „Gnade" nach Deggendorf, singend und betend ziehen die Pilgerscharen zu dieser heiligen Donaustadt, um nach feierlicher Öffnung der durchs ganze Jahr verschlossenen „Gnadenpforte" in die Hei-

liggrabkirche eintreten und dort den Ablaß gewinnen zu können; die zehn von den Juden mißhandelten Hostien, Stock und Amboß sowie Dornenruten, welche als Marterwerkzeuge dienten, werden zur öffentlichen Verehrung dem gläubigen Volke dabei gezeigt.

Von allen Bayerwäldlern wird die Kirche des heiligen Hermann bei Bischofsmais lebhaft besucht; am stärksten ist hier der Zudrang des Volkes am St. Lorenz- und Bartholomäustage. Es besteht dabei ein alter, eigentümlicher Gebrauch, das sogenannte Hermannl-Schutzen. Die Andächtigen fassen nämlich die hölzerne Statue des Heiligen im Priestergewande und lüpfen sie mit beiden Händen in die Höhe; man muß sie aber just an einer bestimmten Stelle fassen, sonst bekommt sie bei dem Aufheben das Übergewicht und sinkt nach vorn oder hinten, und dies bedeutet dann, daß, wer sie aufhob, noch eine Todsünde auf dem Gewissen hat; man bringt diesem Hermannl viele Opfer in Wachs, besonders auch in Eisenblech geschnittenes Vieh, auch findet man dort häufig die rohen Köpfe von gebranntem Ton, in denen Gerstenkörner eingeschlossen sind; man opfert sie wegen chronischer Kopfleiden. Eine ähnliche Sitte wie das Hermannl-Schutzen findet sich übrigens in Aigen; daselbst liegt in einer leeren Kapelle an der Kirche seit uralter Zeit ein abgerundetes Bruchstück einer Erzfigur, eineinhalb Zentner schwer, angeblich ein Bildnis eines Ritters dieser Gegend, nach dessen Namen der Klumpen „der Würdinger" genannt sein soll. Alles Mannsvolk versucht sich nun, den schwer zu fassenden gewichtigen Block vom Boden aufzuheben, denn wer den Würdinger nicht heben kann, hat eine schwere Sünde auf sich. Die Kirche erhebt von jedem, der seine Kraft daran versucht, einen Kreuzer Armensteuer. Bei diesen Kraftproben, die immer vor einer Menge von Zuschauern geschehen, finden sich nun häufig Rivalen, und so hat der Würdinger schon zu blutigen Kämpfen Anlaß gegeben, besonders wenn Wallfahrtszüge von verschiedenen Landschaften zusammentrafen. Eine ähnliche Sitte herrscht in der Salvator-Kapelle zu Bogen; daselbst steht in einer Nische ein hölzerner Vorfuß, wer diesen mit einem Stoß der Hand zu schwingen weiß, daß er sich dreimal im Kreise dreht, ist ohne Todsünde. Um die Leonhardskapelle zu Aigen finden auch die berühmtesten Leonhardiritte von ganz Niederbayern statt; die Landleute aus dem Rottal, dem Inn- und Hausruckviertel versammeln sich hier an den drei goldnen Samstagen, dem Georgs- und Leonhardstag in großer Anzahl, zu Wagen oder beritten, wohnen den zahlreichen festlichen Gottesdiensten bei und umfahren oder umreiten hierauf dreimal die Kirche. Ein Hauptgewicht wird dabei auf die Opfer gelegt, die man dem Heiligen bringt, häufig kommen dabei, ganz in altheidnischem Stil, lebendige Gänse und Schweine vor. Die eigentümlichsten aber und häufigsten sind die sogenannten „Rösselopfer“, bestehend in aus dickem Eisenblech geschnittenen Figuren, denen man die Gestalt eines Rosses nur mit etwas Gutmütigkeit und viel Phantasie anmerkt. An den Kirchtüren werden diese Eisenrößlein in Körben feilgeboten; jeder Bauer kauft daselbst so viele als er Rosse im Stall hat und trägt sie während des Hochamts zum Opfer, wo er sie in einem am Altar bereitstehenden Korbe niederlegt; solch ein Rößlein wird mit sieben, neun oder elf Pfennigen bezahlt; niemals darf der Preis eine gerade Zahl ausmachen. Den Handel besorgt die Kirchenverwaltung selbst, welche, sowie sich der Korb am Altare gefüllt hat, denselben schnell wieder an die Kirchtüre bringen läßt und die kaum geschenkten Opfer abermals verkauft; daher – sagen die Bauern – ist ein Eisenrößlein von St. Leonhard siebenmal so teuer als ein lebendiges Pferd. Auch an andern Orten in Niederbayern werden übrigens lebhaft besuchte Leonhardiritte gehalten.

Auch andere Äußerungen des kirchlichen Lebens, die wir bereits bei Oberbayern besprochen, finden wir hier in lebhafter Übung, die Feldprozessionen, die Messe im Freien am Schauerfreitag, am Karsamstag die Weihen von Holz, aus dem man Kreuze schnitzt und zum Schutz gegen Unwetter auf die Felder steckt, die Weihen von Wasser und Wein am Stephans- und Johannistag, die man zur Beförderung der Fruchtbarkeit auf die Felder sprengt: Reste von alten Spendopfern. – Sehr häufig sind auch die Opfer von Getreide, welches die Bauern in eine in der Kirche stehende große Truhe schütten und die Geistlichkeit dann zu wohlfeilen Preisen an die Armen verkauft; charakteristisch sind auch die Opfer wächserner

Figuren und Gliedmaßen für alle möglichen inneren und äußeren Gebrechen: die meisten derselben haben seit uralter Zeit eine typische Form erhalten, so daß sie als Belege einer eigentümlichen, christlichen anatomischen Plastik gelten können. Diese Bildnerei dehnt sich auch auf die veterinäre Anatomie aus, wobei es denn freilich oft schwer wird, Menschen- von Tiergliedern gehörig zu unterscheiden.

Auch die Bräuche und abergläubischen Sitten des bäuerlichen Hauses und Lebens sind im ganzen und großen die gleichen wie in Oberbayern: die Rauchnächte werden mit feierlicher Durchräucherung des ganzen Hauses und einem festlichen Abendschmaus geehrt, an arme Leute, Kinder, Hirten und Sternsinger werden Küchel verteilt, am St. Niklastag erscheint der Klaubauf, den Kindern Lohn, Schreck und Strafe zu bringen: Man kennt und fürchtet auch die Frau Percht, die böse Kinder und faules Gesinde bestraft, in manchen Gegenden hat die leuchtende heidnische Göttin selbst ihren Namen abgelegt und erscheint am 13. Dezember, am Tag der heiligen Lucia, als Frau Luz, im übrigen aber noch im alten Sinn und Wesen: Hier hat eben wieder einmal die Kirche ein Stück Heidentum, das sie nicht wohl vertilgen konnte, in ihre eigenen Grenzen und Formen aufgenommen und umgeschmolzen, ein Verfahren, das nur der Unverstand tadeln kann. Eine ähnliche Verbindung von Heidentum und Christentum lag vor in der Hollertau noch zu Anfang dieses Jahrhunderts häufig geübten Sitte des „Ostermanns“ oder Judasbrennens am Karsamstage. An diesem Tage trugen nachmittags die Männer und Buben auf dem nächsten Getreidefelde bei dem Dorf Holzscheiter zusammmen, in deren Mitte man an einem Pfahl einen Strohmann besfestigte: Dieser hieß der Judas oder Ostermann. Nach Beendigung des Auferstehungs-Gottesdienstes zündeten die Burschen die Lichter ihrer Laternen an dem geweihten Kirchenlicht der Osterkerzen an und rannten damit zu ihrem Holzstoß: Der zuerst Angelangte entzündete mit seinem Licht den Scheiterhaufen – Frauen und Mädchen durften nur von ferne zusehen. Beim Verbrennen des Strohmannes entstand immer ein großer Jubel, als würde dadurch ein Verräter des Heilands in Person bestraft: Die Asche wurde sorglich gesammelt und bei Sonnenaufgang in rinnend Wasser geworfen, und am Ostersonntag stand, wer den Holzstoß angebrannt, gar stolz vor der Kirchtür und wurde von den Hausmüttern mit roten Eiern beschenkt. So hatte sich hier das altheidnische Frühlingsfest, welches die Auferstehung des Lichtes am Himmel und des Grünen auf Erden mit dem Verbrennen des Winters feierte, verwandelt in eine Auferstehungsfeier des Heilands durch Verbrennung seines Feindes und Verräters. Häufig ziehen jetzt noch am Palmsonntag Ministranten umher mit einem Holzbilde Christi, der auf dem Esel reitet: Dabei singen sie Psalmen und erbetteln kleine Gaben. – In reichen und wechselnden Formen hat sich in vielen Gegenden von Niederbayern auch jenes heidnische Fest erhalten, welches den vollen glorreichen Sieg des Sommers über den Winter feierte und damit häufig ein Opfer um Regen zu erflehen verband, das später der Zeit nach mit dem christlichen Pfingsten zusammenfiel, nämlich den Zug des Wasservogels oder Pfingstls; in Niederbayern wird er besonders im Vilstal, Isargau, im Donaugau, im Abenstal und der Hollertau, im Chamtal und im Vorderwald noch gekannt und bald mit volleren, bald mit magerern Formen gefeiert; im Vilstal wird lediglich dem Hirten, der am Pfingstmontag zuletzt austreibt, ein Schaf abgefangen und mit einem Weidenkranz am Halse geziert, der träge Bursche aber als Pfingstlümmel verhöhnt; im Isargau und Abenstal dagegen wurde noch vor etwa dreißig Jahren der Umritt des Pfingstls oder Wasservogels mit aller Pracht gehalten; im vorderen Wald wird heutzutage noch in vielen

J. F. de Göz inv. et sculp.

Der Waßervogel .

Se vend à Augsb. dans le Nég. com. de l'Acad. Imp. d'Empire sous son Priv. et avec déf. de rien faire ni vendre de Cop.

Orten der Pfingstlritt vorgenommen; die Buben von der Feiertagsschule, auch kleinere, borgen sich die besten Pferde von den Bauern und schmükken sie mit Bändern, Buchs und Blumen; einer aus ihnen, in Stroh und Laub besonders von Wasserpflanzen gewickelt, und mit einem hohen Laubhut oder einer Schilfrohrmütze geschmückt, ist der Pfingstl, ein anderer führt „den Mai“, eine geputzte und bekränzte junge Birke. Der Reiterzug geht durchs Dorf und die nächsten Weiler: Der erste ruft bei den bessern Häusern:

Pfingstl hâ, Pfingstl hâ,
Der Pfingstl is dâ.
Nehmt's e Krügel voll Wasser,
Und schütt't en brav â.

E Krügl voll Wasser
Is no net gnua:
En Brocken Schmalz
Wie'n Roßkopf dazu

Und en Schilling Eier
Und ein Laib Brot,
So hat der Pfingstl
Koa Not.

Darauf werden an den Zuletztreitenden von den Hausmüttern Spenden von Brot, Schmalz und Eiern gegeben, die dann gemeinschaftlich im Wirtshause verjubelt werden. Der Mai wird verlost, und der Pfingstl muß sich das Bespritzen und Beschütten mit Wasser gefallen lassen, an der Donau wird er wohl auch noch bis an die Brust ins Wasser des Flußes geführt und ihm dort statt des Kopfes die Schilfmütze abgeschlagen. Der frische, poesievolle Anhauch, den diese Sitte mit allem teilt, was aus unserm germanischen Altertum stammt, hat sich anderwärts freilich sehr verwischt, wo es gelang, die heidnische Naturfröhlichkeit mit ängstlicheren Formen zu umschränken: In Kötzting, wo ebenfalls seit uralter Zeit der Pfingstlritt gehalten wurde, hat man ihm seinen eigentlichen Charakter völlig genommen. – Das heidnische Naturfest hat sich verwandelt in eine Wallfahrt nach der Kirche des heiligen Nikolaus zu Steinbüchel, anstatt des Pfingstels reitet vorne der Träger eines großen Kruzifixes, und statt des bekränzten grünen Maien trägt in der Mitte des Zuges der Geistliche die Monstranz mit einem Kranz von Flitterblumen und Silberdraht, welcher nach einer Predigt, in der die Jugend zur Sittsamkeit vermahnt wird, und nach einer bestimmten Andacht in der Kirche dem musterhaftesten Feiertagsschüler als Sittenpreis geschenkt wird. Aber am Abend desselben Tages zum Schluß der christlichen Feier vertreiben die Hirten nach einer alten Sitte durch ein kunstreiches Geiselgeklatsche die heidnischen Wetterhexen aus der Nähe ihrer Hürden. –

Auch die Sonnwendfeuer brennen durch ganz Niederbayern, wenn auch minder zahlreich und malerisch als auf den oberbayerischen Bergen, und die meisten der sonst damit verbundenen Bräuche, Sprüche und Aberglauben knüpfen sich auch hier an die dem Sonnengott geweihte Flamme.

Ein anderes uraltes Fest, welches, wohl auch vorchristlichen Ursprungs, zunächst eine Anerkennung und Weihe der im Heidentum hochheiligen Grenze war und freilich auch manchen spätern fremdartigen Zug aufgenommen hat, ist das dem Passauerwald eigentümliche „Jakobifest": Es wird auf der Kuppe des Dreisesselberges begangen, auf dem die Grenzen der drei Lande sich so eng zusammenfügen, daß drei Granitblöcke als die Sessel bezeichnet werden, auf denen die drei Landesfürsten, der Fürstbischof von Passau, der Erzherzog von Österreich und der Böhmenkönig, jeder auf seinem eigenen Gebiet um seinen Tisch Platz nehmen können.

Heutzutage ist das Fest kein anderes als der sogenannte Hirtenkirchtag „Almenkirta", wie er auch in Oberbayern gefeiert wird. Hier auf diesem Grenzberg kamen die Hirten der jungen Rinder, die zu Berg getrieben worden, an diesem Tage seit unvordenklichen Zeiten zusammen und vergnügten sich mit besserem Essen und Gespräch, etwa bei einer Zither oder Pfeife: An sie schlossen sich Gäste aus dem Tale an, die ihnen die Lebensmittel zugetragen hatten, und so blieb es Sitte, sie an diesem Tag auf ihrer einsamen Höhe zu besuchen, lange nachdem man vergessen hatte, die alten Umzüge und Umgehungen der Grenzen zu feiern, welche das Heidentum jährlich mit Opfern und andern feierlichen Bräuchen beging. Noch jetzt bilden die Grenzhirten den Mittelpunkt des Festes, zu dem nun aber viele Hunderte aus allen drei Landen zusammenströmen: Wirte und Bäcker ziehen zu Berg, Krambuden sind aufgeschlagen, die böhmischen Musikanten spielen zum Tanz, man lagert auf dem Gestein, freut sich der herrlichen Fernsicht, tändelt und zecht und macht gute Freundschaft mit den Nachbarn, bis man spät abends scheidet und nach den drei Seiten zu Tal steigt, indes die Hirten oben auf dem Berge noch ein Feuer schüren und den Abziehenden nachjauchzen. – Das gleiche Grenzfest feiern die Hirten der Waldstierherden am Gipfel des Arbers bei einer kleinen Kapelle am Bartlmetage, dem 24. August. In älterer Zeit zeigte sich eine deutliche Spur des Grenzfestes in den Ringkämpfen der Hirten der Grenzvölker, die hier gehalten wurden und oft in blutigen Streit ausarteten.

Ein minder erfreulicher Rest unserer poesievollen heidnischen Vorzeit als diese fröhlichen Volksfeste ist der vielgestaltige Aberglaube, der in ganz Niederbayern noch seine zähen Wurzeln geschlagen hat. Der Glaube an Hexen, Unholde und ihren schwarzen Zauber, dazu an die Schutzmittel, welche gegen ihre Macht die weiße Kunst gewährt, erscheint hier ebenso lebendig wie in Oberbayern; aber auch größtenteils in denselben Formen, die wir nicht wiederholen. Eine hervorragende und freundliche Gestalt unter den mannigfach düstern Resten des heidnischen Glaubens und Kultus, z. B. dem Bilwisschneider, der Preinscheuche, einem schädlichen Unholde in den Hirsefeldern, ist der „Oswald, Aswal", der namentlich im Donaugau vorkommt: ein Stück von einer heidnischen Feld- und Erntegottheit und der ihr zugewandten Verehrung. Aus den letzten Ähren eines Roggen- oder Weizenfeldes, die man hart am Raine stehen läßt, winden die Schnitter mittels eines Stabes und kunstvoll je zu dreien verschlungener Halme eine menschenähnliche Gestalt, die mit Feldblumen umwunden und bekränzt wird. Sowie die Gestalt errichtet ist, fallen die Schnitter vor dem Oswald in die Knie und beten, besonders wenn das Getreide gut eingebracht ist und keiner der Mähder sich geschnitten hat; also ein Ernte-Dankopfer. Man tanzt auch wohl im Reigen um den Oswald. – Häufig jedoch schlingt man, ohne eine menschliche Gestalt nachzubilden, nur drei Halme in einen Knoten und spricht dabei: „Das ist für den Oswald.“ Hier haben wir dann den häufig begegnenden Zug, daß man für den wohltätigen Gott (oder sein Roß) einen Teil des von ihm verliehenen Segens auf freiem Felde stehen läßt, ihn durch dies Opfer auch fürs nächste Jahr in Gunst zu erhalten; man nennt diese stehengelassenen Ähren den Nothalm.

In ganz Niederbayern kennt man das im Gebirg sogenannte „Fensterln“, die nächtlichen Besuche an dem Kammerfenster der Mädchen; im Rottal heißt das G'acht gehen, Gen' acht gehen. (Acht, ächt ist der alte Ausdruck für die arbeitsfreie Abendzeit des Gesindes. Nur zu ganz nahen Besuchen gehen die G'achtbuben allein, sonst vereinen sich immer zwei bis drei, ja sechs und mehr und gehen mit Prügeln und selbst Schießwaffen versehen miteinander, der Rest, „die Gaishüter“, hält dann sorgfältig Wacht, während der eigentliche Besucher am Fenster mit seinem Mädchen ein Stündlein verplaudert; die entscheidende Frage lautet: „Stehst du mir auf?“ Bleibt es auf diese Frage still, so weiß der Bursche, daß seine Bewerbungen abgewiesen; Einsteigen in die Kammer kommt seltener vor, aber Mutwille, Eifersucht und Rauflust machen diese bewaffneten Nachtgänge zu Hauptschauplätzen von Mord und Totschlag, dabei werden namentlich auch im bayerischen Wald die herausfordernden Gaßllieder, Trutzlieder in Schnaderhüpfelform, gesungen.

Neben dem Klezenbrotanschneiden zu Weihnachten ist es ein weiterer Liebesbrauch, daß der Bursche sein Mädchen, ja auch der Bauer sein Eheweib am weißen Sonntag zum Lebzelter des nächsten Marktes führt, um ihr daselbst im Met „die Schön und die Stärk zu zahlen.“

Das Haimgarteln oder Gunkelgehen wird in ganz Niederbayern, namentlich in jenen Gegenden, wo die Hofsiedelung überwiegt, fleißig geübt: Man nennt es jedoch immer ins Dorf gehen, auch wenn nur die Bewohner der Einödhöfe in einem einzelnstehenden Hof zusammenkommen. Die Weiber spinnen, plaudern, erzählen und singen dabei, die Männer karteln, und wenn sich eine Zither auftreiben läßt, wird am Schluß wohl ein Stündlein getanzt.

Felix Dahn

Sponsalien = Verlobungsgeschenke / Skapulier = Überwurf über Brust und Rücken / traktieren = bewirten / Zingulum = Gürtelschnur / Zibeben = Rosinen / anticipando = vorwegnehmend / Schranne = Markt / Klezenbrot = Früchtebrot (Kleze = getrocknete Birne).

Palmström

Palmström steht an einem Teiche
und entfaltet groß ein rotes Taschentuch:
Auf dem Tuch ist eine Eiche
dargestellt sowie ein Mensch mit einem Buch.

Palmström wagt nicht sich hineinzuschneuzen. –
Er gehört zu jenen Käuzen,
die oft unvermittelt-nackt
Ehrfurcht vor dem Schönen packt.

Zärtlich faltet er zusammen,
was er eben erst entbreitet.
Und kein Fühlender wird ihn verdammen,
weil er ungeschneuzt entschreitet.

Christian Morgenstern

Ein kalter, grauer Nebel hing

Ein kalter, grauer Nebel hing
In Falten nieder auf das Tal,
Als wieder ich zum ersten Mal
Den Weg zur Waldkapelle ging.

Ich suchte den bekannten Pfad,
Den, wenn die Glocke feiervoll
Zum Frühgebete rufend scholl,
Der Knabe Tag für Tag betrat.

Doch nun war seine Spur verwischt,
Von Nesseln ward mein Fuß gehemmt,
Die Erde selber schien mir fremd,
Mit vieler Herbste Laub gemischt.

Dem Wandrer gleich, der unbekannt
An unwirtbaren Küsten irrt,
So stand ich zweifelnd und verwirrt,
Ein Fremdling, da im eignen Land.

Stets matter glomm das Tageslicht,
Verloren scholl ein Glockenklang,
Ich irrte viel, ich suchte lang,
Doch die Kapelle fand ich nicht.

Adolf Friedrich von Schack

Die Braut von Fürstenstein

„Wohin wie die Windsbraut, mein edler Herr!
Wohin im Hochzeitsgewand?
Es blutet der Sporn, es schäumt die Mähr',
Es glüht unterm Hufe der Sand."

So sprach zum Junker von Falkenau
Ein Frauenbild wohlgetan;
Die Fremde saß früh im Morgengrau
Am Hochgericht und spann.

„Ich reit' fürbaß gen Fürstenstein
Zum Schlosse wohl stattlich erbaut,
Die Fahrt ist eilig, es wartet mein
Mit Sehnsucht die herzliebe Braut."

„Ach guter Ritter! Jetzt ist nicht einst,
Aus Rosen weht Leichenduft.
Die du ins Brautbett zu führen meinst,
Sie schlummert in modriger Gruft.“

„Ha, Natter, das Wort bezahlst du zur Stund’,
Nicht straflos sagst du mir Spott,
Erst gestern küßt’ mich Süßliebchens Mund,
So warm und so purpurrot.“

Er rief’s und zückte das scharfe Schwert
Und hieb mit Zornesgewalt,
Doch spurlos wie duftigen Nebel durchfährt
Das Erz die Frauengestalt.

a bäumt sich der Rappe vor Geisternäh’
nd stürzt mit dem Reiter talab.
em Armen wird es ums Herz so weh:
ch Liebchen, so lägst du im Grab!

s flattert im Winde sein blondes Haar,
ein Busen atmet mit Not,
r klagt und seufzet wohl immerdar:
weh mir, ist Liebchen tot!

Und als die Sonne zur Rüste ging,
Beschien sie des Fürstensteins Turm,
Vom Giebel ein schwarzes Fähnlein hing,
Drin sauste gar traurig der Sturm.

Die Sterbeglocke klang dumpf ans Ohr,
Sie klang sonder Unterlaß –
Drauf sprengte ein Rappe herein zum Tor,
Im Sattel kein Ritter saß.

A. Müller

Passau

Diese Stadt liegt höchst romantisch in einer schönen wilden Gegend, die immer schöner wird, je mehr man sich ihr nähert. Noch ehe man an die Brücke kommt, erheben sich linker Hand rauhe Felsen, welche bis oben hinan grün bewachsen sind, da dann zwischen den Bäumen die großen Felsenstücke hervorragen. An diesen Bergen hängen hie und da einzelne Häuser, welche der Gegend ein malerisches Ansehen geben. Noch die Ecke vor der Stadt Passau sieht man auf dieser Seite ein ansehnliches Gebäude, das eine fürstliche Brauerei ist. Neben derselben liegt ein großer Garten mit fein künstlich, kugel-, würfel- und spindelförmig geschnittenen Bäumen. Allda ist eine hölzerne Brücke, welche auf hölzernen Pfeilern ruhet, im Winter aber abgetragen wird, indem das Eis zuweilen einige Pfeiler mit fortnimmt, weil der Donaustrom allda zwischen hohen Ufern zusammengedrängt ist, und weiter herunter die bekannten zwei Flüsse, die Ilz und den Inn aufnimmt, mithin den viel stärkern Schuß des Wassers hat.

Johann H. Dielhelm (1785)

Der Radi und die gelbe Rubn

Die Veigerln blüh'n, die Baam schlag'n aus,
Im Wald springts junge Reh,
Und weil jetzt niemand schießen darf,
So schießt's Getrad in d' Höh.

Und in an Bacherl silberhell
Wachsen Moos und grüne Fichtn,
Da schwimmen Fischerln hin und her
und sag'n sich schöne Gschichtn.

Nur in an Garten hintern Haus
Da steht a gelbe Rubn,
Die kannt vor Liab sich nimmer aus,
Vor Sehnsucht wärs bald g'sturbn.

Und Tränen wie die Perlen weint
Die Arm' in ihrem Schmerz,
Es liebt ja alles auf der Welt,
A Rub'n hat a a Herz.

Und s'Herzerl von der Rubn is
In an Radi ganz verbrennt.

Noch werdn die beiden Liebesleut
Von an klaren Bacherl trennt.
Das schmerzt denn halt die gelbe Rubn,
Fallt a a dem Radi schwer,
Sie seh'n sich zwar den ganzen Tag,
Doch Verliebte wollen mehr.

Sie tauschen die Gedanken aus
Und sag'n: bonsoir, bonjour!
Das is für Leut, die ländli lebn,
Grad schon französisch gnua.

Doch eines Tags in Garten kommt,
Der Großknecht – recht angfressen,
In oaner Hand an Kanten Brod,
In der andern a blanks Messer.

Der schaut se wild und grimmi um
Hinter d'Stauden, unter d'Hecken,
Die Rubn ruft dem Radi zua,
Er soll sie fein verstecken.

Der Radi, stolz – er is a Mann,
Was kann ihm denn a gschehn –,
Er folgt der treuen Warnung net
Und wird vom Großknecht gsehn.

Der stürzt in wilder Hast auf ihn,
Und reißt ihn aus der Erd.
Und trennt ihn von der gelbn Rubn,
Die ihm so lieb und wert.

Er zieht ihm's Gwand aus, salzt ihn ein
Und weidt sich an seim Schmerz,
Und stoßt ihm's Messer tief hinein
Ins arme treue Herz.

Der Radi woant – sein letzter Blick,
Der gilt der gelbn Rubn,
Sein letztes Wort is: „Bleib mir trei!",
Und nachher is er gsturbn.

Die Rubn, sie kann jetzt nimmer lebn,
Was solls denn jetzt a no,
Sie wankt vor Schmerzen hin und her
Auf einmal bricht sie o.

Da liegt sie nun in treuer Lieb,
Ihr Lebn hats verloren,
Dann hats von Gott zwei Flügerln kriegt,
Und is an Engerln worn.

Der Radi, den der Großknecht hat
Mit frecher Hand gebrochen,
Er ward in einer Viertel Stund
Schon fürchterlich gerochen.

Carl Spitzweg

Wegscheid und Griesbach

Der Markt Wegscheid war zu Hochstifts Zeiten Sitz eines Pflegers und Richters und erhielt von den Bischöfen Gottfried von Weißeneck und Leonhard von Laiming im 14. und 15. Jahrhundert namhafte Marktfreiheiten in Handel und Wandel, Gewerbe und bürgerlicher Ordnung. Die Reformation hatte hier Wurzel gefaßt – und die Wiedertäufer, welche in dieser Gegend sich auszubreiten suchten, konnten auf Befehl Karls V. (1520) nur mit aller Strenge ausgerottet werden. Das passauische Kriegsvolk des Erzherzogs und Fürstbischofes Leopold hatte in und um Wegscheid 1610 seinen Sammelplatz. Die Flachsbereitung und Leinenweberei hat ihre Förderung dem menschenfreundlichen Kirchenfürsten Joseph Maria von Thun 1762 zu verdanken; jedoch mag schon vor dem Dreißigjährigen Kriege Flachsbau und Weberei hier nicht minder heimlich gewesen sein, als sie uns von dem nahen Mühlviertel die Randbilder der Fischerschen Karte Oberösterreichs aus jener Zeit nachweisen.

Neben Wegscheid ist im Leinwandhandel der Markt Griesbach (Untergriesbach) tätig, der früher den Beinamen „am hohen Markte" führte, um ihn von Griesbach in der Zell, nun Obernzell, zu unterscheiden. Die Bürger waren (mit Ausnahme der Salzgefälle) den Passauern gleichberechtigt und mit dem Holzhandel zwischen der Ilz und Rana begnadet. Der Dreißigjährige Krieg, von welchem der Markt erst im letzten Jahre berührt wurde, hatte eine furchtbare Seuche zur Folge, die durch zwei Jahre andauerte; in den Jahren 1804 bis 1810 hatte der Markt mit der Pfarrgemeinde an durchziehenden Truppen 35000 Mann und bei 7000 Pferde zu verpflegen, erholte sich jedoch wieder zu ziemlicher Wohlhabenheit.

Alois Schels

Vilshofen

Die Stadt Vilshofen, unzweifelhaft römischen Ursprunges („die Bürg" am südlichen Höhenzuge oberhalb der Stadt), war eine der bedeutenden Besitzungen, welche das von Odilo gegründete Kloster Modsee innehatte. Der Ort wurde 1192 von Graf Rapoto II. von Ortenburg mit Mauern umgeben und zur Stadt erhoben und die niederbayerischen Herzöge errichteten hier eine Hauptzollstätte, verweilten oft und gerne in der Stadt, und stellten in derselben 1293 eine Hausordnung fest, welche für das dortmalige Hofhaltungswesen und die am Hofe selbst vorkommenden Straffälle gesetzliche Norm gaben. Um jene Zeit, als 1343 Schweiker Tuschl von Säldenau mit mehreren Bürgern ein Spital in Vilshofen gründete, erfreute sich die Stadt auch des Wohlwollens Kaisers Ludwig IV., der Stadtzoll und niedere Gerichtsbarkeit hier gewährte.

Die Tuschl von Säldenau, ursprünglich Dienstmannen der Grafen von Ortenburg, waren bei den bayerischen Herzögen hoch angesehen und zeichneten sich durch fromme Stiftungen an Kirchen und Klöster aus; hervorzuheben unter diesen ist die Begründung des St. Johannesstiftes in Vilshofen durch Ritter Heinrich von Tuschl 1376, welche in ihrer Veranlassung Stoff zu einer mehrfach gestalteten Sage gab, die schon Aventin den Rockenmärlein zuwies. „Zwei Hund' an einem Bein, ich Tuschl bleib allein". Tatsache ist übrigens, daß der Ritter in ehelichem Unfrieden mit seiner zweiten Gemahlin Elsbeth der Staudacherin lebte, sich von dieser trennte und sein und der ersten Gemahlin Vermögen dazu verwendete, dem Herrn durch eine fromme Stiftung zu dienen, dabei aber den Wahlspruch „Allein" in sein und seiner Stiftung Wappen einsetzte.

Ritter Heinrich verstarb 1388, ward in der Stiftkirche begraben und die Mönche von Aldersbach zierten seine Ruhestätte mit einem Marmordenkmale. Die von Kaiser Ludwig um 1320 hergestellten Stadtmauern sollten sich im niederbayerischen Erbfolgekriege als die trefflichste Schutzwehr der Stadt bewähren. Der pfälzische Feldhauptmann Wisbeck belagerte und beschoß vom 9. bis 13. Dezember 1504 Vilshofen, wo der Pfleger Sigmund Schwarzensteiner mit den bayerischen Truppen und den Bürgern, von denen sich Hans Ochsenhauser als der tapferste erwies, ausdauernden Widerstand leistete, so daß die Belagerer ohne Erfolg ins Wolfachtal sich zurückziehen mußten.

Das Braugeschäft kam hier frühzeitig in Aufnahme, und das weiße Bier von Vilshofen war ein gesuchter Ausfuhrartikel bis Serbien und, wie behauptet wird, auch nach Rom. Kurfürst Max I. kaufte das den Bürgern gehörige Bräuhaus und verlegte es in den Salzhof an der oberen Vorstadt, welcher bis 1639 die erste Salzniederlage Bayerns an der Donau war. Durch weitere Kriegsunruhen hatte Vilshofen viel zu leiden; im Dreißigjährigen Krieg wurde es von Bernhard von Weimar überfallen, dann durch Johann von Werth wieder erobert – im spanischen Erbfolgekrieg 1703 durch General Schlick und 1705 durch Oberst d'Argnan erobert und im österreichischen Erbfolgekrieg von den Kroaten und Panduren geplündert. Furchtbarer als alle Kriegsjahre wütete der Brand von 1796, dessen Schaden man auf 700000 Gulden berechnete. Die Großmut des letzten deutschen Kaisers und der bayerischen Regierung, nicht minder die werktätige Hilfe der benachbarten Städte und Dorfschaften hoben Vilshofen zu einer freundlichen und wohlgebauten Landstadt, welche sich durch schwunghaften Handel und Gewerbebetrieb, durch aufmerksames Verfolgen landwirtschaftlichen Fortschrittes wie durch regen Gemeinsinn ihrer Bürger auszeichnet.

Alois Schels

Pandur = ungarischer Soldat.

Deggendorf, Plattling, Metten

Das Alter der Stadt Deggendorf reicht nach den Urkunden bis in die Zeit der Karolinger (868). Der Ort soll im 9. Jahrhundert ungewöhnlich stark befestigt gewesen sein, woher man denn auch das Stadtwappen (ein festes Tor mit Fallgitter) ableitet. Um 960 schenkte die Herzogin Judith von Bayern, Schwägerin Otto des I. von Wittelsbach, dem Frauenstift Niedermünster zu Regensburg eine Propstei in Deggendorf, mit welcher auch die Seelsorge der Stadt verbunden war.

Durch die Landesteilung von 1255 kam Deggendorf an die Landshuter

Linie unter Heinrich XIII., der hier wegen des blühenden Donauhandels und des lebhaften Verkehrs mit Böhmen und dem bayerischen Walde eine Hauptmaut errichtete.

Um die Zeit, als von Ritterschaft und Städten in Bayern die Ottonianische Handveste errungen wurde, treffen wir in Deggendorf eine wohlverfaßte Stadtordnung, welche einen Bürgerausschuß an die Spitze des Gemeinwesens stellte, die Überwachung der vom herzoglichen Richter geübten Strafgewalt durch den Stadtrat anordnete und auch in zivilrechtlicher Beziehung den Bürgern namhafte Privilegien gab. Für die Bestätigung ihrer Ordnung aber zahlte die Stadt den Herzögen zu Weihnachten 100 Pfund Stadtsteuer.

Die Landesteilung 1331 erhob Deggendorf zur Residenz- und Hauptstadt Heinrich des Natternbergers, der hier einen Landtag hielt, neue Freibriefe für die Stadt erließ, aber in seiner Fehde mit Heinrich von Landshut die Verbrennung der Stadt veranlaßte, wofür wichtige Vorrechte in bezug auf Gerichtsbarkeit und Handelsverkehr Entschädigung geben sollten. Das bemerkenswerteste Ereignis in der Stadtgeschichte bildet die Judenverfolgung von 1337, zunächst durch die Anzeige hervorgerufen, daß die Juden christliche Heiligtümer in unerhörter Weise schändeten und außerordentliche Wunderzeichen hierbei zur Bestrafung der Frevler aufforderten. Die erbitterten Bürger verschworen sich mit dem herzoglichen Pfleger Ritter Hartwig vom Degenberg in dem uralten Johanneskirchlein zu Schaching vor der Stadt und ermordeten die Judenschaft, welche sich verzweifelt wehrte und ihre Häuser in Brand steckte. Trotz der Mißbilligung des Papstes erfreute sich die Bürgerschaft Deggendorfs der Zustimmung ihres Landesherrn, der sie, wie es vor und nachher bei solchen Ereignissen in Deutschland der Fall war, in die sämtliche Habe der Juden rechtlich einwies. Die wunderbar erhaltenen Hostien wie die Marterwerkzeuge der Juden haben seit jener Zeit die tiefste Verehrung beim gläubigen Volke genossen und Anlaß zur Begründung der Gnadenkirche und Errichtung der Wallfahrt gegeben.

Schon 1385 erhielt Deggendorf ein Straßenpflaster, zu dessen Herstellung Herzog Albrecht die Stadtsteuer auf zehn Jahre erließ.

Nach der glücklichen Abwehr der Hussiten, die vor den festen Stadtmauern wieder zurückwichen, entwickelte sich Bürgertum und Zunftwesen in der günstigsten Weise, und an die Vorrechte und Privilegien der Deggendorfer reihte sich der Gnadenbrief des Herzogs Ernst (1438), nach welchem der Herzog nur einen vom Rat vorgeschlagenen Stadtrichter einsetzen durfte. 1485 wurde Brücken- und Pflasterzoll der Stadt überlassen, 1492 auch der kleine Wildbann um den Burgfrieden, „auf daß sich die von Deggendorf eine kleine Kurzweil machen können mit dem Vogelfang und kleinem Wildwerk" – 1508 wurde der bisher am rechten Donauufer im Natternberger Gericht gehaltene Jahrmarkt in die Stadt verlegt.

Seit 30 Jahren hat sich Deggendorf zu einem Wohlstande erschwungen, der überstandene Leiden wohl vergessen machen konnte. Ein Hauptstapelplatz der Produkte und Fabrikate des bayerischen Waldes, vermittelt Deggendorf viele Bedürfnisse der Waldbewohner über die Berge und entfaltet im Gewerbeleben wie in Acker- und Gartenbau lebhafte Tätigkeit. Neben der politischen Behörde besteht hier auch ein kgl. Bezirksgericht für die Landgerichte Landau, Osterhofen, Deggendorf, Hengersberg, Grafenau und Regen seit 1857, was für den Verkehr der Stadt ebenso vorteilhaft ist als die im Bau begriffene Donaubrücke und der in Aussicht stehende Schienenweg zu der an Plattling vorbeiführenden bayerischen Ostbahn.

Eine Meile ober der Isarmündung begegnen wir den Marktflecken Plattling, dem Hauptorte einer Gegend, welche seit Römerzeiten eine der militärisch wichtigsten Stellen in der bayerischen Ebene war, da die Isar hier den uralten Heeresweg von Regensburg nach Österreich durchschneidet; schon die Nibelungen-Sage läßt zu Plädelingen den Bischof Piligrim seine Nichte Kriemhild bewirten, als sie gegen Osten zog, um sich mit Etzel zu vermählen; der Karolinger Ludwig schenkte 868 seine Güter zu Plattling, das dem Grafen von Bogen unterworfen war, an Kloster Metten.

Kaiser Karl gründete in Metten 791 der Kultur eine heilige Stätte, 801 waren die Zellen der Mönche im Bau vollendet. Zu Anfang des 12. Jahrhunderts wurden die Benediktiner durch die Kanoniker von Pfaffenmünster verdrängt, jedoch durch Heinrich Jasomirgott 1150 wieder in ihr Stift zurückgeführt, wo sie bis zur Klosteraufhebung 1803 segensreich wirkten. Das Kloster Metten wurde 1830 durch König Ludwig für Benediktinermönche wieder hergestellt und erholte sich trotz mannigfach drückender Verwaltungsmaßregeln (bis 1836) in der erfreulichsten Weise. Wissenschaft und Kunst wird hier eifrig gepflegt und das Gymnasium der Klosterschule ist als eine der vorzüglichsten Lehranstalten des Königreiches allgemein anerkannt.

Alois Schels

Herbstlied

Der Himmel ist grau umzogen,
Es glänzt kein Sonnenstrahl,
Aschgraue Nebel wogen

Feucht über Berg und Tal.
Fern klingt so traurig heute
Der Herde Glockengeläut',
Als ob es zu Grabe läute
Die schöne Sommerzeit.

Lebt wohl, ihr schlanken Tannen,
Ihr Wiesen, frisch und hell!
Wir müssen nun von dannen,
Der Sommer floh so schnell.
Kalt weht der Wind aus Norden,
Die Blumen sind verblüht,
Herbst ist's im Land' geworden
Und herbstlich im Gemüt.

Die Luft wird sich erneuen,
Die Sonne wieder glühn,
Der Nebel sich zerstreuen,
Die Blumen wieder blühn;
Neu klingen Waldeslieder
Von Lenzeslust und Glück,
Und, kommt der Frühling wieder,
Kommen auch wir zurück!

Friedrich Bodenstedt

Landau an der Isar

Unweit der Isar erhob sich auf dem Zankelberge eine mit breiten und tiefen Gräben umgürtete Burg, welche wohl aus Römerzeiten stammend das edelste Geschlecht des Landes innehatte, denn nahe daran baute Herzog Ludwig 1224 eine Stadt, die er Landau nannte und fünf Jahre später mit festen Mauern umgab; schon 1230 schlichtete hier der große Fürst mit seinem Sohn Otto einen Streit des Bischofs Gebhard von Passau mit dem Bogener Grafen Albert. Frühe erhaltene Stadtfreiheiten bestätigte Heinrich II. von Niederbayern den treu erfundenen Bürgern 1333, und das Bürgerspital mochte um jene Zeit gegründet worden sein. Brand und Plünderung erfuhr Landau 1504, noch mehr 1743, als die Franzosen von den Österreichern unter General Daun hier verdrängt und die ganze Stadt bis auf drei Häuser in Asche gelegt wurde. Als 1645 Straubing von den Schweden hart bedrängt wurde, half ein Bürgerfähnlein von Landau mit nachbarlicher Freundschaft der belagerten Stadt und weilte dort zwei Jahre zu ihrem Schutze; zum Andenken an die glückliche Rettung gründete der Sattler und Feldwaibel Christoph Christi von Landau die Andacht zur heiligen Maria im Steinfelsen, welche bald ein sehr besuchter Wallfahrtsort wurde.

Der Besetzung Landaus 1778 durch die Österreicher machte der Tesche-

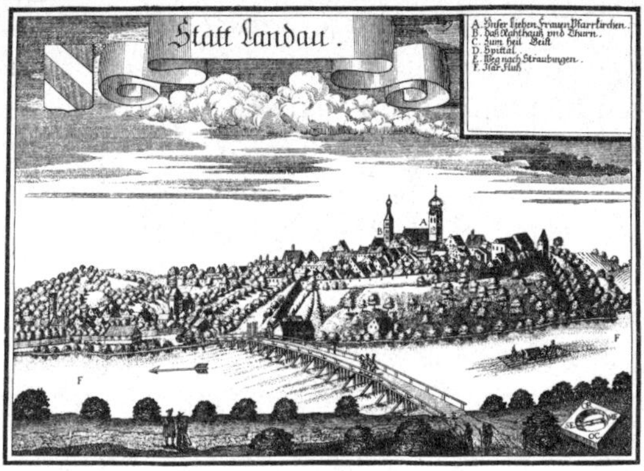

ner Friede ein baldiges Ende. Von den hervorragenden Männern der Stadt sollen neben Jakob Ziegler noch Sigmund Viehauser, der Kanzler Rudolfs II., sowie der gelehrte Theologe und Kanonist Franz Jakob Zadler nicht unerwähnt bleiben.

Im Gerichtsbezirke befinden sich drei Märkte, Pilsting, Eichendorf und Simbach. Pilsting, früher ein Besitztum der Grafen von Frontenhausen, kam von diesen an die Bischöfe von Regensburg und 1386 durch Kauf an die bayerischen Herzöge. Eichendorf, im 11. Jahrhundert als Besitztum des Hochstifts Passau vorkommend, war bis 1248 Lehen der Grafen von Ortenburg, welche den Ort zum Markte erhoben, kam 1262 an Bayern und wurde 1639 im Schwedenkriege arg verwüstet. Die Tuchmacherei war sonst ein lebhafter Erwerbszweig der hiesigen Bürger. Von Simbach, welches 1572 von Herzog Albrecht V. als Wappen einen Stern ob der bayerischen Rauten erhielt, sind uns außer dem Brande von 1658 keinerlei Geschicke bekannt geworden; Wening aber rühmt das hohe Alter der Ortseingeborenen vor allen Angehörigen des Vilstales.

Alois Schels

Feldwaibel = Unteroffiziersdienstgrad / Kanonist = Lehrer des kanonischen Rechtes

Das Landgericht Dingolfing

Die Stadt Dingolfing ist über den Resten einer römischen Befestigung an der Isar erbaut, und die riesige Hochbrücke, welche außer der Stadt über eine Schlucht führt, wird in ihrer ursprünglichen Anlage als ein Werk der Römer erkannt.

Tassilo II. hielt hier 772 einen Landtag, auf welchem kirchen- und staatsrechtliche Bestimmungen getroffen wurden; der Karolinger Ludwig der Fromme schenkte die Kirche Dingolfing mit allem, was ihr gehörte, an das Stift St. Emmeram in Regensburg; 932 waren die Landesbischöfe wiederholt hier versammelt, um die Interessen der Kirche, welche durch die Hunneneinfälle großen Schaden gelitten, zu beraten. Was Ludwig der Kelheimer für die Hebung der Stadt begonnen, förderte Otto der Erlauchte in gleicher Weise, denn dieser baute sich hier ein Schloß und umgab die Stadt mit Mauern, stellte für diese sonach eine Begrenzung fest, welche wohl enger gezogen war, als die des agilolfingischen Kammergutes, aber auch das weithin sichtbare Hohendingolfing mit der Leonhartskirche umfaßte. 1446 wurde Dingolfing durch Herzog Heinrich von Landshut erobert, der von dem gefangen gehaltenen Ludwig im Bart kein Lösegeld erhielt; von dieser Zeit an bis in unser Jahrhundert war die Stadt bei allen Kriegsereignissen, welche Bayern betroffen, mehr oder minder beteiligt; Hunger und Pest verheerten im Dreißigjährigen und österreichischen Erbfolgekriege die Stadt, mit welcher die „Gäubürger“ in den Dörfern Höll, Geratsberg, Goben und Sossau gleiches Schicksal teilten. Ein wohlgeordnetes Gemeindewesen, Gewerbefleiß und schwunghafter Ackerbau haben Dingolfing zu einer der wohlhabendsten Landstädte Altbayerns erhoben.

Zwei Stunden unter dem Pfarrdorfe Oberviehbach ebenfalls an der Isar liegt Niederviehbach, nach Dingolfing der bevölkertste Ort des Bezirkes; er gehörte einst den Grafen von Leonsberg, welche 1315 erloschen. Berengar und seine Gemahlin Agnes gründeten in ihrem Jagdschloß Viehbach ein Kloster für Augustinernonnen, die durch die Gnade der bayerischen Herzöge und der Bischöfe von Regensburg nicht unbeträchtliche Besitztümer und Rechte erhielten. Von 1320 bis zur Zeit der Aufhebung 1803 standen dem Kloster 40 Priorinnen vor, von welchen Maria Maxima Hofberger 1731–1750 die stattlichen Gebäude aufführte, in denen seit 1847 die Dominikanernonnen Mädchen bürgerlichen Standes erziehen und unterrichten. Ein aromatischer Spiritus, das „Niederviehbacher Schlagwasser“, das von den Augustinerinnen erfunden und bereitet wurde und dessen Herstellung nunmehr vom Ärar an den dortigen Gutsbesitzer v. Streber verpachtet ist, hat im Bayerlande große Beliebtheit erlangt.

Der Markt Reisbach, ehemals der Sitz eines Landgerichts, freut sich die Geburtsstätte dreier verdienstvoller Männer zu sein, des Akademikers Maximus Imhof, welcher als Lehrer der Physik große Anerkennung fand, des gemütvollen Parabeldichters und Bischofes Fr. X. Schwäbel und des gelehrten Numismatikers und Weihbischofes Ignaz Streber, welchen im Jahre 1845 die Gemeinde ein Denkmal auf dem Marktplatze errichtete. Der berühmte Erzbischof Arno von Salzburg hielt 799 hier (wie erzählt wird unter der großen Eiche, auf deren Platz nun die Wolfsindiskapelle steht) eine Synode, deren Beschlüsse die Lebensordnung der Weltpriester, Mönche und Nonnen zumeist betrafen.

Alois Schels

Ärar = Staatsvermögen.

Bairisches Bettlerlied

Ich und mein junges Weib
Können schön tanza,
Sie mit dem Bettelsack,
Ich mit dem Ranza.
Schenkt mir mal bairisch ein,
wollen mal lustig sein!
Bairisch, bairisch, bairisch muß's sein!

Des Schulzens Mägdela
Tut mir gefalla;
Sie heißet Gretela,
Liebt mich vor alla.
Schenkt mir mal etc.

Hinter'm Dorf, in dem Sand,
Bauren tun dröscha;
Mädel hat's Hemd verbrannt,

Henker mag's löscha!
Schenkt mir mal etc.

Schlächter gehn auf das Land,
Wollen was kaufa,
Haben 'n Stock in der Hand,
Müssen brav laufa.
Schenkt mir mal etc.

Mein Weib geht in die Stadt,
Ich bleib' daraußa;
Was sie erbettelt hat,
Tu ich versaufa.
Schenkt mir mal etc.

Vilsbiburg

Von Vilsbiburg haben wir außer der urkundlichen Benennung als Marktflecken 1372, in dem um selbe Zeit auch ein Richter seinen Sitz hatte, keine sicheren historischen Nachrichten, wenn nicht allenfalls die Tatsache, daß der Ort mit festen Mauern, Toren und Wällen geschützt war, auf dessen Bedeutsamkeit in früheren Jahrhunderten hinweiset. Sicher ist Vilsbiburg als ein Bestandteil der Grafschaft Frontenhausen, zu welcher auch der Markt Velden gehörte, anzunehmen. Die Grafen von Frontenhausen, Teisbach und Megling reihten sich den angesehensten Geschlechtern Bayerns an und erloschen um 1230 mit Konrad, Bischof von Regensburg, welcher Frontenhausen an Herzog Ludwig von Bayern verkaufte, seine übrigen Besitzungen aber dem Hochstift Regensburg übergab. Die hochstiftischen Güter kamen endlich 1326 an Bayern. Marktwürde erhielt Frontenhausen von Herzog Friedrich im Jahre 1386, und die Ringmauern wurden durch die mit neunjähriger Steuerfreiheit begnadigten Bürger 1423 vollendet. Der Markt rühmt sich, die Geburtsstätte zweier hervorragender Männer zu sein; Christoph Klingensberger, ein Bäckerssohn von hier, war ein ausgezeichneter Rechtsgelehrter, 44 Jahre lang Professor in Ingolstadt und seinerzeit die „Ehre und Zierde des Vaterlandes". Von ihm stammt das adelige Geschlecht der von Chlingensperg. Sieben Jahre nach dessen Tod, im Jahre 1727, wurde hier armen Eltern Michael Hober geboren, der die Franzosen zuerst mit den besseren Werken der deutschen Literatur

(Winkelmann, Gellert, Gessner) durch gediegene Übersetzungen bekannt machte, nach seinem vieljährigen Aufenthalte in Paris als Ehrenprofessor in Leipzig Kunststudien trieb und nebenbei vornehme Jünglinge (darunter auch den nachmaligen preußischen Staatskanzler Fürsten von Hardenberg) mit der feinen Weltbildung vertraut machte. Größere Anerkennung als der Vater erwarb sich Ludwig Ferdinand Huber, ein gewiegter Politiker und der erste Redakteur der „Allgemeinen Zeitung", sowie dessen Gattin, die gemütvolle Schriftstellerin Therese Huber.

Alois Schels

Aus: „Reise durch den Bayerischen Kreis"

Die Bayern überhaupt genommen sind von starkem dauerhaften Körper, aber nur von mittelmäßiger Größe. Die in dem gebirgigen Teil der Regierung München, gegen die Grenze von Tirol hin, sind länger von Körper

als die auf dem flachen Lande. Die Handwerker in den Städten und Flecken, die Geistlichen und derlei Leute sehen aus bekannten Ursachen gewöhnlich bleicher, schwächer, auch trauriger aus als die Bauern: Unter diesen letztern sind die jungen Burschen die schönsten Kerle, besonders jene, die in der Gegend von Straubing und Regensburg und um das Städtchen Erding bis gegen Burghausen hin wohnen. Die andere Hälfte des Menschengeschlechts ist, nach dem Geständnis der meisten In- und Ausländer, hübscher als in den meisten deutschen Provinzen. Der Hauptsammelplatz der bayerischen Schönheiten ist München. Die Landmädchen sind meistens kurze, dicke Dingerchen, mit roten Backen, die von Gesundheit und Munterkeit stotzen, und die sich wie im Paradiese befinden, wenn sie sonntags ihren Schatz vormittags nach der Kirche und nachmittags auf den Tanzboden begleiten können.

Die Kleidungstracht des Adels und Halbadels und der Mannsleute überhaupt in den Städten ist wie in den meisten Provinzen Deutschlands; aber die Tracht der bürgerlichen Weiber und Töchter hat noch manches besondere. Auf dem Kopfe tragen sie gewöhnlich eine Haube von einem mehr oder minder reichen Stoff, je nachdem ihr Vermögen ist. An hohen Festtagen, z. B. am Fronleichnamstag, bei Hochzeiten, Kindstaufen und derlei Feierlichkeiten tragen sie eine besondere Kopfzierde, die sie Krönchen heißen. Dieses Krönchen ist wirklich eine Art von kleiner länglich-runder Krone, über und über mit echten und falschen Perlen besetzt, so wie es die Besitzerin vermag; es wird aber nicht oben auf dem Kopf getragen, sondern am Hinterkopf festgemacht. An der Rückseite hat es eine länglichrunde Öffnung, durch die das in zwei Zöpfe geflochtene gepuderte Haar herausragt und mit einer silbernen oder goldenen, fingerbreiten, quer durchgesteckten spannenlangen Nadel angeheftet wird. An Hochzeitsfesten kommt noch ein Kränzchen von Rosmarin dazu. Die Tracht der Bauern ist nicht ganz gleichförmig. Im ganzen genommen, besonders in der Mitte des Landes aber, ist sie folgende: Rund und kurz an dem Kopf abgeschnittene Haare; ein runder schwarzer Filzhut; ein rottüchenes Leibl, das nicht vorne zugeknöpft, sondern auf der Seite mit messingnen Häkchen zugeheftet wird; über dieses Leibl ein schwarzlederner, mit grüner Seide ausgenähter Hosenträger; ein Rock mit engen Ärmeln, der nicht bis an die Knie reicht, rund wie ein kleiner Mantel ist, und mitten am Rücken ein paar Falten, sonst aber nirgends keine, auch kleine Taschen hat; blaue Strümpfe; Schuhe ohne Schnallen, mit kleinen ledernen Nesteln gebunden. Bei der Arbeit tragen sie Kittel und Hosen von Zwilch, Strümpfe aus grober Leinwand zusammengenäht, und bei bloßen Hausarbeiten häufig hölzerne Schuhe.

Johann Pezzl (1784)

BRAUN . SCHNEIDER

Bayerisch Kraut

Zutaten: 1 kg Weißkraut, 2 Zwiebeln, 50 g Schweineschmalz, 1/4 l Weißwein, Pfeffer, Salz, Kümmel, eine Prise Zucker, 2 Kartoffeln.

Das Weißkraut fein hobeln und mit kochendem Wasser überbrühen. Zwiebeln fein hacken und im Schmalz anschwitzen, das Kraut zufügen, mit Weißwein aufgießen. Mit Pfeffer, Salz, Kümmel und Zucker abschmecken. 30 Minuten auf kleiner Flamme dünsten. Die Kartoffeln reiben und das Kraut damit binden.

Die Gegend um Wolfstein

war mit Ausnahme der bayerischen Hofmark Bibereck ein Bestandteil des Hochstiftes Passau, von 1803 bis 1805 mit der Hälfte des jetzigen Landgerichts Passau I Entschädigungsland des Großherzogs Leopold von Toskana, im Preßburger Frieden vom 20. Dezember 1805 aber mit Bayern vereinigt. Sitz der Behörden ist das Schloß Wolfstein, von Bischof Wolfker von Ellenbrechtskirchen um 1200 zum Schutze des Handels nach Böhmen erbaut und von Bischof Urban von Trennbach 1590 neu hergestellt.

Wie schon angedeutet wurde, zog sich ein für den Verkehr sehr wichtiger Weg von Passau gegen die Böhmergrenze zu, der sich in der Pfarrei Freiung in drei Teile, die Winterberger-, Prachatizer- und die Bergreichensteinerstraße, welche mit ihren Abzweigungen den allgemeinen Namen „goldener Steig“ führten, teilte. Meistens war der Weg, wie um Grainet, mit kleinen Baumstämmen gebrückt, wovon das Auffinden solcher Hölzer oft sechs Schuh unter dem Boden Zeugnis gibt.

Perlesreuth, ein durch den Flachs- und Garnhandel in Blüte stehender Marktflecken, hat seit 1728 durch bedeutende Brände vielfach gelitten. Die Hohenau bietet von ihrem den Ort überragenden Hauptplatze aus über die waldigen Bergesketten ausgezeichnete Fernsicht dar. Die nahe Hütten, seit Errichtung eines Bräuhauses daselbst die Bierhütten genannt, ist die Heimat des Benediktinermönches Georg Pasterwitz († 1803), der mit Mozart und Haydn befreundet, auch ein tüchtiger Kontrapunktist war und durch sein umfassendes Wissen im Verwaltungsfache wie als Studiendirektor seinem Stifte Kremsmünster rühmenswerte Dienste leistete.

Das Dorf Röhrnbach machen die bedeutenden Ochsenmärkte seit langer Zeit in weiter Ferne, besonders in Böhmen bekannt; als nach dem Hussitenkriege 1459 große Teuerung im Bistume ausbrach und die Kirche zu Röhrnbach von einem Schwarme hungernden Volkes geplündert wurde, waren es drei Ritter, Burkard Puchberger, Jörg Watzmansdorfer und Ulrich Schätzl, welche sieben Monate lang Lebensmittel an den Kirchtüren verteilten und hierdurch dem Elend ein Ende machten.

Waldkirchen begegnet uns urkundlich zuerst 1327, als die Äbtissin von Niedernburg dem dortigen Pfarrer Burgrecht verlieh. Später war es ein mit Ringmauern, Türmen und Zugbrücken wohlbefestigter Zufluchtsort der Passauer Bischöfe, der durch einen Kanal, welchen Landrichter Purgleutner von Leoprechting 1595 vom Erlabache in den Markt leitete, auch mit Wasser umgeben werden konnte. Die Ringmauern schenkte nach dem Brande 1782 Kardinal Firmian den Bürgern zum Wiederbau ihrer Häuser.

Alois Schels

Der bayerische Hiesel

(Wildschütz und Räuber)

I. Melodie:

A Liedla z'singa,
A Liedla aufs neu,
Von oan Wildschütz'n
Im Roastadter Gäu.

II. Melodie:

„Gut'n Abend, Jungf'r Resl!
Bin a widd'ramol do;
Du mußt mi heint z'Nacht bholt'n,
Und schlog mirs net o."

(Nach Melodie I zu singen:)

„Wos soll i dir kocha
Wos wer dir recht?
A Oarschmolz will i kocha
Wans dir is net schlecht."

„Du sollst mir nix kocha,
Es hungert mi net;
Bin goar z'weit ganga,
Drum bin i ganz mied."

„O du, mein lieber Hiesel,
Zieg aus deine Schua,
Geh auffi ins Betti
Und deck di warm zu!"

„O du, mein liebes Resl,
Des bild dir net ein:
Alloa kan i net schloffa,
Muaßt a bei mir sein!"

Die Küh san g'molka,
Die Milli is ausg'sieg'n,
Doa is mei liebs Resl
Zum Hiesl neig'stieg'n.

Sie lieg'n beisammen
Die liebe lange Nacht;
Die Sonn is aufgang'n,
Dea Hirsch hat schon grast.

(Nach Melodie II zu singen:)

'S Resl steht auf
Und will Krapfn backa:
„Zwelf Jäger stehn drauß'n
Sollst gleich aufmocha!"

„I du net aufmocha
Bin oanzig alloan!
I dät mi sonst fürcht'n,
Ihr möcht mir wos dua."

„Ei du, mein liebs Resl,
Mach du uns net blind!
Mir hams schon erfahr'n:
Dea Hiesl is drin."

„O zuckersüß'r Hiesl,
O zuckersüß'r Mund:
Zwelf Jäger stehn drauß'a,
Ham dra große Hund!"

„O du, mein liebs Resl,
Laß du sie nur 'rein!
I du mir nix fürcht'n,
Wans no so viel sein!"

„O du, mein lieber Hiesl,
Zieg on deine Hos'n!
Du mueßt mit uns ausgehn,
Aufs Roastedter G'schloß!"

„Eh i mit enk ausgeh,
Eh wog i mei Leb'n!
I hätt no vierz'ch Guld'n,
Die tät i enk geb'n."

„O dei vierz'ch Guld'n
Die wern scho recht;
Die dät'n mir scho krien,
Wans no so viel trägt."

Sie nehmet ihre Hund
Und hetzens auf mi;
Doa nehm i sie olle dra,
Und hetz se auf sie.

Sie nehmet ihr Bix'n
Und schießens auf mi;
Und wie sie ham g'schossn,
So schieße halt i.

Sechs hob i erschoss'n,
Sechs sein d'vong'rennt:
„Gelt, ihr mei liebe Jäger,
Hobts mi a no net g'kennt?

Jetzt mueß i von mei lieba Resl
Frisch'n Urlaub nehma,
Sonst möcht mir d' gnädi Herrschaft
Auf'n Hintern kemma."

(Nach Melodie I zu singen:)

Do nehm i mei Bix'n
Geh außi auf d' Alm,
Doa sinn mei sechs Jäger
Aufs Knie nidd'rgfalln.

No, mei lieb'n Jäger
No geht es zum Schluß:
Wan mir widdr amol z'sammkemma,
So hobts koa Verdruß!"

Mitgeteilt von F.W. von Ditfurth

Landshut

Ich muß gestehen, daß wo mir irgend eine Stadt in Bayern außer München gefallen, so ist es dieser Ort. Seine angenehme Lage an der Isar, so sie mit zwei Armen durchströmt, die fruchtbare Gegend an Weide und vortrefflichem Wiesenwuchs, die schönen, breiten und wohlgepflasterten Straßen, massive gut gebaute Häuser, ansehnliche Kirchen und Klöster, mit einem Worte, alles gefällt. Nur fehlt das beste, nämlich eine Haupt-

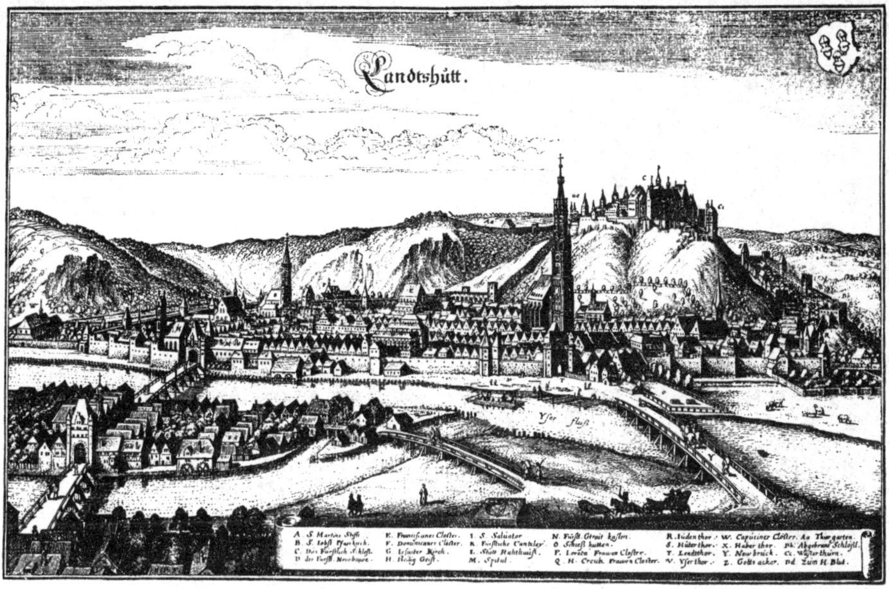

nahrung, Handel und Wandel, Fabriken und dergleichen. Und seitdem die Regierung dort weggenommen ist, so leidet der Ort noch mehr. Eine sehr gute Viehzucht, wegen der fast überflüssigen Weide und des schönen Wiesenwuchses, macht also die Hauptnahrung der Stadt aus. Ich habe noch keine Stadt gesehen, die so reguläre breite Straßen hat. Sie ist in der Länge gebaut und fällt von Ferne ungemein gut in die Augen, zumal von der Seite, wenn man von Ingolstadt kommt. Das Kollegiatstift zu St. Martin macht mit seiner hohen und schönen Kirche, nebst dem ungemein hohen Turm, welcher der höchste in Bayern ist, schon von ferne Ansehn. Seine Bauart ist zwar nicht völlig gotisch, doch in einem nicht weit davon entfernten Geschmack. Er hat oben zwei zierliche Umgänge und ist mit Kupfer bedeckt. Beides, Kirche und Turm, ist bloß von Backsteinen aufgeführt. Die Pfarrkirche zu St. Jobst hat gleichfalls einen schönen und hohen Turm. In der Dominikanerkirche findet man eine ziemlich gut gemalte Decke, und auf dem Kirchhofe ist an der Mauer herum ein Totentanz als Fresco gemalt, worunter alte Reime in bayerischer Mundart, die öfters drollig genug ausfallen. Die Klosterbibliothek konnte ich nicht zu sehen bekommen. Auch die Franziskaner haben eine schöne große Kirche, die von den Einwohnern sehr stark besucht wird. Außerdem sind noch drei Frauenklöster hier. Auch die Jesuiten haben nicht versäumt, diesen schönen Ort zu nutzen. Ihr Collegium und Kirche ist ansehnlich genug.

Philipp Wilhelm von Gercken (1783)

An das Bayerland!

Gott mit dir, du Bayerland,
Und mit deinen Gauen,
Die der Treue starke Hand
Hält umfaßt mit ihrem Band,
Mit dem weiß und blauen.

Ragend steh'n voll Herrlichkeit
Deines Ruhmes Zeichen;
Deine Erde ist geweiht,
Wo der Reben Blut gedeiht,
Wo das Mark der Eichen.

Von der Alpen schnee'gem Zug
Bis zum Hart im Westen,
Blüh'n der Städte dir genug
Und Erinn'rung weilt im Flug
Über grauen Vesten.

Überall zur Seele spricht
Eine traute Kunde.
Sinnreich tönt sie, voll Gewicht,
Und doch, wie die Herzen, schlicht
Fort von Mund zu Munde.

Doch am höchsten steigt die Glut,
Die dein Stolz entfaltet,
Wo, seit alters, hochgemut
Unser edles Schyrenblut
Schirmend hat gewaltet.

Gott mit dir, du Bayerland,
Und mit deinen Gauen,
Die der Treue starke Hand
Hält umfaßt mit ihrem Band,
Mit dem weiß und blauen.

Martin Greif

Die Hofmark Berg ob Landshut

Sie können nicht glauben, wie froh und lustig ich jetzt meine Tage hinbringe. Die Schönheiten der verjüngten Natur entzücken mich. Ich werde nicht müde, täglich zwei bis drei Stunden lang durch Täler und Berge, Felder und Weingärten, Wiesen und Haine zu laufen und kann mich an den reizenden Szenen dieser Landschaft und an dem bunten Farbengemische der so angenehm abwechselnden Gegenstände gar nicht satt sehen.

Doch Sie müssen nicht glauben, als ob ich in einem Atem fortliefe, was gibst du, was hast du; oder als ob ich auf meinen Spaziergängen immer nur ins offne Buch der Natur guckte, und durchaus in keinem andern blätterte! Nein, ich habe meine Ruh- und Lese-Plätze, die der jedesmaligen Stimmung meines Gemütes und der Lektüre, die ich eben vorhabe, genau angemessen sind. Da ist am Fuße einer Anhöhe, die etwas Grottenartiges hat, ein verwachsenes Dickicht: mitten darin eine Brunnquelle, die von einer

Bavaria
OBER-BAYERN
NIEDER BAYERN
X. A. v. BRAUN u. SCHNEIDER.
KNILLING.

Seite mit verschiedenem Gebüsche, von der andern mit hohen Fichten umgeben ist. Kein Sonnenstrahl dringt hier durch, außer des Abends. Das Ganze ist düster und fast schauerlich. Die Lüfte flüstern melancholisch durch das zitternde Laub, und die Quelle schleicht matt und traurig. Hier, Bester, lesen Sie Youngs Nachtgedanken, Schubarts Totengesänge, traurige Geschichten und Elegien sehr gut. – Ganz anders ist's weiter oben, auf der Spitze der Anhöhe, da man auf einem lieblichen Wege zwischen Birken und Buchen ins Freie kommt, wo sich mit einemmal die mannigfaltigste Szene und zwischen zwei Bergen hindurch die herrliche Aussicht über den Isarstrom in eine weite Ebene öffnet, die voll Dörfern, Saatfeldern, Auen und Wiesen ist und in dunkler Ferne von Bergen und Wäldern geschlossen wird. An eben diesem Platze im Schatten eines Birnbaumes übersieht man auch den größten Teil der Hofmark, die, allenthalben mit Obstbäumen bepflanzt, wie im Garten Gottes auf dem ausgebreiteten Berge daliegt, blühend und ländlich schön, wie ein Arkadien. Schöner und reicher an Abwechselung ist vielleicht keine Gegend in ganz Bayern. Von allen Seiten her strömt Entzücken. Hier, liebster Freund, ist der Ort, wo man Kleists Frühling, Geßners Idyllen und alle die Schriften lesen muß, worin die Natur in einem sanften und heiteren Kolorit geschildert ist. Hier sieht man alle Schönheiten realisiert und kann alle Bilder bis auf die kleinsten Nuancen mit den Originalen vergleichen. Hier wandelt die Muse selber, die jene unsterblichen Dichter weihte. Hier schwelt

„Der Geist, der in ihr Blatt den Götterodem hauchte.
Und es ins Rosenlicht der griech'schen Sonne tauchte."

Wer eine poetische Seele, eine fruchtbare Einbildungskraft und Sinne für die Schönheiten der Natur hat, der ist hier am rechten Orte. Sie kennen ferner die Allee der hohen hundertjährigen Bäume, welche die Natur selber auf jenem Rücken des Berges angelegt hat. Wohnt hier nicht die hohe Begeisterung, die einen Ossian und Konsorten beseelte, die Bardenlieder und Hymnen einhauchte? Und wollen diese Werke nicht hier gelesen werden? Ich wenigstens wähle immer diesen majestätischen Säulengang dazu. Auch die Philosophie und jede ernste Weisheit wandelt hier mit Vergnügen.

Und alle diese Ruh- und Lese-Plätze, die ebensoviele verschiedene Naturszenen sind, liegen dich aneinander, im Kreise einer Viertelstunde, alles in einem kleinen Lustwäldchen beisammen! Ist das nicht allerliebst?

Doch ich sitze schon zu lange hier bei dem Schreibpulte an einem der schönsten Frühlingstage. Fort, hinaus ins Freie, solange die mäßige Wärme des Wonnemonats den Spaziergang zu jeder Stunde des Tages noch begünstigt! Bald wird die sengende Hitze dem Herumlaufen ein Ende machen und Yorick wird sich genötigt sehen, sich aus dem brennheißen Felde ins

kühlere Zimmer oder unter das grüne Schattendach seiner Gartenlaube zurückzuziehen. Da werde ich Zeit genug haben, Briefe zu schreiben und Ihnen immer zu wiederholen, was ich Ihnen schon tausendmal gesagt habe – daß ich von ganzer Seele bin

Ihr Yorick

Georg Alois Dietl (1790)

Young, Edward = englischer Dichter (1683-1765), Verfasser der „Night thoughts" (Nachtgedanken), in denen er sich mit dem Tod beschäftigt / Elegie = schwermütiges Gedicht / Arkadien = griechische Landschaft / Geßner, Salomon = Schweizer Dichter und Maler (1730-1788), bekannteste Werke „Idyllen" / Kolorit = Farbgebung / Konsorten = Genossen / Barde = Sänger und Dichter / Yorick = Gestalt (Hofnarr) aus Shakespeares „Hamlet", deren Totenschädel Hamlet betrachtet.

Grundriß des Schelmenländels der Roßdiebe in der Hallertau

Es war schon seit uralten Zeiten nicht allein unter den gelehrtesten bayerischen Geographen und Historikern, sondern sogar unter den Spießbürgern der Städte und Marktflecken in und ringsum der Hallertau eine überaus große Kontroverse, wo die eigentliche Hallertau und ihre Gemeinschaft und Grenzen zu suchen und zu finden wären. Weiland unsere seligen Voreltern, die ihre Hände nicht gern in Menschenblut wuschen, lebten und leben ließen, schränkten daher dieses Schelmenländchen bloß in diesem Reimspruch ein:

Wolnzach, Nandelstadt und Au
Sind die drei Hauptstädte in der Hallertau.

Das mag ihren biederen Herzen und ihrer Duldung zwar zu verzeihen sein: allein ihr Ehrenwort auf eine goldene Schüssel und einen purpurnen Polster gelegt, da sie als Bürgermeister und Ratsherrn nach den alten Rechten der Städte und Märkte mit ihren Stadt und Marktschreibern den heimlichen Halsgerichten der Malefikanten noch beizusitzen befugt waren, so war doch ihre Meinung und ihr Vorgeben erstunken und erlogen, und einem Hehler und Stehler so ähnlich, wie des heiligen Zunftmeisters Crispinus seine Schuhe und Stiefel einer gestohlenen Eselshaut, woraus Meister Eulenspiegel bei einem grimmigen Winter den Schafen, Schweinen, Ochsen und Pferden Schuhe und Pantoffel und Stiefel verfertigte.

Hätten diese Patres conscripti, obschon sie weder lesen noch schreiben konnten, sich bloß das Martyrologium der Galgenpater und Urgichten der bayerischen Landgerichte von ihren Frauen vorlesen lassen, oder bei ihren Wallfahrten die Votivtafeln bei dem heiligen St. Kastel zu Moosburg, zu St. Salvator und zu Altötting usw. genau angesehen: so wären sie ohne Wegweiser auf die echte und wahre Spur gekommen, wo der Hallertauerschelm seinen Aufenthalt und Lueg hat. Die uralten Eisenfronvesten zu Landshut, Moosburg, Erding, München, Kranzberg, Pfaffenhofen, Neuburg an der Donau, Ingolstadt, Vohburg, Abensberg, Kelheim und Regensburg usw., wo insgemein die heiligen Ritter von der Hallertau unter dem Galgen rasten und ihre Marterkrone unter dem Totengesang der Raben und Dohlen empfingen, liefern uns also die wahrhaften und zuverlässigen Urkunden, wo die Hallertau und ihre weitschichtigen Grenzen zu suchen und zu finden sind.

Beobachtet ferner der Geograph und Biograph die festgeketteten Rosenkränze, deren sich die gewandten Roßhändler als Zäume und Steigbügel und Peitschen bedienten, und die unterirdischen Pferdeställe und die Gaukapellen, wo manches Pferd verhungerte, weil man die Ritter mehrmals in flagranti aufhob und mit Weib und Kind in der Eisenfronveste verhaftete: so findet man sogar die Raubnester der Individuen in allen Einödhöfen zwischen der Abens, Ilm, der Wolnzach, Amper, Glan, der großen und der kleinen Laaber. Soviel im allgemeinen.

Obige Schelmereien im Pferdehandel und Wandel lassen sich daher nicht alle in die sogenannte eigentliche Hallertau einschließen, wovon das Herz und der Kern der Marktflecken Au und das nächst dabei gelegene Dorf Halsberg und Nandelstadt sind, wie auch der Markt Wolnzach am Wolnzachflüßchen, der bei Königsfeld sich in die Ilm ergießt. Der Markt Mainburg bekennt zwar und leugnet sogar nicht, daß er den Hauptschlüssel zur Hallertau besitze; behauptet aber, daß er die Grenze schließe.

Da aber rings um diesen Markt bei und auch ohne Tortur diese Herrn Vetter der Hallertauer in diebischen Pferderennen ertappt wurden, die sie nach Nürnberg, Neumarkt usw. den Juden zuritten; so weiß man schon, wieviel es geschlagen hat und diesen ehrlichen Leuten bei ihrem Leugnen Glauben beizumessen ist. Wäre der Hehler nicht, wäre auch der Stehler nicht!

Die bayerischen Landkarten des Peter und seines Sohnes Philipp Appian und des Fink, die jener im Jahr 1560, dieser im Jahr 1684 herausgaben, enthalten den Distrikt der Hallertau von Au und Halsberg bis an die Amper hin nach Zolling und Ampertshausen und Paunzhausen. Ein alter Kanonikus von Neustift, der viele Jahre auf der Pfarrei Kirchdorf an der Amper Pfarrer war, erzählte mir aus einer uralten Tradition, daß die Hallertau auf seiner Filiale Hirschbach auf einem Berge endigte, worauf ein altes Kruzifix steht: „Da", sagte er mit diesen kraftvollen und vielbedeutenden Worten, „wo unser lieber Herr Gott am Kreuz den A. . . hinzeigt, ist gegen Süden die Grenze der Hallertau." Man muß diesen vermessenen Ausdruck dem Spaßmacher vergeben, so unartig er ist, den er jagte den Dieben an diesem Platze sein Reitpferd ab.

Mein Vater erzählte mir öfters, daß der steinalte Einödbauer Gallus Auer, der Großvater seiner Familie, samt seinen Söhnen und drei Enkeln an einem Tage zu Moosburg nebeneinander wegen Roßdiebereien an dem lichten Galgen aufgeknüpft wurde. Die Enkel und Söhne mußten zuerst daran, zuletzt der Ahnherr mit einem langen, schneeweißen Spitzbart. Die Familie ward zwar aus dem Sattel gehoben, allein die übrigen Hallertauer wurden nur behutsamer. Die Berge, die Wälder, Einöden sind ganz dazu gemacht zu dieser Pferdejagd.

Der Salzhandel von Reichenhall ging auf den Saumpferden vor uralters schon über Freising und Moosburg über Nandlstadt nach dem Markt Au und Halsberg und Wolnzach und Mainburg nach dem Nordgau, nach Franken usw. Da ließ sich was fischen im Trüben und im Nachtnebel. Doch auch ich will meine Hände nicht im Blut meines Freundes Ertmaiers waschen und den Straßenräuberhof (vulgo Straßhof) am Hunnelbach, vulgo Hendlbach, zwischen Gundertshausen, Hebrontshausen, Leibersdorf, Hörenau, Grafendorf und Rudelzhausen nicht anmerken; denn diese armen Teufel stehlen heutzutage nur Ziegen, Böcke, Schafe und Schweine und treiben diese auf den großen Viehmarkt nach St. Alban bei Hörgertshausen, da die raffinierteren Pferdediebe auf den drei großen Roßmärkten zu Moosburg am St. Ursulatage, am Mittfasten- und Pfingstmarkte im großen Handel treiben und einer dem andern die geraubten Pferde in die Hände spielen. Das Wallfahrtliedel der Hallertauer zum heiligen St. Castulus nach Moosburg ist ohnehin weltbekannt:

„O heiliger Sankt Castulus
Und unsre Liebe Frau,
Ihr kennet uns schon lange,
Und unsre Hallertau:
Es waren unser tausend,
Itz sind wir unser drei,
Errettet uns vom Galgen,
Steht unsern Kindern bei."

Ich sah einen alten Jäger aus der Hallertau aufhenken, der Pferdefüllen statt Hirschfleisch verkaufte. Die Schergen, Abdecker, Pfannenflicker machten mit den Hallertauern mehrmals gemeinsame Sache, ja sogar die Meister im Pferderennen und die ansehnlichsten Pferdehändler:

„Hier kömmt der beste Reiter
Mit Peitsch' und Sporn nicht weiter;
Der Vogel Greif bringt in der Klau'
Exempel aus der Hallertau."

Anton Nagel

Malefikant = Missetäter / Patres conscripti = Väter und Beigeordnete / Urgichten = Aussagen / in flagranti = auf frischer Tat / Martyrologium = Verzeichnis der Märtyrer und Heiligen.

Das Landgericht Mainburg

Die Abens strömt mitten durch den Bezirk, welcher zum größten Teil der hopfenreichen Hollertau angehört. Hauptort ist der Markt Mainburg, von dessen Geschichten uns außer dem verheerenden Brande von 1756 nichts bekannt geworden ist.

Au an der Abens, wo 766 Thassilo mit den Edelsten des Landes und König Arnulf 932 die Bischöfe zusammenrief, erhielt 1349 Zivil- und Kriminalgericht, Burgfrieden und Wochenmarkt, was Herzog Stephan dem Grafen Ulrich von Abensberg für diesen Ort verlieh; fester als diese unverbürgte Nachricht steht Hunds Mitteilung, daß Conrad Preisinger, der Hofmeister Herzogs Friedrich von Landshut, 1386 für seinen Ort Au Stock und Galgen zu Erblehen, auch die Bewilligung zu Wochenmarkt und zwei Jahrmärkten erhielt. Durch Heirat kam Au, wo von alters her durch die

Gutsherrschaft auch das Braurecht schwunghaft betrieben wurde, von den Preising an die Thurn, Fraunhofen, Törring und Montgelas.

Bei Niedersüßbach sind die Trümmer eines römischen Wartturms sichtbar, welche vom Volke das versunkene Schloß genannt werden. Nieder- und Obersüßbach selbst waren ehedem Hofmarkten und Schlösser, im Besitze der Gumppenberg, Reitzenstein und anderer Edelleute; daß in dieser Gegend die Wölfe an den Herden einst großen Schaden anrichteten, lehrt uns eine Urkunde von 1371; noch drei Jahrhunderte später mußten hier wie im Dürrenbucher und Hienheimer Forste Wolfsjagden mit großem Aufgebot aller kurfürstlichen und herrschaftlichen Jäger und Amtleute gehalten werden und war achtzehn Gulden Schußgeld für einen erlegten Wolf ausgesetzt.

Ratzenhofen begegnet uns in der Geschichte des gräflichen Hauses von Abensberg als Sitz eines Nebenzweiges der Familie, welcher von Eberhard I., dem Gemahl der Mathilde von Moosburg, ausging. Über die Hofmarkten Sandelzhausen und Tegernbach sowie deren adelige Besitzer gibt Wening im dritten Bande seiner Topographie einige Aufschlüsse, ohne daß außer der Zerstörung der Schlösser im Schwedenkriege bemerkenswerte Vorkommnisse von diesen und den übrigen Ortschaften des Bezirkes hier aufzuzeichnen wären.

Alois Schels

Das Landgericht Rottenburg an der Laaber

Die ungewöhnliche große Ausdehnung des Landgerichts Mallersdorf gab im Jahre 1858 Veranlassung, daß aus den fünfzig gegen Westen gelegenen Gemeinden dieses Bezirkes ein neuer mit dem Landgerichtssitze Rottenburg errichtet wurde. An der nördlichen Grenze von der, Pförring und Wischelburg verbindenden, Römerstraße und an der östlichen von der bayerischen Ostbahn durchschnitten, wird das ebenso fruchtbare als freundliche Hügelland auch von der großen und kleinen Laaber durchströmt.

Bis zur Mitte des 12. Jahrhunderts erscheinen hier die Grafen von Raining und Rottenburg, deren Stammesverwandtschaft mit den Grafen von Abensberg zwar nicht urkundlich erwiesen ist, aber nach den Forschungen gelehrter Historiker große Wahrscheinlichkeit für sich hat. Conrad, Heinrich und Gebhard aus diesem gräflichen Geschlechte gründeten 1141 zu Paring ein Stift für regulierte Augustinerchorherren, welche aber

zur Zeit der Reformation dem Luthertum anhingen und vertrieben wurden. Im Jahre 1598 wurde das Kloster den Benediktinermönchen von Andechs eingeräumt.

Um 1185 soll Rottenburg wittelsbachisches Eigen geworden sein, worüber jedoch historische Aufzeichnungen nicht vorliegen. Das Schloß auf einem überragenden Hügel, welches noch zu Wenings Zeiten ein hoher vereinzelter Wartturm kennzeichnete, wurde 1632 mit dem Markte verbrannt, letzterer litt auch 1669 und 1681 durch verheerende Feuersbrünste und war während des Feldzuges von 1809 Sammelplatz eines Teils österreichischer Truppen unter Marschall Hiller.

Der Markt Pfeffenhausen, welcher 1402 von Herzog Heinrich ein Marktwappen (mit dem „Pfeff", einem roten Vogel unter den bayerischen Rauten) erhielt und damals mit festem Wall und Graben umgeben war, ist der Stammsitz des alten ehrlichen Geschlechts der Pfeffenhauser, das seine Kapelle, Stift und Begräbnis im Kloster Biburg hatte, dem Hochstift Eichstätt einen gerühmten Bischof, dem Kaiser Rudolf von Habsburg einen einflußreichen Hofmeister gab und noch zu Lebzeiten Wiguläus Hunds blühte. Der Markt scheint übrigens schon frühe an Bayern gekommen zu sein; die Jesuiten von Ebersberg hatten hier ein Rektorat, nachdem schon früher die dortigen Benediktiner in Pfeffenhausen Besitzungen durch die bayerischen Herzöge erhielten. Die Verheerungen, welche noch in unseren Tagen durch Überschwemmung in dem Laabertale auftreten, beurkundet auch ein Denkstein in der Kirche vom Jahre 1584. – Im nahen Schmatzhausen wurden 1850 eine große Anzahl von riesigen Skeletten und von Altertümern ausgegraben, der Fund jedoch leider einer näheren Forschung nicht gewürdigt.

Von Ergoldsbach, wo schon zur Zeit der Karolinger ein Besitztum erwähnt wird, schriebt sich das edle Haus der Ergoldsbecken und ist uns aus dem 13. Jahrhundert Kunde von einem Amthofe des Bischofs von Regensburg aufbewahrt. Der Marktflecken wurde im dreißigjährigen Krieg gänzlich in Asche gelegt und mag sich auch rühmen, daß 1809 sein braver Bürgermeister Dollmann von Kaiser Napoleon persönlich, aber höchst unrühmlich mißhandelt wurde.

Da der weitere Markt Langquaid keine besondere geschichtliche Denkwürdigkeit aufweist, wollen wir den Rittersitz Wildenberg besuchen, und wäre es auch nur, um an einen Sproß des edlen, um 1650 erloschenen Geschlechtes der Ebran von Wildenberg und Scherneck zu erinnern. Herr Hans Ebran, „ein alter, frommer, ernsthafter Mann“, zog 1480 ins heilige Land, beschrieb diese Pilgerfahrt, verfaßte auch eine deutsche Chronik, „darin sonder der Fürsten von Bayern alt Herkommen und Stammen begriffen“, stiftete zu Pattendorf ein Spital 1492 und war als Hofmeister der Herzogin Hedwig von Landshut, auch als Exekutor des Testaments Georg des Reichen tätig.

Alois Schels

Die Burg bei Wöhr bei Abensberg in Niederbayern

Die Burg bei Wöhr in dem Überschwemmungsgebiete der Donau ist ein runder, nicht sehr hoher, mit einem Graben umgebener Hügel, dessen kreisrunde Fläche etwa 200 Fuß im Durchmesser hat. Auf demselben stand ein gemauertes Gebäude, wie die noch sichtbaren Fundamentmauern zeigen. Man fand auf diesem Hügel, auf welchem früher große Eichen mit dichtem Gesträuch standen, Urnentrümmer, Eberzähne u. dgl. Nunmehr wird er angebaut.

Auf diesem Hügel, geht die Sage, stand eine Burg, in welcher drei Fräulein wohnten, welche die umliegenden gegen achtzig Tagwerk großen Wiesen verschenkten. In der Nacht des Fronleichnamstages sahen die Leute oft das Schloß voll Feuer, welches aus den Kreuzstöcken sprühte. Das Schloß ist aber später versunken. In der Tiefe liegt ein Schatz verborgen und oft sieht man nachts auf dem Hügel einen schwarzen Pudel mit feurigen Augen. Einst warf ein Fischer in das nahe Altwasser der Donau sein Netz und zog eine Truhe heraus; er rief: „Nun habe ich den Schatz!", aber die Kiste versank.

Friedrich Panzer

Abensberg

Abensberg hat wohl einen Doktor, aber keine Apotheke, und die Bader sind bloße Bartscherer und Aderlasser. Dessen ungeachtet kurieren sie doch allenthalben in Konkurrenz mit Mönchen, alten Weibern und Schindern. Bei Unglücksfällen verlobt man sich noch häufig, wozu eine Menge Wallfahrten und Kapellen in diesem Bezirk überall vorhanden sind. Der sehr berühmte Gelehrte Johann Turmayer oder Aventinus war aus Abensberg gebürtig. Es herrscht zu Abensberg die Gewohnheit, daß die Eltern ihre Kinder studieren lassen und es gibt daher in diesem Ort immer eine Menge Studenten, unter denen sich viele auszeichnen.

Abensberg hat auch ein berühmtes Bad, das mit dem Bade zu Abbach viel Ähnlichkeit hat; doch wird letzteres häufiger besucht und es sind dort auch mehrere Anstalten vorhanden.

Sowohl um Abensberg als an der Donau findet man mehrere römische Altertümer. Unter diesen ist vorzüglich Eining berühmt, das vorher cenum hieß und ein römisches castrum war. Vor nicht gar langer Zeit wurde auch ein Jupiter-Altar entdeckt, und von Zeit zu Zeit findet man römische Münzen und Waffen.

Joseph Hazzi (1802)

Bayerische Leberknödel

Zutaten: 300 g Rinderleber, 60 g Rindermark, 1/8 l Fleischbrühe, 4-5 altbackene Semmeln, 1 Zwiebel, 1 Bund Petersilie, 40 g Mehl, 1-2 Eier, etwas abgeriebene Zitronenschale, Salz, Pfeffer, Majoran, 1 l Fleischbrühe.

Semmeln in dünne Scheiben schneiden, mit heißer Fleischbrühe übergießen, 1 Stunde stehen lassen. Die Leber durchdrehen, Zwiebel und Petersilie fein hacken. Leber, Mark, Zwiebel, Petersilie, Mehl, Eier, Salz, Pfeffer, Majoran, Zitronenschale mischen, die ausgedrückten Semmeln beifügen. Faustgroße Knödel formen, etwa 1/2 Stunde in der schwach siedenden Fleischbrühe kochen. Mit der Brühe servieren.

Pflanzenreich

Ihr Pflanzen all! Wie wird mein Herz erweitet,
So oft zu euch sich das beengte wendet!
Ihr seid wie Friedenprediger gesendet,
Und Wohltun ist das Werk, das ihr verbreitet.

Was euer stiller Riesenfleiß bereitet
So wunderbar aus totem Stoff, das spendet
Ihr an ein fremd Geschlecht, dess' Leben endet,
Wenn ihr nicht Blut in seine Adern leitet.

Drum ist mir heilig jede Blumenkrone,
Und heilig jedes grüne Blatt am Baum,
Wie Lotos einem frommen Hindusohne.

Prophetisch war der alte Mythentraum,
Daß in dem Baume eine Gottheit wohne.
Laßt beten mich in seinem Schattenraum!

Max von Pettenkofer

Ein ehrlicher Finder

Folgende Begebenheit beweist, daß es auch unterm gemeinsten Stande noch immer Menschen gibt, die Güte des Herzens genug haben, um eine edle Handlung zu fühlen und auszuüben:

Herr . . . verlor jüngst auf seiner Reise nach München unweit Abbach bei Regensburg den Weg. Ein Bauer, bei dem er sich, wie er ihn von ungefähr antraf, erkundigte, machte sich eine Freude daraus, ihm denselben zu zeigen, und um sich selbst zu versichern, daß der Fremde denselben nicht mehr verfehlen könne, ging er der Kutsche eine große Strecke des Weges bis nach der Hauptstraße voraus.

Es war ein trübes stürmisches Wetter und der Pfad für den Wanderer zu Fuß schlecht und unangenehm. An der Stelle dieses Bauern würden vielleicht manche geglaubt haben, nunmehr für die Beschwerlichkeit ihres Dienstes belohnt zu zu sein, wenn ihnen das, was diesem begegnet ist, widerfahren wäre. – Er fand eine Geldbörse ohne das mindeste Zeichen,

wem sie gehören könnte. Es war ganz ungewiß, ob selbe auf dem Wege, den hundert andere durchwandern, gerade dieser Fremde verloren hätte, und ebenso beschwerlich war es, einen Weg von wenigstens zwei Meilen zu machen, um da auf dem nächsten Posthause den Fremden einzuholen. Aber man besinnt sich nicht lange, wenn man so edel wie dieser Bauer gesinnt ist. Er lief den ganzen Weg zurück, fragte den Fremden: ob er die Geldbörse verloren hätte? „Ja!" – „Nun, so hat sie der Herr jetzt wieder!" Der Fremde wollte ihn belohnen, allein der bayrische Bauer sagte: „Nein, Herr, so was verkauf ich nicht," und ging ohne Umstände großmütig heim.

Dieses erzählte der Fremde selbst bei seiner Ankunft in München mit dem wahren Anteile eines den Wert der Großmut fühlenden Mannes.

Aus: „Naturwunder, Orts- und Länder-Merkwürdigkeiten des Königreichs Bayern“

Früher war die Straße von dem Dorfe Lengfeld nach dem Marktflecken Abbach, da sie sich gegen 300 Schuh am rechten Ufer der Donau längs einer hohen Felsenwand hinzog, von welcher große Steinmassen überhingen, und immer den Einsturz drohten, sehr eng und gefährlich, so zwar, daß zwei Wagen hart einander ausweichen konnten. Da befahl der große Kurfürst Karl Theodor dem für das Vaterland allzufrüh verstorbenen General-Straßen- und Wasserbau-Direktor Oberst von Riedel, auf Staatskosten (sie betrugen mehr denn 60900 fl.) jene Felsen zu sprengen und eine ganz sichere Straße herzustellen. Das Unternehmen gelang auf das Vollkommenste, und jeder Reisende, der den gefahrvollen Weg vorher kannte und den jetzigen ganz sicheren schaut, segnet die weise Anstalt des besten Fürsten.

A.A.C. Cammerer (1832)

Mallersdorf

Die erste Ansiedlung über den Resten eines Römerkastells soll zu Mallersdorf durch Mathilde, die Gemahlin Heinrich des Finklers geschehen sein – Madilhardisdorf. – Da das Geschlecht der Grafen von Kirchberg um Kaiser und Reich sich hoch verdient machte, kamen sie auch in den Besitz des Kaiserschlosses; Heinrich gründete 1109 mit seinem Sohne Ernst an der Burg ein Benediktinerkloster und richtete bei der Stiftung auf

den Unterricht besonderes Augenmerk. Graf Ernst von Kirchberg trat selbst in den Orden und wurde Ökonom, bezog jedoch später die väterliche Burg Schierling. Kaum ein Jahrhundert darauf erlosch der mächtige Stamm und die bayerischen Herzöge kamen durch Kauf 1226 in den Besitz der Grafschaft. Das Kloster aber blühte in Wissenschaft und Kunst, und Aventin rühmt seine stattliche Liberei, in der er neben anderen Schätzen auch ein kostbares Schulbuch auf Birkenrinden mit seltsamer und subtiler Schrift gefertigt gefunden. Als die vorzüglichsten Äbte sollen Emicho (1158), welcher mit der gelehrten Luitgardis von Niedermünster in wissenschaftlichem Verkehr stand, Erasmus von Perfall (1495), ein sprachkundiger und wohlberedter Mann, Mathias Dirnhofer, der treffliche Glasmaler, sowie der vorletzte Abt Augustin Stillner erwähnt werden, der geschichtliche Studien bei seinen Mönchen eifrig anregte. Durch alte Verse, die uns Wig. Hund aufbewahrte, verewigten die Mönche ihre ritterlichen Wohltäter, zu denen die Dienstmannen von Neuburg (ob Pfaffenberg, Neufahrn gegenüber), die Lavan von Grafentraubach und die Greuel von Laberweinting zählen, nicht minder die edlen Familien von Inkofen und Holztraubach, die Traupecken. Alle diese und noch viele Rittergeschlechter hatten ihre Grabstätte im Kloster, das als „sedes sapientiae" durch die große Zahl der adeligen Mönche sowie auch durch seine Rittergrüfte in allen deutschen Gauen einst bekannt war.

Alois Schels

Aventin = Johannes Aventinus (eigentlich J. Turmair), bayerischer Geschichtsschreiber, 1477 - 1534/ Liberei = Bibliothek (von lateinisch liber = Buch) / subtil = fein / sedes sapientiae = Sitz der Weisheit.

Otto, Herzog in Niederbayern und König in Ungarn, rettet durch eine Heirat seine Freiheit

Otto, von dem hier die Rede ist, war ein Sohn des Herzogs Heinrich von Niederbayern (welcher in der mit seinem Bruder Ludwig dem Strengen 1255 vorgenommenen Nutzteilung Niederbayern erhielt) und der Elisabeth, Tochter des Königs Bela IV. von Ungarn. Damals war die Vergrößerungssucht nicht bloß das gewöhnliche fortdauernde System, sondern die tägliche Arbeit mancher Höfe, und Otto schien damit vor andern beschäftigt zu sein. Er machte allein eines Titels wegen seinem Vatersbruder, Ludwig dem Strengen, Verdruß und wagte eine Unternehmung auf die Eroberung der Reichsstadt Regensburg, wo er gleichwohl Stadtamhof an sein Haus brachte. Die ähnlichen Bemühungen des neuen, anno 1282 entstandnen habsburgisch-österreichischen Hauses brachten ihn vollends um alle Gelassenheit. Daselbst herrschte jetzt ein Sohn des Kaisers Rudolph, Albert I., der 1298 den Kaiser Adolph von Nassau, um sich der kaiserlichen Würde zuversichern, mit eigner Hand in einem Duell erlegt und überall sein Äußerstes getan hat, um sich über alles, was um ihn war, zu schwingen. Otto von Niederbayern hatte wider ihn bereits die eine und andere Fehde bestanden, als Anno 1300 Andreas III., der letzte König von Ungarn, mit Tod abging. Albert von Österreich gab sich alle Mühe, um den ungarischen Ständen, welche ein freies Wahlrecht hatten, einen seiner Anverwandten zu empfehlen; allein den Ständen war eine solche Verwendung verdächtig und überlästig, und sie richteten ihre Wahl erst auf den jungen Wenzeslaus V. aus Böhmen und, da bei diesem Prinzen ihre Absicht nicht zustande kam, auf Herzog Otto von Niederbayern, als dessen Mutter eine ungarische Prinzessin war. Otto nahm dies Anerbieten an und wurde anno 1305 zu Stuhlweißenburg von den Bischöfen zu Veszprem und Csanad, in Gegenwart der ungarischen Magnaten, mit großer Feierlichkeit gekrönt. Diese Wendung der Sache ging dem Kaiser Albert von Österreich tief zu Herzen, und da er nicht hindern konnte, daß die Ungarn dem Otto die Krone aufsetzten, so beschloß er, ihm wenigstens den Besitz derselben auf alle Weise zu erschweren. Bei einer Nation, welche, wie damals die ungarische, in verschiedne Privatinteressen geteilt war, vermochten Geschenke und Versprechungen sehr viel, und es fand sich bald eine Partei, welche sich heimlich verband, den Otto zu stürzen. Otto hatte einige Minister, dergleichen Graf Albert, der jüngere, von Hals und Hartlieb von Puechberg waren, mit sich aus Bayern gebracht und sich dieselben mehr zu seinem Umgang gewählt als die Ungarn, bei welchen er nicht so eigentlich zu Hause war. Nun stellten sich die ungarischen Parteigänger, als wenn

sie über die Bayern eifersüchtig wären, und sie lagen dem Otto inständig an, selbe nach Bayern zu senden und sein Vertrauen zu ihnen zu nehmen. Otto fand kein Bedenken, es zu tun, und ließ sich vielmehr den Eifer der Ungarn gefallen. Bald darauf geschah ihm ein neuer Vorschlag. Man wünschte nämlich, daß er sein Königreich bereisen und die vornehmsten und fürstlichen Landsassen und zumal den Ladislaus, Herzog in Siebenbürgen, sich durch Besuche verbinden möchte. Da die erste Gemahlin des Otto, Katharina, bereits Anno 1283 gestorben war, so gab man ihm zu verstehen, daß eine Heirat mit der Tochter des Ladislaus das unfehlbarste Mittel sein würde, die Liebe von ganz Ungarn zu gewinnen. Um diese Zeit kam der Kaiser Albert von Österreich mit Absichten auf Böhmen zum Vorschein, indem er seinen zweiten Sohn, Friedrich den Schönen, mit einer Armee dahinschickte, um den Herzog Heinrich von Kärnten, welchen die Stände zu ihrem König gewählt hatten, zu verdrängen. Otto nahm sich der Böhmen an; munterte sie durch vielfältige Gesandtschaften auf, sich tapfer zu halten, und gebot seinem in Niederbayern anwesenden Bruder Stephan I., den Böhmen, falls sie ins Gedräng kommen sollten, beizustehen. Kaum hatte Albert davon Nachricht erhalten, so beschloß oder beschleunigte er das Schicksal, das dem Otto bald darauf widerfahren ist. Dieser ebenso gutmütige als tapfere Prinz, der andere nach sich beurteilt hatte, überließ sich denjenigen, welche ihm nunmehr inständiger als jemals anlagen, den Ladislaus zu besuchen, mit vollem Vertrauen und trat die Reise nach Siebenbürgen an. Er war aber daselbst kaum angelangt, als ihn Ladislaus, wider alle Pflichten des Gastrechts, gefangen setzte 1307. Zu gleicher Zeit und ehe man noch einige Nachricht von dem Unglück des Otto erhielt, fiel Albert in Bayern ein, ohne daß in der Bestürzung eine verfängliche Gegenwehr möglich war. Der Herzog Stephan I. lag krank, und der Adel bot zwar die Bauern, die sich um Neuburg am Inn häufig einstellten, auf; aber da sich die Adeligen erst zankten, wer sie anführen sollte, fielen indes die Österreicher über das zerstreute Volk her, und Niederbayern wurde weit und breit verwüstet und ausgeplündert.

Schon war beinahe ein langes Jahr vorbei, und Otto saß noch ohne Hilfe zu Siebenbürgen, als ihm endlich sein Gefängniswärter, oder, wie andere erzählen, selbst die Gemahlin des Ladislaus Gelegenheit verschaffte, in der Kleidung eines ganz gemeinen Landmanns zu entfliehen. Er reiste in langen und beschwerlichen Umwegen durch verschiedne Länder, um nicht in die Hände solcher Fürsten, welche es mit Albert von Österreich hielten, zu geraten, und kam endlich nach Breslau, wo er sich zu einer Zeit, da er sich in der größten Sicherheit zu sein glaubte, den Händen seiner Gegner nur mit genauer Not entzogen hat. Sein Betragen erweckte Verdacht, und der Herzog von Glogau, Heinrich III., schloß ganz zuversichtlich, daß der Fremde keineswegs zu dem Stande, den seine Kleidung anzeigte, gehören müsse. Hier war nur ein Mittel übrig, sich zu retten, und Otto säumte nicht, es zu wählen. Da er hörte, daß Heinrich III. eine ganz artige Tochter hatte, gab er sich ihr zu erkennen und bat um ihre Hand. Sie sah und liebte ihn und bat für ihn ihren Vater um Liebe, als dieser sich des Fremden, den er zu kennen glaubte, bemächtigen wollte. Otto führte seine Braut Agnes nach Straubing und feierte daselbst am Pfingstfest die Hochzeit 1308.

Lorenz von Westenrieder

Die unmittelbare Stadt Straubing

Nach dem Reisehandbuche des Kaisers Antonin erhob sich zwischen Künzing und Regensburg eine militärische Ansiedelung, welche den Namen Augustis trägt. Ortsentfernung wie die Auffindung römischer Altertümer in der Altstadt Straubing berechtigen uns, die ersten Anfänge dieses Ortes über den Resten der römischen Kolonie zu suchen. Die peutingeri-

sche Karte nennt denselben Ort Sorbiodurum, welche Bezeichnung vielfach Abänderungen und daran sich knüpfende historische Erörterungen hervorgerufen hat, ohne über das Dunkel jener Zeit genügendes Licht zu verbreiten ...

Aus der Karolingerzeit kennen wir eine Urkunde vom Jahre 849, in welchem ein Besitztum „ad Strubingas" erwähnt wird, das sich 902 als königliches Kammergut darstellt, wo Ludwig, der letzte Karolinger, einen Spruchbrief wegen der Pfarrei Laichling erließ und auch der Gaugraf seinen Sitz hatte. Heinrich II. schenkte das Prädium Straubing mit allem Zugehör seinem Bruder, dem Augsburger Bischofe Bruno, welcher es auf dem Totenbette seinem Verwandten Udalschalk von Elsenburg mit der Bestimmung übergab, daß er es zu seinem Seelenheile den Kanonikern des Domstiftes Augsburg zum ewigen Genusse vermachen wolle. Die Absingung von Totenpsalmen und Ausspeisung der Schulkinder und Armen waren die Bedingung, welche für dieses ansehnliche Geschenk erfüllt werden mußte.

Obwohl die geistliche Herrschaft in Straubing eine bedeutende Ausdehnung ihrer Hoheitsrechte anstrebte und erhielt, wurde sie doch durch die Herzöge in Schranken gehalten und konnte sich nicht wie anderswo zur Landeshoheit erschwingen. Die Wichtigkeit des Ortes, von welchem aus der Nebenbuhler ebenso im Zaume gehalten als auch wittelsbachischer Besitz im Südosten Bayerns vergrößert werden konnte, hat der städtegründende Ludwig der Kelheimer, der auf seinen Freiersritten gen Bogen zur schönen Ludmilla Straubing wohl kennenlernte, am besten aufgegriffen. Er erbaute im Jahre 1208 die Neustadt Straubing, umgab sie mit Mauern, stiftete für die Bürger ein Spital und war mit väterlicher Fürsorge dem jungen Gemeinwesen zugetan. Am nordöstlichen Ende erhob sich die herzogliche Burg, in Mitte der Stadt aber der viereckige mit fünf Spitzen versehene Wachtturm, noch jetzt das Wahrzeichen Straubings, einst mit Gold und grüner Farbe bemalt und den Touristen des späteren Mittelalters wohlbekannt. Der Stadt durfte auch der nötige Glanz nicht fehlen, um ihre Bedeutung zu fördern. Gelegenheit hierzu gab dem Gründer die Vermählung seines Sohnes Otto mit der rheinischen Pfalzgräfin Agnes und dessen Wehrhaftmachung. Das Pfingstfest 1225 versammelte im herzoglichen Schlosse zu Straubing die gesamte Ritterschaft des Landes und viele Bischöfe; ein glänzender Kreis deutscher Fürsten, den römischen König Heinrich an der Spitze, erhöhte die Herrlichkeit eines Festes, welches zu den wichtigsten Akten in der Geschichte Bayerns und seiner Herrscherfamilie gehört und unser Straubing weit und breit berühmt machte sowie zur Hebung bürgerlicher Gewerbs- und Verkehrstätigkeit beitrug, „nicht ohne Kränkung des Regensburger Handels." Ottos erste Sorge für die Stadt, in der er oft und gerne verweilte, war, die Rechtsverhältnisse mit dem Augsburger Domkapitel und der Bürgerschaft festzustellen. Durch einen Vertrag des Herzogs mit ersterem mußten sämtliche Hausbesitzer dem Augsburger Hofpfleger am St. Georgstag einen Zins von 2 Pfund Pfennig reichen, wogegen sie gleiches Burgrecht wie die Bürger von Augsburg genossen; bei Hausverkäufen erhielt der Hofpfleger von Käufer und Verkäufer 1 Pfund Pfennig.

Die erste Länderteilung Bayerns im Jahre 1255 erhob Straubing zu einem Sitze des Vizedomamtes und zur zweiten Hauptstadt des Niederlandes. Der Vitztum regierte daselbst mit seinen Räten, übte den Blutbann und verwaltete die wichtigeren Sachen in Rechtspflege und Landesordnung im Namen des Herzogs. Der Bürgerschaft stand ein Kammerer vor, der zugleich ihr Rat und Propst des augsburgischen Domkapitels war. Von diesem ward er aus ihrer Mitte ernannt; alle Gewalt, auch die Gerichtsbarkeit vereinte sich in ihm. Ein Zollner und ein Kastner, der Simon-Kastner genannt, waren ihm untergeben und leisteten ihm Beistand. Für sein Amt zahlte er nach Augsburg jährlich fünf Pfund Regensburgerpfennige, wovon er vier aus den drei Vogteien Jahrbann, Leutlosung und Erdlosung erhielt, das fünfte aber aus den Wandelgefällen bestritten wurde; denn sein Gerichtsstand erstreckte sich über alle Schuld-, Weid- und Bausachen und auf alle Übergehungen des geordneten Gerichtes. 60 Pfennige betrug die größte, 12 Pfennige die geringste Geldbuße dieser Wändel, von welcher ein Dritteil der Vogt, zwei Dritteile der Unterpropst bezog. Dieser erhielt auch noch an Lebensmitteln jährlich von jedem Bäcker Brot zu 3 Pfennige und von jedem Metzger Fleisch zu gleichem Wert; der Ölhändler reichte ihm aus dem ersten Lagel 1 Pfund Öl, der Lebzelter Lebkuchen um 2 Pfennige, der Bierwirt um 1 Pfennig Bier; auch war er befugt, zwei Hirten und zwei

Feldhüter zu bestellen, die dem Domstifte hierfür 1 halbes Pfund Pfennige reichten; der ihm untergebene Scherge oder in dessen Abwesenheit des Vogtes Knecht mußten jedermann um Schuld aufhalten, nur nicht jene dem Domstift zugehörigen Hausbesitzer, welche früher nie gemahnt wurden. Unbehauste oder früher schon Gemahnte durften wohl verhaftet, doch zur Zahlung durch keine Buße, sondern bloß zur Sicherheitsleistung binnen 14 Tagen verhalten werden. Nur nach üblem Herkommen hatte der Scherge die Schatzsteuer zu sammeln und war des Vogts Knecht auch Pfänder. Wenn zu Mittfasten und Martini der Oberpropst von Augsburg persönlich hier zu Gerichte saß, mußte ihm mit 7 Rossen und Gefolge zweimal der Amtmann von Straubing, zweimal der von Steinach und einmal der von Öbling den nötigen Unterhalt reichen, und die Müller an der Alat ihm die Lagel mit einem Geldwert von 24 Pfennigen füllen. Die Besitzer von Achtelshuben waren jedoch von Zins und Zahlung für das Fuhrwerk frei.

Eine Ausbildung der städtischen Rechtsverhältnisse trat insbesondere unter Herzog Stephan ein. Der Vitztum mußte vier Stadtgeschworne beiziehen und nach ihrem Rate entscheiden. Ein Brief dieses Fürsten vom Jahre 1307 gestattete der Stadt, sich jährlich ihren Richter selbst zu wählen; kein auswärtiger Schuldner soll wider Willen des bürgerlichen Gläubigers hier Anspruch auf Zahlungsfristen haben, kein Straubinger Bürger um herzogliche Schulden im Lande aufgehalten werden, niemand in der Stadt sich niederlassen, wenn er kein bürgerliches Gewerbe betrieb. Wohl aber sollten alle Freisassen, Christen und Juden ohne Unterschied, an den Stadtbauten teilnehmen und in Unfällen die Lasten der Stadt mit tragen helfen.

Der Ehe, welche Herzog Otto, Stephans Bruder, mit der schlesischen Herzogstochter Agnes im Frühjahre 1309 zu Straubing schloß, entstammte der Nattenberger Heinrich, nach seines Vaters Tode 1312 ein unmündiges Kind, wie Heinrich und Otto schon 1310 nach ihres Vaters Stephan Hinscheiden geworden. Nach der Väter Willen sollte Ludwig von Oberbayern Pfleger der Waisen sein, und die Bürger von Landshut und Straubing den Vollzug der letztwilligen Anordnung Ottos überwachen; die Witwen Jeuta und Agnes mit der Ritterschaft Niederbayerns sahen sich hierdurch gekränkt und wollten Friedrich von Österreich die Vormundschaft übertragen. Da ein Kampf unvermeidlich war, begab sich Straubing im Juli 1313 in den Schutz des tatkräftigen Herzogs Ludwig von Oberbayern, der mit Hilfe seiner getreuen Bürger von Moosburg, Ingolstadt, Landshut und Straubing den herrlichen Sieg auf dem Schlachtfelde von Gammelsdorf (9. November 1313) erfocht. Der Tapferkeit ihrer Ahnen an jenem Tage verdanken die Straubinger die bayerischen Rauten im Wappenschilde, den seit alter Zeit der silberne Pflug im roten Felde zierte.

Der Siegesfreude folgten Tage herber Prüfung und großen Elends. Kaum war die Getreideteuerung des Jahres 1315 überstanden, so legte 1318 ein furchtbares Feuer die Altstadt in Trümmer und litt 1319 die Neustadt durch die Drangsale des Krieges, denen bald Volksunruhen und Aufstände sich anreihten. Wiederholte Feuersbrünste 1322 und 1333 fügten der Stadt nicht geringere Schäden zu als die zweimonatliche Belagerung und Eroberung durch Kaiser Ludwig und dessen Sohn Albert, welche den übermütigen Heinrich von Niederbayern in seine Schranken zurückwiesen. Doch auch dieser sorgte, das Schicksal Straubings nach Möglichkeit zu lindern. Eine dem Arnold von Massenhausen schuldige Summe von 570 Gulden erließ der Herzog der Stadt und befahl sie unter die durch Brandunglück verarmten Bürger zu verteilen; nicht nur wurde auf sechs Jahre die Steuer gänzlich erlassen, Heinrich genehmigte den Bürgern auch, die gewöhnliche Stadtsteuer so oft sie wollen, zu ihrem eigenen Nutzen („in ze from vnd vns nicht“) zu erheben.

Der bittere Judenhaß, welcher dazumal durch die deutschen Lande herrschte, trat auch in Straubing auf schreckliche Weise hervor; das Volk legte Feuer an die Häuser der Israeliten und erstickte diese in den Flammen; dafür erhielten die Straubinger von Herzog Heinrich den Gnadenbrief von 1338, durch welchen sie in den Besitz aller erbeuteten Habe der Juden kamen und Aufhebung aller Schulden an diese erlangten; auch die Stadtrechte wurden erweitert, Verordnungen über Gewerbe und Verkehr erlassen und insbesondere die Bürger ihrem eigenen Richter unterstellt und von der Gerichtsbarkeit des Vitztumes befreit, mit Ausnahme der drei Fälle, welche zum Tode ziehen.

Als Kaiser Ludwig nach dem Aussterben des Mannsstammes der Heinrichischen Linie von Niederbayern alle Gewalt im Lande in sich vereinigte, war er eingedenk der treuen Hilfeleistung und erwies sich auch der Stadt Straubing als wohlwollender Herrscher. Verlängerung der Steuerfreiheit und Zuwendung einer jährlichen Summe von 100 Pfund Regensburger Pfennigen zum Baue der Stadt waren die ersten Beweise der Zuneigung des großen Fürsten für Straubing. Während die Neustadt aus den Trümmern neu erstand – die Altstadt erhob sich seit dem ersten Brande bis jetzt nicht mehr über das Ansehen eines Dorfes –, drohte 1342 die Wasserflut die Niederungen an der Donau zu verderben, ohne daß jedoch für die Stadt bleibender Nachteil erwuchs, ja es mochte eine dringende Mahnung sein, einen tüchtigen Uferschutz herzustellen, was jedoch erst später durchgeführt wurde. Nach dem Tode des Kaisers teilten seine Söhne das Land und Ludwig und Stephan, die ältesten, beeilten sich, den Straubingern „all ihre Gnade, Brief, Freiheit und gut Gewohnheit“ zu bestätigen. Der Brükkenzoll wurde gänzlich dem Wohle des Gemeinwesens zugewendet, auch die Bürger beim Antritt von Erbschaften von aller Einmengung des Fiskus befreit und die Erben nach Abzug der Schulden „die sie ihren Geltern schuldig“ in den Rücklaß der Verstorbenen vollständig eingewiesen.

In jene Zeiten fällt die Errichtung eines Seelhauses bei der Pfarre St. Peter für sechs geistliche Frauen – eine Stiftung des Propstes Johannes Göls, welcher 6 Schaff Korn und 3 Pfd. Regensburger Pfennige als erste Dotation reichte. Vielleicht im selben Jahre (1349) entstand auch bei St. Jacob in der Neustadt ein Verein von Schwestern, die für die Verstorbenen bei Begräbnissen und Totenämtern beteten und dafür Gaben und Almosen erhielten. Man nannte sie „Gehschwestern“ oder „Kinder des Herrn.“

Am Ostende der Altstadt über der Alat, welche damals noch nicht überbrückt war, baute der Rat den „armen Sundersiechen“ ein Spital zu Ehren des heiligen Nikolaus, für welches bei Seelmessen Denarien als „Totenleichalmosen“, auch solche zu „Lebendigsalmosen“ bestimmt wurden. 1393

ward dem Kirchlein und Siechhaus auf dem Felde auch ein Priester beigegeben.

Daß schon im 10. Jahrhunderte ein gemeines Schulwesen zu Straubing bestanden, haben wir oben bei Erwähnung von Brunos Vermächtnis kennengelernt. Die Kapitulare des Augsburger Stiftes haben für „Schulmaister und Schularen" nicht minder gesorgt wie in der neuen Stadt die Herzöge und Bürger. 1364 war hier Diepold ein „pingendi et scribendi arte clarus doctor puerorum" und der Regensburger Priester Andreas, einer unserer verläßlichsten Chronikenschreiber, erwähnt mit dankbarer Anerkennung des in Straubing genossenen Unterrichtes.

Als am 3. Juni 1353 Stephan II. mit seinen Brüdern Wilhelm und Albrecht das väterliche Erbe zu Regensburg teilte, erhielt letzterer Straubing Stadt, Maut und Gericht und ein ansehnliches Gebiet im Niederlande Bayerns und vor dem Walde, während Wilhelm mit seiner Mutter Margreth nach Holland zog. Straubing wurde nun die Hauptstadt eines Landesteiles mit eigenem Fürsten, der dort auch sich bleibend niederließ, die alte Burg dem edlen Geschlechte der Rainer, einem Zweige des alten Stammes der „von Straubing" einräumte und sich an der Donau ein stattliches Herzogsschloß baute (1356). Als Albert nach Wilhelms traurigem Verhängnis gegen Holland zog, trat eine Landesverwesung ein, welche die althergebrachten Freiheiten der Stadt vielfach zu schmälern suchte, aber in ihrem Beginnen durch Kaiser Karl (Sulzbacherspruch von 1358) gehindert wurde.

Am Lamprechtstage des Jahres 1389 verlieh Herzog Albert der jüngere als Gnade an seine lieben getreuen Bürger seinen Brückenzoll zu Straubing mit allem Zugehör unter der Verpflichtung, die Donaubrücke und das Straßenpflaster in gehörigem Stand zu erhalten. Wiederholte Steuerminderungen und Nachlässe mußten bei dem damals schon eingetretenen großen Schuldenstand da aufhelfen, wo das sonst ergiebige Erträgnis von der Brükkenmaut nicht hinreichte; Alberts wohlwollender Sinn bewährte sich auch nach dem großen Unglücke, welches durch das die halbe Stadt verheerende Wildfeuer am St. Veitsabend 1393 eintrat. Noch mitten in den Ruinen bewirtete er seinen Schwager Johann von Burgund und Pfalzgraf Rupprecht, welche nach dem Ungarlande gegen den Erbfeind zogen; im Jahre 1396 folgte dann ein festliches Ritterspiel, dessen Erinnerung mit den übrigen Leiden und Freuden der Gemeinde eine Inschrift an dem Stadtturme aufbewahrte.

Nachdem Albert im Jahre 1399 unvermählt zu Kelheim sein Leben endete und in der Karmelitengruft seine Ruhestätte fand, konnte auch seines Bruders Johann Regierung eine für Straubing sehr wohltätige genannt werden. In der bürgerlichen Rechtspflege wurden entsprechende Reformen gemacht, Gewerbe und Handel gefördert und insbesondere den Übergriffen der Augsburger Propstrichter nach Kräften entgegengetreten.

Im Jahre 1425 erlosch der Mannsstamm der bayerisch-holländischen Linie, und nach mannigfachen Zwistigkeiten der Herzöge von München,

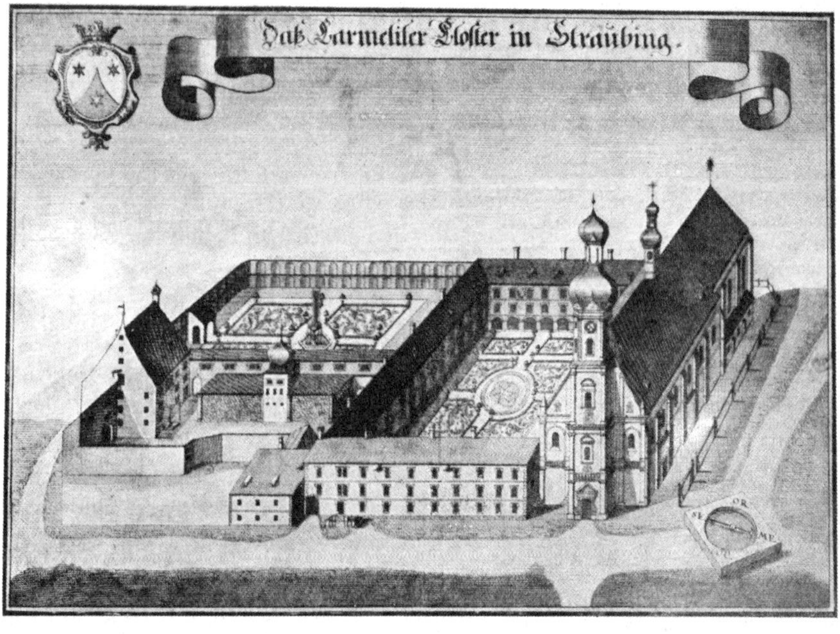

Landshut und Ingolstadt wurde endlich Straubing dem Herzoge Ernst in München zuerkannt. Unter ihm entstand die St. Jakobs-Pfarrkirche in der Neustadt, zu welcher der berühmte Meister Hans Steinmetz den Plan entwarf.

Einen schmerzvollen Tag erlebte Straubings Bürgerschaft am 12. Oktober 1435, als aus ihren Mauern ein schuldloses Opfer finsteren Vorurteils zum Tode geschleppt wurde. Die heimlich angetraute Gemahlin des jungen Herzogs Albert, Agnes, des Baders Kaspar Bernauer zu Augsburg holdselige Tochter, wurde auf Befehl ihres Schwiegervaters Ernst, den jene „Mißheirat“ aufs tiefste empörte, vor ein Spezialgericht unter dem Vorsitze des Ritters Emeran Nußberger von Kollnburg gestellt, als Staatsverbrecherin zum Tode verurteilt und an jenem Tage vor den Augen des Volkes auf der (äußeren) Donaubrücke in den Strom geworfen. Das Leben der um Hilfe Flehenden entwich erst, als der Henker ihr goldenes Haar mit einer Stange erfaßte und sie unter die Wogen drückte. Mochten auch manche Geschichtsschreiber diese Gewalttat zu rechtfertigen suchen, und die ehrbare Frau als Zauberin darstellen – der gesunde Sinn des Volkes hat ihr von jeher das tiefste Mitgefühl geweiht und sie in Liedern und rührenden Sagen gefeiert.

Schmerz und Entrüstung ergriff den Herzog Albrecht, aber auch tiefe Reue seinen Vater Ernst. Seelenmessen und Gebete für die „ehrsame und erbare frawen Agnesen“ und die Errichtung einer Kapelle auf dem St. Petersfriedhofe sollten das Geschehene sühnen.

Im Jahre 1437 wurde nach mannigfachen Streitigkeiten der Bürger mit dem Domkapitel Augsburg durch Herzog Wilhelm entschieden, daß Leutlosung, Erdlosung, Wagenlosung und Jahrbänne den Bürgern der Stadt zustehen solle und diese an das Kapitel eine jährliche Summe von 12 Pfund Regensburger Pfennigen zu geben haben; diese Anordnung hatte auf die Verkehrsverhältnisse der Stadt ebenso günstigen Einfluß als die in den Jahren 1445 und 1536 durch Kauf von den geistlichen Lehensherren erworbenen Zollehen gegen Tragung der bisherigen Reichnisse.

Die Fehden mit dem Böcklerbunde, welcher durch die Ritterschaft von dem Walde 1468 gebildet, aber auch unterdrückt wurde, mußten dem Herzog Albrecht die Befestigung der Stadt als ein notwendiges Schutzmittel seiner Macht, die durch Herzog Christoph vorzugsweise in Niederbayern gefährdet erschien, darstellen. Zu diesem Zwecke gab er 1474 der Stadt einen jährliche Beitrag von 150 Pfund Münchner Pfennigen aus seiner Kasse und erlaubte ihr außer mancherlei anderen Unterstützungen auch den „Bannpfennig“ (eine Getränkesteuer), womit verstärkte Tore und doppelte Mauern, Gräben und Wachttürme errichtet, auch die Donau zur Stadt hergeleitet, diese aber durch einen entsprechenden Beschlachtbau gegen die

Verheerungen des Stromes gesichert werden sollte. Als durch Meister Heinrich die Beschlacht 1480 gebaut war, erhielt die Stadt das Altwasser der Donau mit den dazu gehörigen Gründen, wogegen sich aber auch die Erbauung einer zweiten Donaubrücke als Bedürfnis für den Verkehr mit dem Bayerischen Walde herausstellte.

Die zweite Hälfte des 15. Jahrhunderts kann für Straubing überhaupt als eine sehr glückliche Zeit angesehen werden; reich war sie an mildtätigen Stiftungen wohlhabender Bürger und an Vermächtnissen für kirchliche Zwecke, bei welchen der Armen nie vergessen wurde. Der Kaufmann und Weinhändler Hermann Zeller hatte sich 1459 in dieser Beziehung besonders hervorgetan, mit ihm wetteiferte an Gemeinsinn der Ratsherr und Wollenwirker Andreas Lehner, welcher 1466 das Bruderhaus begründete. In jene Zeit fallen auch die ersten Anfänge zum „Reichschüsselalmosen" durch Pfarrer Jobst Gäßler, Ulrich Salmann und Lienhard Loichinger. 1486 wurde hier ein „Stadtdoktor" bestellt und bei den Verheerungen, welche damals die Blatternkrankheit in Deutschland anrichtete, auch ein Fond zur Errichtung eines Blatternhauses niedergelegt, der später den anderen milden Stiftungen wieder zufloß. – Im Jahre 1494 setzte man eine Bauordnung fest und ernannte zur Handhabung derselben eine aus 5 Ratsherren und 2 städtischen Werkmeistern bestehende Kommission.

Die Jakobskirche wurde 1492 überwölbt und so nach langer Bauzeit die schönste Zierde der Stadt ihrer baldigen Vollendung zugeführt. Statt der bisher üblichen Benennung „Kammerer" wurde 1509 dem Vorstande der Stadt der allerorts gebräuchliche Name „Bürgermeister" zugeteilt und durch die Herzöge Wilhelm und Ludwig dem Gemeinwesen jegliche Förderung seines Vorteiles zugewendet; insbesondere trat dies zutage, als die genannten Landesfürsten, der vielfachen Streitigkeiten zwischen der städtischen Verwaltung und dem Augsburger Domstift müde, sämtliche Rechte des letzteren in Straubing 1535 an sich kauften und schon im nächsten Jahre alle und jede Zinsen, Gülten, Nutzungen, Freiheiten, Lehen und Gerechtigkeiten mitsamt der Besiegelung über die Häuser, Lehen, Gülten und Gründe in und außer der Stadt, soweit das „Egschaidamt" reichte, der Bürgerschaft gegen eine mäßige Kapitalsumme und einige Naturalreichnisse überließen.

Von der großen Aufregung der Gemüter, welche die neue Lehre Luthers in Deutschland hervorrief, blieb auch Straubing nicht unberührt, denn schon 1523 hatten hier die Keime der Reformation Wurzel gefaßt. Den bischöflichen Bemühungen traten jedoch die wirksamen Predigten der Franziskaner und Jesuiten, insbesondere des Petrus Canisius zur Seite und führten die Bürgerschaft allmählich weder zum alten Glauben zurück, welchen das von dem nahegelegenen Pfaffenmünster 1581 hierher verlegte

Kollegiatstift der Kanoniker vom hl. Jakob und Tiburtius befestigte; die Chorherren erhielten die Seelsorge der Stadt, welche bisher die Augsburger Domherren versahen. Unter den Pröbsten des Kollegiatstiftes ragen Dr. Johann Eisengrein, durch staatsmännische Tätigkeit und milde Stiftungen ausgezeichnet, sowie Christoph Peutinger aus Augsburg, herzogl. Rat und Regierungskanzler, mit seinem berühmteren Bruder Konrad an Gelehrsamkeit wetteifernd, hervor. Herzog Maximilian I. erweiterte die städtische Gerichtsbarkeit dadurch, daß er 1602 gegen Reichung einer jährlichen Summe von 500 Gulden das Oberrichteramt mit allem Zugehör und Gefälle und selbst den Blutbann nach Maßgabe der Halsgerichtsordnung auf Widerruf der Stadt überließ; nicht minder ließ er sich angelegen sein, für Straubing in religiöser Richtung zu sorgen, indem er 1614 den Kapuzinern hier auf eigene Kosten ein Kloster errichtete, während durch den kurfürstlichen Rentmeister Ferdinand von Buchhausen im Jahre 1629 die Begründung eines Jesuitenkollegiums angeregt und von der Bürgerschaft mit so lebhaftem Eifer erfaßt wurde, daß Straubing bei der bekannten Freigebigkeit Maximilians für diesen Orden die einzige Stadt Bayerns war, welche die ersten Bauten und Fundationen für die Väter der Gesellschaft Jesu auf die Stadtkammer freiwillig übernahm, ungeachtet diese mit Schulden kämpfte, und kaum die nötigsten Bedürfnisse für öffentliche Zwecke befriedigen konnte. Es fällt nämlich in jene Zeit der Anfang jener höchst üblen und verderblichen Wirtschaft, mit welcher Bürgermeister und Ratsherren das Stadtgut vergeudeten und durch Nachlässigkeit und Verschwendungen die Gemeinde, ihre Anstalten und Stiftungen in einen höchst bedauernswerten Zustand versetzten, welcher trotz der Warnungen und Drohungen der kurbayerischen Regierung – zu einem weiteren Vorgehen konnte sie sich auch in den dringendsten Fällen nicht entschließen – fast zwei Jahrhunderte, bis in unsere Zeit (1826) fortdauerte.

Seit 1600 war der innere Rat der Stadt mit 2 Bürgermeistern und 6 Räten, seit 1640 aber mit 4 Bürgermeistern, die sich bei ihren Ausfertigungen gerne ein „adeliges Bürgermeisteramt" nannten, und einer gleichen Anzahl Räte bestellt, welchen der Titel „Edelherr" minder als obiges Prädikat der Bürgermeister beanstandet wurde. Syndikus und Stadtschreiber leiteten als Träger wissenschaftlicher und juristischer Bildung die Kanzleigeschäfte, und ein Bürgerausschuß von 12 Mitgliedern vertrat der Verwaltung des innern Rates gegenüber die Gemeinde. Eine sehr genau präzisierte Wahlordnung für die städtischen Würden und Ämter stellte besonders die Zünfte der Bäcker, Metzger und Wollenwirker, dann die Weinwirte und Bräuer an die Spitze der Wahlkorporation.

Von den Wunden, welche der dreißigjährige Krieg unserem Vaterlande schlug, blieb auch Straubing nicht verschont. Die Schweden unter Bernhard von Weimar verbrannten nach der Erstürmung Regensburgs (4. Nov. 1633) die Altstadt Straubing und beschossen hierauf die wohlbefestigte Neustadt, in welcher der bayerische Oberst Haslang kommandierte, drei Tage lang mit Kartaunen, bis sich die Stadt der Übermacht ergeben und innerhalb von vier Monaten eine Brandschatzung von 50.000 Reichstalern erlegen mußte.

Doch schon im März 1634 war die schwedische Besatzung zum Abzuge gezwungen, da Johann von Werth und Altringer vor den Toren der Stadt und am linken Donauufer erschienen, die Stadt 7 Tage lang belagerten und nach freiwilliger Übergabe als Sieger den jubelnden Bürgern entgegenkamen; im folgenden Jahre wütete hier die Pest, welche nach unverbürgten Nachrichten bei 18.000 Menschen hingerafft haben soll. Wiederholte Raubzüge schwedischer Horden um 1641 mußten den Kurfürsten die erhöhte Befestigung der Stadt dringend anraten, die denn 1644 und 1648 auch mit dem nötigen Aufwande durchgeführt wurde. Noch das letzte Jahr des dreißigjährigen Krieges hatte Niederbayern auf furchtbare Weise verheert. Freund und Feind waren gleich erschreckend bei ihrem Nahen; da die Regierungsbeamten aus Straubing in das festere und günstiger gelegene Schärding flohen, auch die Bürgermeister Rosenkranz und Kastner die Stadt zaghaft verließen, so wählte die Bürgerschaft die edlen Wolfgang Limpöck und Christoph Dirnizl zu Bürgermeistern, welche trotz der Einsprache der heimgekommenen Flüchtlinge vom Kurfürsten mit ehrenvoller Anerkennung bestätigt wurden.

Im spanischen Erbfolgekrieg warfen sich die Österreicher unter d'Erbeville am 15. Oktober 1704 hierher, belagerten und beschossen Straubing, dessen Bürgerschaft die ihr auferlegte Kontribution von 80.000 Gulden verweigert und sich zur hartnäckigsten Verteidigung bereit gemacht hatte. Schon war der Entsatz nahe, als in Folge des Ilbersheimer Vertrags die Kurfürstin Therese Straubing freiwillig den Österreichern überließ. Am 5. Mai 1705 rückte Graf Löwenstein, der kaiserliche Kommandant in Bayern, in die Stadt ein, ließ sich huldigen und entwaffnete die Bürgerschaft. So kam Straubing unter die Gewalt der den Bayern feindlich gesinnten Kaiser Leopold und Joseph I. und litt zehn Jahre unter dem feindlichen Joche. Weit über eine halbe Million – ohne Einrechnung des Wertes der zerstörten Gebäude – betrug der Verlust, den die Stadt erlitten. Ein im Jahre 1704 gemachtes Gelübde, bei glücklicher Rettung aus den Drangsalen des Krieges dem Herrn eine Denksäule zu weihen, wurde auch nach dem unglücklichen Ausgange in Erfüllung gebracht, und seit dem Jahre 1709 ziert die aus rotem Salzburger Marmor aufgerichtete und mit Standbildern und Inschriften versehene „Dreifaltigkeitssäule" den Marktplatz der Stadt.

Als im österreichischen Erbfolgekrieg Bayern neuerdings zu den Waffen griff, war Kaiser Karl Albert VII. genötigt, Straubing wieder neu befestigen zu lassen, was der Stadt nebst Verpflegung der Besatzungstruppen über 43.000 Gulden kostete. Die Bürger waren entschlossen, sich aufs äußerste zu verteidigen, und gewannen dadurch das besondere Wohlgefallen ihres Landesherrn. Bürger und Soldaten unter dem Obersten Wolfswiesen und unterstützt durch den äußerst gewandten Parteigänger Gschray, Gerichtsdiener von Deggendorf, wehrten sich tapfer gegen den österreichischen General Bernklau und jagten die Panduren aus der Altstadt. Die Brandschatzung wurde zurückgewiesen, und wiewohl General Wurmbrand vom 3. bis 10. April 1742 die Stadt bombardierte, selbst einen Hauptsturm versuchte, blieb man unverzagt und wehrte sich tapfer; der mutvolle und geschickte Bürgerartillerist Einsiedel hat sich bei dieser Gelegenheit vorzüglich hervorgetan und trug viel dazu bei, daß sich die Österreicher nach Plattling zurückzogen. Im Juni und Juli 1743 war abermals die Stadt belagert und ein glücklicher Ausgang nur durch die vom Landesherrn selbst angeordnete Ergebung vereitelt.

Diese drei Kriegsjahre verursachten der Stadt Straubing eine Ausgabe von mehr als einer halben Million, die Quartierlasten nicht gerechnet; der Kaiser jedoch ehrte die Bürgerschaft für die glänzenden Beweise von Ehre und Mut mit einer goldenen Medaille und erließ ihr die gewöhnliche Herdsteuer. Kaum waren die Kriegswunden einigermaßen geheilt, so legte am 13. Sept. 1780 ein furchtbares Feuer ein Drittel der Stadt in Asche, und sie erhob sich trotz des ungeheuern Unglückes, trotz der Nahrungslosigkeit so vieler Bürger, trotz der durch schlechte Verwaltung so tief herabgekommenen milden Stiftungen schöner als je aus den Trümmern. Die durchgreifenden Reformen, welche die Regierung des Kurfürsten Max IV. kennzeichneten, blieben auch für Straubing nicht wirkungslos; die Verwaltung wurde geregelter, für Erziehung und Wohltätigkeit das möglichste geleistet und auch der Verschönerung der Stadt und ihrer Umgebung gebührende Aufmerksamkeit zugewendet; den Besucher wird der freundliche Anblick, den die Stadt nach allen Richtungen hin gewährt, die Geräumigkeit ihrer Plätze und Gassen, das rege muntere Leben und die Gastfreundlichkeit, welche den Bewohnern der Stadt innewohnt, nicht ohne angenehme Erinnerung lassen.

Alois Schels

Vitztum = Sitz des Statthalters / Gült = Grundstücksertrag / Lagel = altes Maß, Gewicht / Hube = Hufe (Maßeinheit) / Dotation = Schenkung / Denar = Münze / Fundation = Stiftung, Gründung / Kartaune = großes Geschütz / Kontribution = Kriegssteuer / Kongregation = Vereinigung / Pandur = ungarischer Soldat.

Agnes Bernauerin

Es reiten drei Herren zu München hinaus,
Sie reiten wohl vor der Bernauerin Haus:
„Bernauerin bist du darinnen? Ja darinnen?

Bist du darinnen, so tritt du heraus!
Der Herzog ist draußen vor deinem Haus
Mit all seinem Hofgesinde.“

Sobald die Bernauerin die Stimme vernahm,
Ein schneeweißes Hemd zog sie gar bald an,
Wohl vor den Herzog zu treten.

Sobald die Bernauerin vors Tor hinauskam,
Drei Herren gleich die Bernauerin vernahm'n:
„Bernauerin, was willst du machen?

Ei willst du lassen den Herzog entwegen,
Oder willst du lassen dein jung frisch Leben
Ertränken im Donauwasser?"

„Und eh' ich will lassen mein Herzog entwegen,
So will ich lassen mein jung frisch Leben
Ertränken im Donauwasser.

Der Herzog ist mein,
Und ich bin sein,
Sind wir gar treu versprochen."

Bernauerin auf dem Wasser schwamm,
Maria, Mutter Gottes, hat sie gerufen an,
Sollt' ihr aus dieser Not helfen.

„Hilf mir, Maria, aus dem Wasser heraus,
Mein Herzog läßt dir bauen ein neues Gotteshaus,
Von Marmorstein ein Altar!"

Sobald sie dieses hat gesprochen aus,
Maria, Mutter Gottes, hat geholfen aus,
Und bei dem Leben errettet.

Sobald die Bernauerin auf die Brucken kam,
Drei Henkersknecht zur Bernauerin kam'n:
„Bernauerin, was willst du machen?

Ei willst du werden ein Henkersweib,
Oder willst du lassen dein jungen stolzen Leib
Ertränken im Donauwasser?"

„Und eh' ich will werden ein Henkersweib,
So will ich lassen mein jungen stolzen Leib
Ertränken im Donauwasser."

Es stund kaum an den dritten Tag,
Dem Herzog kam eine traurige Klag':
Bernauerin ist ertrunken.

„Auf, rufet mir alle Fischer daher,
Sie sollen fischen bis in das Schwarze Meer,
Daß sie mein feines Lieb suchen!"

Es kommen gleich alle Fischer daher,
Sie haben gefischt bis in das Schwarze Meer,
Bernauerin haben sie gefunden.

Sie legens dem Herzog wohl auf den Schoß,
Der Herzog wohl viel tausend Tränen vergoß,
Er tät gar herzlich weinen.

„So rufet mir her fünftausend Mann,
Einen neuen Krieg will ich nun fangen an
Mit meinem Herrn Vater eben!

Und wär' mein Herr Vater mir nicht so lieb,
So ließ ich ihn aufhenken als wie einen Dieb,
Wär' aber mir eine große Schande."

Es stund kaum an den dritten Tag,
Dem Herzog kam eine traurige Klag':
Sein Herr Vater ist gestorben.

„Die mir helfen meinen Herrn Vater begraben,
Rote Mäntel müssen sie haben,
Rot müssen sie sich tragen.

Und die mir helfen mein feines Lieb begraben,
Schwarze Mäntel müssen sie haben,
Und schwarz müssen sie sich tragen.

So wollen wir stiften eine ewige Mess',
Daß man der Bernauerin nicht vergeß',
Man wolle für sie beten! Ja beten!"

Herzog Albert III. befiehlt, die Donau näher zur Stadt Straubing zu rücken

Das alte Sprüchlein, daß einige Taten berühmter, andere rühmenswürdiger sind, trifft bei niemand häufiger zu, als bei Regenten, an denen man nicht selten nur das lobt und anmerkt, was mit Glanz und Geräusch sich ankündigt, und dagegen die stillen Handlungen, denen viel Wohlwollen, viele Großmut oder Kühnheit zugrunde liegt, übergeht. Als der Kaiser Karl im Jahre 793 die Altmühl und Redniz und mittels dieser Flüsse den Rhein und die Donau vereinigen und mithin das Schwarze Meer mit dem großen Weltmeer in Verbindung bringen wollte, war er in der Tat der Große, und größer, als da er Bayern und manches andere Land durch die Übermacht seiner Armeen an sich riß, indessen man jenes nur bloß erzählt, dieses aber gerühmt und verherrlicht hat. In der Bibliothek zu Dresden wird noch der Stock des Kurfürsten August von Sachsen wie eine Reliquie bewahrt. Dieser vortreffliche Fürst lehrte sein Landvolk sowohl wilde als fruchttragende Bäume pflanzen, nicht bloß durch schöne Verordnungen, wiewohl er die schönsten und heilsamsten ergehen ließ, sondern durch sein eigenes Beispiel, das mehr als alle Vorstellungen überzeugt und ermuntert hat. Wo er hinfuhr, führte er Samen und Körner mit sich, und sobald er einen Hügel oder eine andere Stelle bemerkte, die Bedeckung nötig hatte, steckte er mit einem dazu verfertigten Stock den Samen und die Körner in die Erde und reizte dadurch die Nacheiferung der Adeligen und Reichen, die, um ihrer Oberherrschaft zu gefallen, diesen Zeitvertreib bald annahmen und gleichfalls ihre Untergebenen ermunterten. In Dingen dieser Art liegt mehr eigener Verdienst als in manchen prächtigen Handlungen, an denen vielleicht eine verborgene Notwendigkeit oder eine listige Staatsabsicht den vornehmsten Anteil genommen hat.

Wenn man den Herzog Albert III. nennt, so erinnert man sich sogleich an den Liebhaber der edlen Bernauerin und an die höchst traurige Begebenheit, die unser ganzes Mitleid verdient; und man vergißt dabei diese und jene Unternehmung, die unserer ganzen Achtung, unserer Nachahmung und Bewunderung würdig ist. Noch unter der Regierung dieses Fürsten wich die Donau oberhalb der Stadt Straubing eine ziemliche Strecke ab, so daß es beschwerlich war, die Waren und andere Notwendigkeiten, welche auf den Schiffen ankamen, hereinzuführen. Albert sah diese Beschwerlichkeit und befahl, die Donau näher zur Stadt zu rücken. Zu dem Ende wurde, wie die Urkunden sagen, ein Pflug von ungeheurer Größe verfertigt und mit demselben, indem man ihn mit zwanzig Paar Ochsen bespannte, in einer Strecke, die mehr als eine halbe Stunde beträgt, so lange auf und

ab geackert und ausgehöhlt, bis das Bett der Summe des Wassers in der Breite und Tiefe gleichgekommen war. Dann wurde eine neue Brücke gebaut und durchstochen. Aber nun war die Sache beinahe schlimmer als zuvor. Der Fluß teilte sich in zwei Arme, deren ein jeder zu schwach war, beladene Schiffe bis an das Ufer zu bringen, und es blieb nichts übrig, um die Sache zu verbessern, als vollends die Mündung des alten Rinnsals zu schließen. Man führte sogleich einen 700 Schritte langen und mehr als 15 Schritte breiten Damm durch die Mitte des gewaltigen Flusses und hemmte den Lauf desselben durch ein Werk, das für die Ewigkeit gebaut zu sein scheint. Es widersteht mehr als dreihundert Jahre dem Druck des gerade auf ihn zueilenden Stromes, dem alles verheerenden Eisgang, den häufigen Überschwemmungen, deren Fluten acht bis zehn Schuhe hoch darüber sich hinstürzen.

Alle Reisenden erstaunen über dieses riesige Werk und versichern, dergleichen nirgends gesehen zu haben. Die Straubinger aber führen zum Andenken dieser Unternehmung (die stets groß und kühn und in Rücksicht der damaligen Begriffe vom Wasserbau rühmlich, aber, so wie sie ausgeführt wurde, der Stadt immerhin lästig bleibt) den Pflug in dem Wappen.

Lorenz von Westenrieder

Selbstbetrug

Auf Erden lebt des Volkes viel,
mit sich aufs Innigste zufrieden,
es wähnt erreicht der Pflichten Ziel,
erfüllet den Beruf hienieden.
Grundsätze sprechend häufig aus,
die Schönes, Edeles enthalten,
doch handelt's in den Tag hinaus,
von Torheit einzig zeigt sein Walten.
Es wähnet, was es sagt, zu tun,
doch nicht nach Wirken geht das Streben:
Es spricht – und lässet alles ruhn,
Hinfließet ungenützt das Leben.
Durch Reden glaubt's erfüllt die Pflicht
und handelt nicht.

Ludwig I., König von Bayern

Bogenberg

Zu Bogen, einem am linken Ufer liegenden Marktflecken zwei Stunden von Straubing, ist eine sehr berühmte Wallfahrt auf einem hohen Berge, wo ein steinernes Marienbild verehret wird, das auf der Donau dem Strome entgegen schwamm und hier am Fuße des Berges rastete. Es stellt Unsere Liebe Frau vor, wie sie mit dem Jesuskindlein schwanger ging. Damit der andächtige Wallfahrter dies Geheimnis recht betrachten kann, so ist in dem hohlen Bauche ein Loch und davor eine Fensterscheibe gemacht, durch welche man das Kindlein sehen kann.

Sogar der ganze Magistrat zu Straubing mit dem dortigen Kanonikate machen jährlich eine Wallfahrtsreise mit dem Volke auf zwei großen Schiffen; und alsdann nehmen die Bogner besonders viel Geld ein für Einbock (leckeres braunes Bier), Bratwürste und Knödel, die Leibspeise der andächtigen bayerischen Wallfahrer. Die Benediktiner von Oberaltaich versehen diese Wallfahrtskirche.

Christoph Friedrich Nicolai (1781)

Bogen, Oberalteich, Windberg

Von den Höhen des bayerischen Waldes, welche die Donauabdachung bilden, tritt keiner so nahe an den Strom heran, als der Bogenberg mit der Stammburg der mächtigen Grafen von Bogen, deren Besitzungen einst das linke Donauufer zwischen dem Chambrich und dem Schweinachgau umfaßten. Ihre Anfänge sind wie die der Abensberger dunkel, der erste bekannte Graf von Bogen, Hartwig (um 1074), soll einer der 32 Söhne Babos von Abensberg gewesen sein.

Aswin von Bogen herrschte auf dem Nordgau und war ein Schrecken der Tschechen, welche er über die Grenzen zurückjagte und nach der Sage von der Aswinstanne mit dem Kreuzeszeichen wohl auch dem Christentume zuzuführen strebte. Sein Sohn Albert I. ward der Erweiterer der Stammburg.

Alberts II. Witwe Ludmilla erwarb durch List die Hand des Bayernherzogs Ludwig des Kelheimers – wem sollte die liebliche Sage hierüber nicht bekannt sein? –, Berthold nahm das Kreuz und fiel bei Damiette.

Die bayerischen Herzöge hoben dann auch den Ort Bogen und verliehen ihm 1341 Marktrechte. Die Burg geriet schon früher in Verfall, denn im Jahre 1295 wurde die Kirche an ihrer Stelle erbaut und das wundertätige Marienbild der Schloßkapelle, welches auf der Donauinsel Frauenstein 1104, wohin es die Wellen stromaufwärts getragen, von Graf Aswin gefunden wurde, hierher versetzt, was Anlaß zu einer Wallfahrt gab. Mehrere römische Kaiser und bayerische Herzöge und zuletzt 1800 auch der Kurprinz Ludwig von Bayern besuchten die heilige Stätte in frommer Andacht. Der Wallfahrt hat auch der Markt Bogen sein Aufblühen zu verdanken und dessen ehedem weitberühmte Brauereien haben früher für den Donauverkehr viel Bier geliefert; gegenwärtig hat sich jedoch das Bräuwesen in Bogen nicht unbedeutend gemindert.

Eine halbe Stunde ober Bogen begegnen wir einer alten Kulturstätte an der Donau, dem ehemaligen Benediktinerkloster Oberalteich, welches von Herzog Odilo um 741 zu Ehren des hl. Petrus begründet und mit Mönchen von Reichenau besetzt, 907 aber von den Ungarn verwüstet wurde. Unter dem milden Schutze der bayerischen Herzöge war es bald emporgeblüht und in edlem Wetteifer mit Niederalteich und den umliegenden Klöstern für Bildung und Wissenschaft rastlos tätig. Als die hervorragendsten Äbte sind Johann Asperger, der um 1450 ein Museum errichtete, Veit Höser, welcher die Drangsale seines Klosters und des bayerischen Waldes im Schwedenkriege beschrieb, besonders aber der letzte Abt Beda Aschenbrenner († 1820) zu erwähnen, welcher die kirchenrechtlichen Fragen seiner Zeit in mehreren Schriften erörterte und auch ein Freund der schönen Literatur war. Von den Mönchen, deren eine große Zahl an den höheren Lehranstalten Bayerns wirkte, ist der Geschichtsforscher und Kritiker Hermann Schollinger, Aemilian Hemauer, der Geschichtsschreiber seines Klosters, von den in älterer Zeit lebenden aber der Prior Peter Tutinger als geschickter Kalligraph und Bücherabschreiber rühmend zu erwähnen. Bei der Klosteraufhebung wurde das bewegliche und unbewegliche Eigentum des Klosters mit Rechten und Zehnten im geringsten Anschlage auf anderthalb Millionen geschätzt.

Wenden wir uns von Oberalteich nordöstlich den Waldbergen zu, so treffen wir wiederholt ein in der bayerischen Geschichte ehrenvoll dastehendes Kloster, die Prämonstratenser-Abtei Windberg. Die in der Karolingerzeit von zwei frommen Männern aus Sachsen errichtete Kapelle schlossen die Grafen von Bogen in eine dort erbaute Burg ein, welche der fromme Albert I. und seine Gemahlin Hedwig von Kärnten bewohnten und den Mönchen nach der Regel des heiligen Nobert von Couch als den ersten Ort der Prämonstratenser in Bayern 1125 anwiesen.

Neben dem Mannskloster entstand auch hier eine geheiligte Wohnung für Nonnen, welche jedoch bald in Verfall geriet. Von den Stürmen der Reformation blieb auch Windberg nicht unberührt; die schlechte Klosterzucht veranlaßte 1567 Herzog Albrecht V. gegen Abt und Prior mit Gefängnisstrafe einzuschreiten, doch bald kehrte unter Leitung tüchtiger Äbte die Ordnung wieder. Die nach 26 Jahren erfolgte Aufhebung hatte dem Staate außer den literarischen Schätzen nur wenigen Gewinn verschafft, da die sogenannten Aufhebungskommissare hier ärger als in einem anderen Kloster auf ihren eigenen Vorteil bedacht waren.

Alois Schels

Die Grafenau

Die Grafenau ist ein alter Grenzbezirk Bayerns gegen Böhmen, und es hatten die herzoglichen Pfleger zu Zeiten den Titel eines Hauptmannes vor dem Walde; der Sitz des Gerichts- und Pflegeamtes war vordem auf der Veste Bärnstein zwischen Grafenau und Schönberg, welche im Besitze eines gleichnamigen Rittergeschlechtes stand, das sich durch Straßenraub gefürchtet machte und deshalb 1260 die Zerstörung des Schlosses herbeiführte. Früher schon war das finstere Raubnest Aufenthalt des aufrührerischen Legaten Albert von Beham und kam 1438 mit Ranfels durch Kauf von Ortenburg an Bayern. Die Grafenau aber, wo seit 1806 das Landgericht sich befindet, ist ein alter Ort, der wohl dem hier vorbeiführenden goldenen Steige Günthers von Niederalteich sein Entstehen verdankt. Als Stapelplatz für den Salzhandel nach Böhmen schon bei der Landesteilung 1255 ein hervorragender Ort, erhielt Grafenau durch Kaiser Karl IV. die Würde einer Stadt, deren Bürger sich gegen die Hussiten unter Anführung des Pflegverwalters Wasservogel als mutige Männer erwiesen. Der Salzhandel bildete ihre Hauptnahrungsquelle und war auch von den bayerischen Herzögen in jeder Weise gefördert, jedoch der Brand (1639) legte hier auch diesen Verkehrszweig nieder, da von jetzt an das Salz über Passau nach Böhmen einging. Seit jener Zeit erholte sich das Städtchen nicht wieder, denn verheerende Feuersbrünste und Kriegsdrangsale hatten anderswo kaum in gleichem Grade gewütet. Das Spital verdankt sein Entstehen 1711 dem Edelmute des hiesigen Bürgers und Stadtschreibers Heinrich Zimbs; die Seelsorge war den Mönchen des nahen Klosters St. Oswald anvertraut. 1389 errichtete hier der Vitztum Johann von Leuchtenberg über einer heilsamen Quelle ein Kirchlein, dem der Begründer nach sieben Jahren auch ein Kloster für Paulanermönche zu Ehren des heiligen Oswald beifügte. Die Paulaner wichen bald (1431) als die einzigen Brüder ihres Ordens in Bayern den regulierten Chorherren, doch auch unter diesen kam die Stiftung in bedauerlichen Verfall, bis endlich 1567 die Niederalteicher Äbte hier Kloster und Kirche wieder aufrichteten und durch die Wallfahrt zum Oswaldsbrunnen zahlreiche Pilgerscharen hierherbrachten; die Benediktiner-Propstei blühte hier bis zur Klosteraufhebung.

Mehrere Burgen zieren noch die waldreiche Gegend des Bezirkes, so das weit in die Ebene hinausschauende Ramelsberg, dem die Sage das höchste Alter unter allen Schlössern des bayerischen Waldes verleiht, ohne daß seine Schicksale besonders bekannt sind. Dießenstein war einst Hauptort einer Tuschl'schen Herrschaft, in deren Besitz zur Hälfte 1378 die bayerischen Herzöge kamen; bis zum Jahre 1742 war hier ein kurfürstliches Pfleggericht, in diesem Jahre wurde Dießenstein zerstört, nachdem im Schlosse bayerische Schützen unter dem Kastner von Schrenk gegen den Panduren Trenck mutvoll sich verteidigten, aber sich ergeben mußten und gefangen abgeführt wurden. Trenck selbst entzündete die Pulverfässer im Schloßkeller. Von den Burgen ist immerhin noch die bedeutendste Saldenburg, neben Englburg und Fürstenstein die dritte der schönsten im unteren Walde, auch tiefer in die Berge zurücktretend. Die edelsten Geschlechter des Niederlandes, die Tuschl, die Egger, die Ortenburg und die Gewolfen vom Degenberg hausten in ihren Mauern, welche 1468 durch Herzogs Ludwig von Landshut Donnerbüchsen gebrochen wurden, als

Hans von Degenberg, das Haupt des Bundes vom Einhorn, dem Herzog Albrecht trotzte. Unter den Preisingern vom Moos wurde Saldenberg 1742 von den Kroaten besetzt, 1744 von ungarischen Husaren verwüstet, doch der feste Turm, „die Waldlaterne", hielt immer stand und lockte im Frieden wieder zu neuem Anbaue.

Nahe bei Hartmannsreut liegen die Halden des verfallenen Bergwerkes Rendelmoos, wo gegen das Ende des 16. Jahrhunderts der Straubinger Vitztum Graf Christoph von Schwarzenberg mit anderen Beamten nach Silber, Kupfer und Blei schürfte, aber wie ihre Nachfolger im Berglehen, die von Viehböck, keinen Erfolg erzielte.

An der Grenze des Landgerichtsbezirkes erhebt sich die vorgeschobene Bergkuppe des Büchelsteins, mit entzückender Fernsicht, welche denn auch seit 25 Jahren befreundete Männer aus allen Teilen des bayerischen Unterlandes am Bennotage hier zusammenruft.

Alois Schels

Vitztum = Statthalter.

Das Schloß Weißenstein im Wald bei Regen

Die Burgruine Weißenstein liegt auf einem weiß glänzenden Quarzfelsen und soll davon ihren Namen haben. Von dieser Burg, sagen die Leute, gehen drei unterirdische Gänge aus, einer südlich nach dem Hollaberg, angeblich ein Hügel mit Höhlen, der zweite westlich von Weißenstein nach dem eine halbe Stunde entfernten Schlossau, der dritte nach Regen. In diesem Schlosse Weißenstein hausten in frühern Zeiten drei Fräulein. Auf dem Weißenstein, weiß eine andere Sage, wohnte ein Graf, dessen Gattin sieben Knaben auf einmal gebar. Die Weisfrau (Name der Geburtshelferin in dieser Gegend, oder einer alten erfahrnen Frau, die man zu Geburten zieht, wenn auch eine Amme dabei ist) nahm die sieben Knaben in ihr Fürtuch, um sie auf Befehl ihrer Herrin in dem Regenfluß zu ersäufen. Der Graf, welcher von einer Fehde zurückkehrte, begegnete der Weisfrau, und fragte, was sie in dem Fürtuch habe? Sie sagte, der Schloßhund habe sieben Junge geworfen, welche sie nun auf Befehl der Schloßfrau ertränken wolle. Der Graf forderte sie auf, die Hunde zu zeigen; erschrocken legte die Weisfrau das Fürtuch ab und wollte entfliehen. Da gewahrte der Graf die sieben Knaben, befahl der Weisfrau zu bleiben und nahm sie samt den Kindern mit sich nach dem Kloster Rinnach. Dort im Verborgenen ließ er die Knaben in ritterlichen Übungen erziehen. Als sie groß waren, veranstaltete er ein Gastmahl auf seinem Schlosse, wo seine sieben Söhne zugegen waren. Die Gräfin fand an ihnen so großes Wohlgefallen, daß sie sich nicht satt an ihnen sehen konnte. Da fragte sie der Graf, was der Mutter geschehen solle, die solche sieben eigene Söhne umbringen wolle? Die Schloßfrau erwiderte: die sollte lebendig durch vier Ochen zerrissen werden. „Nun", sagte der Graf, „das soll dir geschehen! Denn diese sind deine Söhne, die du einst ertränken wolltest."

Friedrich Panzer

Ein Waldsteig

Ein Waldsteig leitet abgeschieden
Im tiefsten Forst, ein schmaler Gang,
Den braune Buchen eng umfrieden,
Auf wurzelreichem Grund entlang.

Von oben, wo zu leichten Gittern
Das Laub der Wipfel sich verflicht,
Schlüpft mit geheimnisvollem Zittern
Aufs Moos herab das Mondenlicht.

Jetzt beugt ein Hauch die Blätter nieder,
Am Boden spielt ihr Widerschein;
Ein Finke schüttelt sein Gefieder
Und schläft im Neste wieder ein.

In zauberhaftem, stillem Prangen
Liegt dieser Waldsteig wie verklärt...
Ist hier ein froher Mensch gegangen,
Dem Gott sein liebstes Glück gewährt?

Maximilian Beilhack

Marterlspruch aus dem Bayerischen Wald

Unter dieser Eiche lag
Erfrorn durch Kält' und Wind,
Vor Jahren um die Weihnachtszeit
Ein armes Waisenkind.
Der du im warmen Kittel gehst,
Hilf andern in der Not,
Dann frieret sich kein Waisenkind
Im dünnen Röcklein tot.

Schwammerlragout

Zutaten: 1 kg Schwammerl (Pilze, am besten Mischpilze), 2 Zwiebeln, 50 g Fett, 2 Eßlöffel Weißwein, etwas Zitronensaft, Salz, Pfeffer.

Die Schwammerl in Scheiben schneiden, mit den gehackten Zwiebeln mischen. In Fett hellgelb anschwitzen, mit dem Weißwein ablöschen. 10 Minuten kochen lassen, mit Salz, Pfeffer und Zitronensaft abschmecken.

Die Ilz im Bayerwald

Die Ilz, die frische Waldlerin,
Hat lohgefärbtes Wasser,
Vermischt mit Donau und dem Inn
Wird sie darum nicht blasser.

Sie kommt wie eine Zigeunerin
Mit krausgewellten Haaren
Und einer dunkelbraunen Haut
Schnellfüßig daher gefahren.

Sie läuft im neuen Wasserbett
Noch lange scheu zur Seite
Und wenn sie könnt', sie lief zurück
Zum Wald, zur grünen Heide.

Heinrich von Reder

Aus: „Aus dem Bayrischen Walde"

Am Rande des Waldes ist in den Schluchten, meist in und an dem Wasser, ein Geschiebe von Granitblöcken. Sie gehen auch noch tiefer hinab, und nicht selten liegt mitten in dem Grün der Matten ein Block, so groß wie eine Waldhütte, und so dicht, daß die schönsten Werke daraus gemeißelt werden könnten. Oft stehen an solchen Blöcken schöne Bäume, besonders Ahorne, dann Birken, Eschen und andere Laubbäume mit Nadelholz gemischt, und solche Gruppen ziehen gegen den hohen Wald hinan. Und dieser Rand und das Land schimmern in einem Grün, wie man es sich kaum denken kann. Oberösterreich ist ein besonders grünes Land, und doch, wenn man von diesem Walde in seine Fluren hinab kommt, sind sie beinahe grau.

Nicht bloß gesundheitsbringend, sondern auch stillend und seelenberuhigend ist es, wenn man hier wandelt und alles auf sich wirken läßt: das Gras an dem Wege mit den tausendartigen Waldblumen und den weißen Stein darin und den ernsten Baum und die hellen Wiesen und das einfarbige Getreide der Felder und die glänzenden Dächer der Hütten und die Hügel und Wäldchen und den Duft der Ferne mit manchem weißen Punkte einer Kirche und die unermeßliche leuchtende Himmelsglocke über dem Haupte. Und wenn man eine mäßige Höhe hinter dem Rosenbergerhause hinaufgeht, sieht man am südlichen Rande des Landes das ganze ungemein sanfte Band der salzburgischen und steirischen Alpen mit manchem Blicke eines Schneefeldes darinnen. Zu allem dem vernimmt man das leise Rauschen der Bäche, mitunter den Klang einer Herdenglocke von dem Walde herab, oder hoch oben das schwache Wirbeln einer Lerche. Man glaubt, die Welt ist voll Ruhe und Herrlichkeit. Und wenn man von dieser Ruhe in eine andere geht, in die des großen Waldes, so ist es wirklich wieder eine Ruhe und wirklich eine andere. Der Blick wird beschränkt, nur das Nächste dringt in das Auge, und ist doch wieder eine unfaßbare Menge der Dinge. Die edlen Tannen, wie mächtig ihre Stämme auch sein mögen, stehen schlank wie Kerzen da und wanken sanft in dem leichtesten

Luftzuge, und wenn der stillste Tag draußen ist, so geht in das Ohr, kaum vernehmlich und doch vernehmlich, ein schwaches erhabenes Sausen – es ist wie das Atemholen des Waldes. Zu der Tanne gesellt sich ihre geringere, aber doch schöne Schwester, die Fichte, dann kommt die hellgrünlaubige Buche und in den Tiefen an Wässern die Erle, und es kommen andere wasserliebende Bäume. Und zwischen den Stämmen ist die Saat der Granitblöcke ausgebreitet, einige grau, die meisten mit Moos überhüllt, dann scharen sich die Millionen Waldkräuter, die Waldblumen, dann sind die vielfarbigen Schwämme, die Ranken und Verzweigungen der Beeren, die Gesträuche und es ist manches Bäumchen, das sein junges Leben beginnt. Hie und da blickt ein ruhiges Wässerlein auf oder schießt ein bewegtes durch die Dinge dahin. Wenn draußen das breite Meer des Lichtes war, so ist es hier in lauter Tropfen zersplittert, die in unzähligen Funken in dem Gezweige hängen, die Stämme betupfen, ein Wässerchen wie Silber blitzen machen und auf Moossteinen wie grüne Feuer brennen. Oft, wenn eine Spalte ist, wird das Dunkel des Waldes durch eine glühende Linie geschnitten. Die vielen Tierchen des Waldes regen und bewegen sich, und wenn die auf dem Boden durch ihre Gestalt und Lebensweise ergötzen, so erfreuen die der Höhe durch ihre Laute. Und in alles tönt das ununterbrochene Rauschen der Wässer. Und wenn man fortwandert, ändert sich alles und bleibt doch dasselbe. So kann man viele Stunden wandern, und spannt der heilige Ernst des Waldes Gemüter, die seiner ungewohnt sind, anfangs wie zu Schauern an, so wird er doch immer traulicher, und ist endlich eine Lieblichkeit wie die draußen, nur eine feierlichere.

Und wie eindringlicher und erweckender wirkt es erst, wenn man irgendein Ding zum Gegenstande seiner Betrachtung oder wissenschaftlichen Forschung macht, sei es das Leben der Himmelsglocke mit ihren Farben und Wolken, oder sei es das Leben mancher Tiergattung, oder seien es nur die verachteten Moose, die mit ihren verschiedenen Blättchen oder den dünnsten goldenen Seidenfäden den Stein überkleiden.

Da zeigt sich im Kleinsten die Größe der Allmacht.

Von den Scheuern des Rosenbergerhauses führt ein Fußpfad einem Wässerlein entgegen am Feldrande bis zu dem Walde. Dort strömt ein klarer Bach aus dem Dunkel hervor. Und von dort geht ein Weg, so trefflich, daß ihn eine Frau mit Stadtschuhen begehen kann, schräge an der Walddachung zu den drei Sesseln hinan. Wenn man sehr langsam geht, kommt man in zwei Stunden an die Schneide des Waldes hinauf. Man geht beständig unter hohen Bäumen, eine Strecke unter sehr schönen Buchen. Auf der Waldschneide stehen hie und da Granitgiebel empor, die aussehen, als wären sie aus riesigen Steinscheiben gelegt worden. Wahrscheinlich sind es Reste eines ausgewitterten gewaltigen Granitrückens. Manche sind gerade

so wie steilrechte aus Steintellern gelegte Säulen. Die bedeutensten sind der Sesselfels und der Hohenstein. Man kann noch den Seeturm des Blöckensteines dazu rechnen. Von andern Blöcken solcher Art, die noch auf der ungeheuern Schneide des ganzen Waldes stehen, ist hier nicht die Rede. In den steilrechten Sesselfels ist eine Steintreppe gehauen. Wenn man sie hinan gestiegen ist, steht man auf einer waagrechten Steinfläche, auf welcher nur einige Menschen Platz haben. Man steht gerade mit seinen Fußsohlen neben den Wipfeln der hohen Bäume. Mit Sesseln hat der Fels nicht die geringste Ähnlichkeit, eher wäre er ein großer Säulenknauf. Vor mehreren Jahren standen noch an der Oberfläche des Steins drei Lehnen empor, welche Spalten zwischen sich hatten, durch die man hinaussah. Damals glich der Fels einem riesigen Predigtstuhle. Die Leute nannten die Lehnen Sessel, daher der Name. Ich wollte in dem Jahre 1855 in die nördliche Lehne wirklich einen Sitz hauen lassen, so daß man von ihm die ganze südliche Fernsicht genießen könnte; aber der Entschluß fand Verzögerungen durch Voranstalten, Umfragen und dergleichen. Indessen, waren nun die Lehnen schon seit langem locker oder ist die Auswitterung sehr rasch geschritten, es fanden sich mehrere Leute, die sich die Arbeit machten, die viele Zentner schweren Lehnen in die südliche Tiefe zu stürzen. Dort liegen sie nun unter anderem Steingetrümmer. Als sie noch standen, waren sie von ferne wie ein Würfel auf dem Waldesrande zu sehen, jetzt ist von der Ferne nichts mehr sichtbar, weil der Fels nur bis zu den Baumwipfeln reicht, außer es ständen eben Menschen auf ihm, die man dann mit dem Fernrohre finden würde.

Höhere Berge haben oft einen weniger lohnenden Fernblick als dieser Fels. Man sieht gegen Mittag hinab auf die Schwere des Waldes, durch den man heraufgegangen ist, und da zeigt er sie erst recht, wie es der Hinaufblick nicht vermag. Dann kommt das hügelige Land bis zur Donau mit den tief drunten liegenden grünen Schwellungen und den weißen Ortschaften, Kirchen und Häusern darauf und den unzähligen Wäldchen, Wiesen und Feldern und mit manchem dunklen Rücken, der ein großer Wald heißen würde, wenn man nicht auf dem sehr großen Walde stände. Dann erscheint der schleierige Streifen des obst- und kornreichen Landes nördlich der Alpen. Man sieht darin die Glanzfäden der Donau, des Inn und der Isar. Manche behaupten, mit Fernrohren die Türme der Liebfrauenkirche von München gesehen zu haben. Ich konnte wohl die bayrische Hochebene finden, sah aber nie diese Türme. Regensburg wird durch die Wälder bei Stauf gedeckt. Endlich ist als Grenze die Krone des Ganzen, die Alpenkette vom Pinzgau bis zum Schneeberge in Unterösterreich, im zartesten gezackten Blau, daß der Kundige jede seiner Höhen und jedes seiner Schneefelder findet. Und über allem ist der feeige Duft und Schmelz der Luft, der ausgedehnte Landschaften so unsäglich anmutig macht, und den der Pinsel so selten erreicht, wenn es nicht etwa Claude Lorrain gelungen ist, der aber nie so große Dehnungen gemalt hat. Gegen Nordwest, Nord und Nordost ist die Aussicht beschränkter, aber sehr ernst. Waldwoge steht hinter Waldwoge, bis eine die letzte ist und den Himmel schneidet. Großartig ist es, wenn Wolkenberge an dem Himmel lagern und mit blauen Schattenflecken dieses Waldmeer unterbrechen. Kann man eine herrliche Alpenansicht ein schwungvolles lyrisches Gedicht nennen, so ist die Einfachheit dieses Waldes ein gemessenes episches.

Nicht weit von dem Sesselfels steht der Hohenstein, auf den eine hölzerne Treppe führt, und von dem aus eine größere Fernsicht nach Böhmen ist, aber eine weit kleinere nach Süden.

Von den Sesseln kann man auf einem knorrigen, steinigen, oft sumpfigen Wege, der streckenweise, namentlich gegen das Ende, gar kein Weg mehr ist, immer auf der Schneide des Waldes ostwärts gehend in etwas mehr als zwei Stunden zu dem Blöckensteine gelangen, der höher ist als der Sesselberg, aber eine geringere Rundsicht hat. Wenn man jedoch um den Steingiebel, der den Namen Seeturm führt, links herum wendet und einige Schritte abwärts geht, steht man plötzlich auf dem Rande einer steilrecht abfallenden Felsenwand. Links sieht man gewaltige Felsen niedersteigen, rechts steigen Felsen hinab, überall gehen Wälder hinab, und auf dem Grunde dieser Nische an dem Saume eines Gewirres hinabgestürzter und bleichender Baumstämme steht ein ruhiges, starres, schwarzes Wasser, jenseits von einem schmalen dunkeln Waldbande gesäumt. Es ist der Blöckensteinsee. An sonnigen Tagen zeigt der Hinabblick in all das blaue Dämmern und Weben der hinuntersteigenden Wälder, der hinunterstehenden Felsen, des bleichen Saumes, des stahlblau und schwarz schillernden Wassers, des Uferbandes, und dann ein Blick auf das einfarbige Himmelblau etwas so zauberhaft düster Holdseliges, daß manche Gemüter davon mächtiger erfaßt werden als von der Pracht des Blickes von den Sesseln aus. Ich konnte einmal einen Freund von der Felsplatte, die an der Wand gleichsam über dem See schwebt, kaum fortbringen. Man kann den See links von der Wand aus umgehen und an sein flaches jenseitiges Ufer hinabgelangen, aber der Gang ist durch die Steintrümmer, Farnkräuter, Brombeerranken und anderes Geniste und über gefallene modernde Bäume äußerst beschwerlich. Die von dem Moldautale aus den See besuchen, kommen an seinem östlichen flachen Ufer an. Man hat dort an Nachmittagen den schönsten Anblick gegen die schattige, gleichsam wie in Schleiern zitternde Seewand. Ich habe beide Anblicke, den von oben und den von unten, vielfach genossen, und weiß nicht, welcher vorzuziehen ist.

Adalbert Stifter

Waldeinsamkeit

Deine süßen, süßen Schauer,
O Waldesruh,
In meine Seele hauche
Und träufle du!
Laß mich träumen die Träume
Der Jugendzeit!
O Frieden, o Ruh', komm über mich!
Wie lieb ich dich, lieb ich dich,
Waldeinsamkeit!

Märzveilchen blühen, es treibt in den Bäumen,
Der Frühling kam;
Es zwitschern die Vögel, die Wipfel rauschen

So wundersam;
O Schöpfungsodem, der die Brust mir
Bezaubert und feit,
O Frieden, o Ruh', komm über mich!
Wie lieb ich dich, lieb ich dich,
Waldeinsamkeit!

Feierlich sonntägliche Stille
Und Frühlingszeit;
Kein Laut, keine Seele
Weit und breit!
Nur ein leiser, leiser Kummer
Ist mein Geleit –
O Frieden, o Ruh', komm über mich!
Wie lieb' ich dich, lieb ich dich,
Waldeinsamkeit!

Heinrich Leuthold

Auerhahnfalz

Das ist etwas ganz Eigenes mit dem „Hahnfalz", etwas, was ich von allen andern Jagdarten völlig trennen möchte. Ein Separatgenuß für Eingeweihte, von dem alles profane Volk ausgeschlossen gehört. Ein Kultus für die wahren Pan-Verehrer, für die, die das Gras noch nicht wachsen hören, aber dafür allerhand anderes, für irdische Ohren eigentlich gar nicht Bestimmtes. Für die, die Märchen lieben und noch an Erdgeister und Feen glauben und an allerhand Unfaß- und Unwägbares, für die es noch ehrfürchtige Geheimnisse gibt, verschlossene Türen, an die man nur mit andächtigem Finger klopft.

Oh, ich wäre unerbittlich, wenn ich die „großen Hähne" zu vergeben hätte. Keiner käme mir daran ohne gewissenhafte Prüfung, kein noch so prunkvoller Name, kein noch so echt gefärbter Weidmann, kein noch so lieber Freund, kein Vor- und kein Nachteil tät mich erweichen – – Ein Adept müßte er sein des geheimnisvollen kleinen Bundes der „Eingeweihten". Es gibt Augen, aus denen das Vereinszeichen leuchtet, es gibt Worte, die das Geheimsiegel lösen – Losungsworte!

Was bedeutet da der Schuß, die Beute, gegen die mise en scène des ganz großen Dramas, eigentlich ein letzter Akt, den der Mensch verpfuscht mit seinem rüpelhaften Eingreifen.

Alle Jagdarten haben ihren Reiz, der Falz im dämmernden Moor, wenn der Sonnenball hinter dem zarten Frühling der Birken sich erhebt, von tausend Vogelstimmen begrüßt. – Die Frühpirsch im sommerlichen Buchwald, wenn der Rehbock, wie eine rote Flamme, hinter seinem zarten Liebling dahinjagt – der Gang auf den schreienden Hirsch und den brunftigen Gemsbock im Hochgebirge – so gut wie die Feldjagd im Schweiße des Angesichts, wenn es fröhlich knallt auf allen Seiten. Aber das gehört alles dem banalen Leben an, der realen Wirklichkeit. Anders der Gang auf den „großen Hahn" in ahnungsvoller Frühlingsnacht. Da öffnet sich dem Adepten das geheimnisvolle Zwischenreich zwischen Sein und Werden. „Ich werd ein Teil von dem, was mich umgibt", wie Byron singt.

Es ist bezeichnend, daß der Hahnfalz erst im Laufe des letzten Jahrhunderts so hoch eingeschätzt wurde, während er in früheren Zeitläufen, der Geringfügigkeit der Beute entsprechend, ganz in den Hintergrund trat.

Der Grund liegt eben in der gegen damals völlig veränderten Wertung der Jagd, die ihre Reize ganz woanders sucht als einst.

An Stelle des Kampf- und Beutereizes, männlicher Kraftentfaltung, tritt jetzt noch ein anderer bei weitem überwiegender – der Natur- und Stimmungsreiz, auf den unsere differenzierten Nerven reagieren.

Die Grade des Reizes sind ja bei allen Erlebnissen und Geschehnissen verschieden, obwohl ihr Inhalt der gleiche ist. Das hängt von dem Zusammenwirken unzähliger Umstände ab, die unsere Nerven in Bewegung setzen.

So geht es auch mit dem Hahnfalz: Kein Morgen gleicht dem andern, der eine wird zum unvergeßlichen Erlebnis, der andere verflüchtigt sich rasch im Gewoge der Dinge. Der Erfolg allein macht es gewiß nicht aus. Es gibt eben auch unter den Hähnen allerhand Herrn: eingefleischte Romantiker, die nur auf uralten Wetterfichten falzen, mit weitem Ausblick auf das dämmernde Land, und fade Spießbürger, die nur auf dem Boden unter ihren Hennen ihr Spiel treiben, wie irgendein bunter Bauerngockl auf dem Misthaufen. Erotiker voll wilder Glut in ihren Strophen, Schlafmützen, die nur im Halbschlaf lallen, schüchterne Werber und kühne Kämpfer um den Preis.

Das macht ihn ja so ewig reizvoll und spannend, den Hahnfalz: diese abwechslungsreiche Charakteristik, nur die Hennen sind sich immer gleich, immer verliebt, immer dasselbe Gegacker.

Ich will nun von einem ganz besonderen Morgen erzählen, wie sie so dann und wann in einem ganz besonders beglückten Jahre vorkommen.

Jakl, der Jäger, war nicht in bester Laune, er behauptete: „Mit der Hahna geht's alleweil mehr arschlings, s' is halt koan Schneid mehr drinn, drei auf oan Platz, da meinst doch a – nix – an Schnackler und gar is."

„No nachher geh'n wir halt auf den faulen Schnackler, ich hab' nicht lang Zeit, wer weiß, wie's oft geht."

„Ganz ob'n auf der Schneid' wär no oaner, Sie kenn'n 'hn ja, auf der Feuchten – wia hoben's 'n jetzt glei' g'hoaß'n, richti' den ‚Romanisch'n'."

Ich mußte lachen. Ich hatte jedem seinen Namen gegeben, wie oben. Die „Schlafmütze" hatte ich geschossen, die andern waren alle noch am Leben: Auf den „Romanischen" aber freute ich mich vor allem, er sollte einen Ehrenplatz bekommen in meiner Sammlung.

Ein stiller Morgen, von jener Stille, die tausend Stimmen hat, Sterne, ganze Heere, die ihre Strahlen wie blitzende Klingen kreuzen vor ihrem nahen Erlöschen.

Das Dorf schläft noch, die Nacht hüllt es noch in ihren weichen Mantel, nur ich und der Jakl – selbst er, der treue Genosse, stört mich jetzt, ich möchte lieber allein sein. Weil ich alle Wesen ehre, darum scheuen mich die Geister nicht.

Er kennt mich und schweigt. Das Waldgebirge nimmt uns auf, Wasser rauschen, irgendwo ein leiser Wind, kaum ein Hauch, belebt die Luft, der kleine Lichtstern in Jakls Laterne zittert vor mir her, weiße Stämme leuchten auf, verschwinden wieder, auf dem feuchten Weg kriechen goldbetupfte Salamander, einer sitzt auf einem morschen Strunk und glotzt mich an. Er hat ein Krönchen – ja, er hat ein Krönchen auf dem Kopf. Ich sehe ihn mir genau an. Sein kleines Herz schlägt so groß, jetzt spricht er gar. „Zertritt micht nicht, du häßlicher, dummer Ungefüger! Ich bin ein König, siehst du nicht das Krönchen auf meinem Kopf? Ihr beugt euch doch vor Kronen!"

Jakl will ihn eben mit dem Bergstock beiseite schleudern, gerade noch recht hindere ich ihn daran. „I kann 's amal net leiden, die schiache Sach'."

Ich ziehe meinen Hut und grüße den Kronenträger, ehe ich vorüber gehe, und das Herzchen klopft noch höher. Wer weiß, was dein innerstes Wesen in dem bunten, glitschig glatten Kleide? So viel weiß ich, der kleine König auf dem grünsamtenen Throne öffnet mir sein geheimnisvolles Reich. Was ich da alles sah, was ich nie gesehen. – Ein rindenloser Baumstrunk leuchtet und flimmert mir schon von weitem entgegen, ein zarter, bläulicher Schimmer webt darum.

Ich ließ Jakl die Laterne mit dem Wettermantel decken. Das wirkte! Ein großes Loch saß in dem Faulholz, da leuchtete es heraus. Loch! Wie brutal das klingt. – Es krabbelt und kribbelt heraus und hinein und winzige

Fünkchen dazwischen – Loch! „Wie schlecht du siehst", hätte der kleine König gesagt. – „Ein Festmahl, der ganze Adel ist versammelt, mir ist die Gesellschaft zu trocken, so träumte ich lieber auf meinem grünen, kühlen, feuchten Samt – jag sie zu Bett, es naht der Morgen."

Ich trat näher, der bläuliche Schimmer verschwand, das Licht der Laterne traf einen morschen Strunk, in dem ein tiefes schwarzes Loch gähnte – der Eingang zum Saale.

Jetzt ist es aber höchste Zeit, und Jakl pressiert – da weichen die Gesichter. Das geheimnisvolle Reich liegt hinter mir – ich wittere Morgenluft – und da ist auch schon der Platz zum „Auslus'n", wohl von längsher dafür bestimmt, ich wenigstens saß schon ein dutzendmal darauf. – Da wird tief Atem geholt und gelust.

„Hörst ihn links ob'n, Jakl?"

„Das war i", meint der Jakl auf seinen Magen deutend, „'s taugt nix, das neue Bier beim Schnapperwirt."

Der Morgenstern steht jetzt allein, gerade über der schlanken Fichte vor uns, ihr Wipfel berührt ihn fast – aber jetzt!

Jakl unterdrückt einen Hustenanfall unter seinem Hut.

Drei Schnakler in langen Intervallen.

„Das is der ‚Romanische', da feit si nix", meint der Jakl. „Den lob i, der halt sein Platz ein, glei pack ma 'n an."

Wir brechen auf, der Schneid zu. Es ist noch ein weiter Weg, und der Morgen zieht schon ganz leise in den Wald, der allmählich seinen Schlaf abschüttelt. Das ist der Augenblick, wo ich ihn am tiefsten empfinde. Dieses geheimnisvolle Nesteln und Rücken in den dunklen Fichten, hoch oben schlagen Flügel in irgendeinem Nest, es huscht und raschelt, – ein leises Pipsen, ein kurzes Präludieren, und dazwischen der Hahn, Schlag für Schlag – der Vorhang teilt sich, das uralte Drama vom Werden beginnt. Die betrogene Lust und die geahnten Schmerzen zittern durch die Morgenluft, der Schleier der Maja hebt sich leise – man ahnt Dinge – da, der Hahn! Die Schläge schwellen an, überhasten sich, dann das konvulsivische Zischen und Wetzen der höchsten Leidenschaft. – Der Schleier sinkt nieder, der „Wille" jauchzt durch den Wald, immer stürmischer, immer heißer – vorwärts, ehe die Erkenntnis über ihn kommt.

Jetzt heißt es schon Vorsicht und die Ekstase abgewartet, in der der Wahn ihn blind und taub macht – zwei, höchstens drei Schritte. – Doch er setzt Strophe an Strophe, sein heißes Wollen ist ganz auf die Zukunft gerichtet, auf die Erhaltung seiner Art. Was liegt an ihm, ein zerstäubendes Atom gegen die ewige Idee „der Auerhahn".

Jetzt aber Schluß mit der verdammten Philosophie, sie hat mir schon ein paar Hähne verpatzt – das macht das gefährliche Milieu.

Schon sehe ich die einsame Fichte. Sie hat sich etwas nach vorn geneigt seit dem vorigen Jahr, und aus ihrem dichten Wipfel ertönt der Liebessang. Und plötzlich wird ihm Erwiderung, ganz dicht vor uns, wie aus dem Boden heraus.

Wir stehen still. Es raschelt im Laub – Hennen kommen ängstlich glucksend gelaufen, ducken sich, in ihrem Mimikry ganz verschwindend.

Da tritt e r heraus, den Stoß gebreitet, den Hals gebläht, fauchend, zischend, schnakelnd.

Mich ärgerte der Kerl, der seiner Art zuwider am Boden herumkollert. Da ist der da oben ein ganz anderer Geselle auf seiner Fichte; es springt und tanzt dicht vor mir, und doch kann ich in dem Dämmerlicht des Bodens nicht Ziel fassen, er reizt mich auch nicht, der niedere Geselle, der herumkollert wie der Gockl auf dem Miste. Damals taufte ich ihn „Spießbürger elendiger".

Ich nahm es wohl nicht genau genug, prasselnd ritt er ab, nach abwärts. – Ich seh ihn gar nicht mehr, oben jauchzt jetzt der „Romantiker".

Höchste Zeit, die Formen lösen sich, der nüchterne Tag droht im Osten, sein pompöser Aufzug, purpurverbrämt, ist rasch vorüber, und dann – dann entpuppt sich nur zu oft der graue, öde Werktag, der allem heimlichen Zauber ein Ende macht.

Die Fichte steht ganz einsam auf dem Grat; blitzdurchfurcht, feierlich senkt sie die mächtigen Wedel, durch deren Lücken es schon purpurrot glüht. Wem so ein Baum nicht ein lebendiges Wesen ist, das atmet, fühlt, schläft und wacht, – wem das ‚tat twam asi' (das bist du) nicht die Liebe weckt zum leidenden Genossen, der gehört nicht zu unserem Bunde.

Und jetzt das brünstige Lied, das aus ihm erschallt, das Lied aller Lieder, aus dem die Sehnsucht künftiger Geschlechter klingt – Jahrhunderte vergehen, Jahrtausende, längst ist der letzte Hahn auf der Schneid geschossen, aber die „Idee" lebt noch immer und findet irgendwo ihre neue lebensvolle Form. Herrgott, wie da die Fichte zum Lebensbaum wächst bei solch' innerem Schauer.

Ein Zweig kracht unter meinem Stiefel.

„Sakra, ab'r grad a bißl aufpassen!" flüstert Jakl.

Der Hahn verstummt, dreht sich, beugt sich vor, reckt den Hals – Wir atmen nicht mehr, senken den Blick. Und in acht Tagen schießt ihn der Herr Forstrat, mein Nachfolger, und der gehört nicht einmal zu unserem Bund. –

Da kommt die Erlösung – ein Schnakler, der Hauptschlag – zwei Sprünge vorwärts, noch einmal – dann langt's! Oder was! Mein linker Fuß ist zwischen zwei Steinbrocken geklemmt. – Das ernüchtert. Na wart', du Tropf!

Lange dauert's, dann reckt er sich, pludert sich, ein Prasseln, das einem ein Vorgefühl für einen Herzschlag gibt. Der Hahn wechselt den Platz. Jetzt sitzt er mitten in der verglimmenden Glut des Morgens. Ich muß im Kreis um den Baum herumspringen, aber Vorsicht ist nicht mehr nötig, der Hahn ist jetzt auf dem Höhepunkt seines Paroxysmus. Ich sehe jedes Federchen am Halse sich blähen, das Glühen des Kammes. –

Einen Augenblick zögere ich – doch, welch' schöneres Los kannst du erkiesen, als im Wonnetaumel plötzlich zu zerfließen – –

Blitz und Knall! – Da stürzt er herab von Ast zu Ast, der kühne Werber, ein Zucken durchrieselt noch den Körper, vielleicht die letzte Wonne, dann hebe ich ihn an den Füßen empor gegen den pomphaft heraufziehenden Morgen, und des Lichtes leuchtendes Kind schmückt ihn noch im Tode – die Farbe, das schillernde Grün der Brust, das Karmesinrot des Kammes, die feinsten Nuancen von Schwarz und Blau.

Also da hast du ja dein stolzes Weidmannsheil, Menschlein! – Oder glaubst du, das gilt alles dir, der liebliche Jubel im Geäst ringsum – dir dem Helden des Tages! –

Einmal war es mir so, beim ersten Hahn, jetzt bin ich längst recht bescheiden geworden. Aber der Jakl triumphiert.

„Hab'n wir di' amal, Tropf eiskalt'r, verhört hab' i di' oft g'nua, a Luad'r war' er scho', der Romanische!"

Das lieb ich so am Jakl, das Skrupellose, das der Fluch der Erkenntnis noch nicht ergriffen.

Heimwärts ging's jetzt, vor mir der Jakl, das Stückchen Liebesglück geschultert, Tropfen auf Tropfen tröpfelt es aus dem Hakenschnabel des Hahnes und zieht eine blutige Spur.

Da, bei der Biegung des Weges, bleiben wir jäh stehen – ein dritter Hahn!

„Heut' müass'ns a Konferenz hab'n da herob'n", meint der Jakl. „Sakra, daß s' grad oan schiaß'n derf'n – weit is er net –" Das ging Schlag auf Schlag, der Romantiker war ein Zahmer dagegen. – Das zischt und faucht wie toll. – –

Ich sprang ihn an. Wahrhaftig keine Kunst: er hätte keine nahende Armee gehört. Schießen durfte ich nicht, so war ich ganz Beobachter.

Jetzt verstand ich ihn erst, den Hahnfalz, losgelöst vom eigenen Wollen.

Der Purpur des Morgens erlosch, der Hahn strich ab zu seinen Hennen – es war wieder Wald um mich, die Meisen zirpten, und eine Amsel stritt im Busch.

Auf dem Heimweg überkam mich der Schlaf. Wir setzten uns auf einen Baumstrunk, mit weichem Moos gepolstert.

Langsam duselte ich ein. – Sonderbar, ich träumte von dem leuchtenden Festsaal und seinen kleinen Besuchern, die aus und ein strömten; immer mehr kamen, ganze Scharen, winzige Kerlchen mit Degen an der Seite – aber was stechen sie denn immer nach mir – Gesindel verdammtes, ein Tritt mit dem Stiefel, und au – sakra – ich springe jäh auf, in meinen Ärmeln, unter Hose, Hemd ein Gekribbel und Gekrabbel, ich schlage und drücke – da halt ich einen der Kavaliere zwischen den Fingern – eine schwarze Waldameise. –

Und der Jakl klopft und drückt mich ab. „Die Luad'r, die schiachn! Die könna ein an."

„Schweig, Jakl, sie haben ganz recht, was brauche ich ihr Nest zu stören."

Er sah mich groß an. „Herr die drei Hahn' – is aa z'wider, und grad oan schiaßn dürfn."

Der samtene Thron meines kleines Königs ist leer, der nüchterne Tag hat ihn verscheucht.

Unten lärmt das Dorf, und der Geruch von Dung und Menschen steigt herauf.

Anton von Perfall

Separatgenuß = besonderer Genuß / profan = gemein, alltäglich, weltlich / Pan = griechischer Hirten- und Weidegott / Adept = jemand, der in eine geheime Kunst eingeweiht ist / mise en scène = in Szene setzen / Byron = englischer Dichter (1788 – 1824) / lusen = horchen, zuhören / präludieren = ein Vorspiel spielen / Schleier der Maja = Anspielung auf zwei Gemälde des Spaniers Francisco de Goya, die nackte und die bekleidete Maja / konvulsivisch = krampfhaft / Mimikry = Schutztracht; tarnende Farben- und/oder Gestaltähnlichkeit von Tieren oder Pflanzen mit ihrer Umwelt / Paroxysmus = Höhepunkt.

Der Arber

Der Arber, von den Eingeborenen Arwa genannt, überragt sichtlich alle seine Brüder im Böhmerwald. Deswegen wird er auch von den Dichtern als „König des Waldes" angeredet. Wie fast alle höheren Berge des Bayerwaldes hat der Arber zwei Hauptkuppen, der große und kleine Arber geheißen; auch findet man auf ihm zwei Seen. Mit dem nordwärts gelegenen Ossergebirge hängt der Arberstock durch ein hohes Joch zusammen.

Der Berg erhebt sich mit seinen Ausläufern unmittelbar über Bodenmais, weshalb die Besteigung von hier am leichtesten vorgenommen werden kann, zumal es im Orte nicht an wegkundigen Führern fehlt. Man klimmt am Rande einer Schlucht hinan über den kleinen Arber und verfolgt von hier aus die Bergschneide bis an die hohe Seewand, welche von dem großen Arber nördlich in den kleinen Arbersee abfällt. Diesen erreicht man bequem in drei Stunden.

Adalbert Müller (1846)

Aus: „Der bayrische Wald“

Wenn man nach Bodenmais um den Arber will – und wer wird versäumen, den König des Böhmerwaldes in seiner majestätischen Hofburg zu besuchen? – macht man diese Partie am besten von Zwiesel aus. Auf dem Hinwege geht man, von einem Führer geleitet, über Rabenstein, durch den Wald, und zurück kehrt man auf der guten Vizinalstraße. Der Waldweg führt über den Silberberg, der von weitem schon kenntlich ist durch seine wunderlich ausgezackten Felsgipfel, deren hervorragendster die Bischofshaube heißt, und durch seine rote Farbe. Kommt man näher, so sieht man an seiner Außenseite allenthalben Halden rohen und gerösteten Erzes aufgestürzt. Das berühmte Bergwerk liegt sehr hoch, da die derben Kiese, welche gegen den Gipfel zu in so mächtigen Brüchen anstehen, auf einem Granitlager ruhen, so daß man in der Tiefe keine Erze mehr findet und notwendig in der Höhe bleiben muß. Es sind 16 Berg- und 10 Hüttenarbeiter beschäftigt, ungerechnet die vielen durch die Nebenarbeiten in Tätigkeit und Verdienst gesetzten Individuen. Die Arbeit auf dem Gestein geschieht durch Sprengen; vormals war auch das Feuersetzen üblich, welches aber nicht mehr gestattet wird. Das Bergwerk ist schon sehr alt.

Adalbert Müller (1846)

Viechtach, Ruhmannsfelden, Gotteszell

Von der Donau zog sich in alten Zeiten ein Weg gen Böhmen, der an dem Kloster Oberalteich vorüber über Steinburg und St. Englmar in einen vom schwarzen Regen durchschnittenen Landstrich führte, welcher den Bogener Grafen gehörte und ob seines Waldreichtumes das „Viechtreich“ genannt wurde; von den Ortschaften Hochstraß und Baierweg gelangt man zum Hauptort des Bezirkes, Viechtach, hinab, das schon um die Mitte des 12. Jahrhunderts in Oberalteicher Urkunden vorkommt.

Die ersten Anfänge des Ortes werden wohl auf dem „Kreuzberg“ zu suchen sein, der Sage nach der ältesten Ansiedelung am Saumwege. Daneben ist ein alter Edelhof inner den Ettern, genannt „die Pixen“. Von altersher war zu Viechtach die Malefiz-Schranne Herkommen, auch Fronveste und Tortur erhalten; die bürgerliche Rechtspflege übte der herzogliche Landrichter, welcher „mit gewaltigem Stab an offener Schranne zu den Landrechten saß“, mit ihm die Edelleute und vier Geschworene, Bürger des Bannmarktes Viechtach, deren einer Vorsprech war. Für die Seelsorge der ehemals weitgedehnten und jetzt noch bedeutenden Pfarrei sorgten nach den Oberalteichern die Mönche von Windberg, deren zahlreiche und feierliche Gottesdienste sich hier ungeschmälert erhalten haben. Als größte Wohltäter des Marktes sind die Ritter von Nußberg zu rühmen, die ihr Stift und Begräbnis in der Pfarrkirche unter den Turm hatten. Konrad gründete 1350 das Seelhaus und Spital für zwölf Seelschwestern, sein Enkel Konrad vermehrte die Stiftung, daß man die armen schwangern Frauen, die kein Unterkommen haben, aufnehmen und sie sechs Wochen unterhal-

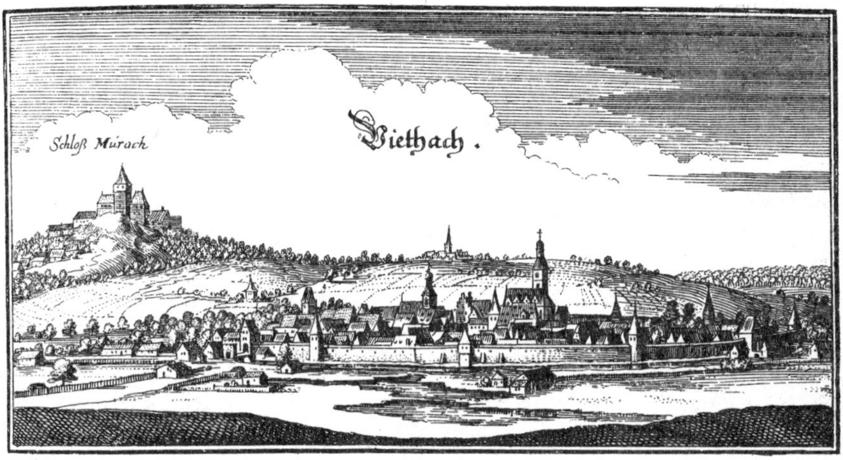

ten solle. 1544 kam auch Pflegschaft und Vogtei über die Untertanen des Spitals an Kammerer und Rat des Marktes. In Kriegszeiten hatte Viechtach viel zu leiden; während der Löwlerfehde wurde es 1492 berannt, der Schwede erpreßte großes Lösegeld, und 1732 verbrannten die ältesten Urkunden des Marktes in Cham, wo man sie vor den Panduren gesichert glaubte, denn die unterirdischen Gänge, welche unter mehreren Häusern des Marktes sich hinziehen, scheint man damals nicht mehr gekannt zu haben.

Die sehr geräumige und freundliche Pfarrkirche kam erst gegen das Ende des vorigen Jahrhunderts durch freiwillige Gaben, die der Gastwirt und Organist Fritz von hier mit großer Aufopferung zusammenbrachte, zustande. Das Schulhaus zu Viechtach ziert eine Denktafel, daß in demselben der Mitbegründer der bayerischen Akademie der Wissenschaften, Dominikus Linbrunn, 1736 geboren wurde; das Rathaus bewahrt unter den Bildnissen der verdientesten Marktsangehörigen auch die Porträts des Akademikers von Mussinan und des Advokaten Maurer, welch’ letzterer wegen Begründung von Preisen für den bravsten Jüngling und die sittsamste Jungfrau von Viechtach am jährlichen Maifeste dankbar genannt wird.

Das edle Geschlecht der Nußberger, welches das Erbmarschalkenamt von Niederbayern inne hatte, hohe Staatswürden bekleidete und bei den Landesfürsten in großem Ansehen stand, war ehedem in den Schlössern Alt- und Neunußberg angesessen; erstere Burg kam jedoch um 1370 in den Besitz der Degenberger, welche durch ihre Teilnahme am Böcklerbund 1468 die Verbrennung des Schlosses durch Herzog Albrecht veranlaßten. Neunußberg, eine weithinsehende Hochwarte, gemeiniglich das „Haus" genannt, blieb bis 1470 im Besitz der Stammfamilie, kam dann an den Herzog von Bayern, der später die Herrschaft zum Staatsgut machte und nur einen kleinen Ausbruch davon Rittersleuten als Edelsitz überließ; seit vier Jahrhunderten bis jetzt war es Eigentum von zwölf verschiedenen Adelsfamilien. Auch Kallenberg jetzt Kollenburg genannt, hatte vor alters seinen eigenen Adel, der schon bei Mühldorf mit dem Landesfürsten kämpfte, aber den Stammsitz 1362 an die Kamerauer verkaufte, von welchen es an die Nußberger kam, die hier eine Linie begründeten; 1468 wurde das Schloß im Böcklerkriege verbrannt und hatte mannigfachen Wechsel im Besitztume, im Schwedenkriege aber eine abermalige Zerstörung zu erfahren.

Von der nun halbverfallenen Bergveste wandern wir vorbei am Schweinberg, der sich durch seinen stattlichen Bauernhof noch als alter Edelsitz kennzeichnet, hinab an die Burgruine Linden, wo nach dem Aussterben der Degenberger bis zu Anfang unseres Jahrhunderts ein kurfürstliches Pflegamt seinen Sitz hatte, und nähern uns dem Marktflecken Ruhmannsfelden, einer Ansiedelung um eine bayerische Herzogsburg, welche Otto, Ludwig und Stephan 1295 an das Kloster Aldersbach verkauften. 1445 kam der Ort durch Tausch an Gotteszell, mit dessen Äbten die unruhigen Bürger mehrere widerwärtige Auftritte hatten; dann wollten sie den Viechtachern, mit denen sie nach dem Schwedenkriege wegen Kriegsschulden uneins geworden, und die auch dem blühenden Gewerbe der Ruhmannsfeldner abhold waren, nicht zugestehen, daß man sie Hofmärktler nannte. Das Napoleonsfest 1806, welches französische Truppen hier feierlich begehen wollten, wurde durch die Verbrennung einer Beleuchtungsvorrichtung von den erbitterten Bürgern vereitelt. Ein hiesiger Ledererssohn, Lorenz Graßl, Sailers Freund, wirkte im vorigen Jahrhundert als Missionar in den Steppen Amerikas und schwang sich 1793 zur Würde eines Bischofes in Philadelphia empor.

Im Teisnachtale südlich von Ruhmannsfelden liegt das Pfarrdorf Gotteszell. An der Stelle des Maierhofes Droßlach gründeten hier der bayerische Ritter Heinrich von Pfelling, seine Gemahlin Mechthild und deren Bruder, der Regensburger Bischof Heinrich von Roteneck, 1285 den Zister-

ziensern von Aldersbach zwei Zellen, welche aus den abgetragenen Mauern der Burg Ruhmannsfelden zu einem Kloster umgewandelt wurden. Schon 1320 erhob sich Gotteszell zu einer vom Mutterkloster unabhängigen Abtei, die es jedoch niemals zu besonderem Wohlstand brachte; die frühere Armut läßt eine Urkunde von 1410 ersehen, nach welcher Abt und Konvent von Gotteszell den Straubinger Juden um sechzehn Pfund Regensburger Pfenning die Krümme des Abtstabes versetzten, die dann von Windberg freundnachbarlich wieder ausgelöst wurde. Die Schäden, welche Hussiten und Schweden anrichteten, konnten nur durch den schwunghaften Betrieb einer Weißbierbrauerei geheilt werden. Abt Bonifaz stellte um 1680 die verbrannten Klostermauern wieder her und war ein eifriger Förderer des Studiums, wie er denn auch selbst Manrigues Zisterzienser-Annalen aus dem Spanischen übersetzte.

Bei der Klosteraufhebung 1803 gingen nicht nur das Archiv und die literarischen Schätze auf schmähliche Weise zugrunde, man scheute sich sogar nicht, vor den Augen des weinenden Volkes die ihm liebgewordenen Heiligtümer zu entehren. Gotteszell wird jedoch wieder erstehen, wenn unter dem Schatten der einsamen Tanne auf dem „Vogelsang“ ein Fürst ruhen und über dem verdorrten Stamme die Klostertaube mit dem Brautringe der Stifterin Mechtildis geheimnisvolle Worte enthüllt haben wird. So meldet eine alte Volkssage. Der Vogelsang ist eine hochgelegene Schwaige des Klosters, im Wildbanne der Degenberger gelegen und von diesen den Mönchen geschenkt; früher zur Wildschweinjagd ein Sammelplatz, wird er jetzt ob seiner Fernsicht in die Donaulande von Touristen gerne besucht.

Alois Schels

Etter = bebautes Ortsgebiet / Schranne = Getreidemarkt, aber auch öffentlicher Platz / Malefiz-Schranne = öffentliche Gerichtssitzung / Fronfeste = öffentliches Gefängnis / Pandur = ungarischer Soldat / Lederer = Gerber / Tortur = (Recht zur) Folterung / Kammerer = hier soviel wie Finanzverwalter.

Um Kötzting und Lam

Auf dem Wege von Kötzing nach dem Hohen Bogen begegnen wir der Ruine Lichteneck, einst Besitztum der Sattelboger, eines mit allen Ehren und Unehren der altbayerischen Ritterschaft reichlich ausgestatteten Geschlechtes, welches 1537 erlosch. Die Burg wurde von den Schweden zerstört, und von Ernst von Pelkhoven 1660 das neue Schlößchen im Tale erbaut, das in unserem Jahrhundert der „lateinische Bauer“ Alois Kastel bewohnte, ein ebenso gründlicher Kenner der römischen Literatur als ausgezeichneter Landwirt. Der sagenreiche Hohenbogen erhebt seine beiden Gipfel, den Hohenstein und den Burgstall, stolz über die benachbarten Riegel. Mit trotzigem Übermut und nach mehrfachen Bedrückungen der ihm als Schirmvogt anvertrauten Klöster Ober- und Niederalteich begann hier um 1190 Graf Albert III. von Bogen eine Hochburg sich anzulegen, die jedoch wegen der Verbannung des Bauherrn schon in ihrem Entstehen eine Ruine wurde und nur noch an dem Wallgraben eine Spur hinterließ. Ob der herrlichen Fernsicht nach Bayern und Böhmen besteigt noch mancher Wanderer die Bergkuppe des Burgstalls, und die Bewohner der Umgebung versammeln sich öfters zu heiteren Festen auf derselben.

Nahe an der Böhmergrenze, am Fuße des Osser, liegt die Lam (vom slavischen lom = Bruch), wo 1465 Pfleger Swanser von Neurandsberg zuerst Bergrecht erhielt; der Bergbau, der sich zumeist auf Schwefelkies und Eisen – auch Silber und Kupfer hoffte man zu finden – erstreckte, wurde durch die Herzöge Albrecht IV., dann Ludwig und Wilhelm, welche Lam zur gefreiten Bergstadt 1522 erhoben und an der Fürstenzeche am Osser selbst Teil hatten, sowie durch Max Emanuel vielfach gefördert, 1784 aufgelassen und erst in neuester Zeit wieder begonnen. Die Gegend ist äußerst winterlich und rauh und verdient mit Recht den Namen des „bayerischen Sibiriens".

Am Zusammenflusse der drei vom Osser und Hohenbogen kommenden Gewässer zum Freibache erhebt sich der Markt Neukirchen, beigenannt „beim heiligen Blut", weil der Sage nach im Jahre 1450 ein Hussite Krone und Haupt eines hölzernen Marienbildes spaltete und der Wunde rosenfarbenes Blut entquoll. Der Ort wurde 1377 durch Herzog Albrecht I. aus den Ansiedelungen Neukirch, Malching und Prünst vereinigt und zum Markte erhoben. Die ersten Kriegsleiden hatte Neukirchen von den Hussiten zu erfahren, gegen welche sich die Bürgerschaft tapfer wehrte, zum Schutze den Weiherdamm am Freibache aufwarf und das Pflegerschloß befestigte, aber die Verheerung ihrer Heimat nicht hindern konnte. Die Schweden, die Sachsen (1703 unter General Schulenburg), die Panduren, endlich in den Franzosenkriegen österreichische Rotmäntler und Franzosen ließen traurige Spuren ihrer Anwesenheit in diesem Orte zurück.

Alois Schels

Die dicke Agnes

Eine Regensburger Sage

Als man zählte nach des Herrn Geburt fünfzehnhundert Jahre und noch zehn darüber, lebte in der alten und weltberühmten Freistadt Regensburg die Tochter eines Blechschmiedes, welche man insgemein das Liebfrauenbildlein benannte, da sie über die Maßen schön war von Antlitz und Gestalt. In der Taufe hatte man ihr den Namen Klara beigelegt, und als sie herangewachsen, pflog sie der Gottesfurcht und Ehrfurcht, wie es einer feinen Jungfrau ziemt.

An einem Sonntag, als sie aus der Frühmesse heimkehrte, begab es sich, daß ein stattlicher Jüngling ihr in den Weg kam; der war in Samt und kostbares Rauhwerk gekleidet und trug über der Brust eine schwere goldene Kette und auf dem Haupte ein Barettlein mit wehendem Federschmucke. Und wie er des holdseligen Mägdleins ansichtig wurde, blieb er stehen und schaute ihr fast betroffen längs der Straße nach, bis sie um die Ecke bog. Folgenden Montag war Klärchen nach ihrer Gewohnheit zu St. Kassian in der Messe, und wie sie aus der Kirche trat, stand der Junker da und nick-

1. Templum S. Leonhardi. 2. ad S. Crucem. 3. Templ. Evang. S. Oswaldi. 4. Orphano
5. Porta Jacobœa. 6. PP. Bened. ad S. Jac. al. Scoti. 7. Armamentariu. 8. Horologiu nov
Dominicani. 10. Dom. Teutonica. 11. Templ. novu Evang. 12. Curia. 13. Turris aurea. 14.
Augustin. 15. Abbat. S. Emerani. 16. Paroch. nova. 17. Templ. Cathedr. 18. Paroch. Vetg. 19. Sacellu V
Canon. Inf. 21. Colleg. Can. Sup: 22. Porta Petr: 23. Templ. PP. Jesuitar. 24. PP. Carmelitæ. 25.
Clariss. 26. PP. Minoritæ ad Salvat. 27. Cœnob. Cappucin. 28. Porta ad Oriente. 29. Coenob. Fra
oppidi ad Aula dicti. 31. Hospitale. 32. Porta Pontis. 33. S. Marg. Can: Reg: 34. Suburb. ad fl. Regal. 35.

Fridr. Bernh. Werner del. Joh. Georg Ringle sculpsit.

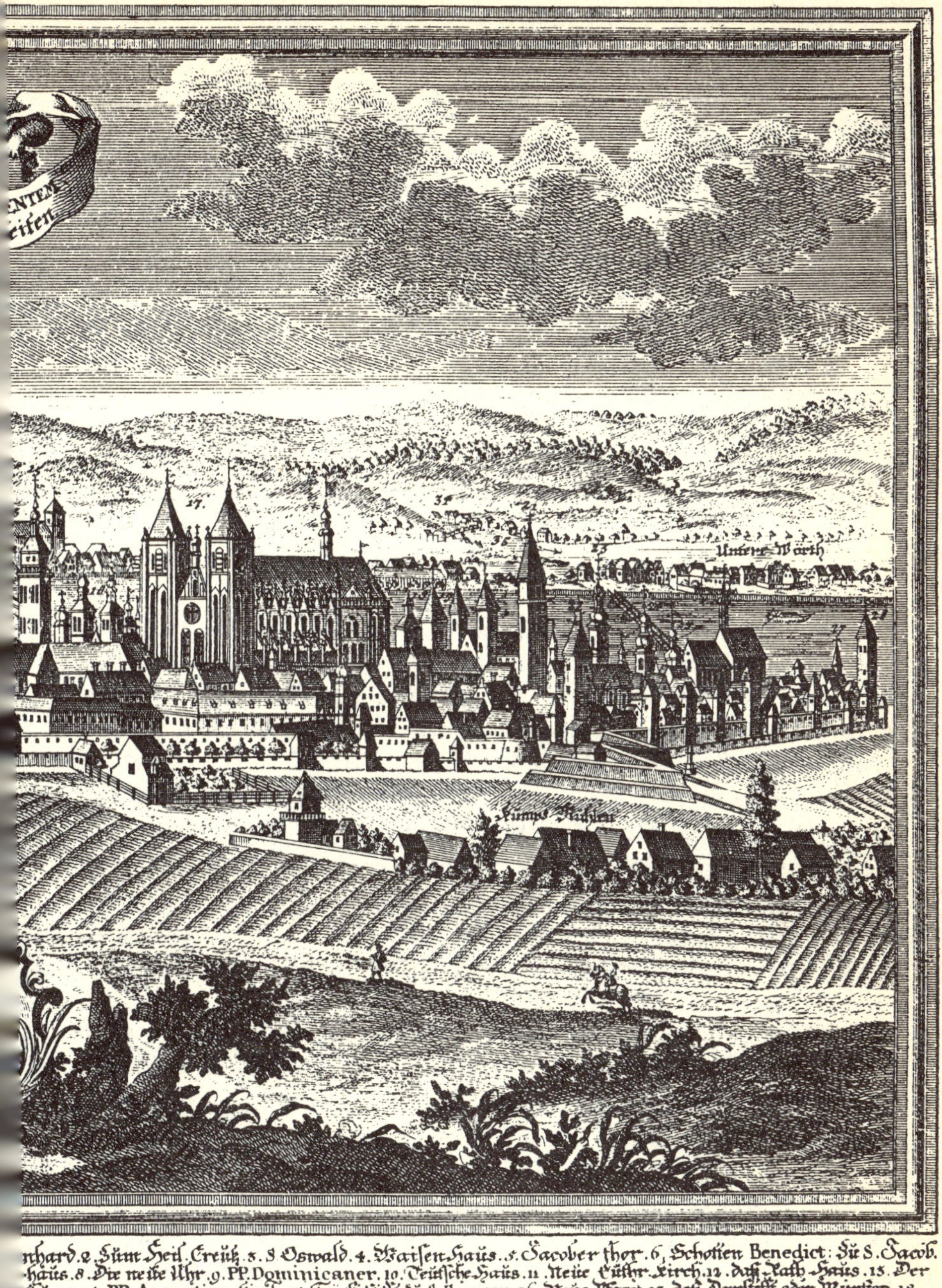

nhard. 2. Zum Heil. Creütz. 3. S. Oswald. 4. Waisen-Haüs. 5. Jacober thor. 6. Schotten Benedict: zu S. Jacob.
haüs. 8. Die neüe Uhr. 9. PP. Dominicaner. 10. Teütsche-Haüs. 11. Neüe Luthr. Kirch. 12. Daß Rath-Haüs. 13. Der
thürn. 14. PP. Augustin: Kirch. 15. Fürstlstifft zu S. Emeran. 16. Neüe Pfarr. 17. Daß Domstifft oder Münster. 18.
rr. 19. die alte Capelle. 20. Stifft nieder Münster. 21. Stifft Ober Münster. 22. Daß Peters Thor. 23. PP. Iesui,
ch. 24. PP. Carmeliter. 25. Clarissiner. 26. PP. Minorit. ad Salvatore. 27. Capuciner Closter. 28. Daß Osten
9. Franciscaner Closter. 30. Rathhaüs zur Statt am Hoff. 31. Der Hospital. 32. Daß Brücken thor. 33. S.
Marg: Canon. regul. 34. Vorstatt am Regen. 35. Regen Flüs.

Cæs. Maj. Martin Engelbrecht excudit A. V.

te ihr einen Gruß zu. Und am Erchtage grüßte er wieder und schob ihr unversehens ein Brieflein in die Hand. Darüber errötete die Jungfrau hoch und meinte, eine glühende Kohle in der Hand zu haben, doch wollte sie das Brieflein nicht fallen lassen um des Geredes der Leute willen. Sie verbarg es daher gleich im Busentuche, mit dem Vorhaben, es daheim den Feuer zuzutragen. Und wenn sie also getan hätte, wäre ihr großes Leid erspart gewesen. Im Kämmerlein aber wurde sie andern Sinnes; denn es gefiel ihr das zierlich gefaltete Pergament, absonderlich das goldgestickte Band, mit welchem es umwickelt war. Und indem sie sann und das Brieflein hin und her drehte, ließ sich plötzlich ein Stimmchen vernehmen wie das Zirpen einer Grille und sprach: „Nun, törichte Dirne, was zögerst du lange? Frisch denn! Die toten Buchstaben beißen nicht.“ Wer aber so redete, war ein winziges, kaum zollhohes Weiblein, welches in einer Ecke der Kemenate kauerte. Die Jungfrau entsetzte sich anfangs ob des Spukes, weil aber die Kleine sonder Arg schien und gar freundlich tat, so ließ sie sich bereden und griff nach der Schere. Und in dem Augenblicke, da das Band losging, wuchs das Weiblein um eines Fingers Länge in die Höhe.

Am Mittwoch ging Klärchen nicht in die Messe, sondern riegelte sich in ihrer Kammer ein, als wäre sie unwohl. Mittlerweile aber suchte sie den Brief wieder vor und vernahm, wie der Junker von heftiger Liebe gegen sie entbrannt sei und nimmermehr von ihr lassen könne und um sie dienen wolle als ein ehrbarer redlicher Freier. Solches stand mit gar schmucken Worten im Briefe geschrieben. Und während sie noch las, erschien das Weiblein abermals und rief: „Horch auf, mein Töchterchen! Hörst du nicht Sporenklang auf der Gasse?“ Und Klärchen eilte ans Fenster und sah den Junker einhergehen. Der gewahrte sie, wie sie hinter dem Vorhange lauschte; denn die verliebten Fante haben Falkenaugen. Und er grüßte herauf, und sie grüßte hinunter. Das Weiblein aber kicherte ins Fäustchen und wurde unter dem Lachen einen Werkschuh hoch, da es eben nur fingerlang gewesen.

Donnerstags während des Essens zankte der Blechschmied mit seiner Tochter und sagte: „Du träumst bei lichtem Tage und wirfst mehr Salz in die Suppe, als meinem Gaumen lieb ist, und die Katze stiehlt vor deinen Augen das Fleisch aus dem Topfe“. Gegen Abend, im Zwielichte, kam das Weiblein wieder und trug ein Kistchen von Ebenholz unter dem Arme und sprach: „Nimm hin! Es ist eine Gedenkgabe von deinem Freier“. Klärchen aber trat zurück und entgegnete: „Hebe dich von dannen, Versucherin! Eine tugendsame Jungfrau soll nicht Geschenke nehmen.“ Da zog das Weiblein murrend ab; an der Tür indes wendete es sich nochmals um und sagte: „Geschenkt ist wohlfeiler als gekauft! Besinne dich wohl und sieh, was du verschmähst.“ Mit diesen Worten öffnete es das Kästchen und, o

Herrlichkeit, innen lag ein prachtvolles Halsgeschmeide von eitel Gold und reich mit Perlen und Edelgestein besetzt. Das flimmerte und funkelte Klärchen gar verführerisch in die Augen, und sie nahm das Kästchen und trat vor den Spiegel und gefiel sich überaus in dem gleißenden Putze. Das Weibchen klopfte dazu in die Hände und rief: „Jetzt magst du die Nase so hoch tragen wie des Hausgrafen Monika."

Am Freitag war der Handel so weit gediehen, daß der Junker im Finstern über die Gartenmauer stieg und zu Klärchen in die Laube kam. Das Weiblein war heute schon eine Elle hoch. Der Junker koste gar traulich mit der Blechschmiedstochter und sagte ihr noch viel schönere Dinge, als er in dem Briefe geschrieben. Inzwischen hielt das Weiblein Wache am Eingange der Laube – und siehe da! Bei jedem Händedruck wuchs es um einen Zoll in die Höhe und einen Zoll in die Dicke. Und als Sonnabend das Paar aus der Laube trat, stand ein übermenschlich großes Weibsbild da, vierschrötig wie ein Landsknecht und an Umfang einer Biertonne gleich. Klärchen verhoffte und schrie:

„Was schaffest du hier, du Ungestalt?"

Die Riesin aber schlug eine helle Lache auf und entgegnete:

„Wie, mein Töchterchen, kennst du deine alte Freundin nicht mehr? Ich bin die dicke Agnes, und du hast mich wohl gehalten und genährt, daß ich, vorerst nur ein winziger Däumling, also hochgewachsen und feist geworden bin."

Es ist aber zu wissen, daß die dicke Agnes ein höllisches Gespenst war, welches in selber Zeit in der Stadt sein Unwesen trieb. Das machte sich an die Leute, anfänglich in Gestalt eines daumenlangen Weibleins, und verlockte sie vom rechten Wege durch jene Redensarten und Gemeinplätze, womit das Laster sein Tun zu beschönigen pflegt. Und wo es nicht kräftig abgewiesen wurde durch Gebet und frommen Sinn, da blieb es hangen gleich einem Vampir und saugte sich voll und gedieh und wuchs heran zum ungeschlachten Monstrum.

Klärchen, das arme Klärchen – nachdem der vornehme Junker eine zeitlang seine Kurzweil mit ihr vollbracht, verließ er sie, unbeirrt von ihren Vorwürfen und Tränen, und ehelichte die Tochter eines reichen Geschlechts. Ähnlich erging es anderen Jungfrauen, die mit der dicken Agnes sich eingelassen, und manche von ihnen fielen so tief, daß man nach der Hand ihre Namen im Register des Reichstagsprofosen verzeichnet fand, welchem bekanntermaßen die Obhut über das fahrende Volk anvertraut war.

Was das Mannsvolk anbelangt, so nahm das Gespenst sein Absehen insbesondere auf die Ladenburschen und sonst junge Leute, die ungezähltes Geld in dem Bereiche ihrer Finger hatten. Denen blies es ein: „Ein paar

Pfennige schaden deinem Herrn nicht – er spürt's nicht. Ein Hellerchen ist noch kein Tälerchen!" oder: „Ein dummes Roß, das am Born steht und nicht frißt" – und wie die Sprüchlein alle lauten, womit angehende Gauner und Diebe ihr Gewissen zum Schweigen zu bringen suchen. Und etliche von diesen betörten Gesellen huben an mit einem Griffe in den Ladentisch und endigten als Straßenräuber.

Solch einreißende Verderbnis machte dem wohlweisen Rate großes Bedenken, und man dachte allen Ernstes darauf, wie man des Spukes Meister werde. Mit leiblichen Waffen aber konnte man ihm nichts anhaben, und so ging man denn die ehrwürdigen Väter Minoriten um Beihilfe an. Diese bannten, der Sage nach, das Gespenst nicht ohne große Mühe in den tiefen Keller eines verödeten Hauses an der Bäckerspreng, wo man es noch lange Jahre nachher in der Zeit zwischen Gebetläuten und Hahnenschrei wimmern und ächzen hörte, zum Schrecken aller Vorübergehenden.

Aus „Das Bayerland", 1891

In der Heimat

Erblick' ich deinen stillen, öden Grund,
Wo ich geboren, weit gedehntes Moor,
Dann drängen selt'ne Bilder sich hervor
Wie ich als Knab' auf deinen Steppen stund.

Oft trat ich mir die nackten Füße wund,
Wenn ich der Herde nach durch tiefes Rohr
Mich in Nomadeneinsamkeit verlor,
Doch heiter klang das Lied aus meinem Mund.

Arm und genügsam wie das Heidekraut,
Das blühend sich dem kargen Land entringt,
Hab' damals ich zum Himmel aufgeschaut.

Warum mir jetzt kein frohes Lied gelingt?
Sehnsucht und fromme Wünsche werden laut,
So oft ein Nachhall jener Zeit erklingt.

Max von Pettenkofer

Ein Seufzer

Ein Seufzer lief Schlittschuh auf nächtlichem Eis
und träumte von Liebe und Freude.
Es war an dem Stadtwall, und schneeweiß
glänzten die Stadtwallgebäude.

Der Seufzer dacht an ein Maidelein
und blieb erglühend stehen.
Da schmolz die Eisbahn unter ihm ein –
und er sank – und ward nimmer gesehen.

Christian Morgenstern

Herbsthimmel

Du herbstlich frisches Himmelsblau,
Wie weckst du mich zu ernstem Sinnen,
Wenn sich durch die entlaubte Au
Die bleichen Silbernebel spinnen!

Auf Höh'n und Fluren siehest du
All deine bunten Freuden sterben,
Du aber strahlst in stolzer Ruh
Hoch über Wechsel und Verderben.

Noch sitz' ich an des Lebens Schmaus,
Ein durstig ungestillter Zecher,
Und strecke kühn die Hände aus
Nach jedem vollen Freudenbecher.

Doch gib mir, heil'ges Himmelslicht,
Nach meines Glückes Blütentagen
Solch kühlen Glanz aufs Angesicht,
Ins Herz solch heiteres Entsagen!

Wilhelm Hertz

S' Feuia-Hupfa z' Johanne

So rüaht's engg, Baoum, Johanne kimmt,
Bis Migga homm m' a Zeit
Bis durthii muißt m' a Holz gnaou hom,
Sunst hom m' a wene Freud,

Huit geng m' a in de Häusa rum, –
A mol maouß ogfangt wean –
Und singa unsa Liad recht schö,
Daß d' Bauan gem, woui föan.
Jetz frisch voaro, do geng m' a nei,
Dea Baua giet sunst gean;
Wea uns wos giet, den lom m' a recht,
Da Neid soll 's Gengtol höan:
    Es kömma
    Drei Manna
    Mit Spieß und Stanga,
    Täan Holz volanga;
    O heiliga Veit,
    Huit schick uns a Scheit!
    Du heiliga Florio,
    Du schüa uns a Feuia oo,
    Daß m' a drüba hupfa koo,
        hupfa koo, koo!
Dea Baua hot uns guat voseng
  Mit Prüg'lholz und Scheit;
Doch jetz bei dera Bäueren
  Regieat da bloße Neid.
  Nua frisch voaro, mia genga umi, –
  Und giet sie uns ned gean,
  So sing m' a iah 's schwoarz Liad'l oo,
  Daß d' Nochbaschaft maouß höan:
    Es kömma
    Drei Manna
    Mit Spieß und Stanga,
    Täan Holz volanga.
    O heiliga Veit,
    Huit schick uns a Scheit!
    Du heiliga Florio,
    Du schüa uns a Feuia oo,
    Daß m' a drüba hupfa koo,
        hupfa koo, koo!
Koa Stück'l Holz, koa Büsch'l Reis,
Wos hom m' a denn ned gsogt?
Drum sing m' a iah 's schwoarz Liad'l oo,
Frisch droo, und ned vozogt:
    Kohla-Kohla-Moo,

Bavaria
Oberpfalz
u
Regensburg.
Schwaben
u
Neuburg.
GOETZ. SC

Zend da Frau iah Ruapfa oo'.
Is koa guate Frau im Haus,
Giet ned gean oa Scheita aus.
Jetz gschwinde in a andas Haus!
Huit meuißt m' a fürte wean,
Und wenn m' a gnaou beinonda hom,
Nach brennt aa 's Feuia gean.
Voa Omnd Johanne kömma z'samm
Und schüan de Feuio oo
Am Steph'l-Roa, – daß jida Baöu
Schö drüba hupfa koo.

Josef Max Schuegraf

föan = im letzten Jahr / lom = loben / Gengtol = Gegenteil / täan = tun / Kohla-Kohla-Moo = „Kohlenmann", schwarzer Mann / Ruapfa = ein Bund Flachs oder Hanf am Spinnrad.

Aus: „Über meine literarische Reise in einen Teil von Baiern, Franken und Schwaben im Jahre 1782"

Am 4. August reiste ich von hier ab und kam den 6. darauf in Regensburg an. Eine Reichsstadt, die durch den allgemeinen Reichstag und die Versammlung der Gesandten berühmt ist. Sie gehört nicht unter die großen Städte des Reichs, gleichwohl aber hat sie für die Literatur manchen merkwürdigen Gegenstand. Die Straßen sind meistens sehr eng, aber rein und gutes Pflaster. Mit einigen denkwürdigen Gegenständen will ich Sie unterhalten. Schon einige Jahre war ich mit dem würdigen Benediktiner Herrn P. Roman Zirngibl zu St. Emmeram bekannt und in einem Briefwechsel gestanden. Aber das Schicksal wollte es nicht, daß ich ihn von Person kennenlernen sollte, denn einige Wochen vorher zog er auf die Probstei Haindling und kam die ganze Zeit über, die ich zu St. Emmeram zubrachte, nicht herein. Als Schriftsteller kann er Ihnen nicht unbekannt sein, und bei der Akademie in München erhielt er öfters die Preise, welche auf die Preisaufgaben bei der historischen Klasse gesetzt wurden. Seine Ausarbeitungen kommen in den neuen historischen Abhandlungen der baierischen Akademie der Wissenschaften vor und zeugen von seinen gründlichen und tiefen Einsichten in die Geschichte, besonders seines Vaterlandes. Ehe er auf die Probstei Haindling zog, war er Bibliothekar dieses Reichsstifts. Das Reichsstift St. Emmeram war also mein Gegenstand, und dort hielt ich mich von 6. bis auf den 16. August auf. Die besondere Höflichkeit, mit der mir die dortigen Herren Religiosen begegneten, und die Ehrenbezeugungen, die mir erwiesen wurden, kann ich Ihnen mit Worten nicht anrühmen. Worte sind zu wenig. In diesem sehr alten Reichsstift, das von einem sehr großen und weitläufigen Umfang ist, beeifert man sich vorzüglich um die Literatur. Was ich in meinem Briefe über meine vollbrachte literarische Reise in einige Klöster Schwabens und in die Schweiz von St. Blasien geschrieben habe, das nämliche kann ich hier auch schreiben. Auch in diesem Reichsstifte geht das Oberhaupt mit einem guten und nachahmungswürdigen Beispiele voran. Seine Hochfürstliche Gnaden, der regierende Fürst-Abt, Herr Froben Forster, muß jedem Literaten bekannt sein. Ich bezeugte gleich andern Tages demselben meinen ehrfurchtsvollen Respekt und unterhielt mich lange mit diesem würdigen gelehrten Fürst-Abt. Nicht als Gelehrten allein, sondern auch als Menschenfreund, als einen angenehmen Gesellschafter, munter und aufgeweckt, obwohl schon bei Jahren, alles in seiner Person vereinigt, trifft man ihn an, und es muß jedem ein Vergnügen sein, der sich mit ihm unterhält. In St. Emmeram war ich also ruhig und ungestört, genoß des Umgangs der Gelehrten, und wenn mein Vergnügen, das ich dort genoß, nicht sonst unterbrochen worden wäre, wie ich oben schon bemerkte, so würde ich

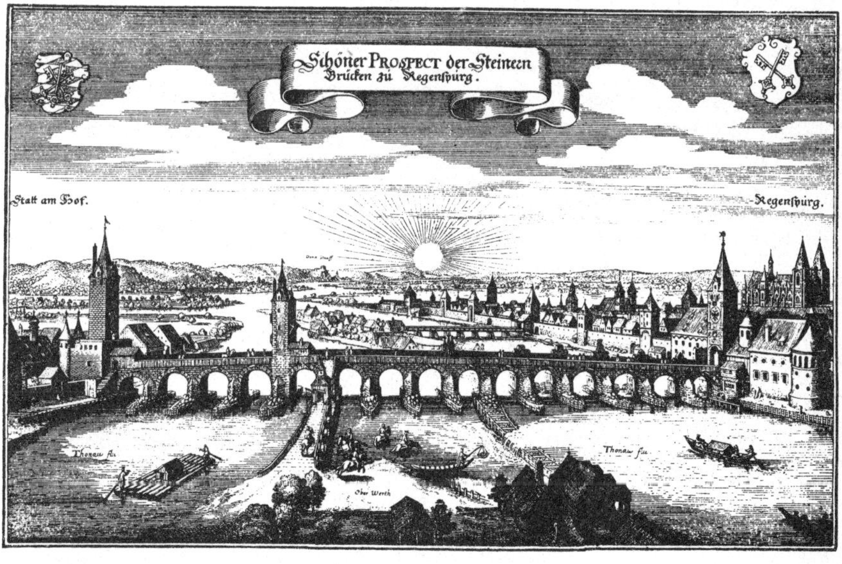

von keinem Mißvergnügen wissen. Seine Hochfürstliche Gnaden, welche diesem Reichsstift seit dem 15. Julius 1762 mit Ruhm, Ehren und unermüdetem Eifer vorstehen, haben sich schon in jüngeren Jahren mit der Gelehrsamkeit beschäftiget und verschiedene Schriften herausgegeben. Als Bibliothekar war dieser gelehrte Fürst-Abt in seiner Sphäre und arbeitete beständig darinnen, aber als Reichsfürst und Abt hat er durch die Herausgabe des Alkuins seinen Namen unsterblich gemacht. Dieses schätzbare Werk, das drei Foliobände ausmacht, hatte auch für die Bibliothek dieses ansehnlichen Reichsstifts einen ausgebreiteten Nutzen. Selten, oder heutzutag beinahe gar nicht mehr, übernimmt ein Buchhändler in Deutschland ein solches Werk in Verlag. Keiner denkt mehr an jene Zeiten zurück – und weit zurück darf man eben nicht denken – worin die großen Sammlungen deutscher Geschichtsschreiber erschienen sind, keiner an Lünigs ungeheure Folianten und andere große Werke, sondern die allermeisten begnügen sich jetzt mit Broschüren von wenigen Bogen. Nimmermehr wären also Alkuins Werke in einer neuen Ausgabe erschienen, wenn dieser gelehrte und tiefforschende Fürst-Abt solche nicht selbst auf eigene Kosten verlegt hätte. Ja, die Buchhändler Deutschlands scheuten sich sogar, einige oder auch nur ein paar Exemplare gegen andere Bücher anzunehmen. Ist das keine Schande für unser Zeitalter! Es ist das goldene, sagt man, aber kann man dies im Ernste behaupten! Reicher war die Ernte in Italien, wo noch mehr reelle Gelehrsamkeit herrscht, wo noch dergleichen Werke geschätzt werden. Von dorther erhielt diese ansehnliche Bibliothek einen starken Zuwachs der vortrefflichsten Werke, die man bei deutschen Buchhändlern vergebens sucht. Doch ich will die Buchhändler nicht allein tadeln, auch die Gelehrten selbst haben an dem verderbten Geschmack unserer Zeiten vielleicht den größten Anteil. Nichts bedeutende Broschüren beschäftigen jetzt sehr viele Hände. Bald sind sie aufs Papier hingeworfen, oft ohne Reife, und das bare Geld ist weit schneller im Haus, als bei großen Werken, die man nicht an einem Tag oder in einer Woche verfertigen kann. Vielleicht daß auch solche Belohnung der Verdienste manchen rechtschaffenen Gelehrten auf diesen bedauernswürdigen Entschluß gebracht. Und eben diese schlechten Belohnungen, eben die vernachlässigte Aufmunterung und nicht selten auch die sich dazu gesellten Verfolgungen und Unterdrükkungen sind auch ein Verderb unserer reellen Literatur, die auf Sand gebaut zu werden scheinet, damit sie kleine Stürme und kleine Wasser desto leichter in die Vergessenheit hinreißen können. Welchen Dank ist man also nicht diesem verehrungswürdigen Herrn Fürst-Abt schuldig, daß er ein Werk der Welt schenkte, welches niemals ohne seine eigene Vermittlung zustand gekommen wäre. Schon 1760 kündigte er seine mühsame Arbeit an und hat, nach dieser Ankündigung gerechnet, gewiß zwanzig Jahre daran gearbeitet. Desto glänzender war dabei sein Verdienst, desto glänzender und vollkommener die Ausgabe. Italien, Frankreich, Deutschland, England, auch sogar Spanien haben zur Vollständigkeit dieses Werks beigetragen, und dem in jeder Rücksicht verdienten Herrn Fürst-Abt Kodizes geschickt. Dadurch übertraf er alle seine Vorgänger, den Du Chesne, Canisius, Mabillon, Martene, Baluze, Pez u. a. m., und nur ihm war diese herrliche Ausgabe dieser Werke und die Vollendung derselben aufbehalten. Dieses Reichsstift hat überhaupt von jeher unter den ehemaligen Äbten und nachherigen Fürsten als seinen Oberhäuptern Gelehrte gehabt, die alle durch Schriften ihren Namen berühmt gemacht und verewigt haben, und Salzburg rühmt sich einiger, die vorher Lehrer auf der hohen Schule daselbst waren, wozu auch noch der jetzt regierende Herr Fürst-Abt kommt. Auch der Vorfahre dieses würdigen Herrn Fürst-Abt, Johann Baptist Krauß, war ein sehr gelehrter Mann und in der Geschichte seines Reichsstifts sehr erfahren gewesen. Ihm hat die gelehrte Welt sehr viele Schriften zu danken, die vielleicht nicht so bekannt sind wie sie es verdienen. Sie betreffen sonderlich das Reichsstift St. Emmeram.

... Ich komme nun auf die Bibliothek selbst, die, wie sich leicht vorzustellen ist, vortrefflich und prächtig ist. Allein weit größer und weit vortrefflicher würde sie sein, wenn alle diejenigen zum Teil großen und splendiden Werke, die in den Zimmern zerteilt und zum Gebrauch der Herren Religiosen bestimmt sind, denn es sind wenige, die nicht fleißig studieren, in der großen und eigentlichen Bibliothek selbst stünden. Und denn machen Sie sich, verehrungswürdiger Freund von der Bibliothek des Herrn Fürst-Abts selbst nur eine kleine Idee von einer Bibliothek, worin die prächtigsten Werke glänzen, schließen Sie, und dieser Schluß ist kein Trugschluß, von der tiefen Gelehrsamkeit und dem unermüdeten Fleiß dieses gelehrten Herrn Fürst-Abtes, den er noch immer den Wissenschaften widmet, auf die Bibliothek selbst; so werden Sie sich eine vollkommene Idee davon bilden können, denn wenn alles beisammen wäre, so würde der große Platz, wo die Bibliothek steht, noch viel zu klein sein, alle anderen zu fassen, denn man darf sicher ein Drittel rechnen, das noch dahin gehörte. Den Handschriften und alten Druckerdenkmalen ist eine eigene, nicht weit von der Hauptbibliothek entlegene Kammer gewidmet, welche dieselbe aufbewahrt. Ich will also nur etwas von den Handschriften erwähnen. Unter diesen findet man die ältesten Denkmale, aber das merkwürdigste und prächtigste Denkmal ist in der Sakristei aufbewahret. Das ist der unvergleichliche und mehr als prächtige Kodex, welcher die vier Evangelienbücher enthält, und auf einer Seite mit einem goldnen Blech und mit Edelsteinen geziert ist, die vier Evangelien selbst aber durchaus mit goldenen

Buchstaben geschrieben sind. An hohen Festtagen wird er auf den Hochaltar gestellt.

. . . Ich habe Sie nun mit diesem berühmten Reichsstift unterhalten, aber wie viel würde ich Ihnen noch melden können, wenn ich nicht die Grenzen eines Briefs überschreiten würde. Regensburg überhaupt hat viel Merkwürdiges in der Literatur, das man sich vielleicht auswärtiger Orten nicht so vorstellt. Gewiß manche ansehnlichere Stadt kann sich dessen nicht rühmen, und wenn Augsburg an andern Denkwürdigkeiten nicht etwas zum Voraus hätte, in der Literatur würde sie nicht sonderlich glänzen, so große Ideen sich auch die Ausländer noch immer davon machen. Gönnen Sie mir Ihre Aufmerksamkeit noch weiters, da ich Sie mit den übrigen literarischen Denkwürdigkeiten zu unterhalten suchen will.

Unter den Bibliotheken in Regensburg ist auch die fürstlich Thurn u. Taxissche Bibliothek sehenswürdig. Ich traf sie gerade in der größten Unordnung an, indem an neuen Zimmern gebaut wurde, worin die Bibliothek gewiß glänzen wird. Seine Hochfürstliche Durchlaucht Karl Anselm, welcher Prinzipal-Kommissarius bei der Reichsversammlung in Regensburg ist, legte zu dieser Bibliothek durch die Baron von Ickstadtische den Grund, welche erst vor einigen Jahren erkauft wurde. Des Freiherrn von Ickstadts Name und seine Schriften sind bekannt, und aus diesen möchte auch ein Schluß auf seine Bibliothek selbst gemacht werden können. Es wurde über dieselbe 1777 ein Katalog gedruckt, der aber dem Literaten nicht im mindesten ein Genügen leistet, und beinahe schad ist, daß das Papier damit verdruckt worden ist. Im Staatsrecht ist sie besonders stark und hat auch in der Geschichte schöne Werke. An alten Büchern und an seltenen hat sie nicht vieles aufzuweisen, in den erstern aber gar nichts. Erst im vorigen Jahr wurde sie mit einer medizinischen Bibliothek vermehrt, worin kostbare Werke waren. Wenn Seine Hochfürstliche Durchlaucht in diesem Eifer fortfahren und die Bibliothek von Zeit zu Zeit vermehren lassen, so könnte dies eine sehr glänzende Sammlung werden. Herr Rothhammer, der sich ehemals durch einige belletristische kleine Piecen bekannt gemacht hat, ist als Bibliothekar angestellt. Ein junger Mann, dem ich aber für eine solche Stelle mehr literarische Kenntnisse, genauere Bücherkunde und weniger Hang zur Belletristik wünschte. Letztere steht mit der Literatur und dem Bibliothekariat in keinem Verhältnis, denn nicht jeder ist ein Denis, der vortreffliche Bardenlieder und eine vortreffliche Bücherkunde, Denkwürdigkeiten der Garellischen Bibliothek und Wiens Buchdruckergeschichte liefern konnte. Die Literargeschichte ist ein eigenes Studium, erfordert Fleiß und Kenntnisse. Aber wenn man erst den Buchhändler bei Erkauf alter Bücher um dessen Rat fragen muß, so macht dies auf die

Fähigkeiten eines Bibliothekars keinen sonderlich vorteilhaften Eindruck.

Nach dieser Bibliothek ist gewiß die Ratsbibliothek eine der sehenswürdigsten. Ich muß gestehen, daß ich dergleichen dort nicht gesucht hätte. Sie läßt die Augsburgische Stadtbibliothek weit hinter sich. Sie glänzt zwar mit keinen griechischen Handschriften, die der Bibliothek Augsburgs eigentlich den Ruhm verbreitete, hingegen hat sie doch vortreffliche lateinische Kodizes, die ein ziemliches Alter auf sich haben. An alten Büchern und wahren und eigentlichen Seltenheiten ist sie nicht arm und kann die vortrefflichsten Werke aufweisen. Die Anzahl ist auch nicht gering, und da nun die Schulbibliothek, die an den ältesten lateinischen Handschriften sehr reich ist, mit der Ratsbibliothek vereinigt wird, so mag die Anzahl immer gegen 12000 Bände hinreichen. Unter den Manuskripten hab ich wegen der Schönheit das Decretum Gratiani aus dem 14. Jahrhundert bemerkt, das mit den schönsten und niedlichsten Miniaturmalereien prangt. In der Schulbibliothek, die ich hier gleich dazu nehme, weil sie mit der Ratsbibliothek noch in diesem Jahr vereinigt wird, befindet sich unter den Handschriften ein Teil einer Bibel von den Psalmen bis zur Offenbarung Johannis aus dem 11. oder 12. Jahrhundert in Regalfolio ...

... Zu St. Jakob oder bei den Schotten befindet sich gleichfalls eine Bibliothek. Sie ist zwar nicht zahlreich, hingegen aber hat sie große, aus vielen Bänden bestehende und splendide Werke, worunter auch zum Teil seltene sind ...

Bei den Augustinern steht zwar eine Bibliothek, ich konnte sie aber nicht zu sehen bekommen. Man suchte den Bibliothekar mit vielem Eifer auf, er war aber nicht zu finden. Im Priorat gab mir Herr Pater Prior das Verzeichnis über die Bibliothek, um einen Geschmack von derselben zu bekommen. Ich las es flüchtig durch, fand zum Teil alte Bücher, unbeträchtlich, unbedeutend, im historischen Fach beinahe nichts und an das literarische – o, da war gar nicht daran zu denken! Kurz nichts! Ich dachte bei mir selbst, daß von diesen Augustinern keiner so viel schreiben werde, als der Augustiner Luther geschrieben hat. Der Herr Prior hat, wie ich ihn betrachtete, so ziemlich vieles in der Physiognomie mit Luther gemein, aber der Geist Luthers und ob derselbe auf ihm ruht – je nun, das hab ich nicht untersucht. Der Herr Pater Fulgenz, ein Mann auf seinen Jahren, war vorher Bibliothekar in München und ist an literarischen Kenntnissen nicht ganz leer. Er schien mir auch ein fleißiger Mann zu sein, der nicht nur ißt, trinkt und schläft, sondern auch studiert.

Unter den Privatbibliotheken ist die des Herrn Kämmerers Georg Sept.

Dieterichs berühmt. Man hat davon einen Katalog, seit dieser Zeit aber ist sie noch weit stärker angewachsen. Ich hatte beinahe einen ganzen Vormittag bei ihm zugebracht. Der Platz seines Hauses ist zu klein und zu eng, und daher mußte er einen Teil auswärts stellen. Merkwürdig ist bei dieser Bibliothek die große und ungeheure Sammlung von Disputationen, Programmen und anderen kleinen Schriften, wovon der Katalog schon 41046 Stücke enthält. Da derselbe, wie mir Herr Kämmerer Dieterich versicherte, fortgesetzt wird, so wird eine weit stärkere Anzahl derselben herauskommen. Er hat sie alle nach dem Alphabet in besondere Kapseln gelegt. Sein anderer Büchervorrat ist nicht weniger beträchtlich, zahlreich und auserlesen. Er besitzt sehr seltene und vortreffliche Werke, besonders zur Geschichte Bayerns. Von den klassischen Autoren hat er sehr schöne und splendide Ausgaben. Nur schade ists, daß man diese Bibliothek, weil alles aufeinander steht, nicht übersehen kann. Allein gesehen zu werden verdient sie, und verdient auch Bewunderung des Kenners. Sein einziges Vergnügen findet er in seiner Bibliothek, die dem Literaten Stoff genug zu Arbeiten gäbe.

Herrn Doktor und Superintendenten Jakob Christian Schäfers unvergleichliches Vogelkabinett verdient alle Bewunderung. Es ist ordentlich ein Vergnügen, wenn man dasselbe sieht, und das Auge kann sich nicht genug daran ergötzen. Er stopft die Vögel nicht aus, sondern hat eine ganz besondere Art, die Federn in ihrer natürlichen Lage auf Holz zu kleben und den Vögeln selbst natürliche Stellungen zu geben. Durch diese Kunst stellt er zugleich die Vögel vor der Fäulnis und vor den Schaben sicher, und jeder Vogel hat einen besondern Glaskasten, der denselben vor dem verzehrenden Staub bewahrt. So hängt eine große Wandseite von unten bis oben hin und allenthalben alles von Vögeln voll da, daß beinahe das Auge ermüdet, um alles zu übersehen. Ein prächtiges Vogelkabinett für einen großen Herrn, das unschätzbar ist. Man sollte glauben, Herr D. Schäfer brauche zu einem solchen Vogel viele Zeit, aber er versicherte mir, daß er so geübt darin sei, daß er in 3 bis 4 Stunden denselben in seiner vorigen natürlichen Schönheit fertig herstelle. Außer diesem hat er eine Naturaliensammlung, die zwar nicht groß, aber sehr schön und in der besten Ordnung ist. Überhaupt hat sich Herr D. Schäfer um die Naturgeschichte sehr große Verdienste erworben, wovon seine Schriften redende Beweise sind. Auch seine goldenen Medaillen und Gnadenketten, womit ihn Kaiser, Könige und Kurfürsten begnadigt, sind überzeugende Beweise von der Achtung, die diese gekrönten Häupter für ihn und seine Verdienste hatten. Ich will nicht weiters von seinen übrigen und von ihm selbst verfertigten Maschinen sprechen, da sie ohnehin bekannt genug sind. Ehe man ihn verläßt, so bittet er sich Hand und Kopf aus: das heißt, der Fremde, oder der, der ihn besucht, muß seinen Namen und Charakter in ein Buch schreiben und nachher die Silhouette von sich nehmen lassen, die er selbst macht, nachher verkleinert und in einem hierzu verfertigten Buch aufbewahrt, wovon er drei dergleichen Bände mit lauter Silhouetten hat, unter die er Namen und Charakter schreibt. Dieses hat er erst seit Jahr und Tag angefangen. Eine sehr hübsche Sammlung und eine Methode, sich diejenigen wieder ins Gedächtnis zu bringen, die ihn besucht haben, welche lobenswürdig ist. Im Umgang ist er sehr artig und freundschaftlich, und in den Erklärungen über sein mehr als vortreffliches Vogelkabinett angenehm.

Georg Wilhelm Zapf

Alkuin = Lehrer und Ratgeber Karl des Großen, 735 – 804 / Folio = größtes Buchformat, 1 Seite ist 1/2 Bogen groß / splendid = glanzvoll, kostbar / Kodex = Handschriften-Sammlung; Gesetzbuch / Prinzipal = Leiter, Haupt- / Piece = Stück / Physiognomie = Gesichtszüge / Disputation = gelehrte Streitschrift, Abhandlung / Superintendent = höherer evangelischer Geistlicher / Charakter = Titel, Stand, Beruf.

Die vier Jünglinge

Die Sonne gehet auf mit Pracht
In königlicher Majestät,
Es steiget türmend aus der Nacht,
Das stolze Schloß am Berg erhöht.

Und klirrend sprang auf das eherne Tor,
Die schimmernden Flügel beide zugleich;
Vier hohe Jünglinge halten davor
Auf schwarzen Rossen geschmückt reich.

Wie glänzt ihr silbernes Panzergeschmeide,
Wie prangen hoch oben die Helme von Gold!
Die Jünglinge glühen von mutiger Freude,
Die Locke schwarz zu dem Harnisch rollt.

Und von des Turms metallnem Gitter,
Das Schwert zur tiefen Erd' herab,
Der altersgraue ernste Ritter
Den Jünglingen das Zeichen gab.

Da sprengten sie auf geflügeltem Rosse
Mit Kampfes-Begierde hinaus zum Tor,
Sie flogen hinfort wie schnelle Geschosse;
Doch keiner es tat den andern zuvor.

Wie der blendende Schwan durch Fluten gezogen,
Die Furche im Lichtschein lasset zurück:
So zeichnete im helleuchtenden Bogen
Ihre Bahn ein strahlender Sonnenblick.

Und wie verlischen glimmende Funken,
Und Sternlein verschwindend untergehn,
Die Jünglinge so hinunter sunken,
Das trunkene Aug' möcht' lange sie sehn'.

Sebastian Ringseis

Der Fluß

In der Felsen Tiefen bin ich erzogen,
An dem Gewalt'gen hab ich lang gesogen:
Sah, wie dem Himmel göttliche Mächte entsteigen,
In der heiligen Nacht,
In den tiefsten Schacht
Und der Erd' in Liebe sich neigen.
Drum aus der Felsen kräftigem Schoß,
Riß ich mich jugendlich los,
Die Wunder der Welt zu verkünden,
Die ich sah in der Erde untersten Gründen.
Auf den kristallen leuchtenden Wellen
Schon die Lichtgeister spielen,
Scherzend die Fluten durchwühlen,
In heißer Liebe sich kühlen;
Sich gatten und mischen,
Und wie glimmende Funken erlöschen.
Aber aus blauer, tief sich wölbender Ferne
Schauen herauf, wie Geister, die ewigen Sterne:
Und es ziehet den Geist ein inniges Sehnen hinab,

Wie zur Geliebten ins heilige Grab:
Doch aus dunkelm Grunde
Vernimmt er die göttliche Kunde;
Im Wasser, im Wasser wohnet die Liebe,
Gesättigt sind hier alle irdischen Triebe,
Was entbrannt im verzehrenden Hassen,
Muß glühend und heiß sich umfassen,
Und der Liebenden brennende Wut
Schmilzt in der heiligen Flut. –
Da erhebt sich der Schwan mit hellem Gefieder,
Läßt ertönen süß die unsterblichen Lieder;
Und der Geist sich lösend sinkt unter
Zur himmlischen Braut in die Tiefe hinunter.

Josef Löw

Aus: „Das Regensburger Schiff“

Das Theater verwandelt sich in die freie Straße; auf dem Dach des Schiffes sitzen verschiedene Leute; eine Bande Musikanten machen einen Marsch, die Schiffsleute sind beschäftigt, Waren in das Schiff zu schleppen, einige spielen. Verschiedene Handwerksburschen gehen mit ihren Bündeln auf das Schiff. Sechs Obstler-Weiber sitzen neben dem Wasser der Reihe her. Einige Handwerksburschen spielen auf dem Dache des Schiffes. Nachdem der Schiffsherr verschiedene Leute ausgezahlt, sagt er:

„Geh Veit! Sieh, daß du die Leute zusammenbringst, wir werden bald fahren.“

Knebelbart: „Nu, wie schmeckt ihm der Wein?“

Budel: „Recht wohlfeil. Ich denk' es kaum mehr, daß ich Wein getrunken hätte, so seltsam ist er mir.“

Knebelbart: „Nun, so trinken wir einmal auf die Gesundheit all unserer Schätzchen.“

Budel: „Ja, die sollen leben. Musikanten, einen Tusch!“

Knebelbart: „Wieviel hat er denn Schätzchen in der Welt?“

Budel: „Keine! Mir ist ein Stück Rindfleisch lieber, als das schönste Stück Weibsbild.“

Knebelbart: „Ja, wer ihm auch glaubte. Geh er! Geh er! Er soll kein Mädchen lieben, oder hat er vielleicht das Unglück, daß ihn keine mag?“

Budel: „Hundert für eine könnt' ich haben, Herr Knebelbart, wenn ich nur wollte; aber ich schick' sie alle zum Teufel."

Knebelbart: „So grausam ist er? Er ist ja ein rechter Tyrann!"

Budel: „Ja, das bin ich. Nun sehen Sie, Herr Knebelbart, aber ich bitte, mich nicht zu verraten."

Knebelbart: „Gott behüte!"

Nannette, mit zwei Schachteln in der Hand, kommt herbeigeschlichen. Budel (heimlich):

„Sehen Sie unser Kammermädel, die Nannette, so stark sie in Ihnen verliebt war und vielleicht noch ist, die hätt' ich schon hundertmal heiraten können."

Knebelbart: „Und er hätt' ihr's abgeschlagen?"

Budel: „Und ich hab' ihr's abgeschlagen!"

Nannette: „Auf die Lüg gehört eine Maulschelle!"

Knebelbart: „Monsieur Budel, was ist das?"

Nannette: „Jetzt gleich widerruf' er, was er gesagt hat, oder er bekommt auf den andern Backen auch eine."

Budel: „Nein, nein! Um sie der Müh' zu überheben, so widerruf' ich, weil ich widerrufen muß; aber das sag' ich frei: Der Jungfer sind die Mannsbilder so lieb als die Neumodehauben von Paris."

Nannette: „Mir ist meine Schlafhauben lieber als er."

Budel: „Da hat sie ganz recht; die Hauben hat sie schon, mich aber kriegt sie in Ewigkeit nicht. Und ihr zu zeigen, daß mir nichts an ihr gelegen ist, so erlaub ich ihr's frei mit dem Herrn Knebelbart zu reden."

Nannette: „So großmütig ist er?"

Knebelbart: „Ich bedanke mich recht schön, Monsieur Budel!"

Budel: „Ist schon gut! Und ihr zu zeigen, daß ich nicht eifersüchtig bin, so geb' Sie mir die zwei Schachteln. Ich will sie in das Schiff hineintragen und nicht einmal hören, was sie für Liebesausdrücke gegen Monsieur Knebelbart braucht."

Nannette: „Nu ja, großmütiger Held! Tu er das."

Knebelbart: „Weibchen!"

Nannette: „Männchen!"

Budel: „Haha! Da ist gewiß ein Pflaster für einen süßen Frauenzimmermagen drin; ich will sehen, ob sich's nicht auf meinen Magen auflegen läßt."

Knebelbart: „Du liebst mich also noch?"

Nannette: „Das kannst du fragen? Wüßte nicht, was mir lieber auf der Welt wär'."

Budel: „Mir auch nicht."

Nannette: „Denke nur, was mir der Budel von Dir erzählte, Du hättest eine eigene Köchin bei dir, er hätte dich gesehen mit ihr essen."

Knebelbart: „Beim laudonischen Degen, den Kerl muß ich köpfen."

Nannette: „Nicht, Schätzchen, nicht. Lassen wir den armen Teufel leben. Ich bin schon so zufrieden, weil's nur nicht wahr ist."

Knebelbart: „Ich eine Köchin mit mir führen? Da müßte mich ja der Teufel plagen."

Nannette: „Das dachte ich sogleich, daß es nicht wahr ist. Zürne Dich nur nicht, Schätzchen."

Knebelbart: „Eh was! Ich bin schon so wild, daß ich gleich noch eine Bouteille Wein vor Zorn trinken möchte."

Nannette: „Nicht doch, Männchen, trink nicht, er möchte Dir schaden."

Knebelbart: „Närrchen, laß mich, der Wein ist für uns Soldaten die beste Kur; auf dein Wohlsein, Schätzchen!"

Nannette: „Ich bedanke mich."

Knebelbart: „Jetzt bring du mir's zu, Weibchen."

Nannette: „Wart, Männchen, ich hab' was mitgebracht, wo der Wein noch besser schmeckt – kleine Zuckertörtchen."

Knebelbart: „Bravo!"

Nannette (ruft): „Budel! Budel!"

Budel (sieht zum Fenster im Schiff heraus und sagt): „Was schafft die Jungfer?"

Nannette: „Bring' er mir die eine Schachtel mit Zuckerbrot angefüllt heraus."

Budel: „Jetzt steh' mir der Himmel bei; die hab' ich zu Leib genommen. – Die Schachtel? Welche denn?"

Nannette: „Die kleine! In der großen sind ja unsere Hauben."

Budel (für sich): „Ich hab' sie wohl gesehen! Wären die Hauben von Zucker gewesen, ich hätt' sie auch alle gefressen. Nun, jetzt wird's sauber werden." Laut: „Nein, nein! Ich merk's schon, ich geh' nicht hinaus. Der Monsieur Knebelbart hat so was vom Köpfen gesprochen."

Knebelbart: „I! Er Narr! Wer wird ihm denn was tun? Sei er klug und bring' er."

Budel: „Aber Sie müssen mir bei Ihrer Ehre versprechen, daß Sie mir nichts tun, Herr Knebelbart."

Knebelbart: „Bei meinem Bart! Ich tu ihm nichts."

Budel: „Das ist mir schon genug!"

Nannette: „Jetzt, Schätzchen, wird der Wein gleich besser schmecken."

Knebelbart: „Mir schmeckt er ohnehin, zumal wenn ich bei dir bin. Wenn Du einmal meine Frau sein wirst, so trink ich nirgends als bei Dir zu Hause den Wein."

Nannette: „Und ich will Dir recht fleißig einschenken."

Budel (mit einer Schachtel): „Ich weiß nicht, hab' ich die rechte erwischt oder nicht? Ist's die?"

Nannette: „Natürlich, Budel, da hat er Geld. Bring' er noch eine Bouteille Wein."

Knebelbart: „Nicht doch! Das laß ich nicht gelten! Geb' er her, ich bezahle, das wäre eine Schande." –

Budel: „Eh was? Lassen Sie sie nur zahlen, Herr Knebelbart: Sie hat schon öfters für die Mannsbilder zahlen müssen. Wissen Sie denn nicht: Jetzt in unserm Säkulum ist das die größte Mode, daß die Weibsbilder für die Mannsbilder zahlen müssen. Sie tun's auch recht gern, nur daß wir ihnen treu bleiben. Aber die Jungfer Nannette versteht's doch nicht recht. Sie muß ein andersmal dem Monsieur Knebelbart, wenn sie im Wirtshause ist, das Geld so unter dem Tisch und auf der Gassen in die Tabakdosen hineingeben." (Lacht) „So hab' ich letzthin eine beim Jägermayer oben zahlen sehen." (Geht ab).

Knebelbart: „Was das für ein abgedrehter Strick ist. Wenn er's nur niemandem sagt."

Nannette: „Laß ihn sagen! Wenn Du einmal mein Mann wirst, so laß ich die Leute reden. Da, Männchen, mach die Schachtel auf und iß."

Knebelbart (öffnet sie und zieht eine alte Perücke heraus): „Was Teufel ist denn das? Eine Meerkatze oder eine Perücke."

Nannette: „Du verdammter Budel! Und noch dazu unseres alten Herrn Staatsperücke."

Knebelbart: „Die ist schön!"

Nannette: „Nun das Zuckerbrot."

Knebelbart: „Ist nicht da!"

Nannette (sieht hinein): „Wahrhaftig! Die hat der Schlingel gefressen. Nein, gewiß und wahrhaftig. Den Kerl muß Du mir dafür prügeln."

Knebelbart: „Das laß ich wohl bleiben. Wegen so einer Kinderrei prügel' ich keinen Hund, viel weniger einen Menschen, und noch dazu hab ich ihm bei meinem Bart geschworen. Nein! Den Kerl rühr' ich nicht an, und wenn er das Zuckerbrot samt der Schachter gefressen hätte. Er ist ja ein budelnärrischer Kerl."

Nannette: „Nein, das verzeih ich ihm nimmermehr. Schon gut, er soll mirs büßen!"

Emanuel Schikaneder

Laudonischer Degen = Degen Laudons (berühmter österr. Feldmarschall) / Bouteille = Flasche / Säkulum = Jahrhundert.

Das Rathaus zu Regensburg

Das Rathaus ist ein weitläufiges, altes, dunkles Gebäude. Es wird denkwürdig, weil auf demselben bekanntlich der seit 1662 fortwährende Reichstag des deutschen Reichs gehalten wird. Wir besehen die Versammlungszimmer der Gesandtschaften, nämlich die Kurfürstlichen und Fürstlichen Konferenzzimmer nebst den Nebenzimmern, und besonders den großen hohen Saal, der in Regensburgischem Deutschlatein der Cor- und Relations-Saal heißt. Unweit der Haupttüre (des Cor- und Relations-Saales) steht eine alte Uhr, nach Art der im Münster zu Straßburg, wo jede Stunde einige Figuren herauskommen und am Ende ein Hahn kräht. Diese Uhr ist in Unordnung, so die Figuren nicht tun, was sie sollen. Als 1706 die Achtserklärung wider Bayern geschah, fing der Hahn, der lange geschwiegen hatte, unvermutet an zu krähen. Weder die Gravität der reichstäglichen Etikette, noch die traurige Solennität dieser harten Handlung konnte ein allgemeines Gelächter verhüten. Seitdem hat man den Hahn ganz zum Schweigen gebracht.

Christoph Friedrich Nicolai (1781)

Gravität = Würde / Solennität = Feierlichkeit.

Gruß

(Aus Regensburg)

Wann zu meim Schätzel kommst,
Sag, i laß grüße;
Wann es fragt, wie mers geht,
Wie es steht, wie mers geht,
Sag, auf zwei Füße.

Wann es fragt, ob ich krank,
Sag, i sei g'storbe;
Wann es an z'weine fangt,
Klage fangt, weine fangt,
Sag, i komm morge.

Auch im März 1859

Jubel hat das Herz ergriffen,
Deutschland ist nunmehr erwacht;
Seh's mit vollen Segeln schiffen,
In die Helle aus der Nacht.

Endlich ist es Tag geworden,
Und des Lichtes Sonnenstrahl
Leuch't durch Süden wie durch Norden,
Und gerüstet steht's in Stahl.

Als *ein* Volk sich alle fühlen,
Wahn nicht ist der Deutschen Sinn,
Seines Feindes ems'ges Wühlen
Bringet nimmermehr Gewinn.

Nicht im Reich der Träume lebend
Hoch hebt sich des Deutschen Brust,
Die Selbständigkeit erstrebend,
Seiner Stärke sich bewußt.

Ludwig I., König von Bayern

Die bayerische Mundart

Die bayerische Mundart ist nach dem Urteile der Reisebeschreiber unter allen deutschen die rauheste nach der schweizerischen. Dürften sie nicht hinzusetzen, nach der tirolischen? Der Tiroler füllt beide Backen, wenn er zu reden anfängt. Sein Mund scheint von hundert Worten trächtig, die er mit einem Male herausstoßen will. Die Sprache der Bayern ist zwar nicht minder hart, aber nicht gar so voll und pausbackend wie die seiner südlichen Nachbarn. Man bemerkt vielmehr etwas Gemächliches und Nachlässiges in der Aussprache des gemeinen Mannes in Bayern, welches nicht wenig zur Unverständlichkeit seiner Aussprache in niederdeutschen Ohren beiträgt. Ich will aber dadurch nicht leugnen, daß die Mundart der Tiroler sich verfeinere, wo sich ihr Land dem italienischen Himmel nähert.

Die nächste Verwandschaft hat die bayerische Sprache mit der österreichischen. Herr Adelung nennt diese sogar die Tochter der bayerischen. Sie ist wirklich weicher, feiner und geschwinder als ihre Mutter, und in ihrem Akzente bemerken die Ausländer etwas Kreischendes, welches bei der bayerischen der Fall nicht ist. Beide zusammen genommen nennt man die Donausprache. Sie haben viele gemeinschaftliche, den Niederdeutschen unbekannte Wörter, denen es am Ausdrucke dessen, was sie bezeichnen, gar nicht fehlet. Die bayerische Mundart ist zwar etwas rauher als die österreichische, so wie auch die Sitten und Manieren der Bayern derber sind. Doch hat der Bayer eben dieselben Diminutive, welche der Österreicher liebt. Er spricht Bratl für Braten, Nandl für Anna, Starl für Star, so daß ich den Schluß eines sonst sehr scharfsichtigen Beobachters von dem Gebrauche der vielen Diminutive in Österreich auf die Weichlichkeit des Nationalcharakters nicht unterschreiben möchte. Mir deucht es vielmehr, daß der Österreicher, wie der Bayer, wo es um Frauenzimmer oder um niedliche Sachen zu tun ist, dem Rauhen seiner Mundart durch diese Diminutive zu Hilfe kommen und seiner Sprache dadurch einen feinern, geschmeidigern Ausdruck geben wolle. Es versteht sich übrigens von selbst,

daß die Rede hier durchaus nur vom gemeinen Manne, nicht von den verfeinerten Bewohnern der Hauptstädte sein kann. Diese unterspicken in München wie in Wien ihr Deutsches nicht nur mit vielen französischen und italienischen Wörtern, sondern befleißigen sich auch einer sanftern, gefälligern Aussprache, bei welcher ihnen nun leider freilich auch mancher ungebetene Provinzialismus dazwischen läuft.

Der bis zum Ekel getriebene Vorwurf der Grobheit, welchen man den Bayern zu machen pflegt, und den jedes ausländische Kind nachzulallen sich für berechtigt hält, ist doch wohl nur in Ansehung ihrer Sprache wahr und begründet. Sie verschlucken viele Vokale, sprechen andere wie Doppellaute aus und sind überdies gewohnt, alles rundheraus bei seinem natürlichen Namen zu nennen. Sie sagen ganz treuherzig aus Scherz zueinander, was Götz von Berlichingen im Heldenton dem Hauptmanne sagen läßt, der seine Veste auffordert. Eine rauhe Mundart (die man von einer rohen und dürftigen wohl unterscheiden muß) verdient nun zwar darum, weil sie rauh ist, eben kein Lob – aber auch keine Verachtung, wenn sie nur kernig und expressiv ist. Rauh war die Sprache der Kelten, rauh sind noch die Sprachen der Schweizer, Slowenen und anderer berühmter Nationen. Wenn gleich diese Rauhigkeit nicht von feinen, überzuckerten Sitten zeugt, so ist sie doch immer der Abdruck von Mannsinn und Festigkeit. Indessen ward den Bayern wegen dieser unpolierten altdeutschen Art zu sprechen das beleidigende Prädikat grob zuteil, da doch ihre tätige und oft zuvorkommende Gefälligkeit, welche allein den Namen wahrer Höflichkeit verdient, von den strengsten reisenden Beobachtern aus eigener Erfahrung mit Beifall anerkannt wird.

Die Bayern sind etwas ernsthafter als die Österreicher, doch meist auch von lustiger Gemütsart und sehr sinnlich. Wenn sie auf dem Felde oder bei einem Baue arbeiten, oder wenn sie in der Schenke miteinander zechen,

stimmt einer aus ihnen ein Liedchen an, und die übrigen fallen ein. Ihre Lieder beziehen sich meist auf Liebe, Trunk und Raufen. Daraus erkennt man die gesunden, kraftvollen Söhne der Natur. Indessen haben diese Lieder doch manches Naive und enthalten, was man vorzüglich an ihnen rühmen muß, nichts Freches oder Unsittliches. Mehr Lustigkeit herrscht in den Liedern der Bayern, mehr Nachdenken liegt in denen der Oberpfälzer.

Der Bayer spricht gerne in Bildern. Diese Eigenschaft verrät Witz. Er liebt Vergleiche und häuft derer wohl zwei oder drei in einem einzigen Superlative. Er sagt: steinalt, siedheiß, zaunrackendürr, fuchsteufelwild, speckfett, hechtengesund, kohlbeerrabenschwarz, schneeblührieselweiß, etc. etc. Oft beruft er sich ganz kurz auf eine Fabel oder Erzählung.

Die Aussprache ist, wie man sich leicht denken kann, nicht überall gleich. In Oberbayern, besonders im Pfaffenwinkel, spricht man weit rauher als in Niederbayern und als selbst im sogenannten Walde. Je näher man an die Tirolergebirge kommt, desto schwerer wird es, die Leute zu verstehen. Es ist zwar der bayerischen Sprache eigen, viele Selbstlaute zu verschlucken. Aber dort werden sogar die Mitlaute am Ende verschluckt. Man spricht: Gfrak für gefragt, gsak für gesagt, Amp für Amt, gchap für gehabt, gschamp für geschämt. – Der Oberpfälzer dehnt, wie der Rheinpfälzer, die Worte singend hinaus; der Bayer redet alles gerade weg, fast ohne Musik.

Die Mundart der Bayern muß für den Sprachkenner um so wichtiger sein, weil die Bayern ebenso streng auf ihre alte Sprache wie auf ihre alten Sitten und Gebräuche halten. Sie lassen sich so leicht nichts neues aufs Haus bringen, wie sie sagen. Ein Eingeborner, welcher durch Umgang mit der feinern Welt an eine etwas reine Sprache gewöhnt ist, darf nach den Regeln der Klugheit die Sprache des gemeinen Mannes nie ganz verleugnen, wenn er je will, daß dieser seine Gesellschaft nicht meide und ihn einer stolzen Verachtung seiner Muttersprache beschuldige. Er muß auf alle Fälle sein Patois für den gemeinen Umgang, besonders auf dem Lande, stets im Vorrat behalten. Von dieser Anhänglichkeit der Bayern an das Alte kommt es wahrscheinlich her, daß in ihrer Mundart noch so viele obsolete Stammwörter gebräuchlich sind. Z. B. klecken für: erklecken oder hinlänglich sein, loahnen (lehnen) für: sich anlehnen, leinen für: aufleinen, auftauen, spannen für: sich anspannen, aufmerksam sein.

Andreas Zaupser

Diminutiv = Verkleinerungsform / expressiv = ausdrucksvoll / Patois = Mundart / obsolet = veraltet, ungebräuchlich.

Burglengenfeld und Maxhütte

Veste, Markt und Gericht Burglengenfeld kam nach verschiedenem Besitzwechsel unter den bayerisch-pfälzischen Linien durch den Kölner Vertrag 1505 und kaiserlichen Erlaß von 1506 zum neugebildeten Herzogtume Neuburg – der jungen Pfalz. Vor dem Landgerichte, welches der Landrichter mit sieben adeligen Besitzern aus der Ritterschaft dieses Amtes zu Burglengenfeld oder zu Kallmünz besetzte, wurden alle Streitgegenstände über 32 Gulden an Wert verhandelt. Sein Gerichtszwang reichte auch über die Pfleggerichte Schwandorf, Regenstauf usw. Vom Jahre 1645 an wurden innerhalb der Landgerichtsgrenze alle Geschäfte der streitigen und nicht streitigen, dann der Kriminal-Gerichtsbarkeit, alle Polizei- und Administrativ-Gegenstände von einem Landrichter und einem Landgerichtsschreiber besorgt. Die Magistrate und die Landsassereien hatten in ihren Bezirken die streitige und nicht streitige Gerichtsbarkeit selbst auszuüben. Bis 1779 galt daselbst das gemeine Recht nebst besonderen Statuten, von da an das bayerische bürgerliche und Kriminal-Gesetzbuch nebst der Gerichtsordnung. Hier wurden die ersten Neuburgischen Landtage gehalten und in dem geräumigen Schlosse mit seinen großen gewölbten Hallen (später Rentamtsgebäude) hielt Herzog Philipp, der Stifter des goldenen Almosens, Hof. Die Ruine dieser alten Burg auf dem Schloßberge ward erst 1814 demoliert. Im Jahre 1504 nahmen die Böhmen Burglengenfeld ein und zündeten es an; 1638 und 1641 brannten es die Schweden ab. Gegenüber dem Schlosse steht auf dem Berge die schöne heilige Kreuzkirche. Schließlich gedenken wir des (1708 erbauten) ehemaligen Kapuziner-Klosters, des Eingangs des 19. Jahrhunderts in eine Lederfabrik umgewandelten landschaftlichen Bräuhauses und der einstigen Flintensteinfabrik, deren Produkte im Jahre 1794 in der bayerischen Armee eingeführt wurden...

Die großartige Eisenschienenfabrik Sauforst, oder Maximilianshütte der Belgier Goffart u. Comp. liefert jährlich über 15.000 Zentner Eisen und beschäftigt mehr als 1000 Arbeiter. Die Vortrefflichkeit ihrer Eisenbleche und des Feineisens wird im In- und im Auslande nicht übertroffen. Die Gesellschaft besitzt außer zahlreichen Walzwerken, Hochöfen und außer den nötigen Guß- und Maschinenhäusern auch noch die reichhaltigen Eisensteingruben bei Sulzbach und erzielte unter der umsichtigen Leitung des Direktors Fromme im Jahre 1859/60 ein reines Gewinnergebnis von 8 Prozent.

Ludwig Voltolini

Oberpfälzisches Liedchen

Maidala mogst' tanzn?
Ei ja woi denn!
Drah dich a weng aui;
D'rinn is's gou eng, gou eng.

Brouda Liadali, Brouda Liadali!
Warum saffst di so voll?
„Wos kon i dafir, wos kon i dafir?
Warum schmeckts ma so wohl!"

Drei luderi Strümpf,
Und zwöi dazou, son fümpf:
Hot mia ma Voda-r-a Kortn kaft,
San nix als lota Trimpf!

Es iss koi Apfel so rousnrout,
Es steckt a Wärwerl drinn.
Es ist koi Moidel so jung erkor'n,
Es füt an frischen Sinn.

Radlof

Wärwerl = Würmchen / füt = führt / frischen = falschen

Roding

Der sehr alte Markt Roding, heutiger Landgerichts- und Dekanats-Sitz, erscheint in Ludwig des Strengen Urbarbuch als Markt und wird schon 844 und 896 genannt. Noch 1316 hatte das Präsentationsrecht über die Kirche daselbst, das (1391) Bischof Johann von Regensburg dem Kollegiatstifte zur alten Kapelle übertrug, der Domdechant zu Bamberg. Im Pavischen Vertrage nebst Wetterfeld der Pfalz zugesprochen, kam dieser Markt (1353) zu Ruprecht d. J. Anteil und wurde ihm (1354, 13. Januar) mit Nabburg ausgeantwortet. Nach Auflösung des Vizedom-Amtes Nabburg erhielt ihn Herzog Johann, der ihn (1432, 13. Dez.) mit einem dreitägigen Jahrmarkte auf Sonntag nach Peter und Paul, mit Wappen, Panier und Siegel begnadigte und den Wochenmarkt am Montag bestätigte. Gegenwärtig hat Roding 3 Jahrmärkte und den Mittwoch als Schrannentag. Schon im darauf folgenden Jahre plünderten und brandschatzten die Taboriten Roding (1433), ehe sie bei Hiltersried durch die Tapferkeit des pfälzischen Adels unter Herzog Johann aus diesen Gegenden bleibend vertrieben wurden. Im vorigen Jahrhundert wurde der Markt in 13 Jahren zweimal ein Raub der Flammen (1742 u. 1755).

In dem gewerbsamen Markte wird Alaun- und Salpeter-Siederei getrieben, in der Umgegend sind Rötel- und Ockergruben. Der Benediktiner-

Laienbruder zu Prüfling, Marian Königsperger, durch dessen Kompositionen die Kirchenmusik auch in die kleinsten Dörfer Bayerns verbreitet wurde, ist hier (4. Dezember 1708) geboren. Unweit Roding steht auf einem Berge die Kirche „zum Brünnlein" genannt, zu deren wundertätigem Marienbilde Andächtige von nahe und ferne wallfahrten. Wir müssen uns aber wohl hüten auf unseren Wanderungen in der Umgegend, daß sich nicht etwa ein feuriges Männlein, deren es hier viele gibt, auf unseren Rücken setze; wir möchten es sonst nicht so leicht los werden.

Ludwig Voltolini

Urbarbuch = Grundbuch / Vizedom = Statthalter / Panier = Banner / Schranne = Getreidemarkt / Taborit = strenggläubiger Hussit / Alaun = ein Salz / Salpeter = Bezeichnung für einige Salze der Salpetersäure / Rötel = roter Mineralfarbstoff.

An das Grab

Asyl, allwo die Schwüle
Der Erdentage weicht,
Wo Gottes heil'ge Stille
Sanft um den Hügel streicht.

O Grab, du schöne Erde,
Du dunkler Mutterschoß,
Wo ich vielleicht bald werde
Von meinem Elend los.

Du bist die stille Pforte,
Wo Geisterfriede weht,
Den sonst an keinem Orte
Ein sterblich Aug' erspäht.

Erquickend ist der Schlummer,
Wenn mich dein Hügel deckt,
Wo weder Angst noch Kummer
Die Körperhülle weckt.

Ein holder Frühlingsmorgen
Erglänzt durch deine Nacht,
Wenn frei von Leid und Sorgen
Mein Leib aus dir erwacht.

Vor Gottes Angesichte
Wird mir dann offenbar
Im schleierlosen Lichte,
Was mir hier dunkel war.

Beleuchtet von Äonen
Wird mein befreiter Geist,
Im Wesenheere wohnen,
Das Gottes Güte preist.

Oswald Adam Hafner

Äonen = Weltalter, Ewigkeiten

Der Waldsee

Wie bist du schön, du tiefer, blauer See!
Es zagt der laue West, dich anzuhauchen,
Und nur der Wasserlilie reiner Schnee
Wagt schüchtern aus der stillen Flut zu tauchen.

Hier wirft kein Fischer seine Angelschnur!
Kein Nachen wird auf deinem Spiegel gleiten!
Wie Chorgesang der feiernden Natur
Rauscht nur der Wald in diesen Einsamkeiten!

Wildrosen streu'n dir ihren Weihrauch aus
Und würzige Tannen, die dich rings umragen,
Und die wie Säulen eines Tempelbaus
Das wolkenlose Blau des Himmels tragen.

Einst kannt' ich eine Seel, ernst, voll Ruh,
Die sich der Welt verschloß mit sieben Siegeln,
Die, rein und tief, geschaffen schien, wie du,
Nur um den Himmel in sich abzuspiegeln.

Heinrich Leuthold

Der treue Star

Oberpfälzische Sage

Von dem Geschlecht der Markgrafen von Cham-Vohburg geht die Sage, daß einmal ein Fräulein des Hauses im zarten Kindesalter durch die Zigeuner geraubt worden sei. Ein Star, welcher im Schlosse gehalten wurde, flog den Räubern nach und begleitete sie allerorten hin auf ihren Kreuz- und Querzügen. Wenn sie rasteten, ließ auch er auf einem nahe Baume sich nieder und begann die ihm eingelernten Sprüche herzuplaudern. Die Räuber waren nun besorgt, durch diesen Vogel verraten zu werden, und stellten ihm auf alle mögliche Weise nach, um ihn zu fangen oder zu töten; aber das kluge Tier wußte allen Schlingen und Geschossen zu entgehen, als wollte es die Aufmerksamkeit des Fremden auf sich ziehen. Da wurde den Zigeunern ernstlich bang, und sie trachteten, sich des gefährlichen Raubes zu entledigen. Zu diesem Zwecke setzten sie das Kind an der Schwelle einer einsamen Herberge im Böhmerwalde aus; der Star aber schwang sich auf den Giebel des Hauses und sang da mit heller Stimme seine alten Weisen. Die Wirtin, eine arme, aber gutmütige Frau, nahm sich des Findlings bestens an und fütterte auch getreulich den Star, welcher sich von der Kleinen durchaus nicht trennen wollte. Wohl dachte sie, wenn sie das feine und zierlich ausgenähte Hemdlein des Kindes beschaute, daß dieses aus einem vornehmen Hause stammen müsse, aber von dem Raube in der markgräflichen Burg drang keine Kunde in ihre Einöde, und so wußte sie auch nicht, woher oder wohin mit dem Mädchen. Dieses war im Laufe der Jahre zur blühenden Jungfrau herangewachsen, als eines Tages ein stattlicher Ritter in der Herberge einsprach, den ein Gewittersturm Obdach zu suchen gezwungen hatte. Und während der Gast am Tische saß und sich mit einem Krüglein Wein erlabte, hüpfte der Star hinterm Ofenbrett hervor, flatterte mit seinen Schwingen, und ließ sodann seine Sprüche und Liedlein vernehmen. Dem Ritter war, als hätte er den Vogel vor langer Zeit schon gesehen und gehört, und er fragte die Wirtin, woher sie das Tierlein habe. Diese erzählte ihm die Geschichte des Mägdleins, so viel sie davon wußte, und brachte auch das Hemdchen herbei, welches sie bis zur Stunde sorgfältig aufbewahrt hatte. Der Ritter erkannte an der Stickerei mit freudigem Schrecken das Wappen seines Hauses und gebot der Wirtin, ihm augenblicklich die Jungfrau vorzuführen. Diese wurde von der Wiese hereingerufen, wo sie eben Gras mähte, und der Ritter erstaunte nicht wenig über ihre seltene Schönheit und Huldgestalt. Er nahm sie bei der Hand und streifte, ihr Erröten nicht scheuend, mit der Linken das Busentüchlein etwas zurück, und siehe da, in der Gegend der Schulter ward auf der lilienweißen Haut ein Muttermal sichtbar in Form einer Kreuzdornblüte. Alsbald fiel der Ritter der Jungfrau um den Hals und rief: „Ich bin der Graf zu Vohburg, du bist meine Schwester, welche wir so lange beweint haben; dieses Zeichen gibt dich mir zu erkennen, da unsere Mutter uns oft genug davon gesagt hat." Wiederum umarmte der Graf das schöne Schwesterlein, als sollte dessen gar kein Ende nehmen. Dann saß er zu Roß und nahm die Jungfrau vor sich in den Sattel. Der Star aber, als hätte er die Szene des Wiederfindens begriffen, erhob ein freudiges Geschrei und flog an der Seite des glücklichen Paares der Heimat zu. Welcher Jubel sich dort erhoben, als das verloren geglaubte Fräulein seinen Einzug hielt, läßt sich schwer beschreiben. Die gräflichen Eltern bereiteten ein großes Freudenmahl, zu welchem alle Verwandten und Dienstleute des Hauses geladen wurden, und der Star spazierte während der Gasterei auf den Tischen herum, gleichsam als wollte er von allen Anwesenden das ihm gebührende Lob einsammeln.

Aus „Das Bayerland", 1897

Geschichtliche Sagen der Oberpfalz

Die oberpfälzische Sage weist so unverkennbar auf germanischen Mythos hin, daß sie nicht ohne Erfolg den Konjekturen jener Geschichtschreiber entgegen gehalten wird, welche dem Volke der Oberpfalz slawische Abstammung vindizieren. Wohl gemahnt ab und zu ein eigentümlicher Brauch, ein Gewandstück, ein Orts- oder Familienname an uralte slawische Siedelung. Doch mögen das nur die restlichen Denkmale einer längeren Seßhaftigkeit wendischer Stämme sein, welche – vielleicht mit Ausnahme des nordöstlichen Winkels der Oberpfalz – nicht sowohl germanisiert als von germanischen Völkerschaften verdrängt wurden.

Es findet sich eine dämmerige Bestätigung dessen in der Symbolik der oberpfälzischen Sage. Sie erzählt von den zwerghaften Urbewohnern des Landes, welche sich vor der Gewalt der nachrückenden sieghaften Völker ins Fichtelgebirge flüchteten. In seinen geheimen Gängen und Gemächern sind sie geborgen und harren dort des Tages der Rache und der Freiheit. – Dagegen ist jedwedes unmittelbare Gedächtnis dieser vorgermanischen Zeit im Volke erloschen. Die älteste geschichtliche Erinnerung knüpft sich wie in Bayern so auch in der Oberpfalz an Karl den Großen. Das Fichtelgebirge und insbesondere der Ochsenkopf vertritt die Stelle des Untersberges. In seiner gold- und silberreichen Tiefe, in dem Kristallsaale, der erleuchtet wird von dem Glanz der edlen Gesteine, die in funkelnden Reihen „wie die Zwiebelstränge" aufgehangen sind – in diesem geheimnisvollen Raume schläft der Held Carolus Magnus, auch „Prinz Karl" genannt, mit all seinen Mannen, und harret des Kampfes mit dem Antichristen. Wann erst sein Bart siebenmal um die Tischplatte gewachsen sein wird, dann ist die Zeit erfüllt; dann wird er erwachen und mit seinen Reisigen aus der Bergestiefe emporsteigen, um den Christen zum Siege zu verhelfen. Es wird Not tun; denn um dieselbige Zeit sind die Christen bereits so zusammengeschmolzen, daß sie insgesamt unter eines Baumes Schatten essen können. An den Sieg des großen Kaisers knüpft sich unmittelbar der Untergang der Welt.

Mit Kaiser Karl teilt ein ähnliches Schicksal der weise König Salomon, der gleichfalls im Ochsenkopfe, nach anderen im Steinwalde (östlichem Ausläufer des Fichtelgebirges) in der sogenannten Hankerlgrube schläft, bis die Zeit kommt, wo er aufwachen und zu neuer Macht und Herrlichkeit gelangen wird. Eine weitere Sage versetzt Kaiser Karl den Fünften in einen Sumpf zunächst der Stadt Weiden. Hier sitzt er in unterirdischem Gemache am Tische, um welchen sein Bart bereits sechsmal gewachsen ist. Nach dem siebenten Male bricht er auf mitsamt seinen Reisigen, die ihn jetzt wie eine Mauer umstehen, und vernichtet alles im blutigen Kampfe. Dann kommt das Ende der Welt.

Es ist die Mythe von der Götterdämmerung, welche in diesen Sagen nachklingt. Für das Hereinbrechen dieser Katastrophe hat auch das oberpfälzische Volk seine Vorzeichen. Was den Bajuwaren der Birnbaum auf der Walserhaide, ist ihm „der kalte Baum", eine alte Steinlinde auf der Hochebene zwischen Leuchtenberg und Vohenstrauß. Wenn einst sein Ast stark genug sein wird, um einen geharnischten Reiter samt dem Rosse zu tragen, werden die Feinde in zahllosen Heerhaufen hereinbrechen von allen Richtungen der Windrose. So weit man seine Krone erschaut, wird ein Würgen und Schlachten sein, daß die Blutströme die Mühle im Tale bei Lind treiben. Der Baum, den niemand nennen kann, wird bleiben, bis alles zugrunde gegangen. Alsdann kommt ein neues Geschlecht, wird das Land bevölkern und fortan in seligem Frieden und Wohlstand leben.

Über die Entstehung des kalten Baumes berichtet Schönwerth eine Sage, welche wir um ihrer Sinnigkeit willen hier einschalten. Eine Landgräfin von Leuchtenberg, Witwe mit zwei Kindern, aber noch jung und schön, hatte zu dem benachbarten Grafen von Sulzberg, der eben von einer Fahrt wider die Ungläubigen zurückgekehrt war, leidenschaftliche Neigung gefaßt und ließ ihm durch einen Vertrauten hiervon Kunde geben. Der Graf wies aber die Zumutung unwillig mit dem Bedeuten zurück: „Soll ich Kinder aufziehen, müssen sie meines Blutes sein." Da ließ die verblendete Mutter den beiden Kindern Nesseln in das Hemd knüpfen, und sie starben. Danach beschied sie den Grafen zu einer Unterredung. Auf der Höhe zwischen Sulzberg und Leuchtenberg kamen sie zusammen, und der Graf beschwor das Weib, ihm die Wahrheit zu sagen auf seine Frage, ob ihre Kinder natürlichen Todes verblichen. Um die Höhe ihrer leidenschaftlichen Liebe kund zu geben, erwiderte die Gräfin: „Deinethalben mußten sie sterben!" Da entbrannte der edle Mann vor Zorn, und er stieß ihr mit den Worten: „So stirb Du deiner Kinder wegen!" das Schwert in das Herz. Zur selben Stelle ließ er die unnatürliche Mutter begraben. Dabei fiel ihm aber ein Samenkorn, das er aus dem heiligen Lande mitgebracht, unversehens in das Grab, und aus dem kalten Herzen entwuchs der kalte Baum. Als Geist wandert die Gräfin um ihr Grab und um den Baum; daher der stete Wind, der hier geht. Und so lange hat sie nicht Ruhe vor des Grafen Fluch, bis nicht der deutsche Kaiser, der aus der Oberpfalz auferstehen wird, die Schlacht schlägt gegen die Türken, in welcher das Blut bis an die unteren Zweige des Baumes steigen muß. Darum hat der Baum nicht seinesgleichen im Lande und keinen Namen, weil er aus fremder Ferne stammt (Waidhaus).

Noch erzählt der Volksmund manch andere Märe über den kalten Baum und seine verhängnisvolle Beziehung zu den Geschicken der Herren von Leuchtenberg. Ein Landgraf soll weiland seine Tochter, die mit ihrem Buhlen – des Grafen Knecht – entflohen war, hier eingeholt und mit eigener Hand erstochen haben. Seitdem spukt es an der Stelle. –

Die Erinnerung an Kaiser Ludwig den Bayern ist, obwohl die Klosterkirche zu Kastl das Grabmal seines Töchterleins Anna (gest. 1319) und die Ruhestätte des edlen Seyfried Schweppermann umschließt, weniger lebendig in der Oberpfalz als jene an seinen unglücklichen Gegner Friedrich den Schönen von Österreich. Der Turm des Schlosses Trausnitz im Tale, darinnen Friedrich gefangen saß und von dessen höchster Kemenate aus er die Niedersicht auf das liebliche Pfreimdtal wohl nicht sonderlich heiteren Gemütes mochte genossen haben, heißt noch heutigen Tages allgemein der Kaiserturm. Was Schöppner in seinem Sagenbuche von dem Zauberer erzählt, welcher den gefangenen Fürsten aus der Haft habe erlösen wollen, ist in selbiger Gegend weniger mundgerecht als die Sage, daß ein Schmiedknecht aus der Nachbarschaft Mitleid für den schönen, armen Herrn gefaßt und in stürmischer Nacht die Außenwand des Turmes bis zum Kerkerfenster erklommen habe. Aber der edle Friedrich wollte sich nicht heimlich der Haft entziehen und wies den kühnen Retter zurück. In der Mühlleiten jenseits der Pfreimd wird dem Wanderer noch die Stelle gezeigt, wo das für die Flucht bestimmte Pferd gewartet habe. Anbindend an diese Episode der deutschen Kaisergeschichte rühmen sich die Bürger des Marktes Luhe an der Pfreimd noch heutigen Tages, daß ihnen Ludwig der Bayer zum Danke für ihre werktätige Hilfe beim Transport Friedrichs des Schönen auf die Trausnitz ihr Marktholz geschenkt habe.

Sei uns hier eine kurze Digression gestattet. Wir haben oben die Kirche des ehemaligen Benediktinerklosters zu Kastl, dem Stammsitze der alten Grafen zu Kastl und Sulzbach, Erwähnung getan. Kaum eine zweite Kirche der Oberpfalz hat der Legende einen so reichhaltigen Stoff geboten. Bemerkenswert ist aber vor allem, was die zur Zeit noch lebendige Sage von dem Stammvater der Kastler Grafen erzählt. Das im Rentamtarchive aufbewahrte Kastler Lehenbuch vom Jahre 1617 berichtet, daß Herzog Ernst von Kastl durch eine Wasserflut aus seinem Heimatlande Meotide (Seeland?) vertrieben und im Jahre 975 unter Kaiser Otto II. nach Deutschland gekommen sei, wo ihm dieser die sumpfige, waldreiche Gegend um Kastl „im Norikau" für sich und seine Mannen als Wohnsitz angewiesen habe. – Es ist das keineswegs eine vereinzelte Stimme, welche von dem nordischen Heimatlande des oberpfälzischen Volkes Kunde gibt. Eine Ahnung unfürdenklicher Seßhaftigkeit am Meeresgestade zieht sich durch einen großen Teil des oberpfälzischen Sagenkreises und spricht sich in der reichen Mythe von Wasserriesen und Wasserzwergen, von Meerfrauen, Geisterfischchen und Eisriesen aus. Schönwerth weist auf mannigfaches Zusammentreffen litauischer und oberpfälzischer Sage hin und erachtet die Oberpfälzer als von der Ostsee hergekommen. –

Der nördliche Teil der Oberpfalz, welchen Kaiser Karl IV. Mitte des vierzehnten Jahrhunderts als „Neuböhmen" dem Königreiche Böhmen einverleibt hatte, bewahrt insbesondere noch das Andenken an den König Wenzeslaus. Da und dort spricht man noch von den Zeiten des lustigen Wenzel, wie anderwärts von den Tagen, da Bertha spann. Die Hirschauer leiten – freilich nach sehr unverbürgten Nachrichten – selbst die Erbauung ihrer Stadt von ihm her. Hirschau spielt in der Oberpfalz eine ähnliche Rolle wie Weilheim in Altbayern, und die „Hirschauer Stückel" wetteifern mit den geistes- und formverwandten Weilheimern. Es heißt, die Hirschauer hätten das als ein Vermächtnis von dem Fundator ihres Städtleins, der gar ein sonderlicher Freund heiterer Schwänke gewesen, wie das auch sein landläufiger Name bekunde. Anderwärts heiße er mit minderem Rechte der „faule Wenzel". Man hat sein Gedächtnis in mannigfacher Weise geehrt, und in den Obstgärten um Hirschau gedeiht eine gar vortreffliche Birne, die noch heutzutage den Namen „Wenzelbirne" führt. Auf dem Wenzelberge aber – ein Stündchen vor der Stadt – „entert" es noch alleweile, und das ist niemand anders als der lustige Wenzel, der seine Vorliebe für Hirschau auch im Grabe noch nicht verwunden hat.

Einer anderen Sage zufolge leitet der Wenzel- oder auch Enzelberg seine Bezeichnung nicht vom Könige Wenzeslaus, sondern von dem alten Hunnenkönige Etzel ab. Auf dem Rücken des Hügels soll ehedem eine Burg gestanden sein, in welcher der Held Attila mit seinen Töchtern hauste. Aber Unsegen waltete über ihm; seine Töchter blieben unfruchtbar, weil sie vom Aaronkraut und der Wurzel Bibernell genossen, und seine Burg versank nachgerade in die Tiefe des Berges, so daß selbst vom Grundbaue kein Stein mehr aufzufinden.

Sonst ist der Name „Etzel" so ziemlich allenthalben verklungen, und die vereinzelten Überlieferungen von der „Heidenschlacht" (Hunnenschlacht) beziehen sich auf die Einfälle der Wolga-Steppensöhne zu Anfang des zehnten Jahrhunderts. Waldmünchen leitet nach der Sage Ursprung und Name von den Mönchen ab, welche sich zu jener Zeit aus den brennenden Klöstern Niederbayerns in die öden Gegenden am Böhmerwalde und Bernsteingebirge geflüchtet hatten.

Desto frischer lebt im oberpfälzischen Volke die Erinnerung an die Hussitenstürme. Die Greueltaten dieser böhmischen Sektierer bilden ein stehendes Kapitel in den Chroniken. An der Schwarzach erzählen dir noch die Bauern von der Hiltersrieder Schlacht und sonderlich von der Wut der Hussiten gegen alle geweihten Glocken. Das rührte aber von den vier

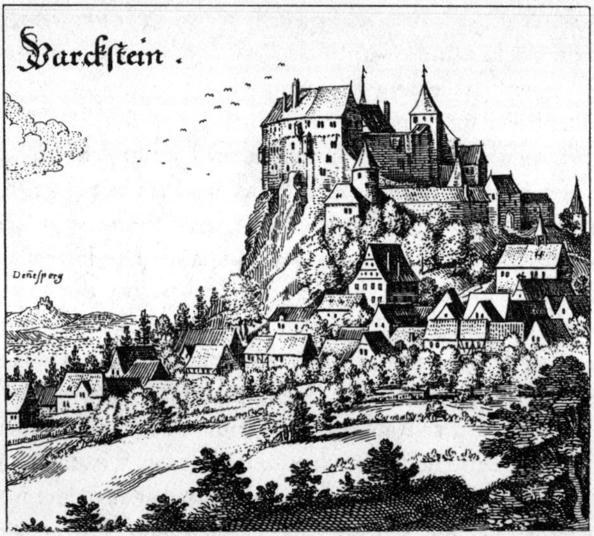

Glocken zu Burglengenfeld her, die so hellen Klang gaben, daß er bis nach Böhmen drang und bei den Böhmischen das Gelüste erregte, eine dieser Glocken zu stehlen. Sie versuchten es mit der größten Vorsicht; aber hart außerhalb der Stadt versank sie ihnen in den Sand und konnte trotz aller Mühe von den Dieben nicht mehr weitergeschafft werden. Ähnliches erzählt man sich von der großen Glocke auf dem hölzernen Glockenstuhle zu Pittersberg bei Amberg.

Noch heutigen Tages wird in den meisten Städtchen und Märkten, namentlich der östlichen Oberpfalz, um neun oder zehn Uhr des Nachts der „Hußaus" geläutet zur Erinnerung an jene schweren Zeitläufe. Die Greuel des Schwedenkrieges blieben lange nicht so zähe im Gedächtnis des Volkes haften. In der Oberpfalz spielt der Hussit die Rolle, welche in Altbayern dem Schweden zugeteilt ist. Das hat auch seinen naheliegenden Grund in der bereitwilligen Aufnahme, welche seinerzeit die neue Lehre in einem großen Teile der Oberpfalz und bei seinen Territorialherren gefunden hat. –

Außer den Reminiszenzen an große geschichtliche Ereignisse, wovon wir im Vorstehenden nur vereinzelte Beispiele zu geben vermochten, knüpft sich noch ein großer Reichtum sagenhafter Überlieferungen an einzelne hervorragende Adelsgeschlechter, wie jene der Grafen von Kastl und Sulzbach, der Ammerthaler (Babenberger), Hirschberger, Leuchtenberger u.a. Schier jedes Städtchen wahrt hiervon seinen Teil. Sulzbach leitet seine Entstehung von dem Grafen Gebhard von Chastelin (Kastl) ab, der sich einst auf der Jagd in die damals noch unwirtsame Gegend verirrt haben soll. Im dichten Gehölze am Fuße des Schloßberges traf er auf ein Rudel Wildschweine, von denen er eines erlegte. Davon habe er dem frischen Quellbache, der vorbeisprudelte, den Namen „Süczelpach“ gegeben, und als ihn auf der Platte des Hügels eine lustige Fernsicht überraschte, sei ihm der Gedanke gekommen, hier ein Schloß zu erbauen, das mit seinen Burgmannen den ersten Keim der Stadt Sulzbach bildete. – Eine ähnliche Sage geht um Weiden und Parkstein. Der Wald zu Parkstein habe in früherer Zeit den Grafen von Sulzbach gehört. Einer derselben habe auf einer Eberjagd am Fuße des mächtigen Parksteiner Basaltkogels das Ziel seiner Jagd erlegt, und – angelockt von der feinen Aussicht in den Nordgau – beschlossen, sich auf demselben eine Burg zu erbauen. Also tat er auch und nannte das Schloß „Parkstein“ um des Ebers (porcus) willen, der ihm die Fährte zeigte zu dem neugegründeten Burgstall. Darum hat auch der Markt Parkstein noch heutigen Tages ein Wildschwein, das auf zwei Felstrümmern steht, im Wappen. – Märchenhafter klingt die Sage von der Gründung des Stammschlosses der Ammerthaler. Riesen haben es erbaut gleichzeitig mit dem zwei Stunden entfernten Schlossc Rosenberg und haben sich beim Baue die Hämmer einander zugeworfen. – Das Städtchen Schwandorf hat in seinem Wappen unter dem halben Pfälzer Löwen im schwarzen Felde einen Kniestiefel im weißblauen Rautenfelde. Pfalzgraf Friedrich von Neuburg soll nämlich einstmals außer der Stadt zunächst dem Kreuzberge, wo ehedem allenthalben mooriges Land gewesen, so daß die dortigen Wiesen noch heutigen Tages „am Fischsee“ heißen, ein paar badende Dirnen aus der Naab haben steigen sehen. Da gelüstete es dem hohen Herren, die Jungfrauen näher zu beschauen. Also ging er querfeldein auf dieselben zu und geriet unversehens so tief in den Sumpf, daß er schier versunken wäre, wenn nicht ein paar Bürger, die draußen am Felde arbeiteten, sein Gebreste

bemerkt und ihn glücklich gerettet hätten. Einen seiner Reiterstiefel aber mußte der Herzog dem trügerischen Moore zum Pfande lassen, da er im Schlamme stecken blieb. Dafür erhielten ihn die Schwandorfer in ihr Wappen zu Dank und Gedächtnis der Hilfe, die sie dem hohen Herrn gebracht. –

Nicht minder reicht das über die Entstehung der Städte und ihrer Siegel Bedeutung sprudelt der Märchenquell, der uns Kunde gibt von dem teilweisen oder völligen Untergange oberpfälzischer Ortschaften. Cham – erzählt die Sage – sei einst so groß gewesen, daß Chammünster in dessen Mitte lag, und Velburg habe sich bis an den Fuß des Hollensteines ausgedehnt, eine viertel Wegesstunde länger denn jetzt. Das Dorf Wischlburg bei Pfatter soll weiland eine große blühende Stadt mit Namen Rosenheim gewesen sein. – Westlich von Kalmreuth in der Pfarrei Floß ist eine Flur, heißt Aigen, darauf stund vor alters eine Stadt gleichen Namens, von der jetzt keine Spur mehr vorhanden. – Im Rötelweiher ist eine Stadt versunken. Noch hört man hie und da nächtlicherweile die Glocken in der Tiefe läuten, und in heiligen Zeiten steigt sie gegen den Wasserspiegel empor, so daß der Türme Spitzen darüber hinaus ragen. – Ein Ausläufer der Hügelkette an der fränkischen Grenze, etwa ein Stündlein nördlich von Eschenbach gegen die Waldnaab zu, führt den Namen „Miega“ oder „Megga“. Auf der Hochfläche desselben – so erzählt man sich allenthalben in der Umgegend – stund dereinst eine mächtige Stadt gleichen Namens, und noch in neuerer Zeit stößt der Bauer beim Umgraben häufig auf Baustücke, auf Reste von Grundmauern, Pfählen und Klammern. Man sagt, es sei das die Residenz des Noricus, des ersten Noriskerfürsten gewesen. – Auf der Platte des hohen Tillen bei Neualbenreut im Fraischgebiete blinkten einst vor vielen Jahrhunderten die Türme der Tillenstadt. Das war – so geht die Sage – der Sitz eines verderbten und verkommenen Geschlechtes. Unter den Töchtern des Landes war aber eine einzige, fromme, adelige Maid, die auf der Eltern Geheiß einen reichen, aber gottlosen Grafen zum Altare geleiten mußte. Allbereits war das Hochzeitsmahl zugerichtet, da suchte die Braut noch die Einsamkeit des nahen Waldes auf, um ungestört ihren bekümmerten Gedanken nachhängen zu können. Wie sie so einherwandelt, erscheint ihr der Berggeist des Tillen in Gestalt eines schönen Jünglings, tröstet sie und geleitet sie zurück an dem Waldsaum. Hier treffen sie die suchenden Diener und künden dem Grafen, wie ihnen seine Angetraute im Geleite eines jungen Mannes in den Weg gekommen. Die Dirne wird des Ehebruchs angeklagt, zum Tode verurteilt und zur Richtstätte geführt. Im entscheidenden Augenblicke aber erscheint der Berggeist, der Jungfrau Unschuld bezeugend. Die Richter jedoch achteten dessen nicht und der Schwertstreich fiel. Da sprach der Geist den Fluch aus über die Stadt und ihr heillos‹s

Geschlecht; Finsternis fiel nieder auf die Hochfläche; der Tillen wankte; die Erde spaltete sich und die Tillenstadt versank in ihre Tiefen! In der Karwoche, während die Passion gelesen wird, kann ein Sonntagskind eindringen in die Höhlung des Berges und dort noch die ganze Stadt gewahren, wie sie weiland auf der Höhe stund. –

Neben den verschollenen Städten weiß der Oberpfälzer aber auch von verlassenen und versunkenen Heerstraßen zu erzählen. Einer von Waldkirch, einem kleinen Dorfe bei Waldthurn, ging nachts heim; da hörte er Schritte hinter sich, und nicht lange, so wurde er auf die Schulter geklopft. Er wendete sich um und sah einen fremden Mann in alter Tracht: „Wohin des Weges?" frug der Fremde. Auf die Antwort: „Nach Waldkirch", fuhr dieser weiter fort: „Ich kenne Waldkirch noch als große Stadt und bin die Heerstraße, welche vom Schellenberge herführte, gar oft gegangen; jetzt ist sie tief unter der Erde gelegen. Du mußt wissen, ich kenne Waldkirch schon zu einer Zeit, wo Waldthurn noch aus drei Höfen bestand." Damit verschwand er.

Eduard Fentsch

Konjektur = Vermutung / vindizieren = beanspruchen / Reisiger = berittener Söldner / Digression = Abschweifung / Fundator = Gründer / entern = spuken
Bei den in der Legende um den kalten Baum erwähnten „Grafen von Sulzberg" wurden wohl (unhistorisch) entweder die tatsächlichen Grafen von Sulzbach oder jene von Sulzbürg in Verbindung gebracht mit dem Pleysteiner Sulzberg. Auch sonst darf man hier die Sage nicht als historische Quelle werten oder muß jedenfalls immer ihr viel Phantasie zubilligen. Bei dem erwähnten Eschenbach dürfte es sich wohl um das heutige Windisch-Eschenbach handeln. Die erwähnte Hiltersrieder Schlacht fand 1433 statt und die vom Feldhauptmann des Herzogs Johann von Neumarkt geschlagenen Hussiten verloren dabei 1500 Mann an Gefallenen, Verwundeten und Gefangenen.

Skizze unsers Jahrhunderts

„Die allgemeine Aufklärung ist bereits so weit vorgedrungen", sprach Bonifaz, „daß es wahres Glück ist, in diesem Jahrhundert geboren zu sein. Wir haben Landschulen und Akademien; Journale und Magazine; Bibliotheken und Beiträge; politische, ökonomische, medizinische und theatralische Zeitungen; Almanache und Taschenbücher; Enzyklopädien und Realwörterbücher; Annalen und Lexika; Philantropine und Prediger-Institute; Trivial-, Real-, Normal- und Kameral-Schulen; Museums- und Volkslehrer; Pädagogiken und Elementarwerke; ökonomonische und patriotische

Gesellschaften; Lesekabinette und Lesebibliotheken; politische und literarische Tabagien: Wir haben eine Philosophie der Natur, eine Philosophie der Geschichte, eine Philosophie der Religion, eine Philosophie des Christentums, eine Ruralphilosophie, eine Philosophie im anmutigen Gewande, eine Philosophie des gemeinen Lebens, eine Philosophie für alle Stände, eine Rokenphilosophie und selbst eine Philosophie der Kanaille. Natürlich sind alle diese Philosophien nicht ohne Wirkung und Einfluß geblieben: Drum haben wir auch Philosophen eine Menge: Philosophen für die Welt, Philosophen ohne es zu wissen; verliebte Philosophen, unphilosophische Philosophen, philosophische Kaufmänner, philosophische Ärzte, philosophische Schuster, philosophische Könige und philosophische Bauern, haben das wahre philosophische Jahrhundert."

„Aber wann fing denn eigentlich das philosophische Jahrhundert an?" frug Faustin seinen Lehrer; „doch nicht mit dem Jahr 1700? Denn, so viel ich mich aus der Geschichte erinnere, ist damals eben nicht sehr philosophisch gehauset worden." „Nicht eben mit 1700", erwiderte Pater Bonifaz; „Aufklärung hält sich so genau nicht an die Chronologie. Eigentlich könnte man das Jahr 1748 oder den Aachner-Frieden zum Schöpfungspunkt der philosophischen Ära setzen: Damals wars Morgenröte; seit dem Hubertsburger- und Pariser-Friede aber ist's volles Licht. Seitdem stehen alle Völker der Welt in brüderlicher Verbindung, seitdem strebt durch Aufklärung jede Nation der andern vor; seitdem glüht jeder Kopf von Vernunftliebe, lechzt jedes Herz nach Wahrheit und Menschengefühl: Seitdem eifert ein Monarch dem andern vor, Toleranz, Erleuchtung und Denkensfreiheit in seinen Staaten zu befördern; Aberglauben, Barbarei, Fanatismus, Dummheit, Schikane und Elend ferne von seinen Völkern zu verbannen; seitdem, mein Freund, ist's allgemeiner Sieg der Vernunft und Menschheit, ist's aufgeklärtes philosophisches Jahrhundert."

„Und wer war denn der erste glückliche Zauberer, der den Nebel von Europa wegscheuchte?" frug Faustin weiter. „Es war", stammelte Vater Bonifaz mit etwas Erröten, „es war – zur Schande unserer Nation muß ich's gestehn – eigentlich kein Deutscher. Ein Franzose war's, der große Voltaire, der größte Philosoph, seit's Philosophen gibt. Dieser rief: ‚Es werde Licht!' und es ward Licht. Glücklicher noch als Orpheus, machte er aus intoleranten, fanatischen und mordsüchtigen Raubtieren verträgliche Menschen, bezauberte die Gewaltigen der Erde und öffnete ihre Herzen den menschenfreundlichen Eindrücken der wohltätigen Philosophie: Hoheiten, Durchlauchten und Majestäten schätzten sich glücklich, ihn zum Freund und Ratgeber zu haben; und was seine Schöpferseele unter den heiligen Schatten seines philosophischen Hains im Ländchen Gex entwarf, das ward von Languedoc bis Neuzembla zum Gesetz. Mit echtem deutschen Mut traten wir Deutsche auf die einmal geöffnete Bahn; und was uns Frankreich vorgesprungen ist, das ersetzen wir jetzt durch die Menge der Philosophen und Aufklärer. Wenn je Universalkonsens Evidenz gewährt, so hat es mit dem Sieg der Philosophie seine Evidenz, so allgemein stimmen über diesen Punkt alle neueren Schriften zusammen."

Faustin, dem der Kopf nicht vernagelt war, zudem gutherzig und leichtgläubig wie ein echter Bayer, war ganz Ohr, ganz Gedanke, wenn Vater Bonifaz die Aufklärung und das philosophische Jahrhundert anpries. Er nahm die Versicherungen seines Mentors alle für vollwichtige Münze und hatte nun keinen höheren Wunsch mehr, als Voltaire persönlich zu kennen, dessen Grundsätze sich eigen zu machen, und so auch sein eignes Schärflein zur Toleranz und Aufklärung beizutragen.

Johann Pezzl

Philantropie = Menschenliebe / Trivialschulen = zu Trivium, d.h. Studium von Grammatik, Rhetorik und Dialektik / Kameralschulen = zu Kameralien, d.h. Verwaltungs- und Staatswissenschaft / Tabagie = Tabaksgesellschaft / rural = bäuerlich / Orpheus = Sänger der griechischen Sage / Gex = Ort in Frankreich, in der Nähe des Genfer Sees / Languedoc = Landschaft in Südfrankreich / Universalkonsens = umfassende Übereinstimmung / Evidenz = Augenschein, Klarheit / Mentor = Erzieher, Ratgeber.

Bayerland an seinen Kurfürsten in der letzten Audienz

(1703)

Emanuel, du werter Held,
Was muß ich leider sehen?
Sag, wider wenn ziehst du ins Feld?
Wie wird es noch wohl gehen!
Was denken wirst,
Herzliebster Fürst,
Was für ein'n Mann
Du greifest an?
Nämlich den großen Leopold,
Dem jederzeit Gott selbsten hold,
Wie g'nugsam hat in Ungarland
Erfahren sein' siegreiche Hand.

Kurfürst

Wohlauf, Bayern, erschrecke nit!
Die Zeit tut sich nun zeigen,
In welcher ich ohn' alle Bitt',
Werd' endlich höher steigen.
Ich such' mein'n Lohn,
Darbei die Kron',
Die von mein' Treu
Gehört vor zwei.
Ich laß den Kaiser Kaiser sein,
Und such gleichwohl am Reich das mein' –
Ulm und dergleichen Ketzernest
Der Kaiser gerne fahren läßt.

Bayern

Wer steigen will, stets fürchten muß,
Daß er nit schwerlich falle;
Es ist ansonst die g'meine Buß
Für stolze Fürsten alle.
Wann Absolon,
Des Davids Sohn,
Mit andern mehr
Nit g'stiegen wär,
So wären sie auch allzumal
Nit kommen in so großen Fall.
Dem Kaiser und dem ganzen Reich
Bist du nit mächtig g'nug und gleich.

Kurfürst

Dem Plumpen nur tut's misseling'n,
Dann ein Durchtriebner sicher ist;
Was mein Gewalt nit kann durchdringen,
Muß mir ersetzen Witz und List.
Ein schlauer Luchs,
Ein alter Fuchs,
Des Jägers Macht
Und List auslacht.
In Ungarn hab ich angefangen,
In Niederland den Preis empfangen,
In Deutschland jetzt, mit Lachen,
Mein Meisterstück will machen.

Bayern

Du bauest zwar auf deinen Kopf,
Auf Gott der fromme Kaiser.
Fürwahr es ist ein armer Tropf,
Der in der Luft baut Häuser!
Wann's Meisterstuck
Wird unterdruckt,
So mußt mit andern
Du auch fortwandern.
Ich sorg, ich sorg, du kommst in Not,
Viel Hunde sind des Hasen Tod;
Ein' Löwen, so ein starkes Tier,
Zwingen drei Jäger oder vier.

Kurfürst

Wann all mein Macht, Witz und Verstand
Umsonst, und nichts kann richten,
So hab ich einen bei der Hand,
Der wird die Sach' schon schlichten.
Meinst du, daß ich
Allein vor mich
Je solchen Gang
Jetzt unterfang?
Glaub mir, daß unsrer sind noch mehr,
Die suchen nichts als Gottes Ehr –
Das ist mein einzig's Fundament,
Warum ich mich vom Reich abwend.

Bayern

Wie bist du doch dem Hahn so treu,
Und kannst ihn nit mehr meiden,
Da doch der Löw' das Hahneng'schrei
Von Natur nit kann leiden?
Das ist mein Plag,
Das ist mein Klag,
Das ist ein Not,
Das ist mein Tod!
Der Hahn ist dein und mein Ruin;
Meid'st du den nit, so sind wir hin.
Wannst meinst, daß du erhoben bist,
So sitzt der Hahn auf deinem Mist.

Kurfürst

Nicht so, nicht so, mein liebes Land,
Es wird viel anders gehen;
Du wirst dich bald in anderm Stand
Und viel beglückter sehen.
Ich hab' viel Feind,
Hab' auch viel Freund,
Und fehlet nicht
Mein Zuversicht.
Es ist nur meine Intention,
Zu wahren die Religion;
Ein recht gut aufrichtig's Gemüt
Der Himmel vor dem Fall behüt't.

Bayern

Die Lilien zwar riechen gut,
Tun aber den Schlag bringen;
Wann man die Vögel fangen tut,
Muß man ihn'n lieblich singen.
Du hoffst mit Freud'
Messiä Zeit,
Gleichwie der Jud –
Das steht nit gut.
Die du hälst vor dein' beste Freund',
Doch lauter falsche Brüder seind;
Die Ketzer du ausreuten willst,
Mit denen du das Land anfüllst.

Kurfürst

Laß nur die Ketzer kommen 'rein,
Ich will sie lehren singen
Den Psalm: „Herre, erbarm dich mein!" –
Den Tanz über die Klingen!
Den Rosenkranz
Die Eselsschanz
Zu Ingolstadt
Schon fertig hat.
Dort sollen sie die Fastenzeit
Zubringen wie katholisch' Leut'.
Des Großen Landschwert lebet noch,
Mit dem er d' Sachsen bracht zum Joch.

Bayern

Ich bitt', kehr um, Emanuel!
Die Hoffnung ist vergebens;
Verschone erstlich deine Seel
Und auch dein junges Leben!
Die Prinzen dein
So wacker sein,
Dein G'mahlin z'gleich,
Kirch, Geistlichkeit
– – – – – – –
Verschon so vieler Christen Blut,
So zu Gott um Rache schreien tut!

Kurfürst

Halt's Maul! Ich bin der Herr, du Knecht.
Hör, was ich tue schaffen:
Auf, auf, für mich und dich jetzt fecht,
Greif tapfer zu den Waffen!
An rechter Spitz
Ins Feuer und Blitz,
Ins Blut und Rauch
Mich stell' ich auch;
Wer Lust hat, komm' und greif' mich an,
Wird finden schon den rechten Mann!
Es wär' dem Löwen ja ein Spott,
Wann er dem Adler weicht ohn' Not.

Bayern

Ach wehe! Nun ist alles aus,
Jetzt ist all's verloren!
Es fällt das alte Bayernhaus,
Vor Zeiten auserkoren.
Wann Gott nit sehr,
Noch Kaiser mehr,
Sich mein'r erbarmt,
Bin ich erarmt.
Zu solchem Fall bringt Übermut.
An mir euch, Fürsten, spiegeln tut –
Gebt dem Kaiser, was des Kaisers ist,
So bleibt der Hahn auf seinem Mist.

Handschriftlich aus jener Zeit

S' eascht Ausblos'n

Troh, hohu, troh, hohu, troh, hu, ha, hi!
Da Winta is dahii.
Fuart da strenge Winta is,
S' easchtmol treim ma huit auf d' Wies,
Rüaht's engg, Boauma oll im Haus,
Düana, laoußt's de Kaouhla aus!
Kömmts nua, Kaouhla, gschwind,
Kaibla, bleibt's ned hint!
Troh, huh, ha, hi!

Troh, hohu, troh, hohu, troh, hu, ha, ho!
Dees Freuijohr is schoo do.
D' Sunna spitzt von Berngen raus.
D' Vögerl meln se schoo am Haus,
D' Haustürn knarrn jetz umatum,
S' wiad ja laut in jeida Stum.
Geihts nua frisch von Stoll,
Woadt's zon eascht'n mol!
Troh, hu, ha, ho!

Troh, hohu, troh, hohu, troh, hu, ha, ha!
De Kaouhla kömma aa.
Grollt ja schoo da Stia dahea,
Nache kömma d' Kaouhla meah.
Kailb'ln springa hint'n dreji,
Alles maouß huit luste sei,
Duart'n af da Woad
Mit 'm gräana Kload.
Troh, hu, ha, ha!

Josef Max Schuegraf

Ausblos'n = Ausblasen, Blasen des Hirten mit dem Horn, damit das Vieh auf die Weide gelassen wird / Baouma = Buben / Düana = Dirnen / Kaouhla = Kühlein / Kaibla = Kälbchen / woadt's = weidet / gräan = grün.

Furth im Wald

Furth liegt an und auf einem mäßigen Felshügel, im Mittelpunkt einer anmutigen Weitung des Chamtals, gegen welches hier die Täler der kalten und warmen Pastritz ausmünden. Der Hohe Bogen und der Osser im Süden und die Hochwälder Oed und Dieberg im Norden umfassen die schöne Landschaft als großartiger Gebirgsrahmen. Die Stadt teilt sich in die obere und untere. Jene umringt mit ihren Gebäuden das die Platte des Stadthügels krönende Schloß. Das Schloß, obwohl kaum mehr den Schatten alter

Herrlichkeit zeigend, ist noch immer das ansehnlichste Gebäude der Stadt. Es ist in ovaler Gestalt angelegt und war zweifelsohne einst sehr fest, wie die Überreste des tiefen, gefütterten Wallgrabens und der Sturmgänge im Innern noch heute erkennen lassen.

Adalbert Müller (1846)

Das neuromantische Drama zu Rüberunkel

Wenn ich sage, daß Rüberunkel eine Residenzstadt ist, so weiß die Welt, das zu Rüberunkel ein Theater sein müsse. Eine Residenzstadt ohne Theater ist eine Hochzeit ohne Braut, ein Spanferkel ohne Haut, eine Nadel ohne Spitz, ein Dichter ohne Witz.

Ob aber die Rüberunkeler Witz hatten und Aufklärung und Bildung, das können und wollen wir durch Beschauung ihres Theaters am sichersten ermessen.

Es wurden die Nächte zu Rüberunkel länger, weil die Tage kürzer wurden, oder auch umgekehrt. Da saß der sehr gebildete Ofenfabrikant Cosmas

Damian seiner gebildeteren Frau Giorgetta gegenüber und zeichnete einen Amor für seine Ofenkacheln, während sie auf neue Schüsselverse studierte. „Wir brauchen", fing der Fabrikant an, „ungeheuer viel Holz und Licht in den Winterabenden, und haben doch keinen recht sublimen oder überschwenglichen Genuß davon, was meinest du, süße Giorgettine?" – „Deine Bemerkung ist ganz richtig, trautes Cosmaschen", antwortete die Gebildetere, „aber die Abhilfe liegt uns ja doch so nahe!" – „Das Theater meinest du", sagte er; „freilich, da sparten wir Holz und Licht". – „Und erst der geistige Gewinn", sagte sie; „du sammeltest dir neue Ideen zu plastischen Darstellungen auf deine Ofenkacheln, und ich gewänne Stoff zu sentimentalen Versen auf die Schüsseln fürs gemeine Volk, welches soweit schon fortgeschritten ist, daß es seinen Salat nicht ohne Poesie genießen will." „Überdies", fuhr Damian fort, „bin ich auch der angebeteten Hänel-Frett, die heute die Forcerolle hat, ein Applaudissement schuldig." „Und ich", sprach Giorgetta, „ein gleiches dem überschwenglichen Daps, in welchen jede Dame mit Anstand verliebt ist."

Man beliebe hieraus nicht zu argwöhnen, daß die Rüberunkeler sich aus Mimik, Deklamation, Aktion und dergleichen veralteten Künsten etwas machten; Gott bewahre! Sie hatten Geschmack und achteten auf die Dekorationen, dann auf die Garderobe, die Bärte und Frisuren und Figuren der Herren und Damen, die teils auf den Brettern spielten, teils in Logen und Bänken ohne Gage mitspielten, wie Goethe sagt. Heute wurde nun ein recht gemütliches Spektakelstück mit neuen Dekorationen und Kleidern gegeben, verfaßt von einem ganz neuen Romantiker, nach französischen Mustern. Der erste Liebhaber, ein junger sauberer Bursche, war in die erste Liebhaberin, eine himmlische Schönheit, höllisch und rasend verliebt. Die himmlische Schönheit, die in den sauberen Burschen nicht minder verliebt war, mußte aber, so wollte es das grausame Schicksal, zum Jammer und Unheil der Verliebten, eine kaiserliche Prinzessin sein. Dieses schöne, rein menschliche Verhältnis war den Allerdurchlauchtigsten Eltern, die sehr an servilen Vorurteilen hingen, keineswegs genehm, und sie trieben die Tyrannei so weit, daß, sobald die Prinzessin hinter den Kulissen ins Wochenbett kam, der saubere junge Mensch in ein greuliches Totengewölbe mußte, um allda zu verhungern.

Er verhungerte aber nicht, denn das Schicksal griff wieder in die Geschichte hinein und führte gerade noch zur rechten Zeit einen Kapuzinerbruder am Gewölbe vorüber, der ein-, zwei-, dreimal erklecklich seufzen hörte. Der Kapuzinerbruder hatte Vorurteile, wie die kaiserlichen Eltern, und rief zum Schlüsselloche hinein: „Alle guten Geister loben Gott den Herrn." Der saubere junge Mensch aber rief hinaus: „Mach auf, Tölpel!" denn er war ein Ritter.

Jetzt kommt der eigentliche Kern der Historie, denn „Tölpel“ war das Stichwort für den Kapuzinerbruder, der ohne Verzug das Grabgewölbe öffnete und den sauberen jungen Menschen herausließ. Der trat mit ritterlichen Schritten bis an den Souffleurkasten hervor, streckte seinen linken Arm gegen das verehrungswürdigste Publikum hin und zeigte demselben deutlich, daß keine Hand mehr daran sitze, sondern nur ein blutiger Stumpf. Nun erzählte er, nicht in beliebter Kürze, wie ich, sondern in noch beliebterer Länge, wie ein Romantiker, daß er unermeßlich verliebt und deswegen in das Todesgewölbe eingesperrt worden sei, welches viel Unheimliches in sich fasse; daß sein Hunger daselbst so unermeßlich geworden wie seine Liebe, und daß er aus historischer Notwendigkeit auf den ökonomischen Gedanken verfallen sei, seine eigene Hand aufzuspeisen, wie hier zu sehen. Die Kunst oder Täuschung war indessen auf Seite des Herrn Daps eben kein Meisterstück. Er zog bloß die linke Hand in seinen langen Ärmel zurück und schiente sich einen in Kalbsblut getauchten Stummel an, damit war alles geschehen.

Das Vorzeigen dieses Stummels nun war der Glanzpunkt, dem das verehrungswürdigste Publikum rauschenden und rauschigen Beifall spendete und den Herr Cosmas Damian mit seiner Giorgetta sehen wollte und – nicht sah. Der Bühnenheros, Daps, der Überschwengliche, war auf Reisen gegangen, um seinen blutigen Stumpf, nebst andern Künsten, auch im Auslande sehen zu lassen. Daps war unstreitig Meister im romantischen Lamentieren und Girren und zeichnete sich noch überdies in den jetzt so beliebten Tierstücken aus, wo er die Rolle des Affen fast noch besser als ein geborener Affe gab und manchen Zuschauer in Zweifel setzte, ob er auch ein wirklicher Mensch sei. Aber Daps hatte einen gefährlichen Nebenbuhler an dem Herrn Pistol, welcher ihn im tragischen Fluchen und Rasen überbot und in Tierstücken als Bär eminierte. Dieser wetteifernde Pistol hatte es nun dahin zu bringen gewußt, daß ihm heute die Rolle des Händefressers zugeteilt wurde, was Damian und Giorgetta erst im Schauspielhause durch Studium des Komödienzettels erfuhren.

Giorgetta spürte über Dapses Abwesenheit Anfälle einer gelinden Verzweiflung, die leicht hätte bösartig werden können, wenn nicht der Hausfreund, ein blonder, langer Kadett-Korporal, sich an ihrer Seite niedergelassen hätte. „Englisches Giorgettinettchen“, sagte der lange Kadett, der die Diminutive liebte, „härmen Sie sich nicht, denn Sie härmen mich in Ihnen. Gönnen Sie mir die Wonne eines seligen Wechselgespräches nur bis zum bekannten Glanzpunkte, und dann wenden Sie Ihre holden Augen unserm Pistol zu, der hier auf dem Zettel versprochen hat, daß er das Handabbeißen mit einer ganz neuen, überraschenden Abänderung geben werde. Er ist ein Genie, ein Teufelskerl, das schwöre ich Ihnen zu, und wir dürfen uns auf eine entsetzliche Rührung gefaßt machen." – Giorgetta legte ihr Tränentuch zurecht und war gefaßt.

Noch leichter beruhigte sich Herr Cosmas Damian, der sich zu einer Freundin, der empfindsamen Putzmacherin Melusine, gesetzt hatte. „Was geht uns das dumme Stück da oben an?" lispelte die Empfindsame, „Genug, daß wir uns haben, gebildeter Damian! Sollte dich Langeweile beschleichen können an der Seite deiner zärtlichen Melusine?" – „Möge der Teufel", war die Antwort, „alle Dapse holen und selbst die Hänel-Frett dazu, die heute als kaiserliche Prinzeß ins Wochenbett kommen soll! Habe ich dich, Melusinchen, so habe ich alles! Nichts will ich sehen, nichts hören außer dir, wenn du mir nur erlaubt, bei der Annäherung des Glanzpunktes ein klein wenig auf das Theater hinzublinzeln, damit ich mich darnach in gebildeten Zirkeln darüber aussprechen könne, ob der Windsack Pistol Wort gehalten, ob er durch geschmackvolle Abänderung auch Kenner überrascht habe."

Unter solchen Gesprächen rückte der besprochene Glanzpunkt wie ein aufgehender Stern heran, und Melusine und Damian und Giorgetta und der Kadett vernachlässigten einander auf Augenblicke, um den Helden Pistol mit kritischen Blicken zu bestreifen. Da gewahrten sie, was alle anwesenden Herren und Damen gewahrten, gewahrten und anstaunten, anstaunten und nicht glauben konnten, daß nämlich Ritter Pistol bei weitem nicht zu viel, daß er unendlich zu wenig versprochen und angekündigt habe. Pistol erzählte nicht, wie sein Vorgänger Daps; er tat alles!

Das ganze Innere der Totengruft war in aller Schauderhaftigkeit sichtbar und nur mit einem dünnen, weitlöcherigen Eisengitter verschlossen. Man sah den hübschen jungen Menschen auf einem Hügel von Totenschädeln und modernden Knochen sitzen, wo er alle Teufel aus der Hölle heraufzitierte, sich die Haare büschelweise ausriß und sich selbst, dann die kaiserliche Familie und die ganze Welt unbeschreiblich verfluchte, so daß dem Theaterschneider und dem Friseur, beides unaufgeklärte Seelen, die Haare zu Berge stiegen und die Knie hörbar schlotterten. Nach diesem Tischgebete machte sich der ausgehungerte Ritter über seine linke Hand her und speiste sie gemütlich, Zoll für Zoll, rein auf, so daß das Anbeißen, Kauen und Schlucken vollkommen deutlich zu sehen war.

Nach beendigter Mahlzeit kam der Kapuzinerbruder, sagte nach vernommenen drei Seufzern seinen frommen Spruch und schloß nach ausgesprochenem Stichwort das Eisengitter auf. Der sich selbst speisende Pistol war aber nun einmal im Zuge, und die linke Hand hatte seinen wütenden Appetit noch nicht gestillt. Er trat nahe an das Proszenium vor, biß ohne Umstände seine rechte Hand, während die linke noch fortblutete, an, und zehrte auch diese bis zum Knöchel vollkommen auf.

Das Staunen, Wüten, Toben, Rasen, Applaudieren, Herausschreien, Brüllen, Quieken, Gurgeln und Quäken beschreibe ein anderer. Pistol mußte heraus, obwohl er nicht abgegangen war; wie er, nach gemachten Komplimenten und Danksagungen, sich gegen die Türe wendete, mußte er abermal heraus, und wie er die Türschwelle betrat, mußte er wieder heraus und seine blutigen Stummel vorzeigen und schwenken.

„Hier ist mehr als Victor Hugo", sagte der ordinäre Theaterrezensent, „wir können es nun den Franzosen bieten, im Hochtragischen, meinte ich." – „Es ist eine ungeheure Idee, das Händefressen," sagte Damian. – „Überschwenglich, überschwenglich", lispelte Giorgetta. – „Ach! das Blutfließen, wie so ganz gemütlich, wie so herzergreifend", seufzte Melusine. – „Mord, Hagel, Pest und Schwerenot!" fluchte der Kadett, „ist das Wirklichkeit oder hat man uns zum Narren?" – „Ich halte es für Daguerrotypie", dozierte der Ofenfabrikant, und eine schöne Bankierstochter fragte den Papa, was denn Stereotypie sei, denn so hatte sie verstanden. „Stereotypie", sprach dieser, „siehst du Belchen! Das ist so bei die Buchhändler die Verschiedenlichkeit der Ausgaben." – „Verzeihen Sie gnädigst und lassen sich dienen untertänigst, allerschönstes Fräulein Bella!" korrigierte der galante Damian: „Daguerrotypie habe ich gesprochen, und das ist eine ganz neue Erfindung von Luftbildern, die so in die Luftperspektive hineingemalt werden, in bloßem Licht, ohne Schatten, wie auch ich als Tonkünstler meine Blumen die ich auf Schüssel und Teller male, durchaus nicht schattiere." – „Aha!" sagte der Kadett, „es wird eben durch Hohlspiegel gemacht, wie ich unlängst von dem französischen Professor der Physik gesehen habe. Der schnitt sich, so wahr ich hier stehe, seinen Kopf mit einem breiten Messer ab, warf ihn zum Fenster hinaus und ließ ihn durch einen zahmen Kanarienvogel wieder apportieren und sich aufsetzen."

Kurz, es waren nur zwei Personen in den Logen und auf dem Parterre noble, welche über das Händespeisen sich nicht die Köpfe zerbrachen, studierten, disputierten und zankten. Die eine Person war ein Mann, den wir vernehmen wollen, sobald wir den Herrn Damian mit seiner Suite nach Hause gebracht haben. Die andere war eine Sternkreuzordensdame, von gesetztem Alter, welche das Spektakel ohne weiteres für echtes Teufelswerk erklärte und viele heimliche Jünger zählte, die ihr äußerlich nicht beipflichteten, aus Furcht, für abergläubisch gehalten zu werden.

Als nun der Kadett-Korporal mit seinem Giorgettinettchen vorausspazierte und Herr Cosmas Damian mit seiner empfindsamen Melusine in einiger Entfernung nachfolgte, äußerte diese: „Ich bin begeistert, Damian, ich bin enthusiasmiert und schreibe ein Drama. Darin muß mir der erste Liebhaber seine erste Liebhaberin aufspeisen, wie Pistol seine Hände, mit Frisur, versteht sich, und dezenter Bekleidung, denn Du weißt, wie ich auf das

Dekorum versessen bin. Was meinest Du, Holder? Sollte sich das wohl machen lassen mit deinen Luftbildern?“ – „Allerdings“, erwiderte Damian, „denn unserm Zeitalter ist kein Ding unmöglich. Ich selbst spüre Lust, für das heutige rührende Spektakelstück eine noch rührendere Wendung in Vorschlag zu bringen. Der verhungerte Ritter soll mir, wenn er losgelassen ist, keineswegs seine rechte Hand mehr anbeißen, sondern brevi manu den Kapuzinerbruder anpacken und mit Haut und Haar, Kutte und Bart vor dem Publikum verzehren.“

Die beiden Paare sind nun zu Hause, und meine Geschichte ist zu Ende. Damit jedoch der Leser sich nicht einbilde, ich habe ihm Schwänke vorgemacht, führe ich ihm den oben bezeichneten Mann auf, der sich über das rätselhafte Händespeisen gar nicht abstudierte, weil er im Besitze des Geheimnisses war.

Höchste, Hohe, Gnädige, Verehrungswürdigste! Hier habe ich die Ehre, Ihnen einen Mann vorzustellen, der es sich zum Vergnügen macht, Ihnen die Wahrheit meiner Erzählung gewissenhaft zu bezeugen und zu erklären. Es ist dieses der Herr Hofkonditor Raffinat, der Pistols Hände aus süßem Teige geformt und gebacken, und die Höhlungen mit blutfarbigem, sehr delikatem Himbeersafte ausgefüllt hat.

Ich benütze diese Gelegenheit, Ihnen allerseits die unvergrößerliche Verehrung zu erneuern, mit welcher ich zeichne

Johannes Nariscus

sublim = erhaben, fein / Forcerolle = Hauptrolle / Applaudissement = Beifall / eminieren = sich auszeichnen, glänzen / servil = unterwürfig, knechtisch / Diminutiv = Verkleinerungsform / Proszenium = vorderster Teil der Bühne / Rezensent = Verfasser einer kritischen Besprechung eines Buches oder Theaterstückes / Daguerrotypie = photographisches Verfahren mit Metallplatten / Parterre noble = Zuschauerraum (zu ebener Erde), „erstes Parkett“ / Suite = Gefolge / enthusiasmiert = begeistert / Dekorum = Drum und Dran / brevi manu = kurzerhand.

Tanzreim

Wenn i e schöns Mädel sieh,
man' halt, 's is mein:
Wenn i für's Türel komm,
läßt mi's nit 'nein.
Geh halt in'n andere Gaß,
denk i halt: tralala!
's muß ja nit sein,
's muß ja nit sein!
's gibt ja der Mädel
soviel in der Welt,
und was ist's,
wenn ein 'n ein Mädel nur prellt!

Mittel gegen die Ratten

A frema Herr is nächst a mal
Im Stern bliebm üba Nacht,
Den hoaud da Wirt in anan Tog
A fetzn Zech hingmacht.

Ea laßt ses gfalln und zohlt san Zech,
Dea frema Pataschia,
Naou fraougta: „Woß, 's kai Ratzn hobm?"
Ea wüßt daou wos dafüa.
„O loiba Herr!" sagt schnell da Wirt,
„Su Voicha hobma viel,
Daou wenns a sichers Mittl hobm,
Dees zohl ih, kosts woß's will!"

„Herr Wirt!" sagt draf da Pataschia,
„Dees is füa Sie a Gspaas,
Dennen mach'ns Zech, woirs mir gmacht hobm,
Naou bleibms ganz sicher aas."

Johannes Firmenich

Beten hilft nicht immer

A mal – as is nu niet recht lang –
Is gwest a dürra Gauagang,
Es haut die ganze Zeit niet gregngt,
Un d'Sunn haut alle Frucht vosengt.
Dau hobm die Leit am Bergng un Tol
Zin Himmel grouft, daß regnga soll.
Nauh hobm's ihran Raut zamgschlogng,
Si moin', des mou ma'n Pfara sogng;
Dea Herr is doch reat houch gstudirt,
Wen dea bet't, daß nau regnat wird!
Eiz genga s' zin geistlen Herrn,

Und sogng: „Toun s' halt niet zaorne wean,
Mir bittn eihna all reat sehr,
Daß uns ner bettn an Regng her."
Da Herr der haut ganz freundle glacht,
Und haut reat loible Meina gmacht;
Nauh sagt a ganz bedenkle draf:
„Daß t's Bettn volangts, des is ganz brav.
Doch will i's enk in voraus sogng,
Nauh kimts eih hintenauh niet beklong:
Wen mia (des wisst's, i tou niet loigng)
Koin anen Wind und Weda kreign,
Nauh hilft uns unsa ganze Wix
Und's Bettn alls mi'nanda nix!"

Georg Weiß-Königstein

Kindheit, Kinderspiele und Feste in der Oberpfalz

Ist das Kind aus den Fesseln des Wickelkissens gelöst und sind ihm die Füße frei, so wird es mit großer Sorglosigkeit sich selbst überlassen. Es hat sich mit all seinen Bedürfnissen dem gemeinsam Üblichen zu bequemen und keine besondere Rücksichtnahme zu hoffen. Mit der Erziehung schlägt sich der Bauer nicht viel herum. – So wachsen Junge und Dirne lustig auf wie wilde Birnbaumreiser, bis ihnen eines Tages die Mutter mit dem Wintergrün einen Streich auf den Kopf versetzt und sie in die Schule schickt mit den Worten: „Geh hin und lern was!" Hängt sie ihnen überdies noch die Wurzel jener Pflanze in einem Säckchen um, so ist alle Hoffnung vorhanden, daß sie gescheit werden. –

So lastet die größte Summe der Erziehungspflichten auf Lehrer und Seelsorger. Wie weit sie diesen Ansprüchen gerecht werden, ist nicht unsere Aufgabe zu untersuchen. –

Am platten Lande werden Knaben und Mädchen sehr früh zu Haus- und Feldarbeit angehalten. Doch bleibt neben dieser und neben den harten Stunden in der dumpfen Schulstube immerhin noch etliche Zeit zum Tummeln auf den Gassen und unter der Dorflinde und zu fröhlichem Spiele. Auffallend Sinniges an Kinderspielen vermögen wir just nicht zu berichten; doch käme eines zu bemerken. Der Oberpfälzer bringt durch Hebung und Senkung der Stimme in seine Rede viel Schatten und Licht. Seine Sprechweise ist ungemein singend und fügt sich leicht dem Rhythmus. Dieser Sinn für Rhythmus, Assonanz und Reim kündet sich schon im Kinderspiele. Man findet kaum irgendwo einen solchen Reichtum an sogenannten Auszählsprüchen wie in der Oberpfalz. Bar allen Inhalts, genügen sie dem kindlichen Ohre durch die rhythmische Bewegung. Häufig sind sie ganz lokal. –

Ähnlicher Gattung sind die Verse, welche die Buben beim Pfeifenschneiden rezitieren. Wenn im Frühling der Saft zur Höhe steigt, wird ein fingerdickes Weiden- oder Haselnußrohr abgeschnitten und die Rinde mit dem Messerhefte so lange geklopft, bis sie sich vom Stämmchen ablöst und also für die Pfeife taugsam wird. Während des taktmäßigen Klopfens spricht der Knabe:

Pfeiferl, Pfeiferl, bi – bo,
Zoich der Alten d'Haut o
Über'n Kopf und über'n Schwanz,
Bleibt mei Pfeiferl deina ganz!

oder:

Pfeiferl, Pfeiferl geih,
Sinst wirf' di' über'n Sei (See),
Sinst wirf' di' über'n Stadltena,
Freß'n di' d'alten Rabenhena!

Die Mädchen durchmessen paarweise, mit nach vorne gekreuzten Armen die Hände gegenseitig haltend, den Spielplatz und sagen beim taktmäßig wiegenden Gange die Reime her:

Woll'n mer a mal spazieren gehen
In dem schönen Rosengarten,
Den die schönen Mädchen warten,
Ri – ra – rutsch,
Fahr'n mer in der Kutsch! –

Übrigens hat der oberpfälzische Kalendermann doch auch für die Jugend etliche Tage rot angestrichen. Diese Kinderfesttage beginnen im Jahre mit dem Ostertage, der die Osterfladen, die roten Eier und die sonstigen Patengeschenke bringt. Frühlingsanfang wird neuerer Zeit fast allgemein von der Schuljugend der Städte und Märkte durch fröhlichen Auszug mit Musik und Fähnlein und durch Kinderspiel im Freien gefeiert. Vereinzelt, wie z. B. um Breitenbrunn, wird auch noch von ein paar Buben das Sommer- und Winterspiel aufgeführt. Der eine mit Blumen und Bändern geschmückt, der andere in den Mantel gehüllt, mit Pelzkappe und Pelzhandschuhen angetan – so wandern sie von Haus zu Haus und geben gegen eine kleine Gabe ihr Spiel zum besten.

Der Text eines solchen lautet:

Sommer: Ich bin der Sommer wohlbekannt,
Ich bin beliebt im ganzen Land.
Ich bin der Sommer, ich bin der Herr,
Der Winter gilt kein'n Batzen mehr.

Winter: Schweig stilla, Sommer, schweig still,
Was der Winter verkünden will.
Viel Schnee und Eiszapfen werd ich bringen,
Daß die alten Weiber zum Ofen springen.
Der Winter der ist gut,
Schneit dem Bauern auf den Hut.

Sommer: Jetzt ist's gleich Sommer, jetzt wird es warm,
Jetzt geh'n wir 'naus zum Pflanzenscharr'n.

Winter: Und gehst du 'naus zum Pflanzenscharr'n,
So will ich noch brav Schlitten fahr'n.

Sommer: Jetzt geh ich über die Wiesen weit,
Und seh viel Grasmägd' und Mahderleut.

Winter: Jetzt geh ich über d'Wiesen, und die ist weiß,
Da fahren s' Schlitten und schießen s' Eis.

Sommer: Jetzt will ich auch auf den Kirschbaum steig'n,
O Winter, du kannst schon d'runten bleib'n.

Winter: Den Kirschbaum will ich dir zusammen klieb'n,
Und die Scheiter in den Ofen schieb'n.

Sommer: O Winter, du bist ein grober G'sell,
Du jagst die alten Weiber in die Höll'.

Winter: Jag' ich sie 'nein, so heiz ich brav ein,
Da können sie nachher singen und schrei'n.

Sommer: Ich bin der Sommer im weißen G'wand,
Und jag' den Winter aus dem Land.

Winter: Ich bin der Winter in der Pelzhaub'n,
Und jag' den Sommer über Zaun und Staud'n.

Sommer: O Winter, du darfst jetzt nimmer viel sag'n,
Ich werd dich gleich aus dem Sommerland jag'n.

Winter: Du wirst mich brav aus dem Sommerland jag'n,
Und kannst keine zaundürre Henne trag'n.

Sommer: O Winter, ich werd' dich nicht länger frag'n,
Ich muß mit dir schon raufen und schlag'n.

Drauf fangen die Buben an sich zu balgen, bis endlich der Sommer den Winter überbietet und ihn zur Türe hinauswirft. Nach kurzer Weile kommt aber dieser wieder herein und spricht:

O du mein Sommer, ich geb dir recht,
Du bist der Herr und ich dein Knecht.

Drauf der Sommer:

O du mein Winter, jetzt ist's schon Recht,
Bin ich der Herr und du der Knecht,
O du mein Winter, so gib mir die Hand,
Nachher reisen wir mit 'nand in's Sommerland! –

Das Sommer- und Winterspiel verkündet die wiedererwachende Natur. Den eigentlichen Beginn des Sommers leuchtet die Flamme des Sonnwendfeuers ein. Die uralte Sitte des Sunwendfeuers (Simmets- oder Zimmetsfeuers) am Vorabende des Johannistages ist noch in vielen Gegenden der Oberpfalz, an der Altmühl, um Neumarkt, Kastl, Bilseck, Auerbach etc. trotz aller polizeilichen Verbote sehr im Schwange, wenn es auch nicht mehr so lustig dabei hergeht wie weiland zu Kastl, wo man mit Musik auszog auf den Kastler Berg und unter allgemeinem Jubel die Flamme lodern ließ, bis zum Gebetläuten der Marktsknecht kam und sie auslöschte. Das

Anzünden des Zimmetsfeuers, soweit sich die Sitte noch erhalten hat, und der Sprung darüber ist jetzt ausschließlich der Jugend überlassen. Die Alten sorgen nur dafür, daß drei „Brände“ (angebrannte Scheiter) in den Flachsacker gesteckt werden, damit der Flachs gehörig in die Länge wachse. Das wird auch erreicht, wenn der Junge recht hoch springt und dabei ruft:

So lang, so lang
Muß mein Flachs werden!

In Breitenbrunn und Umgebung geht vorher noch der Kohlemann. Ein Bube mit geschwärztem Gesichte, begleitet von einem Schwarm Kameraden, schiebt einen Karren vor sich her und läßt vor jeder Herdstätte seinen Spruch erklingen:

Kohle- Kohle- Kohlemann,
Zünd der Frau das Haus nit an,
's ist a gute Frau im Haus,
Gibt gute Scheitla 'raus!

Der Bitte um ein Stück Holz wird willfahren, und wenn genug gesammelt ist, geht der Zug unter großem Jubel auf einen hochgelegenen Wiesenplan, wo der Stoß hergerichtet und angezündet wird. Im Regengrunde umstehen die Jungen das Zimmetsfeuer und begleiten das Sprühen und Zischen der Flamme mit lustigem Peitschenknallen. –

Spätsommer und Herbst, die Tage der Arbeit und Mühe, bringen der Kinderwelt kein sonderliches Fest, soweit diese nicht an den Freuden der Ernte, der Sichelhenk und Drischlleg teilnehmen darf. Dagegen wird die Eintönigkeit des Winters ab und zu von einem Tage erhöhter, fröhlicher Stimmung unterbrochen. Am Vorabende des Nikolaustages (6. Dezember) hält noch in einzelnen Gegenden, wie an der Lauterach und im Böhmerwaldvorlande, der heilige Nikolaus, der „Niklo“, seine Einkehr. Der Vorabend des Weihnachtsfestes bringt in den protestantischen Bezirken das geschmückte, mit Lebkuchen und Spielzeug behangene und mit brennenden Wachslichterchen besteckte Tannenbäumlein. Das Plattland der katholischen Oberpfalz kennt diese Sitte nicht; doch wird da und dort der Barbarabaum, ein am Tage der heiligen Barbara abgeschnittenes Weichsel- oder Kastanienreis, das im Wasser aufbewahrt und zur Blüte gebracht wird, an diesem Abende mit etlichem Zuckerzeug und „Leckerln“ behangen, den Kindern zu Nutz und Lust.

Ein Tag allgemeiner Jugendfröhlichkeit schier in der ganzen Oberpfalz ist aber der Spitzltag, der auf St. Stephan oder auf den Allerseelentag fällt.

Da halten die Kinder scharenweise Umzug, und bei jedem Bäcker ertönt der Ruf „Spitzl 'raus", „Spitzl aussa", dem durch Darreichung etlicher Spitzln, zu diesem Zwecke eigens gebackener Spitzwecken, genügt werden muß. Die Spitzln kommen schließlich unter allgemeinem Jubel zur Verteilung. Im Böhmerwaldvorlande, wo vorzugsweise der Allerseelentag (Armenseelentag) als Spitzltag gilt, ziehen mit den Kindern auch Erwachsene – namentlich die Armen aus der ganzen Umgegend – von Haus zu Haus, um die Spitzln (Seelenbrot) in Empfang zu nehmen.

Dabei lautet ihr Spruch:

G'lobt sei's Christes um a Spitzl!
Mei' Muttar is a Ritzl,
Mei' Vodar is a Hobasock,
Gedds ma, muos i mog,
Niad z'viel und niad z'weng,
Daß i mei' Ranzl niad z'spreng.

An der Altmühl, wo gleichfalls der Spitzltag auf den 2. November fällt, weisen alle zu dieser Zeit abgehaltenen Märkte eine Reihe von Bäckerbuden auf, wo Spitzln feilgeboten werden, und führen den Namen „Spitzlmärkte". Hier muß auch der Bursche, wenn er nicht die Liebe auf's Spiel setzen will, seinem Schatz mindestens ein Paar Spitzln schenken, wogegen ihm dieser am Palmsonntag Entgelt bietet, ihn in's Wirtshaus führt und mit weißem Bier, mürbem Brot und einem Eierfleck regaliert (das s.g. Wirtsgehen). – Der Stephanstag ist gleichzeitig auch der Pfeffertag (Pfefferlestag) für die männliche Jugend. Den ganzen Tag über laufen die Buben in den Dorfgassen oder am Marktplatze umher und pfeffern den Männern, die ihnen in den Weg kommen, mit einer Hasel- oder Schlehdornrute (in Auerbach mit einem Rosmarinreis, anderwärts mit einem Reisig vom Barbarabaum) auf die Hände mit den Worten: „Schmeckt der Pfeffer gut?" Den Mädeln hinwider ist der Neujahrstag für diese Sitte eingeräumt, und mein Gewährsmann bemerkte, es gelte dieser Brauch am unschuldigen Kindleinstage als Erinnerung an den Betlehemitischen Kindermord!!

Wir reihen an dieses Gemeinübliche noch etliches, was zur Zeit nur noch in einzelnen Gegenden der Oberpfalz von altherkömmlicher Kindersitte übrig geblieben ist. Hierzu gehört unter anderem das Ansingen des heiligen Dreikönigstages. In den Städtchen und Märkten des Oberpfälzer Waldes und seiner Nachbarschaft gehen jeweils drei Jungen, mit Hilfe etlicher bunter Gewandstücke als die drei Könige vom Morgenlande verkleidet und mit den Sternenträger an der Spitze, von Haus zu Haus, singen das Dreikönigslied ab und sammeln als Dank hierfür kleine Münze oder Eßwaren ein, die sie schließlich nach Verdienst und Würde unter sich teilen. Hier der Text eines solchen Dreikönigsliedes:

Die heil'gen drei König hochgebor'n,
Sie reiten daher mit Stiefel und Sporn;
Sie reiten vor des Königs Herodes sein Haus,
Herodes schaut selber zum Fenster 'raus.
Herodes spricht: „Herein,
Herein, Ihr Herren mein,
Ich halt Euch stroh- und heu-
Und halt Euch zehrungsfrei!"
Doch Kaspar sprach: „Nein, nein,
König Herodes, das kann nicht sein.
Wir müssen noch reiten über Berg und Tal,
Bis wir das Christkindl finden im Stall!" –
Kaspar, Melchior, Balthauser,
Behüt uns vor allerhand Grauser,
Behüt uns nur heuer
Vor allerhand Steuer,
Vor Richter und Schergen,
Daß wir dies Jahr nit ganz verderben! –

In Kastl, Dorf Pfaffenhofen und Umgebung war bis in die jüngere Zeit noch die Palmeselfahrt im Schwange. Am Nachmittag des Palmsonntags war den Buben, welche das Jahr über Ministrantendienste verrichteten, das Vorrecht eingeräumt, einen hölzernen Palmesel in Prozession von Haus zu Haus zu führen. Eines der Bürschlein saß auf dem Esel, hatte die Rolle des in Jerusalem einziehenden Heilandes zu spielen und war zu dem Ende mit den Gewändern angetan, wie sie nach der örtlichen Anschauung für diese Darstellung ziemten. Die übrigen zogen den Esel oder bildeten das Geleite und sangen das gloria laus, wofür ihnen denn aus den Häusern Bier, Brot, Semmeln und wohl auch kleine Münze gereicht wurde.

Eine andere Sitte, die zu Schönsee und in der südlichen Böhmerwaldgegend noch gilt, ist die Pfingstelfahrt. Am Pfingstsonntagabend sammeln sich die jungen, zwölf- bis sechzehnjährigen Burschen der Dorfschaften und erküren einen, welcher den Pfingstel oder Pfingstschwanz zu spielen hat. Der Pfingstschwanz bekommt nun als Auszeichnung einen großen „Druispitz" auf den Kopf, von welchem hinten ein ellenlanger, aus Stroh geflochtener Zopf herabbaumelt. Das Gesicht ist ihm mit Rötel und Kohle wacker angestrichen, und in der Hand hält er einen mit Bändern und Blumen geschmückten Fichtenstock, dessen geschälte Zweige zu Böglein zierlich aufgebunden sind. An der Spitze ist dieser Stab mit einem Stachel versehen, um damit die Zudringlichen fühlbar abwehren zu können. Der Pfingstel eröffnet den Zug; ihm folgen zwei Burschen, der eine mit einer „Masche“ (Korb), der andere mit einem Beutel versehen, und das Rudel der übrigen Dorfjungen schließt sich an. So geht es von Haus zu Haus, wo etwas an Eiern, Brot, Schmalz, Geld u. a. für Korb oder Beutel zu erwarten steht. Während die beiden Trabanten sammeln, stolziert der Pfingstschwanz im Zimmer auf und ab und sagt dabei folgende Verse her, die jedenfalls mehr naturwüchsig als poetisch gehaltvoll sind:

Geh' i für's Pfinstl's sei' Haus,
Schaut da Pfinstl zum Fensta raus.
Hob i g'moint, es san seine Mägd,
Dawal san's seine Knecht.
Der erste is da Stadlfroh,
Der geht in Stadl und schneid't a Stroh;
Des ander is da Knecht, da faul,
Der geht in Stall und mäst't san Gaul;
Des dritt' is da Kochlöffelstiel,
Wo ma'n hi'tout, frißt und saft er viel. –
Heint nacht bin i am Hohlmäuerl g'sess'n,
Hob'n ma' d'Russ'n und d'Schwab'n mein' Beutel ausg'fress'n.
D'Russ'n und d'Schwab'n san davo',
Mein' dafressena Beutl hob i no'.
Gebt's mer a paar Schilling Oar und a paar Gulden Geld,
Auf daß i'n wieda z'amflick'n ko'.
Halleluja, Halleluja,
Pfingsten ist wieder da!

Zuletzt bewegt sich die ganze Rotte ins Wirtshaus, wo das Ergebnis der Sammlung in Geld umgelöst und gemeinschaftlich vertrunken und verjubelt wird. Der Pfingstel erhält über seinen Teil noch 24 Kreuzer und einen Napf Branntwein extra!

Wir haben zum Schlusse noch eines Jugendfestes Erwähnung zu tun, das erst zu Anfang dieses Jahrhunderts seine allgemeine Bedeutung verlor und im Markte Bruck noch vor wenig Jahrzehnten gefeiert wurde. Der Gregoriustag (12. März) bildete den Schluß der Winterschule, und das Gregorifest – ein Nachklang des von Papst Gregor IV. schon im neunten Jahrhunderte gegründeten Schul- und Kirchenfestes des heil. Gregorius – ward in offizieller Weise von Lehrern und Schülern feierlich begangen. Nachgerade wurde Schulschluß und Gregorifest auf den Beginn des Mais verlegt und letzteres, vom Banne des „Ludimagisters“ sich losmachend, entwickelte sich in freier volkstümlicher Weise. Wir schildern hier das Brucker Gregorifest.

Die Schuljugend wählte aus ihrer Mitte vorerst einen Kaiser, demnächst sein Gefolge aus allen Ständen und begann nur in entsprechender Vermummung ihren Umzug durch den Markt. Wo der Troß eines behäbigen und freigebigen Bürgers Haus wußte, da fiel er ein, und die Jungen und Dirnen trugen ihre Sprüche vor so gut es ging und erhielten dafür Eier, Schmalz, Mehl, Bier und wohl auch kleine Münze. Der Umgang dauerte volle 8 Tage hindurch, und was die Sammlung eintrug, wurde jeweils dazu verwendet, eine frohsamliche Schmauserei am Rathause anzurichten, daran gewöhnlich auch Musik und Tanz für solche anreihte, die just der Schulstube schon entwachsen waren. – Die Sprüchlein aber lauteten nach dem Berichte eines, der seinerzeit selber in der Rolle des Kaisers aufgetreten war, folgendermaßen:

Der Kaiser sprach:

Ein'n glückselig Tag allinsgemein!
Bitt um Verzeihung, daß wir kommen 'rein.
Ein'n alten Brauch an diesem Tag
Allhier im Kurmarkt die Schul' vermag.
Ich bitt' um einig' Sachen,
Tut mit uns eine kleine Zeit vertragen.
Kaiser, König, Fürsten, Grafen,
Pfleger, Richter, Advokaten,
Müssen uns die Zech' aufschreiben,
Die wir allhier schuldig bleiben.

Wechselgespräch der übrigen:

Du sagst mir wohl von diesen Sachen;
Hätt' ich nur Mehl zum Krapfen bachen!
    Mit Mehl allein wirst Du nicht klecken,
    Mußt Eier und Schmalz darüber decken.
Ha, ha, ich bin auch schon da,
Höre wohl das Hühnerg'schra!
Gebt uns ein paar Eier
Zu unsrer Gregorifeier!
    Ach Bub'n, ein Stockfisch, der ist gut,
    D'ran woll'n wir hab'n ein' guten Mut!

Nein, nein, die Küchel sind viel besser,
Dazu braucht man fein kein Messer!
Die mag ich nicht! Ich tu nur trinken,
Daß ich möcht' zu Boden sinken,
Eine Maß Bier, ein', zwei oder drei,
Welches steht einem jeden frei!
Das tät ich wohl am besten lieben,
Wenn ich mein Faßl voll Bier tät kriegen!

Der Sprecher der letzten Strophe trug ein Fäßlein, auf welchem er mit Kreide die Anzahl der Maß verzeichnete, welche der Hausherr zu geben versprach. Die übrigen sammelten jene Gaben ein, von denen ihr Spruch die unzweideutige Mahnung erhielt. Zuletzt trat ein Bursche mit einem großen ledernen Geldbeutel auf und redete, ihn in die Höhe haltend, ihn an:

Mein lieber G'sell, wärst du voll Geld,
Ich hoff, du wärest bald gezählt!

Ein zweiter entriß ihn und warf ihn auf den Boden:

In dir ist nichts, du bist ganz leer!
Ich wollt', daß der Plunder im Beutel wär!

Ein dritter hob ihn wieder auf mit den Worten:

Du bist mir lieb und gefällst mir wohl,
Wärst du nur brav von Talern voll!

und versuchte hierauf sein Glück im Sammeln. Endlich trat eines der Mädchen aus der Reihe und ließ folgenden Spruch vernehmen:

Der Kuckuck hol die Köcherei!
Der Kellner macht ein groß' Geschrei.
Sollt ich kochen, was gut und teuer,
Brauch' ich Karpf und Hecht aus dem Weiher,
Brauch' ich Geld von eurem Herrn,
Und ich will kochen alles gern;
Große Krebse nach Verlangen
Sollen auf den Tisch gelangen.
Gekreuzigter Herr Jesu Christ,
Gib uns G'nad zu dieser Frist!

Alles soll sein in unserer Mitten!
Gedenk, was Christus für uns gelitten,
Und nur für uns arme Adamskinder,
Weil wir sind so große Sünder!

Nach diesem poetischen Ergusse, der an Naivität und kühnen Gedankensprüngen alles überbietet, was unsere Volksdichtung aufzuweisen hat, dankte der Kaiser in folgender Weise:

Habt ihr ein Kind in eurem Haus,
So schickt's mit uns in die Schul' hinaus,
Wir wollen ihm lernen lesen und schreib'm
Sowohl mit der Feder als mit der Kreib'm (Kreide).
Amen, Amen, es ist schon aus,
Jetzt gehen wir wieder in ein anderes Haus.
Amen, Amen, Hafenbogen:
Was die alten Weiber sagen, ist alles erlogen!

Drauf wanderte der Zug fürbaß, um beim Nachbar das Drama von vorne zu beginnen. An besonderem Tiefsinne leidet dieser Text des Gregorispieles, der aller Voraussetzung gemäß der jugendlichen Phantasie unmittelbar entsprungen ist, wohl kaum; aber – er erfüllte seinen Zweck. Die Schuljugend erhielt ihre Gaben, und was den Versen selbst an Witz abging, mußte der Humor des Spielenden und der Mummenschanz ersetzen, also das es doch in jedem Hause, wo das Spiel aufgeführt wurde, einen leidlichen Jux absetzte!

Eduard Fentsch

Assonanz = Gleichklang von Selbstlauten am Versende / regalieren = reichlich bewirten / gloria laus = Lobgesang / Rötel = roter Mineralfarbstoff

Der Fischer

Der Fischer klomm wohl den Arber hinan,
Er klomm wohl hinauf zum See –
'Zum See, umgürtet mit Fels und Tann',
Und kühler als Nordlands Schnee.

Er barg sich tückisch im Uferrohr
Und warf die Schnur in die Well'.
Bald zog er ein zappelndes Fischlein empor:
„Ei grüß dich, du blanker Gesell!"

Da rief's: „Was trennst du vom Liebchen mich los,
Du Mann mit dem falschen Stab?
Erbarmung! Es spielt sich so lustig im Moos –
Ich bin ja zu fröhlich für's Grab.

Horch auf! Es schwimmen viel Fischlein hold
Tief unten – tief angle hinein;
Die prangen mit Schuppen von Silber und Gold,
Ihr Auge ist Edelgestein.

Sie schlafen des Nachts in korall'nem Bett',
Von Perlen erbaut ist ihr Haus;
Wer solch ein Fischlein gefangen hätt',
Der lachte wohl Könige aus."

„Ho!" sprach der Fischer, „fort, ärmlicher Wicht,
Nur flugs in die Pfütze hinein;
Du sättigst den hungrigen Magen mir nicht,
Mich lüstet's nach Edelgestein."

Und neiget sich vor und neiget sich sehr,
Will langen bis tief in den Schlund;
Da wird ihm das gierige Herz zu schwer, –
Er stürzt – und sinket zu Grund.

Drob freute das listige Fischlein sich fast,
Rief seine Gespielen all;
Die kamen von Nord und von Süd zu Gast –
Sie kamen zum Leichenmahl.

J. Wensauer

Quodlibet aus zwei heiligen Büchern, des fernern Meditationen über Hölle und Himmel nach Martinus von Kochem

Allons! Ich sing' ein Quodlibet,
Wer Lust hat, komm' herbei:
Es ist durchaus schön dockerlnett
Und funkelnagelneu.
Hanswursten machen ihre Sprüng'
Und locken d'Leut zum Stand;
A Jungfer is a Wunderding
Als wies Schlaraffenland.

Der Noah hat wohl hundert Jahr
An seinem Kasten baut,
Doch lachte alles der Gefahr,
Ham grod aus Spaß zug'schaut.
Kotz Blitz! Jetzt lacht mir koaner mehr!
Es heulen groß und klein,
Denn plötzlich kommt a G'wäsch daher
Und wässert d'Stockfisch ein.

Seht, was nicht Josua alles kann;
Er heißt die Sonne stehn;
Drum will s' seit diesem Wundermann
Koan Tritt vom Fleck mehr gehn.
Saul konnte David gar nicht leid'n,
Oft hätt' er'n massakriert;
Doch dieser spielt a Stück' von Haydn,
Da hat er'n embrassiert.

Die Juden schacherten sogar
In ihrer Synagog;
Doch Christus nahm die ganze War'
Und schmiß s' hinaus zum Loch.
Der Hunger tät das allermeist,
Wie Gott auf offner Hoad
5000 Pfälzler ausgespeist,
Blieb jedem noch a Bschoad.

Vor'n hoaßn Ofen z'Babylon
Wär' selbst der Teuf'l g'rennt,
Da hat man auf drei Meilen schon
Vor Hitz den Bart verbrennt.
Koa Bäck wollt da was z'bacha hab'n,
Denn niemand traut sich hin;
Doch pfiffen die drei frommen Knab'n
Laut den „Krautschneider" drin.

Der Daniel mußt in d' Löwngrub'n,
Dees war a schöne Hatz;
Die Löwn spiel'n wie d'Schnullerbub'n
Und schmeichel'n wie a Katz.
Sieh: Pharao zieht durchs rote Meer
Mit Stief'l und mit Spor'n –
Auf einmal steckt sein ganzes Heer
Im Dreck bis über d'Ohr'n.

„Ma foi, raison! Dees is koa Art!"
Schrie Malchus ganz verzagt;
„Derselbig dort mit'n grauen Bart
Hat mir mein Ohr wegg'hackt!"
„Pssst! Peter, mach dich net so broat!"
Rief ihm der Herr entgegen,
„Glei steckst dein Sabl wieder in d'Schoad,
I hon dein Schneid schon g'sehgn!"

Der Simon Cyrenäus saß,
Herrn Christum auch zu sehn,
Vor einem Wirtshaus, trank ein Glas
Gut's Märzenbier im Stehn –
Als plötzlich ihn ein Jude faßt:
„Marsch! Hin zum Kreuz, du Dieb!
Du bist brav stark und ausgerast',
Jetzt, Bauernlümml, schieb!"

Der Schächer an dem Kreuze dort,
Der linker Seite ist,
Schilt wia a Landsknecht immerfort,
Und stimmt Herrn Jesu Christ.
„So halt amal die Goschn, Schwanz!"
Sprach der zur recht'n Hand,
„Und bet dafür an Rosnkranz,
Dees is dir gwiß koa Schand!"

Der Teuf'l hat noh koan so grob
(Seit er nach Seelen schnappt)
Als wia den gut'n alt'n Job
Beim Hos'nband'l g'habt;
Doch sprach Job nichts als diese Wort',
Als wär es bloß ein Traum:
„Hat mir der Schinder 's Pferd mit fort,
So hol' er auch den Zaum!"

Laurentius hat viel verkost'
Und litt's in Gottesnam'n,
Er schnurpfte auf dem glühenden Rost
Als wia a Bratwurst z'samm.
Bartholomä schürt g'waltig nach
Und gibt sich alle Müh';
Jetzt sieht ihn Sankt Lorenz und sprach:
„Wart! Bald kummt's aa an di!"

Sankt Stephan bat für seine Feind':
„O Herr, sie stan stoagrob;
Doch is es ja so bös net g'meint,
Sie stell'n mich nur auf d'Prob."
– „Ei, stirbt der Fuchs, so gibt's den Balg!
Rief laut St. Barthlmä,
„Und lebt er lang, so wird er alt –
Schürt's zua, es tuat net weh!"

Der alt' Tobias weint sich blind,
Das sah die ganze Stadt;
„Bhüat Gott" sprach er, „mein liebes Kind,
O werd' halt koa Soldat!"
Doch diesem tät's beim Raphael
So ziemlich wohl behag'n,
Denn der hat ihm als Schneiderg'sell
Nach Wien sein Bündl trag'n.

Marcelin Sturm

allons = vorwärts, auf geht's / Quodlibet = Durcheinander, Mischmasch; Zusammenstellung verschiedener Texte / massakrieren = umbringen / embrassieren = umarmen / Ma foi, raison = etwa: Meiner Treu, seid doch vernünftig!

Der Drachenstich in Furth

„Wir wollen," sagt Adalbert Müller, „diese kleine Abhandlung (Beiträge zur Geschichte und Topographie der alten Grenzstadt Furth im Walde) nicht schließen, ohne noch eines eigentümlichen Volksfestes zu gedenken, das zu Furth alljährlich am Sonntage nach dem Fronleichnamsfeste begangen wird. Dieses Fest heißt der Drachenstich und verdankt seinen Ursprung wahrscheinlich einer jener alten Lindwurmsagen, die ehedem fast bei allen Gebirgsländern unter dem Volke verbreitet waren. Das Schauspiel, welches zum Nutzen der Wirte, Bäcker und Metzger noch immer sehr viele Zuseher aus der Umgegend herbeizieht, geht in den ersten Nachmittagsstunden des genannten Tages auf dem großen Stadtplatze vor sich. Die auftretenden Personen: ein Rittersmann zu Pferd, in Harnisch und Blechhaube, umgeben von einer Schar Trabanten, dann eine Königstochter aus unbekanntem Lande, welche, zum Zeichen ihres hohen Standes, ein Goldkrönlein auf dem Haupte trägt und mit soviel Silbergeschnür und Schaumünzen behängt ist, als man nur immer auftreiben kann. Eine Ehrendame, die Nachtreterin genannt, begleitet die Prinzessin. Letztere nimmt auf einer erhabenen Bühne Platz, und ihr gegenüber stellt sich in einiger Entfernung der Drache auf, ein greuliches Monstrum, dicken ungestalten Leibes, freilich nur ein Holzgerippe, mit bemalter Leimwand überzogen und von zwei im Innern verborgenen Männern bewegt. Ein dichtes Gewühl sammelt sich jedesmal um diese abenteuerliche Erscheinung, und dann macht sich der Drache bisweilen den Jux, mit weit aufgesperrtem Rachen unter die Menge zu rennen, die eiligst zurückweicht, und dann in den possierlichsten Lagen übereinander purzelt. Der Hauptspaß aber ist, wenn es dem Ungetüm gelingt, eine Böhmin aus dem Haufen herauszupacken und ihr mit den Zähnen die breite Tellerhaube vom Kopf zu reißen. Dieser Coup erregt unausbleiblich ein echt homerisches Gelächter, aus tausend Kehlen erschallend."

Inzwischen sprengt der Ritter zur Prinzessin heran und entspinnt sich zwischen beiden nachfolgender Dialog in altväterischen Knittelversen:

Ritter:

„Grüß Gott, grüß Gott, ihr königliche Tochter mein!
Was macht ihr hier auf diesem harten Stein?
Mich dünkt's, ihr seid ganz trauervoll.
Die Sach, die Sach steht nicht gar wohl."

Prinzessin:

„Ach edler treuer Rittersmann!
Mein Not und Treu zeig ich euch an,
Ich wart dahier auf Drachengreul
Er wird mich schlucken in schneller Eil."

Ritter:

„Schad nicht, schad nicht, seid wohlgemut!
Die Sach, die Sach wird b'währt und gut.
Rufet zu mir und betet zu Gott,
Er wird uns helfen aus aller Not."

Prinzessin:
„Ach edler treuer Rittersheld,
Flieht weit hinweg, flieht weit ins Feld!
Sonst müßt ihr euer ritterliches Leben
Mit mir bis in den Tod aufgeben.“

Ritter:
„Ich als starker Rittersmann?
Das grausam Tier macht mir nicht bang;
Mit meinem Degen und Rittershand,
Will ich ihn räumen aus dem Land.“

Prinzessin:
„Seht, seht, ihr Ritter und Herr!
Das grausam Tier tritt schon daher.“

Während dieser Worte rückt der Drache gegen die Bühne vor und stellt sich an, als wolle er die Prinzessin verschlingen, doch der kühne Ritter sprengt ihm entgegen und bohrt seine Lanze tief in den Rachen des Ungeheuers. Bei diesem Manöver muß aber derjenige, welcher die Stelle des Ritters spielt, (immer ein junger Bürgerssohn) sich wohl in acht nehmen, daß er die in der Gaumenhöhlung verborgene Blase trifft.

Das Volk will heute Blut sehen, sei es auch nur unschuldiges Ochsenblut, und wenn der Held des Tages fehl sticht, so überschüttet ihn ein Hagel von Spottreden. Ist der Lanzenstoß glücklich beigebracht, so zieht der Ritter sein Schwert und haut den Drachen ein paar mal über den Schädel; dann macht er ihm mit einem Pistolenschuß vollends den Garaus.

Nachdem er auf diese Weise das Scheusal unschädlich gemacht hat, kehrt er zu der Prinzessin zurück und ruft siegesfroh aus:

„Freud, Freud, ihr königliche Tochter mein!
Jetzt könnt ihr frisch und fröhlich sein;
Dem Drachen hab ich geben seinen Rest,
Weil er die Stadt hat lang gepreßt.“

Die Prinzessin dankt ihm mit den Worten:

„Ach edler treuer Ritterheld!
Weil er den Drachen hat angefällt
Zu seinem Degen und Ritterglanz,
Verehr ich ihm ein schön Ehrenkranz.“

Hiermit steigt sie von der Bühne herab und spricht, indem sie dem Ritter den Kranz um den Arm bindet, die Schlußworte:

„Der Herr Vater und Frau Mutter werden kommen sogleich
und werden uns geben das halbe Königreich."

Die Trabanten nehmen jetzt den Ritter und die Prinzessin in die Mitte und geleiten sie in die Herberge zum Rittertanze. Auch die Zuschauer zerstreuen sich in die Schenken, und das Fest endet, wie die Volksfeste immer, mit einem allgemeinen Trinkgelage.

In früheren Zeiten ging der Drache hinter der Prozession; das wurde aber abgeschafft.

Aus Entfernungen von 12 – 15 Stunden kommen Böhmen und Pfälzer zum Drachenstich und warten begierig auf das herabfließende Drachenblut, das sie mit weißen Tüchern samt der blutgetränkten Erde auffassen und in die Flachsfelder legen, auf das der Flachs gerate und lang werde. Dieses wird für ein erprobtes Mittel gegen die Hexen gehalten.

Ein mit Gebäuden besetzter, durch einen Graben abgeschlossener Platz am Markt, das Schloß genannt, enthält den Hungerturm, von welchem angeblich ein unterirdischer Gang bis in das etwa 150 Schritte entfernte Haus des Bäckers Vogel ziehen soll. Der Hungerturm wird jetzt von einer Frau bewohnt, welche folgendes erzählte: „Die Dausder (Taus, eine Freistadt in Böhmen), welche nach Furth zum Drachenstich kommen, sagten mir oft, daß vor undenklichen Zeiten aus Böhmen drei Schwestern nach Furth gekommen seien, welche dieses Schloß und die Schloßkapelle erbauten; eine war schwarz, eine andere blind. Diese drei Schwestern hatten viel Geld, welches sie unter sich mit dem Viertelmaß teilten. Bei dem Messen übten zwei gegen die blinde den Betrug, daß sie, so oft die Reihe an ihre blinde Schwester kam, das Viertelmaß umkehrten, nur den Boden desselben mit Geld bedeckten und die Blinde mit der Hand darüber streichen ließen, als ob das Maß voll wäre. Wegen dieses Betruges muß die schwarze Jungfrau im Schloßgraben gehen."

„Auch sagten die Böhmen", berichtete weiter die Erzählerin, „daß der Drache, welcher jetzt nur nachgemacht wird, früher ein wirklicher Lindwurm gewesen sei, welcher die Stadt hart bedrängte, bis ein Held, namens Siegfried, kam, der ihn erlegte."

Ein anderer erzählte: „Einst hauste die Pest in Furth und raffte alles dahin. Niemand wollte kommen; um die Leute anzuziehen, wurde der Drachenstich gegeben."

Dem Hungerturm gegenuber steht der Turm mit der Feuerglocke, auch Hofglocke genannt, mit welcher geläutet wird, wenn ein Brand ausbricht oder ein schweres Gewitter im Anzug ist. Drei Jungfrauen sollen sie gestiftet haben. Einst zog ein schweres Hagelwetter gegen die Stadt, das aber durch das Geläut der Hofglocke abgewendet wurde. Da fiel die Wetterhexe aus der Wolke auf die Wiese am Eicheshof und sagte: „Hät nur der Holzhund (nach andern Hofhund) net z'belln angfangt, i häts enk schon gsagt!" Sie wollte sagen: „Hätte nur die Hofglocke nicht geläutet, ich würde Furth durch Hagel zerstört haben."

Aus den Verhandlungen des Historischen Vereins der Oberpfalz, 1846

Schweinshaxe

Zutaten: 2 Schweinshaxen (frische Schinken-Eisbeine) à 2 Kilo, Salz.

Die Schwarte der Schweinshaxen rautenförmig einschneiden. Die Haxen rund 15 Minuten in Salzwasser kochen. Abtrocknen, mit Salz einreiben. Backofen auf 250 Grad vorheizen. Die Haxen auf dem Rost 10 Minuten braten, danach Temperatur auf 190 Grad zurückschalten und weitere 2 Stunden braten. Ab und zu wenden.

Beilagen: Brezeln, Rettiche oder Krautsalat.

Waldmünchen, Rötz, Schönthal

Waldmünchen (Geismünchen) wird schon im Salbuche von 1283 eine Stadt genannt, die 13 Pfund Pfennig jährlich Stadt-Zins gab. Noch früher (1261) amtierte hier ein gewisser Kuno als Richter und 1305 war der Stadtrichter Rutland von Götling, zugleich Hauptmann und Kastner in Schwarzenburg, welche Veste nebst dem Markte Rötz und der Vogtei zu Miltach 1307 Konrad versetzt wurde.

Der Landgraf Ulrich von Leuchtenberg, zuerst (1317) „Pfleger der Stat ze München und der Gegend darum", erhielt Stadt und Gericht München von den Herzögen von Chamerau in Niederbayern zuerst auf Lebzeit (1319) für seine Verdienste und erkaufte 1332 von Herzog Heinrich d. J. die Burg Schwarzenburg, Rötz den Markt und die Stadt München mit Gerichten, Leuten (Edlen und Unedlen) und mit allen Zugehören um 3000 Pfund Regensburger Pfennige auf Wiederlösung, auf welche Pfandschaft

Kaiser Ludwigs Söhne, Ludwig, Stephan und Ludwig der Römer (durch ihren Vater Erben von Niederbayern 1340), im Jahre 1348 den Landgrafen Ulrich und Johann weitere 3000 Pfund Regensburger Pfennige verschrieben. Diese Herrschaft erhielt von den Landgrafen Georg der Auer von Stockenfels in Pfand und versprach (1364), ihnen oder den Herzögen von Bayern die Veste Schwarzenburg mit aller Zugehör, ausgenommen die Stadt München „als sie die Mauer umfangen hat“ zu lösen zu geben, welche Lösung um 6000 Pfund Heller (1367) wirklich stattfand. Kurz darauf (1409) wurde sie der Amalie Kagrerin zu Störnstein und ihren Söhnen Hintschik und Hanns, den Pflugen, um 3000 Schock großer Prager Münze überlassen.

Die Herrschaft Schwarzenburg wurde später in zwei Pflegämter abgeteilt (Rötz und Waldmünchen). Der Berg, worauf die Schwarzenburg stand (nun Schwarzwihrberg), wurde sonst Zwetetn genannt; die Burg zerfiel in Ruinen. Von den späteren Herren der Schwarzenburg war Heinrich Pflug Herzog Johanns oberster Feldhauptmann in der glorreichen Schlacht bei Hiltersried (1433, 21. September), worin die Böhmen ohne die Gefangenen mehr als 2000 Tote auf der Walstatt ließen. Sie endete die langjährigen Greuel und das Elend der Hussitenkriege für diese Gegenden, die auch der Himmel bald darauf (1438) durch eine außerordentliche Fruchtbarkeit segnete. Viele vom pfälzischen Adel nahmen Anteil am Ruhme dieses Tages; Wenzl von Rötz brachte dem Fürsten nach der Schlacht „das Pottenbrodt, des hauptmanß bluetig Schwerdt“. Um die Kirche zu Hiltersried bewahren noch Spuren von Schanzen das Andenken an diese Zeit.

Am Fuße der Schwarzenburg liegt an zwei Straßen nach Böhmen in einer fruchtbaren Ebene das Städtchen Rötz. Ein Pabo de Rehsce erscheint im 12. Jahrhundert in Obermünsterischen Schenkungen. Die Rötzer nahmen später in Cham Bürgerrecht, während die Satzenhover zum Frauenstein sich in Rötz niederließen. Das Patronatsrecht über die Pfarrei schenkten die Herzoge Otto und Stephan an Schönthal (1297), welches von den Grafen von Leonberg und von den Wartperchern den Zehent daselbst an sich brachte (1285 und 1301). Erstere eigneten 1305 dem Kloster alle Lehen, die es in dieser Pfarrei durch Kauf oder Schenkung von ihren Vasallen erworben hat oder noch erwerben werde.

Die ungemein freundliche Umgebung des von der Schwarzach umschlungenen und durchströmten Klosters Schönthal inmitten üppiger Triften hat dieser Ansiedlung der Wilhelmiten (seit 1263 mit den Eremiten nach der Regel des heiligen Augustin vereint) den Namen gegeben (Vallis speciosa). Gegen die zweite Hälfte des 13. Jahrhunders hin mag der Klosterbau begonnen haben, da die dortigen Urkunden nicht über 1253 hinaufreichen. Die vorzüglichsten Gönner waren die Grafen von Leonberg und nächst ihnen die niederbayerischen Herzöge Otto und Stephan, die Herren von Schwarzenburg, die Satzenhofer, Geiganter, Wahrberger und andere, aus denen sich manche hier ihre Ruhestätte erwählten, so die Geiganter (1319), Durnaer (1348), Zennger (1369), Muracher (um 1439).

Durch die Wohltaten des umliegenden Adels war diese Stiftung nach der Verwüstung durch die Hussiten (1427 und 1428) wieder zu ziemlichem Wohlstande aufgeblüht, als die Reformation die Mönche auch aus ihrem prächtig neuerbauten, gleich einem Kastelle mit Mauern und Türmen versehenen Kloster vertrieb (1559), dessen Einkünfte dem fürstlichen Ärar zu Amberg übergeben wurden. Nach der Restauration von 1669 (schon seit 1630 stand dem Kloster wieder ein Superior vor) besaß es ein Bräuhaus, eine Apotheke, gute Fischereien, Geldzinse, Jurisdiktions-Gefälle, Frohndienste von Untertanen, Lehen, Waldungen, Jagdrechte, 6 7/16 Höfe, 43 Häuser, 323 Seelen und gegen 12.000 Gulden jährlicher Einkünfte. Aus diesem stillen Asyle religiöser Forschung gingen viele Zierden des Augustiner-Ordens hervor, dem es sieben Provinziale gab. Von seinen vielen gelehrten Schriftstellern und Rednern erwarb sich Pater Ferdinand Dorfner den Titel Generalprädikator, und trug Pater Gregor von Schönthal als Professor der Theologie zu Paris den Ruf der Schönthaler Gelehrsamkeit in diese Weltstadt.

Ludwig Voltolini

Trift = Weide.

Kaisa Joseph, da zwoat, kaft in boarisch'n Wold füa unsan Hean Jesu 's Burgarecht'n

Im siebzeahhundatachtzga Johr
Is Kaisa Joseph gwen
In Rußland drin, hot gholt'n Rot
Mit ehra Kaiseren.

Sie hom de Türk'n ausjong wölln,
De läste oft san woan;
Doh bringa's de net aus'm Land,
Dees hom's ja gnaou dafoahn.

Weui draf da Kaisa hoamgroast is,
Do kimmt a durch a Stodt,
In boarisch Wold, un höat ganz feii,
A Glöck'l läut'n grod.

Weil's z'Mittog zwölfe noh ned gwen,
So hot da Kaisa gfrogt:
„Füa wos dees Gläut' jetz gelt'n soll?"
Draf hot nahm oana gsogt:

„Dees Läut'n olle Freita gschicht,
Waou Jesu Christ is gstoarm;
Es gült füa uns und aa füa engg,
Daß jeida se daboarm."

Da Kaisa oba ned do zfrien,
Taout weita nochefrong:
„Ob sie ned hom a gröißas Gläut
Füa'n Hean sein Taoud oklong?"

„Mia hama wohl a gröißas Gläut,
Dees oba ghöat füa d' Hean
Von Burgastand wenn oana stiarbt;
Sunst läutt ma's nạamat geän."

„Wos kastt bei engg dees Burgarecht?"
Da Kaisa wieda frogt;
„A Guln a fuchzg noch unsan Gsatz",
Da Burgamoasta sogt.

Draf laoußt da Kaisa blanke Münz
Füa's Burgarecht auszohln,
Und sogt: „Dees ghöat füa Jesu Christ,
Daß's gröißa läut'n solln!"

Seit in dea Stodt Hea Jesu Christ
Dees Burgarecht'n hot,
Seit dera Zeit do läut' n's eahm
Ols weui füa d' Hean in Rot.

Josef Max Schuegraf

Bayrischer Bauernhimmel

Nach Kreuz und ausgestandnen Leiden (ja!)
Erquicken uns des Himmels Freuden (ja).
Drum will ich dann singen (ja)
Von himmlischen Dingen, (ja)
Die ihr noch zu kosten einst kriegt,
Wenn ihr den alten Adam ausziecht.

Wir führen ein englisches Leben,
Und dennoch ganz lustig daneben
Wir tanzen und springen
Und hüpfen und singen,
Sankt Peter im Himmel sieht zu
Und streichet die Fiedel dazu.

Johannes ein Lämmlein auslasset,
Herodes der Metzger drauf passet;
Gebratene Tauben,
Ihr könnt es uns glauben,
Die fliegen ins offene Maul,
Wer da nicht aufpasset, ist faul.

Sankt Lucas den Ochsen tut schlachten
Ohn eignes Bedenken und Achten.
Der Wein kost't kein'n Heller
Im himmlischen Keller,
Die Engel, die backen das Brot
Und Bretzeln auf jedes Gebot.

Gut Kräuter von allerhand Arten
Die wachsen im himmlischen Garten,
Gut Erbsen und Möhren,
Man kann's auch nicht wehren,
Die Spargeln so dick wie ein Bein,
Artischocken wie Köpfe so klein.

Gut Äpfel, gut Birn'n und gut Trauben,
Der Gärtner tut alles erlauben,
Willst Rehbock, willst Hasen?
Auf off'ner Straßen
Sie laufen zur Küche herbei:
Auf, wetze dein Messer nur frei!

Soll etwa ein Fasttag ankommen,
So kommen die Fische geschwommen,
Da laufet Sankt Peter
Mit Netz und mit Köder,
Und werfet frisch um sich sein Netz,
Auf daß er den Gaumen ergetz'.

Willst Karpfen du, Hecht, ob Forellen?
Gut Stockfisch und frische Sardellen?
Sankt Lorenz hat müssen
Sein Leben einbüßen,
Sankt Martha die Köchin muß sein,
Sankt Urban er schenket dir ein.

Kein' Musik auf dieser Erden
Der unsern verglichen kann werden.
Elftausend Jungfrauen
Zu tanzen sich trauen,
Sankt Ursula selbst dazu lacht,
Das dauert bis tief in die Nacht.

Cäcilia läßt ein Liedlein streichen,
Dem kein' Musik kann gleichen,
Die englischen Stimmen
Ermuntern die Sinnen,
Und glaubt ihr, es wäre getan,
So fängt es von vorn wieder an.

Text von Marcelin Sturm

Der Trudenstein bei Neunburg vorm Wald

Zwischen Neunburg vorm Wald und Kröblitz am linkseitigen Ufer der Schwarzach liegt der Trudenstein, ein mit Waldbäumen bewachsener Berg, auf welchem verwitterte Felsen in starken Schichten hervorragen. Drei Frauen sollen vor Zeiten sich öfters auf dem Felsen gezeigt und zum Volke gesprochen haben. Ein Mann aus Kröblitz wollte hier nach einem Schatz graben und kam auf den bösen Geist. Er ward des Teufels als Pudel ansichtig, welcher ihm sagte: „Der Schatz ist von einem mit dem Hintern gesiegelt, drum kann ihn niemand haben.“ Der Mann wäre beinahe aus Schrecken um das Leben gekommen.

Friedrich Panzer

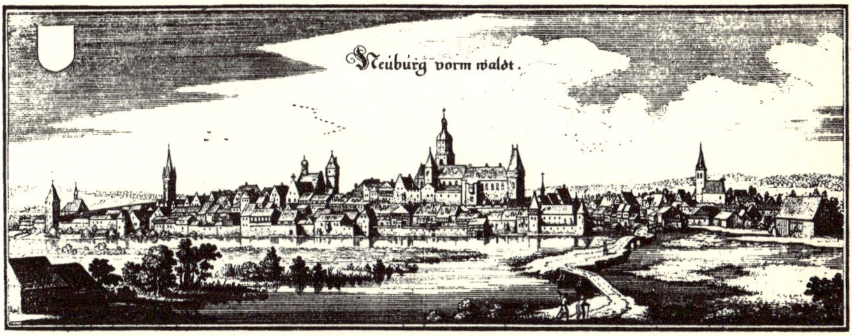

Neunburg v. W. im 17. Jahrhundert. Nach Merians »Topographia Bavariae«.

Aus: „Der Untersberg“

Chor der Jäger

Kein König übt so hohe Macht,
Wie Jägersmann im Wald;
Er herrschet in des Forstes Nacht
Mit kühner Allgewalt.
Halloh! Halloh!
Fels ist sein Thron, Laub sein Gemach,
Sein Baldachin der Föhren Dach,
Sein mächt'ges Szepter ist der Bogen,
Mit dem regiert er seine Welt:

Ihm naht sich nichts in Luft und Wogen,
Was nicht vor ihm als Beute fällt.
Halloh! Halloh! Halloh!

Kein König hegt so frohen Mut,
Wie Jägersmann im Wald;
Ihm lacht das Herz, ihm wallt das Blut,
Sobald das Hirschhorn schallt.
Halloh! Halloh!
Wie Gemsen keck, leicht wie das Reh,
Klimmt er zum Fels, schwimmt er im See,
In trunkner Jagd nennt er die Erde
Sein Königreich mit freiem Sinn
Und kehrt er heim zum stillen Herde,
Hat er auch seine Königin.
Halloh! Halloh! Halloh!

Eduard von Schenk

Da Vowoita

's is gweian a Vowoita,
A bittaböisa Mou
Dea hout dei Bauan gschund'n,
Und eih' viel iarg's tou.

Sein Heian hout a b'schissen,
Su viel a nou hout kinnt,
Do endla kreigt da Deufel
Davou an reten Wind.

Dea b'foiten af da Nodel,
Bis 's g'weian übag'nou,
Und wei sei Stündl kumma,
Dou langt a g'woltla zou.

Und in an Sook do trougt an
Am Schwiazelbeag gei fuat,
Da Mou dea tout dawocha
Zum Glück, an reten Uat.

Jess', Moarie und Josef!
In seina Ongst a schreit:
Do hout en gschwind da Deufel
In Weiha z'g'neigast keit.

Seit mou a duaten weizen
Ols oarme Seel da Mou,
Und jeida tout si scheuzen,
Dea z'nachts vubei geht drou.

Do dea'n wullt dalöisen,
Meüt a Vowoita sei,
Win Heian-Gout und Bauan's
Ols wei an Engel rei.

Johannes Matthias Firmenich

Vowoita = Verwalter / gweian = gewesen / Mou = Mann / eih' = ihnen / Heian = Herren / reten = rechten / b'foiten = behält ihn / Schwiazelbeag = Schwarzwihrberg (bei Neunburg vorm Wald) / in Weiha z'g'neigast = in den nächstgelegenen Weiher / weizen = spuken / meüt = müßte / Heian-Gout = Herrengut

Landschaft, Mensch und Haus in der Oberpfalz

Die Oberpfalz hat vorzugsweise zwei Partien Gebirgsland, welche diesen Namen nach der Elevation der Höhen und dem bewegten Wechsel von Berg und Tal auch landschaftlich verdienen. Die östliche bildet der Böhmerwald mit seinem Vorlande, das sich zwischen dem Quarzgange des sogenannten Pfahles und dem Regen am weitesten nach Westen vorschiebt. Wir schließen in diese Gruppe auch jene Fortsetzung des bayerischen Waldes ein, die noch zu beiden Seiten des Regens und Chambaches in die Oberpfalz herüberstreicht, und als Oberpfälzer Wald bezeichnet wird.

Die westliche Partie „Birglandes", wie es der Autochthone nennt, umfaßt jenes Stück fränkischen Juras (Oberpfälzer Jura), welches sich von der Neumarkter Bucht bis an die Naab und Vils erstreckt, – das Flußgebiet der schwarzen Laber von der Lauterach mittagswärts bis nahe der Altmühl.

Halten wir zuvörderst Umschau in den Dörfern dieser Gebirgsgruppen.

Im Oberpfälzer und am Böhmer-Walde, namentlich in dem schmalsöhligen malerischen Längentale des Regens findet sich ein Bauernhaus, das sowohl in den Details als in der Gesamtgestalt – insbesondere in Aufriß und Fassade – an das südbayerische Gebirgshaus ganz sonderlich gemahnt. Der Unterstock ist gemauert, der seltenere Obergaden teils offenes, teils mit Brettern verschaltes Riegelwerk, darüber ein sogenannter versetzter Dachstuhl, der im Innern mehr Raum gewährt, als das weitvorspringende, mit Legschindeln gedeckte und mit Steinbrocken beschwerte Flachdach annehmen läßt. Die Sparren ruhen auf einer niederen Blockwand – einer Anzahl aufgediebelter Balken, welche den Bodenraum erhöhen, und diese Blockwand setzt sich häufig an der Giebelfront über dem Schrotbalken bis an die Firste fort, die Stelle von Fachwerk vertretend. Die Balken der beiden Langseiten springen so weit vor wie das Dach vor die Giebelwand und haben häufig profilierte Köpfe. Hie und da dienen zierlich geschnitzte Schlagbretter zur Verkleidung der äußersten Giebelsparren. So begegnen wir einer reichen Anzahl von Motiven, welche als Grundform des südlichen Oberländer Bauernhauses bezeichnet wurden. Zwar fehlt die Laube; aber selbst hierfür ist einiger Ersatz geboten durch eine hübsche hölzerne Freitreppe, die zum erhöhten Hausflur führt, dessen durchbrochene Brüstung sich zuweilen die ganze Giebelfront entlang fortsetzt. Bildet die Langseite des Hauses die Front, wie dieses ab und zu an den oberen Partien der hinteren Schwarzach (Bezirk Waldmünchen) vorkommt, so wird der Rand des weit vorgebauten Daches von freistehenden Balken unterstützt, die nicht selten zu erhöhter Zier abgefaßt und unten durch eine Brüstung verbunden sind, so daß ein gedeckter, gegen außen abgegrenzter Freigang, eine Art der „Gräd" (Grey), vor dem Hause entsteht.

An der Ascha und Pfreimd tritt schließlich auch die Laube, jedoch in verkümmerter Form auf. Hier ist das Dorfhaus gewöhnlich nur eingädig, hat aber einen übersetzten Dachstuhl, unter welchem gegen die Giebelfront sich noch Raum für etliche Wohngelasse findet. Der ebenerdige Bau, soweit er dem Wohnhause angehört, besteht größtenteils aus Holzwandungen, die entweder mit Mörtel überworfen und verputzt oder mit profilierten Schneidschindeln verschalt sind; die Schrotbalken liegen jederzeit bloß;

der Giebelbau besteht aus Fachwerk, ist unterschlagen und enthält noch einen dritten Gaden mit heraustretendem Balkone, der auf den profilierten Balkenköpfen ruht. Sporadisch kommt selbst das Holztürmchen mit der Maierglocke über dem First des Wohnhauses vor.

In den Dörfern befindet sich in der Regel Wohnhaus, Stallung und bisweilen selbst Tenne unter einem Dache, dessen Oberräume gleichzeitig Fruchtboden und Heulage bilden. Hat das Haus eine Giebelfassade, so nimmt der jederzeit gemauerte Stall eine Seite derselben ein und liegt gewöhnlich so tief, daß sich die Wohngelasse in einer Flucht drüber hinbauen können. Der Hausflur befindet sich also Hochparterre und bedingt die Freitreppe.

Diese teilweise überraschende Ähnlichkeit im Gesamtcharakter zwischen dem Bauernhause des Oberpfälzer Waldes und jenem des südbayerischen Hochlandes erklärt sich aus der Analogie der natürlichen Bedingungen des Baues. Der Reichtum an Werkholz gewährt das gleiche Baumaterial; die homogenen Witterungsverhältnisse bedingen eine ähnliche Bauweise; die Terraingestaltung gibt den Grundrißformen gleiches Maß und Ziel. Wenn das Oberpfälzer Gebirgshaus nicht so entschieden charakteristisch ist wie das südbayerische und in seinen Grundformen von jenem der später zu schildernden Gruppen nicht so weit absteht; so kommt zu bedenken, daß in der Oberpfalz auch die Gegensätze von Gebirg und Ebene nicht so scharf ausgeprägt sind wie im südlichen Nachbarlande. Die vermittelnden Regionen des Hügellandes sind hier die vorwaltenden.

Die eben erwähnten äußern Verhältnisse und Voraussetzungen sind es aber nicht allein, welche für den Typus des Bauernhauses Maß geben. Der

Laune und dem Geschmacke des Baumeisters gebührt nicht minder ihr Anteil. Im Großen knüpfen sich aber auch Laune und Geschmack an lokale Bedingungen.

Vor allem wirkt die Konfiguration der Landschaft auf Stimmung und Gefühlsweise. Bei jedem Gebirgsvolke ist der Sinn für Schönheit, namentlich für plastische Schönheit entwickelter. Den Eindruck, welchen das bewegte Relief seiner Berglandschaft in ihm hervorruft, überträgt es auch auf seinen Hausbau, und gibt diesem nicht minder eine bewegte Kontur. Der Gebirgsbauer unterbricht, wie er kann, die Eintönigkeit der geraden Linie. Wo die notwendige Einfachheit der Konstruktion oder das Baumaterial Ausladungen, Krönungen, Gesimse etc. nicht zuläßt, da behilft er sich mit der Farbe, nicht nur um des bunten Schmuckes willen, sondern auch um größere Flächen abzuschneiden und Wechsel hinein zu bringen.

Fand sich diese Behauptung im Böhmer- und Oberpfälzer-Walde bestätigt, so gibt auch der Bau des Dorfhauses in der westlichen oberpfälzischen Berggruppe von ihrer Richtigkeit Zeugnis. Hier bedingt das Baumaterial einfachere Konstruktionen und Aufrisse. Zu Galerien, Bretterverschalungen und reichem Balkenwerke bietet dieser oberpfälzische Jurarücken nicht das benötigte Werkholz. Für eine dekorative Verarbeitung des Bruch- oder Backsteines fehlt aber dem Bauern Verständnis und – Zeit. Dennoch fühlt sich auch hier noch jene Wirkung der persönlichen Stimmung durch, welche dem naturwüchsigen Baumeister Handbeil, Kelle und Richtschnur lenkt und ihm den Farbtopf in die Hand schiebt. Das Haus, das vorzugsweise aus Bruchstein und Ziegelbau, seltener aus Fachwerk auf gemauertem Sockel besteht, hat immerhin noch eine bewegtere Form als im Flachlande. Das Dach, welches Wohnhaus und Stallung gemeinsam überdeckt, ist an beiden Giebelseiten zurückgelegt oder hat einen steilen vorspringenden Mantel. Nahe der Altmühl liefern die reichen Tonschiefergruben zu Kelheim und Jachenhausen das Material zum Eindecken. Die Platten werden aber meist, wie sie vom Bruche kommen, verwendet und sechs bis acht Zoll hoch aufgelegt. Das setzt einen ziemlich flachen, festgefügten Dachstuhl voraus. Steilerer Giebelbau, abwechselnd mit Stroh, Ziegelplatten oder Hacken bedeckt, findet sich tiefer im Gebirge. Die Giebelseite hat häufig noch einen niedrigeren Anbau, unter dem sich die Schlafkammer oder das Austragsstübel befindet. Die Langseite bildet vorwiegend die Hausfront, und der mit eigener Außentüre versehene Stall tritt von der Flucht zurück. So erhält Relief und Grundplan Bewegung, die sich auch auf die Details überträgt. Die Türe zum Hausflur, zu welcher gewöhnlich ein paar steinerne Freitreppen führen, ist gerne im Bogen gesprengt; die Dachfenster haben die Froschmaulform, und zum Überflusse schmückt namentlich der Siedler an der Lauterach die Wandfläche über der Haustüre gerne mit einem Gemälde aus der Heiligenlegende, das freilich mehr durch die ungebrochene Farbe als durch Komposition und Behandlung wirkt.

Dem „Birgbauern“ gegenüber bequemt sich der Dorfbauer in der Ebene nur ausnahmsweise zu einer Abweichung von der geraden Linie, welche ihm Senkblei und Wasserwaage vorzeichnen. Die Monotonie der Landschaft spiegelt sich auch in der Hausform ab. Ein niederer, eingädiger, langgestreckter Bau ohne alles Gesimse, von Ziegel- oder Bruchstein aufgeführt, je nachdem das Material zu Händen; ziemlich steile Dachung mit

Ziegelplatten – seltener mit Stroh gedeckt, kaum um Balkenbreite den Rand der Umfassungsmauern überragend; Wohngelasse und Rindviehstallung in einer Flucht und zu beiden die Eingangstüre an der Langseite; größere Fensteröffnungen als in den Bergen; alles flach und schmucklos, – das ist die Grundform des Bauernhauses in den Ebenen des sogenannten Untergäues an der vorderen Schwarzach (Hilpoltsteiner Gebiet), in der Talweitung von Neumarkt, in den ausgedehnten Flächen des mittleren Naabbekkens, am Thurndorfer Plateau, der Hirschauer Niederung und dem flachen Heidenaabkessel im Süden des Fichtelgebirgs, wie er von den Basalthöhen des rauhen Kulm und Parksteins in seiner ganzen Ausdehnung überblickt werden kann. Etwas schmucker sind die Bauten an den flacheren Ufern der Wondreb und im sogenannten Fraißgebiete (Egerer Grenzland), wo der Riegelbau mit bloßliegenden, häufig braun oder rot übertünchten Balken vorwaltet. – Das zweistöckige Haus von Fachwerk mit Giebelfront hinwider ist die herrschende Form der vermittelnden Hügelzone.

Die Physiognomie des Einzelhauses und jene des Dorfes bedingen sich gegenseitig. Alles, was wir als maßgebend für die Form des bäuerlichen

Wohnhauses bezeichneten, gibt auch dem Dorfe seine charakteristische Gestalt. So finden sich im Gebirge keine Dorfschaften mit geschlossenen Häusergruppen. Das kupierte Terrain erlaubt es nicht, die Herdstätten regelrecht aneinander zu reihen. Die Auswahl des Bauplatzes ist weniger von der Baupolizei als der Bequemlichkeit der Grundfläche abhängig, und diese gestattet der persönlichen Laune einen weiteren Spielraum. Damit gewinnt das Einzelhaus Raum für seine Ausladungen, wie es diese hinwider dem Nachbarn verwehren, sich gegenseitig zu nahe auf den Leib zu rücken. So bildet sich der weitschichtige, regellose Situationsplan des Gebirgsdorfes. Die Ausdehnung der Dorfmarkung (nicht der Flurmarkung) steht in keinem Verhältnisse mit der Häuserzahl. Doch sind selbst in den schmalsöhligen Talungen des Oberpfälzer Berglandes die langgezogenen Dörfer nicht daheim. Die Häuser und Gehöfte bauen sich in gleichmäßiger Längenausdehnung die Höhen hinan, wenn die Talweite nicht Raum genug gewährt, wie im Regentale, oder gruppieren sich auf den platten Höhenrücken, wie am Böhmerwaldabhange. – Demgegenüber ist das Dorf der Ebene zusammengebaut und abgeschlossen. Es bildet sich auf natürlichem Wege ein regelrechterer Grundplan und eine zusammenhängende Häuserfront. Wo sich am Plattlande viel Kleingewerbe angesiedelt hat, wie im Sulzbachischen, gewinnt das Dorf nahezu ein marktliches Aussehen.

Hier ist der Ort, um auf eine Erscheinung hinzuweisen, die auf gleichen Voraussetzungen beruht. Das flache Tafelland kennt verhältnismäßig nur wenig Einzelgehöfte (Einöden). Je hügeliger das Terrain, desto häufiger kommen sie vor; das Bergland zählt deren am meisten. Hier repräsentiert die Einöde geradezu den eigentlichen, großen, mehrfirstigen Bauernhof, während im Dorfe die Kleinbauern und Gütler sitzen (die Köbler, nach Oberpfälzer Sprechweise), deren ganzes Anwesen meist nur ein Dachstuhl überdeckt. Auch in dieser Beziehung mag übrigens die persönliche Stimmung ebenso maßgebend gewesen sein wie die Beschaffenheit des Bodens. Das weitausgedehnte, waldarme Blachfeld weckt vorzugsweise das Gefühl der Öde und Verlassenheit. Der ungehemmte Blick in die „weite, weite Welt“ macht die Einsamkeit empfindlicher. Sofern wir nicht dem Bauern die Fähigkeit zu derartigen Stimmungen gänzlich absprechen wollen, werden wir es schon aus diesem Grunde erklärlich finden, warum sich die Wohnstätten auf der Ebene zusammendrängen und das geschlossene Dorf bilden.

Anders im Gebirge. Hier ist der Horizont beengt; es herrscht in der Landschaft zu viel Leben und Bewegung, um das Gefühl der Einsamkeit recht hervortreten zu lassen. Jede Höhe, die den Weg verstellt, läßt wenigstens die Vermutung zu, daß dahinter auch noch Leute wohnen.

Die Tatsache dieser Erscheinung findet sich in der Oberpfalz auffallend bestätigt. In der östlichen Berg- und Waldlandsgruppe steht nicht nur durchschnittlich die Zahl der Einödhöfe jener der Dörfer und Weiler gleich, sondern sie übersteigt sie namhaft, sobald wir tiefer ins Gebirge eindringen. Im Herzen dieses Hochlandes, in den Bezirken der Landgerichte Cham, Roding und Falkenstein treffen zwei Einzelhöfe auf jede Dorfschaft. Nahezu ähnlich ist das Verhältnis am Jura, um Hemau und im Velburger Distrikte, der sogenannten Geispfalz. Das Hügelland an der Lauterach und Vils hüben wie das Böhmerwaldvorland von Vohenstrauß herab gegen Rötz und das Regenquertal drüben zählt vorwiegend mehr Einöden, während z. B. in den gedehnten Heidenaabebenen, welche dem Fichtelgebirge vorliegen, in der flachen Talweitung des Waldnaabkessels und westwärts in der Neumarkter Niederung und auf dem Juraflachrücken am Zirkenbache (Thurndorfer Hochebene) je auf zwei bis drei Dörfer nur ein Einzelgehöft trifft.

Dieser Einöde, dem Sitze des großen Bauers, gebührt noch eine flüchtige Schilderung. Die stattlichen Gehöfte am Oberregen und am Westabhange des Böhmerwaldes gleichen förmlich Holzburgen. Vier- und fünffirstig umgeben die Gebäulichkeiten an drei Seiten das unregelmäßige Gevierte des Hofes. Die schmälere Eingangsseite verschließt eine hohe Bretterwand, der nicht selten eine nach außen springende, überdachte, hölzerne Heulage – auf freistehenden Balken ruhend – aufgebaut ist. D'runter weg führt die Einfahrt in den Hof; ein schmales Mauerpförtlein zunächst dem Wohnhause gestattet dem Fußgänger das Betreten dieses Burgfriedens. In der Mitte des Hofes ist die Dungstätte; die Langseite nimmt das Wohnhaus mit der Stallung für Alt- und Jungvieh (Pferde sind eine gar seltene Erscheinung) unter einem Dache und das angebaute höchst bescheidene Zubauhäuschen ein; gegenüber steht der hochgiebelige Stadel und die Heuschupfe von Holzwandung oder verschaltem Fachwerke; der Einfahrt gegenüber Schaf- und Schweinestall. Der Backofen liegt außerhalb der Einfriedung.

Die gegen den Hof gerichtete Längenfront des Hauses bedingt Fassade und Aufriß, wie wir sie oben geschildert. Die Fenster, nur wenig größer als am südbayerischen Gebirgshause, schauen alle dem Hofe zu; kaum daß an der Stallwand ein paar Luftlöcher angebracht sind, die ins Freie gehen. Der ganze Hof guckt drein wie der Oberpfälzer Bauer selber – scheu, rückhaltig und mißtrauisch. Selbst der Grundplan hat etwas von diesen Eigenschaften. Selten daß eine Seite dieses Holzkastells parallel mit der vorüberziehenden Straße läuft; es kehrt ihr nur schüchtern einen Winkel zu. –

Die westliche Bergpartie wie überhaupt das ganze Jurahügelland hat wenig Einöden von solchem Umfange und solcher Stattlichkeit aufzuweisen. Die größere Zahl ist zwei-, höchstens dreifirstig. Der beschränkte Grundbesitz und die Unergiebigkeit des Bodens machen umfangreiche Ökonomiegebäude überflüssig. Doch ist der Hof auch hier zumeist abgeschlossen. Außerhalb der Umfriedung in der mit Obst- oder Holunderbäumchen bepflanzten Hauswiese ist die gedeckte Zisterne, da auf der Juraplatte die Brunnquellen allenthalben mangeln; ihr zunächst ein größerer, offener Behälter zur Aufsammlung des Regenwassers, die sogenannte Hill (Hül, Hölung im Boden, in älteren Urkunden die „Hulen"). Sie dient zur Viehtränke, zum üblichen Netzen der frischen Mahd fürs Kuhfutter und zum Flachsrösten.

Das Einzelgehöft der Ebene unterscheidet sich namentlich durch den Mangel aller Symmetrie in der Situation der Wohn- und Wirtschaftsgebäude und durch seine offene Lage. Es mag auffallen, daß der abgeschlossene Einödhof im Gebirge mit dem offenen, regellosen Dorfe und umgekehrt das im Plane gebaute zusammenhängende Dorf der Ebene mit dem freien, nicht ummarkten Einzelgehöfte konkurriert. Der Grund liegt nicht so ferne. Im Gebirgsdorfe ist die Wahl des Bauplatzes und seine Ausdehnung durch die topischen Verhältnisse beschränkt. Für jede einzelne Herdstätte liegt darin die Nötigung, mit dem Raume zu geizen. Der Hof baut sich zusammen. – Demgegenüber gewährt die Ebene hinlänglich verfügbares Areal. Sie gestattet einerseits die Symmetrie des Dorfes und verwehrt es andererseits dem Einödbauern nicht, sich auszubreiten. Indem er dieses tut, indem er seine Wirtschaftsgebäude nach allen Richtungen zerstreut, gibt er seinem Hofe ein weilerartiges Ansehen, das auf dem offenen Tafellande nicht so öd und verlassen anmutet wie der mit Planke und Mauer verschanzte Hof.

Wir fügen noch einiges über die Disposition der inneren Räumlichkeiten und die Einrichtung des oberpfälzischen Bauernhauses bei.

Bildet der Giebelbau die Hausfront, so scheidet das mitten durchlaufende Fletz die Wohnstube und anliegende Küche von der Schlafkammer und dem abgeschlossenen sogenannten Erdbirnkammerl, der gleichzeitigen Vorrats- und Rumpelkammer. Unter der Schlafstube ist der souterrainartig angelegte, niedrige Stall mit gesondertem Eingange der Straße zu. Die Hintertüre des Fletzes führt in die angebaute Tenne. Im Oberstock oder Giebel ist das obere Kämmerl für das Gesinde und ein Stübel für die abgetretenen Maiersleute. Der übrige Raum ist offen und als Heulage verwendet.

Beim Langbau scheidet das Fletz gewöhnlich die Wohngelasse von der Stallung, so daß Haus- und Stalltüre hart nebeneinander liegen. In der Tiefe des Flurs liegt die Küche, rechts Wohnstube und Schlafkammer. Dem Gesinde ist ein Teil des Dachraumes, dem Knecht insbesondere der Stall als Schlafstätte angewiesen. Die gute Kammer kennt der Oberpfälzer nicht. Ein paar spärlich eingerichtete Extragelasse hat höchstens der stattliche

Hof im Fraißgebiete, in der sogenannten „Vockei“ (Vogteigebiet der ehemaligen Propstei Illschwang zwischen Sulzbach und Kastl) und im Velburger Hochlande aufzuweisen. Sonst genügt gewöhnlich die Truhe, die in einem Winkel des Dachbodens ihren Platz findet, für das gute Gewand und die wenigen Kostbarkeiten, die der besonderen Aufbewahrung wert sind.

Mehr noch als die Beschränktheit des Raumes kündet die Dürftigkeit der Einrichtung die durchschnittlich geringe Wohlhabenheit des Oberpfälzer Bauern. Das Hausgerät ist auf den dringendsten Bedarf beschränkt. Der Tisch von „Feichtenholz“ in der Ecke des Wohnzimmers, von der Wandbank umgeben, etliche Holzstühle und ein Wandkästlein genügen. Der Kleiderschrank mit seinem geringen Vorrat an Linnenzeug steht in der Schlafstube. Alles ist einfach und schmucklos, mit der natürlichen Lasur eines ererbten Schmutzes überzogen.

Bauernstuben mit Wandvertäfelungen kommen höchst vereinzelt vor. Selbst die Decke ist gewöhnlich überweißt und – gleich der Wand – durch Rauch und Schmutz so abgetont, daß das grelle Weiß dem Auge nicht schadet. Die einzige Flächenunterbrechung bildet der Durchzugsbalken, der mit zahlreichen Haken versehen und in buntester Mischung von Hausgeräten aller Art behangen ist. Der gelbe Kachelofen mit offenem Wasserkessel auf gemauertem Unterteile – dem sogenannten Hohlmäuerl – ist von den in Fußboden und Decke eingelassenen Aselstangen umstellt, die eine Art Vergitterung bilden. Drauf werden die Schleußen (Späne) gedörrt, welche allabendlich am Lichtstock oder in der Mauerblende die Stelle von Kerze und Öllicht vertreten müssen. Die Ofenbank gehört mit zu den niet- und nagelfesten Mobilien.

Nach einem Bilderschmuck an der Wand trägt namentlich der protestantische Bauer, der übrigens durchschnittlich mehr Sinn für Reinlichkeit zeigt, kein Begehr. Der katholische hinwider, der an Wand und Gewand das Bunte und Farbige liebt, hängt mindestens in die Ecke gegenüber der Türe ein hölzernes Kruzifix in die Umgebung etlicher Heiligenbilder und nagelt ein „Gelobt sei Jesus Christus“, aus wunderlichen Ornamenten gebildet, oder einen „Lebenslauf in auf- und absteigender Linie“ an die Türe, wobei er Sorge zu tragen weiß, daß die etwaigen Mängel der Plastik und Malerei durch die Rauchschwärze einigermaßen verhüllt werden. – Hinterm Ofen pickt die Schwarzwälder Uhr. Der Bauer, der's hoch treibt, hat deren zwei, und an der Wondreb traf ich nicht selten drei und vier in einer Stube, wahrscheinlich zur Berechnung der mittleren Zeit!

Das ist im allgemeinen das Bild einer oberpfälzischen Bauernmann'sstube, das mit wenigen Zutaten selbst für die wohlhabenderen Bezirke paßt. Schmutz und Verlotterung sind vorherrschend; schon die Außenseite des

Hauses gibt hiervon Kunde. Mörtel und Tünche werden mit staunenswerter Ökonomie verwendet. Ein halb aus den Angeln gerissener Fensterladen, ein Loch in den Füllungen des Fachwerks, eine abfallende Latte oder Bretterverschalung bringt den Bauern nicht aus der Fassung. Es kommt vor, daß die großen und kleinen Baufälle nur je bei dem Besitzwechsel oder der Gutsübergabe gewendet werden. All' diese Erscheinungen bilden das Gefolge der vorherrschenden Verarmung und einer gewissen Entmutigung, wie sie die unergiebige Arbeit allenthalben erzeugt. Der Oberpfälzer Bauer ist nicht rationell, doch zäh und ausdauernd fleißig; aber der Boden lohnt ihm die Mühe nicht.

Gegenüber den protestantischen Bezirken, wo entschieden mehr Sauberkeit und Nettigkeit herrscht, macht sich namentlich das südwestliche Hochland durch die entgegengesetzte Erscheinung bemerkbar. Aber selbst hierfür gilt eine äußere, unverwindliche Ursache. Der Hochrücken des zerklüfteten Jura ist äußerst wasserarm. Es gibt Dorfschaften, welche im Hochsommer ihren Wasserbedarf aus stundenweiter Entfernung beischleppen müssen. Auch nach dieser Richtung ist der Oberpfälzer auf das Spärliche verwiesen!

Eduard Fentsch

Konfiguration = Gestalt / Disposition = Anordnung / Physiognomie = äußeres Erscheinungsbild / Elevation = Erhebung / Autochthone = Einheimische, Eingeborene / Gaden = einräumiges Haus / topisch = örtlich / Fletz = Hausflur / Lasur = durchsichtige Farbschicht.

Schwandorf

Wegen ihrer Ansprüche an Niederbayern erhielten die Herzöge Rudolph und Ruprecht die Veste Schwandorf mit Falkenstein von Ludwig des Bayern Söhnen in Pfand, welche Versetzung 1349 teilweise außer Wirksamkeit trat. Im Jahre 1400 war dem Ruprecht von der Pfalz Schwandorf mit Sulzbach, Rosenberg und Popperg um 10367 neue ungarische Gulden und um 7000 rheinische Gulden abermals verpfändet, wozu die Herzöge Ernst und Wilhelm seinem Sohne Johann, dem diese Pfandschaft in der Teilung vom 3. Oktober 1410 zugefallen war, noch 5463 rheinische Gulden auf Wiedererlösung verschrieben. Dieser Herzog Johann bestimmte 1423 am 17. Januar die Grenzen des Burggedings des Marktes und ordnete an, daß über Ansprüche auf Erbe und Eigentum, das darin gelegen und zum Markte steuerpflichtig wäre, nach dem Marktrechte zu Schwandorf gerichtet werde, wie auch über seine Moslehen, wenn sie über die Grenzen des

Burgdings hinausreichten und erwiesen wäre, daß schon von alters her darüber nach Marktrecht gerichtet worden sei. Über Erbschaften und Eigentum von Edelleuten und anderen, die nicht Bürger von Schwandorf und dahin nicht zinspflichtig wären, solle auf dem Landgericht gerichtet werden; falls jedoch ein Bürger von Schwandorf ein solches steuerfreies Gut kaufe, fiele es in des Burggedings Recht und sei die Steuer davon zu erheben. Die Sage vom singenden Christkind auf dem Kreuzberge (früher Spielberg) verdankt ihren Ursprung dem schnellen Abzuge der Franzosen nach der Niederlage bei Deining (1796). Der Schmied und Bürgermeister Röls dahier hatte im vorigen Jahrhundert das seltene Glück, unter seinem niederen Dache in seinen drei Söhnen einen Weihbischof (von Augsburg) und zwei Prälaten gefürsteter Abteien zugleich zu beherbergen. Das Spital ist eine Stiftung der Gebrüder Vogler, das Kapuzinerkloster entstand 1685. Die Schweden nahmen auch die Stadt Schwandorf (1641) ein und richteten sie übel zu. Doch bewahrt selbe auch noch ein freundliches Andenken aus diesen schweren Zeiten in den Trinkgefäßen, die angeblich von Jan de Werths Hochzeit mit der Gräfin Sparre stammen sollen. Das Stadtwappen ist quer geteilt. Im oberen schwarzen Feld erscheint ein wachsender goldgekrönter Löwe; im unteren Felde sind die bayerischen Rauten von einem schwarzen Stulpstiefel belegt, den Pfalzgraf Friedrich nach der Tradition im Sumpf verlor, indem er sich auf der Jagd beim Anblick badender Mädchen zu weit hinein wagte.

Die nahen Holnsteinischen Schlößchen Fronberg und Ettmansdorf beleben die Gegend sehr. Auf ersterem erstach Wolf Adrian von Spiering hier Mitte des 17. Jahrhunderts seinen Bruder aus Eifersucht. Ihn läßt die Sage noch im Schlosse allerhand Spuk treiben, in langem grauem Gewande, in der linken Hand einen grauen Hut, in der rechten eine rote Blume haltend ist er daselbst abgebildet zu sehen.

Ludwig Voltolini

Besuch im Narrenhaus

„Was is denn das für einer, Herr Verwalter?"

„Das ist ein kurioses Exemplar. Zuerst, wie's ihn gebracht haben, hat er immer geweint wegen seiner Füße. – ‚Das sind nicht meine Füße, die sind mir ausgetauscht worden, das sind'n Herodes seine Füße', hat er gesagt."

„Ha ha, das ist komisch! Und 's sind doch seine eigenen, nicht wahr?"

„Versteht sich. Später ist er dann ganze Nächte auf dem Fensterbrett gesessen, mit einer Leimrute in der Hand, und hat Kometen fangen wollen; die hätt' er nachher zum Einspannen abgerichtet."

„Das ist zum Lachen! Hat er nie einen erwischt?"

„Ich weiß es nicht, wir in der Anstalt haben wenigstens nie etwas bemerkt. Jetzt aber seit einiger Zeit hat er so tolles Zeug geschwatzt, daß ihn der Arzt aufgibt. Seine ewige Rede ist: ‚Wenn die Regierung ins Regierungsblatt hineinschreibt, daß einer einen Orden kriegt, so soll sie auch hineinschreiben, warum, wofür und wie er ihn bekommen hat'."

„Ah, ah, ah! So was ist ja gräßlich!! – 's ist doch entsetzlich, wie weit sich der menschliche Geist verirren kann!"

Carl Spitzweg

Perschen bei Nabburg in der Oberpfalz

Das alte Perschen, dessen schon in einer Urkunde vom Jahre 798 Erwähnung geschieht, besitzt in seiner steinernen Kapelle ein merkwürdiges Denkmal; das hohe Alter dieser Kapelle bekunden ihre Bauformen. Sie ist kreisrund angelegt und mit einer Kuppel in Form einer Halbkugel überdeckt. Der Durchmesser des innern Raumes beträgt 20 Fuß, die Höhe vom Boden bis zum höchsten Punkt der Kuppel 25 Fuß; der kleine runde Chor ist 8 Fuß weit, 7 Fuß tief. Die Kuppel zieren größtenteils verwischte Wandgemälde (mit Bedauern sei's gesagt, da sie hätten erhalten werden können); nämlich oben im Schloß des Gewölbes: die heilige Jungfrau; in den Seiten der Kuppel selbst: der Weltheiland, größer als alle anderen Figuren; zu beiden Seiten über einander steht ein doppelter Zyklus von Engeln und der Apostel. Unter der Kapelle ist eine Krypta angebracht, 20 Fuß im Durchmesser und 14 1/2 Fuß hoch. Die Kapelle steht im Kirchhofe, welcher einen Hügel bildet und mit einer Mauer umgeben ist. Um den Hügel herum wurde das Dorf Perschen gebaut. An dem Eingang, in der Kirchhofmauer, ist ein Stein eingemauert, den oberen Teil einer Jungfrau (wie es scheint) darstellend, auf deren Rücken ein Bär sitzt, welcher mit den beiden Armen sich am Halse der Jungfrau festhält. Ein sumpfiger Platz nahe an dem Dorfe Perschen heißt: Bärsee oder Bärensee.

An der Straße nach Pfreimd, nicht weit von Perschen entfernt, steht ein hölzernes Kreuz, auf welchem ein Hahn angebracht ist.

Die alte Kapelle, die dabei befindliche spätere Kirche, der in die Kirchhofmauer eingemauerte auf der Jungfrau sitzende Bär, der Bärsee, das Hahnenkreuz und ein über Kolmbach gelegter Stein bilden die örtlichen Bestandteile folgender Sagen:

Von Nabburg herab kamen drei Schwestern; zwei waren weiß, die dritte ganz schwarz; ihnen folgte ein schwarzer Hund. Als sie an den Platz kamen, welchen man die Linden heißt, lief ein Bär aus dem Walde und hockte sich einer der weißen Schwestern auf den Rücken; sie versuchte ihn abzuschütteln, allein vergebens, und so trug sie das Tier mühevoll fort, bis sie an die Kirchhofmauer gelangte. An der Stelle, wo sie in Stein mit dem Bären abgebildet ist, gelobte sie die alte Kapelle, nach anderer Erzählung, den zweiten Turm der Kirche, bauen zu lassen; denn damals hatte diese Kirche nur einen Turm. Kaum hatte sie das Gelöbnis ausgesprochen, fiel der Bär von ihrem Rücken und verschwand. Die weißen Jungfrauen und die schwarze mit dem schwarzen Hund setzten ihren Weg gegen Pfreimd fort, bis sie auf den Platz kamen, wo jetzt das Hahnkreuz steht; da krähte der Hahn in Haindorf und sie verschwanden. Der Bärensee, wie auch das Dorf Perschen, berichten die Erzähler, tragen davon ihre Namen. Andere sagten, die drei Schwestern seien von dem Schloßberg herabgekommen; dort sahen einst alte Männer einen gedeckten Tisch, welcher aber verschwand, als sie sich nahten.

Den Stein, welcher den Weg nach der Kirche über den Kolmbach in Perschen vermittelt, trug eine Riesenjungfrau bis an seine gegenwärtige Stelle.

Friedrich Panzer

Das Hufeisen zu Nabburg

Eines Sonntagmorgens sprengte ein schwarzer Reiter auf schwarzem Roß durch das Tor von Nabburg gerade auf die Schmiede zu. „Wollt ihr denn nicht am heiligen Sonntag ruhen?“ rief ihm der Schmied zu. Da entgegnete der schwarze Reiter: „Ich und mein Roß fahren die kreuz und quer, und nichts kümmert uns der Sonntag der Christen, drum beschlag mein Pferd in's Teufels Namen, und ich rate dir, sprech kein frommes Christenwort dazu, denn kein Frommer ist noch mit meinem Rappen gut gefahren.“ Mit diesen Worten sprang er vom Roß, schmeichelte und strich dem wilden Tier die Mähne.

Dem Schmied war nicht wohl zumut, aber die Arbeit ging rasch vonstatten, und das Roß war wie fest gebannt, so daß der Reiter selbst staunend zusah und seinen Augen nicht traute. Schon waren drei Eisen aufgeschlagen, da sprach der Meister fromm und leise: „In Gottes Namen, nun das letzte Eisen her!"

Da bäumte sich das Pferd, warf wütend aus und schleuderte das Eisen mit solcher Gewalt gegen den Turm, daß es in der Mauer steckenblieb, wo es noch zu sehen ist. Mann und Roß waren im Augenblick verschwunden.

Stadtpfarrer Müller

Der Wölsenberg bei Nabburg in der Oberpfalz

An dem linken Ufer der Naab liegt das kleine Dorf Wölsenberg, unterhalb demselben ein Platz im Walde, der Höllgraben genannt.

Links und rechts des Höllgrabens ziehen Löcher in den Berg, unter dem Namen „die Wölsenberger Zwerglöcher" allgemein bekannt. Das obere Zwergloch soll tief in den Berg hineinziehen. Jenseits der Naab liegt das Bürgel. In dem Felsen am Fuße des Bürgel in einer Nische steht das Muttergottesbild, unter welchem in denselben drei schwarze Kreuze eingehauen sind.

Friedrich Panzer

Die grasende Magd zu Haselbach

Spät abends vor dem Festtage der heiligen Jungfrau, bei Mondschein, graste die Mühlmagd am grünen Bühl und arbeitete auch, während das Ave Maria geläutet wurde; ja statt zu beten, fluchte und rief sie: „Läut nur zu! Mich kümmert es wenig, denn du Maria hast nie Futter gebraucht, wie eine Grasmagd." Es nahte ein Geisterzug dem Bühl, dessen Gebet zu den Ohren der Dirne drang, aber selbst jetzt noch trieb sie ihren Spott. Da trat ein kleines Männchen aus dem Zug und rief zur frevelnden Dirne empor: „Weil dein Herz hart wie Stein ist, so sollst du auch zu Stein werden." Noch sieht man die kniende, grasende Magd in Stein verwandelt.

Stadtpfarrer Müller

Der Zauberweiher zu Brudersdorf

Einst ließen die Fischer den Zauberweiher zu Brudersdorf ab, um die Fische herauszuholen, da kam ein fremdes Weib mit gelben Wangen und roten Augen, trat, ohne Gruß, in den Schlamm und nahm den größten Fisch heraus. Der Fischer rief zornig: „Laß du Hex meine Fische und hole dir vom Teufel aus der Hölle, wenn du deren nötig hast!" Bei dieser Rede schwoll das Weib durch Zorn wie eine Kröte und sprach im Hinweggehen, mit ihren roten Augen nach den Fischer schielend: „Das ist euer letzter Fang, von nun an gehört der Weiher mein; keinen Fisch werdet ihr je wieder herausnehmen." Seitdem ruht der Fluch auf dem Zauberweiher; denn man sieht wohl Fische schwimmen, wie aber das Wasser zum Fischen abgelassen wird, ist's auf dem Grund ganz leer.

Stadtpfarrer Müller

Morgenlied

Morgenglanz der Ewigkeit
Licht vom unerschöpften Lichte
Schick uns diese Morgenzeit
Deine Strahlen zu Gesichte:
Und vertreib durch deine Macht
Unsre Nacht.

Christian Knorr von Rosenroth

Die Schrätzenlöcher bei Arnschwang

Aus einem Manuskripte des Herrn Oberlieutenant Schuegraf vom 15. Feb. 1832: „Schrätzenlöcher finden sich unweit von dem Schlosse Arnschwang; ein in der Donau lebendes Fischchen heißt in Bayern, Ungarn und Österreich Schrätze, weil es beständig klein bleibt und häßlich ist. Dieses Fischchen soll noch insbesondere die Eigenschaft haben, daß es, aus dem Wasser zum Sonnenlichte gebracht, sogleich leblos wird. Ich finde einen Ort Schratzenstein, ein Geschlecht, welches sich Schratzenstein geschrieben hat und ein Schratzenstall bei Beutelhausen, Pfarrei Adelkofen. In Geiselhöring lebte ein Bürgergeschlecht, die Schrazen, z.B. Hanns der Schraz 1402 – 1412. Ein gar kleines Kind einer Frau wird mit dem Worte: Schratz beschrieben. In der Nähe des alten Schlosses von Neukirchen heil. Blut wollen die Nachtwächter öfters kleine Leute aus den dort befindlichen kleinen Löchern hervorkommen gesehen haben. Diese Löcher nennen die Bewohner von da Schratzenlöcher. Weil die Bewohner von Neukirchen ein Riesenbühl aufzuweisen haben, glauben sie, die Riesen hätten bei ihnen gewohnt und die Burg erbaut."

Vater und Heimat

Er bleibt des Kürbenzäuners Sohn,
Er tische nun mit Hochgebornen,
Sei „Bruder du" mit Auserkornen,
Zu stehen um des Königs Thron.

Mit Hohen hoch und vornehm sein,
Vergessen in der Säle Mitte
Der armen väterlichen Hütte –
Er kann es nicht, er bleibt gemein.

Vertrauter mit des Lebens Last
Und mit den vielen Kümmernissen
Als mit den wen'gen Hochgenüssen
Ist er im Saal der stumme Gast.

Johann Andreas Schmeller

Trausnitz im Tale

Im Sommer des Jahres 1879 besuchte ich von Schloß Neusath aus das nicht weit davon gelegene Trausnitz im Tale. Nie hatte ich von den landschaftlichen Reizen dieses historisch berühmten Ortes sprechen gehört, wie ja überhaupt der Oberpfalz in dieser Beziehung fälschlicherweise wenig Gutes nachgerühmt wird. Um so freudiger war ich überrascht, die alte, hochinteressante Burg in so schöner, romantischer Umgebung anzutreffen. Das noch wohlerhaltene, altersgraue, massive und prächtige Kastell erhebt sich kühn, dicht am Rande des hohen rechten Ufers der lebhaft vom Böhmerwald her eilenden Pfreimbd, nicht unbedeutende Höhenzüge und große Wälder bilden seinen dunklen Hintergrund und begrenzen unweit den Blick.

Trausnitz ist heute noch ein so abgelegener, nur durch schlechte Wege mit den benachbarten kleinen Dörfern verbundener Ort, daß sich bei seinem Betreten die Phantasie unwillkürlich in jene graue Vorzeit verliert,

in der der Urwald bis dicht an die Burg sich erstreckte, und außer ihr vielleicht keine menschliche Behausung, ja außer den sie bewohnenden Rittern und Knechten auf weit und breit kein menschliches Wesen existierte. Vielleicht ist es aber nur treue Überlieferung von Mund zu Mund, wenn die heutigen Bewohner des übrigens wohl uralten Dorfes sich in solch wildromantischer Lage jenes Trausnitz vorstellen, das Friedrich dem Schönen in für Bayern ruhmvoller, gewaltiger Zeit zu ritterlicher Haft angewiesen worden war. Die Erinnerung an diese Gefangenschaft des unglücklichen österreichischen Fürsten lebt in volkstümlichen Sagen fort. So erzählte uns der Besitzer des neben der Ritterburg befindlichen Gasthauses mit ernster Miene und im Tone vollster Überzeugung folgendes:

„Sieben Jahre schon schmachtete Friedrich im engen Turmgelasse, sich die Zeit mit Pfeilschnitzen vetreibend. Da kam eines Tages ein Bürger von Luhe, der nach Pfreimbd gehen wollte und sich in den großen Wäldern verirrt hatte, auf die Waldblöße; er erstaunte, hier eine Burg und bayerisches Kriegsvolk anzutreffen. Von dem letzteren erfuhr er den Namen dessen, den sie zu bewachen hatten.

Man zeigte ihm den Weg längs des Wassers, der nach Pfreimbd führt, und er berichtete, dort glücklich angekommen, was ihm widerfahren war. Das traurige Los des gefangenen Fürsten ergriff besonders den Geistlichen des Ortes mächtig. Er schlug sofort den Weg zu jener Burg ein, kletterte in der Nähe derselben auf einen hohen Baum und stimmte einen Gesang an. So wurde der unglückliche Fürst auf ihn aufmerksam, ließ sich mit ihm in ein Gespräch ein und erzählte ihm die traurige Märe: Sein ‚Bruder', Kaiser Ludwig der Bayer, halte ihn hier seit sieben Jahren in strenger Haft. Der Priester eilt zurück nach Pfreimbd, es gelingt ihm, die Bürger für die Sache des Gefangenen zu gewinnen und mit vereinten Kräften rücken sie vor die Veste. Vergebens kämpfen sie mit den Bayern, es glückt ihnen nicht, sie zu überwinden und damit den Herzog zu befreien. Endlich kommen sie auf den Einfall, die Burg zu untergraben. Nun sehen die Verteidiger ein, daß sie selbe nicht länger halten können und übergeben sie ihren edelgesinnten Feinden. Aber Friedrich, der ritterliche Mann, will die Haft nicht brechen. Nur von seinem ‚Bruder', der ihn gefangen hält, nähme er die Befreiung an. Erst auf langes Bitten und Drängen der Eroberer verläßt er die Burg und zieht mit ihnen fort.

Sie überschreiten die Pfreimbd und ersteigen die jenseitige Höhe. Dort wendet sich Friedrich um, deutet auf das Tal, das sie soeben verließen, und spricht zu seinen Begleitern die Worte: ‚Kinder, trauet dem Tale nit'.

In seiner Heimat angekommen, findet Friedrich seine treue Gattin erblindet von unablässigem Weinen um den so lange entfernt gewesenen Gemahl. – Die mutigen Bürger wurden fürstlich belohnt. Sie erhielten die Wälder, die das Kastell umgaben und die Friedrich von seinem ‚Bruder' Ludwig, mit dem er sich bald ausgesöhnt, käuflich erworben hatte, zum Geschenk. So entstand um die Burg eine Ansiedlung, die ihre Bewohner in getreuem Andenken an die Warnung des Herzogs Trausnit im Tale nannten, während sie das später entstandene Dorf auf der Höhe, wo der Fürst sich noch einmal nach seinem eben verlassenen Kerker umgesehen hatte, ‚Hohen-Trausnit' hießen. So sagt das Volk noch heute, während diese Namen schon längst ‚von den Herren' in ‚Trausnitz i. T.' und ‚Hohen-Treswitz' umgetauft worden sind." – Soweit mein Gewährsmann – wir wissen heute, daß der Name ‚Trausnitz im Tal' zur Unterscheidung von Burg Trausnitz über Landshut gewählt wurde.

Viele Geschlechter saßen von alters her auf der Burg. Zu Anfang unseres Jahrhunderts gehörte das Rittergut Trausnitz i. T. dem Freiherrn Joseph von Karg-Bebenburg, königlich bayerischem Kämmerer, der mit seiner

Ehegattin Maria Elisabeth, einer geborenen Reisner Freiin von Lichtenstern, das heutige Wirtshaus zum Ansitze hatte. Er baute indes ein neues Schloß (die alte Burg war bayerisches Staatseigentum geworden) neben der Kirche, in der das vereinigte Wappen der beiden Gatten über dem Altar an sie erinnert.

Aber auch das neue Herrenhaus ist jetzt zum Schulhaus umgewandelt worden, und kein Edelgeschlecht haust mehr an dieser Stelle des sagenumwobenen Ufers der Pfreimbd.

Aus „Das Bayerland", 1890.

Der bayrische Chevauleger

Nix schönres nicht auf Erden
als was ein Wallischer – tralala!
ein schwarzbraun Pferd zu reiten,
ein Federbusch von Haar,
den Sabel an der Seiten –
ob wohl was schöners waar?
Tralala!
Ob wohl was schöners waar!

Kaum hat es acht geschlagen,
sitzt Roß und Mann zu Pferd – tralala!
Spazieren wird geritten,
Trampeter reiten voran,
den Fahner in der Mitten
und hint ein Flegelmann.
Tralala!
Und hint ein Flegelmann.

Wir reiten durch die Straßen,
das Pflaster möcht krepieren – tralala!
Das Mädchen schaut vom Fenster
und grüßt den Wallischer
und denkt sich: ach mein Schönster,
wenn ich dein Rößlein wär!
Tralala!
Wenn ich dein Rößlein wär!

Wir kommen auf die Wiesen
und tun manöverieren – tralala!
Der Oberst kummandieret
der ganzen Frant voran
und gleich drauf präsentieret
die ganze Eskadran.
Tralala!
Die ganze Eskadran.

Drauf blast man auf Kommando
den Marsch zum Afanschiern, – tralala!
Da geht's als wie das Wetter,
in stärksten Karrier,
bis das als die Trampeter
nicht blasen nimmermehr.
Tralala!
Nicht blasen nimmermehr.

Nun reitet man zurücke
wohl in die Garnison – tralala!
Und putzt sein Pferd und Sattel
und Riemenwerk dazu
und eilt zu seiner Kathel
und wünscht ihr gute Ruh.
Tralala!
Und wünscht ihr gute Ruh.

Die schließt in ihre Arme
den schönsten Wallischer – tralala!
„Kein Kurassier, kein Jäger
und auch kein Gardikor
soll dir mein Herzlein rauben,
da steh ich dir davor.
Tralala!
Da steh ich dir davor!

Vom Fuhrwesen gar keiner
und auch kein Pompertär – tralala!
nicht einmal ein Hulaner,
sein Lebtag kein Husar,
gar niemals ein Draganer,
vielweniger ein Standar.
Tralala!
Vielweniger ein Standar!“

So bleiben sie beisammen
bis zu dem Zapfenstreich – tralala!
Aude! mein Schatz, muß gehen,
muß gehen in Kusarn,
morng tu ich dich schon sehen
und schließen in die Arm –
tralala!
Und schließen in die Arm.

Und geht jetzt in den Stalle
und schaut nach seinem Pferd – tralala!
Ob es kein Mangel habe,
ob alle Fenster zu;
dann legt er sich und labet
sich durch die gute Ruh –
tralala!
Sich durch die gute Ruh.

Drum kanns nix schönres geben
als wie ein Wallischer – tralala!
Denn wenn er in Paradi,
so glanzt er wie die Sonn,
und bei der Prumenadi
sieht man'n von weitem schon.
Tralala!
Sieht man 'n von weitem schon.

Carl Müller

Chevauleger = leichter Reiter / Wallischer = leichter Reiter / Afanschiern = Vorrücken / Pompertär = Bombardeur / Hulaner = Ulan / Kusarn = Kaserne / Paradi = Parade / Prumenadi = Promenade.

Denkwürdiges um Oberviechtach

Der nunmehrige Gerichtssitz und Markt Oberviechtach wird bei allen Gelegenheiten mit Obermurach (Haus Murach) genannt und hatte (1283) 41 Hofstätten, 1 Badstube, 1 Schuster, 1 Zeidler, Bäcker, Fleischer und Fragner. Dazu gehörte der Zoll und die Kirchenvogtei. Die Steuer daselbst

hatten (1362) die Muracher von Gutenek in Pfand, die bei dieser Gelegenheit Bürger von Viechtach genannt werden.

Die Herrschaft (Alten-) Schneeberg (um 1280) wurde durch Tausch gegen die Veste Neunburg von Friedrich dem Sigenhofer mit allen Zugehören, Rechten, Zinsen, Steuern, Gerichten usw. erworben. In ihrem Sprengel lag Tiefenbach, eine gut gemauerte Kirche und ein Turm, dessen Zehnten dem Sigenhofer gehörte. Vor ihnen saßen hier die Döfringer und die Gruber. Schon vor 1538 war dieser Ort ein Markt, dessen Zünfte 1827 nach Neunburg verlegt wurden. Der 1840 dieser nunmehrigen Dorfgemeinde verliehene Garn-, Leinwand- und Viktualienmarkt ging bald wieder ein. Das dem Reiche lehenbare Halsgericht wurde bis in unser Jahrhundert hinein ausgeübt. (Noch 1781 ließ der Freiherr Anton von Reisach zwei Raubmörder mit dem Schwerte hinrichten.) Auch Winklarn ist im Salbuche von 1283 mit Kirche und Turm verzeichnet, deren „pfaffen die Herrschaft zu Schneeberg setzet und entsetzet."

Bekannt ist die Perlenfischerei bei Tiefenbach und Winklarn. Eine Allee verbindet hiermit die Glasschleife Hammer, ehedem ein großes Hammerwerk, das 1387 Albrecht Jordan betrieb.

Der Amtssitz dieser Herrschaft endlich, das Haus Schneeberg (Alten Schneeberg), dessen „Richter" Dietrich schon unter den Ortenburgern (1237) der Schenkung Schwarzhofens an das Heilig Kreuz-Kloster in Regensburg als Zeuge anwohnte, ist fast spurlos verschwunden. Von den Zenngern, in dieser Provinz wohl der reichbegütertsten, über die ganze

Oberpfalz mit Grundbesitz verbreiteten Familie, waren Jobst und Georg zum Schneeberg bei der Versammlung des Löwlerbundes zu Cham (1489, 14. Juli). Auf dem Schneeberg machte sich hiervon ganz besonders bekannt Tristram Zennger, der in seinem Kriege wider die Herzöge Ernst und Wilhelm um sein mütterliches Erbe das ganze Niederland so unsicher machte, daß sich Herzog Ludwig (1427, 10. Mai) zu einem Tage nach Straubing erst von der niederbayerischen Landschaft einen Geleitsbrief ausstellen ließ, ehe er es unternehmen konnte, die Reise dahin von München aus anzutreten.

Ludwig Voltolini

Vohenstrauß

Der „Markt" Vohenstrauß (früher Vorn Strauß) ist im Niederbayerischen Salbuche vom Jahre 1283 mit Steuer und Gericht verzeichnet. Der dritte Teil von den Gerichtswändeln fiel den Landgrafen von Leuchtenberg nach Pleystein; von zehn Höfen und von der Zeidelwaide hatten die Herzöge acht Eimer Honig Nürnberger Maßes. Die Kirche daselbst weihte der heilige Otto 1124 auf der Reise nach Pommern. Dieser Markt gehörte nach einem alten Salbüchlein zu Eingang des 13. Jahrhunderts mit Floß und Parkstein „in die Herrschaft zu Nürnberg" und war ohne Zweifel eine Zugehör ersterer (1251) von Kaiser Konrad an Herzog Otto den Erlauchten versetzten Herrschaft, da er auch 1283 unter Floß eingetragen ist und mit Floß und Parkstein „als Reichspfandschaft" im Vertrage von Pavia (1329, 4. August) an die pfälzische Linie fiel. Hiervon an Böhmen verpfändet, wurde Vohenstrauß durch Karl IV. mit anderen Orten (1373) dem Herzoge Otto von Bayern für die Mark Brandenburg eingesetzt, und es kam bei der Teilung dieser Pfandschaft „Floß, die vest, mitsambt den märckten Vohendräß und Floß" (1393, 8. Oktober) an Herzog Stephan von Bayern-Ingolstadt. In Ludwig des Gebarteten Krieg mit seinen bayerischen und pfälzischen Vettern nahmen ihm Herzog Johann von Neumarkt und der ihm verbündete Burggraf Friedrich von Nürnberg (1421) auch Vohenstrauß ab, das mit all seinen Zugehörungen in der Teilung vom 30. Oktober 1427 der Burggraf erhielt. Er versetzte diesen Markt (1431, 2. Mai) Wilhelm dem Paulsdorfer mit dem Zehenten zu Lind um 1600 rheinische Gulden, wovon ihn Herzog Johann wieder löste und ihn (1440, 17. Juni) an Ludwig mit dem Höcker überließ. In der Folge wurde Vohenstrauß Zugehör der Herzogtümer Neuburg und Sulzbach. Herzog Christian August von Sulzbach übergab (1658) den Kapuzinern die katholische Pfarrei nebst der Pfarrwohnung daselbst, in deren Besitz sie bis zu Auflösung des Hospiziums (1802) verblieben. Das ansehnliche Schloß, die Friedrichsburg, erbaute Herzog Wolfgangs von Zweibrücken älterer Sohn Pfalzgraf Friedrich, nachdem ihm Vohenstrauß (1585) eingeantwortet war und (5. Mai) gehuldiget hatte. Es blieb bei dem verheerenden Brande, der im Juli 1763 fast den ganzen Markt einäscherte, und ebenso bei der heftigen Feuersbrunst im Jahre 1839 verschont und beherbergt nun nebst dem Landgerichte das (1842) von Leuchtenberg hierher verlegte Rentamt und das Forstamt, dem die Reviere Eslarn, Flossenbürg, Neuenhammer, Pleystein, Pullenried, Tännesberg und Waidhaus untergeordnet sind.

Ludwig Voltolini

Brief an die Eltern

Hören Sie, was mir erst neulich begegnete: Es war der 12. des Monats, der kälteste Tag dieses Jahres, – eine schreckliche Kälte mit durchdringend schneidendem Wind. Tags zuvor versprach ich, am genannten Tag nach Waidhaus zum kranken Metzger K. zu reiten und wollte den Weg über Pleystein nehmen, weil ich bemerkt hatte, daß gute Bahn sei. Die ganze Nacht, in welcher sich Sturm erhob, konnte ich nicht schlafen, denn ich empfand einen unruhigen, unwiderstehlichen Drang, mich zum Landgerichtskutscher zu verfügen, – denken Sie nur! Früh am Morgen war, um dieser inneren Stimme zu folgen, mein erster Gang zum Kutscher; damit ich hierfür doch eine scheinbare Veranlassung hätte, ließ ich meinen ans Kreiskommissariat zu schickenden Bericht absichtlich zu Hause liegen und bat den Kutscher, denselben als vergessen mir zu holen. Da der Mann vernahm, welchen Weg ich reiten wolle, rief er erschrocken: „Um Gotteswillen! In der Nacht hat es stark geschneit, dort finden sie nicht Weg noch Steg, können sich verirren, versinken, zugrund gehen in den Schneemassen. Sie müssen auf der Poststraße bleiben, wo der Schnee fortwährend ausgeschaufelt wird." Er selber wollte zu Fuß nach Waidhaus, ich sagte ihm, wenn er führe, könnte er mich im Schlitten mitnehmen. Gern – nur müsse ich noch 1 1/2 Stunden warten. Durch diese Verspätung bekam ich einen Mantel, den mir einige Minuten vor der Abreise der mich besuchende Herr Kooperator aufdrängte. Ich versäumte, ehe ich auf den Schlitten stieg, den Rock oben zuzuknöpfen, nach 2 Minuten auf dem Schlitten war ich mit

meinen gefühllos starren Fingern nicht mehr dazu imstand, und trotz fünffacher Hülle auf dem Leib, zwei Paar Handschuhen an den Händen und Filzschuhen an den Füßen waren Füße, Hände und Leib bei meiner Ankunft in Waidhaus so erstart, daß ich erst nach 1 1/2 Stunden recht zum juckenden, brennenden Gefühl meiner Glieder gelangte. Auf dem kurzen Weg bis zur Poststraße fiel das Pferd öfter bis zum Bauche in den Schnee. Wäre ich geritten, so wäre ich ohne Mantel und Filzschuhe entweder erfroren, oder, da ich den Weg nach Pleystein eingeschlagen hätte, zuverlässig auf dem dreistündigen Ritt in Schneehaufen versunken, denn dorthin war der Weg ganz verweht, und auch nur eine Viertelstunde in solcher Lage wäre höchst mißlich gewesen. Auf dem Schlitten sitzend, ward ich nun plötzlich inne, was der unwiderstehliche Drang, zum Kutscher zu gehen, bedeutet habe. Sagen Sie dies nicht jedermann!

Johann Nepomuk von Ringseis

Aus: „Das Bauern ABC“ (Buchstabe „Z“)

Was ist die Zeit?
Sie ist ein Teil der Ewigkeit.
Gebraucht sie gut
Mit frohem Mut
Dem lieben Gott zu Ehren!

Was ist die Zeit?
Sie ist so Leid wie Freudigkeit!
Doch nichts besteht
Und alles geht –
Das möget ihr beachten!

Was ist die Zeit?
Ein Bild von der Vergänglichkeit.
Drum sammelt Schätze solcher Art,
Die ihr der Ewigkeit bewahrt,
Von andren müßt ihr scheiden.

Franz von Pocci

Wie es den Männern ergehen kann

Die Frau wollt wallfahrn gehn, heh juchheh!
Ihr Mann wollt auch mit gehn,
hei didel didellamdamdam.

„Du mußt zu Hause bleib'n, heh juchheh!
Drei Spulen Garn mußt du spinnen;
hei dideldidellamdamdam!"

„Drei Spulen Garn spinn ich nit,
Wallfahren geh ich mit."

Die Frau die war nit faul,
Schlug ihren Mann aufs Maul.

Der Mann schlüpft zur Hintertür hinaus,
Springt in seins Nachbars Haus.

„Herr Nachbar, was will ich ihm sagen,
Meine Frau hat mich geschlagen."

Was hat der Nachbar gesagt?
„Meine Frau hats grad so gemacht."

„Herr Nachbar, wolln weitergehn,
Wollen zum Amtmann gehn."

„Herr Amtmann, was wolln wir ihm sagen,
Unsre Weiber haben uns geschlagen."

„Haben sie euch geschlagen, haben sie recht:
Ihr seid nur Weibersknecht."

Aus: „Die Tageszeiten des Pfarrers von Ruhdorf"

Das Lever unseres Helden vergleiche ich einem Reichs-Kammergerichtsprozesse; es geht langsam und mit vielen Förmlichkeiten vorwärts. Nach mancherlei Hin- und Herdenken greift der Mann nach leichten Sommerbeinkleidern und hängt dafür den schweren Manchester von gestern in den Ankleideraum. „Das Barometer", sagt er, „steigt so langsam wie die Staatspapiere, schönes Abendrot hatten wir ebenfalls, und der Rauch geht beim Nachbarn schnurgerade in die Höhe. Wenn uns Gott nicht heute einen schönen warmen Tag verleiht, so will ich nichts von der Wetterkunde verstehen." Hierauf wird der Küster, der schon ein paar Male vor der Türe gehustet und sich geräuspert hat, zum Morgenempfang gelassen und unterfängt sich, als Morgenopfer eine Prise frisch eingefüllten Pariser anzubieten, welche Belobung und Beifall erhält. Es wird aber auch nur ihm allein anvertraut, daß die Turmuhr um acht Minuten zurückzustellen sei, um den Gottesdienst noch rechtzeitig zu beginnen. Dann folgen Berichte meist kläglichen Inhalts: Kein Mensch will mehr sterben, keiner will heiraten, Kranke gibt's nur wenige – wenn nicht die paar Kindertaufen wären, so dürfte ein ehrlicher Mesner den Bettelsack umhängen, je eher, je besser; aber die Fruchtpreise haben, Gott sei Dank, etwas angezogen. – Die Verordnungen, Entschließungen und Belehrungen, die der Sakristan von oben herab empfängt, begleitet er jedesmal mit einer passenden Verbeugung und strengt sich sehr im lauten Sprechen an; denn der Kanarienvogel lärmt entsetzlich und überschreit das menschliche Zwiegespräch.

Jungfer Else klappert mit der Kaffeemühle in der Küche, und der seelenvergnügte Seelenhirt schreitet unter Glockengeläute über die Schwelle seines Sanssouci. Die Schuljugend wird zum Handkusse unter freiem Himmel gelassen; das männliche Geschlecht reißt Hüte und Mützen ab, das weibliche knickst schönstens. Der treue Mops zieht als Kammermohr und Leibmameluk hintennach und hat so viel Lebensart, daß er in der Sakristei sich lagert, während sein Gönner amtet.

Mit gleicher Feierlichkeit zieht man wieder in den Hof zurück; der Marstall wird besichtigt, die Menagerie und Geflügelmästerei in Augenschein genommen, an Zufriedenheitsbezeigungen fehlt es nicht. Die selbstgezogenen Kastanienbäume stehen bereits in Reihe und Glied und werden geschüttelt; die herabfallenden Maikäfer verspeist das jubelnde Geflügel mit Freßlust. Else ruft zum Kaffee, ehe er kalt wird, und brummt vernehmlich über Verspätung, die zur Gewohnheit geworden. In der Gesindestube hält der landwirtschaftliche Verein eine Sitzung vor einer mächtigen Schüssel und vernimmt vom trinkenden Vorsitzenden die für heute nötigen Maßregeln; nach geendigter Sitzung zieht jedermann in seinen Arbeitsraum.

Der Garten lacht üppig zum offenen Fenster herein, und unser Freund beeilt sich, den Löffel über die Tasse zu legen und ihn zu besuchen. Die schnellwachsenden Gurken, die kein Nachbar in der weiten Umgegend von solcher Größe aufzuweisen vermag, lassen sich ohne einigen Hochmut nicht bewundern! Hie und da blickt gar schon eine kleine Rosenknospe verschämt aus dem frischen Laube heraus. Die Pfropfreiser treiben lustig empor, und kein edler Zweig der obstbaulichen Pagenschule wird mißraten! Zarte Zuckererbsen werden für den Mittag gepflückt und leckerer Spargel für den Abend gestochen. Endlich wird das Brevier aus dem grünen Gartenhäuschen hervorgeholt und im Lustwandeln abgebetet.

Gesten machend wie ein Neapolitaner, stellt sich der überaus bewegliche Monsieur Streichleder vor, Bartputzer und Wundarzt aus dem nahen Marktflecken; es ist heute Schertag, und bedeutende Neuigkeiten und neue Freuden kommen mit dem Rasiersäcklein in das Pfarrhaus, aber auch neue Schmerzen. Wer die Liebenswürdigkeit eines männlichen Gesichtes genau betrachten will, der stelle seine Beobachtungen ja nicht in den wichtigsten Augenblicken an, wo es rasiert wird, niest oder im Trinken unterbrochen wird. Der vernünftige Mann macht zu solchen Dingen kein kluges Gesicht. Man kann also leicht sich vorstellen, wie sehr der Pastoral-Gesichtsausdruck unter dem Messer seufzend sich verzog, als gerade in dem Augenblicke, wo Streichleder seinen Beichtvater an der Nase hielt, um ihr eine höhere Richtung zu geben, im gegenüberhangenden Spiegel ein zur Türe eintretender Landgerichtsbote wie durch künstliches Aufzeigen von

Trugbildern hervorgerufen sich zeigte. Das war Essig in die frischen Rasierwunden; denn allerlei anzeigende Übersichtslisten, die da Zeit und Geduld fressen, sollte das mit andern Geschäften schon überladne Pfarramt liefern. Warme Seufzer über die vielen Neuerungen und schweren Zeiten zeitigten den Entschluß, die nötigen Linien für das Landgericht noch vormittags zu ziehen, um nachmittags ausschnaufen zu können von den belästigenden Geschäften. – Mit der Tinte aus der Reißfeder ergießt sich zugleich etwas Galle und schärft die Eßlust fürs Mittagsmahl erklecklich.

Johannes Nariscus

Lever = Morgentoilette / Manchester = Stoffart / Sanssouci = („Sorgenlos") Schloß Friedrichs des Großen, hier: Behausung / Mameluk = Leibwächter morgenländischer Herrscher.

Das Wiegenlied

Schlaf, Büberl, schlaf,
Bist gar so schön und brav!
Seh, hast an frischen Schnulla, seh,
Wie sein die Kinderln so pepe,
Die nichts als schrein.

Liebs Scheißerl schlaf!
Ein bitzhunds-dummes Schaf
Ist deine zärtliche Mama,
Sie will, du sollst nicht mehr Aa
Ins Winderl tun.

Hei o popei,
Bist hint und vorn doch frei,
So gut als wie der erst Franzos,
Ha Vivat! Gehts schon wieder los?
So, dies ist g'sund! –

Ei, Ei, Ei, Ei,
Ist dies a Kinderei:
Sieh, was du tust, ist nur a Dreck;
Den putz ich dir mit Freuden weg,
Und küsse dich. –

Kind weine nicht,
Mama kennt zwar kein' Pflicht,
Doch laß sie nur in Assembléen,
Auf Tanz und Spiel und Lieb ausgehn,
Bin ich bei dir.

Die Närrin die,
Mir ist es süße Müh,
Zu säugen dich mit meiner Brust,
Sprich zu, und zech nach Herzenslust.
Papa muß zahlen.

Schenkts mir doch g'schwind
Das liebe holde Kind!
Doch nein, wärst du mein eigen gar,
Ich fräß dich ja mit Haut und Haar
Vor lauter Lieb.

Still, still mein Schatz!
Hörst du die Rammelkatz?
Heut nacht hab ich viel Sachen g'hört,
Zuerst ein fürcherlichs Konzert,
Rau, Rau, Miau.

Drauf, denk einmal!
Hört ich im Rittersaal
Ein Zwispeln, so um Mitternacht,
Hat gar oft g'seufzt, doch öfters g'lacht
Wie Gnadn Mama.

Uh, da gings zue!
Die ganz Nacht war kein Rueh!
Jüngsthin hat's in der Kuchl g'weitzt,
An d'Köchin sich mit G'walt eing'spreizt,
Hu, hu, wu, wu.

Doch die hat Schneid –
Jawohl, daß s'Lueda schreit;
Sie packt den Geist glei selber o,
O je, i schreiet Mordio,
Ha, hi, ha, ha! –

Schlaf, Engerl, schlaf,
Bist von Geburt ein Graf,
Von hohem adeligem Stamm,
Gehts Fellerl dir beim Löcherl z'samm
Stupend subtil.

Potz tausend Stern,
Was wird aus dir alls wern?
Minister oder General,
Die Scharschen kommen knall und fall,
Bei Hof oft aus.

Ihr Exzellenz,
Mein tiefe Referenz!
Ihr Ahnherr war ein großer Held,
Was doch der Mann nicht in dem Feld
Für Spatzen schoß!!! –

Ihr Urahnherr
War einstens noch weit mehr,
War Präsident im geheimen Rat,
Nur schad, daß ihn der Teufel hat
Nicht ehnder g'holt! –

Bei Gnaden Papa
Ist fast der nämlich Ka,
Hat Titeln nach der Läng und Quer,
Als Reichsgraf, Ritter, Kammerherr,
Etcetera.

Trompeterl blas!
Glaubst du's? Ich glaub's nicht, daß
Auf einer Universität
Der größte Ochs soviel versteht,
Wie Gnaden Papa.

Kind! Wundert's Dich?
Was lächelst du auf mich?
Jetzt liegt ja s'ganze Point d'honneur
Im Adel und im „Wer gibt mehr"!
Ja, ja, so gehts! –

Schlaf, Büberl, schlaf!
Vielleicht wirst gar ein Pfaff,
Ein Domherr oder Reichsprälat, –
Ein Hundsfott, der's nur besser hat,
Als diese Herrn.

Drum schlaf bis morg'n,
Laß g'moane Teufel sorgn;
Schließ deine blauen Äuglein fein,
So schmeißt kein Muck, kein Fliegerl drein,
So gute Nacht.

Marcelin Sturm

Assemblée = Versammlung / stupend = erstaunlich / subtil = zart, fein / Scharschen = Chargen; Ränge, Ämter / Ka = Cas; Fall / Point d'honneur = Punkt, an dem sich jemand in seiner Ehre getroffen fühlt / Hundsfott = Schurke.

Faschingskrapfen

25 g Hefe und ein Kaffeelöffel Zucker löst man in 1 Tasse Milch auf und verrührt sie dann mit 0,25 l Milch, mit 500 g Mehl, 5 Eidottern, 50 bis 100 g zerlassener Butter und etwas Salz. Der Teig wird gut geschlagen und dann warm gestellt. Man formt kleine Ballen daraus, füllt sie mit etwas Aprikosenmarmelade und schließt sie wieder; am besten benutzt man dazu eine Gebäckspritze, die einen Krapfenfüllansatz hat. Die Krapfen werden zugedeckt, müssen schön gehen und werden dann in einem Topf mit heißem Fett goldgelb gebacken, mit dem Sieblöffel herausgenommen, abgetropft und mit Puderzucker überstreut. Sollten sie im flüssigen Fett untergehen, dann sind sie entweder zu wenig gegangen oder das Fett war nicht heiß genug.

Weiden

Durchwandern wir den am rechten Naabufer gelegenen Parksteinischen Anfall und verweilen in fruchtbarer Ebene in einer fünf Stunden langen, oft über eine halbe Stunde breiten Wiesenfläche an der Waldnaab beim Städtchen Weiden. Die blumenreichen Auen, die es umschließen, bilden die vorzüglichsten Weideplätze und haben „der Weiden" auch den Namen gegeben. Wir verzichten auf eine Untersuchung über ihr Alter und begnügen uns mit der Andeutung, daß in dem Salbüchlein aus dem Eingange des 13. Jahrhunderts von der Steuer zur Weiden und zu Parkstein „in der Stadt und auf dem Land" gesprochen wird und daß auch in Ludwig des Strengen Salbuch (1283) der Zoll zu Weiden „in der Stadt" zu 10 Pfund Regensburger Pfennige veranschlagt wurde.

In der Teilung des hohenstaufischen Nachlasses (1269) führt Weiden kein Prädikat; im Vertrage von Pavia jedoch (1329) heißt es „Marcht". König Wenzel bestätigte (1396, 22. Juli) dem Bürgermeister und den Bürgern der Stadt auf der Weiden alle Privilegien, „die ihnen newlich verprandt sind", da auch „dieselb Stat grossen und sonst unüberwindlichen schaden empfangen hat", damit sie wieder zunehme.

Der stets rege Gewerbsfleiß der Weidner fand in früherer Zeit auf den hier vorüberziehenden Straßen die Möglichkeit der Verwertung selbst verarbeiteter Bodenerzeugnisse. So hieß noch im vorigen Jahrhunderte der Fußweg von Luhe über Pirk und Schirmitz nach Weiden „die Magdeburger

Landstraße"; fast parallel damit zieht gegenwärtig die Haupt- und Poststraße von Regensburg nach Eger durch den Gerichtsbezirk. Von ihr zweigen westlich zwei Straßen ab: die über Neukirchen nach Sulzbach und die über Kohlberg und Hirschau nach Amberg. Eine andere Straße über Hütten lieferte viel Salz nach Franken und brachte dafür Wein zurück; sie führt nun über Pressat und Kemnath nach Bayreuth und oftwärts über hohe Berge nach Vohenstrauß an die böhmische Grenze. Auch die Straße von Nürnberg nach Böhmen soll über Vilseck und Weiden gegangen sein; sie führt bei Vilseck noch den Namen „Eisenstraße". Die Straße nach Parkstein ging mit dem dortigen Herrenhause unter.

Die Zollschranken – die Herrschaft Parkstein wurde eingangs des 17. Jahrhunderts von nicht weniger als sechs Herren Ländern: Pfalz, Böhmen, Leuchtenberg, Lobkowitz, Bamberg und Waldsassen begrenzt – und in älterer Zeit die Herren vom Stegreife (in unserer Gegend vorzüglich die Waldbauer, Gleißentaler, Trautenberger und die Pressather) waren die vorzüglichsten Hemmnisse des aufblühenden Handels. Von Städtchen zu Städtchen stellten sich dem Kaufmann neue Schlagbäume entgegen und hießen ihm das Recht der Durchfuhr seiner Ware mit schwerem Gelde erkaufen. Hierzu gesellte sich die Wohltat des „Geleits", welches der Reisende gerne bezahlte, um wenigstens seine Habe und sein Leben vor Wegelagerern zu sichern.

Ludwig Voltolini

Herren vom Stegreif = Raubritter.

Neustadt an der Waldnaab

Die Herrschaft Neustadt a. d. Waldnaab verpfändete der Graf Heinrich von Altendorf (1232) seinem Blutsverwandten, dem Grafen Heinrich von Ortenburg, ohne daß die hierbei ausgedungene Wiederlösung erfolgt wäre; von dessen Enkel gelangte sie mit Wahrberg (1261) an Herzog Ludwig den Strengen. Hiervon ist wohl zu unterscheiden die Burg Störnstein, die Herzog Ludwig mit den dazu gehörigen Gütern 1283 erkaufte und (1287, 16. Sept.) in der Taidigung mit seinem Bruder Heinrich diesem zu Pfand setzte. Schon 1321 verpfändete sein Sohn, König Ludwig, beide Herrschaften dem Landgrafen von Leuchtenberg; doch scheinen sie vor dem Jahre 1326 wieder erworben worden zu sein, um welche Zeit sie dem Vizedomamte Lengenfeld einverleibt waren. Im Vertrage von Pavia kamen sie zum Anteile der pfälzischen Linie und wurden hiervon (1353, 17. Juli) nebst den Vesten Waldeck, Hirschau, Murach, Dreswitz um 12.000 Schock großer Pfennige Prager Münze Karl IV., der den Pfalzgrafen Ruprecht d. J. um diese Summe aus sächsischer Gefangenschaft gelöst hatte, verpfändet. Die gänzliche Abtretung derselben fand am 30. Oktober und 6. November desselben Jahres, die Einverleibung in Böhmen aber 1355 (5. April) statt. Unter böhmischer Herrschaft wurde die (mit Neustadt vereinte) Herrschaft Störnstein den Stainlingern veräußert, von denen sie nebst dem Geleit auf der Straße von Nürnberg nach Böhmen an die Kagrer und (1409) durch die Amalie Kagrerin an deren Söhne Hintschik und Hans, die Pflugen vom Rabenstein, gelangte, die wir bei der Schwarzenburg (bei Waldmünchen) wieder treffen werden. Bekannt ist ihre Beteiligung am Löwlerbunde, als dessen Häupter Hintschik und Sebastian Pflug erscheinen. Von ihren Nachfolgern in Störnstein, den Herren von Heideck, wurder der Freiherr Johann wegen der Teilnahme am Schmalkaldischen Kriege in die Acht erklärt und darauf die Herrschaft den (1624) in den Fürstenstand erhobenen Freiherren von Lobkowitz verliehen. Nachdem sie (1641) durch Kaiser Ferdinand III. zur gefürsteten Grafschaft gemacht worden war, nahmen diese „neuen Fürsten" auf dem Reichstage von 1654 im reichsfürstlichen Kollegium ihren Platz nach Eggenberg vor Dietrichstein etc. ein.

In Folge der rheinischen Bundesakte zog die Krone Bayern (1806, 15. September) die Souveränität über die Grafschaft Störnstein an sich und (1807, 6. November) veräußerte Fürst Lobkowitz dieselbe gänzlich an Bayern, nachdem er schon früher auf alle Gerichtsbarkeit darüber verzichtet hatte. Bald darauf wurde das Patrimonialgericht Neustadt (früher Lobkowitzsches Oberamt) aufgehoben und dem Landgerichte Parkstein einverleibt, der Sitz aber nach Neustadt verlegt (1808).

Ludwig Voltolini

Vizedom = Statthalter / Patrimonialgericht = Grundherrschaftsgericht

Aus den „Tagebüchern"

1. November 1823

Mein Vater hatte sich in Tirschenreuth nur kümmerlich (6 Jahre mit Straßeneinschäufeln, dann später mit Körbe und Kretzen machen) fortgebracht. Der Unfall mit dem Adam Michael und die Gefahr, im nahen

Weiher noch mehrere Kinder zu verlieren, bestimmten ihn, nach dem Beispiel anderer „ins Bayern“ zu ziehen. Er ging zuerst allein nach Bayern. In Sinzhausen hätte er sich als Meßner ankaufen können, wenn er sein Haus in Tirschenreuth losgeworden wäre. Endlich verkaufte er dieses für 300 Gulden an einen Taglöhner und zog in der Faßnacht 1787, vom Regensburger Boten gefahren, mit Sack und Pack aus dem Lande seiner Väter. Ich lag (es war vermutlich nicht sehr warm) als eineinhalbjähriges Kind und noch dazu mit den falschen Blattern behaftet in einem Bette auf dem Wagen. Manchmal noch ist's mir, als wüßte ich mich dieses Fahrens (wenn es kein späteres war) zu erinnern.

In Regensburg hatte der Vater nicht wenig Lust, sich auf die Donau zu setzen und mich zum Ungarn zu machen. Der Wasserscheu der zärtlichen Mutter habe ich's zu danken, daß ich ein Bayer geblieben bin.

In Gambach wurde Halt gemacht. Durch Joseph, der im Walde arbeiten half, erfuhr man, daß in der Nähe (zu Rimberg) ein Anwesen zu verkaufen sei. Vater und Mutter gingen herüber. Oben bei den Gartenzäunen herabblickend, sah meine Mutter das letzte Häuslein des Dörfchens mit dem traulich gegen den Eichenhain hinaufziehenden Garten. Wenn es dieses wäre, meinte sie, das gefiele ihr wohl. Und dieses war's.

Johann Andreas Schmeller

Dreifaltigkeit

(Die Kappel bei Waldsassen)

Nach drei Ländern, drei Gebirgen, über Wald und Tal hinaus,
Mit drei Türmen und drei Türmchen blickt ein rundes Gotteshaus;
    Tor, Lichtraum, Altar, Gewölbe,
    Dreifach alles trägt dasselbe.

Überall zur schönen Einheit fügt sich die Dreifaltigkeit,
Wie das Bild des Hochaltares, das den ganzen Tempel weiht
    Dir, o Vater, deinem Sohne
    Und dem Geist auf einem Throne.

Drüber glänzt im Farbendreieck Gottes Aug' und blickt zu mir.
Winde brausen um der Kirche Bau; Blitz flammt. O Gott, zu dir

Ruf ich: Laß im Sturm der Zeiten
Mich nicht in den Abgrund gleiten!

Heute bin ich, morgen nimmer! Lebewohl winkt meine Hand.
Doch zuvor häng ich dies Täflein noch ex voto an die Wand:
„Hier gesund in Wald und Heide
Ward mein Herz von manchem Leide.“

Franz Binhack

ex voto = auf Grund eines Gelübdes

Kemnath und Umgebung

Fast eine Stunde östlich zog sich ehemals der mehrfach genannte Markt Waldeck den Berg hinan, wurde aber nach dem Brande vom 25. März 1794 an die Anhöhe, Hoez genannt, erbaut. Bernhard von Weimar, der im Jahre 1634 Kemnath einnahm, belagerte diese Bergveste vergeblich; doch 1704 fiel sie den Truppen de fränkischen Kreises in die Hände und wurde gänzlich geschleift, das kurfürstliche Landgericht aber mit Kemnath verbunden. Im 19. Jahrhundert zählte dieser Bezirk weit über sechzig Edelsitze und noch vor Aufhebung der Partimonialgerichte befanden sich im Landgerichte Kemnath nicht weniger als 27 mit Gerichtsbarkeit versehene Güter ... Zum Walde Mehlmeisel an der nördlichen Gerichtsgrenze gehörten (1283) sechs Dörfer und viele Gerechtsamen nebst der Zeidelwaide in Kössein. Er kam mit Waldeck zur Hälfte an Bayern. In dieser Gemeinde errichteten die von Löfen nahe am Hochofen Gottesgab ein Hammerwerk in Oberlind, das der Kurfürst später selbst in Bestand nahm. Daneben stand die längst verfallene Hammerstatt Unterlind, die ein gewisser Thomas Bauer aus Ebnath (1591) wieder erhoben hatte. Diese Hammergüter überließ Kurfürst Ferdinand Maria dem Johann Ernst mit seinen Bergwerken am Fichtelberge anfänglich auf 8 Jahre gegen eine Jahrespacht von 550 Gulden und sein Nachfolger verlängerte diesen Vertrag bis 1684, als sich auf einmal herausstellte, daß dieser Ernst einen jährlichen Bargewinn von 12.000 Gulden daraus erzielte, worauf der Staat diese Hämmer wieder an sich zog. Fichtelberg ist nun ein königliches Berg- und Hüttenamt. Daran schließt sich an der Waldnaab das Rittergut Ebnat mit seinem Eisenhammer, das nach denen von Kammerstein seit 1335 die von Hirschberg besitzen ...

Von den v. Brodreis kam das kurpfälzische lehenbare Dorf Riglasreuth, wo sich gegenwärtig eine Drahtfabrik mit Fischrecht im Mühlbache befindet, an die von Hirschberg. Beim benachbarten Pullenreuth, dessen Adel auch zu Trossau, Pirk und Göppmannsbühl begütert war, und unter den Guttätern von Speinshart erscheint, finden sich Eisenerze und Braunkohlen. Die Hammergüter Funkenau und Dechantsees wurden erst 1768 dem Kloster Waldsassen zur Landsasserei erhoben.

Kemnath, diese gewerbsame Stadt, welche für uns als Heimat des Mathias von Kemnath (des Chronisten Kurfürst Friedrich I.) von besonderem Interesse ist, hat eine sehr freundliche, gesunde Lage in Mitte reizender Gärten, von Dörfern und Edelsitzen umgürtet, welche den Verkehr besonders beleben. Die Trockenlegung des Stadtgrabens und des Hutweihers hat die Atmosphäre von schädlichen Dünsten gereinigt, während der Armesberg und weiter zurück das Fichtelgebirge die rauhen Nordwinde abhalten.

Zweimal, im Jahre 1546 und neuerdings 1846 wurde Kemnath – nun Landgerichts-, Rentamts- und Dekanats-Sitz – ein Raub der Flammen.

Ludwig Voltolini

Sagen und Mythen der Oberpfalz

Zur Rechtfertigung der Überschrift sei Folgendes bemerkt. Wir betreten hier das Gebiet der Natur-, Zauber- und Spuksagen, soweit diese nicht in unmittelbarer Beziehung zur historischen Sage oder kirchlichen Legende stehen. Was in dieser Richtung noch an sagenhafter Überlieferung im Volke lebt – und die Oberpfalz hat dessen einen unergründlichen Schatz – weist großenteils auf altnordische und germanische Mythen zurück. Indem wir an diesen mythologischen Gehalt der Volkssage anbinden, greifen wir auch auf die Genesis derselben zurück, die für den Historiker von entscheidendem Gewicht ist. Gegebenenfalls rücken wir damit wenigstens einem Ziele näher; wir gewinnen, wie schon bemerkt, kräftige Beweisstücke für die mannigfach angefochtene Behauptung, daß das oberpfälzische Geblüt ein germanisches sei.

Hiernach mag es uns erlaubt sein, Zusammengehöriges und Verwandtes in gesonderten Abteilungen zu behaupten. An die Spitze derselben sei die mythische Gottheit gestellt, deren dämmerige Erinnerung die Sage wie ein fernes, allgemach verklingendes Echo forträgt. Wir beginnen mit Wuotan, Wodan, dem allmächtigen, alldurchdringenden Wesen. Seine geweihte Stätte ist der Wald, sein heiliges Tier der Schimmel; er ist kennlich an seinem breiten Hute. Wodan offenbart sich im Winde, und fährt – begleitet von den Walküren – im Sturme daher.

Allenthalben in der oberpfälzischen Sage begegnen wir den Spuren des heidnischen Gottes. Der Wald gilt noch heutzutage als geweihte Stätte. An seinen Bäumen werden die Martertäfelchen und Heiligenbilder aufgehangen, und die Totenbretter, sonst gewöhnlich an die Feldraine hingepflanzt, finden in der Oberpfalz häufig ihren Platz am Waldsaume oder im Schatten eines wilden Birnbaumes am Felde. Die Bäume des Waldes stehen in hoher Verehrung; „sie reden miteinander", sagt der Oberpfälzer, wenn der Wind durchs Geäste weht – sie haben ein geheimnisvolles Leben. Um Neuenhammer bitten die Holzarbeiter einen schönen, gesunden Baum förmlich um Verzeihung, wenn sie die Axt an seinen Stamm legen. Der eigentliche Frevel am Baume, der absichtslos und mit ruchbarer Hand verübte, ist deshalb auch in der Oberpfalz ein sehr geringer.

Herr und Hüter des Waldes ist der Hoymann (Hohmann, schwäb.: Hojema, von Hoy = Hag, eingehegter Wald). Vom Hoymann erzählen die Märchen in der ganzen Oberpfalz. Er ist gewaltig groß, trägt einen Scheibenhut und hat statt des Haares und Bartes Moos und Baumflechte. In den Wäldern wandelt er umher, schwebt über den Gipfeln der Bäume oder reitet auf einem weißen Rosse. Selten verläßt er den Hag, und es ist etwas Ungewöhnliches, daß er – wie z. B. in Rötz am Allerseelentage – sein Revier überschreitet und bis an das Weichbild des Städtchens geht. – Sein Ruf ist „Hoy, hoy!", und er tönt wie eine Klage, weil sein Reich zu Ende gegangen.

Diese Züge lassen eine auffallende Ähnlichkeit mit Wodan nicht mißkennen. Die Oberpfalz hat selbst das Gedächtnis an seinen Namen nicht verloren. Schönwerth berichtet von einer höchst merkwürdigen Sage, die um Neuenhammer an der Pfreimd erzählt wird. Sie spricht von einem mächtigen, der Zauberei kundigen König, namens Woud, und seiner Gemahlin Freid, welch' letztere sich, um ihren Gatten zu fesseln, einen kunstreichen Halsgürtel von den Zwergen schmieden ließ, der für jenen, so ihn trug, die Gewalt hatte, alle Herzen zu bezaubern. Doch mußte sie sich den Zwergen zum Lohne ergeben. Als dies Woud erfuhr, nahm er ihr heimlich bei der Nacht das Geschmeide und verließ sie. Jahrelang eilte nun die Unglückliche ihrem flüchtigen geliebten Gatten nach, und die Tränen, die sie abends nach fruchtlosem Suchen weinte, wurden zu Perlen. Endlich, als die Zeit um war, fand sie ihn und zeigte ihm die Perlen, die sie um ihn geweint. Es waren ihrer gerade so viel als Sternchen am Halsgeschmeide. Da wurde er erweicht, gab ihr den Schmuck zurück und nahm sie wieder auf. –

Das Märchen gibt in überraschender Weise die Erzählung der Edda von Odin und Freyja und dem Halsbande Brisingamen wieder.

Die Bezeichnung: Woud, Woudl kommt auch noch anderweitig vor. Bei den meisten jener wunderlich geformten Felsblöcke, deren wir beim Kapitel über den Teufelsspuk Erwähnung taten, geht nach der Sage auch der „Woudl“ oder „Woutzl“ um. Wuotan identifiziert sich hier mit dem bösen Feinde. Häufig reitet er auf einem grauen Schimmel. Der Woudl und sein Pferd haben keinen Kopf. Im oberpfälzischen Juragebiete schreckt man die weinenden Kinder mit den Worten: „Sei still, der Woutzl kommt!“ Um Königstein lautet ein altes Wiegenlied:

Schweig stilla g'schwind
Ma loibes Kind!
Da Woutzl kummt,
Und nimmt de mit.
Schweig stilla g'schwind
Und halt da Mäul,
Er is schou drass'n
Mit sein 'Gäul!
Dou, dou, dou, dou!

Woutan hat die Herrschaft über den Wind. In der Oberpfalz bringt man dem Winde noch eine Art Opfer. Um Neukirchen und Etzlwang heißt es: „Dem Winde soll man drei Händlein voll Mehl hinausstreuen und dabei sprechen:

Wind oder Windin,
Hier geb ich Dir das Deine,
Laß Du mir das Meine!

dann reißt er nichts zusammen.“ Das doppelte Geschlecht des Windes gemahnt an Frigga. – Der Wirbelwind hinwider heißt dort: „Säudreck“. Man sagt: „Der Säudreck jagt!“ Dieselbe Bezeichnung gebraucht man aber zugleich fast in der ganzen Oberpfalz für den bösen Feind, und so berühren sich auch hier wieder der heidnische Gott, der im Sturmwinde daher braust, und der Teufel. –

Der segensreiche Wind ist jener, welcher in der heiligen Dreikönigsnacht weht. Dem „Dreikönigswinde“ werden Türen und Fenster geöffnet, daß er Glück und Heil ins Haus bringe. –

Ehe wir auf die Sage vom wilden Gejage, die sich füglich hier anreiht, übergehen, sei noch eine beiläufige Bemerkung eingeschaltet. J. Grimm erwähnt des eddischen Namens Osci für Woutan, d. h. der die Menschen des Wunsches, der höchsten Gabe teilhaftig Machende. Die Dichter des 13. Jahrhunderts haben den Wunsch als ein gewaltiges, schöpferisches Wesen personifiziert. Auffallend häufig spricht der Oberpfälzer von einer Zeit, wo alle Wünsche wahr wurden. Das war die Zeit, wo die Welt noch jung war. Jetzt wird die Welt alt und der Sommer kalt. „Es gibt keine Sommer mehr, nur Sommerln."

Besonders reich sprudelt der Sagenborn vom wildem Gejage, dem Nachtgjoid, Nachtgload oder Nachtgeschrei. Nicht nur Überliefertes erbt sich fort; es ist das eines jener Kapitel, welche durch die erfinderische und gestaltende Phantasie des Volkes fortwährend vermehrt werden. Dazu regen die Stimmen an, welche des Nachts im Walde vernommen werden, wenn der Sturm hindurch braust. Namentlich ist es der Wirbelwind, der „Säudreck", der den Spuk verkündet. Wenn ein Wirbelwind im Schwarzenberge bei Eschenbach entsteht, dann sagen die Leute: „Der Hohmann jagt!" Ihm folgen Hexen, geisterhafte Tiere, arme Seelen – das ist das Nachtgeschrei. Nach einer Sage um Pleystein sind es die Seelen ungetaufter Kinder, welche das Geleite des Nachtgjoids bilden. Die wilde Jagd – heißt es um Treffelstein – ist der böse Feind, welcher die Verdammten und armen Seelen jagt und alles mitnimmt, was ihm auf der Erde widersteht. Bisweilen jagt der wilde Jäger, der Hohmann, allein mit seinem Hunde im Walde (Hambach). – Das gemahnt alles an Wodan, der einherjagt auf den Flügeln des Sturmwindes, begleitet von den Einherjar, den schlachtgefallenen Helden (armen Seelen), und den Walküren (Hexen). –

Vor kaum Menschengedenken ging ein Bursche von Sandsee nach Reisach. Wie er mit Anbruch der Nacht gegen Kemnath auf das freie Feld in den sogenannten Arbergraben kam, hörte er hinter sich ein Getöse wie Katzengeschrei. Das wuchs allgemach an, und zuletzt tönten Hundegebell und die Stimmen aller möglichen Tiere drein, so daß den Burschen die Angst schüttelte, obwohl er sonst nicht furchtsam war und anfänglich ruhig aufgehorcht hatte. Da wehte plötzlich ein scharfer Windstoß vom Bohweiher her, der ihn nach vorne zu Boden warf. Und nun ging's hart über ihn weg mit Gejohl und Geschrei, mit Hundeheulen und Peitschenknallen. Es war das Gejag. Als es vorüber war, lief er heim, was er konnte, und kam verstört und schweißtriefend an. Des anderen Tages mußte er den Bader holen lassen. Der Windstoß aber, der ihn aufs Gesicht hingeworfen, hatte ihn gerettet, sonst wäre er zerrissen worden oder hätte mitjagen müssen. Nur wenn man am Boden liegt, das Antlitz gegen die Erde gekehrt, geht das Nachtgjoid schadlos über einen weg.

Ein Knecht auf der Öd am Bärnstein, unweit des Marktes Waldthurn, hörte einmal, da er schon im Dachstübel war und just zu Bette gehen wollte, die wilde Jagd vorbeisausen. Beherzt und furchtlos, wie er war, schaute er zur Dachlucke hinaus und rief dem Gejage spottend nach: „Hui, hui, mein' Tal (Teil) a mit!" Am dritten Tag lag er am Schragen. – Zu Zeiten, namentlich in der Dreikönigsnacht, geht das Gjoid auch im Geierberg bei Mischlbach und im Eschenbühl bei Sandsee. –

Ein Seitenstück zu der niedersächsischen Sage von Hans von Hackelnberg, dem Oberjägermeister des Herzogs von Braunschweig, der im Thüringer Walde jagt, erzählt man sich um Neunburg vor dem Walde. Es war einmal zur Zeit, da man um der Religion willen Krieg führte, ein Ritter von Blocksburg, der sich heimlich eine schöne Försterstochter zur Ehe nahm und darüber verfolgt wurde. Da verband er sich mit dem bösen Feinde und ward zum Höllenritter. Von ihm leitet sich die wilde Jagd ab. – Im allgemeinen heißt es, daß alle Jäger, edle wie gemeine, welche des Landmanns Saat in wilder Lust verheeren, von diesen verflucht und in Folge dieses Fluches in das wilde Heer aufgenommen werden. –

Noch wäre hier einer besonderen Gattung geisterhafter Reiter zu erwähnen, welche um Neustadt unter dem Namen Kaltenegger bekannt sind. Die Kaltenegger sind große Männer mit dreigespitzten Hüten – ein Zeichen des späteren Ursprungs der Sage –, welche in ganzen Scharen auf mächtigen Rossen über die Hohlgasse während der Dämmerung hinsprengen. Sie reiten auf den Wanderer an, ohne ihn zu beschädigen, und erscheinen insbesondere als Vorboten des Krieges. –

Einen wesentlichen Bestandteil der wilden Jagd bilden in der Oberpfalz die Holzhetzer. Teilweise übernehmen sie für sich allein die Rolle des Hoymanns und seines Gefolges. Im Marcheneyerholze bei Bärnau ist ein Stein, an welchem sie zusammen kommen, ehe sie auf das Hetzen ausgehen. Sie haben ihren Namen von der Hetzjagd, welche sie auf die armen Holzfräulein anstellen.

Eduard Fentsch

Eschenbach

Die Stadt Eschenbach, ehedem Sitz eines kurbayerischen Pflegamtes, das die Gerichte Eschenbach, Grafenwöhr und Kirchentumbach umfing, erhielt sehr früh Stadtrechte und war 1371 schon mit Mauern umgeben. Eschenbach, welches in der Verpfändung an Böhmen (1353) einbegriffen ist, wurde mit Auerbach durch König Rupert zurückerobert und teilte fortan dessen Schicksale. Karl IV., der in allen neuen Erwerbungen durch Privilegien und Gnadenbezeigungen – die ihn kein Geld kosteten – die Liebe und Erinnerung an das alte Herrscherhaus zu schwächen versuchte, erteilte auch unserem Eschenbach das Stadtrecht von Tachau nebst dem Rechte, alle Kretzer und Handwerker in einer Meile Wegs in den umliegenden Dörfern zu verbieten und zu stören, außer im Dorfe (Kirchen-) Tumbach. In zweifelhaften Fällen sollen diese Bürger ihr Recht in Tachau nehmen. Pfalzgraf Johann bestätigte dies Recht und wies die Eschenbacher für Rechtsbegehren nach Amberg 1435 (später war dann dafür Neumarkt zuständig).

Das gleiche taten fast alle folgenden Regenten aus pfälzischer Linie, und Herzog Otto (von Neumarkt) fügte noch (1486) einen Wochenmarkt auf jeden Mittwoch bei, mit Marktzwang für die innerhalb des Halsgerichtes Gesessenen und mit (1 Tag) freiem Geleit für die Marktgäste „außer unkenntlich Schuld und was den Hals betrifft".

Vielfache Kollisionen entstanden zwischen unserer Stadt wegen ihrer Rechte und zwischen dem benachbarten Kloster Speinshart, wobei die Bürger manchmal, wenn sie ihre Privilegien gewaltsam geltend machen wollten, den kürzeren zogen. So wurden sie von König Wenzels Hauptmann in Bayern, Worzywoy von Swynar, 1396 verurteilt: „Es sollen sechs des Rates von Eschenbach reiten gen Speinshart in das Kloster und sollen bitten um die Stöße und Zweiung die geschehen ist, daß der Probst und das Kapitel ihnen das vergeb und wollten des fürbaß nimmermehr tuen." Auch soll der Rat die sieben Rädelsführer mitschicken, jeder eine Kerze in der rechten Hand tragen, die ein Pfund Wachs hat, und sollen die anzünden vor der Klosterkirche und brennend hinein tragen vor unser lieben Frauen Altar und ihr zu Lob und Ehre da lassen und sie bitten, daß ihnen unsere liebe Frau derselben Unzucht vergebe; „und mußten dem Herren Prälaten ein Fuder Weins kaufen."

Ein anderes Mal hatte der Prälat von Speinshart einen „armen einfältigen Klosteruntertan von Burkhardsreuth" als Schuhmacher auf der Stör, „da die Eschenbacher Schuster einem aus einer Haut, da man hofft acht bis zehn Paar Schuhe zu bekommen, kaum fünf Paar lieferten". Diesen überfielen nun die Eschenbacher, nahmen ihm Leder und Werkzeuge und führten ihn gefangen weg, worauf sie, wie des Abtes Bericht sagt „jubilierten, Mahlzeiten oder wie es billig zu nennen crapulam gehalten und zwei Taler verdemfft", was der Kurfürst sehr übel vernahm, und Freilassung nebst Rückerstattung aller Kosten befahl, was auch 13. Febr. 1568 geschah.

Ludwig Voltolini

Stör = Arbeit, die ein Gewerbetreibender im Haus des Kunden verrichtet.

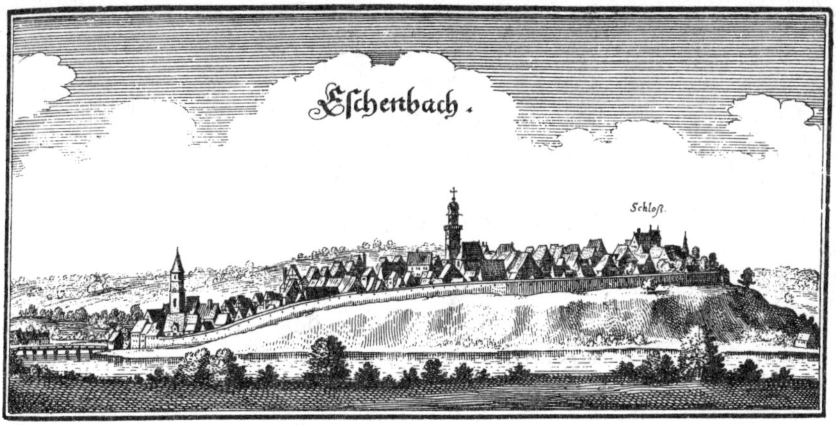

Rosenberg bei Sulzbach

Rosenberg heißt der Berg mit seinem malerischen Felsen und einem halbzerstörten Turm. Am Fuße des Rosenberges vorüber fließt der Rosenbach. Die Erzähler erinnern sich, von den Alten gehört zu haben, daß der Rosenberg der Sitz von drei Frauen war, welche nachher als Geister erschienen sind; zwei davon waren weiß, die dritte halb schwarz, halb weiß. Auch wußten die Erzähler vom Schatz, Hahn und einem unterirdischen Gang; einer ließ sich nicht nehmen, den schwarzen Hund selbst gesehen zu haben.

Die Franzosen hatten auf dem Rosenberg einen Wachtposten; aber immer stellte sich dem Soldaten eine Jungfrau mit ihrem Gesicht wie Spinnengewebe entgegen, welcher dann voll Schrecken den Berg hinablief.

Zwei Stunden von Rosenberg liegt das Schloß Amertal; Riesen sollen die beiden Schlösser gebaut und sich die Hämmer zugeworfen haben.

Friedrich Panzer

Aus: „Lobgedicht auf einen Wolfszahn"

Schrecklich ist's, wenn man bedenkt,
Wie der Mensch den Menschen kränkt.
Töricht wie ein toller Hund

Beißt er sich erbärmlich wund.
Sagt, ob wohl nicht Raserei
In des Menschen Seele sei?
Manchen würd' es heilen können,
Wollt' man ihm die Stirne brennen;
Für der Menschen tolle Wut
Wär' dies Mittel trefflich gut.
Ehre sei dem Wolfeszahn!
Munter greift er alles an,
Und zerreißt er je ein Kind,
So zerreißt er es geschwind.
Kinder seid auf eurer Hut!
Menschen beißen nicht so gut.
Aber vielleicht kann's noch werden,
Daß aus Menschen Wölfe werden.
Liebe Kinder, tröstet euch,
Halb sind wir schon Menschen gleich,
Längst bis einem halben Jahr
Sind wir Wölfe ganz und gar.

Karl von Eckartshausen (1789)

Amberg

Die Bergkirche

Über Garten und Wald nahe dem Wolkenflug
Mit hochstrebendem Turm ragt auf der Felsen Stirn
Dein ehrwürdiger Wohnsitz,
Jungfrau, sichtbar im weiten Land.

O, wie oftmals klomm ich hinan den steilen Pfad,
Wenn der glitzernde Schnee lag auf der Heckenwand
Und wenn brannten die Rosen,
Aufwärts stieg ich den Lindengang!

Liebreich neigtest das Ohr du zu des Knaben Wort
Und du senktest den Blick mild auf der Reue Fleh'n

Und zerstreutest die Wolken,
Die umdüstert des Jünglings Herz.

Froh dann schweift' ich im Grün, horchte des Kuckucks Ruf
Und dem hüpfenden Quell folgt' ich im Eichenbusch,
Bis die Glocke im Bergwald
Durch die dämmernden Gipfel drang.

Franz Binhack

Die Stadt Amberg

Die in heiterer Lage an beiden Ufern der Vils sich ausbreitende Stadt Amberg erscheint bei ihrer ersten Erwähnung als ein zum Reichsgute gehöriges Dorf, villa Ammenberg, in Nordgaue und im Gebiete des Markgrafen Otto gelegen, welches Kaiser Konrad II., auf Verwendung seiner Gemahlin Gisela und seines Sohnes, des Königs Heinrich, dem Hochstifte Bamberg mit Bannrechten, Marktrechten, Land- und Wasser-Zöllen, Mühlen, Wässern, Fischereien und Jagden zu Eigentume verlieh (24. April 1034). Man kann aus dieser Aufzählung der mit dem Dorfe an das Hochstift gelangten Rechte den Schluß ziehen, daß damals schon die Ausbeu-

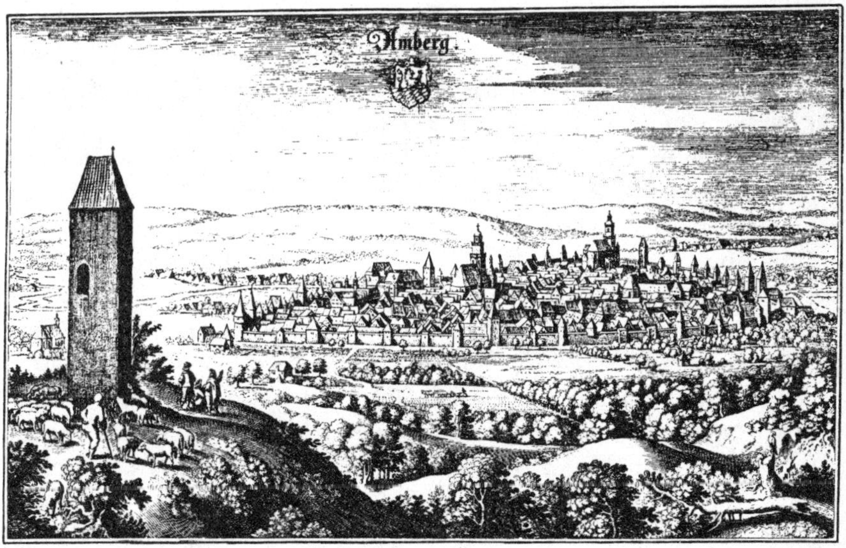

tung der nahen Erzberge auf Eisen im lebhaften Betriebe gewesen und einen Marktverkehr hervorgerufen habe, welcher hinwieder die Errichtung eines Zolles zu Lande und Wasser zur Folge hatte. Das Hochstift wird nicht gesäumt haben, seine neue Erwerbung auch mit einer Kirche auszustatten. Die große Sterblichkeit, welche 1094 ganz Deutschland heimsuchte, trat auch in Amberg verheerend auf. Denn als zu jener Zeit die Bischöfe von Prag und Olmütz auf ihrer Rückreise von Mainz durch Amberg kamen, konnten sie die noch außer dem Dorfe gelegene ziemlich große Pfarrkirche zu S. Georg nicht betreten, weil das ganze Kirchenpflaster mit Leichen bedeckt war. Bischof Otto II. stattete mit dieser Kirche das von ihm wieder hergestellte Kloster St. Jakob zu Bamberg aus (25. Juli 1109), welches in diesem Besitze von dem Papste Cölestin bestätigt wurde (28. Okt. 1143).

Bischof Eberhard sorgte ungemein für die Emporbringung und Ausbreitung des ambergischen Handels; er erlangte von dem Kaiser Friedrich I. für die ambergischen Kaufleute durch das ganze Reich alle jene Sicherheit und Freiheit, wie die von Nürnberg sie hatten (1163), und von dem Bischofe Rupert von Passau dieselben Handelsbegünstigungen, wie sie die Regensburger in diesem Hochstifte genossen (1166).

Die liegenden Gründe zu Amberg wurden von dem Hochstifte in der Regel als Lehen vergeben. Als solcher Lehensträger besaß der reiche Dynast Friedrich von Hopfenohe zehn Hofstätten zu Amberg, die nach seinem Tode an das von ihm gestiftete Kloster Ensdorf gelangten (1123). Dahin vergabte auch der bambergische Domkustos Kunrad sein Lehen im Markte Amberg, das er von dem Bischofe Egilbert (1139–1146) erhalten hatte. Auch der Wingerhof (jetzt nur aus Gärten und Gartenhäusern bestehend und zum Stadtgebiete gehörig) zeigt sich gleichzeitig in dieser Eigenschaft. Einen größeren Lehenskomplex zu Amberg hatten die Grafen von Sulzbach inne, welcher nach deren Aussterben mit Graf Gebhard II. († 1188, 28. Okt.) in Folge der von dem Kaiser Friedrich I. mit dem Hochstifte getroffenen Anwartschaftsverträge auf dessen Söhne Friedrich und Otto überging, aber schon 1191 durch beider Absterben dem Hochstifte wieder heimfiel und zur bischöflichen Kammer eingezogen wurde, bis der Bischof Ekbert († 1237, 5. Juni) in den letzten Jahren seines Lebens dieses Lehen dem Markgrafen Berthold von Hohenburg und dessen Brüdern verlieh. Der verschwenderische Bischof Poppo verpfändete dem Markgrafen Berthold, der für ihn um 100 Mark Silbers Bürge geworden war, die ganze Stadt Amberg (1242, 22. Jan.) Kaiser Friedrich II. entkräftete zwar alsbald Poppos Veräußerungen, aber erst durch den Tod der markgräflichen Brüder († 1256) fiel die Stadt dem Hochstifte heim und wurde 1269 an Herzog Ludwig den Strengen verliehen. Dieser errichtete daselbst sogleich eine Münzstätte und bestätigte der Bürger hergebrachte

Rechte und Gewohnheiten. Ein Gleiches taten seine Söhne Rudolf (im Jahre 1294, 3. März) und Ludwig. Letzterer hatte in der Teilung mit seinem Bruder die Stadt Amberg erhalten, der er durch eine Reihe von Privilegien bestätigte, daß er sie „lieb vor andern" habe. Ihm verdankt die Stadt, nunmehr der Sitz eines Vizedoms, das Spital (1317), die Herstellung der Stadtmauern und Türme (1316), vor allem aber die Sicherung ihres Rechtszustandes und die Hebung ihres Handels. Durch den Vertrag von Pavia (4. August 1329) gelangte die Stadt an die Söhne und Nachkommen Pfalzgraf Rudolfs, von denen sie fortan die Bestätigung und Vermehrung ihrer Privilegien erhielt. Zum Schutze ihres auswärtigen Handels erlangten die Bürger 1355 von Kaiser Karl IV. die Erneuerung des von Kaiser Friedrich I. erteilten Privilegiums, und 1361 einen Befehl an Frankfurt und Straßburg, daß die Zoll-, Geleit- und Abgabe-Freiheit der Stadt Amberg durch das ganze Reich anerkannt bleiben solle; König Ludwig von Ungarn dehnte die den nürnbergischen und regensburgischen Kaufleuten verliehenen Freiheiten in Ungarn auch auf Amberg aus (1369). Den innern Handel zu fördern verlieh Ruprecht I. der Stadt drei Messen und Jahrmärkte (1364, 13. September).

Der Flor der Stadt war bis dahin stets im Steigen; die Bevölkerung derselben nahm so zu, daß die St. Georgskirche, die durch eine Feuersbrunst zerstört worden war, bei ihrer Wiederherstellung einen größern Umfang erhalten mußte (1359). Um die erweiterte Stadt mit den nötigen Mauern, Türmen und Gräben zu versehen und selbe zu unterhalten, wies Ruprecht I. den Bürgern seine Zollgefälle von der Stadt und dem Erzberge an (1363). Unter Kurfürst Ludwig III. wurde der Bau einer zweiten Pfarrkirche nötig, und der Grundstein zu der jetzigen St. Martinspfarrkirche gelegt (1421). Im Jahre 1433 entstand auch das reiche Almosen, als Stiftung des Bürgers Georg Kastner; und 1452 auf Johan Capistrans Betrieb ein Kloster für den Orden der Minoriten.

Als Friedrich I., welcher für seines Bruders Ludwig IV. († 1449) Sohn Philipp vormundschaftliche Regierung führte, sich selbst die Kurwürde aneignete und sein Mündel arrogierte, verweigerte die Stadt Amberg eine abermalige Huldigung, da sie diese schon dem jungen Philipp geleistet habe. Die von Friedrich I. zur Unterhandlung nach Amberg gesendeten fünf Räte wurden bei einem gegen sie ausgebrochenen Aufruhre (1453, 24. März) auf dem Rathause zwei Tage lang gefangengehalten und nur wegen des von dem Bischofe von Regensburg angedrohten Interdiktes wieder frei gelassen. Friedrich ließ diese Widersetzlichkeit nicht ungestraft, bemächtigte sich Anfang Februar des folgenden Jahres der Stadt, zwang sie zur Huldigung und ließ die Hauptanstifter ergreifen, drei davon auf dem Markte enthaupten, sowie das Schloß, um für die Folge sichern Zugang und Aufenthalt zu haben, auf Kosten der Bürger befestigen. Weiter hatten die Amberger ihre Handlungsweise nicht zu entgelten; Friedrich I. bestätigte vielmehr ihre Freiheiten und suchte die Eisenfabrikation durch die Verordnung zu heben, daß sämtliche Grubenbesitzer auf zwei Meilen um Amberg die Ausbringung der Erze mit einem gemeinschaftlichen Betriebskapitale, in dem die Stadt Amberg 400 Gulden anzulegen hatte, besorgen mußten (1455, 14. April). Im Jahre 1472 räumte er die Stadt, die schon 1378 und 1395 als zur Kurwürde im voraus gehörig erklärt worden war, an Pfalzgraf Philipp ein, welcher im Februar 1474 daselbst seine Vermählung mit Herzog Ludwigs des Reichen von Landshut Tochter Margaretha mit wahrhaft fürstlicher Pracht feierte, aber schon nach wenig Jahren seinen dortigen Aufenthalt mit dem in Heidelberg vertauschte. An dem Kriege um das seinem Sohne Rupert vermachte landshutische Erbgut nahm Amberg tätigen Anteil. Die Folgen dieses verheerenden Krieges blieben auch für Amberg nicht aus. Kurfürst Ludwig V. suchte durch eine neue Erwerbsquelle dem Wohlstande der Stadt wieder aufzuhelfen und führte 1534 die Zinnblechfabrikation durch eine Gesellschaft ein, deren Produkte starken Absatz nach Frankreich, den Niederlanden, Österreich, Ungarn, in der Türkei und Italien fanden. Die Amberger bezogen damit außerdem die Frankfurter, Leipziger und andere Messen; besonders viel wurde nach Nürnberg verführt. Diesem neuen Gewerbszweige schloß sich 1544 die Einführung der Messer- und Klingenschmiede an, womit Kaiser Karl V. eigens privilegierte.

Durch den Verkehr mit Städten, in welchen Luthers Lehre Eingang gefunden hatte, wurden die Bürger Ambergs auch mit dieser bekannt und teilweise ihre stillen Anhänger. Gegen Ende 1538 tat der Magistrat die ersten öffentlichen Schritte zu deren Einführung und erhielt von Dr. Martin Luther, an den er sich gewendet hatte, einen Prediger, welchem die Spitalkirche zur Ausübung des protestantischen Gottesdienstes angewiesen wurde. Auf die Einsprache des Bischofs von Regensburg mußte er zwar entfernt werden, aber die Stadt brachte es bei dem Kurfürsten Ludwig V. dennoch dahin, daß der evangelische Gottesdienst in der Spitalkirche fortgesetzt werden durfte. Unter Friedrich II. wurde er auch in die beiden Hauptpfarrkirchen St. Martin und St. Georg versetzt, die Franziskaner aber mußten 1555 die Stadt verlassen. Friedrich II. verlegte auch die Regierung von Neumarkt nach Amberg, ließ für sie ein prächtiges Gebäude herstellen und die Stadt überhaupt durch doppelte Stadttore mit Schlagbrücken und Fallgittern sichern.

Für Amberg folgte nun eine lange, traurige Zeit unfreiwilligen Religionswechsels, denn mit demselben Eifer, mit welchem Kurfürst Ottheinrich die Lehre Luthers durchgeführt hatte, suchte sein Nachfolger Friedrich III.

sie durch die Calvins zu verdrängen, die Ludwig VI. hinwieder völlig abschaffte. Unter dessen Sohne Friedrich IV., den sein Oheim Johann Kasimir wider die Verordnung des Vaters zum Calvinismus herangebildet hatte, glaubten die Amberger aufs neue Kränkung ihrer Religionsfreiheit und Gewaltmittel, wie sie zu Neumarkt angewendet worden waren, befürchten zu müssen; sie beschlossen daher, dem Kurfürsten nicht eher zu huldigen, als bis er die Privilegien bestätigt und sie bei der lutherischen Lehre zu lassen versprochen habe. Zugleich setzten sie sich in Verteidigungsstand, brachen die Brücke zum Schlosse ab und sperrten die Zwinger. Die schon ganz calvinisch besetzte Regierung entfloh. Die Versicherung Friedrichs IV. (18. März 1592), niemanden wider sein Gewissen in Religionssachen beschweren zu wollen, stellte die Ruhe wieder her. Aber trotz dieses Versprechens suchte Friedrich IV. den Calvinismus wieder einzuführen, und da dies nicht gelang, die Sache so zu vermitteln, daß Lutheraner und Calvinisten nebeneinander bestehen und eine Partei die andere nicht beeinträchtigen solle. So blieb es auch unter Friedrich V. Im Jahre 1621 brach über ihn die Acht herein, und Amberg öffnete noch im nämlichen Jahre seine Tore dem siegreichen Maximilian I., welcher alsbald daselbst die katholische Religion wieder herstellen ließ. Manche, welche ihrem Glaubensbekenntnisse nicht entsagen wollten, verließen mit Preisgebung ihrer Habe die Stadt. Im Jahre 1626 erhielten die Franziskaner ihr Kloster wieder, den Jesuiten aber wurde die ehemalige Pfarrkirche St. Georg nebst dem Pfarrhofe angewiesen, den sie 1630 in ein Kollegium umschufen. Als Gustaf Adolf Deutschland überzog, hatte es den Anschein, daß auch Amberg von ihm heimgesucht werden solle; die Stadt blieb jedoch von einer unmittelbaren Berührung mit dem Feinde verschont, litt aber 1633 und 1634 durch eine verheerende Seuche. Die abermalige Annäherung der Feinde im Jahre 1641 veranlaßte eine Zusammenziehung bayerischer Truppen daselbst; von 1645 bis 1656 wurde ununterbrochen an der Vermehrung und Erweiterung der Befestigungswerke gearbeitet. In den Jahren der Ruhe, die nun folgten, entstanden in Amberg zwei Klöster: 1652 das der Paulaner, 1692 das der Salesianerinnen. Der Handel und die Gewerbe erholten sich jedoch nur langsam von den Folgen des Krieges. Um dem erschöpften Ärar der Stadt aufzuhelfen, wurde ihr 1677 das Monopol des Salzhandels verliehen.

Von den Kriegen, welche während des 18. Jahrhunderts über unser Vaterland dahinzogen, wurde Amberg hart betroffen. In dem spanischen Erbfolgekriege heftig beschossen, mußte sich die Stadt, nachdem 112 Gebäude in Asche gelegt waren, am 28. Nov. 1703 mit Akkord den Österreichern übergeben. Nach elfjähriger Trennung brachte der Rastattliche Friede vom Jahre 1714 sie an Bayern zurück. Im Krieg um die österreichische Erbfolge fiel sie 1743 aufs neue in die Hände der Österreicher. Nach kurzer Aufgabe erschienen diese Ende Dezember 1744 wieder vor ihren Mauern. Die schwache Besatzung leistete im Vereine mit den Bürgern und Studenten heldenmütigen Widerstand, gab aber die Stadt, auf die Kunde von Karl Albrechts Ableben († 20. Jan. 1745) dem Feinde preis, den erst der Füssener Friede (22. April 1745) daraus entfernte. Neue Gefahren drohten durch den siebenjährigen Krieg. Zweimal näherten sich preußische Truppen, die nur durch die Versicherung der Neutralität Bayerns zum Rückzuge vermocht werden konnten.

Die Stadt war tief herabgekommen. Der Handel mit Eisen war ganz dahin, den Salzhandel verlor sie in Folge des Rückstandes ihres Verwalters (1756). Der Versuch, eine Schranne einzuführen, mißglückte (sie dauerte nur von 1772 bis Februar 1774). Auch die Münze, welche Max III. errichtet hatte, stellte ihre Arbeiten wieder ein. Da kamen die Mißjahre 1769, 1770 und 1771 und erzeugten in Amberg eine wahre Hungersnot. Den Schluß des unglücklichen 18. Jahrhunderts bildete die Besetzung der Stadt durch Franzosen, welche 1796 am 18. August unter General Jourdan einrückten. Sie mußten zwar nach sechs Tagen wieder weichen, hatten aber in dieser kurzen, jedoch schrecklichen Periode der Stadt einen Schaden von beinahe 400.000 Gulden zugefügt. Damit noch nicht zufrieden, begehrten sie eine Kontribution von einer Million Livres und nahmen, weil diese Summe nicht aufgebracht werden konnte, acht Geiseln mit.

Im Jahre 1800 residierte Max Joseph IV. in Folge der Kriegsunruhen mehrere Monate in Amberg.

Das angehende neue Jahrhundert hat mancherlei Veränderungen für Amberg gebracht. Bis dahin Hauptstadt des Herzogtums der obern Pfalz und Sitz der Landesregierung unter einem Statthalter (früher Vizedom) und anderer Behörden, wurde daselbst 1799 als höchste Landesstelle für die Herzogtümer der obern Pfalz und Sulzbach, sowie der Landgrafschaft Leuchtenberg eine Landesdirektion errichtet, die bisherige Regierung auf die Besorgung der Justiz beschränkt. Bei der Kreiseinteilung vom Jahre 1808 blieb Amberg die Hauptstadt des Naabkreises, behielt aber bei der vom Jahre 1810 nur mehr das Appellationsgericht, wobei es auch bei der von 1837 belassen wurde.

An die Stelle der 1802–1804 abgetragenen äußeren Befestigungswerke traten Promenaden und Baumpflanzungen, die 1817 und 1818 sehr verschönert wurden. Von den durch die Säkularisation aufgehobenen Klöstern wurde das der Franzikaner verkauft, deren Kirche aber in ein Theater umgeschaffen (1863), das Kloster der Salesianerinnen den deutschen Schulen eingeräumt und in das der Paulaner das Militärspital verlegt wurde; die Gebäude der schon 1773 aufgehobenen Jesuiten, worin sich die höheren

Unterrichtsanstalten befinden, hatte eine Zeitlang der Malteserorden inne.

Die Bevölkerung Ambergs, welche 1782 nur 4463, 1808 etwa 8889 Seelen zählte, hat sich bis zum Jahre 1855 auf 10.167 Seelen erhöht. Die Eisenbahn (seit 1859) und die neue Gewerbeordnung wird auch für Amberg weiteren Aufschwung bringen, der sich bereits in einer ungemein gesteigerten Baulust verkündet.

Karl August Muffat

Dynast = Herrscher, Fürst / Domkustos = Küster, Kirchendiener / Flor = Wohlstand / arrogieren = an Kindes Statt annehmen / Interdikt = Verbot aller kirchlichen Amtshandlungen / Oheim = Onkel / Ärar = Staatsvermögen / Akkord = Übereinkommen / Schranne = Getreidemarkt / Kontribution = Kriegssteuer / Livres = französische Münze / Appellationsgericht = Berufungsgericht / Säkularisation = Einziehung geistlichen Besitzes.

Der Schäfferberg bei Ursensollen in der Oberpfalz

Im Walde bei Ursensollen liegt ein Hügel, welcher einst von Jungfrauen bewohnt wurde. Da liegt im Gewölb ein Schatz, von einem Hunde bewacht. Im Walde haust der wilde Jäger. Ein alter Mann, welcher sich nicht selten berauschte, mußte seinen Rückweg vom Wirtshaus nach Hause in sein Dorf vor diesen Schloßberg vorüber nehmen. Damit er den Weg nicht verfehlte, gab man ihm Knaben mit; kam die Gesellschaft in die Nähe des Schloßberges, so fragte der Alte: „Wollt's d'Hähnle krähen hören?" Da klatschte er mit den Händen, worauf viele Hähne krähten.

Friedrich Panzer

Der Einbruch im Pfarrhaus

In einem Dorfe in Bayern wurde vor einigen Jahren das dortige Pfarrhaus von drei Räubern gewaltsam erbrochen; welche, nachdem sie die beiden Dienstboten in den Keller geschleppt, den Pfarrer in seinem Schlafzimmer zwangen, ein wenige Tage vorher erst zurückerhaltenes Kapital von 5000 Gulden herauszugeben. – Es geschieht; „Nun aber", sprachen die neuen Empfänger, „sorgen Sie nicht, Herr Pfarrer, daß Ihnen einiges Leid oder

Unrecht geschehe; wir wissen gar wohl, daß Ihnen der Zehnt von allem gehört; den sollen Sie auch von diesem Gelde haben.“ – Niedergesetzt, geteilt, und der Pfarrer bekommt wirklich den Decem. –

Aber noch hört die zärtliche Sorgfalt diese neuen Art von Spitzbuben für des Geistlichen Wohlfahrt nicht auf. „Unser Besuch wird Ihnen, Herr Pfarrer, wohl etwas Schrecken gemacht haben, da können Sie leicht eine schwere Krankheit davon bekommen; Sie müssen dem vorkommen und gleich zur Ader lassen.“ – Alles Einwenden hilft nichts dagegen; einer der Herren zieht eine Lanzette hervor, öffnet die Ader und verbindet sie hernach wieder nach allen Regeln der Kunst, und nun wünscht die Gesellschaft auf das herzlichste eine angenehme Ruhe und empfiehlt sich zu geneigtestem Angedenken. –

Des andern Morgens fehlte der Pfarrer beim Gottesdienste; die Gemeinde forschte nach und fand ihn halb tot über die doppelt gewissenhaften Aderlässe, und erst um 10 Uhr entdeckte man die fast erstarrten Dienstboten gebunden im Keller.

Decem = Zehnter; zehnter Teil / Lanzette = zweischneidiges chirurgisches Messerchen für kleine Eingriffe.

Behüt' dich Gott

Wenn zwei zusammen wandern,
Und kommt die Scheidestund',
Reicht einer wohl dem andern
Zum Abschied Hand und Mund:
„Nun ist's mit der Gesellschaft aus,
Nun grüß mir Weib und Kind zu Haus
– Behüt' dich Gott!“

„Zu Berg sind wir gegangen
Zum stillen Dorf am See;
Sah'n Wies' und Matte prangen
Und Wald und ew'gen Schnee
Und schön war alles rings umher
Drum wahrlich wird das Scheiden schwer
– Behüt' dich Gott!

Der du dies Buch gelesen
Mit Freundessinn und Art –
Bin dir Genoß gewesen
Auf weiter Wanderfahrt:
Nun liegt vor dir die letzte Seit',
Nun steh' zum Scheiden ich bereit
– Behüt' dich Gott!

Doch mit dir wirst du tragen,
Was freudig du geseh'n
Und wenn in fernen Tagen
Die Bilder dir ersteh'n,
Dann denke, wie es Wanderbrauch,
Des treubefliss'nen Führers auch
– Behüt' dich Gott!"

Hermann von Schmid

Der Kastlberg in der Oberpfalz

In der Kirche auf dem Kastlberg stehen die in Stein gemeißelten Denkmale der Stifter der Kirche und des Schlosses, nämlich Graf Friedrich († 1013) als Benediktiner, in der Linken das Modell der Stiftskirche haltend; ihm zur Linken Graf Berngar († 1125). Auf seiner linken Hand sitzt ein Rabe, mit der rechten berührt er die Brust des schwarzen Vogels. Zur Rechten des Grafen Friedrich, das Bild des Grafen Otto († 1105), einen Beutel mit dem Dolch durchstechend.

Ein Rabe, berichtet die Sage, trug einen goldenen Ring im Schnabel, damit wurde das Kloster erbaut.

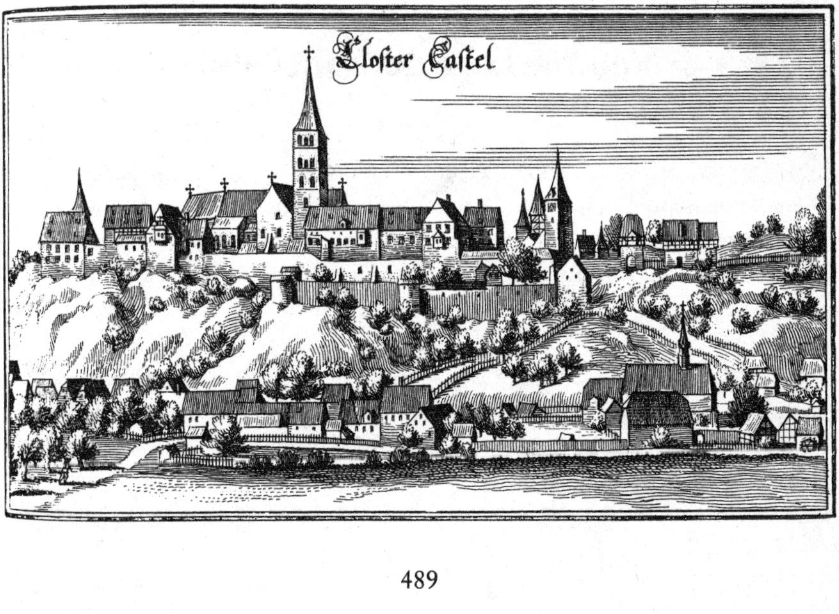

In dem Fenster am Portale ist ein schwarzes Hündchen mit gelben Halsband aus Stein gehauen. Die Sage geht, der Hund sei von den Leuten gefangen, ihm der goldene Gürtel abgenommen, und dieser zum Bau der Kirche verwendet worden, andere sagen: mit dem goldenen Ring, welchen der Rabe fallen ließ, wurde das Kloster ausgebaut, und das Hündchen habe Geld zur Vollendung der Kirche gebracht.

Friedrich Panzer

Semmelknödel mit Speck

Zutaten: 10 altbackene Semmeln (mindestens einen Tag alt), 1/2 l Milch, 1 Zwiebel, 1 Bund Petersilie, 3 Eier, Salz, Muskatnuß gemahlen, 50 g geräucherter Speck, 20 g Butter.

Semmeln in feine Scheiben schneiden, Milch anwärmen und soviel davon über die Semmelscheiben gießen, daß sie aufquellen können. Eine halbe Stunde stehen lassen. Speck in Würfel schneiden, in der Butter anbraten. Zwiebel und Petersilie hacken. Wenn der Speck kroß ist, Zwiebel und Petersilie zugeben und kurz mitdämpfen. Abkühlen lassen. Eier, Salz und Muskatnuß dazugeben, die Semmeln untermischen. Klöße formen und in Salzwasser, das leicht strudelt, gar ziehen lassen (rund 20 Minuten).

Neumarkt in der Oberpfalz

Neumarkt, das auch einen eigenen Handels- und Fabrik-Rat besitzt, treibt Seidenbau, Buchdruckerei und hat vorzügliche Gasthöfe und Bierbrauereien, worunter das großartige Kornburgerische Etablissement obenansteht. Der Bau des Ludwigs-Donau-Main-Kanales (1836–1844), dessen Hafen dicht an der Stadt liegt, brachte hier mehr als 7 Millionen Gulden in Umlauf.

Ein eigenes Komitee sorgt für Verschönerung der Umgebung dieser freundlichen Stadt. Eppelain von Gailingen, dessen kühner Flucht aus Nürnberg das Sprichwort entstammt: „Die Nürnberger hängen keinen, sie hätten ihn denn zuvor“, fand hier sein Ende am Rad 1381. Das eine Viertelstunde östlich der Stadt reizend gelegene Mineralbad ist auf Beherber-

gung von 30 - 40 Gästen eingerichtet und bewährt noch immer seinen mehr als 300jährigen Ruf in den verschiedensten Leiden. Die adeligen Neumarkter zogen später nach Nürnberg, ebenso im 14. Jahrhundert die Erbauer der (1853) abgetragenen Georgskapelle, die Volckamer. Leider müssen wir bekennen, daß ein großer Meister der Tonkunst, Christoph Willibald Gluck, nicht, wie man bis auf die Neuzeit glaubte, in Neumarkt, sondern (1714, 2. Juli) im nahen Weidenwang, wo sein Vater Förster war, geboren und hier nur am 4. Juli desselben Jahres getauft wurde.

Ludwig Voltolini

Die drei steinernen Jungfrauen bei Velburg

„Was macht Dich schlaflos auf dem Flaumenbette,
Was sinnst Du ernst die stille Nacht hinaus,
Was wird zur Marter Dir die Ruhestätte,
Fühlst ahnend Du Dich fremd im Vaterhaus?“

So spricht, so denket Velburgs greiser Ritter
Und schaut dabei im Geiste Kinderglück.
Wie mancher Edle sie im goldnen Flitter
Als Bräute führte heim mit trunk'nem Blick.

Noch gestern klangen jubelnde Pokale,
Es galt ja seiner Töchter Schönheits-Preis.
Zu Spiel und Tanz, Gesang und heiterm Mahle
Vermehrte sich der Gäste froher Kreis. –

Da knarrt das alte Tor im untern Raume.
Ist's wohl der Wind, der es in Angeln wiegt? –
Ein leises Flüstern – horch – am Lindenbaume
Der Blätter Rauschen hat ihn nur betrügt.

Es ist, als ob ihn bange Angst befallen –
Der düstre Mond wirft gar so trüben Schein,
Jetzt hört er ferne Rosseshufe schallen,
Er rafft sich auf, ans Fenster, sieht – o Pein! –

Die Töchter all, die er so lieb gewonnen,
Am Arme fremder Ritter flüchtig zieh'n.
„Wollt ihr des Gastrechts Frevel lohnen?
O haltet ein mit sündigem Bemühn!

Ihr Kinder mein, wie fühlt' ich mich beglücket,
Zu schließen einst mein Aug' in eurem Schoß.
Welch toller Liebeswahn hat euch berücket –
Kennt kein Erbarmen ihr mit meinem Los?"

„Sie scheinen nicht zu hören", ruft er flehend,
„Kein Abschiedsgruß des Vaters Jammer stillt."
Fort geht's in rascher Flucht – vor dem vergehend
Sein bleiches Angesicht der Mond verhüllt.

Da trocknet sich der Greis die letzte Zähre,
Die seinem Vaterauge sich entwand.
Nun gleicht es eher einem Flammenmeere,
Als sich zum Schwure hob die welke Hand. –

„Der Marmor sich erweicht durch sanften Regen,
Doch euer Herz bleibt härter als ein Stein.
So nehmt des Vaters Fluch, statt seinen Segen,
Und ihr sollt starr wie diese Felsen sein!"

Kaum war das Wort entfloh'n aus seinem Munde,
Zuckt schnell ein Blitz durch graue Wetternacht.
Die losen Töchter traf's – sie geben Kunde –
Was Sünd' und Elternfluch für Lohn gebracht.

Schon lange sind zerfallen Velburgs Zinnen,
Doch steh'n drei Felsgestalten noch im Land
Als Denkmal, die verruchte Schuld zu sühnen.
Das sind die steiner'n Jungfrau'n so genannt.

Marterlspruch

Wandersmann, ich bitte dich,
Stehe still und bet für mich.
In diesem Wasser fand ich meinen Tod,
Wo du ihn findest, weiß der liebe Gott.

Beilngries

Im Jahre 1485 erhielt der Ort durch Fürstbischof Wilhelm von Reichenau Stadtrecht, wurde mit Mauern, Türmen und Wassergräben umgeben und an beiden Toren durch Vorwerk und Zugbrücke befestigt, hinter denen sich die Beilngrieser tapfer gegen die Schweden wehrten (1633). Die alte Pfarrkirche der Stadt ist die auf dem Friedhofe 1496 neu erbaute, sogenannte Bühl- oder Büchelskirche, nach welcher auch die Pfarrei genannt wird. – Der Raum dieses Buches gebietet es, über die Schicksale des Städtleins schnell hinwegzugehen. 1634 mußte es dem schwedischen Obristen Sperreiter huldigen. Von den Bedrängnissen der französischen Kriege am Schlusse des vorigen Jahrhunderts blieb es gleichfalls nicht verschont. Oberst Guichard brandschatzte es 1796 mit 5000 Gulden. Fouragierungen und Requisitionen erschöpften die Bürgerschaft, welche glücklicherweise an ihren vermögenden Stiftungen noch einen Rückhalt hatte.

Die Stadt besitzt deren eine ansehnliche Zahl, darunter insbesondere das 1538 durch mehrere Bürger gegründete „reiche Almosen“. Daß aber neben dieser also bekundeten frommen und gemeinnützigen Gesinnung auch viel weltliche Betriebsamkeit unter den Bürgern daheim war, bestätigen die zahlreichen Handwerksordnungen, die im Laufe des 16. und 17. Jahrhunderts für das Oberamt Hirschberg, zu welchem das Pflegamt Beilngries gehörte, verliehen wurden, und die Beilngrieser hatten als Braumeister einen sonderlichen Ruf wegen ihres trefflichen Bieres, das Fremden wie Einheimischen mundete.

Eduard Fentsch

Fouragierung = Lieferung von Verpflegung für das Militär.

D' Landsleut

Drei Handwerksbuasch of oana Roas
Zosamma finden si,
Landsleut von allen Enden san s'.
Da Viart, a Boar, bin i.

Da Schneida is a langa Schwab,
Da Schreina is von Rhein,
Da Kampelmacha is a Frank,
I tua a Schmidknecht sein.

Dees is a Kaudawelsch durchnand
Vo Sprüchen und Manian,
Gleichnuß nimmt jeda vo sein Stand,
und tuat sei Redn zian.

Da Schneida stellt s' af d' Nadelspitz,
Da Schreina hoblt s' glatt,
Da Kampelmacha kampelt Witz,
Und i, i schlag s' halt platt.

Von Deandl san ma kemma z'redn,
Sein Gusta jeda sagt,
Und wo a hat de Schönste gsegn,
Und wo eahm d'Liab hat plagt.

A jeda hat a Landsmannin
Am schönsten gfunden halt,
Und i a kernfests Weibsbild d'rin
Z'tiafast im boarschen Wald.

Dem Schwabn den Sei is drutschali,
Da Frank hoaßt s' gschlank und frisch,
Da Speiera kokett und hübsch –
Dee mei is sakerisch.

I laß schö bschoaden jeden recht
In seina Liabhabrei,
Sie aba hoassen mein Gusta schlecht
Und springa nanda bei.

Da Schneida stichelt fuat und fuat,
Da Schreina hobelt mi,
Da Kampelmacha rupft mi durch,
De Teufels Sakrati.

Lang halt i aus, da wiad's ma z'dick,
Da fang i's schimpfa an,
Und stell mi fest in Positua,
Gegn drei a oanzla Mann.

Af d'Letzt, deß kann net anderscht sein,
Da gibt's a kloane Schlacht,
Und af dee Köpf und Bugel nein
Habn d'Stecka pumpst und kracht.

I kriag no freili aa mein Tael,
Doh wiar an Hamma hob
Mein oachan Knittel gschwunga i,
Da schreia s': dees is z' grob!

„Grob hi, grob hea, san enka drei,
Da muaßt si Gwicht und Zahl,
Soll kemma koana z'kurz dabei,
Ausgleicha allamal."

Af oamal fallt 's en Schwaben ei,
Daß mia all Landsleut san,
Und daß mia, wael ma lauta Boarn,
Koa Recht uns z' prügeln han.

Und wael uns dees begreifli is,
Daß da koa Untaschied,
So habn ma uns glei druckt und kußt
Und gmacht an schöna Fried.

Dazwischen kimmt a Preuß daher,
An Östereicha aa,
Dee habn dee Schlacht vo weiten gsegn,
Und staunat stehna s' da.

Da Weana fragt treuheazi uns,
Da Potsdama voarnehm;
Mia oba macha a Ghoamnuß draus
Aus unsan Schlachtproblem.

Mia alle sechse ziagn von Weg
In's nächste Stadtl nei,
Und trink alle af oa Zech
Heut ausnahmsweis an Wei.

Und af de deutsche Oanigkeit,
Dee iatza Mode grad,
Der Preuß, dea bringt den Trinkspruch aus:
As helf uns Gottes Gnad!

Josef Pangkofer

Die bayerischen Städte

Die bayerischen Städte insgesamt sind wohl gebauet, alle Häuser aus Backstein, massiv und recht gut verputzt. Viele, besonders die von Oberbayern, so an Tirol, Salzburg etc. grenzen, haben eine Art von flachen italienischen Dächern, wenigstens sehen sie nach der Straße zu so aus, indem eine hohe Mauer vorsteht, daß man das flache Dach nicht sehen kann. Die großen Dachrinnen zwischen den Häusern verstellen aber etwas das gute Ansehen. Darinnen haben hingegen die bayerischen Städte groß und klein vor allen in ganz Deutschland einen Vorzug, daß man nirgends leicht so schöne breite Straßen findet, auch größtenteils gerade, wie in diesem

Lande . . . Alle Dorfkirchen sind recht gut gebaut und sauber, gemeiniglich weiß und gelb verputzt. Ihre Türme sind fast alle nach einem Schnitt und haben auch größtenteils oben runde Kappen. Die Scheuern und Ställe sind bloß von zusammengenagelten Brettern, die inwendig an einem elenden Skelett von Holz befestigt sind. Alle diese Gebäude sind gemeiniglich mit schlechten und gar dünnen Strohdächern belegt. Andere, die besser und von Steinen gebaut sind, haben flache Dächer mit drei Fuß langen Schindeln belegt, die aber nicht recht fest angenagelt sein müssen, weil viele große Steine darauf gelegt sind, damit sie der Wind nicht herunterwerfe. Es soll kein Regen durch diese Dächer dringen, welches unglaublich scheint. In Oberbayern findet man mehrenteils Strohdächer, die aber auch schlecht beschaffen.

Die Wege sind überall im ganzen Lande, wo Hauptstraßen sind, schön, eigens gemacht und gut unterhalten. Das Chaussee- oder Weggeld ist billig. Man sagt an der Grenze, wohin man will, und bezahlt bis dahin mit einemmale das Wegegeld, dafür empfängt man einen Schein, den man an dem Tore des Orts, wo man bleibt, abgibt.

Aus „Gesamlete Auszüge zur physisch- und politischen Kenntnis von Baiern" (1786)

Die große Rübe

Es waren einmal zwei Häuslleute. Die hatten zwölf Kinder, lauter Buben. Die Mutter war aber ziemlich nachlässig in der Wirtschaft. Wenn sie die Stube auskehrte, so ließ sie den Kehricht doch alles hinter der Türe, zu träge ihn hinauszuschaffen.

Der Kehrichthaufen hatte so eine ansehnliche Größe erreicht, als einmal Rübsamen hineinfiel. Der Samen ging auf, und es wuchs eine ungeheure Holmrübe (Stoppelrübe) daraus hervor.

Wie sie reif war, wollte das Weib sie ausreißen. Aber die Rübe war so groß, so fest in den Kehrichthaufen eingewachsen, daß ihre Kraft nicht hinreichte.

Sie rief also den Mann. Der hing sich an, das Weib an die Rübe, aber so sehr sie zogen, die Rübe blieb fest stecken.

Da rief der Vater dem ältesten Sohn. Dieser hing sich an den Vater, der Vater an die Mutter, die Mutter an die Rübe. Aber die Rübe wollte nicht gehen.

KNILLING.

Da rief der Einl den Zweitl, dem zweitältesten Sohn. Der hing sich an den Einl, der Einl an den Vater usw. Aber es ging immer noch nicht.

So hing sich der Drittl an den Zweitl, der Viertl an den Drittl, der Fünftel an den Viertel u.s.f. bis der Zwölftl am Elftl, der Elftl am Zehntl, der Zehntl am Neuntl usw. hing und der Einl am Vater, der Vater an der Mutter, die Mutter an der Rübe. Da geht die Rübe heraus.

Da wurde das Kraut abgeschnitten, die Rübe ausgehöhlt und die Leute hatten das ganze Jahr Kraut genug.

Die Hülse fuhren sie aber heraus auf den Acker.

Einmal hütete nun der Hirt seine Schweine auf diesem Acker. Weil es sehr warm war, legte er sich hin und schlief ein. Wie er aber erwachte, waren alle Schweine verschwunden.

Voll Angst suchte er sie überall. Da fand er sie alle in der Höhlung der Rübe.

So groß ist diese Rübe gewesen!

Franz Xaver von Schönwerth

Neuburg an der Donau

Nach dem Ableben Stephans III. kam Neuburg an dessen Sohn, den Herzog Ludwig den Gebarteten von Bayern-Ingolstadt, der wohl ein ritterlicher, aber streitsüchtiger und prachtliebender Fürst war, und nicht nur mit dem Adel und den andern bayerischen Fürsten zerfiel, sondern auch mit seinem Sohne Ludwig dem Höckerichten wegen Bevorzugung eines natürlichen Sohnes in blutigen Kampf geriet, wobei er in der Stadt Neuburg 18 Wochen belagert und als Gefangener nach Ansbach und später nach Burghausen gebracht wurde, wo er auch in einem Alter von 81 Jahren 1447 starb. Sein Sohn Ludwig ging schon 1445 mit Tod ab. Bayern-Ingolstadt mit Neuburg fiel nun an die Landshuter Linie und zwar an Heinrich den Reichen von Landshut, der 1450 starb und Landshut, Ingolstadt und Neuburg seinem Sohne Ludwig dem Reichen hinterließ. Dieser Fürst, der seines Landes Wohl allseitig zu fördern bemüht war, hat sich durch die Gründung der Universität Ingolstadt 1472 unsterbliches Verdienst erworben. Ludwig dem Reichen folgte 1479 - 1503 im Besitze der Stadt Neuburg und des Gebietes Georg der Reiche, Herzog von Bayern-Landshut-Ingolstadt, welcher durch sein Testament, worin er seine an den Pfalzgrafen Rupert, Sohn des Kurfürsten Philipp von der Rheinpfalz vermählte Tochter Elisa-

beth und ihren Gemahl als Erben seiner Länder, mit Umgehung der Herzöge von Bayern-München, Albrecht IV. und Wolfgang, einsetzte, die Veranlassung zu einem für Bayern äußerst nachteiligen Kriege gab, der neun Monate lang das Land schrecklich verheerte und erst nach Ruperts und Elisabeths Tod, die beide schon 1504 starben, durch einen vom Kaiser Maximilian vermittelten Vergleich sein Ende erreichte. Hiernach wurden die beiden Herzöge Albrecht und Wolfgang die Haupterben, indem ihnen Bayern-Landshut mit Ingolstadt zufiel, Ruperts unmündige Söhne aber, Ottheinrich und Philipp, fanden durch Gründung des Fürstentums Neuburg Entschädigung. Auch mußten diesen Prinzen die Mobilien und Kleinodien ihrer Großeltern zugestellt werden. Dieses für die beiden Pfälzer Prinzen neugegründete Fürstentum Neuburg bestand aus folgenden Gebietsteilen:

1. aus Neuburg mit der Burg, dem Amte und den Waldungen;
2. aus den Ortschaften und den dazu gehörigen Ämtern Höchstädt, Lauingen, Gundelfingen, Monheim, Graisbach, Burgheim, Rennertshofen, Reichertshofen, Hilpoltstein, Heideck, Allersberg, Weiden, Vohenstrauß, Kolberg, Erbendorf und Kaltenbrunn, Laaber, Floß, Ensdorf und Parkstein;

3. aus dem von Bayern zugeschlagenen Gebiete: Sulzbach, Lengenfeld, Regenstauf, Velburg, Kallmünz, Schwandorf, Hemau und Schmidmühlen.

Das in dieser Ausdehnung gebildete Fürstentum nannte man Pfalz-Neuburg oder junge Pfalz. Der Pfalzgraf Friederich, Ruperts Bruder, übernahm die Vormundschaft über die jungen Prinzen, führte diese siebzehn Jahre mit Klugheit und Gerechtigkeit und war nur darauf bedacht, seinen Neffen die vortrefflichste Erziehung und Bildung zu geben. Während der vormundschaftlichen Regierung, die am 26. Mai 1522 ihr Ende erreichte, machte Ottheinrich im Jahre 1521 nach vorausgegangener vorzüglicher Schulbildung in einem Alter von neunzehn Jahren in Begleitung des Pfalzgrafen Georg von Zweibrücken und sechs Ritter eine Reise nach Palästina, und Prinz Philipp besuchte zu seiner Ausbildung die Universitäten Freiburg und Padua. Dieser Philipp trat später in Militärdienste und zeichnete sich durch seinen ritterlichen Sinn und seine Tapferkeit besonders in den Türkenkriegen so sehr aus, daß er den Beinamen des Streitbaren bekam. Nach der Rückkehr Ottheinrichs aus dem heiligen Lande übernahmen beide Prinzen gemeinschaftlich die Regierung und es fand die Erbhuldigung des Adels, der Geistlichkeit, der Stadt und der Abgeordneten der übrigen Landesteile statt; die Landesfürsten waren durch die Landschaft des Fürstentumes eingeschränkt, welche aus dem Adel, der Geistlichkeit und den Abgeordneten der Städte und Märkte zusammengesetzt war und aus 126 Gutsbesitzern, 14 Stadt- und 17 Marktabgeordneten und 8 Prälaten bestand.

G. Rapp

An eine Grille

Zirpe, liebe Grille!
In des Abends heil'ger Stille
Zirpst mir du,
Ruhe zu,
Manche Freude machst du mir,
Und recht gerne horch' ich dir.

Ferne vom Getümmel,
Unterm mondbeglänzten Himmel
Sitz' ich hier,
Horche dir,
Und der nahe Silberbach
Schwätzet dir so lieblich nach!

Setz' ich hier mich nieder,
Sing' ich meine Abendlieder
Froh für mich –
Schläferlich
Summsest du dein Liedchen drein,
Summsest mich in Schlummer ein.

Karl Theodor Beck

Bürger von Donauwörth übergeben Herzog Ludwig von Landshut ihre Stadt 1458

Der Herzog Ludwig von Landshut war ein Urenkel des Herzogs Stephan I., genannt mit der Hafte, der Enkel des Herzogs Friedrich, Sohn des Herzogs Heinrich und Vater des Herzogs Georg, welcher diese, 1392 nutzgeteilte, landshutische Linie 1503 beschlossen hat. Von diesen Herzögen war Heinrich aus einem jugendlichen Verschwender ein so kluger, ja filziger

Hauswirt geworden, daß er seinem Sohn Ludwig, von dem hier die Rede ist, dann seinem Enkel Georg, die Beinamen der Reichen hinterlassen hat.

Ludwig mußte bis in sein dreißigstes Jahr, nämlich bis 1450, wo dessen Vater Heinrich starb, auf dem Schloß zu Burghausen in einer Art von Haft leben. Er wurde äußerst hart erzogen, und was ein besondrer Zug von dem Geldgeiz seines Vaters war, sogar in der Kleidung so schlecht gehalten, daß es ihm nicht selten an den unentbehrlichsten Stücken gebrach, welches um so auffallender war, da sein Vater in einem Turm auf dem Schloß unermeßliche Schätze gesammelt hatte, bei welchen der junge Prinz täglich vorbei gehen und dabei darben mußte. Erziehungen dieser Art pflegen gemeiniglich fehlzuschlagen, und ein Extrem zieht das andre nach sich; aber Ludwig besaß eine wohlgeordnete Gemütsart und geriet vernünftigen Leuten in die Hände, welche einen unvergleichlichen Regenten aus ihm bildeten. Die Einsamkeit war ihm, wie schon manchem andern Prinzen, überaus nützlich; er lernte, selbst nachzudenken, lernte die Fehler der ihm vorgehenden Regierung und die wahren Mittel, selben abzuhelfen kennen und führte sie beim Antritt seiner Regierung sogleich mit Entschlossenheit aus. Seine Hofhaltung war von einer übertriebnen Sparsamkeit und einer üppigen Pracht gleichweit entfernt und das Muster der deutschen Fürsten, welche häufig nach Landshut kamen, um den Fürsten, von welchem sie in der Ferne so viel Rühmliches gehört hatten, vom Angesicht zu sehen.

Unter andern drang Ludwig sehr eifrig auf die Befriedigung seiner Hausrechte und Ansprüche, für deren Erhaltung (wenngleich ihre Verletzung nie schädlich sein kann) während der Feindseligkeiten der bayerisch-pfälzischen Prinzen nicht immer gesorgt worden ist. So wurde vom Kaiser Karl IV. aus Böhmen, welcher bekanntlich die Linie aus Bayern gehaßt und verfolgt und die Linie zu Pfalz zu seinem Vorteil benutzt hat, die Stadt Donauwörth von Bayern abgerissen und zu einer Reichsstadt erhoben. Sie wurde zwar selbst vom Reichsobmann wieder an Bayern zurückgegeben, allein 1434 vom Kaiser Sigmund neuerdings abgerissen. Nun war eben Friedrich III. von Österreich Kaiser, und Ludwig wußte im voraus, daß es ganz vergeblich sein würde, sich an ihn zu wenden. Das nachmalige Verfahren dieses Kaisers, das in Wahrheit sehr hitzig und leidenschaftlich war, bestätigte dies auch hinlänglich. Ludwig, der sich hiermit die Gerechtigkeit selbst verschaffen mußte, legte nach damaliger Gewohnheit die Gründe derselben einigen Reichsfürsten, Grafen und Edelleuten vor, und da ihm diese ihr Wort gaben, daß sie ihn nach Kräften unterstützen wollten, erschien er im Oktober 1458 zu Feld, und Georg von Aheim und Oßwald von Törring mit vierhundert Reitern eilten voraus, die Stadt Donauwörth zu berennen und aufzufordern, indes daß der Herzog Ludwig selbst mit einer Armee, welche aus zwölftausend Mann zu Fuß

und dreitausend Mann zu Pferd bestund, heranzog und sogleich anfing, die Stadt auf allen Seiten einzuschließen; doch ehe noch ein Schuß geschah befahl Ludwig, eine weiße Fahne, welche die Belagerten zur Übergabe einladen sollte, auf freiem Feld aufzurichten, wie dann auch wirklich bald darauf auf den Stadtmauern eine ähnliche Fahne erschien, welche die Bürger von Donauwörth zum Zeichen ihrer guten Gesinnung für Ludwig dahin gepflanzt hatten. Wie dies der kaiserliche Pfleger und Stadtkommandant Heinrich von Pappenheim sah, erzürnte er sich heftig über die Bürger und befahl ihnen mit bitterm Ungestüm, es mit dem Kaiser zu halten; aber die Bürger blieben bei ihrem Entschluß und gaben zur Antwort: Er, der Marschalk, hätte allwegen zu essen, welches ihnen und ihren Kindern, so sie verderbt würden, am letzten zu schwer fallen würde. Sie eröffneten hierauf zum größten Verdruß des Heinrichs von Pappenheim, der auf einer andern Seite abzog, die Tore und übergaben dem Ludwig von Bayern die Schlüssel der Stadt. Wie hierauf der Kaiser Friedrich III. die Sache auf der schlimmsten Seite genommen, den Ludwig als einen Reichsfeind erklärt und sich wider ihn mit elf Fürsten, einer großen Anzahl Grafen und zweiunddreißig Reichsstädten verbunden hat, ist uns an diesem Ort nicht so wichtig zu wissen, als wie sich Ludwig dabei betragen hat. Der Krieg brach wirklich aus, und 1462 den 19. Juli, kam es am Berg bei Giengen zu einer Hauptschlacht, bei welcher die bayerische Armee einen vollkommnen Sieg davon trug; allein die Verheerungen einzelner Ortschaften hörten darum nicht auf, und schon waren binnen wenigen Monaten über sechshundert Dörfer verbrannt, als sich Ludwig entschloß, durch eine Handlung voll Großmut dem Elend ein Ende zu machen. Er bot dem Kaiser 1463 freiwillig den Frieden an, welcher dann auch im nämlichen Jahre erfolgte, und vermög welchem die Sache meist in den Stand, wie sie vor dem Krieg war, zurück gesetzt und das Recht des bayerisch-pfälzischen Hauses auf Donauwörth (welches Recht der Herzog Ludwig diesem seinem Haus weder vergeben konnte noch wollte) beruhend gelassen worden ist.

Mit einem gleichen Edelmut hatte eben dieser Ludwig vormals seinen Vetter, den Herzog Albert III. zu München, behandelt, indem er demselben von der ihm angefallnen ingolstädtischen Erbschaft einige Güter freiwillig und einzig aus der Ursach abtrat, damit ihn Albert III. nicht etwa beneiden und einst sein Feind werden möchte. Solche Handlungen verdienen unserm Andenken um so mehr empfohlen zu werden, je seltner sie sind und je häufiger und betrübter die Uneinigkeiten sind, welche das verbrüderte Haus nie zu den Kräften, wozu ihm alle Anlage verliehen war, kommen ließ.

Lorenz von Westenrieder

Die Retterin der Stadt

Eine Nördlinger Sage

Es war im Beginn der Fastnacht des Jahres 1440. Stille, friedsame Nachtruhe waltete über der freien Reichsstadt Nördlingen im Schwabenlande, und alle seine Einwohner schliefen bereits den festen Schlaf des Gerechten. Nur in einem kleinen, ärmlichen Hause einer öden Seitengasse war die süße Schlafesruhe noch nicht eingekehrt – obwohl der Wächter schon die zehnte Stunde ausgerufen hatte –, und die Bewohner desselben waren von Sorge und Kummer erfüllt.

„Da hast du es jetzt, Bärbel“, sagte eben im Tone des Vorwurfes der Hausvater, Hans Daußer genannt, zu seiner schluchzenden Ehehälfte, „da hast du's jetzt, das ist der Lohn für deine Unvorsichtigkeit und deinen Leichtsinn! Hättest du das Hoftürlein abends beim Betläuten richtig geschlossen, so hätte es nicht davonlaufen können, und wäre noch da, – unser liebes, schönes, einziges Schweinchen, und wir hätten's gar aufziehen können und mästen bis Lichtmeß und hätten dann ein schönes Geld dafür gelöst am nächsten Markttag! Aber so ist's mit euch Weibervolk! – Da hast du gewiß wieder erzählen müssen und plaudern und plaudern mit Müllers Käthe und mit Schneiders Grete und hast darüber aufs Schweinchen vergessen und auf die Wirtschaft und auf alles!"

Die letzten Worte hatte aber Meister Daußer, ohne es zu bemerken, schon ungehört gesprochen, denn Frau Bärbel hatte bereits den besten Entschluß gefaßt, der bei jedem Verluste zu fassen ist, und war aus der Stube fortgerannt, um das verlorene Schweinchen noch einmal allenthalben zu suchen. „Ach du liebes Herrgottle! Jetzt wird's Tor auch schon gesperrt sein!" klagte die Arme halblaut vor sich hin, als sie eiligen Laufes bereits bis vor die sogenannte Deiningerpforte gekommen war. Wie sie nun aber – um es eben doch zu probieren – an das schwere, eisenbeschlagene Tor prüfend drückte, siehe da, da gab dieses, nur leicht zugelehnt, anstatt geschlossen, sofrt dem Drucke ihrer Hand nach, und Frau Bärbel wäre Ihrer Besorgnis enthoben gewesen und hätte freien Durchgang gehabt. Doch ein neues und noch größeres Bangen als vorher um das Los ihres Schweinchens, bemächtigte sich nun des Weibes bei dem seltsamen und verdächtigen Anblick des offenen Stadttores in so später Stunde der Nacht. Von unerklärlicher Ahnung erfüllt, daß hier etwas Wichtigeres auf dem Spiele stehen könne als der Verlust eines Schweines, läuft sie eilig zurück zu ihrem schmollenden Manne und teilt ihm besorglichen Eifers mit, was sie soeben durch Zufall in Erfahrung gebracht hatte. Dem Manne kommt die Kunde gleichfalls gar seltsam und bedenklich vor, und eiligen Schrittes verläßt er das Haus, eilt zum Bürgermeister und meldet, nachdem er ihn mit Mühe aus dem Schlafe erweckt hatte, den absonderlichen Vorgang. Der Bürgermeister, ein gar kluger und fürsichtiger Mann, wittert sogleich was Arges dahinter und daß hier ein Verrat im Spiele sein müsse, läßt eilig Alarm schlagen und die herbeigeeilten Stadtknechte zu den fünf Toren der Stadt abgehen, welche dieselben, gleich dem Deiningertore, alle nur zugelehnt trafen. Die Torwächter wurden sofort ergriffen, und diese legten das Geständnis ab, daß sie von drei in der Nähe hausenden, vieler Räubereien und Streifzüge übel berüchtigten Rittern durch eine Summe Geldes bestochen worden seien, diesen in der heutigen Nacht die Tore offen zu lassen und ihren räuberischen Einfall in die Stadt, der auf die Mitternachtsstunde festgesetzt war, dadurch zu begünstigen. Nach Verschluß sämtlicher Stadttore ward nun auch die bereits unter Waffen getretene Bürgerschaft von Nördlingen auf die Wälle verteilt und die Stadt so gut wie möglich in Belagerungszustand gesetzt. Und als nun die Mitternacht herangenaht war, da sah man vom nahen Walde her sich's alsbald regen und tummeln und vernahm den Hufschlag vieler Rosse und das Klirren von Waffen. Sobald die räuberische Schar jedoch im hellen Mondlichte die Geschütze auf den Wällen der Stadt schußfertig aufgepflanzt sah, da entwich ihr der Mut, den Angriff zu wagen und sie war, nach kurzer Unterredung ihrer Führer, so still wie sie herangerückt war auch wiederum abgezogen und den Blicken der Nördlinger entschwunden.

Tags darauf wurden nach kurzem Gerichte die fünf treulosen Torwächter zum Tode verurteilt; Hans Daußer aber war gerühmt und belobt als der Erretter seiner Vaterstadt, und der hohe Rat gab ihm als Zeichen des Dankes das Versprechen, daß „wenn er oder einer seines Stammes jemals in Armut oder hohes Alter geriete, er im großen Spitale der Stadt eine genügende Versorgung haben solle". Auch Frau Bärbel blieb nicht hinter der allgemeinen Freudenbezeugung gegen ihren gestrengen Eheherrn zurück und rüstete folgenden Tags eine festliche Mahlzeit, bei welcher auch ein köstlicher Schweinsbraten nicht fehlte, zum Gedächtnis an den verlorenen Pflegling, der ja doch eigentlich der Urheber all dieser Ehren und Freuden gewesen war. Und nachdem die sonntäglich geputzte Hausfrau den lieblich duftenden Braten auf den Tisch gestellt hatte da trat sie, die Arme stolz in die Hüften gestemmt, mit schalkhaft ernster Miene dicht vor den hochvergnügten Gemahl und sprach: „Hans! Weißt du nun aber auch, wem du deinen Ruhm und diese Ehren eigentlich zu verdanken hast? – Mir, mir, deiner unvorsichtigen, leichtsinnigen Bärbel, die über dem Erzählen und Plaudern und Plaudern das Schweinchen und die Wirtschaft und alles vergessen hat!"

„Recht hast du, Alte! Dafür sollst aber auch du jetzt hoch leben und das verlorene Schweinchen daneben!" erwiderte der lachende Eheherr und stieß mir seinem vollen Kruge an das Glas seiner Ehehälfte mit schallendem Lachen kräftig an. Zum ewigen Gedächtnis dieser Errettung der Stadt aber ward noch viele Jahrhunderte hindurch alljährlich am Sonntag nach dem Feste der Heiligen Drei Könige eine Predigt gehalten und diese Historie darin erzählt. So war durch ein verlorenes Schwein die Stadt Nördlingen vor großer Gefahr und vielem Schaden bewahrt.

Aus „Das Bayerland", 1897

Verschollenes Glück

Ich weiß ein Märchen, daß ein Wandrer kam
Zum Waldesgrund. Da läutet' es wie Glocken,
Und eine Blume fand er wundersam

Und schmückte traumvoll seine braunen Locken.
Als er zurück zu Menschen kam voll Gram,
Bestaunten ihn die Leute fast erschrocken;
Die Welt war älter schon um hundert Jahre,
Und keiner kannt' ihn mit dem Kranz im Haare.

So bist du meine Zauberblume auch,
Und von des Traumes Bann bin ich umfangen.
Ich weiß nicht mehr, was bei den Menschen Brauch,
Mir ist's als wären hundert Jahr vergangen.
Ein Fremdling bin ich worden, denn ein Hauch
Des Alters weht in dieser Welt, der bangen.
Nur ich bin jung und fremd im blütenvollen
Lenzschmuck des Glücks wie von der Welt verschollen.

Drum kehr' ich nun auf ewig heim zu Dir;
Ein Einsiedler des Glücks im Waldesgrunde,
Vergessen will ich sein. Mir sprudelt hier
Des Lebens Quell und Heil für jede Wunde.
Dein Auge feuchten Strahles über mir,
Ein Flüstern weggeküßt von deinem Munde –
So mögen mir Jahrtausende verschwinden!
Zur Welt den Rückweg will ich nimmer finden.

Julius Grosse

Der Michel und die Gret

Wenn der Rieser nicht gerade zu der größten und stärksten Menschenart im deutschen Vaterlande gehört, so wird man ihm das Prädikat „wohlgewachsen" nicht versagen können. Begreiflicherweise gibt es in dem volkreichen Gau allerhand, kleine und große, „wie's der Hirt zum Tor naustreibt"; in der Regel begegnen wir aber doch schlanken Personen von guter Mittelgröße und darüber. Enakssöhne – Burschen, die eine Verbindung von Größe, Schulterbreite und Gliederstärke zeigen, die wir mit Staunen betrachten – sind selten und kommen in anderen deutschen Gauen häufiger vor; zuweilen gelingt aber auch im Ries ein solches Erzeugnis, und es wächst, sofern der Geist mit dem Körper nicht geradezu in Widerspruch steht, eine Person heran, die sich ihrer Umgebung eines besonderen Respekts zu erfreuen hat. Wenn so einer freilich keinen Verstand, keine Würde und am Ende auch keinen „Schneid“ hat, dann hilft ihm sein Körperbau nichts; man belegt ihn mit den despektierlichen Namen eines „Drieschlags“, eines „unklamperen Kerls“, verspottet und hänselt ihn. Sind ihm aber jene Eigenschaften, namentlich die letzte, in merklichem Grade verliehen, dann ist er in seiner Art eine Macht; man fürchtet ihn und schmeichelt ihm.

Zu den leiblich außerordentlichen Erscheinungen im Ries gehörte auch der Held der Erzählung, womit wir diesmal die Leser zu unterhalten gedenken. Wir sagen mit Bedacht: der Held. Denn obwohl unsere Geschichte keineswegs eine Reihe von Taten vorführen wird, bei welchen die Stärke des Armes die Hauptrolle spielt, so hoffen wir jene für einen Bauernburschen sonst nicht wohl passende Bezeichnung doch zu rechtfertigen.

Michel wuchs heran – die Augenweide und der Stolz der Mutter. In der Schule zeichnete er sich nicht besonders aus; sein Verstand war etwas langsam zum Begreifen, sein Gedächtnis zum Behalten von Sachen, deren Nutzen ihm zweifelhaft erschien, nicht sehr bereitwillig, und Ehrgeiz, der ihn hätte stacheln können, besaß er nicht. Er lernte nur, was nicht zu umgehen war, ging lieber aufs Feld als in die Schulstube und empfand eine dunkle Sehnsucht nach der Zeit, wo er gar nicht mehr hineinmußte, außer an Sonntagen. Um so besser gedieh sein Körper. Er war offenbar der stärkste von den Buben seines Alters; die Mutter hielt ihn überdies für den schönsten und war nach dörflichen Begriffen dazu berechtigt.

Auf dem Dorfe ist es vorzugsweise die derbe, robuste Schönheit, die eine ungemischte Bewunderung erweckt. Der Bauer hat auch ein Auge für zarte, feine Schönheiten; aber wenn ein Kind mit einer solchen von ihm Lob erhält, so wird doch aus seinem Ton zugleich ein gewisses Mitleid herauszuhören sein, zumal wenn es ein Bube ist. Kennt er die Eltern gut, so erlaubt er sich in diesem Fall hinzuzusetzen: „A bisle kräftenger könnt' 'r freile sei'! No, 's kommt vielleicht no'!“ Im stillen denkt er aber: „Schad für des Büeble, daß er gar so elend ist!“ Bei dem hübschen Jungen dagegen, der zugleich rote Backen und tüchtige Gliedmaßen aufweist, geht die Gratulation durchaus von Herzen, und das Lob wird mit den Zeichen der Achtung ausgesprochen. „Kott's Blitz“, ruft hier der Freund, während seine Augen im Glanze des Wohlgefallens blinken, „des ist a Kerl! Des gibt a Mannsbild! Des weara't a baar Ärm' zum Garba' naufgeba'!“ Und er lächelt dabei mit Würde und nickt den Eltern seine volle Anerkennung zu.

In solcher Art wurde der junge Michel gerühmt, namentlich von Gästen aus anderen Dörfern, die ihn längere Zeit nicht gesehen hatten, und am lebhaftesten von den Weibern. So eine sagte wohl im Doppeleifer der

Höflichkeit und der wirklichen Empfindung zu der Mutter: „Aber wie uir Michel widder g'wachsa'n ist! Doh muße me nor so aufwondera'! Und a Boschdur und a G'sicht hot er grad wie sei' Vater! Wie ra'grissa'! Und die rot' Backa', die er hot! Und die schöa' brau' Oga! Doh müsset 'r aber doch a rechta' Fräd haba' mit so'm Buaba' – net wohr, Bas?" usw. Die Mutter suchte derartiges Lob, wie es der Brauch verlangt, wieder zu dämpfen, indem sie einwarf, daß in dem Alter alle Buben rote Backen hätten, wenn ihnen grad' nichts abginge, oder in bezug auf besseres Lernen in der Schule und Angewöhnung besserer Manieren klagend ihre Wünsche aussprach. Aber solche Einwendungen erfuhren natürlich die gehörige Widerlegung; und wer konnte es der Glücklichen nun verdenken, wenn sie, den schönen Versicherungen in ihrem Innern beistimmend, an ihrem Michel eine Art Wunderkind zu haben glaubte?

Als das ersehnte Ziel erreicht und der Bursche „in die Zahl der Erwachsenen aufgenommen war", entwickelte er sich indes mehr nach seinen natürlichen Anlagen als nach den Gesamtwünschen der Mutter; und die gute Frau mußte ihrerseits erfahren, daß es nichts Vollkommenes gebe unterm Monde.

Zum Teil zwar erfüllte der junge Michel nicht nur ihre Erwartungen – er übertraf sie. Er ragte bald, ein anderer Saul, über seine Altersgenosssen hervor. Gestalteten sich die Züge verhältnismäßig derb, so waren sie doch regelmäßig. Die bräunlichrote Gesichtsfarbe paßte zu den Formen, die dunklen Augen und das dunkle Haar waren untadelig, und mit alledem konnte ihn die Mutter immer noch für den Schönsten im Dorf halten, wenn auch minder befangene Augen einigen anderen Burschen den Vorzug geben mußten.

Das Bauernhandwerk lernte er gern und gut. Die Mutter hatte zur Besorgung der Feldarbeiten ihres Vaters Bruder, einen alten Bauernknecht, ins Haus genommen. Dieser weihte den Burschen nach und nach in alle Künste der Landwirtschaft ein, und der Zögling machte sie sich ein wenig langsam, aber gründlich zu eigen. Er gewöhnte sich eine stetige Art zu schaffen an, die ohne Übereilung auch zum Ziele kommt. Falls es aber gerade sein mußte – z.B. in der Erntezeit, wenn man vor dem drohenden Regen noch schnell ein Fuder hereinbringen wollte –, da konnte er auch arbeiten „wie ein Roß!" Durch den trunkenen Eifer beflügelt, den im echten Landmann die Notwendigkeit aufzuregen pflegt, leisteten die gewaltigen Gliedmaßen Staunenswertes; und wenn zufällig ein alter Bauer vorüberging, konnte er sich überzeugen, daß die jetzige Zeit doch auch noch Mannsbilder aufzuweisen habe und die tüchtigen Leute im Ries nicht aussterben würden.

Unter den ledigen Burschen im Dorf erwarb sich Michel eine außergewöhnliche Stellung. Schon als Bube hatte er im „Moëstern", d.h. im Ringkampf, nicht nur seine Mitschüler, sondern auch ältere Burschen bezwungen und die Kniffe, womit die Schlaueren über ihn Herr zu werden suchten, durch überlegene Kraft wettgemacht. Er hatte verschiedene unverschämte Kerle in die Grenzen des Anstandes zurückgeprügelt, und die Partei, die ihn bei Schlághändeln auf ihre Seite bekam, durfte sich für geborgen halten. Wie er als Lediger zuletzt „auf die Gass' ging", glaubten ihn zwei ältere Burschen, die bis dahin für die Stärksten gegolten, „für'n Narren halten" und vornehm behandeln zu können. Das „Geträtze" reifte zu einem nächtlichen Kampf, und dieser verlieh jedem die Überzeugung, daß die Gefürchteten ihren Meister gefunden hatten. Michel, von einem Kameraden sekundiert, schickte die Gegener jämmerlich zerdroschen heim. Von da an ließ man ihn nicht nur in Ruhe, sondern wich ihm bescheiden aus und behandelte ihn mit Rücksicht. Er kam nicht mehr in den Fall, die Stärke seines Armes geltend zu machen, außer wenn er sich bei einer entstandenen Prügelei bewogen sah „auszuwehren", das ist tatsächlich Ruhe herzustellen. Die Veranlassung dazu bot sich ihm nicht oft, aber doch öfter, als es jetzt sein könnte, wo der kriegerische Geist der Rieser Bauernburschen durch die fortschreitende Bildung und die Gendarmerie auffallend zurückgedrängt ist. Bei solchen Gelegenheiten pflegte Michel die Burschen, die sich ihm nicht fügten und immer wieder angriffen, mehr als just nötig war zu puffen und dadurch den Glauben an seine Überlegenheit so aufzufrischen, daß zuletzt das ganze Dorf davon durchdrungen war.

Das wäre alles gut und schön gewesen, und eine Mutter hätte Ursache gehabt, mit so einem Buben zufrieden zu sein; aber das Bild hatte seine Kehrseite: – Michel nahm keine Manieren an.

Ihm waren beim Erlernen des schicklichen Benehmens zwei Eigenschaften hinderlich, die sich in ihrem Bunde unüberwindlich zeigten: Ehrlichkeit und – Faulheit. Seiner geraden Seele widerstrebte es, Dinge zu bewundern, die er nicht besonders, ja nicht einmal gewöhnlich gut fand; und in den Eifer, wo einem derartige Versicherungen allenfalls vom Munde gehen, sich einzureden, war ihm unmöglich; denn dazu hätte es einer Anstrengung bedurft, die ihm schon beim bloßen Gedanken abschreckend vorkam. So blieb es in der Regel bei einem schweigsamen Gesicht – einem „Hm", „Ja", „Jo", „Freile" und anderen lakonischen Äußerungen, womit sich Leute seinesgleichen aus der Affäre ziehen. Bei ungelegenen Fragen kam noch das im Ries sehr gebräuchliche „Bah" hinzu, das mit stark ablehnender, unter Umständen verächtlichen Miene hingeworfen wurde. Es war in der Tat unmöglich, in einer unvermeidlich gewordenen Unterhaltung sich kürzer auszudrücken als unser Michel, zum großen Leidwesen seiner Mutter, die ihn gern auch im Diskurs, wo nicht musterhaft, doch löblich gesehen hätte. Manchmal blieb es aber nicht dabei – manchmal, wenn man seine Ehrlichkeit allzustark reizte, platzte er direkt mit der Wahrheit heraus und beging damit eine Unschicklichkeit, bei der es der Mutter grün und gelb vor den Augen wurde. Sie gab sich alle erdenkliche Mühe, die grobe Rede zu vertuschen; wenn es aber nicht gelang und die beleidigte Person sichtlich böse dastand, dann übernahm sie die Rache selber, indem sie den Schuldigen für einen einfältigen Schwätzer erklärte, der nichts verstehe und ein Esel bleiben werde „all sein Lebtag".

In der ersten Zeit folgte solchen Unterhaltungen in der Regel ein Zwiegespräch, in welchem die Mutter dem Sohn ins Gewissen redete und ihn mit Nachdruck der gerechten Entrüstung über seine Mängel aufzuklären suchte. Als er sich einmal durch düstere Schweigsamkeit und kurze Antworten ausgezeichnet hatte, begann die Alte: „Aber ietz sag mer no, Michel, wie isch mögle, daß ma se so benemma' ka' vor da' Leuta'! Ka'st denn jetz net oh a weng reda', wie's der Brauch ist, und a froëndle's G'sicht macha'? Fällt der denn gar nex ei', daß d'alleweil dohstohst, als ob d'r d's Maul zuag'wachsa' wär'?"

Michel, etwas unmutig, fragte, wie er schon öfter getan: „No, was soll i denn saga'?"

Die Schwäbin kam in Eifer: „Was er saga' soll, frogt er me! – Was ander Leut' saget – Vadde (alberner Mensch)! Merkst denn gar net auf? Host denn gar koë Hihra'?"

Michel, über diesen Ausdruck verdrießlich, erwiderte: „I ka' des domm' G'säg net leida."

Aber nun wurde die Alte hitzig: „Wer sakt denn, daß d' a domm's G'säg haba' sollst, o'verständenger Mensch? Ebbes G'scheit's sollst reda', daß ma'n a'n Unterhalteng hot und vergnügt ist! Gang weiter. A Kerl so stark und so groaß wie a' Bohm, und hot net amol so viel Versta'd wie a' Schuelbüable! An dir wear' e no' a rechta' Fräd verleba', daß Gott erbarm'!" usw.

Kräftiger noch war die Rüge, wenn Michel seiner Ehrlichkeit freien Lauf gelassen und die Wahrheit gesagt hatte, wo Höflichkeit an der Stelle gewesen wäre. Nach dem ersten auffallenden Verstoß dieser Art kam es zu folgender Szene:

Mutter. „No ha'et host widder a Dommheit g'macht! Du bist doch der Dipplengst em ganza' Doraf! Sakt ma'n oëm so ebbes en's G'sicht? Setzt m'a d'Leut so en Verlega'heit?"

Michel (trotzig). „'s ist nor d'Wora't g'wesa' was e g'sakt hab'!"

Mutter (bitter lachend). „D'Wora't! O du o'sennenger Mensch! Sakt ma' d'Wora't, wann's o'gschickt rauskommt und d'Leut verdrießt? – Was weara'n ietz die von der denka'? Und was weara's von d'r verzähla', wann's hoëm kommet!"

Michel. „Mei'twega', was went! I frog' nex dernoch!"

Mutter. „Oh rehcht! Du frogst nex dernoch, wamma' de für'n Esel hält und dei' Mutter für a Weib, die de net zoga' hot? Du wurscht a saubers Mannsbild weara'! Du wurscht schoä' durch d' Welt komma'! – Ietz möcht' i nor wissa, w'rom ih grad so g'stroft ben und so 'n Narra' zum Soh' hab!"

Michel (ärgerlich). „No, ietz isch gnuag! – – A'n andersmol du' es nemmer!"

Diese Zusage, die ihm das Verlangen nach dem Schluß erpreßt hatte, konnte der gute Michel indessen nicht immer halten. Wenn er aber auch in weiteren Verstößen sich selbst übertraf – wenn er, zum Sprechen genötigt, in seinem Widerwillen vollständig „aus dem Weg naus" redete oder, durch sein eigenes Schweigen belästigt, in der Zerstreuung und ohne Kenntnis des eben Gesprochenen eine Frage tat, daß man ihn für „meschucka" hielt – kurz, wenn er auf dem eingeschlagnen Wege konsequent fortging, so hörten die Predigten der Mutter doch nach und nach auf. Einmal wurde die wackere Frau müde, stets dasselbe zu sagen für nichts und wieder nichts. Dann regte sich, je mehr er heranwuchs und Autorität unter den Dorfburschen erlangte, in Michel ein Geist der Widersetzlichkeit, der sich das „Repermandieren" nicht mehr gefallen lassen wollte. Die Schwäbin beschränkte sich zunächst auf einzelne kurze Bemerkungen, wie z.B.: „No, ha'et host widder a Schuap rahg'hängt, des muß i saga'! Wann de nor em Spiegel g'seha' hätt'st – du hätt'st der g'wiß selber g'falla'!" Oder: „Ha'et host widder 'n Einfall g'hett! Wie d'nor drauf komma' bist! A'n anderer brächt's net raus, er därft se Müa' geba'!" – Aber Michel wurde endlich auch dadurch verletzt und fragte einmal unmutsvoll: „Jetz loß me amol ganga'! I ben wie'n e ben, und durch dei' ewengs G'schimpf wear' e net anderst! Weam e net g'fall, der soll derhoëmt bleiba', oder – – i hätt' schier ebbes g'sakt!"

Die Mutter seufzte. Sie mußte einsehen, daß sie sich in einem Punkt geirrt und ihr Sohn eben doch einen Fehler habe, und zwar einen großen, den er vielleicht nie ablegen werde. Aber noch blieb ihr eine Hoffnung. Michel war noch jung, es konnte noch werden. „Vielleicht got's 'm", dachte die Gute, „wie's scho' manchem ganga'n ist! – Vielleicht wurd 'r zoga', wann 'm a Mädle g'fällt!"

Michel wurde neunzehn, er wurde zwanzig Jahre alt – und noch gefiel ihm keine. Die Mutter schüttelte den Kopf. Nicht nur, daß er keiner den Vorzug gab – er machte sich aus den Mädchen überhaupt nichts. Er lief ihnen nicht nur nicht nach, er wich ihnen aus oder tat wenigstens, als sähe er sie nicht. An Lustbarkeiten nahm er teil, aber nur, um sich zu Mannsbildern zu setzen, die ohne Schatz waren wie er. Mit diesen zechte, dampfte und diskutierte er in der schon beschriebenen Art und ging endlich

zufrieden nach Hause. Ein paarmal ließ er sich von einer Nachbarin, die einige Jahre älter war als er und ihm gegenüber eine Art von Erziehungstrieb spürte, zum Tanzen verleiten. Als aber nach dem zweiten Versuch eine alte Base zu ihm sagte, er tanze, daß „dem Teufel dran grause", und er müsse es besser lernen, sonst wär's g'fehlt – da hatte dies nicht zur Folge, daß er's besser lernte, sondern ganz und gar aufsteckte.

Die Mutter wurde recht bedenklich, und an die Stelle der Hoffnung trat das Mißvergnügen und die Sorge.

Auf dem Lande heiratet man verhältnismäßig früh, und früh knüpfen sich auch Liebesbündnisse. Zwei junge Leute, die sich gefallen, gedeihen eben darum bald zum Liebespaar, weil sie auch bald zum Ehepaar gedeihen können; und der Dorfgeschichten-Erzähler wird nicht leicht in den Fall kommen, seine Leser für das Verhältnis eines Vierzigers mit einem zwanzigjährigen Mädchen interessieren zu müssen, was der Novellist der höheren Stände immer seltener wird umgehen können. Daß ein Sohn zu spät oder zu wenig nach den Mädchen fragt, ist ein Unglück, welches bäurischen Eltern selten begegnet. Öfter kommt es vor, daß einer in jungen Jahren zu viel danach fragt und dann natürlicherweise Folgen sich ergeben, die den Eltern viel Verdruß machen können, in der Regel aber auch wieder eine gute Ausgleichung finden. Vernünftige Eltern wünschen niemals, daß ihr Sohn eine Liebschaft anfange, wenn er kaum ein paar Jahre aus der Schule ist. Aber wenn ein Jahr ums andere vergeht, wenn er in die Zwanzig eintritt und immer noch tut, als ob's gar keine Mädchen auf der Welt gäbe, dann findet man das auf dem Lande nicht natürlich.

Als Michel das zwanzigste Jahr hinter sich hatte, achtete es die Schwäbin für ihre Pflicht, ihm in dieser Beziehung Ermahnungen zu geben – freundliche, liebevolle Ermahnungen: sie wußte ja, daß andere bei ihm nicht anschlugen. – Bei Gelegenheit eines Tanzes forderte sie ihn auf, ins Wirtshaus zu gehen und sich auch einmal ein Vergnügen zu machen. Er habe ja die letzte Zeit her genug geschafft, und für Leute seines Alters wären ja solche Gelegenheiten da. Michel antwortete, er wollte sich schon ein Vergnügen machen. Die Mutter schüttelte den Kopf und sagte: „Ich moë net, daß de widder he'setzst und rohchst aus dei'm Pfeifa'kopf – i moën, daß d'oh a Mädle nemmst und danzst mit 'r, wie ander' jung Leut."

Michel schwieg einen Moment, dann sagte er: „Du woëscht Mueter, d's Danza' frät me net."

Hier konnte die Mutter ihre Ungeduld nicht bemeistern. „Kott's Blitz, red net so! Fang's nor a', 's wurd de scho' fräa'!" Und in freundlicherem Ton setzte sie hinzu: „Ha'et kommt dei' Bäsle ins Wirtshaus, a saubers Weibsbild – ka' alle Arbet und hot ebbes! Des wär' a Dänzere für di! Mach de lusteng mit 'r, nemm's mit in d' Stub' nei' und loß 'r ebbes auftraga'. Kott's Kreuz nei', a Mensch, der ins oënazwanzengst Johr got."

„Aber i ka' ja net danza", entgegnete Michel. „D' Leut lachet me aus."

„Wie wursch denn aber learna', wann's net probierst?" versetzte die Alte. „Learngeld hommer alle geba' müssa' – des verstot se. Aber die Bäbe, die wurd de scho' regiera'! Die brengt de rom – doh ka'st de rauf verlossa'. – Komm, versprich mer's!"

„Ach Gott", erwiderte der gute Bursche mit einer Miene, als ob er Arznei nehmen sollte – „i due's recht o'geara'."

„Jetz verzürn' me net", entgegnete die Mutter, „oëmol mueß sei'."

„I hab' koë Gloech (Gleich, Gelenk) derzue", versetzte der noch immer Bedenkliche.

„Dommheita'! Du host dei' grade Glieder! Und du ka'st ja doch bei der Arbet sprenga', wann's sei' muß!"

„Ja bei der Arbet!" erwiderte Michel, als ob er hinzusetzen wollte: „Das ist auch was anderes!"

„Beim Danza' got's no' besser!" versicherte die Mutter; und indem sie ihn schmeichelnd auf die Schulter klopfte, setzte sie hinzu: „Komm, sei brav, versuch's und due oh amol ebbes, was e geara' hab'!"

Der gute Michel verspürte bei diesen bittenden Worten einige Rührung, und um der Sache ein Ende zu machen und loszukommen, sagte er:

„No, i will seha'!"

„Also du willst?" rief die Mutter.

„Ja, ja", erwiderte Michel, „i will seha'!"

Als er am andern Morgen in die Stube trat, fragte die Schwäbin: „No, wie hot's ganga'?"

„Ganz guet."

„Bist z'recht komma'?"

„Des will i moëna'", erwiderte der Sohn mit Selbstgefühl.

„No", sagte die Alte erheitert, „des hab' i ja g'wißt! – Host aber oh ebbes auftraga' lossa'?"

„Des net."

„Wie, 'r Dänzere, zu der ma' Froëd ist?" –

„Ja so", versetzte Michel, „du red'st vom Danza'?"

„No, von was soll i denn reda'?"

„Ja, lieba' Mueter", erwiderte der Sohn mit einer Art von Bedauern, „des muß i d'r scho' saga': danzt hab' e net."

„Was? Aber du sakst ja –"

„Ja", entgegnete der Enakssohn, „i hab' denkt, du moëst ebbes anderst. 's hot nämlich bald 'n kloëna Handel geba', und doh hab' e ausg'wehrt. Do ist so a kloëner Grippel g'wesa', der gar koën Fried' hot geba' wölla'. I hab' wärle Earnst macha' müassa'! – Aber ietzt", setzte er mit Befriedigung hinzu, „ietzt, hoff' i, wurd er oh an mi denka'!"

Die Mutter ärgerlich: „Aber des wurd doch net eweng daurt haba'? Später wurd's doch oh no Zeit geba' haba' zum Danza'?"

„Ja, doch hab' i nocht mei' Unterhalteng so' g'hett, und i hab denkt: für ha'et isch gnuag!"

Die Alte wußte nicht, sollte sie weinen oder lachen über so einen Menschen. „No", sagte sie endlich, „i sig scho', an dir ist Hopfa'n und Malz verloara'!"

„Desdawega' no net", erwiderte Michel behaglich und ging langsamen Schrittes an seine Arbeit.

Trotz des schlechten Erfolges dieser ersten Ermahnung richtete die Mutter ähnliche noch zu wiederholten Malen an den Sohn. Die gute Frau meinte: „'s ist doch a Vergnüaga', was i von 'm haba' will! 's ka' ja net sei', daß 'r gar koën G'falla' dra' fendt! 's ist doch no a'n ieder endle drauf komma'!" – Allein ihre Bemühungen blieben fruchtlos. Einmal ließ sich Michel bewegen, noch einen Tanzversuch zu machen; aber abgesehen davon, daß er nicht das geringste Vergnügen dabei empfand, hörte er auch aus einer Ecke von zwei Mädchen ein „Kuttern" (gedämpftes Lachen), das er nur auf sich beziehen konnte, und in dem Ärger, den „Fratzen" zum Gespött zu dienen, sagte er zu seiner Tänzerin: „So, ietz gnuag, ietz ka'st widder ganga'!" und kehrte in die Stube zurück, um seinen Unmut zu vertrinken. Ein Kamerad, den er aufs Gewissen fragte, wie er eigentlich tanze, erwiderte mit bedeutungsvollem Blick: „Loba' ka'n e's net!" Michel nickte schweigend; und als er heimkam und seine Mutter wieder fragte, ob er „sich lustig gemacht" habe, antwortete er mit Unmut: „Ja, danzt hab' e; aber desmol und mei' Lebteng net widder! Aus isch! Globst du, doß i da' Leuta' da' Narra' ahgib? Doh bild' i mer doch z'viel ei'! Kott's Kreuztaused" – –

„Aber" –

„Jetzt hör' auf, oder du machst me falsch! I will endlich 'n Fried' haba' mit dem Sakermentsdanza' doh! – 's wär koë Wonder, 's käm' ebbes dabei raus!" – –

Die Mutter sah den Burschen achselzuckend an und schwieg. Sie mußte sich überzeugen, daß an so einem Menschen kein Reden was helfen kann! In Gottes Namen! Sie hatte ihre Schuldigkeit getan; und wenn er nicht mehr auf den rechten Weg zu bringen war – ihr konnten keine Vorwürfe gemacht werden. Hatte sie sich doch auch schon erboten, ihn selber tanzen zu „lernen"! Aber was hatte er drauf gesagt? „Mit mei'r Mutter z'danza' kommt mer so öad für, daß mer übel wurd, nor wann e dra' denk'!" Mit so einem Menschen fang' eins was an! Nein! – Er soll tun, was er will! Und wenn er „a'n alter Esel" wird und keine kriegt, soll er's haben!

Um es kurz zu machen – unser Bursche hatte das sechsundzwanzigste Jahr hinter sich – und noch konnte er das Tanzen nicht, und noch hatte er keinen Schatz, geschweige denn ein Weib. Er näherte sich dem, was auf dem Dorf ein „alter Jungg'sell" heißt; denn wenn der Bursche einmal in der zweiten Hälfte der zwanziger Jahre steht, dann kann er sich nicht mehr viel auf seine Jugend einbilden, und es ist Zeit, daß er seine Wahl trifft. Hat er einmal „drei Kreuz aufm Buckel", dann ist er schon sehr anrüchig, und er muß andere Qualitäten bedeutender Art haben, falls er auf eine Dorfschöne noch Eindruck machen will.

Bei seiner Weise zu leben wurde Michel natürlich ein eigentümlicher Kauz. Von Herzen gutmütig, konnte er doch leicht und schnell böse werden, wenn man ihn durch eine Zumutung belästigte oder durch Widerspruch reizte. Der kurze, befehlende Ton unter Kameraden wurde ihm zur andern Natur, er gebrauchte ihn ganz gemütlich und hatte keine Ahnung davon, daß er einen andern damit in einer Art ansprach, die er von ihm sehr übel aufgenommen hätte. Wer ihn zu behandeln wußte, konnte gleichwohl alles mit ihm anfangen. Auf eine gute Rede, für einen guten Freund wär' er durchs Feuer gegangen. Natürlich wurde er bei alledem kein großer Menschenkenner. Er bildete mehr die Gabe des Glaubens als das Talent der Prüfung und Unterscheidung aus, glaubte an seine eigenen Einfälle und

anderer Leute Versicherungen und handelte in diesem Vertrauen oft sehr naiv. Er gab im Dorfe zu manchem Spaß Anlaß, der gute Michel, und man lachte bei solchen Gelegenheiten weidlich über ihn – aber hinter seinem Rücken! Denn ihm ins Gesicht zu lachen, wollte doch niemand ratsam finden.

Die Mutter ließ ihn gehen. Am Ende, wenn er nicht heiratete, blieb sie die Herrin im Haus bis an ihr letztes Stündlein; und sie regierte gern. Aber ihr Muttergefühl überwog doch. Eine rechte Söhnerin ins Haus und für sie „Enkala'“ zu wiegen, wär' ihr doch lieber gewesen. – Wenn sie daran dachte, verlor sich ihre Zufriedenheit; sie schüttelte den Kopf und seufzte. Zuweilen tröstete sie sich selbst mit den Worten: „Was ka'n i macha'? 's ist eba'n a Blohk und bleibt oër!“ Damit aber tat sie ihrem Sohn unrecht. Die Fähigkeit, die sie so gern betätigt gesehen hätte, fehlte nicht, sie schlief nur und harrte ihrer Zeit. Und die Zeit kam endlich, und eine neue Periode begann für Michel – die geschichtliche. Kurz: er sah „die Rechte“ – die bestimmt war, sein Herz zu rühren. Und bei dem ersten Anblick schon wurde ihm höchst seltsam zumute, und was die Mutter ihm vorgepredigt und was er niemals verstanden hatte, das begriff er mit einem Schlag.

Diese Rechte war Margaret, zweite Tochter eines Söldners und Maurers, dessen Haus in der nämlichen Gasse lag. Als „Greatle“ war sie aus dem Dorf gekommen, um zu dienen, – als „Great“ kam sie wieder, da ihre ältere Schwester sich verheiratet hatte und der verwitwete Maurer sie im Haushalt brauchte. Vor vier Jahren, wo sie das elterliche Haus verließ, hatte sie noch wenig „gleichgesehen“; jetzt verwunderte sich alles über ihre „Aussicht“. Sie war stattlich und groß – um ein Gutes kleiner freilich als Michel, aber doch das größte Mädchen im Dorf. Zugleich war sie ein sehr hübsches

Mädchen. Sie gehörte zu jenen gesunden, kräftigen Blonden, welche das heiterste Bild froher Weiblichkeit gewähren. Ihre Züge waren regelmäßig, die Gesichtsfarbe hell; die Backen hatten nur einen leichten rosigen Anhauch, aber desto röter waren ihre Lippen; und wenn sie lachte, war es ein Vergnügen, ihre weißen Zähne durchblinken zu sehen. In gemütlicher Aufregung pflegten die Flügel ihrer wohlgebildeten Nase sich etwas in Bewegung zu setzen, was auf ein lebhaftes Temperament schließen läßt. Allein wer ihre ziemlich hohe, klare Stirn sah und ihre hellen blauen Augen, der erkannte in ihr ein Mädchen, das zu gescheit war, um seinem Temperament die Zügel schießen zu lassen. In der Tat war sie ein fröhliches, aber unverdorbenes Geschöpf; vielleicht eben darum unverdorben, weil sie fröhlich war und nach der Arbeit in Scherz und Spiel ihre Erholung und Befriedigung fand. Sie war das letzte Jahr zu Nördlingen im Dienst gewesen, und es hatte ihr an verliebten Nachstellungen durchaus nicht gefehlt. Allein Margaret war ein echtes Bauernmädchen – ein rechter „Bauernburscht" ging ihr über alles, und da sie so einen noch zu bekommen hoffte, so konnte ein „Nearlenger Da'le" (Daniel, Spottname der Nördlinger unter den Bauern) keine Macht über sie gewinnen. Im übrigen war das Schaffen ihr Vergnügen. Sie gehörte zu den Personen, denen nach dem Rieser Ausdruck „etwas aus der Hand geht" – die nicht lange fackeln und herumtappen, sondern die Sache gleich recht angreifen, und die gern arbeiten, weil sie immer etwas Ordentliches fertig sehen.

Gewiß ein Mädchen, dem es zustand, das Herz unseres Burschen in Bewegung zu setzen! Wäre Michel geschickter gewesen, so hätte man sagen können: sie war unter den Mädchen des Dorfes, was er unter den Burschen. Allein unter den gegenwärtigen Umständen ragte sie über ihn empor, und das war auch nötig, wenn sie dem Stolzen einleuchten und den Selbstgenügsamen zu der Erkenntnis bringen sollte, daß ihm doch noch etwas fehle, und daß er sich um etwas zu bemühen habe.

Als Michel ihr das erstemal begegnete und sie ihm Guten Tag bot, sah er sie verwundert an und erwiderte stehen bleibend: „I muß scho' saga'" –

Das Mädchen, ihm zu Hilfe kommend, rief: „Du kennst me g'wiß nemmer, Michel? I ben d's Maurers Margret!"

„Kott's Blitz", erwiderte Michel, „'s ist wohr! – Aber du bist ja a Fetza' mädle woara!"

Der Ausdruck „Fetza'mädle", obwohl eine tüchtige Person bezeichnend, klang doch von einem Burschen zu einem hübschen Mädchen nicht besonders zierlich und rief auf dem Gesicht der Gret ein Lächeln hervor. Sie sagte ein wenig schnippisch: „Uir Mannsbilder moënt wohl, uir könnet elloë groaß wäara'? Aber manchmal g'rotet von o's doch oh oëna'! – No, godda' Morga'!" – Sie ging weiter. Michel hatte mechanisch das „Godda'

Morga'" wiederholt und sah ihr jetzt mit einer kuriosen Empfindung nach. Endlich sagte er: „Des ist ja a verfluacht saubers Weibsbild woara, die Great! Wer hätt' des globt!" Er drehte sich um und ging weiter; aber das Bild der Gret stand immer vor ihm, und seine Gedanken konnten nicht vor ihr loskommen. Es gärte und „grubelte" in seinem Herzen, und nachdem sein Mund eine halbe Stunde geschwiegen, verriet er die Beschäftigung seiner Seele, indem er plötzlich murmelte: „A saubers Weibsbild, wärle! A Mädle, wie von Wachs!"

Der Keim war in unseren Burschen gelegt. Bei weiterem Nachdenken erkannte er immer mehr, daß die Gret diejenige sei, die er haben möchte, zum Schatz – zum Weib! Er begriff, wie man einem Mädchen nachlaufen könne; denn eigentlich wäre er der Gret jetzt schon gern nachgelaufen! Was ihm früher zuwider gewesen, das erschien ihm jetzt lieb und angenehm. Es dünkte ihn schön, sehr schön, mit der Gret eine „Ansprach" zu halten, sie zum Tanz zu führen, sie ordentlich herumzudrehen und ihr tüchtig auftragen zu lassen. Was die Mutter früher umsonst gewünscht hatte, jetzt hätte er's ausführen können alles miteinander! – – Allein er wäre nicht Michel gewesen, wenn er die Sache nun so angegriffen hätte, daß er zu seinem Zweck gelangen mußte.

Zuerst überlegte er, und dabei kam ihm ein Skrupel, der ihn höchst bedenklich machte. „Wann's de aber no net möga' dät? Wann's de auslacha' dät, und du ständest doh" – – Es ging ihm heiß durch die Brust bei diesem Gedanken, und er sah gewaltig düster für sich hin. Michel hatte nichts von der Eitelkeit, die junge Burschen glauben läßt, jedes hübsche Mädchen müsse sich in sie verlieben; aber um so mehr besaß er jenen Stolz, für welchen der Gedanke, sich verachtet zu sehen, empörend ist. Wenn er, der niemals nach den Mädchen was fragte, der ihnen auswich, der zu wiederholten Malen erklärte, er könne ihr „G'säg" nicht leiden – wenn er, der Michel, vor dem alles Respekt hatte, nun plötzlich einer nachginge und schlecht ankäme! Wenn sie ihn verspottete, und es käme heraus, und das ganze Dorf spottete über ihn – Ein Kernfluch entrang sich bei dieser Vorstellung seinen Lippen. Nein, so durfte er sich nicht in Gefahr begeben. Das mußte klug und vorsichtig – sehr vorsichtig angefangen werden.

Er faßte den Entschluß, keinem Menschen zu sagen, wie's ihm war. Zur Mutter zu gehen und ihr zu beichten, er hätte ein Mädchen gern, wäre ohnehin nicht in seinem Charakter gelegen; nachdem er aber so lange ihren Ermahnungen widerstanden hatte, wäre sie die letzte gewesen, der er seine Bekehrung hätte vertrauen mögen. „Vorderhand", sagte er endlich zu sich selbst, „will i seha', wie's got! – Und was will e? Z'erst muß e ja doch oh d's Mädle nommol betrachta': vielleicht g'fällt's m'r nemmer so."

Mit dieser Hoffnung täuschte er sich freilich. Als er sie wiedersah, gefiel sie ihm nicht weniger, sondern noch viel besser als das erstemal. Sie hatte just ihren schönsten Tag, war in ihrer heitersten Laune und glänzte vor Vergnügen! – Das Herz des Guten klopfte, als er sie grüßte, und er hätte jetzt nicht stehen bleiben und mit ihr ein paar Worte reden können! Eine höchst ungewohnte Aufregung trieb ihn an ihr vorbei, und erst als er ein paar hundert Schritte gegangen war, beruhigte er sich wieder. – „Des ist nex g'wesa'", sagte er endlich zu sich selbst und schüttelte höchst ernsthaft den Kopf.

Er war gefangen, der arme Michel. Er hatte seinen Teil – und konnte sehen, wie's ihm ging. – Zu dem schönen Aussehen der Gret kamen zuletzt noch die Urteile, die er von andern über sie hörte. In diesem Punkte sind wir alle Menschen. Wir lieben die Geliebte um ihrer selbst, um der Schönheit und Tugend willen, die uns an ihr entgegenleuchtet. Allein wenn sie nun auch von andern gerühmt wird, so hat das nicht zur Folge, daß unser Wohlgefallen an ihr sich mindert – im Gegenteil, das Lob, was ihr gesungen wird, ist ein Hauch, der die Flamme unseres Herzens oft noch viel stärker anblasen kann. Michel horchte herum, indem er mit gutem Erfolg den Gleichgültigen spielte; denn die Liebe schärft den Verstand aller Wesen. Und wie er nun hörte: „A g'schickt's Mädle – a schöas Mädle – a bravs Mädle" – ja, von einem alten Kenner, „a Staatsmädle", da war's ihm zumute, als wenn er dieses Mädle kriegen müsse, koste es, was es wolle. Er fühlte einen unwiderstehlichen Trieb, sie wiederzusehen – und er ging ihr nun extra zu Gefallen.

Nachdem er sich ein paarmal umsonst bemüht hatte, kam sie ihm eines Nachmittags mit einer Kameradin entgegen. Er wollte sie diesmal recht darauf ansehen, ob sie denn wirklich eine solche sei, wie die Leute sagten; deshalb ließ er seine Augen während des Grußwechsels tiefprüfend auf ihr ruhen, indem er, den Blick zu verlängern, auch noch den Kopf nach ihr drehte. Als er vorüber war, sagte die Kameradin zur Gret: „Aber der hot a baar Oga' g'macht auf dih hear! Kommt mer grad für, als ob er – no des wär' aber zom Lacha'!"

„Was moëst denn?" fragte die Gret lächelnd.

„Gang", erwiderte die andere, „du verstost me wohl net!"

„Du moëst, er wär' – –"

„Oh, in di verliebt, ja, so kommt's mer für!"

Die Gret versetzte: „Sei g'scheit! Dean kennt ma' ja! – Mir isch gar net so fürkomma'!"

Natürlich log hier das hübsche Mädchen. Ihr war's erst recht so vorgekommen – und heute nicht das erstemal. Schon bei der zweiten Begegnung hatte sie „ebbes gnissa", und jetzt war's klar, oder alles mußte trügen. – Die Gewißheit, die sie erlangt hatte, machte einen sehr wohltuenden Eindruck auf sie. Fürs erste war's eine Ehr', den verrufenen Sünder zu bekehren und den Mädchenverächter dahin zu bringen, daß er auch daran glauben mußte. Aber das war das geringste. Michel gefiel ihr! Seine Statur und der Ruhm seiner Stärke hatten ihr schon früher Achtung eingeflößt; gegenwärtig kam ihr sein Gesicht für ein Mannsbild hübsch genug vor, die Gutmütigkeit, die ihm aus den Augen sah, rührte ihr Herz – und das „B'sondere" und „O'gschickte", das er an sich hatte, erheiterte sie, ohne ihm bei ihr zu schaden. Als sie wieder allein war, lächelte sie für sich hin. „Es ist oft guet", sagte sie endlich, „wann der Ma' net gar z'g'scheit ist!"

Wie man sieht, gingen ihre Gedanken ebenfalls ziemlich rasch. Das ist natürlich und – ländlich. – Aber ihre Sache war es nicht, ihm nachzulaufen; wenn es ihm Ernst war, mußte er kommen – sie konnte zusehen. Ihr Gesicht klärte sich schelmisch auf. „Wie er se a'stella' wird derzue?" fragte sie sich. „I bin wirkle neugiereng!" Er hatte ihren Beifall, der gute Michel, sie konnte ihn zum „Burscht", sie konnte ihn zum Manne nehmen, wenn's sein mußte – ja es regte sich der Wunsch in ihr, daß es so ausgehen möchte; – aber sie bereitete sich doch vor, ihn auszulachen, und freute sich darauf! – Sie war ein Mädchen.

Michel hatte die Überzeugung gewonnen, daß die Leute ganz recht hatten mit dem, was sie über die Gret sagten. Aber wenn dies seine Liebe noch mehr schürte, so fachte es auch seine Sorgen an. Die Gret hatte ihn diesmal gar nicht angesehen (er hatte noch keine Kenntnis davon, daß die Mädchen nicht sehen und doch sehen können!) und es war ihm beinahe vorgekommen, als ob sie ein etwas spöttisches Gesicht gemacht hätte. Was sollte er tun? Sollte er warten und stillschweigen? Dann kam vielleicht ein anderer und nahm sie ihm weg. Oder sollte er ihr nachgehen und reden mit ihr? Dann sagte sie vielleicht, er könne wieder gehen, woher er gekommen sei, und er wurde das Gespött des ganzen Dorfes.

Die Klemme war verwünscht und guter Rat teuer.

Jede Versäumnis rächt sich. Man soll in jungen Jahren nicht denken: „Wozu hab' ich das nötig? Wozu könnte das gut sein?" – Man soll Kenntnisse sammeln und sich Fertigkeiten aneignen, wie die Gelegenheit sich bietet, auch wenn zunächst keine Neigung dazu vorhanden und Anstrengung erforderlich wäre; denn man weiß nie, wozu man sie später brauchen kann!

Davon überzeugte sich jetzt auch Michel. Die Liebe trieb ihn hin und her, sie ließ ihm keine Ruhe, und er sah ein, daß er etwas unternehmen müsse, geh' es, wie es wolle. Er mußte mit der Gret reden – er mußte erfahren, was er zu hoffen habe – sonst wurde er toll! Aber wie sollte er's anfangen? Wie sollte er sein Anliegen vorbringen?

Er dachte darüber nach, und nichts fiel ihm ein, was er für anwendbar und gut gehalten hätte. Es dünkte ihn so närrisch, von der Liebe zu reden; es war ihm, als würde es nicht herausgehen aus ihm, als würde er stecken bleiben und dastehen, wie d's Kind beim – – Da hatte er's nun! Gab's nicht Kerle im Dorf, denen bei den Mädchen das Maul ging „wie geschmiert"? Die nicht nur sagen konnten, was sie auf dem Herzen hatte, sondern noch viel mehr dazulügen? Hatte er nicht gehört, daß mancher schon eine, die ihn zuerst gar nicht leiden konnte, durch bloßes Reden so weit gebracht, daß sie endlich zu allem ja sagte? – Aber so geht's! Hätte er in jüngeren Jahren auch mit den Mädchen diskurriert, mit ihnen getanzt und sich lustig gemacht – hätte er sich das bißchen Mühe gegeben und gelernt, wie man mit ihnen umgehen muß – dann könnte er's jetzt und müßte sich nicht den Kopf zerbrechen! – Er fühlte ganz ernstlich Reue, der gute Michel! Er wurde verdrießlich, sehr verdrießlich. „I ben a'n Esel g'west, und des a großer", sagte er zu sich selbst. „Aber", setzte er hinzu, „wie hab' i oh wissa könna, daß mer no' so ganga' wurd!"

Ein paar Tage ließ er vorbeigehen. Zuletzt, durch den Kampf der Leidenschaft mit der Furcht gequält und geärgert, rief er zornig: „Hol der Teufel alles! So ka'n e's nemmer aushalta' – i muß woga', komm's raus wie's will!" – Die Gret stand vor seiner Seele so schön und mit einer Miene, die nichts Abschreckendes hatte. „Dommheit", rief er beherzt. „I sott me wohl vor'm Mädle färchta'? Des wär' ja zum Lacha'!" – Er faßte den Entschluß, bei nächster Gelegenheit mit der Gret zu schwätzen und sein Anliegen vorzubringen oder wenigstens „drom rom" zu reden, zu sehen, was sie für ein Gesicht dazu mache, und dann ein andermal weiter zu gehen.

Recht schön fügte sich's, daß er das Mädchen eines Abends, als ihn ein Geschäft auf den Fußweg hinter den Dorfgärten geführt hatte, ganz allein gegen sich herkommen sah. Die Gelegenheit konnte nicht günstiger sein, er mußte sie benutzen. Was er zuerst zu ihr sagen wollte, wußte er genau, nämlich: „Godda'n Ohbed, Margret!" Das übrige gab sich dann von selbst. Entschlossen ging er vorwärts. Wie er aber die Gret näher und näher kommen sah, machte er eine seltsame Erfahrung. Sein Herz fing an zu klopfen, vor den Augen begann es ihm zu flimmern, und die Lippen wurden so schwer, als ob Gewichte darangehängt worden wären. Es schien ihm unmöglich, sie zu bewegen – und da halte einer eine Ansprache! Vor der Gret angekommen, machte er eine unerhörte Anstrengung und rief mit grimmiger Freundlichkeit: „Godda'n Ohbed, Margret!" – „Godda'n Ohbed, Michel", antwortete die Gret mit heller Stimme und mit einem Ausdruck auf ihrem Gesicht, als ob sie recht gut wüßte, in welchem Spittel der arme Bursche krank läge.

Dieser nahm indes nichts wahr. Nach der Leistung, die er sich abgerungen, trieb es ihn mit unwiderstehlicher Macht an ihr vorüber – weiter und weiter. Nachdem er hundert Schritte gemacht hatte, atmete er auf; aber erst als er um eine Ecke bog und nicht mehr gesehen werden konnte, wurde er leichter und ruhiger.

Er hielt an, dachte nach – – und sein Benehmen stand klar vor seinen Augen. Er hatte sich nun doch gefürchtet – und die schönste Gelegenheit ungenutzt verstreichen lassen! Unmut erfüllte seine Brust, und sehr ärgerlich rief er: „Ietz möcht' e mer glei selber a'n Ohrfeig' geba', daß mer der Kopf somsa' dät! Fürcht' me wärle, und zitter' am ganza Leib, als wann e oën ombrocht hätt! Sott ma' denn globa', daß ma' so domm sei' ka'?"

Die Sache war indes nicht anzufechten; sie war geschehen, und der Verdruß konnte nichts daran ändern. Für Michel gab es nur einen vernünftigen Entschluß: sie zu vergessen und sich vorzunehmen, es ein andermal besser zu machen. Dazu verstand er sich denn auch. „I ben a Narr", sagte er, „daß e me verzürn'! Verloara'n ist no nex, und so wurd's net allmol ganga'." – Er stellte sich vor, wie er das nächste Mal reden werde, er hatte Einfälle, wie man sie nach einer versäumten Gelegenheit zu haben pflegt – und so von weitem schien sich ihm die Sache ganz leicht zu machen. „Bah", meinte er endlich, „des ist ha'et nor so a dommer A'fall g'wesa'! 's müeßt ja beim Deufel sei', wann ih net könnt', was jeder ander' ka'!" – Er tröstete sich und ging beruhigt und mit neuem Mut nach Hause.

Wieder verstrich einige Zeit. Es war in der letzten Woche des Monats Mai, und unter dem Wehen der Ostluft kam ein wunderschöner Tag herauf. Ein leichter Reif hatte auf der Landschaft gelegen, die Sonne, in den wolkenlosen Himmel sich erhebend, sog ihn weg und goß den Silberglanz des Morgens über die Erde. Die Lerchen sangen, die Landleute, die sich an ihre Arbeit begaben, zeigten vergnügte Gesichter, das Vieh, das zum Saufen getrieben wurde, brüllte vor Lust und sprang rechts und links in die Höhe. Das alles war so fröhlich, so ermutigend! Es war einer von den Morgen, wo im Herzen so wenig eine Sorge aufkommen kann wie am Himmel ein Wölkchen – wo im Innern der Frohsinn regiert und draußen der Sonnenschein.

An diesem Morgen fühlte sich unser Michel frisch und munter, wie seit langer Zeit nicht. Er dachte an die Gret – mit stillem, ruhigem Vergnügen. Es war ihm, als könnte er heute schwätzen und Spaß machen nach Belieben, und wenn's sein müßte, gelegentlich auch ein ernstes Wort reden – kurz, er fühlte sich aufgelegt. Indem er sich's lebhaft vorstellte, empfand er ein Verlangen, sein Vermögen ins Werk zu setzen. Er faßte sich kurz und machte sich auf den Weg durch die Gasse, in der Hoffnung, die Geliebte zu sehen. Im Notfall, wenn er sie nämlich vor ihrem Hause nicht traf, konnte er hineingehen und den Maurer bestellen; denn an seinem Hause war ein Stück weit der Mörtel abgefallen, und wenn es auch auf dem Lande nicht grad notwendig war, ihn wiederherzustellen, so konnte es doch auch nicht schaden.

Sein guter Mut und seine Laune minderten sich nicht, als er der Wohnung des Maurers sich näherte. Er hatte ein paar Vorübergehende gegrüßt und die gewöhnlichen Formeln waren ihm so leicht und lustig vom Munde gegangen, daß ein junges Weib sagte: „Du bist aber ha'et laert, Michel!" – Darin lag für ihn ein neuer Beweis, daß er heute seinen guten Tag habe, und rüstig ging er vorwärts. In dem kleinen Hofe sah er die Gret nicht; aber im Wurzgärtlein, von der Gasse nur durch einen niedrigen Zaun getrennt, war sie über ein Beet hin gebückt. Wie er sie hier unvermutet erblickte, war er doch betroffen. Es hieß nun wieder: „Vogel friß oder stirb", und vor dem strengen Antlitz der Notwendigkeit entfloh der leichte Humor in seinem Herzen, um den Anwandlungen von letzthin Platz zu machen. Es mahnte ihn etwas, zu tun, als ob er sie nicht gesehen hätte, und sachte weiter zu gehen. Aber heute war er nicht gestimmt, auf die Stimme des Kleinmuts zu hören; er unterdrückte die Bewegungen seines Innern, blieb stehen und rief entschlossen: „Godda' Morga', Margreat!" – Das Mädchen sah auf und erwiderte: „Ei, godda' Morga', Michel! Bist oh scho' en der Höa'?" – Diese Frage kam ihm ungelegen; denn eigentlich hatte er selber fragen wollen: „Oh scho' auf?" – und wenn sie dann, wie es nicht wohl anders möglich war, mit ja antwortete, so hätte er ihr was Schönes gesagt über ihr frühes Aufstehen, ihren Fleiß usw. Das konnte er nun, wenigstens in der zuerst ausgedachten Weise, nicht mehr, und dieser Umstand machte ihn ein wenig verwirrt. Er antwortete zögernd: „Jawohl", und da er sich auf diesen Fall nicht vorgesehen hatte, so entstand eine kleine Pause. Allein mit Recht hatte er geglaubt, daß er heute seinen guten Tag habe. Nicht lange besann er sich, und ein neuer Einfall war da. Er drehte seinen Kopf in der Luft herum und sagte: „Ha'et hommer amol a schöas Wäder!" – Die Gred erwiderte heiter: „Ja gottlob! Mer konna's aber oh braucha'!" Und ohne Unterbrechung und würdig setzte er hinzu: „Descht wohr! – Des könna' mer!"

Bis hierher war's gut gegangen, trotz der notwendig gewordenen Änderung, und Michel konnte sich dessen bewußt sein. Aber nun war eine neue Rede nötig, und nichts wollte ihm einfallen. Es entstand eine längere Pause. Ein besserer Beobachter als Michel hätte an dem Gesicht des Mädchens wahrnehmen können, daß sie gar wohl imstande gewesen wäre, zu reden und dem Burschen aus der Not zu helfen – daß sie aber aus irgendeinem Grunde nicht wollte! Michel besann sich, und ein neuer Einfall kam. Er sagte: „Bischt allweil g'sond und wollauf?" – Diese Frage schien der Gret so kurios hinterdrein zu hinken und so sehr eine bloße Geburt der Not,

daß sie mit Mühe das Lachen halten konnte. Sie nahm sich indes zusammen und erwiderte ruhig, aber nicht ohne eine gewisse schelmische Heiterkeit durchblicken zu lassen: „Dank der Nochfrog! Mir fehlt gottlob nex!“ – Michel, wie uns bekannt ist, war im eigentlichen Sinn weder dumm noch blind. Die Bedeutung dieses Vergnügens auf dem Gesicht der Gret blieb ihm nicht ganz verborgen; er hatte eine Ahnung, daß sie ihn eigentlich auslachte, und schwieg, indem eine Wolke der Verstimmung seine Züge beschattete. Die Gret erkannte, was in ihm vorging, sie fühlte, daß sie etwas gut zu machen habe, und, einen Schritt vortretend, sagte sie zugleich mit gutmütigem und schlauem Lächeln: „Host vielleicht so'st ebbes g'wöllt?“ – Diese Frage fiel wie eine Bombe auf den guten Michel. Es ist klar: er hatte sich verraten; sie wußte, wie's ihm ums Herz war, und forderte ihn heraus! Er konnte – er sollte reden – da war kein Zweifel! Aber diese Möglichkeit, reden zu können, und diese Nötigung, reden zu sollen, traf ihn mit solchen Schrecken der Überraschung, daß er dastand wie vom Donner gerührt und nicht ein Wort hätte vorbringen können um die ganze Welt! In der Verwirrung, die ihn überkam und ihn zu übermannen drohte, nahm er instinktmäßig seine Zuflucht zu dem einzigen Mittel, das ihm noch übrig blieb – zur Grobheit! Mit trotzigem Gesicht und wie beleidigt rief er endlich: „Was sott i denn wölla'? I wißt net was! – Godda' Morga'!“

Die Gret sah ihm nach und lachte – nicht laut – dafür aber, wie man zu sagen pflegt, mit dem ganzen Gesicht. Als er hinter dem Nachbarhaus verschwunden war, sagte sie zu sich selber: „Ietz so o'gschickt hätt i mer'n doch net vorg'stellt! – I sig scho' – doh mueß i mi der Sach selber a'nemma', wann ebbes draus weara' soll!"

Michel ging nach Hause. Der Unwille, zu dem er gekommen war, er wußte selber nicht wie, verging, eine dumpfe Ruhe trat an seine Stelle. In dieser Ruhe erhielt er bald eine deutliche Anschauung von der Art seines Betragens – eine gelinde Verzweiflung fiel ihn an und brachte sein Blut aufs neue in eine schlimme Gärung. Er entlastete sein Herz in unartikulierten Lauten; dann, die Einsamkeit seines Stadeltennens aufsuchend, bildete er bestimmte Gedanken und konnte nicht umhin, ihnen Worte zu geben. „Also widder nex", rief er – „widder a Dommheit! Isch denn net grad, als wann's verhext wär'? W'rom ka'n e denn ietz net reda', wann e vor dem Ohs dohstand? W'rom got's mit m'r em Reng rom, als wann e g'suffa' wär'? Der Deufel mueß g'macht haba'!" Er stöhnte vor Verdruß und stampfte den Boden, daß es schallte. Nach einer Weile fuhr er fort: „Host so'st ebbes g'wöllt – hot's me g'fragt. Des ist doch offa'bar, daß g'wöllt hot, i soll d's Maul aufdoa' W'rom hab' e denn ietz net g'redt? Hätt' e net saga' könna': Mädle, du g'fällst mer, i will de heiricha' – willst me? – oder so'st ebbes! No hätt's reda' müessa', ja oder noë, ond i wihßt ietz, wie e dra' ben! Aber so stand e doh wie a'n Ochs, der mit 'm Beil oës naufkriegt hot aufs Hihra', und nocht mach e a G'sicht ond due an se na', als ob's m'r ebbes do' hätt'! Die wurd se 'n schöna' Begriff macha' von mir! Die hält me doch g'wihß für da' dommsta'n ond o'g'hobelsta' Menscha'n em ganza' Ries! Ond wann's me vorhear oh g'möcht hätt', ietz mag's me g'wihß nemmer ond ka' me nemmer möga'! So'n Esel! I bedanket' me selber, wann e a Mädle wär!"

Der gute Bursche versank nach dieser desperaten Selbstanklage in eine dumpf-düstere Stimmung. Er war unerfahren, unschuldig, aber ein Mensch, der in seiner Art Anlage zum Reflektieren hatte. Diese Anlage begann unter den obwaltenden Umständen sich zu entwickeln und seinem Wesen einen neuen charakteristischen Zug zu verleihen. Je mehr er von sich hielt, je mehr Ansehen er bisher unter seinen Kameraden genossen, um so mehr forderte er von sich einem Mädchen gegenüber auch das rechte würdige Benehmen. Je weniger er aber imstande war, sich so zu benehmen, wie er's seiner für würdig hielt, desto mehr kapitelte er sich hinterdrein selber, stellte sich vor, wie er sich hätte benehmen sollen und können, ärgerte sich, daß er sich nicht so benommen habe usw. usw. – kurz, er wurde ein denkender Mensch. Er unterhielt sich mit sich selber, er strafte sich, er quälte sich selber. Daß das letztere nicht zu weit ging, dafür sorgte als guter Genius die Bauernnatur, die sich auch hier in natürlichen Grenzen bewegt und sich aus dem Quell der unbewußten Lebenskraft wiederherstellt.

Für jetzt sank er gleichwohl in Abgründe der Verzagtheit. Mit der Gret wieder eine Ansprache zu versuchen, kam ihm unmöglich vor. Er hatte eine stille Wut gegen sich, eine stille Wut gegen sie – wie sollte er da reden? Und wenn er sich nötigen wollte, müßte es nicht tausendmal ungeschickter herauskommen als diesmal, wo er vergnügt war und im Grunde ganz gut angefangen hatte? – Nein – es half nichts. Einem Mädchen zu gefallen, hatte er nun einmal keine Gaben – es ging nicht – er mußte es aufgeben!

Als er so weit gekommen war, ging er in den Hof, um sich an einer Arbeit zu erholen. Hier begegnete ihm seine Mutter. Sie sah ihn an und sagte: „Was machst denn du ha'et für a G'sicht?“ – „Ih, a G'sicht?“ versetzte Michel. „Wie ka'n e des wissa'? Guck i ebba' en Spiegel?“ – „Gang weiter“, entgegnete die Schwäbin, „du host ebbes! Hot d'r ebber ebbes do'?“ – „Mir?“ erwiderte Michel, indem er mit einer heroischen Miene aufsah – „mir ebbes do'? I wott's koëm rota'!“ – Er ging weiter, indem er bei sich dachte: „Du därfst lang warta', bis e dir ebbes sag'!“ – Die Mutter sah ihm kopfschüttelnd nach. „Er ist halt doch net vergnüagt“, dachte sie, „und das ist natürlich! In deam Alter muß a'n ordentliches Mannsbild a Weib haba' – so'st isch nex!“ – Sie ahnte nicht, wie Michel sich schon abgemüht hatte, um ihre Herzenswünsche zu erfüllen.

Einige Tage ging unser Bursche melancholisch umher, und wenn ihn beim Zurückdenken an seine Niederlagen ein Zorn anwandelte, so ließ er ihn an irgendeiner Arbeit aus. Er bot denen, die seiner wahrnahmen, ein neues und eigentümliches Bild. Schweigend hatte man ihn oft gesehen; jetzt sah man ihn „sinnierend“ und vernahm hier und da grimmige Ausrufungen, wozu man keinen Grund wußte. Fragte man ihn danach, so war die Antwort, sofern eine erfolgte, keine höfliche. Man wußte nicht, was man aus ihm machen sollte. Den Zustand seines Herzens ahnte niemand im ganzen Dorf. Die einzige Person, die außer ihm davon Kenntnis hatte, schwieg nicht nur selber – sie hatte auch jener Kameradin ihre Vermutung wieder auszureden gewußt und ihr das Versprechen abgenommen, sie mit dem Michel nicht ins Geschrei zu bringen. Es gibt Mädchen, die das Genie der Verschwiegenheit haben, das heißt die ohne besonderen Vorsatz und mit Lust verschwiegen sind und sich an dem Geheimnis weiden. Die Gret war heiter und hoffte mit Zuversicht, ihre Wünsche gekrönt zu sehen – sie brauchte nicht zu schwätzen.

Michel war es nicht; er war unmutig und verzweifelte am Erfolg – er spürte einen Trieb zu reden und konnte endlich einer Gelegenheit, sein Herz zu entlasten, nicht widerstehen.

Unser Enakssohn hatte einen Kameraden, der ihm unter allen Burschen, die zu ihm hielten, der liebste war. Kaspar, der Sohn eines Webers, hing mit aufrichtiger Teilnahme an Michel und wußte sich auch am besten in seine Manieren zu fügen. Obschon drei Jahre jünger, hatte er in bezug auf das weibliche Geschlecht eine hinreichende Summe von Erfahrungen – er wußte, wie man sie behandeln mußte, und galt darum auch „seinen Batzen" bei ihnen. Mittelgroß, „rahneng", von angenehmer Gesichtsbildung, hieß er bei ihnen nur „a nett's Bürschtle" und „a lustengs Männdle", dem man gut sein müsse. Trotz der Gunst, die er bei den Spenderinnen der Lebensfreude erfuhr, hatte er doch nicht mehr Selbstgefälligkeit, als allenfalls natürlich war; er genoß das Lob eines fleißigen Menschen und wußte sich unter den Mannsbildern ebenso den Ruf eines guten Kameraden zu bewahren. – Dieser Bursche, zum Vertrauten wie geschaffen, wußte durch eine wohlgemeinte und geschickte Frage dem Michel sein Geheimnis zu entreißen. Allein mit ihm, sah er den düster vor sich Hinstarrenden teilnehmend an und sagte dann: „Michel, di drückt ebbes! Wannd' mer's net geara' sakst, will e de net weiter froga'. Wann's aber ebbes ist, wo i d'r vielleicht helfa' ka', so red! – Du woëscht, wie e's moë."

Diese treuherzig gesprochenen Worte machten des Leidenden Herz weich und folglich geneigt zur Mitteilung. „Ach", erwiderte der Verliebte nach kurzem Schweigen mit einem riesenmäßigen Seufzer, „mi drückt freile ebbes!" – „Was isch?" fragte Kaspar. „Sag's, wann e's wissa' därf!" – „Am End", erwiderte Michel, „bist du grad der Recht', der mer'n Rot geba' könnt'! – No mei'dawega', i will der's saga'!" – Er schwieg. – „Nossa'", mahnte Kaspar. – „Z'erst mueß e der saga'", erwiderte Michel mit tiefem Ernst, „daß koë Mensch ebbes davon enna' weara' därf!" – „Gang weiter! Ben i a Schwätzer?" – Die Möglichkeit, daß Kaspar es doch unter die Leute bringen könnte, hatte aber den Michel schon aufgeregt. „Kerl", rief er, eine Faust machend, „wann d'ebbes sakst – 's got d'r schlecht!" Der andere kannte seinen Mann; er zuckte die Achsel und erwiderte: „Du bist net g'scheit!" – „Guet", versetzte Michel. „Ietz woësch – und ietz will i der's saga'!" – Wieder eine Pause. „I höar", erwiderte der andere, indem seine Mienen sich ahnend erhellten. – „No", begann endlich Michel mit neuer Anstrengung, „doh die Great – d's Maurers seine moën' e" – Kaspar sah den wiederholt Innehaltenden mit gutmütig schlauem Lächeln an und rief, ihn ganz durchschauend: „Fehlt's d'r doh?" – „Ja, Bruder", ging's endlich aus Michel heraus, „doh fehlt's m'r! Des Mädle g'fällt m'r, die mueß e haba – – und Kreuzdonner ond's Wetter: i woëß net, wie e's a'fanga' soll!"

Kaspar unterdrückte das Lachen, das ihn bei diesem Bekenntnis anwandelte, und forderte ihn auf, ihm zu sagen, wie's eigentlich stehe. Michel, einmal im Zuge, erzählte alles und zwar mit einer Naivität, bei welcher der Erfahrene, wenn er nicht lachte, doch wenigstens, zu „schmöhzeln" nicht umhin konnte.

Bekanntlich hat der Mensch nicht leicht eine angenehmere Empfindung, als wenn er an einem andern, der ihm bisher Respekt abgenötigt hat, plötz-

lich eine Schwachheit entdeckt. Es gibt deren, die eine solche Wahrnehmung geradezu beseligen kann und die das so erlangte Wohlgefühl zu den höchsten Genüssen zählen, womit der Himmel die armen Sterblichen begnadet hat. Sogar Freunde, will man wissen, sollen in diesem Fall erheitert werden und aussehen, als ob ihnen ein Glück widerfahren wäre! Und ihr Benehmen gegen den Träger dieser Schwachheit soll nach der Entdeckung ein vielfach anderes sein als vorher! – Wir lassen diese Behauptung in ihrer Allgemeinheit auf sich beruhen, müssen aber der Wahrheit gemäß bekennen, daß unser wackerer Kaspar bei der Erzählung seines Kameraden eine ziemlich lebhafte Genugtuung empfand und in seinem Gesicht einen Ausdruck heiterer Überlegenheit zeigte, den er vorher nie gegen ihn hatte blicken lassen.

„Des isch, was me drückt", schloß Michel seinen Bericht. „Schlechter, des wurscht selber soga', hätt's net ganga' könna', und alles ist verspielt. I ben eba' zom O'glück geboara', und mit mei'r Fräd isch aus auf der Welt!" – „So", versetzte Kaspar, indem er ihn mitleidig ansah; – „willst de net lieber glei gar versäufa'?" – Michel schaute ihn an. „Du bist a Narr", fuhr Kaspar fort, „des sag d'r ih! Nex ist verspielt, gar nex!" – „So", erwiderte Michel, „wamma' se so o'g'scheit benemmt ond" – „Dei' Benemma' schad't d'r gar nex", fiel Kaspar ein. „Des ist eba' d'Liab! D'Liab macht verwirrt, ond wamma' verwirrt ist, macht ma' Dommheita'. Aber d'Liab ist ja eba', was d'Mädla haba' wöllet! Ond wann oër vor lauter Liab duet, als ob 'r narred wär', globst, des nemmt d'r oëna'n übel? Ja bis Wuch! Fräa' duet se's ond geara' hont's so oën!"

Dem Michel schien dies einzuleuchten. „Du ka'st rehcht haba'", sagte er getrösteter. „'s wohr, i därf me no' net abschrecka' lossa'! – Wie moëst", setzte er mit neuerwachtem Mut hinzu, „soll e glei rausrucka' mit der Farb? Soll e saga', das e's heiricha' will? – „Des got net", entgegnete Kaspar mit der Miene der Autorität. „Ma' mueß net mit der Tür en's Haus falla'! Allweil oës noch'm andra'! – Z'erst muescht doch oh seha', ob's de haba' will?" – „Ja so", versetzte Michel wieder etwas herabgestimmt. „Was soll e denn aber so'st doa'?" – „G'späß macha'", erwiderte Kaspar munter. „Siksch, des ist d' Hauptsach. Da' Mädla' g'fällt nex besser als Narrheita! Z'erst G'späß und nocht Ernst – des ist der recht Weg! Foppa' mueß ma's ond ploga', womma' zo ebbes komma will! Je meaner as ma's plogt, je lieber as oën hont!" – Dem geradsinnigen Michel schien diese Behauptung sehr gewagt; er sah den Ratgeber fragend an. „Du globsch wohl net?" sagte dieser; und als der Bursche den Kopf schüttelte, fuhr er fort: „Weil d'eba koë Erfahreng host en deana' Sacha'. Siksch, des ist so! Wann e a Mädle fopp ond plog', no sikt's, daß e ebbes mit 'r haba' will, no sikt's, daß e's liab – ond'n Spaß hot's obadrei'! Ond so went se's grad haba'!" – Michel begriff; er sagte mit Anerkennung: „Kaspar, du bist a verfluechter Schlengel!" – „No", erwiderte Kaspar behaglich, „wann e des net wihßt!"

Es erfolgte eine kleine Pause, in der Michel aufs neue bedenklich wurde. „Ja", begann er zögernd, „wann e aber nocht G'späß macha' will ond 's g'rotet mer net? Wann e me widder o'gschickt a'stell – wie doh?" – „Des wär' freile fehlerhaft", erwiderte Kaspar mit Ernst. „Eweng därfa't Dommheita net daura', so'st verliera't d'Mädla' da' Respekt!" – „Doh hosch!" versetzte Michel mit einem Ausdruck, als ob nun er wieder recht hätte. „Ond mir isch grad so, als ob's mer net g'rotha' könnt'! Was ietz?" – „No", erwiderte Kaspar mit einer Art von Unmut, „do ka'n e d'r koën andera' Rot geba', als daß d'r eba'n a bißle meaner ei'bildst! Kott's Heidablitz! A Kerl wie du! Ist des koë Ehr' für so a Mädle, waon du 'n G'falla'n an 'r host? Mueß doh net stolz drauf sei'?" – „Ih sott's beinah globa'", bemerkte der Enakssohn mit entsprechendem Selbstgefühl. Und Kaspar erwiderte: „No, ond wann d'net vergischt, wer du bist, nocht wurscht oh reda' und G'späß treiba' könna' mit so'm Deng doh!" Ruhiger setzte er hinzu: „Ma' mueß se net gar z'viel macha'n aus da' Mädla' – des ist a Fehler! Drom wamma'n amol a bißle z'hitzeng g'wesa'n ist, no mueß ma'n extra widder a weng huf ganga' und doa', als ob ma' gar wohl ohne se leba' könnt'! Nocht kriega' sie widder 'n Luhst! – Also, bei d'r nächsta' G'legenheit duast, was e d'r g'sakt hab', ond i garantier d'r, sie kommt d'r." – „Ich will seha", erwiderte Michel. Dann, nach kurzem Schweigen, setzte er hinzu: „Also nommol! D's Maul g'halta'n oder" – er machte mit der Faust eine verständliche Bewegung. Kaspar lachte. „Du wärst am End' emstand und brächst mer da' Hahls, zom Dank für mein' gueta' Rot?" – Michel, wieder auf seinem Boden stehend und sich fühlend, erwiderte: „Wann de dernoch aufführa dätst – 's käm m'r net drauf a'! – No, ietz b'hüet de Gott!"

Michel war durch die Aufklärung des gewandten Kameraden in der Tat getröstet und faßte wieder frischen Mut. Das Gefühl seiner Kraft und das Vertrauen auf sich selbst kehrte zurück. Es war ihm zuweilen, als ob er nur hingehen dürfte zu der Gret, um Spaß zu machen nach Noten! Aber extra zu ihr gehen, das wollte er nicht: da würde sie ja glauben, daß er's gar zu notwendig hätte – und das sollte sie nicht! – Er wollte die Gelegenheit abwarten, dann aber auch benutzen.

Eines Nachmittags schlenderte er gemütlich auf dem Anger hinter seinem Garten. Es war ein Sonntag; er hatte gut gegessen, ein wenig „gedurmt" (geschlummert), sich dann schön angezogen, die Pfeife in den Mund gesteckt und war hierher gegangen, um zu sehen, was ihm weiter belieben werde. An einem solchen Nachmittag fühlt sich der Bauer immer behaglich, sogar wenn er verliebt ist. Michel ging langsam, blieb zuweilen ein bißchen stehen – er dachte an die Gret. Er war heute so unternehmungslustig und dabei so sicher! „Jetz wann's mer käm'", dachte er – „Sapperment nei'!" – Er ging wieder einige Schritte und sah umher – und wie's denn manchmal geht: dort, den Weg von der linken Gasse zum Anger herunter, kam die Gret. Michel eilte mit großen Schritten zum Ausgang des Wegs, um sie noch eben zwischen den Gärten zu treffen. Sie sollte ihm nicht entwischen – sie sollte ihm Rede stehen und nicht mit einem bloßen Gruß davonkommen!

Es gibt auf dem Lande nichts Reizenderes als jene Gänge zwischen lebendigen Hecken, die eben breit genug sind, daß man sich ausweichen kann. In der schönen Jahreszeit, wo die Hecken grünen und blühen, wo der trockene Weg von Gras und Blumen eingefaßt ist, gewährt es ein wahrhaft poetisches Vergnügen, hindurchzuspazieren, zumal wenn beim Schein der Sonne der Schatten dichtbelaubter Gartenbäume drüber fällt. Es ist so traulich und so heimlich darin, daß man nur bedauert, sobald wieder ins Freie zu kommen!

Ein solcher Gang war es, in dem unser Michel die Geliebte festhalten wollte. Seine großen Schritte hatten bewirkt, daß er noch rechtzeitig kam: Die Gret ging erst in die Mitte des Weges. – Wie schön war sie! Sie hatte an dem warmen Tage keinen Kittel an: in blendendweißen Hemdärmeln, in gestreiftem, farbigem Mieder und rotem Halstuch kam sie ihm entgegen. Die Kleider standen ihr so gut, ihr Gang war so geschickt: Das Dienen in der Stadt hat eben doch seine großen Vorteile! – Dem guten Michel lachte das Herz im Leibe, als er sie ins Auge faßte. Wenn aber das Herz lacht, dann schwebt es und kann konsequenterweise nicht – fallen. Unser Freund behielt seinen Unternehmungsgeist, obwohl die Gret mit schelmisch heiterem Antlitz näher und näher kam; und als sie endlich voreinander standen, sagte er heroisch: „No Margreat, wo kommst denn du hear?" – „Von der Fischerei", war die Antwort. – „So! – Ond wo willst denn he'?" – „Hoëm! – I ben mit 'm G'strick ausganga' – ond hab d's Gara' vergessa'!"

Unser Bursche machte ein kurioses Gesicht. Es schien ihm hier eine vortreffliche Gelegenheit gekommen, die Gret zu foppen und zu plagen, und er beschloß, sie zu benutzen. Sich breit auf den Weg hinstellend, sagte er mit schlauer Miene: „Do hommer's! An was host doh ietz denkt?"

Die Gret, seine Gedanken erratend: „Ja, wann e's saga' dät!"

„No, des ka'n e mer fürstella': an a Mannsbild!"

„So?" entgegnete die Gret schnippisch „Woëscht du des so g'wihß?"

„Wamma' des net wihßt!" versetzte der Michel mit selbstgefälliger Sicherheit. „Des ist ja uir oëzengs Dichta'n oand Drachta'!"

„Doh bildet 'r ui doch a bißle z'viel ei'."

„Bah", rief der Michel im Hochgefühl des Rechthabens, „wär' koë Wonder, des wär net bekannt!"

Das Mädchen versetzte mit einem Schein von Ernst und Schärfe: „Ma' sakt manchmol, es sei ebbes so, derweil hätt' ma nor geara', daß so wär'! Omkeart wurd a Schua' draus!"

„Ho ho!"

„Uir Mannsbilder lebed en der Ei'bildeng – und des ist natürlich. Uir wisset net, was o's denket! Aber o's wisset, was uir denket!"

„Des wär' der Deufel!" versetzte Michel, verwundert über die kecke Behauptung. „Wie sottet'r des wissa'?"

„Wie?" erwiderte die Gret, indem sie ihm heiter ins Gesicht sah; „weil d'r uire Gedanka' verrotet, weil d'r o's nochloffet!"

Michel war betroffen. „D's Ohs hot rehcht", dachte er in einem Moment des Schweigens. Es blieb ihm indes noch der Ausweg, die Tatsache zu leugnen – und da tat er tapfer. „Bah", rief er geringschätzig, „wear dues des? A rechter Kerl net! – Ih", setzte er mit Stolz hinzu, „ben mei' Lebteng no' koër nochgloffa'!" – „Ist des wohr?" fragte die Gret lächelnd. – „So wohr i dohstand", sagte der Ehrliche. Die Gret, die recht wohl gesehen, wie der Enakssohn zu dem Durchgang geeilt war, hätte bei dieser naiven Behauptung beinahe gelacht; allein sie unterdrückte die Anwandlung und sagte scheinheilig: „Doh ist d'r also gar net drom z'doa, daß d' mit oër redst?" – Michel ahnte, wo sie hinaus wollte; aber er hatte A gesagt und mußte nun B sagen, und ohnehin wollte er sie ja uzen. Heroisch erwiderte er: „Gar net! – I wihßt oh net, worum!" – „So", sagte die Gret, „doh mueß e m'r ja nocht a G'wissa' draus macha', doß e de mit mei'm G'schwätz aufhalt. – B'hüet de Gott!" Sie wollte vorbei. Michel war aber nicht bereit, eine Unterhaltung, die bis jetzt so schön gegangen war, so schnell abbrechen zu lassen; er rief mit Eifer: „So wart nor no' a weng! – Du wurscht doch G'spaß verstanda'?" – „Des scho'", versetzte die Gret; „aber i mueß ietz zu meina' Kämrädenna'!" – „Gang weiter", entgegnete Michel, „lauter Weibsbilder! Was wurd des für a'n Onderhalteng sei'!" – „Oh", rief die Gret, „o's onderhalta' se recht guet!" – „Was net no'!" erwiderte Michel seinerseits ironisch. Und selbstgefällig setzte er hinzu: „Von was hont'r ietz g'redt?"

Die Gret sah ihn an, und ihre Lippe zuckte unmerklich. „Von was redt ma", sagte sie dann vor sich hinschauend, „wamma' se guet onderhalta will: von da' ledenga' Burscht'."

Michels Gesicht klärte sich auf. „No, was hab' e g'sakt?" rief er. „Ietz gibst m'r doch selber rehcht!"

„I hab' me verschnappt", erwiderte die Gret.

„Ja, ja", fuhr Michel fort, „d'Mannsbilder stecket ui em Kopf – des woëß e ja! – „No", setzte er in behaglichem Stolz hinzu, „en was für 'r Art hont 'r von es g'redt?"

„Mehr hont g'rotha", erwiderte das Mädchen nach kurzem Zögern, „weller ietz wohl d'r G'scheitst ist em Doraf!"

„So, send 'r oëneng woara'?"

„Noë, jeda' hot 'n ander a' geba'!"

„Natürlich", bemerkte unser Bursche, indem ihn das Vergnügen über die entlarvte Schwäche der Mädchen verhinderte zu sehen, welche Gefahr er selber lief. „Wean host denn aber du a'geba'?"

Es gibt eine Mischung von Unschuld, Ungeschicklichkeit und Selbstgefälligkeit, die auch wohlwollende Naturen reizt, den Träger derselben, wie man sagt, anlaufen zu lassen. Die Absicht, necken zu wollen, fordert heraus, und das Unvermögen, das in keiner Art zur Sache kommt, erweckt ein Verlangen, zu strafen. Unsere Gret fühlte einen Antrieb dazu und konnte ihm diesmal nicht widerstehen; sie erwiderte: „I hab' no' gar koën a'geba' – i hab' koën g'wißt. Aber ietz – ietz woëß e oën – ond ietz muß e eila', daß e widder zruck komm. Mei'r wurd gwihß alla'n ei'leuchta'!" – Nach einem Blick, dessen Bedeutung nicht zu verkennen war, schlüpfte sie an ihm vorbei und ging rasch weiter.

Michel sah ihr nach – – er fühlte mit einem Mal, was die Gret ihm angetan, und die Röte der Scham überströmte sein Gesicht. Bald erhob sich der Zorn in ihm und verstärkte das Rot zu düsterem Braun. „Wann de nor der Deufel holla' dät", rief er – „du Hex du! – Hot ihren Spoht auf m'r und stellt me he' wie'n Esel! – O wann e's nor do hätt' –". Er hielt inne. Es fiel ihm ein, daß er hier gehört werden konnte, und die Furcht, dem ganzen Dorf zum Gespött zu werden, ließ ihn abbrechen. Langsam ging er zurück. Er dachte nach, wie er zu diesem Verdruß gekommen sei – und lachte bitter. „I hab's foppa' wölla'! Die do, d's ärgst Ohs em ganza Dorf! Doh ben ih d'r recht Ma' derzue!" – Nach einer Pause setzte er unmutsvoll hinzu: „Der Kasper ist a'n Esel g'wesa' mit sei'm Rot, und i a Narr, daß e'm g'folgt hab'! – Des hot grad no' g'fehlt! Des hot d'Butt bonda!" – Am Ende des Ganges blieb er stehen und ließ eine Zeitlang gedankenvoll sein Haupt hängen. Endlich murmelte er: „'s soll amol net sei'! I gib m'r alle Müa ond dua', was e ka', und hab' nex als Verdruhß ond Onear dervo'. Noë, noë – i loß d's Heiricha sei'! Aus ischt ond gar isch! –"

Als er bei diesem desperaten Satz angekommen war, hörte er Tritte in der Nähe und schaute auf. Es war die Gret, die mit dem Garn zurückkam. Daß sie's dem guten Michel so arg hinausgegeben, hatte sie doch ein wenig gereut, und ihr Gesicht drückte Wohlwollen und Freundlichkeit aus. Wie sie ihn aber dastehen sah mit der trotzig verlegenen Miene, da änderte sich ihre Stimmung etwas. Sie konnte sich nicht enthalten, mit neckischer Verwunderung zu fragen: „No, Michel, stost no' allweil doh?" – Der Bursche, aufs neue gereizt, erwiderte: „Dirdawega net!" – „Oh", versetzte Gret, „des bild e m'r oh net ei'! Kotts Blitz! Doh mueß e nor macha', daß e d'r bald aus da'n Oga' komm'!" – „I halt de net auf!" rief Michel. – „Hu hu!" erwiderte die Gret, und rasch verschwand sie in dem Gange.

Michel, in dem Gefühl, daß es nun wirklich aus sei, verließ mit langsamen Schritten den Anger. Er suchte den Kaspar auf und traf ihn allein in seinem Garten. „Noh", sagte er unmutig zu ihm, „du host m'r 'n schöana' Rot geba', des mueß e saga'! Du bist a g'scheiter Kerl!" – Der Kamerad sah ihn verwundert an und sagte: „Wieso?" – „No doh mit dei'm Foppa'n und Ploga', wo d'me a'glearnt host! Des ist a Dommheit g'wesa'!"

Und Michel gab ihm, so gut er konnte, ein Bild von dem Verlauf der Ansprache.

Wie lächerlich die Geschichte dem Erfahrenen und Gewandten auch vorkam, so hielt er es im Moment doch weder für ratsam zu lachen, noch das Benehmen des Burschen zu tadeln. Er richtete seine Kritik gegen das Mädchen und sagte: „'s ist a'n Ohs!" – „So", erwiderte Michel, für welchen diese Zustimmung etwas Angenehmes hatte, „siksch ietz oh ei'? – Freile isch a'n Ohs, d's ärgst em ganza' Doref! Für da' Narra' hot's me g'hett; – ond für da Narra' dät's me halta, so oft's könnt' – wann i net g'scheiter wär'! Aber doh wurd a Riegel fürg'schoba'! Koë Wöartle mea' red e mit'r. Nemmer a'seha' du e's!" – „No, no", warf der Kaspar ein, „gar z'hitzeng muest oh net sei'. Durch des, was d'mer verzählt host, ist no' net bewiesa', daß's de net mag!" – „Was", rief Michel, „doh isch no' net bewiesa?" – „Noë", bemerkte Kaspar. „Du host sie foppa' wälla'n aus

Lieb, ond sie hot di g'foppt – vielleicht oh aus Lieb!" – Der Bursche konnte sich bei diesen Worten nicht enthalten, ein wenig zu lächeln, und rasch loderte in Michel der Zorn empor.

„Willst du me oh no' für da' Narra haba'?" rief er, indem er ihn grimmig anschaute.

„Des net, aber d'Mädla' deant oft grad d's Konträre von deam, was denket! Der Spoht" –

„Mach me net wild", fiel Michel ein. „Wean e verspott, auf dean halt' e nex! Du bist a'n Esel, wann's anderst sakst!"

Kaspar zuckte die Achseln. „Du bist halt a grober Kerl", versetzte er.

„Weil e rehcht hab'", entgegnete Michel. „Doh ben e doch a weng z'guet dafür, daß e so'm Fratza' da' Narra'n ahgib! – Nex doh! Aus isch ond gar isch!"

Melchior Meyr

Enaksöhne = riesengestaltiges Volk in Palästina / despektierlich = geringschätzig / Diskurs = eifrige Erörterung / Dipplengst = bezieht sich auf Düppel, eine Krankheit der Schafe, bei der sich diese wie verrückt benehmen / Skrupel = Bedenken, Zweifel / diskurrieren = sich eifrig unterhalten / Spittel = Spital / Stadel = Scheune / desperat = verzweifelt / reflektieren = nachdenken / kapiteln = ausschelten / Genius = Geist.

Der Grieche

Prachtvoll residierte zu Dillingen der Bischof Petrus von Schauenburg, der später Kardinal wurde. Freund ritterlicher Ergötzungen, ließ er manches Ritterspiel in seinem Schloßhofe aufführen und bewirtete dann die zahlreichen Gäste, welche seine Freigebigkeit stets um ihn versammelte, fürstlich. Herr Petrus war ein feiner weltkluger Mann, der auf dem Konzil zu Basel gewesen und in manchen Staatsangelegenheiten von den Königen Englands und Frankreichs wie von den Herzögen von Burgund und jenen von Bayern zu Rate gezogen wurde.

Als im Mai 1453 das griechische Kaisertum mit seiner Hauptstadt Konstantinopel in die Hände der Türken gefallen war, fanden sich fast an allen deutschen Höfen flüchtige Griechen ein. Auch Herr Petrus nahm sich eines solchen Vertriebenen huldreich an, um so mehr, als derselbe durch seine Gelehrsamkeit und sein Wissen als Arzt diese Güte auch in reichlichstem Maße zu verdienen schien. – Der Grieche, welcher sich mit seinem Diener hier niedergelassen hatte, hieß Kartaphilus, und oft wurde er, als sich sein

Ruf immer mehr verbreitete, zu Kranken gerufen. Doch seltsam war es, wenn er sah, daß so ein Patient rettungslos verloren war, dann harrte er mit gespannter Aufmerksamkeit auf den letzten Atemzug desselben, küßte ihm denselben von den Lippen und hauchte dann in eine gläserne Phiole, welche er sorgfältig wieder verschloß. In das Gemach, welches er in einem Turme des Schlosses bewohnte, durfte außer seinem Diener niemand, und es hieß, er mache dort für den lebenslustigen Fürstbischof Gold. – Der Grieche mußte schon sehr alt sein, denn sein Bart war schneeweiß und sein Gang gebückt. Plötzlich war er verschwunden, und sein Diener gab nur verlegene Antworten über den Vermißten, so daß der Bischof das Turmgemach mit Gewalt öffnen ließ. Da fand man die Luft voll Qualm und Dunst, rätselhafte Kreise auf dem Boden gezeichnet und in einer Ecke den Griechen mit umgedrehtem Halse und zerschmettertem Gehirne, das an den Wänden verspritzt war.

Der Diener aber sagte aus, daß sein Herr sich im Gemache verschlossen und ihm strenge befohlen hatte, so lange niemand vor ihn zu lassen, bis er sich wieder zeige. Er wisse aus manchen Reden desselben, daß er im Glauben gestanden, mit Hilfe eines Dämons und des letzten Lebenshauches, welchen er seit Jahren von Sterbenden gesammelt, sich wieder verjüngen zu können; das Experiment müsse jedoch mißlungen sein. – Der Bischof ließ den Leichnam auf dem Schindanger verscharren, und somit glaubte jedermann die Sache beendigt.

Nun ließ sich seit undenklichen Zeiten in den unterirdischen Gewölben des Schlosses ein harmloser Hausgeist sehen. Schattenartig schwebte ein gespenstartiger Reiter, den ein schwarzen Pudel begleitete, durch die Räume, verschwand jedoch jetzt auf einmal, als in den obern Gemächern ein so heilloser Spuck begann, den jedermann dem Griechen zuschrieb, daß der Bischof schon im Begriffe stand, nach Augsburg zurückzukehren; dies geschah aber nicht, da ein Exorzist den Spukgeist, der sich ihm in Koboldsgestalt zeigte, in ein Gefäß bannte, welches man in der Gegend verscharrte. Von dieser Zeit begann auch der geisterhafte Reiter wieder seinen Ritt, den er vielleicht bis auf den heutigen Tag fortsetzt.

Dampfnudeln

Zutaten: 500 g Mehl, 20 g Hefe, 2 Eier, 80 g Zucker, 80 g Butter, 1/4 l Milch, abgeriebene Schale einer halben Zitrone, 1 Prise Salz, 1 Glas Milch, etwas Butter, Zucker.

Aus Mehl, Hefe, Eiern, Zucker, Butter, Milch (1/4 l) und Zitronenschale einen nicht zu festen Hefeteig bereiten. Gut gehen lassen. Dann kleine Küchlein abstechen und nochmals gehen lassen. Das Glas Milch, ein nußgroßes Stück Butter und den Zucker in einen gut schließenden, flachen Topf geben und zum Kochen bringen. Dahinein die Dampfnudeln setzen. Zugedeckt 20 Minuten ziehen lassen, bis alle Flüssigkeit verbraucht ist. Den Topf auf keinen Fall vorher öffnen.

Der Weltlauf

„Weib du sollst gschwind hamet gehn,
Dein Mann der is sehr krank."
„Is er krank? Sei er krank!
Noch a Tänzerl oder zween,
Und dann wer i glei heimet gehn."

„Weib, du sollst gschwind hamet gehn,
Den Doktor habens schon gholt."
„D'n Doktor? Rasch gerollt!
Noch a Tänzerl oder zween etc."

„Weib, du sollst gschwind hamet gehn,
Sie gebens letzte Öl."
„'S letzte Öl? Mein Empfehl!
Noch a Tänzerl etc."

„Weib, du sollst gschwind hamet gehn,
Dein Mann is sehr schlecht."
„Is er schlecht? Gschiehts ihm recht.
Noch a Tänzerl etc."

„Weib, du sollst gschwind hamet gehn,
Dein Mann liegt in Zügen."
„Liegt'r in Zügn? Laß'n liegen!
Noch a Tänzerl etc."

„Weib, du sollst gschwind hamet gehn,
Dein Mann der is schon tot."
„Is er tot? Sei er tot!
Noch a Tänzerl etc."

„Weib, du sollst gschwind hamet gehn,
En andrer is schon da!"
„'N andrer da? Hopsasa!
Nun kan Tänzerl mehr, bedank mi schön!
Jetzt, jetzt werd i glei hamet gehn."

Aus der Umgegend Dillingens
Wittislinger Ulrichssagen

Der Vater des Bischofs Ulrich hatte in Wittislingen ein Schloß, welches westlich von der jetzigen Kirche stand. Von hier aus besuchte Ulrich täglich als Knabe Dillingen. Und, als Jüngling von St. Gallen in der Schweiz zurückgekehrt, ging er gerne von beiden Orten hin und her. Manchmal verirrte er sich in dem Ried, Söfe genannt, und darum ließ seine Mutter Thitberga um neun Uhr ihm zum Zeichen regelmäßig ein Glöcklein läuten. – An einem Herbstabend hatte er sich verspätet, und um auf dem von Regen erweichten Boden leichter forzukommen, zog er einen Grenzpfahl aus und bediente sich dessen als Stütze, um über die Gräben zu kommen. Er wunderte sich, daß er heute die Glocke nicht höre, und zu gleicher Zeit fiel ihm ein, daß er sehr unrecht getan, den Pfahl herauszuziehen, darum suchte er mühsam die Stelle, wo er selben genommen, und ihn wieder befestigte. Und jetzt hörte er auch das Glöcklein und kam in kurzem im

Schlosse an, wo niemand geläutet haben wollte, denn es war schon nachts zwei Uhr. – Zur Erinnerung an die Begebenheit läutete man fortan auch um zwei Uhr in der Nacht.

Um dem fleißig Dillingen besuchenden Ulrich im Ried einen Weg zu machen, daß er nicht so leicht irre ginge, wurde halbwegs von Dillingen nach Wittislingen im Ried Söfe ein Graben aufgeworfen, auf dessen Aufschlag er nun hin- und herging. Der Graben heißt bis zur Stunde der Ulrichsgraben.

Von den Schlosse des Hupaldus führte in die Kirche ein gemauerter Gang, und als das Schloß in Trümmer fiel, war die zugemauerte Tür desselben sichtbar. Als die Kirche im vorigen Jahrhundert neu gebaut wurde, ließ man zum Zeichen, daß hier jene Tür gewesen sei, einen blinden Fensterstock hinmachen und der Besitzer des Häuschens, wo früher die Hupaldusburg stand, ließ Bischof Ulrich malen und an dasselbe die Inschrift befestigen: Geburtsstätte des heiligen Bischofs Ulrich.

An der linken Seite des Josephaltar liegt die Mutter Ulrichs, Thitberga, begraben. Mehrere Nächte nacheinander gewahrte man vor langer Zeit ein ungewöhnlich helles Licht in der Kirche, konnte aber, wenn man selbe öffnete, nicht das mindeste gewahr werden, obwohl die Außenstehenden dasselbe Licht immer noch sahen. Da kam einst ein Wittislinger im Winter vor den Kirchhof und sah mit Erstaunen, daß aus demselben ein mit vier Pferden bespannter Wagen fuhr, der einen Totensarg trug, auf welchem das durch die Fenster der Kirche oft beobachtete Licht leuchtete. Pferde, Wagen und Kutscher, alles war schwarz. Im nämlichen Augenblick schlug auch die Geisterstunde Mitternacht. Der Wittislinger machte dem Pfarrer eine Anzeige. Doch konnte man der rätselhaften Geschichte nicht auf den Grund kommen, die Leute aber munkelten: man habe den Leichnam der Thitberga entwendet.

Wia ma' spare mueß

So mancha spart bei Tag und Nacht
Und bringt's halt doch zu nix,
Grad wie er spart und wie er's macht,
Er bringt kui' Geld in d' Büchs.

Oft nimmt mi dös grad Wunder it,
Denn 's Spare ischt a Kunst,
Und die ka' halt an jeder it,
No spart er o umsunst.

Do fällt mr allat ei' a Gschicht,
Wenn i vom „Spare“ hear,
Die ischt fei' g'scheah, so wie is b'richt,
Bloaß isch scho' länger hear.

Do hat halt ui'ner o reacht g'spart,
Hot si fast nix vergunnt,
Hot g'mui't, daß er no uf die Art
O reicher weare kunnt.

Doch hot's mit deam grad it pressirt,
Und hot's g'wiß bleibe lau', –
Natürle, wenn's ui'r so probirt,
Noh ka's it anderscht gau'.

Dea' hot amol, weil's ihn grad g'freut,
Im Wirthshaus o ei'keahrt
Und hot do halt wie andre Leut
A bisle was verzeahrt.

Er lot si Bier und Brote gea',
Zwei Röggla o derzue,
's zweit Röggle zwingt a nimmameah'
Und hot scho' voarhea gnue.

Do denkt er si – us Sparsamkeit,
Dös Restle nimm i mit,
Sunst krieget's doch bloaß andre Leut,
Und zahlet mr's doch it.

No schiebt er's, wie's grad nea'mad sieht
In d' Rocktäsch hinte nei',
„Mei' Weib wird's freue, wenn se sieht,
Daß i so sparsam sei.“

De andre Tag wird's fürchteg kalt
Und zieht der Winter rei',
„Itz braucht ma warme Kleider bald,
Die alte raum i ei'.“

So söt sei' Weib, nimmt Kleider ra
Und hot's in Kaschte g'henkt,
Und er hot itz – der sparsam Ma'
An's Röggle o it denkt.

Fümf Monat druf kommt's Fruehjohr meah,
Der Winter war halt lang,
'S Weib sucht die alter Kleider hea
Dob uf em obre Gang.

Do bringt s' an wüeste Kittel ra,
Verschimmlet und ganz grau,
Sie schreit vo' weitem: „Dumma Ma',
Was hoscht itz do meah' tau'?“

No hond se 'n näher untersucht,
Der Rock war sauber hi',
'S Weib schimpft ganz arg, der Ma', dear fluecht:
„Wie kommt dös?“ „Was weiß i?“

Und d' Frau fang wieder a': „Do schau!
Do ischt a fürchtegs Loch,
Do müeßet d' Mäus ja g'fressa hau',
Doch gwiß a ganze Woch."

Wie s'rotet lang, wie kommt dös gau'?
Kommts ihm doch in de Si', –
Doch söt er nix zu seiner Frau,
Was hilft's? – Der Rock ischt hi'.

I frag: Ischt dös a Sparsamkeit?
Dös ka' doch gwiß it sei'.
An Kreuzer g'spart uf ui'ner Seit,
Drbei verto' glei drei.

Weißt itz, was alls zum spare g'hear?
Do braucht es zweiarlei:
Schau, spare mueßt, doch fascht no meahr –
Mörk's! – – denke o debei!

Maximilian Lingg

kui = kein / it = nicht / vergunnt = gegönnt / g'mui't = gemeint / Röggle = Roggenbrötchen / Kaschte = Schrank / Si' = Sinn.

Die Spinnerin

Schneesturm wirbelt um die Erker und die Nacht erglänzt von Flocken,
Im Kamine prasselt Feuer, und das Mädchen sitzt am Rocken;
Leise summt sie, wenn die Spindel aus der Linken schwirrt im Kreise,
Wenn den Flachs die Rechte lockert, schalkhaft lächelnd diese Weise:
„Wie du, Spindel, dich bemühest, mir im Kreislauf zu entschlüpfen,
Seit ich frei dich aus den Händen auf den Boden ließ enthüpfen,
Bist du doch an mich gebunden durch ein zartes, zartes Fädchen,
Das bedächtig, eh du fortsprangst, um den Hals dir schlang das Mädchen.
Also durftest du, Geliebter, wohl aus meinen Armen fliehen,
Doch am Fädchen deiner Liebe weiß ich dich zurückzuziehen." –

Maximilian Beilhack

Das Christusbild

Als Lauingen protestantisch war, suchte man alles, was an die katholische Religion erinnerte, als unliebe Mahnung beiseitezuräumen. Dieses Los traf vorzüglich Statuen und Gemälde, deren Verehrung fälschlicherweise die Protestanten für Götzendienerei hielten. Was die Eiferer bekommen konn-

ten wurde ins Wasser oder ins Feuer geworfen und zerstochen und zerhauen. Seit uralter Zeit war in der unterirdischen Kapelle des Spitals ein einfaches, auf eine Holztafel gemaltes Christusbild verehrt worden, welches nun seinem Platze entnommen und in einen Abtritt geworfen wurde. Nach mehreren Jahren fand man es dort, zog es wieder hervor, aber nur um es auf einen Boden zu werfen, wo es unter Staub und altem Gerümpel bis zum Jahr 1592 lag, in welchem Jahre es, wie eine Schrift auf der Rückseite des Bildes angibt, dem Regens im Konvikt zu Dillingen geschenkt und von diesem auf den Marienaltar in der Gemeindestube gestellt wurde.

Von da kam es in Zwischenräumen zuerst in die Kranken- und dann in die Hauskapelle. Um das Jahr 1779 schenkte man das Bild einem Bürger von Dillingen, der lange Portier im Konvikt gewesen, der es fünf Jahre in seiner Behausung bewahrte und es endlich seinem ursprünglichen Standpunkt in der Spitalkapelle zu Lauingen zurückgab, wo es nach über zweihundertjähriger Abwesenheit wieder auf den Altar gestellt wurde und dort der Verehrung vieler Andächtigen ausgesetzt ist und wo es sich als ehrwürdiges Denkmal menschlicher Wandelbarkeit bis auf den heutigen Tag befindet.

Konvikt = Stift, Heim für Theologiestudenten

Die Heiligen Drei Könige

Acht Tage vor und acht Tage nach dem Feste der Heiligen Drei Könige gingen in Gundelfingen in der Abenddämmerung, in phantastischem Aufputze, papierne Kronen auf dem Haupte, Knaben vor und in die Häuser ihrer Bekannten und sangen ein einfaches Lied. Es waren ihrer gewöhnlich viere; drei, wovon einer mit geschwärztem Gesichte, repräsentierten die Könige, der vierte trug einen beleuchteten Stern und einen Schnappsack, um etwaige Geschenke, die man ihnen gab, hineinzustecken. Lange Jahre hindurch erhielt sich dieser uralte Brauch, bis er, durch die langen Kriegsjahre ohnehin fast in Vergessenheit gekommen, von Polizei wegen verboten wurde.

Das Lied, welches sie in unsern Gegenden sangen, lautete aber:

Die Heiligen Drei Könige mit ihrem Stern,
Sie essen, sie trinken, und bezahlen nicht gern
Sie essen gern, sie trinken gern
Sie essen, trinken und bezahlen nicht gern.

Die Heiligen Drei König sind wohl gesinnt,
Sie suchen die Mutter und das Kind;
Der Joseph fromm sitzt auch dabei
Der Ochs und Esel liegt auf der Streu.

Wir bringen Myrrhen, wir bringen Gold,
Dem Weihrauch sind die Damen hold;
Und kriegen wir Bier von Hopfengewächs
So trinken wir drei wie ihrer sechs.

Da wir nun hier brave Herrn und Frau'n,
Doch keine Ochsen und Esel schau'n,
So gehen wir an ein andern Ort,
Und ziehen uns'res Weges fort.

Adelheid, die fromme Gräfin

Glücklich und zufrieden lebte die fromme Markgräfin Adelheid mit ihrem edlen Gemahle im Schlosse zu Burgau.

Es war, als hätten die Engel hier ihre Wohnung aufgeschlagen, um den Menschen Gutes zu tun und sie glücklich machen zu können. Aber das Erdenglück ist nicht dauernd. Dies bewährte sich auch an ihnen. Doch das Unglück ist nicht stark genug, das wahre, innere Glück der Seele zu vernichten, einer Seele, die ihre Sache auf Gott gebaut hat.

Die fromme Adelheid hatte, als einst ihr Gemahl sich von ihr auf längere Zeit entfernte, ihre geliebte Schwester Agnes zu sich kommen lassen. Beide lebten in schwesterlicher Liebe beieinander, bis der Markgraf wieder in seine Heimat zurückkehrte. Seit diesem Tage schien eine gänzliche Umwandlung mit der sonst so lebensfrohen Agnes vorgegangen zu sein. Ihre Wangen wurden blaß, ihre Augen trübten sich, und Adelheid sah kummervoll, wie sich die Krankheit ihrer Schwester (so glaubte sie) von Tag zu Tag steigerte.

Wohl war es eine Krankheit, was die arme Agnes befangen hielt, und

zwar die fürchterlichste, welche die Seele ergreifen kann – die markverzehrende Leidenschaft frevelhafter Liebe – gegen den Gemahl ihrer Schwester. Und da sie den Keim nicht erstickte, sondern fortwuchern ließ, so brachte er bald die furchtbarste Frucht, und ihre Seele ging mit Riesenschritten dem Verderben entgegen.

Die gute Adelheid aber ahnte nicht das geringste von all diesem; mit liebevoller Sorgfalt nahm sie sich ihrer Schwester an, die, dadurch nicht gerührt, nur die gelegene Zeit erwartete, um ihren schwarzen Plan auszuführen. Sie hatte schon mehrere untreue Knechte auf ihre Seite zu bringen gewußt, und nicht das geringste davon war ruchbar geworden.

Kurze Zeit nachher kam plötzlich ein Eilbote in das Schloß gesprengt, welcher den Markgraf entbot, er solle sich so schnell als möglich zum Kaiser verfügen. Der Abschied war kurz, Adelheid hing mit Tränen am Halse ihres Gatten, als ahnte sie das Unheil, das sie bedrohte. Agnes aber konnte ihre Freude kaum verbergen, und wie neu belebt reichte sie dem Ritter zum Abschied die Hand. Es war ja die Stunde gekommen, die lang erwünschte, an der sie den schrecklichen Entschluß ausführen konnte. –

An einem Morgen rannte die Dienerschaft des Schlosses ängstlich hin und her; überall wurde der Schreckensruf gehört: „Die Gräfin wird vermißt", und zitternd raunten sich die Leute zu, die Gräfin habe am Abende sich im Garten befunden, sei aber seitdem nicht mehr gesehen und also wahrscheinlich geraubt oder ermordet worden. Auf Agnes hatte niemand Verdacht. Die Knechte, die sie bestochen, hatten die fromme Adelheid in den tiefsten Kerker der Burg geworfen, und unter dem Schutze der Nacht war das furchtbare Verbrechen allen übrigen verborgen geblieben. Adelheid aber erkannte mit Schmerzen, wie ihre Schwester an ihr gefrevelt, und flehte zu Gott aus der Tiefe des Kerkers, daß er der Sünderin vergeben möge. –

Als aber nun der Markgraf wieder heimkehrte und das gräßliche Unglück erfahren hatte, zog er sich ganz von der Welt zurück und lebte einsam und allein in seinem Schlosse und beweinte das Los seiner Gattin. – Der Urheberin all dieses Unheils aber gelang nicht, was sie damit bezweckt hatte. Sie suchte zwar den Ritter durch Ränke und Schmeicheleien zu gewinnen und sein Herz zu vergiften – aber all ihre Kräfte scheiterten an seiner Tugend und Treue. Und so siechte sie denn im Gram unbefriedigter Leidenschaft dahin – in ihrem Herzen doppelte Höllen-Qual fühlend.

Sieben Jahre waren vergangen, seitdem die fromme Markgräfin Adelheid vermißt ward. Jede Spur des Verbrechens schien verloren, aber auch die von Agnes gehofften Früchte. Nach und nach bemächtigte sich endlich ihres Herzens schmerzliche Erinnerung, der Reue verwandt. Aber sie gab dieser Reue nicht Raum und bekundete sie nicht durch die Tat – und deshalb griff endlich die ewige Gerechtigkeit selbst ein. –

Eines Tages war der Torwächter der Burg damit beschäftigt, die Turmmauern zu besichtigen, welche das Schloß umgaben. Als er nun auch sein Geschäft auf einem abgelegenen, wenig besuchten Platze verrichtete, hörte er ein leises Wimmern von einem Menschen. Er horchte weiter, wurde aufmerksamer und erhielt von innen auf eine von ihm gestellte Frage traurige Antwort.

Was weiter geschehen, brauche ich nicht zu erzählen. In kurzem hing Adelheid am Arme des teuren Gatten und weinte Freudentränen.

Agnes stand zitternd und bebend neben ihr; noch wußte der Graf nicht, daß sie die Urheberin von allem sei; denn Adelheid schwieg standhaft. Solch ein himmlisches Mitleid erfüllte ihr Gemüt, solcher Hingebung und

Liebe war ihre Engelsseele fähig. Aber Agnes selbst war bis in ihr Innerstes erschüttert, Reue, Furcht, Verzweiflung, Hoffnung durchzitterten ihr Herz. Sie fiel auf die Knie nieder und weinte und bekannte.

Am Claratage anno 1206 erscholl von dem Turm zu St. Afra in Augsburg feierliches Glockengeläute; denn wieder sollte eine Nonne dem Kloster einverleibt werden. Es war ein bleiches, leidensvolles Bild, doch voll Ruhe im Angesichte, dem das Gepräge einer mit Gott versöhnten Seele aufgedrückt war. Als sie das gottgeweihte Gewand empfing, lächelte sie himmlische Ruhe und Zufriedenheit – es war Agnes, die reuige Sünderin.

Noch lange nachher erzählten die Leute von ihrer Engelsmilde, wie sie den Armen so wohlgetan und mit so rührender Sorgfalt die Blumen gepflegt und die Vöglein gefüttert habe. Als sie starb, weinten die Armen Tränen auf ihr Grab, auf welchem dankbar die Blümchen emporsprossen und die Vöglein ihre Liedchen sangen.

Über den Umgang mit Bauern

Man kann mit den Bauern schon zurecht kommen, wenn man's eben nur versteht . . . In Leipheim (ist ein Städtle nicht weit von Ulm) fiel der Jahrmarkt gerade auf den Tag, wo auch Holzmarkt war. Wie nun die Krämer ankamen mit ihren Waren, und wollten die Stände aufrichten, da fanden sie die besten Plätze schon von den Holzwägen besetzt, und die Bauern machten eben keine Miene, daß sie weiterfahren wollten. Da trat ein Krämer unter sie und sagte in höflicher Weise: „Liebe Leute, seid so gut, und macht uns hier Platz." Die Bauern schwiegen und hielten aber still. Drauf ging ein anderer zu ihnen, und schrie: „Ihr donnerschlächtigen Kerle, wollt ihr weichen oder nicht". Die Bauern lachten, sie wichen aber nicht. Zuletzt kam ein dritter, ein stattlicher Mann, aus dem nächsten Wirtshause; der verstand die rechte Weise. Er fragte den nächsten Bauern, wie teuer er seine Fuhre gebe bis vor das Haus? Der sagte ihm den Preis, und sie wurden sogleich eins; und der Mann sagte, er solle nun einstweilen vor das Tor hinaus fahren; er werde gleich nachkommen und ihm den Platz bezeichnen, wo er's abladen solle. Desgleichen handelte er einem zweiten, dritten, und allen übrigen ihre Fuhren ab, und er bestellte sie alle vor das Tor. Die Bauern dankten und fuhren mit Freuden ab, und sie dachten, die große Bestellung sei gewiß für einen reichen Brauer in dessen Märzenkeller, und es könnte noch ein und das andre Mäßle gutes Bier statt des Trinkgeldes absetzen. – Als nun indessen die Marktstände alle geordnet und aufgeschlagen waren, kam der Käufer zu den Bauern, die vor dem Tor seiner harrten, und er sagte: „So, liebe Leute! Jetzt könnt ihr gemächlich fortfahren bis nach Höchstädt vor mein Haus. Es ist das dritte, links, wenn man zum Tor hinein fährt. Ihr könnt nicht irren. Wenn ich dann abends nach Hause komm', werd ich euch richtig bezahlen." Die Bauern schimpften; aber sie hielten vor dem Tor, bis andere Käufer kamen, denen sie das Holz nicht so weit führen durften vor das Haus.

Ludwig Aurbacher

Bürgertreue

Günzburg hatte seit frühesten Zeiten die gleichen Herrscher wie Burgau. Einer derselben war Friedrich, ein Nachkomme des bei Sempach von den Schweizern erschlagenen Herzogs Leopold. Er zog mit großem Gefolge zu dem Konzil in Konstanz und geleitete dorthin einen der drei Päpste, die sich damals gegenseitig den Thron des Statthalters Gottes streitig machten. Bald sah aber der kräftige geistvolle Fürst mit Unmut ein, daß dieses Konzil, anstatt Glaubensspaltungen zu vereinigen, deren nur neue schaffe und noch mehr Zündstoff in den erhitzten Gemütern anhäufe. Um dieses Konzil daher zu sprengen half er dem Papste Johannes, welchem um eigener Sicherheit bange war, zur Flucht. Friedrichs Anteil hieran wurde jedoch verraten, und obwohl er sich zu seiner Verteitigung mutig vor das Konzil stellte, wurde er doch in den Kerker geworfen, aus welchem zu entfliehen ihm glücklicherweise gelang. Nun erklärte man ihn feierlich in die Reichsacht und zugleich aller seiner Länder verlustig. In treuer Anhänglichkeit hingen jedoch die Bauern von Tirol an ihrem „Friedel", trotz dem päpstlichen Bann, obwohl alle Feinde des Herzogs, vorzüglich die Schweizer, mit Sengen und Brennen in die Lande fielen. Mit einer Zither unterm Arme irrte der unglückliche Herzog durch seine Länder, von jedermann gekannt, doch von keinem verraten.

Ob Wetter rings sich türmen,
Ob Haß und Rache droht,
Sie schwuren ihn zu schirmen
Im Leben und im Tod.

Und wie die Tiroler blieben auch die Günzburger ihrem Friedrich treu und verweigerten trotzig dem vom Kaiser gesandten Reichsmarschalle so lange die Huldigungen, bis der geächtete Herzog selbst hierzu Befehle erteilte. Aber als er wieder in seine sehr geschmälerten Lande eingesetzt wurde, rühmte er noch oft der Günzburger Treue in edler Dankbarkeit. Seine Feinde hießen ihn nur den „Friedel mit der leeren Tasche" und um diesen Schimpfnamen durch die Tat zu widerlegen, ließ er das Dach seines Schlosses zu Innsbruck mit 200.000 Dukaten vergolden.

Über den Umgang mit Herren

Ein schwäbischer Bauer sollte zum gestrengen Herrn, dem Amtmann, gehen, vor dem er noch nie gestanden war. Im Wirtshaus, wo er eingekehrt, um ein Gläslein Kuraschi zu trinken, erzählte er dem Wirt, was er vorhabe und daß es ihm bang sei, indem er nicht wisse, wie er mit dem gestrengen Herrn zu Wort kommen könne. Da sagte der Wirt: „Laß dir drum kein graues Haar wachsen. Mach's du nur, wie das Männle von Desingen." Der Bauer sagte, das wisse er nicht, und er solle ihm's verzählen. „Recht gern", sagte der Wirt und erzählte wie folgt: „Das Männle von Desingen lag im Sterben. Es hatte aber dabei keine andere Not, als wie er, wenn er nun in den Himmel käme, an unsern Herrgott das Wort richten sollte. Das vertraute er seinem Weib an. Diese sprach: ‚Was braucht's da viel Bedenken? Sag du nur: Grüß Gott, Herr! Dann gibt ein Wort das andre.' Das ging dem Männle von Desingen ein, und er sagte, daß er nun ruhig sterben könne." – Als der Bauer später wieder aus dem Amtshaus gekommen, fragte ihn der Wirt, ob er seinen Rat befolgt und gut befunden habe? „Ja wo", antwortete der Bauer. „Ich habe zum Herrn gesagt: ‚Grüß Gott, Herr!' Und der Herr hat dann zu mir gesagt: ‚Was willst, Lump?' Und so hat denn ein Wort das andere gegeben."

Ludwig Aurbacher

Bilder

Bilder, die man aufhängt umgekehrt,
mit dem Kopf nach unten, Fuß nach oben,
ändern oft verwunderlich den Wert,
weil ins Reich der Phantasie erhoben.

Palmström, dem schon frühe solches kund,
füllt entsprechend eines Zimmers Wände,
und als Maler großer Gegenstände
macht er dort begeistert Fund auf Fund.

Christian Morgenstern

's Bleamle im Oktober

Im Herbst, wenn's taut scho' voar der Tür,
Und singet d' Vögel nimme,
Do will's mi, i ka' nix derfür,
Fast allat traureg stimme.

Dohui'm do heizt ma' wieder ei'
Am Moarge und um zweie,
D' Voarfenster bringen's o meah' rei',
Dös ka' mi doch it freue?

Und dussa schaut bloaß hie und do
Dur d' Neabel raus a Sunne,
Erdöpfel sieht ma höchstens no,
Suscht ischt scho' alls ei'gwunne.

Wenn mi dös örgert, wie i sag,
Noh wird's mr kui'r verüble,
Daß i oft bleib de ganze Tag
Dohui'm im warme Stüble.

Doch schau i gearn uf d' Häuser naus,
Uf d' Wiese und uf d' Halde,
Und ho' mi so vom Fenster aus,
Scho' prächteg unterhalte.

Amol, zum Beispiel, siech i gnau,
Ganz wider mei' Erwarte,
A klei's, klei's Bleamle dunta stau'
Grad unter mir im Garte.

„Ja Bleamle, liebs, itz hosch it schea',
Du hoscht di ja verspätet,
Die andre sind scho' lang hui'm meah'
Gell, wenn s' nu' g'wartet hättet."

So ho'n i bei mr sealber denkt,
Wie i die andre g'sehe,
Voar Reife hond se Köpfla ghenkt
Bis ra uf ihre Zehe.

Weil's Bleamle an am Plätzle stoht,
Wo's rüehbeg stau' ischt bliebe,
Und wo kui' arge Wind na' goht,
Drum hot's no länger triebe.

„I will nu sehe, ob's die Nacht" –
Ho's z'Obed denkt mit Soarge –
„Ob's heu't die Kälte meah' durmacht
Ob i 's no sieh am Moarge?"

An etle Moarge ho'n i's doch
Mit Freuda wieder g'sehe,
Doch mörk i scho', daß noch und noch
Um's Bleamle ischt gwiß g'schehe.

Am dritte Tag henkt's 's Köpfle ra,
Dös hot mer gar it gfalle,
Am vierte sinkt's no weiter na,
Am fünfte lot es – falle.

Bis's Bleamle g'stoarbe ischt, wie gsöt,
Sind etle Täg vergange,
Derseit ho'n i am Fenster döt
Ganz oigene Gedanke.

Uf deare Welt, do geit's scho' Leut,
I mueß oft drüber lache,
Die machet si it wenig breit
In klei' und groaße Sache.

Der oi', der hot a bisle Geld
Und mui't no' in Gedanke,
Itz müeß bei ihm die ganze Welt,
Daß ear do sei, bedanke

An andra hot kui' Geld im Sack,
Hot ab'r a Gold am Krage,
Itz glaubt ear fescht, wenn ear was sag,
Noh dürf kui' Mensch was sage.

An andra ischt a groaßa Hearr,
Ganz fürchteg weit weit dobe,
Macht dear o G'schichta, mui't doch ear,
Ma' müeß eahn allat lobe.

An andra mui't, er sei reacht schea',
Und tut's o bloaß so scheine,
Ear mui't doch, wenn ear ui'n a'seah,
Dear mueß voar Freuda weine.

An andra wieder ischt reacht g'scheid,
Hot etle Büecher g'lese,
Und bild si ei', itz mui'net d' Leut,
Ear hab's mit Löffel g'fresse.

An andra ischt reacht fürchteg dumm,
Hot ab'r an guete Mage,
Itz mui't er, wenn es ihm grad kumm,
Noh dürf ear d' Welt z'sammschlage.

Wie mir dös alles föllt so ei'
Am Fenster ob mei'm Garte,
„O" denk i, „Leut, do lueget rei'
A bisle in mein Garte!

Do sehet 'r dea'n Stengel döt,
Dös ischta a Bleamle gwese,
An deam ho'n i viel Freude ghött,
Drum ka'n i 's it vergesse.

Dös Bleamle ischt bei deare Kält
Fümf Täg do dunta g'stande,
Und ischt, i hätt mr's it voargstöllt,
Earscht noch fümf Täg agstande.

Ob i bei uib, Ihr groaße Held,
Wohl o so lang müeßt warte,
Wenn i uib tät bei so ar Kält
Na stelle do in Garte!?

I mui', scho' noch am Stündle drauf,
Do tätet Ihr all' schreie:
O, laß eis mea'h Stüble nauf,
Es ist eis z'kalt im Freie!

Und doch send Ihr so fürchteg stolz,
Was soll itz i do sage?
Dös Bleamle do ischt bloaß vo' Holz
Und ka' doch mea'h vertrage!

Drum denket dra', fällt's uib meah' ei',
So z'poche uf die Störke,
Und's wird uib gar it schädle sei',
Teand Ihr no ebbes mörke!

Dös Bleamle hot fei' 's Früehjohr gseah
De Summer und Oktober,
Wie's gstoarbe ischt, war nix mea'h grea',
Do war scho' alles ohber.

Bei uib, do ischt es gar it b'stimmt,
Ob Ihr so viel verleabet,
Ob uib it gar scho' 's Früehjohr nimmt,
Ob Ihr im Herbst noh leabet!

Drum lond mr nu', akrat wie i –
'S ischt wohl a Leahr, a harte –
Dös Bleamle nie us uiberm Si',
Dös Bleamle in mei'm Garte!"

Maximilian Lingg

Erdöpfel = Kartoffeln / ei'gwunne = eingebracht, geerntet / kui'r = keiner / z'Obed = am Abend / it = nicht / mui't = meint / uib = euch / ebbes = etwas / akrat = genauso / Si' = Sinn

Neu-Ulm

Neu-Ulm, befestigte Stadt an der Donau im Landkapitel Weißenhorn, Hauptort und Sitz des Bezirkamtes, ist mit der ehemaligen Reichsstadt Ulm durch die wohlgebaute Ludwig-Wilhelmsbrücke und zwei Schiffüberfahrten verbunden. Das Weichbild dieser Stadt kam erst in Folge des Staatsvertrages zwischen Bayern und Württemberg vom 18. Mai 1810, respektive den 5. August 1821 mit den Gemeinden Burlafingen, Finningen, Hausen, Holzheim, Holzschwang, Neuhausen, Oberelchingen, Offenhausen, Pfuhl, Reutti, Steinheim und Talfingen an die Krone Bayern. Die ganze Fläche worauf Neu-Ulm steht, enthielt früher nur Gärten mit kleinen Garten- und Wachthäusern. Erst im Jahre 1821 fing man an, allmählich Wohnhäuser zu bauen. Zu jener Zeit und bis zum Jahre 1832 bildete unser Ort keine selbständige Gemeinde, sondern war Offenhausen einverleibt und durch einen Gemeindebevollmächtigten vertreten. Erst im Jahre 1832 erhob sich Neu-Ulm zur eigenen Gemeinde mit Landgemeindeverfassung. Als im Jahre 1832 der Bau der Bundesfestung Ulm in Angriff genommen und Neu-Ulm zum Brückenkopfe dieser Bundesfestung bestimmt und sonach auch mit Wällen umgeben wurde, ward ein Plan zur Erbauung der Stadt entworfen und vom Könige genehmigt, was bald darauf für diese Stadt eigene Bauvorschriften ins Leben rief. Noch im nämlichen Jahre wurde das königliche Landgericht Neu-Ulm mit den soeben angeführten und bisher zum Landgericht Günzburg gehörigen zwölf Gemeinden und der Gemeinde Aufheim geschaffen. Am 1. Oktober 1852 trat Neu-Ulm in die Reihe der Landgerichte erster Klasse ein und erhielt zu dem bereits vorhandenen Gebiete noch vierzehn Gemeinden aus dem aufgelösten Herrschaftsgerichte Weißenhorn, sechs weitere Gemeinden von dem königlichen Landgerichte Günzburg und eine aus dem Landgerichts-Gebiete Roggenburg. Der Ort erhob sich rasch zur Stadt und erhielt unter dem 3. Februar 1857 von seiner Majestät dem Könige die Bewilligung zur Führung eines Stadtwappens. Dieses Wappen enthält im schwarz-weiß-blauen Felde einen Turm und ober dem schwarzen Felde eine Krone. Die nunmehrige Stadt Neu-Ulm erhielt laut Regierungs-Entschließung vom 26. April 1853 das Recht, einen wöchentlichen Getreide- und Viktualienmarkt und unter dem 29. Oktober desselben Jahres die Befugnis, zwei Jahrmärkte abzuhalten; auch wurde von der königlichen Kreisregierung unserer Stadt unter dem 8. März 1855 die Errichtung einer Leihanstalt gestattet. An öffentlichen Gebäuden finden wir hier eine schöne neuerbaute katholische Kirche, ein Schul- und ein Krankenhaus und ein Schrannengebäude. Der Verkehr zwischen Neu-Ulm und Ulm ist ein äußerst reger und Neu-Ulm gleichsam als Vorstadt von Ulm zu betrachten. Die vielseitigen Beziehungen zwischen diesen beiden Städten werden mit Ausnahme des gewöhnlichen Markt- und Warenverkehrs noch dadurch bedingt, daß die ausgedehnte Schifferinnung von Ulm auf der bayerischen Seite laut Vertrag vom 5. August 1821 ihre Schiffbau- und Holzlagerplätze behielt und Ulmer Ökonomen auf 6000 Tagwerk Grundbesitz das Eigentumsrecht haben. Die nach dem Allgäu, dem Bodensee, nach Stuttgart und nach Augsburg-München auslaufende Eisenbahn gibt der Handelstätigkeit und dem Verkehr mächtigen Aufschwung und fördert sichtlich den Wohlstand unserer Stadt.

G. Rapp

Schranne = Getreidemarkt.

Der Eichbaum

Im Schloßhofe zu Illereichen lag noch vor nicht undenklichen Jahren ein großmächtiger Eichenstamm, so daß sich die Leute, die ihn gesehen, nicht genug verwundern konnten, wie man den ungeheuren Block auf den Berg habe hinauf schleppen können. Das ist aber also geschehen: In alten Zeiten nahm sich eine Gräfin daselbst vor, ihr Schloß ganz neu und fest wieder zu erbauen; und die Bauern mußten hierzu das größte und dauerhafteste Bauholz herbei schaffen. Vor allem aber verlangte die Gräfin, daß die größte und älteste Eiche, die unten im Tale wohl an ein halbes Jahrtausend gestanden haben mochte, den Berg hinan zum Schlosse geschleppt würde. Die „armen Leute“ wandten nun zu Hunderten all ihre Kräfte an, und mancher erlag unter der Last der mühseligen Arbeit; zuletzt aber brachten sie denn doch mit unsäglicher Mühe und nach langer Zeit den Eichenstamm an Ort und Stelle. – Was geschah aber? Als man nun den Stamm zum Gebäude herrichten und fügen wollte, war keine Menschengewalt mehr imstande, denselben von der Stelle zu bringen. Und so lag er denn noch manches Jahrhundert lang im Schloßhofe unbenützt, zum Andenken an den hochmütigen und hartherzigen Befehl der Schloßfrau.

Ludwig Aurbacher

Burk bei Krumbach im Kreise Schwaben

In dem abschüssigen Gehäng des Hügels, auf welchem das Dorf Burk liegt, ist eine Höhle, welche sich südlich weit durch den Felsen erstreckt. Vor etwa 100 Jahren wohnte in dieser Höhle die Moi (Maria), die wegen ihrer Klugheit bei dem Volke großes Ansehen genoß. Sie sagte, es sei auf dem Platze, wo nun die Kirche steht, vor undenklichen Zeiten ein Schloß gestanden, das aber versank. Noch lange Zeit nachher habe man den Gockeler (Hahn) krähen hören. Hier sei ein großer Schatz verborgen, zu welchem man durch den unterirdischen Gang, dessen Eingang sie, die Moi, bewohne, habe kommen können, allein eine Strecke vom Schatze herwärts, nämlich gegen den Eingang, sei ein fließendes Wasser, bei welchem ein schwarzer Hund mit feurigen Augen sitzt, welcher den Übergang über das Wasser und die Hebung des Schatzes verwehre.

Friedrich Panzer

Mei Schatzerl

Rote Bäckle, blau Äugle
Und a Grüble im Kinn,
Und so sieht halt mei Schatzerl,
Dem i so gut bin.

Und ä A und ä E
Und das Scheiden tut weh;
Und die Liebe tut schwanken
Wie'n Schiff auf dem See.

Daß es finster im Wald ist,
Machen die Tannenäst:
Daß mei Schatz mich nicht mag,
Glaub i lange schon fest.

Und ä Büchserl zum Schieße
Und ä Straußring zum Schla'n,
Und ä Mädel zum Küssen
Muß ä jeder Bub' han.

Mei Schatz is ä Leutnant,
Ä kreuzbraver Mann,
Hot ä einzigs blau Röckel,
Ziehts alle Tag an.

Memminger Mau

Zutaten: 150 g Butter, 200 g Zucker, 2 Eier, 250 g Mehl, 1/2 Päckchen Backpulver, 25 g Stärke, 1 Eßlöffel süße Sahne, 1/2 Tasse Milch, Saft und geriebene Schale einer halben Zitrone, Salz, Piment, etwas Kümmelpulver, Fett, Puderzucker.

Eier, Butter und Zucker schaumig rühren, Die restlichen Zutaten unterrühren. Die Masse in eine gut gefettete Backform füllen und bei Mittelhitze eine knappe Stunde backen. Mit Puderzucker bestreuen.

Die Stadt Mindelheim empfängt den Kurfürsten

Der Kurfürst kam wieder einmal nach Mindelheim.

Die Magistratsräte kamen in Verlegenheit, wer bei der Aufwartung die Anrede halten solle. Er gereicht keinem zur Unehre, sondern zur Ehre, daß er aus Ehrfurcht vor einem so großen Fürsten nicht zu sprechen wagt; man kann das von einem schlichten Bürgersmann auch nicht verlangen.

In der Stadt aber befand sich ein Metzger, der überaus beredt und auch sehr witzig war. Sie ersuchten ihn, die Anrede zu halten und erschienen in ihren schwarzen Mänteln, der Metzger aber in seiner Metzgertracht.

Der Fürst bezeigte sein Wohlgefallen an der schönen Rede und fragte ihn, wer er sei.

Er sagte: „Ich bin ein Metzger." „Und wer sind diese?" fragte der Fürst.

„Diese", sagte der Metzger, „sind meine Ochsen."

Christoph von Schmid

Wie zwei Studenten eine Rehgeiß schießen,

was des Stadtjägers Hunde dazu tun, und was endlich der Stadtjäger dazu zu sagen weiß. Ein Geschichtchen, das heute noch dann und wann aufgewärmt wird

Die Jagd war damals ein beliebtes Vergnügen, dem die geistlichen und weltlichen Herrn der Umgegend gerne nachgingen. Auch Pfarrer Kerler liebte sie sehr. Einmal wurde er von dem nächsten Jäger ersucht, einen Rehbock zu schießen. Er ging ein paarmal in den Wald, konnte jedoch keinen auffinden. Da er aber eben eine Festpredigt, zu der er eingeladen war, machen mußte, nahm er sich keine Zeit mehr dazu und gestattete zwei Studenten, seinen Neffen, den Bock zu schießen.

Laut jubelnd kamen sie mit dem Wildbret zurück – allein es war eine Rehgeiß.

Der Pfarrer war darüber höchst unwillig und sprach, sie sollten das Wild aus dem Hause schaffen; kein Bissen davon dürfe auf seinen Tisch kommen. Die Studenten packten das Reh in einen Koffer und machten darauf die Adresse von einem Anverwandten, der ein paar Stunden entfernt wohnte. Sie gedachten, er werde das Geschenk gerne annehmen und ihnen so aus der Not helfen.

Als sie mit dem Koffer auf einem Schubkarren bei Mindelheim an dem Stadttor vorüberfuhren, kam eben der Stadtjäger heraus. Seine Hunde liefen auf den Koffer zu, rochen daran und fingen an zu bellen.

Die Studenten hatten einen Todesschrecken.

Der Jäger aber sprach: „Sehen Sie, meine Herren, was für treffliche Hunde ich habe. Der alte Koffer ist mit Rehhaut überzogen; man sieht aber nur mehr wenige Härlein davon. Dennoch rochen die Hunde davon. Ja, das muß wahr sein, ich wettete darauf: Weit und breit gibt es keine besseren Jagdhunde . . ."

Christoph von Schmid

Aus „Dreiklang des Lebens"

Wie herrlich rauscht der Strom der ew'gen Liebe
Von Stern zu Stern in lichtem Wellenklang,
Aufgrünend in des Eichwalds Frühlingstriebe
Aufjubelnd in der Lerche Morgensang!
Er schwillt heran, da weckt die Rosenblüte
Aus leisem Knospenschlaf ein sel'ger Drang;
Er schwillt heran, da hebt sich mein Gemüte
Zur Ätherhöh' aus niederm Erdendust
Und sieht im All das Werk der höchsten Güte.
Da hat der Tod nicht Raum: in Werdeluft
Hängt aller Wesen Fülle neugeboren
An der Natur huldreicher Mutterbrust.
Kein Sonnenstäubchen geht im Sturm verloren,
Zur Frucht vergeht die Blüte, Frucht wird Samen,
Klar perlt der Wein, wenn sich der Most vergoren.
Begrüßen wir mit tausend holden Namen
Des Tages Kinder wie sie klein und groß

So vielgestaltig an die Sonne kamen,
Die innre Freude läßt aus dunklem Schoß
In anmutvollen Formen sich entfalten
Die stolzen Eichen wie das zarte Moos.
Des einen Weltgesetzes rhythmisch Walten
Lenkt Erd' und Himmel, an des Wohllauts Band
Ist auch der Willkür wechselnd Spiel gehalten,
Der Flug des Adlers an der Klippe Rand,
Der Nachtigall sehnsüchtig süße Töne,
Des Löwen kühner Sprung im Wüstensand.
Und daß ein glorreich Haupt die Schöpfung kröne,
Erhebt der Mensch zum Himmel seinen Blick
Erglänzend von des Geistes heitrer Schöne.
Sein Auge strahlt der Dinge Bild zurück,
Und lacht in Wonne, wie mit edlem Mute
Im reinen Herzen er genießt sein Glück.
Sein Sinn erkennt das Wahre, will das Gute
Und wirbt um deinen Kranz, Unsterblichkeit,
Verschwenderisch mit seinem eigenen Blute.
Er hat der Liebe selig sich geweiht,
Sie schmückt mit Lorbeergrün die schwarze Bahre,
Und jubelbrausend aus bestandnem Streit
Erklingt der Menschheit ew'ge Siegsfanfare.

Moritz Carrière

Memmingen

Memmingen mit seiner freundlichen Lage an der Aach, nahezu im Mittelpunkte zwischen Ulm und Kempten, umgeben von der herrlichsten und fruchtbarsten Landschaft, verbindet mit starkem Hopfenbau große Gewerbs- und Handelstätigkeit und hat von jeher Sinn für regsames Leben und Streben kundgegeben, dessen Früchte es leider durch die Ungunst der Umstände lange nicht nach Verdienst genießen konnte; denn es war eben nur zu lange von den neuen Verkehrswegen abgeschnitten, bis es endlich doch durch die Ausdauer und materielle Opferwilligkeit seiner Bewohner und des Magistrates in das Eisenbahnnetz hineingezogen ward, indem von der Stadt Memmingen die Bahnlinie Ulm-Memmingen-Kempten erbaut und der Betrieb derselben vom Staate Bayern pachtweise übernommen wurde. Im Oktober 1862 fand die Eröffnung der Strecke Ulm-Memmingen statt, und im Juni 1863 wurde die Linie Memmingen-Kempten dem Verkehr übergeben. Durch diesen Schienenweg und die am 1. Juli 1862 ins Leben getretene Gerichtsorganisation, welche der Stadt zu dem schon vorhandenen Bezirksgericht ein Bezirksamt, ein Stadt- und Landgericht und ein Notariat brachte, ferner durch den Vollzug des Gewerbegesetzes vom Jahre 1825 und die Gleichstellung der Juden wurde der Verkehr lebendiger und der Realitätenwert Memmingens in sehr bemerkbarer Weise gehoben. Die Industrie erlangte durch Errichtung einer Eisengießerei, einer Eisenschmiedwarenfabrik, einer Flachsspinnerei, einer Tuchfabrik, einer Fabrik landwirtschaftlicher Geräte und mehrerer neuer Groß- und Detail-Handlungen und Gewerbe ansehnlichen Aufschwung. An mehreren Stellen wurde die Stadtmauer teils wegen Baufälligkeit, teils zur Erweiterung des Bahnhofes und der Verkehrsstraßen abgebrochen und außer dem Bahnhofgebäude mit Zugehörungen entstanden verschiedene neue Gebäulichkeiten, so die Beschäftigungsanstalt am Kemptertor, die Gasfabrik und mehrere Geschäfts- und Privathäuser.

G. Rapp

Ins Allgäu

Bergland und Schwabenland, sei uns gegrüßt! Vor tausend Jahren schon sind jene Stätten, durch die wir nunmehr wandern wollen, in Sang und Sage bekannt geworden, Albegawe nannten die Ahnen das holde Stück Erde, das sich mit grünen Wiesen hinzieht, die Iller hinauf über Immenstadt, Sonthofen und Oberstdorf, bis einsame Felsengipfel die Welt verschließen.

Nach der politischen „Geographie" gehört das Allgäu zu Bayern, aber Land und Leute zeigen doch einen mächtigen Gegensatz zu dem, was man im allgemeinen „bayrisches Hochland" nennt. Fast der gesamte Gau ist Weide, bis hoch zum Gipfel sind die Berge samtgrün bewachsen und die Zacken, die sie überragen, fallen steil und unvermittelt ab, ohne jene riesigen steinernen Plateaus zu bilden, durch die man stundenlang hingeht in scharfer Alpenluft am Wendelstein, am wilden Kaiser oder im Berchtesgadener Land.

Der Charakter des Volkes aber, das drunten in den breiten Tälern wohnt, zeigt noch viel vom alten Blut der Alemannen. Auch sie sind geweckten Sinnes – doch ernster und verschlossener als der Oberbayer; die unbefangene Lebenslust, die sich dort in allem Tun und Treiben äußert, ist hier durch eine gewisse Besonnenheit, in die sich Berechnung mischt, gedämpft; uralte Sitte, in der noch vielfach heidnische Reminiszenzen liegen, begegnet uns allerwegen; aber sie weiß sich klüglich abzufinden mit der Forderungen der Neuzeit, und die Befriedigung eines naturfrohen behäbigen gesicherten Lebens führt nur selten zu dem jauchzenden Übermut, womit man am Wendelstein oder am Watzmann singt. Es ragt etwas herein vom Schweizertum, es ist anderes Volk und anderes Land, wie um Isar und Inn oder Salzach.

Als herrschende Stadt jenes Gaues aber, obwohl von den Bergen noch ziemlich entlegen, erscheint uns Kempten, und an ihren Namen knüpfen sich denn auch die Spuren der ältesten Kultur. Campodunum war Römersitz; auf der Burghalde zu Hilarmont ward schon 773 jene Abtei gegründet, die nun tausend Jahre lang mit fürstlichen Ehren bestand, in deren Wappen das Bildnis einer gekrönten Frau stand. Es ist das Bildnis der Stifterin Hildegard, der Gemahlin Karls des Großen, und die Äbte führten deshalb bis zur Säkularisation den Titel „Erzmarschall der römischen Kaiserin"; ringsum erwarben sie Land und Leute, „Rain und Stein", „Wunn und Waid", wie der alte Ausdruck lautet, die Herren des Stiftes aber, das in geistlichen Dingen nur dem Papste unterstand, mußten einer schwierigen Ahnenprobe genügen.

Allein auch in anderer Hinsicht ist Kempten von historischer Bedeutung, denn dicht neben dem Kloster, das von Hilarmont inzwischen in die Ebene verlegt worden war, wuchs trutzig und selbstbewußt die kleine Stadt empor, auch vom Drange nach freier Macht getragen, auch bestrebt, keinen andern Herrn über sich zu wissen, als den Kaiser. Dies Ziel hat sie erreicht, dem Reichsstift stand bald die Reichsstadt gegenüber und durch das ganze Mittelalter hindurch zeigt sich nun das Ringen dieser zwei historischen Gewalten, des Bürgertums und der Geistlichkeit, beide überdies erfüllt von dem zähen Geiste schwäbischer Art. Wer die vergilbten Pergamente durchforscht, mit den bleiernen päpstlichen Bullen oder den großen Kaisersiegeln, den weht noch jetzt etwas an vom Odem dieser fehdelustigen Zeit, wo der Friede, der heute geschlossen ward, schon morgen wieder in hellem Zwist verging. Es waren keine großen Verhältnisse, in denen sich die Geschichte Kemptens bewegte, aber sie waren um so typischer für die ganze Signatur dieser Jahrhunderte. Die Mehrzahl der deutschen Kaiser war der Stadt freundlich gesinnt und verbriefte ihr aufs Neue die alten Rechte, keine Gelegenheit wurde verabsäumt, um sich von den Verbindlichkeiten loszuwinden, welche die Bürger noch dem Stifte gegenüber hatten und so stand Kempten kühn und angesehen im schwäbischen Bunde, als das große Drama der Reformation begann.

Wappen der Fürstäbte von Kempten aus dem Hause des Freiherrn von Reichlin-Meldegg

Mit offenen Armen kam die kleine trutzige Reichsstadt der neuen Lehre entgegen; sie hatte schon früh industrielle Betriebsamkeit und regen Handel besessen und ihre Kaufleute hatten auf den Messen zu Leipzig Luthers Thesen vernommen und nach Hause gebracht, während man sie anderwärts noch verbrannte. 1534 verließ auch der letzte katholische Priester, der Kaplan des Grafen von Montfort, die Stadt, und nun ward alles, was an den alten Glauben gemahnte, beseitigt; aus den Kirchen wurden die Bilder entfernt und selbst die Mauern, welche durchaus mit biblischen Historien bemalt waren, wurden übertüncht; ein kunstsinniger Bürger erbot sich zwar, die Kirche mit weißer Leinwand zu bekleiden, wenn man mit der Zerstörung der Malereien einhalten wollte, allein sein Erbieten wurde nicht angenommen. So erzählt der Chronist – wer kann es sagen, wie viel Schätze im deutschen Land damals durch Übereifer zugrunde gingen!!

Am 15. Juli 1543 kam Karl V. als Gast in die Stadt und hielt des Abends um acht Uhr in vollem Ornate seinen Einzug mit einem Gefolge von zweitausend Pferden; im kleinen Erker des Rathauses, der mit Teppichen reich geziert war, hielten die beiden Bürgermeister Zwiesprache mit ihm, aber der Kaiser war grämlich gesinnt, weil die Bürger es unterlassen hatten, sich zur Huldigung zu erbieten, wie dies beim ersten Besuche jeder Stadt der Brauch war. Auch das Nachtlager nahm er bei dem Abte, „der ihn zuerst geladen“, dort wurden die Ehrengeschenke niedergelegt und beim Abschiede ließ der Fürst, in dessen Reich die Sonne nicht unterging, den Bürgern sagen: „man werde Sr. Majestät väterlich Gemüt im Werk verspüren“.

Unter der Drangsal des dreißigjährigen Krieges hatte Kempten furchtbar zu leiden, vom Degen der Schweden, wie vom Feuer der Kaiserlichen, denn Freund und Feind war zuletzt gleich gefürchtet in dieser verwilderten Zeit. Mehr als 3000 Bewohner erlagen 1635 der Pest und die Teuerung der Lebensmittel war auf einen solchen Grad gestiegen, daß man einen halben Gulden für das Pfund Pferdefleisch und vierzig für den Malter Roggen bot – innerhalb zweier Jahre war die Stadt auf die Hälfte ihrer bisherigen Bevölkerung gesunken.

Das achtzehnte Jahrhundert brachte hier wie allenthalben – Zopf und Schwert: neue gewaltige Kriege und im täglichen Leben jene gepuderte Konvenienz, die dem Pompe des fürstlichen Stiftes natürlich förderlicher war, als der Entwicklung der kleinen Freistadt. Wer die Verzeichnisse jener Hofchargen liest, die der Abt zu Kempten halten mußte und hielt, diese Obristjägermeister, Stallmeister und Küchenmeister, wer den immensen Apparat betrachtet, dessen jeder Gebieter einiger Quadratmeilen bedurfte, um damals zu regieren, der muß wohl unwillkürlich gestehen, daß diese Zeit zum Ende reif geworden und das Ende kam denn auch rascher als man gedacht. Nach dem Lunéviller Frieden fiel Stift und Stadt an Bayern, welches im November 1802 feierlich Besitz ergriff, über Nacht war aus der tausendjährigen Selbständigkeit eine stille Provinzstadt geworden.

Und dies ist Kempten noch heute, aber es ist es im besten Sinne des Wortes; der Ruf der Tüchtigkeit und Wohlhabenheit, den es genießt, ist redlich verdient. Die beiden Kommunen, Altstadt und Neustadt (denn auch die Ansiedlung der stiftlischen Untertanen erhielt schon früher städtische Rechte), sind seit 1818 vereinigt und die Fülle gemeinnütziger Institutionen, wie sie eben nur unter dem Schutze früherer Autonomie erstanden, kommt noch dem heutigen Geschlechte zustatten. Uns aber schien es doppelte Pflicht, dem reichen Kranze landschaftlicher Bilder, die uns nun begegnen, auch ein Städtebild einzuflechten, das gleichsam auf die historische Bedeutung des ganzen Gaues ein Licht wirft. In Dorf und Wald mag die Natur mit ihrem Zauber sprechen, für die „Hauptstadt des Allgäu“ aber spricht ihre Geschichte. Lachend und heiter liegt sie heute vor uns, dies trutzige Schwabenkind und über ihre Dächer hinweg, über das Laub ihrer Gärten und Hügel sehen wir die blaue Kette von der Zugspitze bis fast zum Bodensee. Wieviel Handel und Wandel ist dereinst auf diesen Straßen gezogen, nach Welschland, Spanien und zur Levante, vor allem aber waren es die Weber, die großen Ruf und reiche Stiftungen in Kempten besaßen. Zwei- bis dreimalhunderttausend Stück Leinwand wurden von dortigen Häusern in einem Jahre exportiert, aber auch die Schätze von Augsburg und Nürnberg, die nach Süden gingen, nahmen den Weg nicht selten durch Kemptens Tore und auf der Rückkehr trug das Saumpferd die feine Seide, die in Roveredo gesponnen ward, und die Güter der italischen Küste. Das Saumpferd trug sie – uns aber weckt aus den Träumen vergangener Zeit der schrille Pfiff der Lokomotive, die brausend dahinjagt, in's Herz der Berge!

Wenn man Kempten als „Vorort“, als die „Hauptstadt vom Allgäu“ bezeichnen kann, so trägt Immenstadt schon ganz den wirklichen alpinen Charakter; es lagert dicht am Fuße zweier Berge („Mittag“ und „Horn“) zwischen denen der rauschende Steigbach hervorbricht; überall lacht saftiges Grün und auf den Wegen, welche die Stadt umgeben, sehen wir weit hinein in die Berge von Hindelang und Hinterstein, während der nahe Grünten mit seinen Almenmatten und Felsen malerisch alleinsteht. Aber das, was einer Landschaft den höchsten Reiz verleiht, das ist und bleibt doch immer blaue Flut und auch sie ist uns hier gegeben, denn nur eine halbe Stunde entfernt liegt der reizende kleine Alpsee.

Das Städtlein selbst hat wenig Bemerkenswertes und macht wohl auch keinen Anspruch auf besondere Bedeutung, seine Geschichte ist vielfach verknüpft mit den Geschlechtern der alten Dynastien und Grafen, an denen Schwaben reicher ist, als irgend ein anderer süddeutscher Stamm. Auch hier, wie fast allerwärts in diesen Gauen, spüren wir schon in allerfrühester Zeit die Hand der Welfen, der Staufen und dann der Grafen von Montfort; nach ihnen kam der herrliche Besitz an die Grafen von Königseck-Rothenfels, die sich inmitten des Städtleins niederließen, als ihr altes Schloß 1463 ein Raub der Flammen geworden war. Erst durch den Preßburger Frieden (am 26. Dezember 1805) fiel Immenstadt an Bayern.

Sein Stolz und sein bester Schatz aber ist nicht die Vergangenheit, sondern das was noch heute blüht und grünt in altem Zauber – die Natur. Erst im Zusammenhange mit ihrer reizvollen Umgebung erhält die Stadt ihr eigentliches Gepräge; von den nahen Ausflügen ist die Ruine Rothenfels mit ihrem herrlichen Blick auf den Alpsee hervorzuheben, Rauhenzell, das wir durch hohen Buchwald wandernd erreichen, und Rettenberg, von dem wir weit hinabschauen durch's grüne Illertal.

Wer höher hinaus will (wörtlich genommen), dem bieten die nahen Berge reiche Gelegenheit, vor allem der Stuiben, der unbedingt den ersten Rang unter seinen Nachbarn behauptet. Der Weg, welcher den Steigbach zweimal überschneidet, zeigt uns satte Weide und hochgewachsenen Wald, wir schauen hinüber auf den massigen Höhenzug, der die Gewässer der Donau und des Rheines trennt – so scheiden sich in stiller Waldesnacht die Pfade zur Nordsee und zum Schwarzen Meer. Eine kleine Wirtschaft, „Almag'mach" genannt, gibt denen freundliches Obdach, die zum Sonnenaufgang den Gipfel ersteigen wollen. Und wahrlich, er ist der langen Mühe wert, denn in wunderbaren blauen Duft getaucht liegt das herrliche Land vor uns – Hochland mit seinen gigantischen Felsenmassen, der schimmernde Bodensee und das weite Flachland mit seinen uralten Städten Augsburg und Ulm! Und das alles leuchtet und lebt, das alles ist Heimat und Vaterland!

Karl Stieler

Reminiszenzen = Erinnerungen / Säkularisation = Einziehung geistlicher Besitzungen / Malter = Getreidemaß / Konvenienz = Schicklichkeit / Welschland = französische Schweiz / Levante = Mittelmeerländer östlich von Italien

Legende

(Aus einer Kemptner Chronik)

In jenen alten Zeiten, als noch die Miselsucht (der Aussatz, die Lepra) im Lande wütete, lebte in Haldenwang, unfern Kempten, ein armer Bauer, namens Martin Zinck, der Vater vieler Kinder, welcher, gleich so vielen hundert andern zu Stadt und zu Land, von dieser furchtbaren Krankheit bedroht wurde. Man nötigte ihn alsbald, nach Augsburg sich zu verfügen, daß er sich von den Ärzten untersuchen lasse; und diese erklärten auch, daß er unzweifelhafte Spuren dieser unheilbaren Sucht an sich trage. – Nun war aber das Schicksal solcher armen Kranken das bedauernswürdigste, das man sich nur erdenken mag. Denn da diese Pest im höchsten Grade ansteckend war, so wurden die damit Behafteten aus aller menschlichen Gesellschaft hinaus gestoßen ins Weite (daher auch die „Feldsieche" genannt); und dort mochten sie in einer abgesondert stehenden Hütte, welche ihnen die Barmherzigkeit der Menschen erbaut, und von der spärlichen

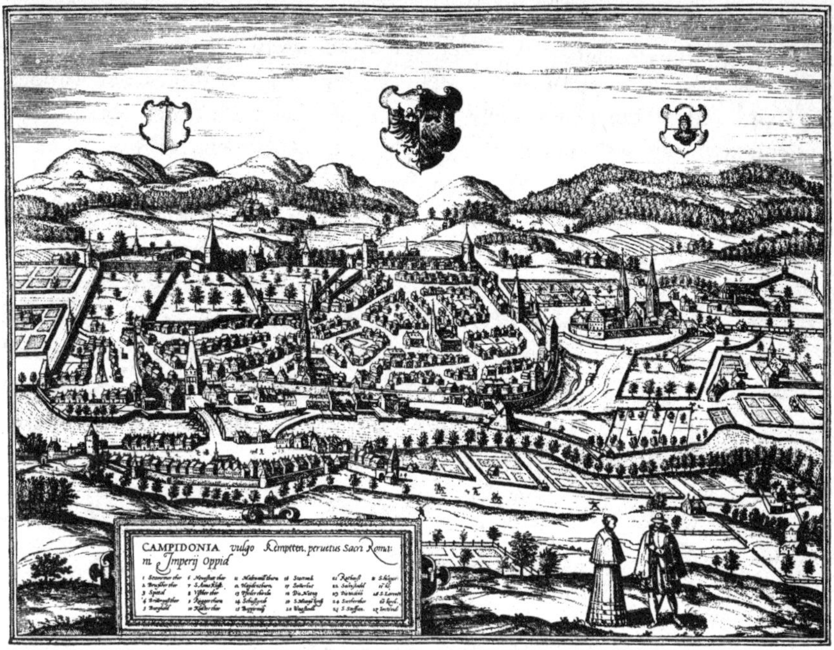

Nahrung, die ihnen gute Leute um Gotteswillen hinaus brachten, ihr elendes Leben fristen, bis sie der Tod von ihren langen und schweren Leiden erlöste. – Als nun der arme Mensch, von dem diese Geschichte meldet, mit der traurigen Nachricht in die Heimat zurückgekehrt war, da ward sein Haus von unsäglichem Jammer erfüllt; denn er war ein guter, sorgsamer Hausvater und ein erträglicher, freundlicher Nachbar. Während nun alles jammerte und weinte um den verlorenen Mann, und keine menschliche Hilfe mehr in Hoffnung stand, da ward der Rat, man sollte zu St. Hildegards, der frommen Kaiserin, Grab gen Kempten wallen, um Gott, der da noch allein erretten mochte, durch die Fürbitte der Heiligen um Hilfe anrufen. Das geschah denn. Die Kinder an der Spitze, welche laut beteten und schluchzten und jammerten, im Gefolge mitleidiger Nachbarn und Verwandter, ging und kam der Zug gen Kempten in die Stiftskirche, während die Mönche gerade ihren Chor hielten. Indem nun die Klosterbrüder den lauten Jammer und das Geschrei hörten, verließen sie erschrocken ihren Chor, um zu vernehmen, welch ein Unglück geschehen; und als sie nun die Ursache vernahmen und die Liebe der Kinder und ihren frommen Glauben erwogen, vereinigten sie sich mit deren Gebete, und entließen sie mit dem Troste, daß ihrem Vater durch die Fürbitte der Heiligen von Gott sicher werde geholfen werden. So gingen sie denn getrosten Mutes nach Hause und brachten dem Vater die fröhliche

Nachricht, die er mit Gottvertrauen vernahm. – Und sieh! In der Nacht, als er schlief, kam ihm vor im Traume, als werde er in einen großen, schönen Äpfelgarten geführt, wo liebliche Knaben auf und nieder wandelten; und einer derselben biete ihm einen Apfel dar, den er aß und überaus wohlschmeckend und heilsam befand. Darauf erwachte er, gestärkt und getröstet; und als er sich darauf am Körper besah, deuchte es ihm, als sei er reiner geworden am ganzen Leibe. Also ging er noch einmal nach Augsburg zu den Ärzten an die Schau, und diese erklärten ihn dann als rein und frei von der ansteckenden Miselsucht und entließen ihn als solchen nach Hause. Was nun aber da für eine Freude gewesen sei bei Weib und Kindern und in der ganzen Gemeinde, das ist nicht zu beschreiben. Und sobald der Kranke genesen war, ging er mit all den Seinigen wallfahrten nach Kempten zu St. Hildegards Grab, um Gott zu danken und der Heiligen, durch deren Fürbitte er gesund geworden.

Ludwig Aurbacher

Ein Tanz im Gebirge

„Juchhe!" so schallt's den Berg hinauf,
„Juchhe!" so schallt's herunter;
Der Fiedler spielt zum Tanze auf,
Im Dorfe wird es munter.

„Gott grüß' dich, liebe Sennerin!
Wo bist so lang' geblieben?"
– „Grüß Gott!" – schon wirbelnd her und hin
Sind sie im Tanz getrieben.

Das juchzt und dreht sich ohne Ruh,
Mit Klatschen und mit Stampfen;
Die Alten schauen schmunzelnd zu,
Die kurzen Pfeifen dampfen.

„Weißt, Mutter, als wir auch noch jung
Zusammen juchzten, sprangen?
Da war im Tanz ein andrer Schwung,
Die Zeiten sind vergangen!"

„Komm her, wir machen noch eins mit!“
Schnell hat er sie umschlungen,
Sie tanzen, springen, halten Tritt
Noch besser als die Jungen.

Von dem Gestampf der Nägelschuh
Erdröhnt das Wirtsgebäude. –
Tanzt, juchzt und jubelt immerzu,
Gott segne eure Freude!

Friedrich Bodenstedt

Das gefürstete Damenstift Lindau

Die älteste Geschichte des fürstlichen Damenstifts Lindau liegt im Dunkeln; denn anfänglich finden wir hier ein Benediktinerkloster und urkundlich begegnen wir dem Stifte als gefürstetem erst 1466. Daß diese Abtei eine echte Urkunde von König Ludwig dem Deutschen vom Jahre 866 besitze, wonach die ganze Gegend mit der Stadt und dem Gebiete derselben dem Stifte vom Grafen Adelbert von Rohrbach geschenkt und von dem genannten Könige diese Schenkung sowie die fürstliche Würde bestätigt worden sei, wurde stets und allseitig bezweifelt und führte zu vielen unangenehmen Erörterungen und Mißhelligkeiten zwischen der Stadt und dem Stifte. Dieses Kloster mag wohl seine Entstehung den Gaugrafen von Wasserburg verdanken, auch ursprünglich in Nonnenhorn bei Wasserburg seinen Sitz gehabt haben und nur später nach Lindau versetzt worden sein. Wann dieses geschah, läßt sich nicht mit Sicherheit nachweisen, nur so viel wissen wir, daß Kaiser Heinrich III. 1051 die edle andächtige Frau Ivota über das Lindausche und Buchausche Kloster zur Äbtissin und Verwalterin gesetzt habe, also damals von einer freien Wahl keine Rede war, wohl aber das Stift seinen Sitz schon früher in Lindau gehabt haben müsse. Wie aus diesem Benediktiner-Nonnenkloster ein adeliges Damenstift wurde, läßt sich ebenfalls nicht genau nachweisen, nur so viel ist bekannt, daß 1466 die Äbtissin Ursula zuerst als Fürstin beurkundet erscheint. Gebiet hatte diese gefürstete Abtei nicht, sondern nur Gebietsanteile und einzelne Gefälle, die in Zinsen, Wein-, Frucht- und Obstzehnten und Gülten bestanden. Im Gebiete der Stadt Lindau, in den Ortschaften Äschach, Oberreitnau, Rickenbach und Schönau besaß das Stift eigene Meierhöfe, Kellhöfe genannt, ebenso standen demselben in vielen andern Herrschaften Höfe, Gefälle und Patronatsrechte zu. Das freiweltliche gefürstete Damenstift Lindau bestand aus einer Äbtissin mit drei Titeln: „Hochfürstliche Gnaden, Hochwürdigste des heiligen römischen Reiches Fürstin und Frau, Äbtissin des hochfürstlichen freiweltlichen unserer lieben Frau Reichsstiftes Lindau", und aus zwölf adeligen Stiftsdamen, welche „Hochwürdige Freireichs-, hochwohlgeborene Stifts- und Kapitulardamen" hießen und aus dieser Gemeinschaft wieder austreten und heiraten konnten. Auf den Reichstagen nahm die Fürstäbtissin unter den schwäbischen Äbtissinen den ersten Rang ein und bei den schwäbischen Kreistagen hatte sie nach Hohenzollern auf der weltlichen Fürstenbank Sitz und Stimme, jedoch jeden Kreistag im Vorsitze mit Buchau wechselnd. Die Schutz- und Schirmherrschaft des Stiftes übte das Erzhaus Österreich, wofür das Stift Lindau der Landvogtei in Schwaben jährlich ein halbes Fuder Wein lieferte. Die Schicksale der ehemaligen Reichsstadt Lindau und des gefürsteten Stiftes sind sehr oft dieselben, ganz besonders im Anfange dieses Jahrhunderts, wo die Stadt mediatisiert und das Stift aufgelöst wurde.

G. Rapp

Gült = Grundstücksertrag / Kellhof = von cellarius, Kellermeister; Verwalter, Vorstand der Hauswirtschaft des Klosters / mediatisieren = reichsunmittelbare Besitzungen der Landeshoheit unterwerfen.

Aus: „Lob der Gerechtigkeit“

So gewaltig erfreut es ein edles Gemüt
Wann im Lande beständig Gerechtigkeit blüht.
Da verehrt man der Tugenden völligen Chor
Da befreit man die Künste, die steigen empor.
Man besitzet sein Gütlein in sicherer Lust.
Von verderblichen Fehden ist so viel bewußt.
Man befehdet alleinig der Laster ihr Gift
Die Mißhandlungen rächet man, wen es auch trifft.
Die Hantierungen gehen, die Straßen sind rein.
Das Verletzen ist seltsam, das Wohltun gemein.
Das Geborgte liefert man zeitlich zurück
Und bezahlet die Gelder, es haftet kein Tück'.
Es zergehen die wie schmelzendes Wachs.
Die Gesetze sind eisern. Man lebet der Tax'.
Man besieht die Gewichte, man ohmet das Faß.
Man verkaufet und kaufet aus einerlei Maß.
Man erleichtert die Bürden dem dürftigen Mann,
Und erörtert die Klagen soviel man nur kann.
Das betrügliche Münzen und Hecken muß fort.
Auch Kipper und Wipper quittieren den Ort.

Die Falliten und Faulen sind wenig bekannt.
Es ersauget kein Betteln und Garten das Land.
Es behalten die Fechter und Göckler sich ganz.
Es verleitet die Jugend kein üppiger Tanz.
Es erfüllet den Schauplatz kein Narrengeschwätz.
Es bestricket die Zünfte kein tolles Gesetz.
Es erfreuen sich Götter und Menschen zugleich
Und besuchen mit Haufen das selige Reich.
Es bekrönet der himmlische Segen das Land,
Es besinget auch Fama den herrlichen Stand.
Die Benachbarten flehen um Urteil und Recht,
Sie erbieten sich willig zu werden ein Knecht.
Sie verlangen der Ordnungen kundig zu sein.
Auch die Fremdlinge tragen ihr Erbgut hinein.
So bekenne nun jedermann redlich und frei,
Daß auf Erden das beste Gerechtigkeit sei.

Johann Ludwig Prasch

ohmen = eichen / Kipper und Wipper = Betrüger und Glücksspieler / quittieren = verlassen / Falliten und Faulen = soviel wie Bankrotteure und schlechte Zahler / Garten = Schnorren.

Volkssitte in Schwaben

Manche Eigentümlichkeit hat sich in dem obern Allgäu, im Gebiet der Gerichte Immenstadt und Sonthofen, an der obern Iller und Wertach erhalten. So ist die Sitte der „Gunkelhos" – Gunkelgehn, Haimgarten – hier sehr verbreitet, und mit Recht hat man in neuerer Zeit die erfolglosen Verbote und Verfolgungen aufgegeben. Die Sittlichkeit läuft nirgends weniger Gefahr als in diesen Zusammenkünften, wo Eltern und Kinder, Hausleute und Nachbarn ohne Heimlichkeit bei Tag oder bei Licht arbeitend und ruhend ihre Stunden gesellig verbringen. Spinnen, Singen und Plaudern füllen die Abende; auch die Männer arbeiten nicht selten an der Spule oder dem Spinnrad, obwohl dies seltner wird, oder sie lesen die Zeitung und karten, oder liegen untätig auf der „Gutsche". Das junge Volk unterhält sich mit kurzen Spielen oder Tanz; ehedem wurde sehr viel erzählt, aber das jüngere Geschlecht hat die alten Geistergeschichten, Sagen und Märlein meist vergessen. In den protestantischen Gemeinden sind die Männer von den „Spinnhäusern“ meist ganz ausgeschlossen. – Bei Taufe und Kindbett wird dem Kind das „Einstricket“ in die Windel gesteckt, der Mutter das Waisat gebracht. Das „Dottle“ (der Göt', Pate) muß hier tüchtig „klausen“, d.h. zu Niklaus Nüsse und Äpfel schenken und das „Klausenbrot“ in Gestalt von Vögeln oder Schnecken, manchmal auch „a Flügele Häs“, ein Stücklein Gewand. Westlich der Iller gibt der Pate dem Kinde ein Gebäck aus mürbem Brot, „Kreutzermannsbrot“, ursprünglich den Gott Froh darstellend, jetzt auf St. Niklaus bezogen. In diesen Gegenden besteht der Brauch, daß, wenn sich zu einem armen Kinde kein Gevatter finden will, der Schullehrer und seine Frau diese Verpflichtung übernehmen müssen.

Bei den Hochzeiten heißen hier die Ehrvater und die Ehrmutter Zuchtherr und Zuchtfrau, in Füssen Schlotterfrau und Schlottervater, der Brautführer Ehrengesell, Bestjungfrau, Bestgesell, Kranzlburschen und Kranzljungfern, Bruder und Schwestern oder die Nächsten, die Hofmeister. Der Bräutigam darf den ganzen Tag über den Hut nicht vom Kopfe nehmen; auf den Tisch kommt bei einer gewöhnlichen Hochzeit nur „was Kuh und Kalb gibt“, wobei aber doch der Kalbsschlegel mit feierlichem „Bratesgiga“, Braten eingeigen, begrüßt wird. Es wird aber jetzt immer mehr üblich, stille Hochzeiten zu halten, und während der alte Rettenbergische Landesbrauch bei „Fünf Schillingen Heller“ Strafe verbieten mußte, daß mehr als vierzig Gäste bei einer Hochzeit erschienen, findet sich jetzt selten die Hälfte dieser Zahl ein.

Bei den Leichenbegängnissen mußte bis vor kurzem alles weibliche Trauervolk im „Stauchen“ erscheinen, die Männer trugen den Hut am Kopf und über Schultern und Brust hingen sie einen schwarzen handbreiten Tuchstreifen, den „Kappazipfl“, nichts andres als das Überbleibsel der bereits im 14. Jahrhundert üblichen Schweifkappe, Schapprin (Chaperon), eine Mütze mit aufwärts geschlagenem Rande, über welchen ein langer Streifen Zeug niederhing, um ihn über Brust und Schultern zu breiten. Später wurden dann solche Mützen nur mehr von schwarzem Tuch gemacht und als Trauerzeichen getragen. An das Sterbebett eines Kindes wird, wenn irgend tunlich, der Pate gerufen: Dann scheidet die Seele leichter; dabei ist auch das Kränzleschenken allgemein üblich. Eigentümlich ist die im Kamlachtal herrschende Sitte, Wöchnerinnen, die vor dem sogenannten Aufsegnen sterben, durch Jungfrauen zu Grabe tragen zu lassen. Auf ihren Hügel wird statt der Blumen ein „Schneller“, d.h. ein Garngewinde von 400 Faden, niedergelegt, indem man ihn in Form eines Andreas-Kreuzes um vier in die Erde gesteckte Spindeln oder Pflöckchen schlingt: Diesen Schneller, welchen die Verstorbene bei ihrer Aufsegnung in der Kirche hätte opfern müssen, läßt man auf ihrem Grabe verfaulen.

An den Kirchweihfesten, Hochzeiten und dem gumpigen Dienstag kann man in diesen Gegenden noch manchmal die ältern landüblichen Tänze zu sehen bekommen. Sie unterscheiden sich in die „geraden“ Tänze, Ländler im Zweiviertel- oder Dreivierteltakt, und die „offnen“ Tänze, der deutsche Tanz, nach alter Sitte immer nur von einem Paare und zwar von jedem Partner einzeln und frei getanzt. Der Tänzer bewegt sich in mannigfaltig wechselnden Figuren um seine Tänzerin, die mit sehr kleinen Schritten und sittsamer Haltung sich um sich selbst drehend einen Kreis beschreibt. Nur selten fassen sie sich an den Händen, und höchstens am Schlusse umfangen sie sich zu einem eigentlichen Walzer. Dieser offne Tanz nach schwäbischer Sitte, sehr ruhig und bemessen und mit seinen Bewegungen ausgeführt, sieht sich sehr gefällig an.

Ein dritter höchst eigentümlicher Tanz gehört fast ausschließlich dem obern Allgäu an und scheint besonders von den Leuten der obern Pfarreien mit eigener Vorliebe und Fertigkeit getanzt zu werden: Er heißt der Fischinger Tanz oder „Die drei ledernen Strümpfe“ – verwandt ist der Siebensprüngtanz – nach den Anfangsworten des Liedes, welches nach eigner Melodie zu diesem Tanze gesungen wird.

Er wird von einem, sich gegenüberstehendem Paare ausgeführt und zeigt in einer Reihe von Pantomimen eine vollständige Liebesgeschichte, mit schüchternem Gruße beginnend und durch Scherz und Zärtlichkeit wie durch Schmollen und Streit zu endlicher süßer Vereinigung führend. Bursche und Mädchen, etwa drei Schritte voneinander entfernt, schlagen bei jeder Figur zuerst mit beiden Händen auf beide Hüften, klatschen dann die Hände zusammen, worauf eine wechselnde Bewegung kommt, und zwar zuerst ein Grüßen mit dem Kopf, darauf wieder der Hüften- und Händeklatsch, dann ein Überskreuzschlagen mit den Händen, worauf sich das Paar die Rechte reicht und einen dreimaligen Kreis tanzt. Der Schlag an die Hüfte, das Händeklatschen und der dreimalige Kreis bleiben sich bei jeder Figur gleich, dem Kopfnicken folgt aber dann ein Drohen des Zeigefingers der rechten Hand, während sich die Linke in die Seite stemmt, ferner ein Aufheben der ganzen Hand, ein Verschlingen der Arme und Auflegen der Rechten auf die Schulter des Partners, Vorstrecken des Fußes auf den Absatz, zierliches Vorbeugen des Leibes nach rechts und links mit freundlichem Kopfnicken und zuletzt ein Kuß; als Varianten kommen vor: Drohen mit der Faust, Zupfen an Ohr und Nase und statt des Kusses zuletzt ein fester Handschlag; zu dem Tanz aber wird von dem Paare oder den Zuschauern ein Lied gesungen, welches zum Teile in der symbolischen Sprache der Schnadahüpfl die Bewegungen begleitet und erklärt und den Verlauf einer Liebesgeschichte erzählt.

Felix Dahn

Allgäuer Kässpätzle

Zutaten: 500 g Mehl, 3 Eier, 1/4 l Wasser, 1 Eßlöffel Öl, Salz, 450-500 g geriebener Emmentaler.

Aus Mehl, Eiern, Salz einen Teig rühren, Wasser dazu geben. Einen großen Topf Salzwasser, in das man einen Löffel Öl gegeben hat, zum Kochen bringen. Den Teig portionsweise auf ein kalt abgespültes Holzbrett geben, flachstreichen und ins kochende Wasser schaben. Die Spätzle sind gar, wenn sie oben schwimmen. Mit einer Schaumkelle herausnehmen und in eine erwärmte, gefettete Auflaufform schichten. Dazwischen lagenweise den geriebenen Käse schichten. Die Kässpätzle sind richtig, wenn der Käse Fäden zieht.

Sei willkommen, Bergeswandrer!

Sei willkommen, Bergeswandrer!
Dich empfängt der Berge Gruß!
Wie vor eines Tempels Schwelle
Streif' die Sohle dir vom Fuß!
Komm, des Waldes Wipfel rauschen
Und die Wasser brausen drein –
Nahst du in der Weihestimmung,
Wirst du ein Geweihter sein!

Wenn das Leben dich ermüdet
Und des Lebens schwüler Tag,
Wenn dir siech die Glieder sanken,
Matter pocht des Herzens Schlag,
Komm und laß den Hauch der Berge
In die kranke Brust dir wehn,
Und du sollst in neuer Blüte
Neu dir selber auferstehn!

Hast du des Erkennens Becher bitter bis zum Grund geleert,
Daß im Zweifel sich der Glaube und die Lieb' in Haß verkehrt,
Komm – bei uns, die ruhig stehen und des Wandels unbewußt,
Findest du den Himmel wieder und den Gott in deiner Brust!

Und wenn lächelnd dich die Stunde bis zu diesem Tag gewiegt,
Keine Blume dir verdorrte, keine Quelle dir versiegt,
Eile zweifach, Sohn des Glückes, von den Unsrigen zu sein:
Freude, dir niemals verduftet – Freiheit wohnt bei uns allein!

Freude nistet mit den Schwalben an des Bauers Giebeldach,
Freude jauchzt den Ruf der Sennin in dem Hall der Felsen nach;
Freiheit tönt im Waldesbrausen – Wassersturz und Adlerschrei
Singen die gewalt'gen Noten ihrer Riesenmelodei!

Sei willkommen, Bergeswandrer! Wie wir dich jetzt nahen sehn,
Sahen wir durch manch' Jahrtausend Volk an Volk vorübergehn,
Werden manch' Jahrtausend schauen, das nach dir von hinnen treibt,
Werden zeugen von dem Einen, das in Sturm und Wetter bleibt:

Zeugen, daß des Edlen Sehnsucht kein vergeblich leeres Wort,
Daß sichs lohnet, festzuhalten an dem auserwählten Hort –
Ob dir Leid, ob Wonne flute durch das heiße Menschenherz,
Blick' auf uns, und mit den Augen steigt die Seele himmelwärts.

Hermann von Schmid

Der Frühling

Der Frühling kommt, der holde Knabe,
Es singen sich's die Finken zu;
Es lauschen junge grüne Blätter
Dem Sang in stiller Waldesruh'.

Den Feldern kündet es die Lerche,
Den Auen murmelt es der Bach
Und tausend schmucke Bäumlein hören's
Und leben auf und werden wach.

Der Frühling kommt, sein Strahlenherold
Ist lichtgekrönt der Sonne Schein,
Im Baldachin des blauen Himmels
Begrüßt von Jubel zieht er ein.

Wohl ist's die Jugend, die ihn feiert,
Beschenkt von seiner reichen Lust,
Doch schwärmt sie gleich dem Schmetterlinge
Und schlürft den Nektar unbewußt.

Wenn aber fern die Jahre wandeln
Von jener jungen schönen Zeit,
Dann sind die lieben ersten Blumen
An Reizen höher noch geweiht.

Dann lebt ein Bild in ihren Blättern
Von sel'gen Tagen, die dahin
Und längst gestorbne süße Träume
Fühlst du an dir vorüberziehn.

Und ob die Nacht den Tag verfolge
Und viel der Trauer diese Welt,
Des Frühlings Zauber scheucht die Wolken,
Wenn er die Blütenfeste hält.

Wenn tröstend stets er wiederkehret,
Wo keinen Trost das Herz mehr ahnt
Und freundlich für des Lebens Abend
An seinen schöner'n Morgen mahnt.

Franz von Kobell

Ludwig II. an Richard Wagner

Mein teurer Freund!

Empfangen Sie vor allem meinen innigen Dank für Ihren lieben Brief. Ich ersehe aus ihm aufs Neue, mit welcher Liebe Sie an mir hängen und welch innigen Anteil Sie an allem nehmen, was mich betrifft. – Mit Bedauern las ich, daß Herr von Bülow wieder erkrankt ist; von Herzen wünsche ich ihm eine gute Besserung. – Mein teurer Freund, ich ersehe aus Ihrem werten Schreiben an mich, daß die Erwägung unsrer jetzigen Zustände (der Kunst- und Lebensanschauung) Sie stets mit Schmerz erfüllt und dies mit Recht; – doch wir wollen Mut fassen; – das Bewußtsein, einen großen und edlen Zweck vor Augen zu haben, soll uns stählen! – Nach einer finsteren Nacht steigt ja oft um so leuchtender der helle Tag herauf. – Nach Nacht und schwerem Kampfe wird der Sieg nachhaltig und glänzend werden! – Sie fragen mich, ob es mir genehm wäre, wenn Sie hierher in das schöne Hohenschwangau und zu mir kämen! – Seien Sie überzeugt:

keine größere Freude könnte mir hier zuteil werden, als meinen geliebten Freund hier zu sehen. – Dann wird es hell und licht in meiner Seele, dann wird mir die hehre Natur in verdoppeltem Glanze erscheinen! – Mein Geist und mein Herz werden jubeln, Sie zu sehen! –

Sie glauben gar nicht, wie groß meine Freude darüber ist, daß Sie den Wunsch hegen: „Bayer zu werden"! – Fest überzeugt bin ich, daß ich Sie zu meinen allertreusten Untertanen zählen kann; wohl mir, daß ich solch einen Freund besitze! – Als ich Ihnen neulich schrieb, hatte ich den majestätischen Rhein nur von weitem gesehen; ermessen Sie nun meine Freude, als ich ihn bei einem Ausfluge, den ich nach dem alten, ehrwürdigen Köln machte, in der Nähe erschaute! – Welch' malerische Ufer, wie stolz und hehr erhoben sich die grauen Mauern der Burgen des Mittelalters! – Doppelt groß war der Genuß jener Schönheiten, da ein Buch (die Rheinsagen enthaltend) mein Begleiter war. – Und nun der erhabene Dom zu Köln! – Ein Muster der gotischen Bauart! – Ein herrliches Kunstwerk will ich ihn nennen; aber, sieht man ein solches Merkmal der menschlichen Kunst, mit um so größerer Liebe soll sich der Kunstfreund hinwenden zum vollendeten Kunstwerke, in welchem sich Dichtung und Musik innig verschmelzen, um so deutlicher soll es dem Menschen werden, daß die Architektur für sich selbst nichts, sondern nur Mittel zu dem einen, großen Zweck sein soll! – Vereinsamt bringt sie nur Gebilde ohne wahres inneres Leben hervor. – Doch nun muß ich schließen. – Wie freue ich mich Sie, teurer Freund, an dem Orte begrüßen zu können, wo alles mich an Sie mahnt; denn mehrere Ihrer Dichtungen las ich hier zum erstenmale! – (Wie freue ich mich auf den fliegenden Holländer!) –

Hohenschwangau, d. 16. Aug. 1864

Mit herzlichen Grüßen!
Ihr Freund und König
Ludwig

Ludwig II. an Richard Wagner

An meinen Freund

In düstrer Nacht lag lang die Kunst befangen,
An ihrem Himmek glänzt' kein einz'ger Stern,
Der Künstler rang mit Zweifelsqual und Bangen,
Das wahre Ziel, ach, stets lag es ihm fern.

Da wollt' das Schicksal, Kunde sollt' gelangen
Von „Dir" zu mir! – Wie hörte ich sie gern.
Verschwunden ist die Nacht und all ihr Grauen;
Auf Dich ja dürfen Deine Freunde bauen! –

Es weicht die Nacht mit ihren Zweifelsqualen,
Die Wolken nun zerteilt ein hehres Licht,
Und siegend sendest Du uns goldne Strahlen,
Wir seh'n auf Dich und wir verzagen nicht.
Wir schlürften Wonnen wie aus lichten Schalen; –
Dir treu stets beizusteh'n sei unsre Pflicht! –
Schwer ist der Kampf; doch wolle nicht verzagen,
Es folgt der Sieg den Streitesmüh'n und Plagen!

Die spät'ste Nachwelt, stets wird sie Dir danken
Und preisend einst Dich manche Zunge nennt,
Wenn jetzt Du ringst mit Kampfmut sonder Wanken,
Das Feuer nie erlischt, das Dich entbrennt.
Wenn in Vergessenheit die meisten sanken,
„Du" setztest Dir ein ewig Monument.
Dein heil'ger Name, nie wird er verklingen,
Da für das Höchste Du willst mutig ringen.

Hohenschwangau den 19. Sept. 1864

Ludwig

Ludwig II. an Richard Wagner

Mein heiß geliebter, mein einziger Freund!

Erst so spät komme ich dazu, Ihren so liebevollen, mir über alles teuren Brief zu beantworten, für den ich nicht genug Ihnen danken kann; im Gewühl der letzten Tage in der Hauptstadt war es mir unmöglich, weihevolle Stunden zu finden. Jetzt bin ich wieder im geliebten Berg, wo tausend teure, ewig unvergeßliche Erinnerungen an den Herrn meines Daseins, an den fernen Freund mich mahnen. Brauche ich Ihnen zu sagen, mit welchem Jubel mich die in Ihrem letzten Briefe so freundlich mitgeteilten Pläne er-

füllten? – Das Versprechen, den Siegfried in diesem Jahre zu vollenden, macht mich wahrhaft glücklich. O fahren Sie fort, der Freundin recht oft aus den Begebenheiten Ihres tatenreichen Lebens zu diktieren, bitte, bitte; o wüßten Sie, wie das Befassen mit Ihnen, das Aufgehen und Mitleben in Ihren Werken mir zum Bedürfnis geworden, ja notwendig ist, wie die Luft der Berge zum Atmen! – ich habe die Absicht, die alte Burgruine Hohenschwangau bei der Pöllatschlucht neu aufbauen zu lassen im echten Stil der alten deutschen Ritterburgen, und muß Ihnen gestehen, daß ich mich sehr darauf freue, dort einst (in drei Jahren) zu hausen; mehrere Gastzimmer, von wo man eine herrliche Aussicht genießt auf den hehren Säuling, die Gebirge Tirols und weithin in die Ebene, sollen wohnlich und anheimelnd dort eingerichtet werden; Sie kennen Ihn, den angebeteten Gast, den ich dort beherbergen möchte; der Punkt ist einer der schönsten, die zu finden sind, heilig und unnahbar, ein würdiger Tempel für den göttlichen Freund, durch den einzig Heil und wahrer Segen der Welt erblühte. Auch Reminiszenzen aus Tannhäuser (Sängersaal mit Aussicht auf die Burg im Hintergrunde), aus Lohengrin (Burghof, offener Gang, Weg zur Kapelle) werden Sie dort finden; in jeder Beziehung schöner und wohnlicher wird diese Burg werden als das untere Hohenschwangau, das jährlich durch die Prosa meiner Mutter entweiht wird; sie werden sich rächen, die entweihten Götter, und oben weilen bis uns auf steiler Höh', umweht von Himmelsluft. – Hoffentlich können die Proben zu den „Meistersingern" nun bald beginnen, damit das ersehnte Werk unwiderruflich im Juni zur Aufführung gelange. So gerne hätte ich jüngst die hl. Elisabeth gehört, welches Werk ich innig liebgewann; doch wegen Schmerzen an den Fußgelenken konnte ich leider der Aufführung nicht beiwohnen. Ich ersuche Sie, beiliegendes Blatt der Freundin nebst vielen Grüßen und meinem besten Danke wieder zuzustellen. – Hoffentlich höre ich bald wieder von Ihnen, mein teurer Freund; seien Sie mir gegrüßt aus den Tiefen der Seele. Gott befohlen. Glühend liebend, in Treue bis in den Tod verharrend

Berg, den 13. Mai 1868

Ihr Eigen Ludwig

Mit dem Wiederaufbau der Burgruine Hohenschwangau ist der Bau des Schlosses Neuschwanstein gemeint.

Die Berge steh'n in dunklen Reih'n

Die Berge steh'n in dunklen Reih'n,
Im Tale Nebel wogen;
Hell glänzt der See im Mondenschein,
Ein Kahn schwimmt auf den Wogen.

Draus schallen Stimmen hell und weit,
Zwei Sennerinnen singen,
Als wollten vor lauter Seligkeit
Die jungen Herzen springen.

Das schmettert jauchzend, kichert froh,
Als ob sie singend küßten –
Was freut die drallen Mägdlein so?
Ja, wenn sie's selbst nur wüßten!

Friedrich Bodenstedt

Sankt Mang bei Füssen im Kreise Schwaben

Bei Füssen fließt der Lech zwischen nahe liegenden steilen Felsen, welche, nach der Gestalt des Bergrückens, früher zusammenhängen mußten und später von diesem Flusse durchbrochen worden sind. Dieser Durchbruch heißt: Sankt-Mang-Sprung, weil Sankt Mang von einem Felsen zum andern gesprungen ist. Noch sieht man die im Felsen eingedrückten Fußstapfen. Dem Wasser, welches sich in diesen Vertiefungen sammelt, werden von einigen Landleuten übernatürliche Kräfte beigemessen.

Friedrich Panzer

Suwendfeuer bei Füssen

Das Scheibenschlagen geschah am Sonntag nach Fasching. Jeder wollte eine schöne Scheibe haben, weshalb sie von Wagnern gemacht wurden. Diese Scheiben erhielten allerlei schöne Formen, meistens auswärts gehende Spitzen, wie die Sterne oder die strahlende Sonne abgebildet werden. Der zackige Rand wurde mit einer Lage von Pech nach den aus- und einwärts springenden Winkeln der Spitzen belegt und dann darüber Stroh gebunden. Die Scheibe wurde aufrecht aufgestellt, angezündet, dann unter derselben ein Hebel mit einem Stützpunkt so angebracht, daß, wenn auf das andere Ende des Hebels ein Schlag geführt wurde, die Scheibe hoch in die Luft sprang und in der Nacht einen Bogen mit schönen Figuren bildete. Auf die schönste Scheibe und den größten Bogen wurden Wetten gemacht.

Friedrich Panzer

Kaufbeuren

Kaufbeurens Reichsunmittelbarkeit läßt sich erst vom Jahre 1286 an nachweisen und zwar durch eine Urkunde von König Rudolf I., worin er Kaufbeuren unsere und des Reiches Stadt Buiron nannte. Ihr wurde ein Ammann oder Reichsstadtvogt vorgesetzt, der mit den Ratgebern die Gerichtsbarkeit in ihrer vollsten Ausdehnung im Namen des Kaisers übte und von dem jeweiligen schwäbischen Landvogte ernannt wurde. Von allen nachfolgenden Kaisern wurde diese Unmittelbarkeit nicht nur bestätigt, sondern sogar erweitert. So erhielt sie von Kaiser Ludwig dem Bayer im Jahre 1330 die Rechte und Freiheiten der Reichsstadt Memmingen.

Die Bürgerschaft teilte sich in Zünfte ein mit je einem Obmann, unter diesen finden wir hervorragende Familien, als die Heinzelmann, Hörmann, Wagenseil, Wörle von Wöhrburg etc. Der Magistrat bestand aus zwölf Mitgliedern, acht protestantischen und vier katholischen; im Stadtgericht und im großen Rat saßen in jedem Kollegium zwei katholische Mitglieder, die übrigen aber waren protestantisch.

Das Wappen der Stadt ist schon seit dem Jahre 1301 bekannt, wo wir dasselbe an einer Urkunde als „Sigillum civitatis Burensis“ finden, und besteht aus einer goldenen Straße im roten Felde, von der Rechten des Wappens zur Linken führend, oberhalb und unterhalb der Straße mit einem goldenen Stern. Das Gebiet von Kaufbeuren bestand aus acht Pfarr- und drei Filialdörfern und einem Sennhof, welches in fünf Gerichte zerfiel: Dösingen, Westendorf, Oberbeuern, Obergermaringen und das Gericht der hospitalischen Dörfer. Im Jahre 1803 hatte die Stadt das Schicksal der meisten oberschwäbischen Reichsstädte, indem sie mediatisiert und der Krone Bayern zugewiesen wurde.

Kaufbeuren liegt an der Wertach und der von Augsburg nach Lindau führenden Eisenbahn, umgeben von fruchtbarem und freundlichem Hügellande, und entfaltet eine große Fabrikations-, Handels- und Gewerbstätigkeit. Die Stadt besitzt zwei Pfarrkirchen, eine katholische und eine protestantische, ein Kloster der Franziskanerinnen mit Unterrichtsanstalt, eine Lateinschule und eine Landwirtschaft- und Gewerbschule, ein Hospital, zwei Krankenhäuser, ein Waisenhaus und viele wohltätige Stiftungen. Auch ist hier der Sitz eines Bezirksamtes, Stadt- und Landgerichtes, Forst-, Rent- und Nebenzollamtes, Notariates und einer Postverwaltung.

G. Rapp

Filialdorf = Tochterdorf, das zu einem Pfarrdorf gehört / mediatisieren = reichsunmittelbare Besitzungen der Landeshoheit unterwerfen.

Der Schloßberg bei Kaufbeuren im Kreise Schwaben

Eine Stunde von Kaufbeuren gegen Kobel liegt der Schloßberg, wo einst ein von drei Fräulein bewohntes Schloß stand, welches aber versunken ist. Da liegt ein Schatz verborgen, von welchem einst ein mutiger Mann so viel nahm, als er tragen konnte. Das ging so zu: zuerst beichtete er und nahm ein geweihtes Amulett unseres Herrgottes und der heiligen Mutter auf die Brust, damit ihm der Böse nicht schaden konnte. So nahte er sich dem Platze, wo vor der Höhle ein schwarzer Hund mit glühenden Augen saß, welcher ihm aber den Eingang nicht verwehrte. Er gelangte in ein Zimmer und erblickte drei Jungfrauen in drei Betten liegend. Eine von diesen Jungfrauen, oben weiß, unten schwarz, war wach; die beiden andern schliefen. Als der Mann das feine Bettzeug bewunderte, sagte ihm die halb schwarz, halb weiße Jungfrau, er solle es nur mit dem Finger befühlen; aber das Feuer war so mächtig, daß ihm gleich die Fingerspitze verbrannte. Er ließ sich aber dadurch nicht abschrecken, sondern ging auf die beiden mit Geld gefüllten Kisten hin. Auf einer Kiste lag eine Schlange, den Schlüssel im Maul, welchen sie sich willig nehmen ließ. Er öffnete die Kiste und die halb schwarz, halb weiße Jungfrau sagte ihm, er solle nur nicht mehr nehmen, als er tragen könne, was er auch befolgte. Heraus kam er ohne Plagen, aber desto mehr hatte er im Hineinwege zu bestehen. Der Teufel erschien ihm in allerlei Gestalten und fuhr auf ihn los; er hatte Durst, und es wurde ihm Trank geboten, aber er nahm nichts; denn alles war nur Blendwerk, um ihn von seinem Vorhaben abzubringen.

Mit diesen drei Jungfrauen hatte es aber folgende Bewandtnis: Sie waren sehr reich und wollten ihr Gut teilen; zwei von ihnen waren blind und wurden von der bösen, halb schwarz, halb weißen Jungfrau betrogen. Sie maß nämlich das Geld mit dem Viertelmaß. Bei ihrem Teile machte sie das Maß immer ganz voll; wenn aber die Reihe an die blinden Schwestern kam, kehrte sie das Viertelmaß um, bedeckte bloß den Boden bis zum Rande mit Geld, und ließ die Schwestern mit den Händen darüber streichen, um zu erproben, daß das Maß voll sei. Wegen dieses Betruges ist sie verdammt. Der Teufel peitscht sie mit Ruten, bis die Fetzen von ihr hängen; dann wirft er sie nachts um die zwölfte Stunde in ihr Bett, wo sie augenblicklich wieder ganz wird. Diese Strafe dauert fort, bis alles Geld fortgetragen ist.

Friedrich Panzer

Diese Sage wird auch erzählt von einem angeblich in der Nähe Wolfratshausens gelegenen Schloßberg.

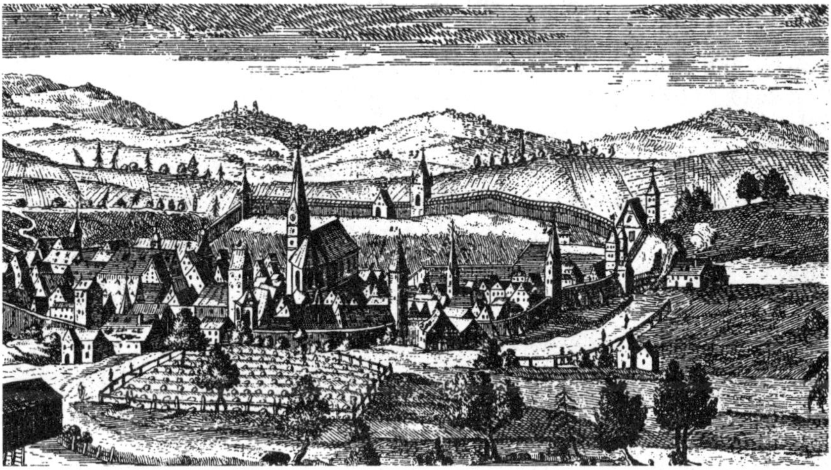

Zuweilen dünkt es mich

Zuweilen dünkt es mich, als hört'
Ich eures Hofhunds heiseres Gebelle,
Den ich so oft des Nachts aus seinem Schlaf gestört,
Wenn ich durchs tauige Gras zur wohlbekannten Stelle
Mich schlich, vom süßen Wahn betört.

Wie trieb im Pappelbaum der Wind sein Spiel,
Daß Blatt um Blatt gespenstisch rauschte,
Wenn ich empor zu deinem Fenster lauschte,
Aus dem das Lispelwort der Liebe fiel!
Wir lachten, seufzten, lachten wieder;
Ein Blumenstrauß, den du am Tag gepflückt,
Ein Handschuh, drauf du einen Kuß gedrückt,
Flog unversehens in den Kies hernieder.
Nach oben schaut' ich unverrückt,
Und doch, ich sah dich nicht, undeutlich nur
Hob sich das weiße Nachtkleid aus dem Dunkeln,
Derweil hoch überm Dach durch der Augustnacht Funkeln
Ein Wetterleuchten um das andre fuhr –
Just wie geheimstes Sehnen sich verrät,
Aufblitzt und schweigt und wiederkommt und geht.
Wer bringt uns nun in ferner Einsamkeit
Ein Stündlein nur zurück aus jener schönen Zeit?
Mir ist es just, als seist auch du erwacht
Und sähst hinab zum Garten in die Nacht.
Der Hofhund bellt; warum? Es regt sich nichts –
Nur übers lange Gras im Glanz des Mondenlichts
Schwebt elfenhaft vom Säuselwind getragen
Ein Traum von Lieb' und Glück aus halbverscholl'nen Tagen.

Hans Hopfen

Drei Hasen

Drei Hasen tanzen im Mondenschein
im Wiesenwinkel am See:
Der eine ist ein Löwe,
der andre ein Möwe,
der dritte ist ein Reh.

Wer fragt, der ist gerichtet,
hier wird nicht kommentiert,
hier wird an sich gedichtet;
doch fühlst du dich verpflichtet,

erheb sie ins Geviert
und füge dazu den Purzel
aus einem Purzelbaum,
und zieh aus dem Ganzen die Wurzel
und träum den Extrakt als Traum.

Dann wirst du die Hasen sehen,
im Wiesenwinkel am See,
wie sie auf silbernen Zehen
im Mond sich wunderlich drehen
als Löwe, Möwe und Reh.

Christian Morgenstern

Ulrich, der heilige Bischof von Augsburg

In jenen Zeiten der hochberühmten Abtei von St. Gallen in der Schweiz, da ihre romantische Umgebung angefüllt war mit einsam stehenden Hütten und Zellen frommer Klausner und demütiger Waldschwestern, die der Weltlust abgeschworen, um in strenger Lebensweise das Paradies der Ewigkeit zu verdienen, lebte in einer schauerlichen Höhle am Fuße der Tamina, eines reißenden Bergstromes, Wiborada, die ehrwürdige Klausnerin. –

Sie saß eines Morgens vor der moosbewachsenen Türe ihrer Klause, die Huld des Herrn betrachtend im heiligen Buche der Erlösung. Von der Alp tönte gar freundlich des Steinbockjägers Horn und das Juchhei der Hirtenflöte, während die Maiensonne heraufstieg über die schneebedeckten Riesenfelsen.

Da sah sie auf einem ganzen Fußsteig heranwandeln einen ehrwürdigen Ordensmann von St. Gallen mit einem der vielen jungen Zöglinge dieses Klosters. Der Geistliche bewillkommte sie mit freundlichem Gruße als eine alte Klosterbekannte und setzte sich in vertraulichem Gespräche neben sie, während der Zögling in bescheidener Ferne mit der tiefsinnigen Betrachtung der seltenen Alppflanzen sich beschäftigte.

Nachdem der Mönch seiner geistlichen Freundin den Zweck der Gebirgswanderung angesagt, er besuche nämlich einen alten kranken Greis im Dörfchen Wildhaus, lenkte die Klausnerin alsbald das Gespräch auf den fernstehenden Jüngling; denn die schöne blühende Gestalt mit solcher Demut und Liebeswürdigkeit hatte sie wunderbar angezogen.

Wiborada: „Wer ist der Jüngling, ehrwürdiger Vater, den ihr heute mit euch gebracht? Seine äußere Anmut deutet wahrlich auf die Lieblichkeit einer reinen Seele."

Ordensmann: „Ihr habt ein wahres Urteil gesprochen, fromme Wiborada. Es ist der ausgezeichnetste Zögling vom Kloster St. Gallen. Aus dem fürstlichen Schlosse von Dillingen, dort im schwäbischen Gebiete, ist er zu uns gekommen. Ulrich ist sein Name. Sein Vater ist Graf Hubald von Dillingen."

Wiborada: „O, dann kenn' ich seine fromme gottesfürchtige Mutter Thetpirga. Sie hat mich vor Jahren besucht in meiner einsamen Klause, da sie durch die romantischen Täler Helvetiens lustwandelte. Und er ist das Kindlein, von dem sie mir erzählte, daß sie es in unsäglichen Schmerzen geboren. Lange blieb es kränklich und abgezehrt, und darum den Augen aller Fremden entzogen; ja die bekümmerte Mutter war täglich mehr um das Leben des Söhnleins besorgt."

Ordensmann: „Um jene Zeit kam ich auf einer Reise nach den befreundeten Klostergemeinden gerade in das Schloß des Grafen Hubald und flehte um eine Nachtherberge, die mir auch freundlich gewährt wurde. Thetpirga bat um den Segen für ihr krankes Kind. Und wie konnt' ich ihn denn versagen? Da war mir's, als sähe ich die Zukunft des Knäbleins voraus. Ich erteilte der gräflichen Mutter den Rat: ‚Nähret euer Kind mit reinem Weizenbrot und dem kühlen Born, der aus dem Burgfelsen quillt; und es wird heranwachsen zu einem tüchtigen Arbeiter im Weinberge des Herrn, das Seelenheil unzähliger Menschen zu erwirken.'" –

Wiborada: „Die Gräfin hat's getan. Dies zeigt die blühende Gestalt des Jünglings."

Ordensmann: „Schon als zarter Knabe zeichnete sich Ulrich durch seine Eingezogenheit, Folgsamkeit und Gottesfurcht vor allen Kindern aus. Und nun, da er in die Schule gegeben werden sollte, erinnerte sich die Gräfin meiner, des Ordensmanns aus St. Gallen. Sie beriet sich mit Hubald, ihrem Gemahl, der in jedem möglichen Wunsche der Gattin zuvorkam. Und Ulrich ward als ein Knabe von acht Jahren in unsere Schule gebracht."

Wiborada: „Wie wunderbar und rührend sind die Wege des Allmächtigen, der seine Kinder leitet an ewig väterlicher Hand!"

Ordensmann: „Ulrichs lebhafter Geist schwebte und wandelte immerhin in den Paradiesauen der Unschuld und Sitteneinfalt. Und es ist so weit mit ihm gekommen, daß seine liebevolle Gemütsart und echte Frömmigkeit die Liebe und Achtung aller, die ihn kennen, für sich gewonnen hat. So seht ihr ihn jetzt vor euch als geistig und körperlich blühenden Jüngling voll Gottergebenheit – und er könnte ein Schmuck unseres Klosters werden."

Wiborada: „Vergönnt, daß er uns näher trete. Ich möchte den Teuren segnen."

Ordensmann: „Jüngling vom Kloster des heiligen Gallus! Komme heran, und empfange den Segen der ehrwürdigen Wiborada!"

Wiborada: „Meine Tränen, o Jüngling, die ich weine in herzlicher Teilnahme an der Zukunft deines Lebens, möge der Allmächtige verwandeln in unverwelkliche Blütesprossen reichlichen Seelenglückes. Es segne dich fernerhin der liebe Heiland, der dich vom schwächlichen Kinde zum geistig und körperlich kräftigen Jünglinge heranwachsen ließ. Er segne dich zum Heile und zur Wohlfahrt unzähliger Scharen, die unter deiner Leitung den Schild des Glaubens ergreifen mögen zum ewigen Leben. Amen. – Und wenn du, frommer Jüngling, wieder einmal dieses Weges wandelst, so unterlasse nicht, in der Klause der alten Wiborada einzukehren, die immer einige gute Lehren für die heranblühende Jugend in Bereitschaft hält." –

Ulrich befolgte treulich den wohlgemeinten Rat der frommen Klausnerin – und wandelte zu jeder Stunde, die er frei hatte, nach ihrer Höhle, um unter himmlischen Gesprächen die Lehren der Weisheit, die herzlichen Ermahnungen zur Bewahrung der Unschuld und Seelenreinheit, aus ihrem Munde zu vernehmen.

Da wieder einmal eröffnete er der treumütterlichen Waldschwester den Plan, er wolle sich aufnehmen lassen in die Zahl der Ordensmänner von St. Gallen. So sei es der Wunsch des Klosters, und er selbst fühle in sich eine heilige Neigung, in der Einsamkeit sein Leben dem Dienste Gottes zu weihen. –

Aber Wiborada entgegnete: „Prüfe dich vorerst, mein Sohn; und bete drei Tage lang ohne Unterlaß, damit dir der Geist Gottes im Gebete sage, ob es auch sei der Wille des Herrn. Ich selbst will während dieser Zeit für dich zum Himmel flehen."

Ulrich ging, tat, wie ihm geheißen ward – und kam nach drei Tagen wieder. Da grüßte ihn Wiborada mit den Seherworten: „Dort gegen Aufgang, wo der aus unsern Felsen sich loswindende Lechstrom zwei Länder scheidet – dort wird der Feind des Herrn sein Höllenschwert gegen die gläubige Gemeinde ziehen. Du aber sollst die Herde leiten, und die Auserwählten in der Tugend befestigen. So ist es Gottes Wille nicht, daß du den einsamen Klosterstand wählest, sondern nur nach schweren Leiden sollst du eingehen zum Lohne des ewigen Lebens." –

Der Jüngling nahm diese Worte wohl zu Herzen. Und nachdem er seine Studienlaufbahn vollendet hatte, bekannte er den Ordensmännern von St. Gallen, daß er nun heimwärts ziehen möchte zu seinen lieben Eltern. Das Kloster stand ihm nicht entgegen. Und ausgebildet in allen Wissenschaften und festgegründet in der Tugend schickte er sich zur Rückkehr an. –

Noch einmal besuchte er die Klausnerin Wiborada, um von ihr Abschied zu nehmen. Sie reichte ihm unter Tränen einen seidenen Gürtel dar und sprach die gewichtigen Worte: „Dies sei dir, mein geliebter Sohn, da du dich nun von mir trennest, eine stete Ermahnung, daß ich dich mit dem Gürtel der Enthaltsamkeit feierlich umgürtet habe. Zum höchsten Grade christlicher Vollkommenheit gelangt der Mensch durch aufopfernde Selbstverleugnung." –

Nun segnete sie ihn zum letzten Male; und die goldenen Worte der Siedlerin in Gedächtnis und Seele vergrabend kam der Jüngling ins väterliche Haus zurück. –

Nach der ersten unaussprechlichen Freude, die Graf Hubald und seine

Gemahlin beim Anblicke des lieblich gebildeten Sohnes empfanden, waren sie schon besorgt, wem sie in Zukunft den geliebten Jüngling unter Aufsicht und Leitung geben sollten. Da dachten sie beide zugleich an Albero, den frommen Bischof von Augsburg. Und Ulrich ward von diesem zum Priester gebildet und geweiht.

Bald stieg der Jüngling von einer geistlichen Würde zur andern; denn seine Frömmigkeit wie seine Kenntnisse erregten allenthalben viel Aufsehen. Aber der Fromme vergaß nicht der Pflichten, die er gegen seine geringern Mitbrüder hatte. Ohne Stolz und Habsucht und ohne Veränderung seiner großen Mäßigkeit verwendete er alle jene Stunden, die ihm frei blieben von Berufsgeschäften, vom Gebete und höherer Ausbildung in den Wissenschaften, zur Ausspendung brüderlicher Liebeswerke, wozu ihm die schönen Pfründen, die er bezog, reichliche Mittel boten. –

Einige Jahre waren vorübergegangen, während welcher Zeit der fromme Ulrich eine Reise durch die italienischen Gaue vorgenommen hatte – da erhielt er bei seiner Rückkehr nach Augsburg die traurige Nachricht, Graf Hubald von Dillingen, sein Vater, sei gestorben. Tieftrauernd reiste er zu der Burg, mit kindlichen Tränen die frische Grabeserde zu weihen. Mittlerweile war auch Bischof Albero, sein teurer Lehrer, ins Land des Friedens heimgegangen. –

Jetzt wollte Ulrich ohne jedes priesterliche Amt verbleiben; denn sein Herz schlug ihm so wohl und selig in stiller Einsamkeit. Er hielt sich darum bei seiner Mutter auf, deren Sorgen er erleichterte, indem er die Verwaltung ihrer Güter übernahm. –

Nach manchem still verlebten Jahre – Ulrich hatte jetzt einunddreißig Sommer gesehen – saßen Mutter und Sohn eines Abends beisammen am friedlichen Heimatsherde. Letzterer hatte sich in schwere Gedanken versenkt, ohne ein Wort zu reden. Es schien etwas Wichtiges in seiner Seele vorzugehen. Thetpirga, die besorgte Mutter, unterbrach endlich das Stillschweigen, indem sie zärtlich fragte nach der Ursache seines tiefen Sinnens.

Und der Sohn erwiderte: „Liebe Mutter, in jenen Tagen, da ich zu Rom an den Gräbern der Erstlingsapostel Christi dem lieben Heilande gelobte, seine göttliche Lehre im Sinne des Evangeliums allenthalben zu verkünden, wohin mich die Pflicht rufen würde, trat einmal der Oberhirt der christlichen Gemeinden zu mir, segnete mich und sprach: ‚Kehre zurück, Uldalrico, dein Lehrer Albero ist gestorben! Kehre zurück und sei Bischof der Gemeinden am Lechstrom!‘ –

Als ich mich aber weigerte in Demut und im Gefühl meiner Geistesschwäche, setzte er ernsthafter hinzu: ‚Nun wohlan, wenn du dich weigerst, die Kirche zu Augsburg zu regieren, da sie noch Frieden hat, so wirst du sie mit allen Beschwerden verwalten müssen, nachdem sie von ihren Feinden zerstört und geplündert sein wird.'

Ich kam damals von Rom zurück, und freute mich und dankte Gott im Stillen, den Bischof Hiltinus zu sehen als Oberhirten der Lechgemeinden. Dann zog ich mich zurück in die liebe Einsamkeit, wo ich seitdem, teure Mutter, an deiner Seite lebte.

Nun aber, siehe diesen Brief! Kaiser Heinrich, der Vogler, hat ihn selbst an mich geschrieben. Bischof Hiltinus ist gestorben – und jetzt, da das Lechtal verwüstet und öde liegt durch die Raubgier und Mordlust der Slaven und Ungarn, dieser wilden und heidnischen Völkerstämme – jetzt soll ich die christliche Gemeinde von Augsburg und seiner Nachbartäler leiten und regieren. So ist die Vorhersage erfüllt, die ich zum ersten Male vernahm dort in den Felsenschlünden der Tamina bei St. Gallen – und später kräftiger in Rom an den Grabstätten der Apostel. – Aber ach, liebe Mutter, wie sehr fühle ich, daß ich zu schwach bin, diesem schweren Amte würdig vorzustehen! – So knie mit mir und bete ohne Unterlaß, daß die Gnade des Herrn in mir und durch mich wirke unter allen, die zu meiner Herde gehören."

Nachdem er so gesprochen, knieten sie und beteten. Und die Huld des Heilandes war mit seinem treuen Diener und mit allen, die zu seiner Herde gehörten. –

Ulrich tat von der ersten Stunde, da er den bischöflichen Stuhl betrat, alles, um das verwüstete Land wieder emporzurichten zu freundlichem Wachsen und Blühen und die zerstreute Herde auf's neue zu sammeln. Er prüfte die Lehre der Priester, ob sie rein und im Sinne des Evangeliums verkündet werde, er unterhielt sich in väterlicher Weise mit dem Niedrigsten seines Sprengels wie mit den adeligen Beamten und Lehensherrn; er besuchte Kranke und spendete ihnen zur Stärkung des Leibes und der Seele das Abendmahl; er verteilte mit wahrer Großmut reiche Gaben und Almosen unter die Armen des Landes. – So leuchtete er voran seinen untergeordneten Geistlichen und seiner Herde als ein Mann voller Gottseligkeit, der das Wort des Herrn, das er sprach und lehrte, durch seinen heiligen Wandel bekräftigte. – Und nachdem er endlich voller Mühen und Drangsale unter schweren Kämpfen und Anfechtungen von außen seine Diözese in Blütestand versetzt, übergab er, um ganz seinem wichtigen Berufe als Bischof leben zu können, die Führung der weltlichen Geschäfte seinem Neffen Adalbero. –

Aber nun drangen die wilden Ungarn auf's neue verheerend gegen die Stadt Augsburg. Alle Einwohner waren in Schrecken und Furcht versetzt, und schauerlich drang durch die Straßen ein dumpfes Klagegewimmer.

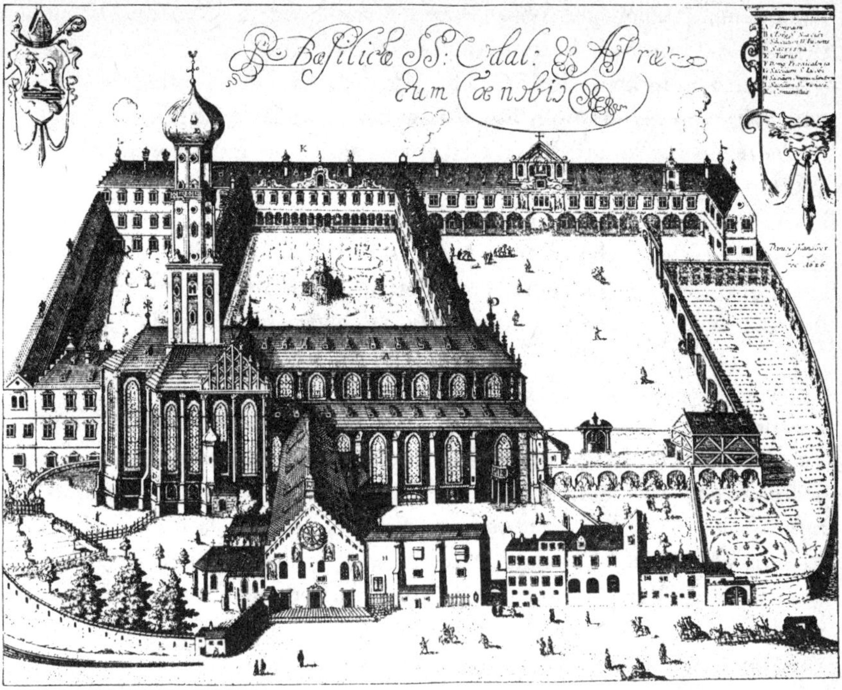

Doch der Bischof erzitterte nicht; er fühlte so mächtig und stark die Allgegenwart Gottes, daß er mit heiligem Mute und im Vertrauen auf die ewige Vorsicht groß und klein zusammenrief in die ehrwürdigen Hallen seines Domes. Da betete er unablässig mit der schluchzenden Gemeinde und ermahnte sie, dem Herrn und seiner Lehre treu zu bleiben, wenn nun auch die blutdürstigen Feinde zu Mord und Raub in die Stadt einzögen.

Aber siehe, auf einmal, man weiß nicht wie, fast durch ein Wunder überfiel den außen stürmenden Feind ein solcher Schrecken, daß er im Augenblicke die Belagerung aufgab und nach andern Gegenden mit dem Greuelschwert der Verwüstung sich wandte. So blieb Augsburg für diesmal gerettet. –

Allein später kamen die heidnischen Völkerstämme wiederum vor die Tore von Augsburg und fingen eben an zu stürmen und den Bischof, der mit seinen treuen Leuten die Stadt verteidigte, hart anzugehen, als sich die Nachricht unter ihren Haufen verbreitete, Kaiser Otto rücke auf dem Lechfeld gegen sie heran mit einem großen Heere. Sie erhoben ein furchtbar Kriegsgeschrei und zogen ihm entgegen.

Im großen Dom war der Bischof derweil mit den Gläubigen versammelt. Er spendete den Truppen, die hinauseilen sollten zu Mitkampf und Beistand, das heilige Abendmahl. Dann hieß er die Greise und Frauen und

Kinder niederknien und ohne Unterlaß um Hilfe und Rettung von oben flehen. Und horch! Bald tönte die Freudenbotschaft: „Der Sieg ist unser!" – So war die merkwürdige Schlacht geschlagen auf dem Lechfelde (10. August 955), von der die Augsburger jetzt noch mit Dankesblicken zum Himmel ihren Kindern und Enkeln erzählen, wobei sie innig gerührt, mit den Worten schließen:

„Sankt Ulrichs Gebet hat viel getan!
Der Himmel hat es erhöret!
Der Kaiser schlug bis auf einen Mann
Die Ungarn, die stolz sich gewehret!
So habe Dank, o du Herre Gott,
Der du uns gerettet aus solcher Not."

Sankt Ulrich tat nun wieder, was in seinen bereits alternden Kräften lag, um den Wohlstand in kirchlicher und bürgerlicher Hinsicht auf's neue herzustellen. Aber nun ward seine Lebenskraft erschöpft. Unermüdlicher Eifer bis in sein hohes Alter und mannigfaltige Leiden hatten tiefe Furchen in sein ehrwürdiges Greisenangesicht eingegraben. Daher wünschte er, der schweren Verrichtungen wegen des bischöflichen Amtes entlassen zu werden.

Allein man drang in ihn – und er wirkte fort bis in sein zweiundachtzigstes Lebensjahr. Nun war der Augenblick der Auflösung nahe. Er fühlte die letzte Stunde heranrücken – und verklärt leuchtend erhob sich sein Auge sehnsuchtsvoll zum Himmel. Was er hatte – es war nur wenig, denn er hatte schon alles zuvor verschenkt – gab er den Armen und Priestern. Dann empfing er das Abendmahl, segnete alle, die der Heiland ihm anvertraut – und schlummerte im achtzehnten Jahre nach der denkwürdigen Schlacht auf dem Lechfelde hinüber in die Palmenregionen himmlischer Vergeltung. Aber sein Andenken lebt noch, besonders im Schwabenlande, und in stiller Verehrung nennt der Augsburger seinen Bischof Ulrich. –

Wilhelm Bauberger

Apfelrahmstrudel

Zum Teig verknetet man 300 bis 400 g Mehl mit Salz, 3 bis 4 Eßlöffeln Öl und 1 bis 2 Eßlöffeln Essig. Der Teig wird sehr fein verknetet, bis er sich glatt ballt und nicht mehr klebt. Dann arbeitet man ihn kräftig auf dem Tisch durch, bis er ganz feinporig ist; dann muß er etwa eine Stunde unter einer vorgewärmten Schüssel gehen. Man teilt den Teig dann in drei bis vier Stücke, walkt diese einzeln auf ganz wenig Mehl aus und zieht sie so dünn wie möglich aus. Zerlassene Butter, Zucker, reichlich feine Apfelscheiben, Rosinen und Sauerrahm, nach Belieben auch Zimt oder Quarkflöckchen daraufgeben. Nun rollt man den Strudel auf, bestreicht ihn mit Butter und gibt ihn in eine Backform mit Rahm, etwas Butter und Zucker. Die fertigen Strudel werden dicht nebeneinandergelegt und dann langsam im Rohr goldgelb gebacken.

Philippine Welserin

„Horch, die Turmuhr hat geschlagen
Und er naht den Augenblick!
Darf ich hier zu bleiben wagen?
Zieh ich furchtsam mich zurück?
Tiefer noch den Pfeil zu drücken
In die schwer verletzte Brust,
Sollt' ich fliehn aus seinen Blicken,
Fliehn, als wär' ich schuldbewußt!

Und was hab' ich denn begangen?
Jugend, Schönheit, Eidelsinn
Ziehn in schüchternem Verlangen
Meine Seele zu ihm hin.
Ach, er ist so mild, so freundlich,
Ist so tapfer, ist so schön!
War es möglich, kalt und feindlich
Solchem Reiz zu widerstehn?

Ja, ich weiß, ich darf nicht hoffen,
Mich betört kein eitler Wahn,
Mein Geschick liegt vor mir offen,
Eine dornenvolle Bahn.
Tollkühn zu dem Kaisersohne
Hob sich mein verwegner Blick;
Und der Glanz der Fürstenkrone
Schrecket strafend mich zurück.

Doch was ist dort für Bewegung?
Wie das Volk zusammenströmt!
Alles scheint in froher Regung.
Guter Gott! Er ist's! Er kömmt.
Herrlich ragt er aus der Menge,
Die er freundlich nickend grüßt,
Aus dem flutenden Gedränge,
Das sein Berberroß umfließt!“

Und schon hat er sie erspähet
Hinter der Gardinen Flor!
Zu dem Fenster, wo sie stehet,
Fliegt ein heißer Blick empor;
Denn die keinen Rang erkennet,
Liebe zieht ihn zu ihr hin,
Und der Sohn des Kaisers brennet
Für die schöne Welserin.

Täglich zieht er nun vorüber,
Täglich wird die süße Qual
Seines Busens Schmerz ihm lieber,
Täglich wächst der Hoffnung Strahl;
Und schon wagt er zu gestehen,
Was die Seel' ihm glühend füllt,
Zitternd höret sie sein Flehen,
Denn sie schreckt der Zukunft Bild.

Und sie mahnt ihn seines Ranges,
Seines Vaters, seiner Pflicht;
Doch voll heißen Liebesdranges
Achtet er ihr Warnen nicht,
Weiß sie bald zu überzeugen,
Daß sein Glück in ihr nur lebt,
Ihren strengen Sinn zu beugen,
Der ihm zagend widerstrebt.

Kann sie wohl sein Glück zerstören,
Ungerührt von seinem Flehn,
Ihn von Leid und Gram verzehren
Diese Blicke welken sehn?
Zwischen Lieben, Zweifeln, Scheuen,
Reicht sie ihm besiegt die Hand,
Und des Priesters Segen weihen
Das geheimnisvolle Band.

Philippine! Philippine!
Rasch ist dieser Schritt getan.
Doch es naht die ernste Sühne,
Es zerstiebt der schöne Wahn;
Denn der Kaiser hat vernommen,
Was ihr frevelnd hier gewagt.
Und sein Zorn ist rasch entglommen,
Hat euch schwer und streng verklagt.

„Ja, ihr habt den Weg gefunden,
Wo ihr meine Macht verhöhnt;
Denn was Priesters Hand gebunden,
Wird von Menschen nicht getrennt.
Doch dies sei euch laut verkündigt!
Die mich tief gekränkt, die schwer
Sich an meiner Huld versündigt,
Sehn mein Antlitz nimmermehr!"

Wie ein Blitz aus heiteren Lüften
Trifft die Liebenden dies Wort,
Ihre Freuden zu vergiften,
Tönt's in ihren Herzen fort,
Mischt, ein düsteres Geleite,
Sich in jeden frohen Reihn,
Läßt an Philippines Seite
Ferdinand nicht glücklich sein.

Kummervoll sieht sie ihn trauern,
Es zerreißt ihr liebend Herz.
„Nein, die Qual soll nicht mehr dauern,
Nein, ich ende diesen Schmerz!
Hab' ich, Teurer, dich betrogen
Um des Vatersegens Glück:
Was die Liebe dir entzogen,
Bringt die Liebe dir zurück!"

Im entschlossenen Gemüte
Reift ein Anschlag, klug und kühn
Wohl kennt sie des Kaisers Güte
Und zu dieser will sie fliehn.
Unerkannt soll er sie sehen
Und wenn sie ihr Leid geklagt,
Ihr die Milde zugestehen,
Die er keinem noch versagt.

An den Ort, wo jetzt er thronet,
Zieht sie hin, zum fernen Prag,
Wo ihr nie ein Freund gewohnet,
Wo sie niemand kennen mag.
Als bedrängte Fremde stehet
Sie vor ihres Kaisers Blick,
Die um Schutz und Hilf' ihn flehet,
Von ihm hofft ihr Lebensglück.

Und sein Blick ruht mit Vergnügen
Auf der lieblichen Gestalt,
Auf den engelsmilden Zügen,
Wo sich Zucht und Güte malt.
Mit geheimer, zarter Regung
Fühlt er sich zu ihr geneigt,
Hört mit inniger Bewegung,
Welch ein Schmerz die Holde beugt.

Freundlich läßt er sich erzählen,
Wie ein Ritter sie geliebt,
Wie das stille Glück der Seelen
Jetzt des Vaters Härte trübt,
Dessen Zorn ihr Bund entflammet,
Der die Schnur zwar nie gekannt,
Doch sie mit dem Sohn verdammet
Und sie ewig von sich bannt.

„Wahrlich, das soll nicht geschehen!“
Ruft der Kaiser. „Fasset Mut!
Laßt euch vor dem Vater sehen,
Glaubt mir, dann wird alles gut.“

„Ach, wie dürft' ich dieses wagen?
Mich verbannt sein strenger Spruch.
In der Ferne muß ich tragen
Meinen Schmerz und seinen Fluch.“

„Nun so will ich mit ihm sprechen,
Nennt mir ihn, und seinen Sinn,
Wär' er noch so eisern, brechen,
Traun, so wahr ich Kaiser bin!“
„Wollt Ihr das? Ihr wollt verzeihen?“
Ruft sie – stürzet vor ihn hin:
„O laßt euch dies Wort nicht reuen,
Denn ich bin die Welserin!“

Staunend tritt der Fürst zurücke.
Unmut, Mitleid, Zweifel, Lust,
Kämpfen in dem Augenblicke
Heftig in des Kaisers Brust.
Soll er – darf er sie verstoßen,
Die sich zitternd an ihn schmiegt,
Die, in Tränenström' ergossen,
Schluchzend ihm zu Füßen liegt?

Muß er nicht des Worts gedenken,
Das den raschen Zorn ihm band?
Kann er wohl dem Sohn verdenken,
Was er selbst beinah empfand?
Nein! Er kann nicht widerstreben,
Enden muß er ihren Harm.
„Komm!“ ruft er: „Dir sei vergeben!
Komm in deines Vaters Arm.

Ja, ihr habt mich überlistet,
Schlau begegnet meinem Drohn:
Doch ich zürne nicht, ihr büßtet
Eure Schuld durch Reue schon.
Was geschehn ist, sei vergeben,
Himmelslust liegt im Verzeihn!
Laßt das neue schöne Leben
Uns der Lieb' und Eintracht weihn!“

Caroline Pichler

Die Himmelsbraut

Zu Augsburg steht ein hohes Haus,
Nah bei dem alten Dom,
Da tritt am hellen Morgen aus
Ein Mägdelein gar fromm.
Gesang erschallt, zum Dome wallt
Die liebe Gestalt.

Dort vor der Mariä heilig Bild
Sie betend niederkniet;
Der Himmel hat ihr Herz erfüllt
Und alle Weltlust flieht:
„O Mutter rein! Laß mich allein
Dein eigen sein!“

Alsbald der Glocke voller Klang
Die Betenden erweckt.
Das Mägdelein wallt die Hall entlang.
Es weiß nicht, was es trägt:
Auf dem Haupte ganz von Himmelsglanz
Einen Lilienkranz!

Mit Staunen sehen all die Leut
Dies Kränzlein licht im Haar,
Das Mägdlein aber wallt nicht weit,
Tritt vor den Hochaltar:
„Zur Nonne weiht mich arme Maid!
Stirb, Lieb und Freud!“

Gott gib, daß dieses Mägdelein
Ihr Kränzlein friedlich trag':
Es ist die Allerliebste mein,
Bleibs bis zum jüngsten Tag.
Sie weiß es nicht, mein Herz zerbricht;
Stirb, Lieb und Licht!

Justinus Kerner

Augsburger Hochzeiten

Den 23. November 1579 hielten Oktavian II. Fugger mit Anna Jakobea Fugger und Philipp von Rechberg mit Anna Maria Fugger auf einen Tag in Augsburg Hochzeit. Dabei hielten nicht nur beide Bräutigame in Begleitung von 548 Gästen und Bedienten mit goldenen Ketten, silbernen Wehrgehängen und Dolchen einen sehenswürdigen Einritt, sondern sie bewirteten auch ihre Gäste 4 Tage lang auf dem Tanzsaale, an deren jedem 200 Speisen aufgetragen wurden. – Den 14. Februar 1591 holte Anton Fugger seine Braut Barbara von Montfort mit mehr als 700 Pferden und etlichen sechsspännigen Kutschen ein. Folgenden Tags begab er sich mit selbiger nach St. Moritz, bis wohin die Straße von seinem Hause an mit Brettern bedeckt worden – zur Einsegnung. Dann erfolgte ein kostbares Hochzeitmahl. Den 26. Februar wurde auf dem Weinmarkt, auf den Schranken zugerichtet und der Boden mit Sand bestreut worden, Ritterspiele zu Fuß und zu Pferd angestellt. Den 27. ließ Christoph Fugger dem Hochzeitspaar zu Ehren einen von Leinwand zugerichteten, ziemlich hohen Berg, so den Parnaß vorstellen sollte und auf welchem Musikanten waren, durch besondere Vorrichtungen auf dem Weinmarkte herumführen. So wurde auch ebendaselbst ein Schloß von Brettern aufgeführt, von ihm aus kleinen Stücken Freudenschüsse getan und endlich das Schloß angezündet. Den 28. wurde abermals ein Ritterspiel gehalten – alle diese Tage hindurch mit kostbaren Mahlzeiten und Tanzen auf dem Tanzhause.

Aus „Das Bayerland", 1896

Bierlied

Der Gerstensaft – geliebte deutsche Brüder –
Ist schon ein alter Trank;
Drum füllet heut' die großen Gläser wieder,
Bringt dem Erfinder Dank.

Zwar hat er keinen großen Gott zum Gönner;
Doch das tut nichts zur Sach':
Was gut ist lobt sich selbst – und bied're Kenner
Die fragen nichts danach.

Tuiskons Söhne schon – ihr Brüder, tranken
Euch dieses Säft'gen fein,
Durch deren Schwert der Römer Helden sanken,
Und diese tranken Wein.

Schon dieses läßt uns mathematisch schließen
Es sei ein edler Saft:
Wenn auch sogar Erob'rer fallen müssen
Durch seiner Trinker Kraft.

Auch stimmen viele edle Nationen
Hierin uns – Brüder, bei.
Von denen an – die an der Themse wohnen
Bis an die Tartarei.

Gesteht's nur selbst – in Schwaben, Bayern, Franken,
Gab's Männer voll von Kraft;
Was kann die Ursach anders sein – sie tranken
Bloß ihren Gerstensaft.

Und da die Enkel Hermanns diesen tranken,
Da sah'n sie stolz herab:
So, wie er ihnen Ekel wurde, sanken
Sie ruhmlos in ihr Grab.

Der Wein erweckt nicht selten banges Pochen
Und öfters rote Nas',
Drum wünscht ihr frische Farb', gesunde Knochen:
So bleibt beim Gerstenglas.

Ein Mädchen, dem beim Bier ist schauernd worden
Gibt euch kein deutsches Weib,
Und dienet bloß dem Franzmann und Konsorten
Zum losen Zeitvertreib.

Drum schämt euch nicht der Väter, liebe Brüder!
Mit Freude seh'n sie das;
Sie singen in Wallhalla Bardenlieder
Und greifen nach dem Glas.

Samuel Baur

Friedberg

Friedberg braucht man nur von seinen Festungswerken oder von seinem Schlosse sich zu besehen, so tritt die ehemalige Bedeutung vor Augen. Zu seinen Füßen ist das ungeheure Lechfeld ausgebreitet, mehr als einmal nicht bloß die Lagerstätte gewaltiger Heere, sondern auch das vielfach mit Strömen von Blut gedüngte Feld fürchterlicher Schlachten. Man denke nur an den Vernichtungskampf gegen die Ungarn im Jahre 955. Erhaben aus allen in einem Umkreise von acht bis neun Stunden sichtbaren Ortschaften schimmert die uralte Bischofs- und Reichsstadt Augsburg in einer Entfernung von nur fünf Viertelstunden herüber, zum großen Teile mit die Veranlassung, daß Bayern sich an seinem westlichsten Punkte in Friedberg ein ordentliches Bollwerk schuf, anderen Teils freilich auch ein gefährlicher Nachbar gegen das ungehinderte Aufblühen der Stadt als solcher, welche wirklich nicht ohne Grund ein rotes Kreuz nebst zwei Lilien in ihrem Wappen führt.

Ludwig der Strenge hatte sich 1247 sein wohl verschanztes Schloß erbaut. Nur ein Jahrzehnt später erhob sich die Stadt. Bereits 1296 war sie zum ersten Male der Belagerung ausgesetzt. Leider aber sind es bald nicht allein die Augsburger gewesen, welche vielfach Verderben brachten, sondern weit schlimmer wirkten die unheilvollen Streitigkeiten der herzoglichen Verwandten von Bayern selbst bis zur endlichen Vereinigung der all zu lange Zeit getrennten Landesteile.

Ludwig Rockinger

Das Bauernjahr

Wie sich Stadt und Land in Auffassung und Beachtung vieler Dinge wesentlich unterscheiden, so ist dies auch bei den das Jahr hindurch fallenden Festen und Gebräuchen nicht zum kleinsten Teile der Fall. Der Kalender, mit seinen Lostagen und Himmelzeichen dem Städter als ein veralteter Wahn schon längst unnütz und lächerlich geworden, besteht auf dem Lande in seinen Überlieferungen noch streng zu Recht. Alles was der Bauer in seinem Leben Wichtiges und Feierliches begeht, deuten darin wenige kurze Zeichen. Für das, warum er so treu an diesen alten Gebräuchen hange, hat er keine andere Ursache anzugeben, als daß es eben der Vater und der Großvater auch schon so gehalten. Die tiefere Bedeutung kennt er so wenig wie der Städter, welcher darüber lacht. Wenn aber beide ihre Unwissenheit damit bekunden, so ist mindestens die der Bauern von achtungswerter Denkart begleitet. Wie sehr aber aus diesem so oberflächlich beiseite geworfenen Stück Volksleben sich die Kenntnis unserer allerältesten Zeiten ergänzen läßt, das wird erst jetzt so recht von den Kennern deutscher Altertumskunde gewürdigt. Vergleicht man die bereits angestellten Forschungen in anderen deutschen Gauen mit der hier folgenden Zusammenstellung, so ergibt sich das sicher bedeutende Vorkommen, daß, während man anderwärts bereits in die wenn auch nächste Vergangenheit zurückgreifen mußte, das ganze hier geschilderte Bauernjahr einzig und allein noch aus dem frischen Leben genommen wurde. Daß dies in nur fünfundzwanzig Jahren nochmals geschehen könnte, muß geradezu verneint werden.

Von allenthalben ertönen Klagen über untergegangenes und untergehendes Volksleben. Allüberall zeiht man vorzüglich die Schreibstubenherrschaft in ihrer Bevormundungssucht der Schuldursache dieses traurigen Verfalls. Diese Beschuldigung ist in der Endbeziehung sicher unbegründet. Was frisches kräftiges Leben hat, kann selbst von einem Landgericht nicht so mir nichts dir nichts abgeschafft werden. Das Verbot besteht nur auf dem Papier, in der Wirklichkeit geht alles nach wie vor. Nur wenn die Men-

schen anders geworden sind, ihren alten Überlieferungen untreu und dem Geiste ihrer Väter abwendig, dann lassen sie auch von den wohlhergebrachten Sitten, und die alten Feste und Gebräuche verfallen einem vernüchterten neuen Geschlecht; das lächerliche Verbot hat wenig dabei getan. Von den im Bauernjahr geschilderten Lustbarkeiten werden schon jetzt in manchen Gemeinden wenige mehr geübt; in einigen hat sich davon viel, in andern wieder das meiste erhalten: je nach dem frischen Geiste, den diese oder jene Gemeinde volkskräftig bewahrt hat oder nicht. Aber alle diese Volksfeste sind mehr oder minder verboten, verboten nicht erst seit gestern oder seit Beginn dieses Jahrhunderts; es lassen sich von Zeit zu Zeit immer wiederkehrende Verbote für so gar manche dieser Gebräuche durch volle drei Jahrhunderte verfolgen! Wie wenig sie fähig waren, etwas Volkstümliches auszurotten, beweisen diese Schilderungen, welche noch dem wirklichen Leben entnommen werden konnten. Die hereinbrechende neue Zeit mit einem ganz andern Geschlecht droht auch diesen alten Sitten den völligen Untergang. Was aber amtliche Verbote bisher nicht vermochten abzuschaffen, das werden spätere Gebote, da man mit Bedauern der verschwundenen Zeit gedenken wird, um keinen Preis der Welt mehr herzustellen vermögen. Diese Zeit ist bereits da. Die Jugend gefällt sich nurmehr noch in seit dem Jahr 1848 auffallend zunehmender Roheit und Genußsucht, und von der Regierung ertönen bereits Gebote zur Erhaltung der altherkömmlichen Tracht!

Unbeirrt von allem Treiben der übrigen Welt lebte bisher der Landmann noch in der alten Weise als wirklicher Bauer ruhig und abgeschlossen von jeglichem Umgang mit den Städtebewohnern seine Tage dahin. Von allem, was in der Welt geschah, drang wenig zu ihm, waren es nicht Schreckensberichte von Krieg oder Rebellion, von verheerenden Krankheiten und dergleichen mehr, dann aber in ungeheuerlicher Auffassung, und ohne je zu einem Verständnis darüber zu gelangen, denn Zeitungen werden auf dem Lande nur von den Geistlichen gelesen. Der Bauer liest nur in den Wintermonaten, und da am liebsten so alte Geschichtenbücher, wie er sie bei den Landkrämern kauft, oder Legenden, alt und neu.

So geht denn auch die Zeitrechnung noch immer in der alten Weise nach besonders hohen Festtagen, Lostagen und den Märkten der nächstliegenden Stadt. Nie aber wird der Bauer dem sogenannten Datum nach rechnen. Dies steht abermals im grellen Gegensatze zu dem heutigen Gebrauch der Städter, für welche der Kalender einzig und allein noch zum Nachschlagen des Monatdatums benutzt wird, während gerade nach diesem Teil des Kalenders der Bauer niemals sieht. Ebenso werden die Himmelszeichen und der Wechsel des Mondes noch genau beobachtet. So beginnt man im Vollmond alles lieber, er bringt Glück und Kraft. Das Unkraut, welches man vertilgen will, jätet man deshalb im abnehmenden Mond aus. Eier dagegen legt man den Hennen in solcher Berechnung im wachsenden Mond unter, daß sie auch in diesem und nicht im Neumond ausgebrütet werden. Der Neumond selbst wird der schwarze Mond genannt, was dem Kalender insofern entnommen ist, weil er im Gegensatze zum roten Vollmonde schwarz gedruckt wird. Das Obst, welches im zunehmenden Mond blüht, gedeiht sicher, denn da kann seine Blüte recht schöpfen. Von den Himmelszeichen scheiden sich welche in harte und weiche. Erstere, im allgemeinen nicht gut, sind der Widder, der Stier und der Steinbock. Im Mai ist der Stier rot, und während dieser Zeit ist das Zeichen gut, da beeilt sich alles, diesen Zeitraum wohl zu benützen. Weiche Zeichen sind der Fisch, der Wassermann und die Jungfrau. Erbsen und Linsen werden nur in diesen Zeichen besonders im Fisch gelegt, sonst können sie nie weich gesotten werden. Der Zwilling wird für ein sehr gutes Zeichen gehalten, da gerät alles wohl; auch der Krebs, letzterer jedoch nur für Pflanzen, welche in den Boden hinein wachsen, wie weiße Rüben, Erddotschen, Rettich, Randen. Im Schütz dagegen darf man nichts versetzen, sonst verschießen alle Pflanzen, ebenso nichts im Steinbock, da wird alles starr. Letzteres ist überhaupt ein sehr schlechtes Zeichen. Damit in enger Verbindung stehen auch die Aderlaßtage. Hierbei frägt man jedoch mehr nach dem Planeten, und gleich wie dieselben um die Sonne, so stehen auch die sieben vornehmsten Glieder um das Herz. Dasjenige Glied, welches Wehtage leidet, soll demnach denjenigen Tag der Woche zum Aderlaß wählen, welcher den gemeinsamen Planeten hat. So steht das Gehirn im Planeten des Mondes; dessen Tag ist

der Montag. Ganz im Zusammenhang mit den ältesten Ansichten, welche das Fest des Verstandes, welcher dem Mond entstammte, vor dem Eintritt der Hundstage feierten, glaubt man noch gegenwärtig, daß die Brettensteiger (Mondsüchtigen) während der Hundstage ihre Umgänge halten müssen. Deshalb soll man auch während der Hundstage weder baden noch aderlassen. Überhaupt wird jede Art von Irrsinn als mit dem Mond in Verbindung sich vorgestellt. – Von keiner kleinen Bedeutung ist natürlich auch die Himmelsgegend. Noch immer benennt man dieselbe Morgen, Mittag, Abend und Mitternacht; nie Osten, Süden, Westen und Norden. Der Wind, so von Morgen kommt, heißt der vordere, der von Abend her der hintere Wind. Der erstere bringt gute, der letztere schlechte Witterung. Der vordere Wind weht grob und kalt, und heißt im ganzen Lechrain der Bayerwind; aber gegen die Würm zu wird er schon der österreichische Wind genannt. Die vier Jahreszeiten haben dieselben Namen wie im Hochdeutschen mit Ausnahme des Frühlings, welcher der Auswärts genannt wird. Ebenso bezeichnet man die Zeit, wo der Schnee weggeht, mit Aberwerden oder Aber-Wetter. Dieser Ausdruck geht durch ganz Bayern, Tirol und Schwaben bis nach Franken hinein, und gehen viele fröhliche Lieder und Gsangeln auf das Aberwerden. – Von den Wochentagen wird der Dienstag im Lechrain und Allgäu durchgehends der Afte'mà-de' (Aftermontag) genannt, gleich entfernt vom altbayerischen Erchtag (Jerte'), wie von dem schweizerisch-schwäbischen Zistag. Der Mittwoch heißt auch hier wie in ganz Altbayern der Mickte'; der Donnerstag hingegen, welcher altbayrisch Pfinztag geheißen wird, heißt im Lechrain entweder der Dae-schte' oder ähnlich wie bei dem Dienstag der Afte'mickte'. Von allen diesen Tagen ist der Donnerstag der beliebteste, alles was von Vieh an ihm geboren wird, ist besonders kräftig; ja im Gebirge nennt man sogar die Kälber, die am Donnerstag zur Welt gekommen sind, mit belobender Betonung schlechtweg nur Pfinztelein. Dagegen hat der Samstag (Sampste') auf den Abend hin einen schlechten Ruf, da fahren die Hexen aus. Es ist deshalb ein altes Herkommen, daß auf den Samstagabend die Buben nicht fensterln gehen sollen, und nur schlechte Dirnen öffnen am Samstagabend ihr Kammerfenster; dagegen geschieht dies am Sonntag gewiß und unter der Wochen oft genug. Die drei Samstage im Advent heißen die goldenen Samstage, während der Sonntag nur dann goldener Sonntag genannt wird, wenn auf ihn ein Frauentag fällt, und unter diesen ist Unser Lieben Frauen Kerzenweih der kräftigste. Alle Kinder, so an einem solchen Sonntag zwischen 11 und 12 Uhr mittags geboren werden, sehen und erfahren mehr denn andere Leute; sie haben einen großen Blick in das Geisterreich. Der neue Sonntag dagegen findet statt, wenn an einem Sonntag der Mond neu wird. Eine gleiche Bewandtnis glücklicher Geburt hat es mit Kindern, die auf solchen Sonntagen geboren wen, doch der goldene Sonntag ist der beste. – Von den ziemlich vielen ganzen und halben Feiertagen ist zu merken, daß erstere streng mit Besuch des Gottesdienstes gehalten werden, und zwar vor- wie nachmittags, doch ist die Vesper oder der Rosenkranz allzeit um 2 Uhr schon zu Ende. Zur Zeit der Heu- oder Getreideernte, wo trockene Tage oft selten, die Benützung derselben aber dringend nötig ist, wird allerdings an Sonn- und Feiertagen des Nachmittags auf dem Felde gearbeitet, jedoch geschieht solches nur ungerne und in äußerster Not. Auch dies sticht sehr vorteilhaft gegen den städtischen Handwerker ab, der den Sonntag morgens arbeitet, statt die Kirche zu besuchen, den Nachmittag aber und den folgenden Montag wohl dazu im Wirtshaus verbringt. Die sogenannten halben Feiertage auf dem Lande waren früher ganze gebotene Feiertage, welche aber nun schon seit bald einem Jahrhundert von der Kirche aufgehoben, von der weltlichen Obrigkeit sogar als Festtage verboten worden sind. Die noch immer zu Recht bestehende Haltung derselben auf dem Lande darf nicht so verstanden werden, als wenn an diesen Tagen alle Arbeit ruhe. Man enthält sich nur gerne der gröberen Feldarbeit, geht morgens in die Kirche, verrichtet dann die oft auf solche Tage versparten vielfältigen häuslichen Arbeiten, und besucht vielleicht auf den Abend das Wirtshaus. Da die mehrsten dieser abgeschafften Feiertage in Zeiten fallen, wo die Feldarbeit ohnehin gering, so ist deren schädlicher Einfluß durchaus nicht in der städtisch eingebildeten Größe zu suchen. Schneider und Näherinnen, Sattler und Schuster gehen an diesen Tagen ordentlich ihrer Stör nach; Maurer und Zimmerleute desgleichen; doch tun diese, durch ihre Arbeit viel in die Stadt geführt, auch nach städtischer Art den Montag gern vertrinken. – Was die Lostage und ihre verschiedene Bedeutung anbelangt, so sind dieselben auf alte Beobachtungen reiflich begründet. Daß sie nicht immer eintreffen, haben sie mit den meisten berechneten Dingen dieser Welt gemein. Als allgemeine Witterungsanzeigen kann man annehmen:

Woher das erste Gewitter im Jahr kommt, daher kommen alle übrigen in diesem Jahr.
Früher Dunner, später Hunger.
Abendrot (goldfarbig) gut Wetter Brot;
Abendrot (feuerfarbig) morgen Kot.
Wie der Wind am dritten, vierten, fünften Tag nach dem Neumond so den ganzen Monat hindurch.
Hat der Mond einen Hof – in drei Tagen geht's Trof.
Ein Reif geht durch das ganze Land.
Ein Schauer ist ein Unglück, den es trifft, macht aber noch keine Teurung.
Die Sonne hat noch keinen zum Bettelmann beschienen,
aber der Regen hat schon manchen vom Hof gebracht.
Wie der Freitag, so der Sonntag.
Am Mittwoch in der zwölften Stunde ändert sich gerne das Wetter.
Wenn das Salz feucht wird, gibt's Regen.
Wenn die Pfannen blühn, gibt's Wind.
Wenn die Tage langen, kommt erst der Winter gegangen.
Je länger der Tag – je kürzer der Faden.
Frühvogelsang – macht den Winter lang.
Sommerkatzen hat man gerne; Winterkatzen nicht, sind Ofenhocker, bringen gern Feuer ins Haus.
Viel Nadeln auf der Tanne – viel Roggen in der Wanne.
Viele Eicheln – früher Schnee.
Viel Schnee - viel Heu; und dergleichen mehr.

Beim Besprechen der Witterung erzählt man gerne die Geschichte vom Bauern, der von unserm Herrgott die Macht bekommen hatte, sich einmal ein Jahr lang das Wetter nach Gutdünken zu machen. Da ließ er nun Regen und Sonnenschein walten und wechseln nach Herzenslust. Die Saat ging herrlich auf, und sein Getreide wogte in den schönsten goldenen Fluren. Doch siehe da, nach dem Schnitt zeigte es sich, daß alle Ähren taub waren, so daß er wohl viel Stroh, doch kein Getreide geerntet. Der Talk, er hatte den Wind vergessen! – Seit der Zeit mochte er keine Witterung mehr tadeln, sagte nur allzeit ruhig vor sich hin: wer weiß wozu das gut ist!

Karl von Leoprechting

Rande = rote Rübe / Stör = Arbeit, die man im Haus des Auftraggebers verrichtet.

Die schwäbischen heiligen drei Könige

(Achter bis zehnter Auftritt)

Herodes: „Ih will gau jetz gean seah, was dös für Gspana sei wearet. As deucht mi afanga seall, as wear a schöana Bagasche sei. Aha, se kommet derzua schau. Nu rei!"

Alle drei: „Globt sei Jeses Chrischt, Herr König Herodes!"

Herodes: „In älle Ebigkoit, ihr Herra König beianand! Wohear bei deam staubiga Weatter?"

Balthasar: „Enser Knecht wead is jo au reacht agsait hau?"

Herodes: „Jo wohl, redle! Ihr haut koi Naut; es wead älles reacht weara. Iahr müasset halt mit Schleachtem verlieab neahma. Ih woiß zwor itt, was mei Weib kochet hot, ih will aber doh amol vorläufig abbeatta hau. Ih hau iahr zwor gsait, sui soll dösmal reacht auftischa, daß au an Aihr derbei sei. Aber iahr wisset seall – denn es wead bei ui halt au itt besser sei – d' Weiber laut halt oin nu schwätza und teant, was sie gean weant. Doh, ih hoff 's besser."

Melchior: „As hungeret is weiter itt stark, denn mer haut aischt vora Stunda vier ima Wiatshaus a jeder a Dutzed Nüarabergerwüschtla geassa und a halb Dutzed Wusela in d Brüah nei tunket. Aber a guats Tränkle könnt gwiß itt schada, denn mei Gurgel ischt wia a zsämmagschnorreter Dudelsack."

Herodes: „Beim Strohl! Vom Tränkle hot uier Knecht koi Wöatle gsait, und ih bi derzua grad dösmol reacht übel verseah. Doh ih willana gea, was ih im Haus hau. A Fläschle guata Bränntawei vo di Klauschterfraua haun-ih no im Kear. Doh, ih willana noh a halbs Bier derzua hola lau; as kommt mer ufan Groscha eaba itt a. Ar deafetna itt fürchta, daß es eabba möcht z'wenig sei; as ischt a grauße Moß, a Wiataberger Moß."

Melchior: „Haut ar koin Käs oder an Wei im Kear?"

Herodes: „Jo, ma hot freile noh a bitzle, aber es ischt halt z' feindle tuir, und ih komm a ums bar Geald itt über. Doh a Schöpple willana gea, aber wohl gmerkt, iahr müasset mi glei derfür zahla."

Melchior: „Nu, was koscht as denn?"

Herodes: „Zwölf Kreuzer, und dös ischt noh reacht wollfel."

Melchior: „'s ischt ziemle tuir. Doh, do haut ars."

Herodes: „Ih nimm koi Kupfermünz, a Konventiansgeald will ih noh us Gnoda aneahma; denn ih muaß dänischt noh an ganza Kreuzer dra verleiara. – Aber he! Wo haut ar da dritta hoiliga drei König glau?"

Balthasar: „Er hot, schätz wohl, noh am Steara z'putzet. – Wia, Kaschper, komm fürre und laß di au seah!"

Herodes: „Dea höllischa Fuirtuifel haun ih schau lang gseah. Bischt denn du der dritt König?"

Kaspar: „Dös bin ih mit Haut und Hor. Haut iahr denn noh niea koin Mohra gseah?"

Herodes: „Ghairt haun ih schau viel dervo, aber gseah haun ih noh koin."

Kaspar: „'s ischt doh a wunderlis Ding! Ih bi doh uff älle Bildla agmohlet, und an älle Türa agnaglet. Ih haus derzua eaba vor gseah; as ischt so a Bildle an uirer Stalltür."

Herodes: „Es ischt derzua wohr; da hoscht reacht. Ih hau jetz nu itt dra docht. Ih haus grad vor am Johr bei di Franzischkaner am hoiliga Dreikönigstag weiha lau. – Aber wenn iahr nix derwider haut, so will ih gau mein Kneacht hoißa rei komma. – He, Michel! Gschwind komm rei." (Er kommt.) „Jetz los, hol hutig a halbs Bier; und dernoh gohscht zua meim Weib, und guckescht, ob sui mitam Kocha noh itt fetig sei. Sag iahr nu, sui soll afanga arichta, daß ma bald eassa könn." (Der Knecht geht ab.) „Aber jetz hairet! Iahr wearet wohl müad sei, drum hocket derweil nieder. Ih kas itt berga, as nimmt mi doh au Wunder, was jetz ihr in deam Land teant? Wenn iahrs saga und bstauh deafet, so laut mis au wissa."

Melchior: „Es ischt halt noh 's Nui Johr, und es ischt an alter Brauch, daß ma anander 's Nui Johr asingt. Mer want gau derzua nu glei dra, vors Eassa kommt, so könnamer au rüahbig eassa."

Balthasar: „D' Franzosa singet mit am nüachtera Bauch, aber ih itt."

Kaspar: „Wenn mer derweil nu ebbas z'trinket hättet, 's könnt sei, as tät's."

Herodes: „Do kommt jetz zua älligem Glück 's halbs Bier. Jetz saufet, bis iahr gnua haut." (Sie trinken, hernach singen sie.)

„Dia hoilig drei König mit ihrem Steara
dia kommet dohear, weil's Nui Johr noh tuat wäahra.
Sie bringet koin Weihrauch, koi Myrrha, koi Gold,
drum wearet sie schwerle sei agnehm und hold.
Herodes weads dänischt ahaira ganz geara,
weil sie ihm awaischet viel Glück und viel Steara.
Glück stearavoll zwor
er leaba soll ällzeit im huiriga Johr!
Herodes, wia gfalltas?
Dös waischt ui der Kaschpar, der Melcher, der Balthas.
Jetz haut iahrs!"

Herodes: „'s ischt reacht, daß iahr aufhairet. Iahr haut ana wohl ghalta.

D' Hofmusikanta vo Paris seand nu Leirer gega ui. Mer weant jetz gau zum Tisch beata, d' Suppa kommt grad."

Kaspar: „Haut iahr huit in deam Land Faschttag?"

Herodes: „Potz Blitz! As ischt beim Strohl a Milsuppa. Dös wead gau a schöana Gaschterei agea. Gang, Michel, trag se wieder naus, und sag meim Weib, sui soll glei a Floischsuppa arichta. – – Es wead gau a schöas Komplameant zruck komma. Hairet ar se pfutzga? – – Was hot sui gsait?"

Knecht: „Ih deafs fascht itt saga vor so grauße Herra. ‚Freasset an Dreck', hot sui gsait, ‚wenn dös itt guat gnua ischt. Ma ka ui gwiß glei a Floischsuppa küchalä', hot se gsait. Dernoh hot se au noh gsait, er sollet d' Nasa in Kolender nei stecka, so wearet ar glei seah, daß am Vorobad vo hoilig drei König a Vigil, mithi a Faschttag, sei."

Herodes: „'s ischt beim Ackermeant wohr! Dösmol hot mei Weib reacht. Nu, Michel, hol nu di vorig Suppa wider."

Knecht: „Dös wär freile a grauße Kauscht. Zaischt müaßt ih si mit am Beasa zsämma wischa, und dernoh müaßt ih a nuia Schüssel hau; denn d' Frau hot voller Zora d' Schüssel mitsamt der Suppa an d' Wand nakeit."

Melchior: „Jetz hau mer d' Suppa schau gfreassa. Hätt ma se nu do glau, se wär guat gnua gsei für da Hunger."

Herodes: „Nu itt verzagt, Herr Melcher! 's wead au noh eabbas anders gea as nu a Suppa. Gang, Michel, hol!" (Er geht und bringt Salat.)

Balthasar: „Da Salot geit ma bei mir zletzschta rei."

Herodes: „Nu zuaglanget, und itt verzagt! Dös ischt halt a französische Aat: mei Weib will nu' zoiga, daß sui au groist sei."

Frau: „Jahr müaßet halt verlieab neahma, ihr Herra! s' ischt huit Faschttag."

Herodes: „Worum hoscht jetz itt au a paar Oier eigschlaga?"

Frau: „Ma hot gwiß übrig Schmalz zum verdreckla."

Herodes: „As nimmt mi jetzt dännischt au nohmol Wunder, was ihr Herra doh bei mer teant. 's Nui Johr awaischa alloi hot ui gwiß itt dohear trieba. Was soll aber der seall Steara bedeuta, dear im Winkel stoht?"

Kaspar: „Iahr haut reacht; es ischt eabbes derhinter verdeckt. Ih willanas gau kuz verzähla. Vor zwölf Täga augfähr bin ih spazieara ganga ganz alloi, und dös bin ih. No wia os halt goht, do sieh ih uff oimol an reachta schöana Steara. Do sag ih zua mer seall: ‚Kaschper, dös ischt beim Blitz a feiner Steara, so haun ih mei Leabtig noh koin gseah.' In deane Gedanka gang ih zum Melcher, und sag, haun ih gsait: ‚Los, Melcher, hoscht du noh noitz gseah?' ‚Jo', sait er, ‚ih hau mei Leabtig schau miah gseah as du, weil ih älter bi', hot er gsait. ‚Jo', haun ih gsait, sag ih, ‚ih moi am Himmel. Hoscht da sealla Steara noh itt gseah', sag ih? ‚Noi', sait er. ‚Ih will aber gau luaga, was dös Ding sei.' Nu, dös Ding wär guat! Der Melcher gucket da Steara a und hot gsait, sait er: ‚Dös ischt a rarer Steara; er muaß eabbes bedeuta.‘ ‚Jo‘, haun ih gsait, sag ih, ‚was möcht es denn bedeuta?‘ Und weil mer so mianand schwätzet, so kommt der Balthas. ‚Grüaß Gott, Balthas‘, haun ih gsait; ‚da kommscht grad reacht‘, sag ih. ‚Hoscht da sealla Steara au schau gseah‘, sag ih? ‚Jo, redle‘, sait der Balthas, ‚weaga dem bin ih zua ui komma, und hau ui grad wölla froga‘, sait er, ‚was es z bedeutet häb‘. Nu wia sott as weiter ganga sei! Weil mer so äll drei beianand seand, so guck ih halt da Steara nohmol a: do sieh ih an schöana Buaba drin hocka, und hot Kreuzle in der Hand ghett. ‚Balthas‘, sag ih, ‚luag! Siehscht da sealla Buaba dötta?‘ ‚Jo, freile‘, sait er, ‚sieh ehn.‘ Der Melcher gucket halt au noh amol, und sait glei: ‚Jetz woiß ih, was es ischt. Dös ischt grad dear Steara‘, sait er, ‚vo deam miar mei Näne gsait hot; denn er hat zuamer gsait, as wear a Steara komma; und wenn der Steara komm, so wear im Judaland a nuier König uff d Wealt komma. Und uff am Taudbett hot er noh zuamer gsait: ‚Bua‘, sait er, ‚wenn da noh leabscht, wenn der Steara komma tuat, so gang nu glei ins Judaland, und suach da nuia König, bis an hoscht, und veraihra fei reacht.‘ – Und jetz seammer halt do, und weant afroga.“

Herodes: „Weib, gang gschwind, und hol dein kleina Buaba! ’s ka sei, as ischt der nui König.“

Frau: „Freile wead er’s sei. Ih willa gau seah lau, denn as ischt gar a heazigs Engele.“ (Geht ab.)

Frau: „Do bin ih schau wieder, und jetz könnet iahr dös nui Königle seah.“

Balthasar: „Noi, noi, dös ischt es itt. Dös ischt jo nu so a schwazer, rotziger Bua, und as euser ischt a so a feis atigs Schätzle.“

Frau: „Was, ihr Lumpa, ihr Landlaufer, ihr Leutebetrüager, ihr Schelma, ihr Dieab! Jetz haut ar gfreassa, und richtet noh d’ Leut derzua aus. So ischt es, wenn ma so ar a Lumpabagasche eabbas tuat; do hot ma Tuifels Dank dervo. Und du bischt der graischt Lump. Älles loscht rei. So müaßa mer verderba. Da stiehlscht di Kinder ’s Braut weag. Da bischt a Kindermärder, a Stock, a Esel, a Ochs, a Büffel.“

Herodes: „Jetz halt mer beim Akermeant amol ’s Maul! Ih hau dös Prediga schau lang gnua ghairt. Dia Kanali ka noitz as poltera. Pack di naus, oder ih will der gau da Bschluß vo deiner Predigt macha mitama halb Dutzed Auhrfeiga.“

Sebastian Sailer

itt = nicht / gauht = gehen / haut = haben / Nuis = Neues / glau = gelassen / Bais = Böses / Aihr = Ehre / Näne = Ahn / Kanali = Kanaille, Luder / Grind = Kopf.

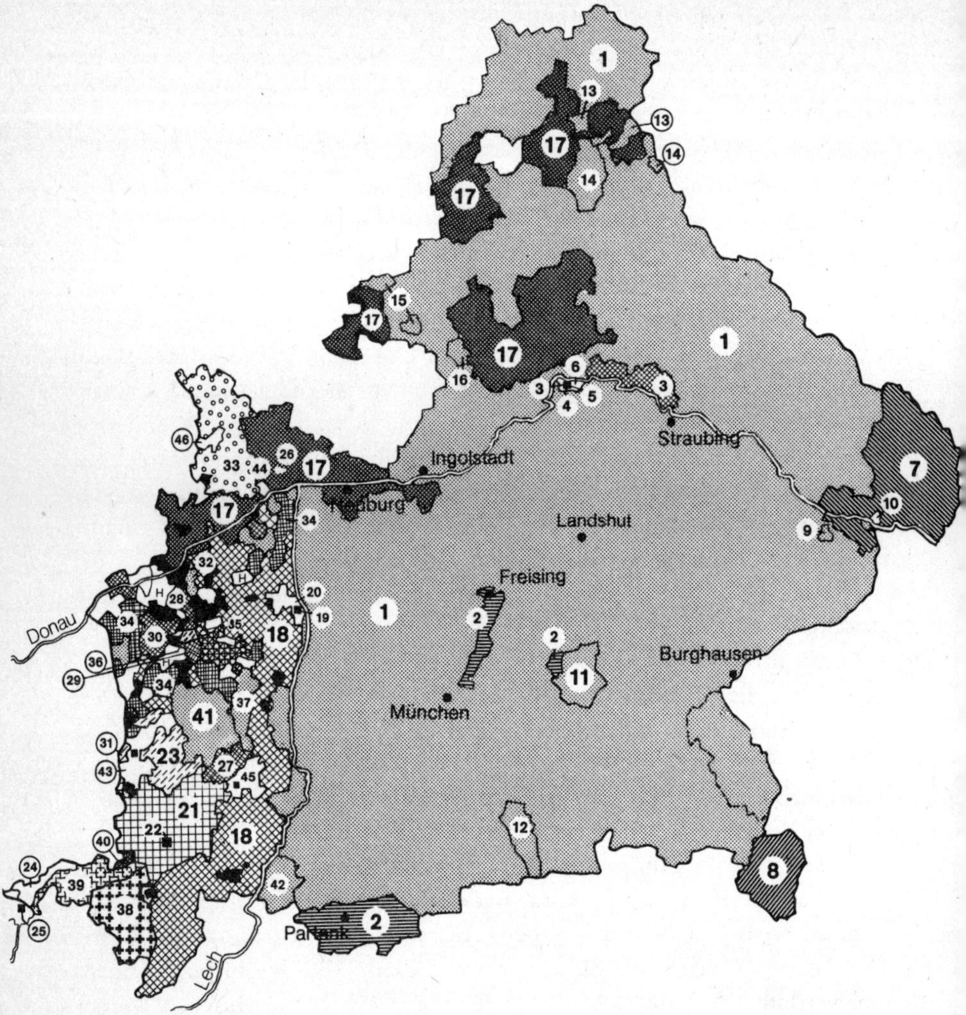

Einzelherrschaften

im Bereich des heutigen Altbayern und Schwaben gegen Ende des 18. Jahrhunderts unter Ausweisung auch früher schon einverleibter, ehemals selbständiger Gebiete.

Die Zahlen bedeuten:
1 Kurfürstentum Bayern
2 Hochstift Freising
3 Hochstift Regensburg
4 Reichsstift St. Emmeram
5 Reichsstifte Ober- und Niedermünster

6 Reichsstadt Regensburg
7 Hochstift Passau
8 Fürstpropstei Berchtesgaden
9 Grafschaft Ortenburg
10 Grafschaft Hals
11 Grafschaft Haag
12 Grafschaft Hohenwaldeck
13 Grafschaft Störnstein
14 Landgrafschaft Leuchtenberg
15 Herrschaft Sulzbürg-Pyrbaum
16 Herrschaft Breitenegg
17 Fürstentum Pfalz-Neuburg
18 Hochstift Augsburg
19 Reichsstift St. Ulrich und Afra
20 Reichsstadt Augsburg
21 Reichsstift Kempten
22 Reichsstadt Kempten
23 Reichsstift Ottobeuren
24 Reichsstift Lindau
25 Reichsstadt Lindau
26 Reichsabtei Kaisheim
27 Reichsabtei Irsee
28 Reichsabtei Wettenhausen
29 Reichsabtei Ursberg
30 Reichsstift Roggenburg
31 Reichskartause Buxheim
32 Markgrafschaft Burgau
33 Grafschaften Öttingen
34 Reichsgrafen Fugger und Reichsfürsten Fugger-Babenhausen
35 Grafschaft Thannhausen
36 Grafschaft Edelstetten
37 Grafschaft Schwabegg
38 Grafschaft Rothenfels
39 Grafschaft Bregenz
40 Grafschaft Trauchburg
41 Reichsherrschaft Mindelheim
42 Herrschaft Hohenschwangau
43 Reichsstadt Memmingen
44 Reichsstadt Donauwörth
45 Reichsstadt Kaufbeuren
46 Reichsstadt Nördlingen

Stichworte und Daten zur Geschichte Bayerns

unter Beschränkung auf den Raum und die Zeit, die im vorliegenden Band behandelt werden.

1180 wird das Gebietsherzogtum Bayern dem Pfalzgrafen Otto von Wittelsbach aus dem Hause der Grafen von Scheyern und Dachau verliehen.

1183 – 1231 regiert Ottos Sohn, Ludwig I., der Kelheimer, unter dem nicht nur die Pfalz zu Bayern kommt (1214), sondern durch das Aussterben der Bogener, Diepoldinger, Andechser das Gebiet nach Norden und Osten erweitert wird und die Herzogsstädte Landshut (1204), Straubing (1218) und Landau/Isar (1223) gegründet werden.

1231 – 1253 herrscht Otto II., erwirbt die Grafschaft im Rottal.

1255 erfolgt die Landesteilung in Niederbayern mit dem Chiemgau und Oberbayern-München mit der Oberpfalz.

1329 schließt Kaiser Ludwig der Bayer (Herzog von Oberbayern-München) mit den Söhnen seines Bruders Rudolf den Hausvertrag von Pavia, durch den u.a. Amberg, Neumarkt, Sulzbach an die Rudolfinische Linie (in der eigentlichen, der „unteren“ Pfalz am Rhein) kommen, an Oberbayern dagegen die westliche Oberpfalz mit Burglengenfeld, Hirschberg, Kallmünz und Schwandorf.

1349–1353 wird Niederbayern geteilt in die Teilherzogtümer Bayern-Straubing(-Holland), das bis 1425 besteht bzw. 1429 wieder mit Bayern-München vereinigt wird, und Bayern-Landshut.

1363 kommt Oberbayern an Bayern-Landshut.

1392 erfolgt neue Teilung in Bayern-Ingolstadt, Bayern-Landshut (beide werden 1447 wieder vereinigt) und Bayern-München.

1504 werden alle Teilherzogtümer unter Albrecht IV., dem Weisen (1465–1508), wieder vereinigt, der 1506 die Unteilbarkeit und das Erstgeburtsrecht durchsetzt; nur die „Junge Pfalz", also Pfalz-Neuburg, bleibt selbständiges Fürstentum bis 1808.

1618–1648 tobt der Dreißigjährige Krieg; in dieser Epoche ist Bayerns Herrscher Maximilian I., der nicht weniger als 55 Jahre lang (1597 – 1651) regiert, das angesehenste Haupt der katholischen „Liga".

1679–1726 herrscht Maximilian (II.) Emanuel, der „Blaue Kurfürst", der im spanischen Erbfolgekrieg Bayern zum schwergeprüften Schlachtfeld macht (berühmte Niederlage bei Höchstädt 1704 mit den verbündeten Franzosen gegen die Engländer unter Marlborough und die Österreicher unter Prinz Eugen) und 30 Millionen Gulden Schulden hinterläßt.

1745–1777 regiert als letzter bayerischer Wittelsbacher Maximilian III. Josef, der kinderlos bleibt; ihm folgt

1777–1799 Karl Theodor, der seit 1742 bereits als Kurfürst in der Pfalz und ebenso im Fürstentum Neuburg wie in den Herzogtümern Jülich und Berg herrscht. Da auch er ohne Leibeserben bleibt, wird

1799–1825 der aus einer kleinen pfälzischen Nebenlinie stammende Maximilian IV. Josef sein Nachfolger (als König Max I. Josef seit 1806).

1801 verliert Bayern im Frieden von Luneville die linksrheinische Pfalz, die elsässischen Grafschaften Lützelstein und Rappoltstein, die Herzogtümer Jülich und Zweibrücken.

1803 erhält Bayern im „Reichsdeputationshauptschluß" die Gebiete der Hochstifte Würzburg, Bamberg, Augsburg, Freising und Passau westlich von Inn und Ilz, der Reichsprälaturen Kempten, Ottobeuren sowie St. Ulrich und Afra in Augsburg und die Reichsstädte Dinkelsbühl, Kaufbeuren, Kempten, Memmingen, Nördlingen, Ravensburg, Rothenburg, Schweinfurt, Weißenburg, Windsheim und Ulm sowie die salzburgische Stadt Mühldorf, muß aber die rechtsrheinische Pfalz um Mannheim und Heidelberg an Baden abtreten.

1805 schließt Bayern den Bündnisvertrag mit Frankreich, was ihm im Preßburger Frieden Tirol, Vorarlberg, Brixen, Trient, Eichstädt, das Passauer Ilzland, die Reichsstadt Augsburg, die habsburgische Markgrafschaft Burgau sowie bis dahin österreichische Besitzungen in Oberschwaben (Königsegg-Rothenfels, Lindau, Montfort) einbringt; im teilweisen Austausch muß es das würzburgische Gebiet an den Großherzog von Toskana abgeben und verzichtet gegen die Markgrafschaft Ansbach auf das Herzogtum Berg.

1806 wird Bayern Königreich und Mitglied des Rheinbundes und gewinnt durch die Mediatisierung neben reichsritterschaftlichem Streubesitz u.a. die Besitzungen der Castell, Fugger, Öttingen, Pappenheim, Schönborn, Schwarzenberg, Thurn und Taxis, die Grafschaften Ortenburg und Störnstein, das Gebiet des Deutschen Ordens um Ellingen und Virnberg, Teile des Hohenloher Landes und der Grafschaft Waldburg-Zeil sowie die Reichsstadt Nürnberg.

1810 erweitert sich Bayerns Territorium im Pariser Vertrag um das Inn- und das Hausruckviertel, Salzburg und Berchtesgaden, Stadt und Hochstift Regensburg und die Markgrafschaft Bayreuth; Tirol südlich der Linie Brixen-Meran muß jedoch an Italien abgetreten werden, die Reichsstadt Schweinfurt an den Großherzog von Würzburg, Teile von Hohenlohe, Rothenburg, Ansbach, Öttingen und Ulm kommen an Württemberg.

1813 gelingt gerade noch rechtzeitig vor der Völkerschlacht bei Leipzig die Trennung von Napoleon, die im Vertrag von Ried von Frankreichs verbündeten Gegnern honoriert wird durch Garantie des weitgehend der Verbindung mit dem französischen Kaiser zu verdankenden Gebietszuwachses.

1814 tauscht Bayern im Vertrag von Paris Tirol und Vorarlberg gegen das Großherzogtum Würzburg und das Fürstentum Aschaffenburg,

1816 schließlich das Inn- und Hausruckviertel und das Hochstift Salzburg bis zur Salzach-Saalachlinie gegen die Rheinpfalz und erhält Marktredwitz, Miltenberg, Alzenau, Amorbach und die südlichen Teile Fuldas. Damit sind (bis auf geringfügige innerdeutsche Grenzkorrekturen, z.B. 1819 die Angliederung des bis dahin badischen Amtes Steinsfeld) Bayerns Grenzen bis ins 20. Jahrhundert festgelegt; 1919/20 kommt das ehemals thüringische Teilherzogtum Coburg hinzu, die Rheinpfalz wird 1945 abgetrennt.

1818 wird (26. Mai) die Verfassung des Königreiches Bayern verkündet, die eine Kammer der Reichsräte und eine Kammer der Abgeordneten vorsieht.

1825–1848 herrscht Ludwig I., großer Förderer von Kunst und Wissenschaft.

1828	bilden Bayern und Württemberg die Süddeutsche Zollvereinigung, die
1833/34	im Deutschen Zollverein aufgeht.
1837	werden die acht Regierungsbezirke gebildet: Oberbayern, Niederbayern, Oberpfalz, Ober-, Unter-, Mittelfranken, Schwaben und die Pfalz.
1848	führt die Revolution zur Abdankung Ludwigs zugunsten seines Sohnes Max II., der von
1848 – 1864	regiert und dem sein vor allem als schwärmerischer Kunst- und Musikfreund (Wagner!) berühmter Sohn Ludwig II.
1864 – 1886	folgt. In seine Regierungszeit fällt
1866	der Krieg zwischen Preußen und den mit ihm verbündeten kleineren norddeutschen Staaten und Österreich, auf dessen Seite u.a. Baden, Bayern, Württemberg, Sachsen und Hannover stehen; trotz rascher militärischer Niederlage endet er für Bayern glimpflich, da Bismarck den baldigen Zusammenschluß zum Deutschen Reich im Auge hat.
1886	wird Ludwig II. – der sich schließlich nur noch für seine Unsummen verschlingenden Schlösser-Neubauten Hohenchiemsee, Linderhof und Neuschwanstein interessiert haben soll – entmündigt und ertrinkt kurz darauf unter ungeklärten Umständen im Starnberger See. Sein 65jähriger Onkel Luitpold übernimmt (da Ludwigs Bruder Otto geisteskrank ist) als Prinzregent die Regierung: er stirbt erst im Dezember 1912, und sein ältester Sohn – der ihm zunächst im Regentenamt folgt – wird
1913	am 5. 11. als Ludwig III. (bis 1918) Bayerns letzter König.

Quellenverzeichnis

Die folgenden Quellen wurden für den vorliegenden Band benutzt bzw. für das Aufspüren von Texten herangezogen, wobei wir im Hinblick auf noch genehmigungspflichtige Texte den betreffenden Verlagen für ihr freundliches Einverständnis danken:

von Arnim, Achim (Hrsg.): Zeitung für Einsiedler. 33. Stück. Joseph Löhr. Verlag Mohr und Zimmer, Heidelberg Juli 1808

Aurbacher, Ludwig: Ein Volksbüchlein. 1. Teil. Reclam Verlag, Leipzig 1878

Anzinger, Peter: A so san mir. Oberbayerische Gedichte. Lindauersche Buchhandlung, München 1899

Aventinus, Johannes: Baierische Chronik. 1533

Bachmann, S. (Hrsg.): Sailers Schriften im schwäbischen Dialekt. 1893

Bauberger, Wilhelm: Sämmtliche Werke des Verfassers der Beatushöhle. 25. Band. Verlag Joseph Manz, Regensburg 1845

Baur, Samuel (Hrsg.): Liederbuch für Freunde des Gesangs. Gedruckt bei Christian Ulrich Wagner dem Jüngeren, Ulm 1790

Bodenstedt, Friedrich: Gedichte, 1. Band. Verlag der Deckerschen Geheimen Ober-Hofbuchdruckerei, Berlin 1856

Böhm, Franz Magnus (Hrsg.): Volkstümliche Lieder der Deutschen im 18. und 19. Jahrhundert. Verlag Breitkopf und Härtel, Leipzig 1895

von Buch, Leopold: Reise durch Berchtesgaden und Salzburg. 1797

Cammerer, A.A.C.: Naturwunder, Orts- und Länder-Merkwürdigkeiten des Königreichs Bayern für Vaterlandsfreunde sowie für kunst- und naturliebende Reisende. Kempten 1832

Deckart, G. und Kapfhammer, G. (Hrsg.): Bayerisches Lesebuch. Piper Verlag, München 1971

Dielheim, Johann H.: Antiquarius des Donau-Stroms oder Ausführliche Beschreibung dieses berühmten Stroms von seinem Ursprung und Fortlauf bis er sich endlich in das Schwarze Meer ergießt . . . Frankfurt am Main 1785

Dietl, Georg Alois: Freundschaftliche Briefe. Erster Teil. An Freunde. 1790

Firmenich, Johannes Matthias: Germaniens Völkerstimmen. 3. Band. Berlin 1854

Dünninger, Eberhard und Kiesselbach, Dorothee (Hrsg.): Bayerische Literaturgeschichte in ausgewählten Beispielen. Band 2: Neuzeit. Süddeutscher Verlag, München 1967

Ebertshäuser, Heidi Caroline (Hrsg.): Das bairische Jahr. Brauchtum übers Jahr. Verlag Heinrich Hugendubel, München 1979

Eisemann, Joseph Anton: Beschreibung der Haupt- und Residenzstadt München. München 1812
Erk, Ludwig und Böhme, Franz Magnus (Hrsg.): Deutscher Liederhort. Band 2. und 3. 1893 und 1894
Erk, Ludwig und Irmer, Wilhelm (Hrsg.): Die deutschen Volkslieder mit ihren Singweisen. Verlag Ludwig Waggenreiter, Potsdam 1938 (Faksimile der Ausgabe von 1838)
Fernau, Carl (= Sebastian Daxenberger): München Hundert und Eins. München 1840
Geibel, Emanuel (Hrsg.): Ein Münchner Dichterbuch. Verlag A. Kröner, Stuttgart 1864
von Gercken, Philipp Wilhelm: Reise durch Schwaben, Baiern, die angränzende Schweiz, Franken, die Rheinischen Provinzen und an der Mosel und durch Italien in den Jahren 1779 – 1783. Erster Theil. Stendal 1783
Haushofer, Max: An des Daseins Grenzen. 1908
Hazzi, Joseph: Statistische Aufschlüsse über das Herzogtum Baiern aus ächten Quellen geschöpft. 2. Band. Nürnberg 1802
von Heigel, Karl: Ernste und heitere Erzählungen. Verlag der Gebrüder Paetel, Berlin 1887
Hermann, F.B.W. (Hrsg.): Kalender auf das Jahr 1844. Literarisch-artistische Anstalt, München 1843
Heyse, Paul: Jugenderinnerungen und Bekenntnisse. Verlag Wilhelm Hertz, Berlin 1900^2
Horn, Adam und Hollweck, Ludwig (Hrsg.): München vor 100 Jahren. Verlag Dr. Hans Peters, Hanau 1972
von Kobell, Franz: Gedichte (hochdeutsch). Literarisch-artistische Anstalt der J.G. Cottaschen Buchhandlung. München 1852
von Kobell, Franz: Schnadahüpfeln und Gschichtln. Verlag Braun und Schneider, München 1872
von Kobell, Franz (Hrsg.): Oberbayerische Lieder. Verlag Braun und Schneider, München 1860
Lentner, Joseph Friedrich: Geschichten aus den Bergen. Emil Baensch Verlag, Magdeburg 1851
von Leoprechting, Karl: Bauernbrauch und Volksglaube in Oberbayern. München 1977 (Neudruck von 1855)
Lingg, Hermann: Gedichte. Sechste vermehrte Auflage. J.G. Cottasche Buchhandlung, Stuttgart 1866
Lingg, Maximilian: Gmüethle. Gedichte in der Mundart des östlichen und mittleren Allgäu. Verlag der Jos. Köselschen Buchhandlung. Kempten 1874
Ludwig I. König von Bayern: 1848 – 1868. Gedichte Ludwigs des Ersten, König von Bayern. München 1888
König Ludwig II. und Richard Wagner. Briefwechsel, hrsg. vom Wittelsbacher Ausgleich-Fonds und von Winifred Wagner. Bearbeitet von Otto Strobel. Verlag G. Braun, Karlsruhe 1936

Martin, Anselm: Topographie und Statistik des Kgl. Bayerischen Landgerichts Au bei München. 1837
Meidinger, Franz Sebastian: Historische Beschreibung verschiedener Städte und Märkte der Kurfürstlich pfalz-baierischen Rentämter München, Burghausen, Landshut und Straubing. Landshut 1790
Meyr, Melchior: Erzählungen aus dem Ries. 1856
Müller, Adalbert und Gruber, Bernhard: Der bayrische Wald. Regensburg 1846
Müller, Adalbert und Müller, Franz Xaver (Hrsg.): Sagen und Legenden der Bayern. Verlag J. Reitmayr, Regensburg 1833
Müller, Carl: Gedichte, Aufsätze und Reden. 1834
Naumann, Hans: Studie über das Schnaderhüpfl; in: Bayerischer Heimatschutz. Jubiläumsausgabe. 23. Jg., 1927
Nicolai, Christoph Friedrich: Beschreibung einer Reise durch Deutschland und die Schweiz im Jahre 1781. Berlin und Stettin 1783 – 1796
Noë, Heinrich: Salzkammergut, Oberbaiern und Algäu. Deutsches Alpenbuch 1. Band. Carl Fleming Verlag, Glogau o.J.
Panzer, Friedrich: Beitrag zur Deutschen Mythologie. 1. Band. Verlag Christian Kaiser, München 1848
von Pettenkofer, Max: Chemische Sonette aus den Jahren 1844 und 1845. 1886
Pezzl, Johann: Faustin oder das philosophische Jahrhundert. 4. vermehrte und verbesserte Auflage. 1788
Pezzl, Johann: Reise durch den Baierischen Kreis. Salzburg und Leipzig 1784
Radloff: Mustersaal aller teutschen Mund-arten, enthaltend Gedichte, prosaische Aufsätze und kleine Lustspiele. Bonn 1821
von Redwitz, Oskar: Philippine Welserin. Historisches Schauspiel in fünf Acten. Verlag Franz Kirchheim, Mainz 1859
Riehl, Heinrich Wilhelm: Aus der Ecke. Sieben Novellen. Cottasche Buchhandlung, Stuttgart 1890
Riehl, Heinrich Wilhelm: Deutscher Volkscharakter. Eugen Diederichs Verlag, Jena o.J.
Rudeck, Wilhelm (Hrsg.): Spießbürger und Käuze zum Lachen. Bilder und Worte von Carl Spitzweg. Verlagsbuchhandlung Walther Fiedler, Leipzig
Ruederer, Josef: Das Erwachen. Ein Münchner Roman bis zum Jahr 1848. Süddeutsche Monatshefte, München 1916
von Schaching, Otto: Blumen und Disteln. Religiös-politische Gedichte für die Gegenwart. Verlag der Josef Köselschen Buchhandlung, Kempten 1875
von Schaden, Adolph: Neueste humoristisch-topographisch-statistische Beschreibung der Haupt- und Residenzstadt München. 1833[2]
von Schenk, Eduard: Schauspiele. 2. Teil. Cottasche Buchhandlung, Stuttgart und Tübingen, 1833

Schikaneder, Emaneal: Das Regensburger Schiff. Ein Lustspiel in drey Aufzügen. Salzburg 1780
Schmeller, Johann Andreas: Tagebücher 1801 – 1852. Hrsg. von Paul Ruf. Band 1 1801 – 1825. Verlag C.H. Beck, München 1954
von Schmid, Christoph: Erinnerungen. 1853
von Schmid, Hermann und Stieler, Karl: Wanderungen im Bayerischen Gebirge und Salzkammergut. Gebrüder Körner Verlag, Stuttgart 1874[2]
von Schönwerth, Franz Xaver: Aus der Oberpfalz. Sitten und Sagen. 3. Teil. Matthias Riegersche Buchhandlung, Augsburg 1859
Schrank, Franz: Baierische Reise. 1786
Schuegraf, Joseph Max: Gedichte in der Mundart des bayerischen Waldes. Würzburg 1858
Schultes, J.A.: Baierns Donau-Strom von Ulm bis Engelhardszell mit allen an den Ufern desselben vorkommenden Merkwürdigkeiten. Wien 1819
Sepp, Johann: Religionsgeschichte von Oberbayern. München 1895
Sinz, Herbert: Erbgut des bayerischen Handwerks. Band 6 der Reihe: Bayern. Land und Volk in Wort und Bild. Verlag Herbert Neuner, München 1953
Stetter, Gertrud (Hrsg.): Bayern in alten Ansichten und Schilderungen. Jan Thorbecke Verlag München und Sigmaringen 1971
Steub, Ludwig: Aus dem Bayrischen Hochland. München 1860
Steub, Ludwig: Das Bayrische Hochland. München 1860
Stieler, Karl: Werke. Fünf Teile in einem Bande. Ausgewählt und herausgegeben von Karl Quenzel. Verlag Hesse & Becker, Leipzig o.J.
Stifter, Adalbert: Die Mappe meines Urgroßvaters. Schilderungen. Briefe. Winkler Verlag, München 1968
Stumpf, Pleickard: Bayern. Ein geographisch-statistisch-historisches Handbuch des Königreichs. München 1853
Sturm, Marcelin: Lieder, zum Teil in baierischer Mundart. 1819
Thoma, Ludwig: Gesammelte Werke. 8. Band: Ausgewählte Gedichte und Aufsätze. Verlag R. Piper & Co., München 1956
Thoma, Ludwig und Queri, Georg (Hrsg.): Bayernbuch. 100 bayrische Autoren eines Jahrtausends. Verlag Albert Langen, München 1913
Trautmann, Franz: Münchener Stadtbücherln. München 1857
Trost, Ludwig und Leist, Friedrich (Hrsg.): König Maximilian II. von Bayern und Schelling. Briefwechsel. Verlag der Cottaschen Buchhandlung, Stuttgart 1890
von Westenrieder, Lorenz: Baierisch-historischer Calender oder Jahrbuch der merkwürdigsten bairischen Begebenheiten alt- und neuer Zeiten für 1787. Verlag Johann Baptist Strobl, München 1786
von Westenrieder, Lorenz: Baierisch-historischer Calender oder Jahrbuch der merkwürdigsten Begebenheiten alt- und neuer Zeiten für 1788. Verlag Johann Baptist Strobl, München 1787
von Westenrieder, Lorenz: Beschreibung der Haupt- und Residenzstadt

München (im gegenwärtigen Zustande). Verlag Johann Baptist Strobl, München 1782
Wichmann, Siegfried (Hrsg.): Die Leibgerichte des weiland Apothekers und Malerpoeten Carl Spitzweg von ihm eigenhändig aufgeschrieben und illustriert. F. Bruckmann Verlag, München 1962
Winkler, Karl: Literaturgeschichte des oberpfälzisch-egerländischen Stammes. 2. Band: Nordgaulesebuch. Verlag Michael Laßleben, Kallmünz 1940
Zapf, Georg Wilhelm: Literarische Reisen durch einen Teil von Baiern, Franken und Schwaben und der Schweiz in den Jahren 1780, 1781 und 1782. In einigen Briefen an meine Freunde. Augsburg 1783
Zaupser, Andreas: Versuch eines baierischen und oberpfälzischen Idiotikons. Verlag Joseph Lentner, München 1789
Bavaria. Landes- und Volkskunde des Königreichs Bayern bearbeitet von einem Kreise bayerischer Gelehrter. Band 1 und 2. Literarisch-artistische Anstalt der J.G. Cottaschen Buchhandlung, München 1860 – 1863
Das Bayerland. Illustrierte Wochenschrift für bayerische Geschichte und Landeskunde. Herausgegeben von Heinrich Lehrer. 1. – 10. Jg. Oldenbourg Verlag, München 1890 – 1899
Buch der Lieder und Balladen. Verlag Rombach & Co., Freiburg 1980
Gesamlete Auszüge zur physisch- und politischen Kenntnis von Baiern, der Oberen Pfaltz, Neuburg und Sulzbach. Frankfurt und Leipzig 1786
Gesammelte Blätter. Verlag der J.E. von Seidelschen Buchhandlung, Sulzbach 1832
Literatur aus Bayerisch Schwaben. Verlag Anton H. Konrad, Weißenhorn 1979
Sagen- und Geschicht-Buch aus der Vergangenheit der Städte Burgau, Günzburg, Gundelfingen, Lauingen, Dillingen und Wertingen. 1851

Stichworte zu Autoren dieses Bandes

Am Schluß der jeweiligen Autoren-Stichworte in Klammern die Zahlen der Seiten, auf denen sich im vorliegenden Band Beiträge aus ihrer Feder finden; ganz am Schluß sind dann Beiträge aufgeführt, die nicht bestimmten Autoren zugeordnet werden konnten bzw. aus Sammelbänden, Zeitschriften und ähnlichen Quellen übernommen wurden.

Achleitner, Arthur
* 1858 Straubing, † 1927 Straubing.
Sohn eines Chorleiters. Leitete mehrere Zeitungen, bevor er sich als freier Schriftsteller niederließ.
Werke: u.a. Geschichten aus den Bergen (5 Bände, 1889 – 1895), Aus dem Hochwald (1892), Bilder aus den deutschen Alpen (1892), Bayern wie es war und ist (4 Bände, 1898/99), Raubschützen (1906), Mein Herz ist im Hochland (1907), Der wilde Jäger (1910), Bayerische Schneid (1915), Die Jagdjunker (1922).
(219)

Aurbacher, Ludwig
* 1784 Türkheim, † 1847 München.
Sohn eines Nagelschmiedes. Aus gesundheitlichen Gründen scheiterte sein Eintritt ins Kloster. Hauslehrer. Deutschlehrer am Kadettenkorps in München.
Werke: u.a. Mein Ausflug an den Ammersee (1813), Perlenschnüre, Sprüche nach Angelus Silesius (1823). Volksbüchlein (2 Bände, 1828), Historia von den Lalenbürgern (1848).
(14, 547, 549, 553, 564)

Auzinger, Peter
* 1838 Athen, † 1914 München.
1852 Militärtrompeter in Germersheim, 1859 Feuerwerker in München, seit 1881 im Kultusministerium in München.
Werke: u.a. Eichenzweig und Daxbosch'n (1877), Es feit si' nix (1884), A so san mir (1899).
(103, 243)

Aventinus, Johannes
* 1477 Abensberg, † 1534 Regensburg.
Eigentlicher Name: Johannes Turmair. Geschichtsschreiber, gab 1523 die erste Karte Bayerns heraus. Schrieb das erste große Geschichtswerk in deutscher Sprache.
Werke: Bayerische Chronik (vollendet 1519, gedruckt 1566).
(245)

Bauberger, Wilhelm
* 1809 Tannhausen, † 1883 Tannhausen.
Sohn eines Gerichtsarztes. Studierte in München. Arzt in Höchstädt/Donau und ab 1850 in Augsburg.
Werke: u.a. Die heilige Sage (9 Bände, 1835 – 1841), Die Erlösung (1841), Fromme Abenderzählungen am Herde christlicher Familien (24 Bände, 1866 ff.).
(587)

Baur, Samuel
* 1768 Ulm, † 1832 Göttingen.
Organist. Studierte Theologie in Jena und Tübingen, 1794 Pfarrer in Burtenbach, 1796 in Göttingen bei Ulm, 1811 Dekan im Oberamt Alpeck. Schrieb viele Andachts- und geschichtliche Lesebücher.
Werke: u.a. Gemälde einsamer Leiden und Freuden (1789), Nina, oder Liebe und Klosterzwang (1790), Thessalische Zauber- und Geistermärchen (1794), Historisch-biographisches Unterhaltungsbuch (1826).
(601)

Beck, Friedrich
* 1806 Ebersberg/Oberbayern, † 1888 München.
Studierte in München. Gymnasiallehrer, Gelehrter und Dichter. 1839 – 1846 Schriftleiter der „Münchner Politischen Zeitung".
Werke: u.a. Max Aulay (1824), Gedichte (1844), Dem Andenken meiner Elisabeth (1865), Spruch- und Rätselbüchlein (1883).
(15)

Beck, Karl Theodor
* 1767 Lustenau/Dinkelsbühl, † 1830.
Ab 1790 Pfleger des Malteser-Großpriorats in Ebersberg. Vater von Friedrich Beck. Freund von Sebastian Sailer.
Werke: u.a. Die liebe kleine Familie von Engelheim (1783), Ernst Gefühl und Laune (1784), Minnesang am Vermählungstage des Durchlauchtigsten Fürstenpaares Kraft Ernst (1789).
(500)

Beilhack, Maximilian
* 1835 Landshut, † 1885 Aschaffenburg;
Studium in München. War im höheren Lehramt tätig. Lyriker, Folklorist, verfaßte auch Schulbücher.
Werke: Gedichte (1857), Constantin Dragoses (1857), Durch und um Aschaffenburg (2 Bände, 1878), Für den Spessart (1880).
(339, 541)

Binhack, Franz
* 1836 Waldsassen, † 1915 München.
Binhack war Gymnasialprofessor. Verfaßte geschichtliche Studien und Übersetzungen aus dem Lateinischen, Griechischen, Spanischen, Italienischen, Englischen und Französischen.
Werke: u.a. Die Markgrafen im Nordgau (1887), Führer durch Waldsassen (1892), Skizzen aus der Altertumsliteratur und Volkskunde (1901), Die Volkspoesie der Oberpfalz.
(471, 480)

von Bodenstedt, Friedrich
* 1819 Peine, † 1892 Wiesbaden.
Studium in Göttingen, München und Berlin. 1854 Professor für slawische Philologie in München. Unter Maximilian II. Mitglied des Münchner Dichterkreises.
Werke: u.a. Lieder des Mirza Schaffy (1851), Gedichte (2 Bände, 1852 – 1859), Epische Dichtungen (1862), Sakuntala (1889).
(283, 567, 581)

Carrière, Philipp Moritz
* 1817 Griedel/Butzbach (Hessen), † 1895 München.
Stammt aus Hugenottenfamilie. Studierte Philosophie in Göttingen, Gießen, Berlin. Kam 1853 nach München, 1857 Professor der Kunstgeschichte an der dortigen Akademie der Künste, 1887 außerordentlicher Professor an der Münchner Universität.
Werke: u.a. Gesangbuch für Denkende in alten und neuen Dichterworten (1838), Zur Geschichte des Hellsehens (1843), Agnes (1883), Lebensbilder (1890).
(557)

Dahn, Felix
* 1834 Hamburg, † 1912 Breslau.
Studierte in München und Berlin, wurde 1862 Privatdozent für deutsche Rechtsgeschichte in München, Mitglied des Dichterkreises „Krokodil", 1863 als Professor nach Würzburg, 1872 an die Universität Königsberg, 1888 an die Universität Breslau.
Werke: u.a. Gedichte (1857), Die Könige der Germanen (20 Bände, 1861 – 1911), Ein Kampf um Rom (4 Bände, 1876), Julian der Abtrünnige (3 Bände, 1893), Meine wälschen Ahnen (1903).
(212, 253, 570)

Daxenberger, Sebastian Franz
* 1808 München, † 1878 München.
Sohn eines bekannten Kupferschmiedes. Studierte Jura in München, Berlin und Göttingen, war Studienfreund des bayerischen Kronprinzen Maximilian. 1835 Sekretär des Kronprinzen, 1866 Staatsrat. Veröffentlichte unter dem Pseudonym Carl Fernau.
Werke: u.a. Die Sendlinger Schlacht (1833), Mythische Gedichte (1835), München Hundert und Eins (1840/41), Beatrice Cenci (1841), Weibliche Bildnisse (1845).
(66)

Dietl, Georg Alois
* 1752 Pressath/Oberpfalz, † 1809.
Dietl war Priester. In München hatte er eine Hofmeisterstelle, bevor er 1784 als Pfarrer nach Berg ob Landshut ging.
Werke: u.a. Vertraute Briefe eines Geistlichen zu Baiern an seinen Freund (1786), Predigten an seine Pfarrgemeinde (1786), Gespräche eines Pfarrers auf dem Lande mit seinen Pfarrkindern (1789), Freundschaftliche Briefe (1790).
(298)

von Eckartshausen, Karl
* 1752 Hainhausen/Oberbayern, † 1803 München.

Studierte in Ingolstadt. Geheimer Hausarchivar und Mitglied der Akademie der Wissenschaften in München.
Werke: u.a. Das Vorurteil über den Stand und die Geburt (1778), Sittenlehre für alle Stände (2 Bände, 1784 – 1785), Erzählungen zum Vergnügen und zur Seelenbildung (1785), Geisteserhebende Betrachtungen (1795), Der Pudelhund (1800), Rede über Verstand und Herz (1803).
(479)

Fentsch, Eduard
* 1814 München, † 1877 Augsburg.
Studierte Jura in München, ab 1875 Direktor der Finanzkammer zu Augsburg. Mitarbeiter bei den „Münchner Fliegenden Blättern" und bei der „Bavaria". Veröffentlichte zum Teil unter dem Pseudonym Frater Hilarius.
Werke: u.a. Maipredigten (1843), Südliche Rache (1848), Lichtes und Dunkles (1855), Aus der Tiefe (1870), Non Possumus (3 Bände, 1877).
(391, 415, 439, 473, 493)

Firmenich-Richartz, Johann Matthias
* 1808 Köln, † 1889 Potsdam
Studierte in Bonn und München. Sammelte Sagen und Dichtungen in den verschiedenen deutschen Mundarten. Ab 1839 Privatgelehrter in Berlin, 1860 Professor.
Werke: u.a. Klothilde Montalvi (1840), Germaniens Völkerstimmen (3 Bände, 1843 – 1866).
(414, 439)

Geibel, Emanuael
* 1815 Lübeck, † 1894 Lübeck.
Sohn eines Predigers. Studierte in Bonn und Berlin. 1853 von Maximilian II. nach München berufen, Mitglied des Münchner Dichterkreises. Kehrte nach Maximilians Tod 1869 nach Lübeck zurück.
Werke: u.a. Gedichte (1840), Juniuslieder (1848), Meister Andrea (1855), Neue Gedichte (1856), Gedichte und Gedenkblätter (1864).
(27)

von Gercken, Philipp Wilhelm
* 1722 Salzwedel, † 1791 Worms.
Studierte Jura und Geschichte in Halle und Leipzig. Privatgelehrter. Mitarbeiter an der „Deutschen Enzyklopädie".
Werke: u.a. Versuch der ältesten Geschichte der Slaven, besonders in Deutschland (1772), Reisen durch Schwaben, Baiern, die Schweiz, Franken und die Rhein-Provinzen in den Jahren 1779 – 1782 (4 Bände, 1784 ff.).
(296)

Greif, Martin
* 1839 Speyer, † 1911 Kufstein
Bürgerlicher Name Hermann Frey, war seit 1882 berechtigt, den Künstlernamen als bürgerlichen Namen zu führen. Artillerieoffizier, nahm 1867 seinen Abschied. Lebte meist in München.
Werke: u.a. Hans Sachs (1866), Gedichte (1868), Ludwig der Bayer (1891), Agnes Bernauer (1894).
(298)

Grosse, Julius
* 1828 Erfurt, † 1902 Torbola/Gardasee.
Feldmesser, dann Jurastudium in Halle. Ab 1852 in München, hier gehörte er zuerst der einheimischen Dichtergruppe um Trautmann, dann dem norddeutschen Dichterkreis um Geibel und Heyse an. Feuilletonredakteur der Neuen Münchener Zeitung. 1870 als Generalsekretär der Schillerstiftung nach Weimar.
Werke: u.a. Cola di Rienzi (1851), Gedichte (1857), Novellen (3 Bände 1861 – 1863), Untreu aus Mitleid (2 Bände, 1868), Aus bewegten Tagen (1867), Der Narr des Glücks (1896).
(506)

von Gumppenberg, Karl
* 1833 Wallenburg/Miesbach, † 1893 Bamberg.
Studierte in München, trat 1858 in den Postdienst ein, wurde 1890 Oberpostmeister in Bamberg.
Werke: u.a. Miesbach und seine Umgebung (1858), Scherz und Ernst (1862), G'foppt is net g'heirat't (1869), Beim damisch'n Loder (1888).
(147)

Hafner, Oswald Adam
* 1806 Neustadt an der Waldnaab, † 1882 Neustadt an der Waldnaab.
War Hütejunge, Knecht, Steinklopfer. Starb im Armenhaus.

Werke: Blütenfeld entfalteter Lieder und poetischer Versuche (1858).
(389)

Haushofer, Max
* 1840 München, † 1907 Gries/Bozen.
Sohn des Landschaftsmalers Max Haushofer. Studium in München. Ab 1868 Professor für Nationalökonomie und Statistik an der dortigen TH, 1876 – 80 bayerischer Landtagsabgeordneter.
Werke: u.a. Gedichte (1864), Unhold der Höhlenmensch (1880), Geschichten zwischen Diesseits und Jenseits (1888), Oberbayern, München und das bayerische Hochland (1900), An des Daseins Grenzen (1908).
(29)

von Hazzi, Joseph
* 1768, † 1845.
Werke: u.a. Über das Trödler- oder Tändlerwesen in München (1791).
(98, 309)

von Heigel, Karl August
* 1835 München, † 1905 Riva.
Studierte in München Philosophie. Bibliothekar in Carolath/Schlesien. 1865 – 1875 Leiter des Berliner Modeblattes „Bazar". Danach in München, Tirol, Italien. Gehörte zum Münchner Dichterkreis, wurde von Ludwig II. geschätzt.
Werke: u.a. Walpurg (1859), Der Schatten (1866), Die Dame ohne Herz (1873), Der Diplomat (1874), Ernste und heitere Erzählungen (1887), Heitere Erzählungen (1893), Im Isartal (1902).
(196)

Hertz, Wilhelm
* 1835 Stuttgart, † 1902 München.
Seit 1861 Professor für deutsche Literaturgeschichte an der Münchner TH. Dichtete in der Tradition des Mittelalters.
Werke: u.a. Lanzelot und Ginevra (1861), Hugdietrichs Brautfahrt (1863), Heinrich von Schwaben (1868), Bruder Rausch (1882).
(365)

Heyse, Paul
* 1830 Berlin, † 1914 München.
Studium der Philologie in Berlin und Bonn. Kam 1854 nach München. Sein Haus wurde der künstlerische Mittelpunkt des Münchner Dichterkreises. 1911 Nobelpreis für Literatur. Schrieb vor allem Novellen.
Werke: u.a. Urica (1851), L'Arrabiata (1854), König und Priester (1856), Die Braut von Cypern (1856), Raffael (1863), Meraner Novellen (1864), Moralische Novellen (1869).
(7)

von Hopfen, Hans
* 1835 München, † 1914 Groß-Lichterfelde/Berlin.
Studium in München und Tübingen. Dr. phil. Kam durch Geibel zum Münchner Dichterkreis. 1865/66 Generalsekretär der dt. Schillerstiftung. Lebte später in Berlin.
Werke:. u.a. Peregretta (1863), Aschenbrödel in Böhmen (1869), Baierische Dorfgeschichten (1878), Die Einsame (1883), Tiroler Geschichten (2 Bände, 1884), Glänzendes Elend (3 Bände, 1893), Die Siegerin (1896), Zwei Dorfgeschichten (1904).
(40, 61, 585)

Kerner, Justinus
* 1786 Ludwigsburg, 1862 Weinsberg.
Studierte in Tübingen Medizin. Ließ sich als Arzt nieder, seit 1818 in Weinsberg. Trieb spiritistische Forschungen.
Werke: u.a. Die Reiseschatten (1811), Poetischer Almanach (1812), Gedichte (1826), Bilderbuch aus meiner Knabenzeit (1849), Der letzte Blütenstrauß (1852), Winterblüten (1859).
(598)

Knorr von Rosenroth, Christian
* 1636 Altraudten/Schlesien, † 1869 Gut Großalbershof.
Magister der Philosophie. 1668 Hofrat in Sulzbach. Verfaßte wissenschaftliche Arbeiten und religiöse Lieder.
Werke: u.a. Anführung zur teutschen Staatskunst (1672), Übersetzung der Kabbala ins Lateinische: Kabbala denutata (1677), Neuer Helicon mit seinen neun Musen das ist: Geistliche Sittenlieder (1684).
(453)

von Kobell, Franz
* 1803 München, † 1882 München.
Studierte Jura und Naturwissenschaften,

wurde 1834 Professor für Mineralogie an der Universität München, Erfinder der Galvanographie. Gehörte zum Münchner Dichterkreis am Hofe König Maximilians II.
Werke: u.a. Schnadahüpfln und Sprüchln (1845 – 1847), Gedichte in oberbayerischer Mundart (1850), Pfälzische G'schichte (1863), G'schpiel (1868), Schnadahüpfl und Gschichtln (1872).
(88, 96, 116, 124, 148, 171, 172, 194, 195, 207, 217, 225, 575)

von Koch-Sternfeld, Joseph Ernst
* 1778 Mittersill/Pinzgau, † 1866 Tittmoning.
Studierte in Salzburg und Wien. 1810 Kriegsfinanzrat in Bayern. 1815 Legationsrat in München, 1826 – 1828 Honorarprofessor für Geographie und Statistik in München.
Werke: u.a. Rhapsodien aus den Norischen Alpen (1805), Kulturgeschichtliche Forschungen über die Alpen (1851), Bayern und Tirol in kulturhistorischen Skizzen (1861).
(214)

Lentner, Joseph Friedrich
* 1814 München, † 1852 Meran.
Arbeitete in der Lentner'schen Buchhandlung, ging 1835 nach Innsbruck, dann nach Wien, Prag und Meran. Unternahm Reisen im gesamten Alpengebiet. Mitarbeiter der „Bavaria. Landes- und Volkskunde des Königreichs Bayern".
Werke: u.a. Novellenbuch (3 Bände, 1848), Geschichten aus den Bergen (1851).
(132)

Leuthold, Heinrich
* 1827 Wetzikon/Zürich, † 1879 Burghölzli/Zürich.
Sohn armer Leute. Ging 1854 nach Italien, 1857 nach München. Übersetzte zusammen mit Geibel mehrere Bände französischer Gedichte. Verfiel langsam dem Wahnsinn.
Werke: u.a. Chaselen (1854), Sonette (1855), Lieder der Riviera (1857).
(345, 390)

Lingg, Hermann
* 1820 Lindau, † 1905 München.
Studierte in Prag und Freiburg. Militärarzt in Augsburg, Straubing und Passau. Nach seinem Ausscheiden aus dem Militärdienst 1851 erhielt er von Maximilian II. einen Ehrensold. Mitglied des Dichterkreises „Krokodil", der seinen Namen von Linggs Gedicht „Das Krokodil zu Singapur" erhielt.
Werke: u.a. Die Völkerwanderung (3 Bände, 1866 – 1868), Dramatische Dichtungen (2 Bände, 1897 – 1899), Meine Lebensreise (1899), Ausgewählte Gedichte (1905).
(16, 40)

Lingg, Maximilian
* 1842 Nesselwang/Allgäu, † 1930.
Vetter von Hermann Lingg. Sohn eines Bäckers, 1865 Priesterweihe, 1881 Domkapitular, 1893 Dompropst, 1902 Bischof von Augsburg.
Werke: u.a. Gmüethle (1874), Kulturgeschichte der Diözese und Erzdiözese Bamberg seit Beginn des 17. Jahrhunderts (1900).
(539, 550)

Löw, Josef
* 1785 Eslarn/Vohenstrauß, † 1809 Landshut.
Studierte in Landshut Medizin und arbeitete danach am dortigen Krankenhaus als Arzt. Veröffentlichte zahlreiche Gedichte in Asts Zeitschrift. Zwei Gedichte von ihm (Der Fluß; Flut und Ebbe) erschienen 1808 in Arnims Tröst-Einsamkeit.
(376)

Ludwig I., König von Bayern
* 1786 Straßburg, † 1868 Nizza.
Sohn Maximilians I. König von 1825 – 1848. Machte München zu einem künstlerischen Zentrum. Ließ Walhalla bei Regensburg bauen. Seine Beziehung zu der Tänzerin Lola Montez führte 1848 zur Revolution in München, Ludwig I. dankte zugunsten seines Sohnes (Maximilian II.) ab.
(17, 334, 382)

Ludwig II., König von Bayern
* 1845 Nymphenburg, † 1886 im Starnberger See.
Enkel von Ludwig I., König von 1864 – 1886. Förderer und Freund Richard Wagners. Unter ihm wurden die Schlösser Herrenchiemsee, Neuschwanstein und Linderhof gebaut. Wegen geistiger Umnachtung

Ludwigs übernahm 1886 sein Onkel Luitpold die Regentschaft, 3 Tage später ertrank Ludwig unter ungeklärten Umständen zusammen mit dem Irrenarzt von Gudden im Starnberger See.
(78, 576, 577, 578)

Maximilian II., König von Bayern
* 1811, † 1864 München.
Sohn Ludwigs I., König von 1848 – 1864. Förderte das wissenschaftliche Leben in München. War mit dem Philosophen Schelling und mit Leopold von Ranke befreundet.
(24, 34)

Meyr, Melchior
* 181 Ehringen/Nördlingen, † 1871 München.
Sohn eines Bauern, Studium der Philosophie in München. Dramatiker, Romanautor, Philosoph. Von Bedeutung als Heimatdichter.
Werke: u.a. Erzählungen aus dem Ries (1856), Neue Erzählungen aus dem Ries (4 Bände, 1875).
(507)

Morgenstern, Christian
* 1871 München, † 1914 Meran.
Sohn des Landschaftsmalers Christian Morgenstern. Studierte Jura, Philosophie und Kunstgeschichte. War auch Übersetzer (Hamsun, Ibsen, Strindberg u.a.).
Werke: u.a. Horatius travestitus (1893), In Phantas Schloß (1895). Auf vielen Wegen (1898), Galgenlieder (1905), Melancholie (1906), Palmström (1910), Einkehr (1910), Wir fanden einen Pfad (1914), Stufen (1916), Der Gingganz (1919), Über die Galgenlieder (1921).
(275, 365, 549, 586)

Müller, Adalbert
* 1802 Furth im Wald, † 1879.
Studierte Jura. Übernahm nach dem Tod seiner Eltern den Grundbesitz seines Großvaters. Arbeitete seit 1830 als Schriftsteller in Regensburg.
Werke: u.a. Romanze vom Schwammerling, Der bayerische Wald (1846), Scherz und Ernst (1869). Zusammen mit Franz Xaver Müller: Sagen und Legenden der Bayern (1833).
(353, 354, 406)

Müller, Carl Theodor
* 1796 Berching/Oberpfalz, † 1873 Deggendorf.
Arzt in München, Vilseck, Kötzting und Vohenstrauß.
Werke: u.a. Gedichte, Aufsätze und Lieder im Geiste Marc. Sturms, jedem lustigen Männerzirkel gewidmet von Dr. C.M. (1834), Dr. C. Müllers Gedichte in seiner letzten Zeit in Kötzting (1858).
(457)

Nagel, Anton
* 1742 Moosburg, † 1812 Moosburg.
Pfarrer in Roth a.d. Ilm. Förderer von Johann Andreas Schmeller. Veröffentlichte nur einen kleinen Teil dessen, was er schrieb. Historiker, Mitglied der Bayerischen Akademie der Wissenschaften.
Werke: u.a. Die Schule der Handwerker (1779), Ludwig der Kellheimer (1782), Abschnitzeln von dem häuslichen Leben eines Schneidermeisters in Baiern (1820).
(301)

Nariscus, Johannes
* 1774 Pleystein, † 1847 München.
Bürgerlicher Name: Karl Anton Hortig. Studierte Jura, trat 1793 ins Kloster Andechs ein, 1827 Domkapitular in München.
Werke: u.a. Satirische Skizzen in der Münchner Zeitschrift „Aurora“ (später als Gesammelte Blätter erschienen), Reisen zu Wasser und zu Land (1835).
(407, 464)

Nicolai, Christoph Friedrich
* 1733 Berlin, † 1811 Berlin.
Buchhändler. Gründete 1765 die „Allgemeine deutsche Bibliothek“ (Blatt für Literaturberichte), die bis 1806 250 Bände umfaßte.
Werke: Briefe über den jetzigen Zustand der schönen Wissenschaften in Deutschland (1755), Das Leben und die Meinungen des Herrn Magister Sebaldus Nothanker (1773 – 1776), Kleyner feyner Almanach (1777/78), Beschreibung einer Reise durch Deutschland und die Schweiz im Jahre 1781 (12 Bände, 1783 – 1796).
(334, 381)

Noë, Heinrich August
* 1835 München, † 1896 Bozen.
Studierte in Erlangen und München Spra-

chen und Naturwissenschaften. 1857 Assistent an der Münchner Staatsbibliothek, später (ab 1863) freier Schriftsteller.
Werke: u.a. In den Voralpen (1865), Bayerisches Seebuch (1865), Neue Studien aus den Alpen (1868), Deutsches Alpenbuch (1875), Winter und Sommer in Tirol (1876), Die Jahreszeiten (1888).
(100)

Pangkofer, Joseph Anselm
* 1804 Riedenberg, † 1854 München.
Studierte in Landshut/München und Amberg. Seit 1830 Patrimonialgerichtshalter auf Schloßgut Hexenacker. Zog später nach Regensburg und dann nach München, dort war er Mitglied und geistiger Mittelpunkt des „Poetenvereins an der Isar".
Werke: u.a. Kristall (hochdeutsche Gedichte, 1827), Zwei Bände von Gedichten in altbayerischer Mundart (1845, 1847).
(494)

Panzer, Friedrich
* 1794 Eschenfelden/Oberpfalz, † 1854 München.
Trat in den höheren Staatsbaudienst ein, war Oberbaurat im Ministerium in München. Sammelte volkstümliche Überlieferungen und Sagen.
Werke: u.a. Bayerische Sagen und Bräuche, Beitrag zur deutschen Mythologie (1. Band 1848, 2. Band 1854).
(79, 90, 94, 308, 338, 437, 450, 452, 479, 487, 489, 554, 582, 584)

von Perfall, Anton
* 1853 Landsberg, † 1912 München.
Lebte in Schliersee. Unternahm als Begleiter seiner Frau, einer Schauspielerin, zahlreiche Reisen. Sein Bruder, Karl von Perfall, machte sich ebenfalls als Schriftsteller einen Namen.
Werke: u.a. Dämon Ruhm (1889), Auf Irrwegen der Liebe (1891), Der weiße Gemsbock (1897), Der Jagdteufel (1899), Der Bauer vom Wald (1901), Aus meinem Jägerleben (1906).
(346)

von Pettenkofer, Max
* 1818 Lichtenheim/Neuburg a.d. Donau, † 1901 München.
Apotheker und Mediziner, wurde 1865 als erster in Deutschland Inhaber eines Lehrstuhls für Hygiene. Erforschung der Umwelt des Menschen, z.B. der Rolle des Wassers bei Epidemien.
Werke (ohne wissenschaftliche Fachveröffentlichungen): Chemische Sonette aus den Jahren 1844 und 1845 (1886).
(310, 364)

Pezzl, Johann
* 1756 Mallersdorf, † 1823 Wien.
Studierte Jura in Salzburg. Lebte dann bis 1785 in der Schweiz. 1785 Sekretär des Fürsten Kaunitz in Wien, 1791 Kanzleibeamter.
Werke: u.a. Briefe aus dem Noviziat (1780 – 1783), Faustin oder das philosophische Jahrhundert (1783), Reise durch den Baierischen Kreis (1784).
(79, 289, 399)

Pichler, Caroline
* 1769 Wien, † 1843 Wien.
Tochter einer Vorleserin Maria Theresias. Heiratete 1796 den Beamten Andreas Pichler. Nach 1800 wurde ihr Haus zum Mittelpunkt des geistigen Wien.
Werke: u.a. Leonore, ein Gemälde aus der großen Welt (1804), Frauenwürde (1808).
(595)

von Pocci, Franz
* 1807 München, † 1876 München.
Studierte in München und Landshut Jura. Anwalt in Starnberg und Dachau, dann Regierungsbeamter in München, Zeremonienmeister Ludwigs I. Reisebegleiter des Königs und seiner Familie. Schriftsteller und Illustrator.
Werke: u.a. Ein Büchlein für Kinder (1842), Alte und neue Soldatenlieder (1842), Neues Kasperltheater (1855), Lustiges Komödienbüchlein (6 Bände, 1859 – 1877).
(227, 462)

Prasch, Johann Ludwig
* 1637 Regensburg, † 1690.
Syndikus, danach Mitglied des Rates von Regensburg. Spielte auch im gesellschaftlichen Leben der Stadt eine führende Rolle. Zuletzt Vorsitzender der Ober-Scholarchen.
Werke: u.a. Psyche cretica, Die getreue Alceste, Diskurs von der Natur des deutschen Reims, Gründliche Anzeige von der Vor-

trefflichkeit und Verbesserung der deutschen Poesie.
(569)

Radloff, Johann Gottlieb
* 1775 Lauchstädt/Merseburg, † nach 1827.
War ab 1809 Beamter in der Münchner Bücherei.
Werke: u.a. Trefflichkeiten der süddeutschen Mundarten zur Verschönerung und Bereicherung der Schriftsprache (1811).
(388)

von Reder, Heinrich
* 1824 Mellrichstadt/Franken, † 1909 München.
Besuchte Forstakademie in Aschaffenburg und München. Ging dann zum Militär, wo er es bis zum Generalmajor brachte. Wirkte auch als Maler.
Werke: u.a. Der Bayerwald (1861), Federzeichnungen aus Wald und Hochland (1885), Gedichte (1910).
(340)

Riehl, Wilhelm Heinrich
* 1823 Biebrich, † 1897 München.
Sohn eines Tapezierers. Studierte in Marburg, Gießen, Tübingen und Bonn. Widmete sich seit 1844 völlig dem Studium des dt. Volkes und Volkstums. 1856 übernahm er die Leitung der „Neuen Münchner Zeitung", 1857 die Leitung der „Bavaria". 1959 wurde er Professor für Kulturgeschichte in München.
Werke: u.a. Die bürgerliche Gesellschaft (1851), Land und Leute (1853). Die Familie (1854), Die Pfälzer (1857), Wanderbuch (1869).
(63, 67)

von Ringseis, Johann Nepomuk
* 1785 Schwarzhofen, † 1880.
Sohn eines Wirtes. Studierte Medizin. Wurde stark von Sebastian Sailer beeinflußt. Genoß das besondere Vertrauen von König Ludwig I. und wurde Rektor der Münchner Universität.
Werke: u.a. Gedichte, die u.a. in der „Zeitschrift für Einsiedler" veröffentlicht wurden, Erinnerungen des Dr. Johann Nepomuk von Ringseis.
(461)

Ruederer, Josef
* 1861 München, † 1915 München.
Kaufmann, später ausschließlich Schriftsteller. Vorwiegend Dramatiker und Erzähler.
Werke: u.a. Geopfert. Aus dem Leben eines Offiziers (1892), Höllischer Spuk. Ein Münchner Erlebnis (1897), Wallfahrer-, Maler- und Mördergeschichten (1899), Der Schmied vonKochel (1911), Das Erwachen (1916).
(43)

Sailer, Sebastian
* 1714 Weißenhorn/Schwaben, † 1777 Obermachtal a.d. Donau.
Bürgerlicher Name: Johann Valentin Sailer, Sebastian war der Name, den er als Prämonstratenser annahm. War ein berühmter Prediger. Komponierte auch Kirchenmusik.
Werke: u.a. Das jubilierende Marchtal (1771), Die Erschaffung der Welt und der Sündenfall (1811).
(610)

von Schaching, Otto
* 1853 Schaching/Niederbayern, † 1918 Regensburg.
Bürgerlicher Name: Otto Denk. Lehrer. Redigierte in Würzburg ein politisches Blatt und mußte deshalb ins Gefängnis. Ging danach nach England. Seit 1888 in Donauwörth. Erhielt zuletzt Titel eines kgl. bayerischen Rates.
Werke: u.a. Der Teufel als Schulmeister (1872), Immergrün (1873), Ein gefangener Bischof (1874), Blumen und Disteln (1875), Kurfürst Maximilian I. der Große (1875), Jennerwein, der Wildschütz (1894), Der Geigenmacher von Mittenwald (1895), Unser Bayerland (1906), Der Held von St. Amarin (1915).
(138)

von Schack, Adolf Friedrich
* 1815 Schwerin, † 1894 Rom.
Sohn eines Diplomaten. Studium in Bonn, Heidelberg, Berlin. Ging 1838 in den Preußischen Staatsdienst, kam 1855 nach München an den Hof von Maximilian II. Gründer der Schack-Galerie in München.
Werke: u.a. Geschichte der dramatischen Literatur und Kunst in Spanien (3 Bände, 1845/46), Meine Gemäldesammlung (1889),

Orient und Okzident (3 Bände, 1890), Iris (1891), Anthologie abendländischer und morgenländischer Dichtungen in deutschen Nachbildungen (2 Bände, 1892).
(41, 275)

von Schaden, Adolph
* 1791 Oberdorf/Allgäu, † 1840 München.
Offizier. Lebte seit 1822 als Privatmann in München. Dramatiker und Erzähler.
Werke: u.a. Die Ahnfrau (1819), Feindliche Freunde oder freundliche Feinde (1820), Sünde und Buße (2 Bände, 1821), Das Fischermädchen (1822), Rochus Pumpernikkels Tod (2 Bände, 1823), Graf Wallersee (1829), Der schwäbische Landjunker in Bavariens Haupt- und Residenzstadt (1830).
(77)

von Schenk, Eduard
* 1788 Düsseldorf, † 1841 München.
Sohn eines hohen Staatsbeamten. Studierte in Landshut. 1823 Generalsekretär des Justizdepartements in München, 1828 – 1831 Innenminister, danach Regierungspräsident der Oberpfalz.
Werke: u.a. Canovas Tod (1822), Kaiser Ludwigs Traum (1826), Schauspiele (3 Bände, 1829 – 1835), Bethulia (1842).
(437)

Schikaneder, Emanuel
* 1751 Regensburg, † 1812 Alt-Wühringen.
Stammt aus ärmsten Verhältnissen. Schließt sich einer Truppe von Wanderschauspielern an und gründet 1778 eine eigene Truppe. 1790 verfaßt er das Libretto für Mozarts Zauberflöte. 1807 übernimmt er die Leitung des Theaters in Brünn.
Werke: u.a. Das Regensburger Schiff (1780)
(377)

Schmeller, Johann Andreas
* 1785 Tirschenreuth, † 1852 München.
Sohn eines Korbflechters. Konnte aus finanziellen Gründen nicht studieren. Wanderte 1804 in die Schweiz aus und trat als Soldat des Solothurner Regiments „Wimpffen" in spanische Dienste. Kehrt 1813 nach Deutschland zurück. 1824 wurde er Mitglied der königlichen Akademie der Wissenschaften, 1828 außerordentlicher Professor an der Universität.
Werke: u.a. Die Mundarten Bayerns (1821), Bayerisches Wörterbuch (1827/28), Ruodlieb (1837), Cimbrisches Wörterbuch (1855.
(454, 470)

von Schmid, Christoph
* 1768 Dinkelsbühl, † 1854 Augsburg.
Preister in Oberstadion, Schulinspektor in Thannhausen, ab 1827 Domherr in Augsburg. Beeinflußt von Sebastian Sailer. Verfasser des Liedes „Ihr Kinderlein kommet".
Werke: u.a. Biblische Geschichte für die Kinder (6 Bände, 1801), Erinnerungen (1853), Briefe und Tagebuchblätter (1868).
(556)

von Schmid, Hermann
* 1815 Waizenkirchen/Österreich, † 1880 München.
Studierte in München Jura. 1843 Stadtgerichtsassessor in München, später Direktor des Gärtnerplatztheaters, Professor der Literaturgeschichte.
Werke: u.a. Dramatische Schriften (2 Bände, 1853), Gesammelte Schriften (50 Bände, 1867 – 1884), Der Tatzelwurm (1873), Die Z'widerwurz'n (1878), Der Loder (1880).
(488, 574)

von Schönwerth, Franz Xaver
* 1809 Amberg, † 1888 München.
War Vermögensverwalter von Kronprinz Maximilian, nach dessen Regierungsantritt als Maximilian II. wurde er dessen Kabinettschef. 1852 Ministerialrat und Generalsekretär im Finanzministerium, erhielt den persönlichen Adel.
Werke: u.a. Aus der Oberpfalz. Sitten und Sagen (1857 – 1859), Weinholds Bayerische Grammatik und oberpfälzische Mundart (1869).
(496)

von Schrank, Franz
* 1747 Varnbach/Schärding, † 1835 München.
Jesuit. Professor der Physik und Mathematik in Amberg, dann in Burghausen. 1784 nach Ingolstadt, später Direktor des Botanischen Gartens in München.
Werke: u.a. Poetische Versuche (1774), Gedanken über die Erziehung der Bauernjugend (1779), Baierische Reise (1786), Rei-

se nach den südlichen Gebirgen von Baiern (1790), Die Feste des Herrn (1811).
(226)

Schrott, Johannes
* 1824 Asch/Landsberg, † München.
Bauernsohn. Studium in München, 1850 Priester, 1855 Professor in Augsburg, 1861 Kanonikus am Hofkollegiatstift in München.
Werke: u.a. Athen, Augsburg und München sowie Sonettenbuch (beide 1854 in Taschenbuch Aurora veröffentlicht), Poetische Meditationen (1859), Dichtungen (1860), Bienen (1868), Gedichte Oswalds von Wolkenstein im Versmaß des Originals übersetzt (1886).
(62, 76)

Schuegraf, Joseph Max
Zollbeamter. Schrieb Gedichte in der Mundart des bayerischen Waldes.
Werke: u.a. Gedichte in der Mundart des bayerischen Waldes (1858).
(365, 406, 434, 453)

Sepp, Johann Nepomuk
* 1816 Tölz, † 1909 München.
Gelehrter, 1848 Abgeordneter im Frankfurter Parlament, 1870 in der bayerischen Kammer. Kirchenhistoriker. Schrieb auch unter den Pseudonymen S.v. Laßberg und Amort der Jüngere.
Werke: u.a. An das Volk der Oberbayern (1848), Ludwig Augustus König von Bayern (1868), Kriegstaten der Isarwinkler (1874), Altbayerischer Sagenschatz (1876), Der Schmied von Kochel (1898).
(128, 140)

Spitzweg, Carl
* 1808 München, † 1885 München.
Apotheker. Bildete sich selbst zum Maler aus. Spätromantischer Genremaler, war auch schriftstellerisch und als Zeichner tätig, insbesondere für die „Fliegenden Blätter".
(29, 36, 174, 278, 449)

Steub, Ludwig
* 1812 Aichach, † 1888 München.
Studierte Philosophie und Jura in München. 1834 – 1836 Regierungssekretär in Griechenland. Danach Rechtsanwalt. 1863 Notar.
Werke: u.a. Drei Sommer in Tirol (1846), Das bayerische Hochland (1860), Wanderungen im bayerischen Hochland (1862), Altbayerische Culturbilder (1869).
(110, 149, 218)

Stieler, Karl
* 1842 München, † 1885 München.
Jurist. Archivassessor am Reichsarchiv in München. 1867 – 1873 ausgedehnte Reisen im In- und Ausland.
Werke: u.a. Bergbleaml (1865), Weil's mir freut (1876), Habt's a Schneid (1877), Hochlandslieder, Kulturbilder aus Bayern (1885), Natur- und Lebensbilder aus den Alpen (1886).
(95, 110, 126, 136, 175, 216, 559)

Stifter, Adalbert
* 1805 Oberplan/Böhmerwald, † 1868 Linz.
Studierte in Wien Jura. Wurde 1850 Schulinspektor in Linz. Litt in seinen letzten Lebensjahren an Leberkrebs, beging wahrscheinlich Selbstmord.
Werke: u.a. Wien und die Wiener in Bildern aus dem Leben (1844), Der Hagestolz (1852), Der Hochwald (1852), Der Nachsommer (1857), Witiko (1865), Erzählungen (1869).
(341)

Sturm, Nikolaus (Klostername: Marcelinus)
* 1760 Rötz/Oberpfalz, † 1812 Hiltersried bei Rötz.
Studierte in Amberg und Ingolstadt. Brach das Jurastudium ohne Examen ab und trat in München in den Augustinerorden ein. 1788 Priesterweihe. Collektor in Seemannhausen, Pfarrprovisor in Hiltersried.
Werke: u.a. Lieder zum Teil in baierischer Mundart (1819). Zu seinen Lebzeiten waren seine Gedichte nur handschriftlich verbreitet.
(427, 435, 466)

Thoma, Ludwig
* 1867 Oberammergau, † 1921 Rottach-Egern.
Studierte in Aschaffenburg Forstwissenschaften, in München und Erlangen Jura. Rechtsanwalt in Dachau, 1897 Rechtsanwalt in München, ab 1899 freier Schriftsteller. Mitarbeiter des „Simplicissimus".

Werke: u.a. Agricola (1897), Lausbubengeschichten (1905), Peter Schlemihl (1906), Briefwechsel eines bayerischen Landtagsabgeordneten (1909), Der Wittiber (1911), Jozef Filsers Briefwexel (1912), Waldfrieden (1917), Der Ruepp (1922).
(113, 123, 172, 206, 214)

Trautmann, Franz
* 1813 München, † 1887 München.
Sohn eines Juweliers. Studium der Rechtswissenschaft. Mitarbeiter bei den „Fliegenden Blättern".
Werke: u.a. Kaiser Maximilians Urständ (1840), Die Abenteuer des Herzogs Christoph von Bayern (1852), Münchner Stadtbüchlein (1857), Heitere Münchner Stadtgeschichten (1879).
(32)

Wagner, Richard
* 1813 Leipzig, † 1883 Venedig.
Komponist. Wurde von Ludwig II. bewundert und gefördert. 1864/65 in München. 1872 Grundsteinlegung des Festspielhauses in Bayreuth.
Werke: u.a. Rienzi (1840), Der fliegende Holländer (1841), Tannhäuser (1845), Lohengrin (1847), Tristan und Isolde (1859), Die Meistersinger von Nürnberg (1867), Rheingold (1869), Siegfried (1870), Götterdämmerung (1874), Parsifal (1882).
(41, 92)

von Westenrieder, Lorenz
* 1748 München, † 1829 München.
Studium in München und Freising, 1771 Priester, 1773 Gymnasiallehrer in Landshut, dann in München, zuletzt Domherr.
Werke: u.a. Beiträge zur vaterländischen Historie, Geographie, Statistik und Landwirtschaft (10 Bände, 1788 – 1815), Bayerisch-historischer Calender (20 Bände, ab 1787), Kaiser Ludwig der Bayer (1790), Geschichte des Dreißigjährigen Krieges (3 Bände, 1804 – 1806).
(18, 25, 82, 248, 314, 332, 501)

Zapf, Georg Wilhelm
* 1747 Nördlingen, † 1810.
Sohn eines Handwerkers. 1773 – 1786 Notar in Augsburg. 1786 kurmainzischer Geheimrat und kaiserlicher Hofpfalzgraf.
Werke: u.a. Literarische Reisen durch einen Teil von Bayern, Schwaben, Franken und der Schweiz (1783), Augsburgs Buchdruckergeschichte (2 Bände, 1786 – 1790), Älteste Buchdruckergeschichte Schwabens (1791).
(368)

Zaupser, Andreas
* 1748 München, † 1795 München.
Novize im Kloster Oberaltaich, verließ aber den Orden und studierte Jura. Kurfürstlicher Beamter. Aufklärer. Trat zum höheren Lehrfach über, nachdem der Klerus Druck auf Karl Theodor wegen Zaupsers Kampfschriften ausgeübt hatte.
Werke: u.a. Briefe eines Baiern an seinen Freund über die Macht der Kirche und des Papstes (1770), Ode auf die Inquisition (1777), Versuch eines bayerischen und oberpfälzischen Idiotikons (1789).
(383)

Außerdem finden sich Beiträge folgender Autoren:

A.A.C. Cammerer *(312)*, Johann Dielheim *(81, 227)*, Karl von Leoprechting *(604)*, S. Lichtenstein *(66)*, Anselm Martin *(74)*, Miller *(87)*, A. Müller *(276)*, Stadtpfarrer Müller *(451, 452, 453)*, Sebastian Ringseis *(375)*, Pleickard Stumpf *(75)*, Georg Weiß-Königstein *(414)*, J. Wensauer *(425)*, Wex *(224)*.

Aus „Das Bayerland. Illustrierte Wochenschrift für bayerische Geschichte und Landeskunde": Jahrgang 1890 *(454)*, Jahrgang 1891 *(103, 359)*, Jahrgang 1895 *(491)*, Jahrgang 1896 *(600)*, Jahrgang 1897 *(240, 390, 504)*.

Aus „Bavaria. Landes- und Volkskunde des Königreichs Bayern bearbeitet von einem Kreise bayerischer Gelehrter. Herausgegeben auf Veranlassung und mit Unterstützung seiner Majestät des Königs von Bayern Maximilian II." Texte folgender Autoren (soweit nicht im Autorennachweis gesondert aufgeführt):
Karl August Muffat *(481)*, G. Rapp *(498, 552, 558, 567, 583)*, Ludwig Rockinger, Privatdozent in München *(81, 84, 85, 86, 208, 209, 211, 216, 224, 603)*, Alois Schels, Sekretär des polytechnischen Vereins München *(239, 244, 247, 279, 280, 281, 284, 285,*

Verzeichnis der feststellbaren Illustratoren

Register